A SONG OF ICE AND FIRE

A Knight of the Seven Kingdoms

氷と炎の歌

七王国の騎士

ジョージ・R・R・マーティン

酒井昭伸訳

早川書房

七王国の騎士

〈氷と炎の歌〉

扉イラスト／鈴木康士

ラーヤ・ゴールデンに
その晴れやかな笑顔とすてきなイラストに対して
——ジョージ・R・R・マーティン

わたしたちみんなの中にある気高い志とサー・ダンクに
——ガリー・ジアーニ

本書の物語は、『七王国の玉座』で語られる時代を遡ること約百年前のできごとをつづったものである。

『七王国の騎士』目次

●ターガリエン家

エイゴン四世　第十一代国王。下劣王。夥しい数の庶子を儲けて、国内に争乱の種を蒔《ま》く

デイロン二世　第十二代国王。有徳王《うとくおう》。エイゴン四世正嫡《せいちゃく》の長子

ベイラー太子　デイロン二世の第一王子。人呼んで〈槍砕きのベイラー〉。武勇に優れる人格者

ヴァラー　ベイラーの第一王子

マターリス　ベイラーの第二王子

エイリス　デイロン二世の第二王子。愛書家

レイゲル　デイロン二世の第三王子。心が弱い

メイカー　デイロン二世の第四王子。武勇に優れる

デイロン　メイカーの第一王子。軟弱者。予知夢を見る

エリオン　メイカーの第二王子。〈赫奕《かくやく》の炎〉、〈赫奕のプリンス〉

エイモン　メイカーの第三王子。〈知識の城《シタデル》〉でメイスターに

エイゴン　メイカーの第四王子

デイモン・ブラックファイア　エイゴン四世の庶子。黒のドラゴン。ブラックファイアの叛乱を起こす。王家の宝剣〈黒き炎《ブラックファイア》〉を譲り受ける

エイゴル・リヴァーズ　エイゴン四世の庶子。通称〈鋼の剣《ビターステイール》〉。デイモン（黒竜）の右腕

ブリンデン・リヴァーズ　エイゴン四世の庶子。通称〈血斑鴉《けつぱんガラス》〉。デイロン（赤竜）側。エイリス一世の〈王の手〉。妖術師とのうわさあり。無数の密偵を放って王国を監視する

●〈王の楯《キングズガード》〉

サー・ローランド・クレイクホール

ダスケンデールのサー・ドネル

サー・ウィレム・ワイルド

●有力諸公・騎士

デイモン・ラニスター公　〈灰色の獅子〉。キャスタリーの磐城《ロック》の城主

サー・タイボルト・ラニスター　〈灰色の獅子〉の長子

レオ・タイレル公　〈長き棘のレオ〉。ハイガーデン城の城主

サー・ライオネル・バラシオン　〈笑う嵐〉

サー・オソウ・ブラッケン　〈ブラッケンの荒馬〉

主要登場人物

ダンク　〈長身のサー・ダンカン〉を名乗る大柄な草臥《くさぶ》しの騎士。気は優しくて力持ち

エッグ　ダンクの従士となり、ともに旅をする少年。出会ったときは八歳くらい

銅貨の村《ペニーツリー》のサー・アーラン　ダンクが従士として仕えていた老騎士。風邪で死亡

「草臥《くさぶ》しの騎士」

タンセル　人形遣い一座の娘。〈背が高すぎのタンセル〉

〈鋼のペイト〉　職人気質の具足鍛冶

サー・ステッフォン・フォソウェイ　赤林檎の紋章を持つ名家の騎士

レイマン・フォソウェイ　ステッフォンの従弟で従士

アッシュフォード公　アッシュフォード城の城主。馬上槍試合《ばじょうやりじあい》を主催

「誓約の剣」

サー・ユースタス・オズグレイ　塔館・不落城の城主

サー・ベニス　〈茶色の楯のサー・ベニス〉

レディ・ローアン・ウェバー　冷濠《ひやほり》城の女城主。通称〈紅後家蜘蛛《べにごけぐも》〉

サー・ルーカス・インチフィールド　〈紅後家蜘蛛〉の城代を務める大男。通称〈ロングインチ〉

司祭《セプトン》セフトン　冷濠城のセプトン。〈紅後家蜘蛛〉の義兄。酒好きで肥満

学匠《メイスター》セリック　冷濠城の若きメイスター

「謎の騎士《ミステリ・ナイト》」

サー・ジョン　〈フィドル弾きのサー・ジョン〉を名乗る草臥しの騎士

ゴーモン・ピーク公　星嶺《せいれい》城の城主。サー・ジョンの後ろ盾

アリン・コクショー公　サー・ジョンの友人

アンブローズ・バターウェル公　白亜城の城主。みずからの婚礼にさいして馬上槍試合を主催

サー・トマード・ヘドル　バターウェル公の守備隊長。通称〈黒のトム〉

サー・カイル　草臥しの騎士。〈霧深き湿原の猫のサー・カイル〉。〈猫のカイル〉

サー・メイナード・プラム　草臥しの騎士。紫李《プラム》家の遠戚

サー・グレンドン・ボール　草臥しの騎士。若いが武勇に優れる

サー・ユーサー・アンダーリーフ　遍歴の騎士。ひとくせあり

草臥《くさぶ》しの騎士

The Hedge Knight

打ちつづく春雨で地面が軟らかくなっていたため、墓穴を掘るのに苦労はいらなかった。ダンクが埋葬地に選んだのは、低い丘の西側の斜面だ。息を引きとったばかりの老騎士は、夕陽を眺めるのが好きだったのである。

「やれやれ、きょうも一日、生きながらえたか」それが老騎士の口ぐせだった。「とはいえ、あすはなにが待っておることやら、油断はできん。そうじゃろ、ダンク？」

そんな〝あす〟のある日のこと、豪雨に降られて、ふたりは濡れねずみになった。翌日には湿気を含む強風にあおられ、その翌日には寒風にさらされた。四日めになると、老人は衰弱はなはだしく、馬に乗ることもできなくなった。そしていま、とうとう――。ほんの数日前までは、ふたりして馬を進めながら、老騎士は歌を歌っていたのである。それは〝鴎の町《ガルタウン》へ〈麗しの乙女〉に会いにいく〟という古謡だった。ただし老騎士は、ガルタウンのところを〝梣林のほとりの浅瀬《アッシュフォード》〟と変えていたが。

〝いざいざ行《ゆ》かん、アッシュフォードの町へ、〈麗しの乙女〉に会いにゆく、ハイホー、ハイホー〟

墓穴を掘りながら、ダンクは心の中であの歌を思い返した。胸が張り裂けそうな気分だった。

墓穴が充分に深くなると、両手で老騎士の亡骸をかかえあげ、穴に歩み寄った。ただでさえ小兵《こひょう》で細身の老人は、長い鎖帷子《ホーバーク》、兜、剣帯をはずしてしまうと、枯れ葉を詰めた布袋も同然の軽さだった。ダンクは十六歳か十七歳で（じっさいにどちらなのかはだれにもわからない）、齢《とし》には不釣り合いなほど背が高い。歩くときは足を引きずりぎみに歩き、全体に毛深く、骨太だ。身の丈は二メートルに近いが、このごろになってようやく、背丈に見合う肉がつきだしたところだった。老騎士にはよく、腕力を褒められた。老騎士は、褒めるときには惜しみなく褒めたが、これはほかに、惜しみなく与えられるものがなかったからである。

ダンクは亡骸を穴の底に横たえさせ、しばし穴の縁に立ち、遺体を見おろした。ふたたび、空気に雨のにおいがただよいだしていた。降りだす前に埋めてしまわなくては。そうとわかってはいても、老人のくたびれた顔に土をかけることには抵抗があった。

（ほんとうなら、どこかの司祭《セプトン》になにがしかの祈禱をあげてもらいたいところだが……老士にはこのおれしかいないからな）

老騎士は、剣、楯、騎槍《ランス》について、知っているかぎりの知識を伝授してくれた。しかし、ことばにかかわることを教えるのは、あまり得意ではなかった。

「あなたの剣をいっしょに埋めていきます。土の中で錆びてしまうでしょうが」

やっとのことで出てきたことばがそれだった。申しわけなさが声ににじむ。

「きっと神々が新しい剣をくださるでしょう。それにしても……死んでほしくなかった」

口ごもる。ほかにいうべきことばを思いつかない。祈禱文はろくに知らなかったし、知っていても断片程度だ。老士はあまり祈りをあげない人物だったから。

「あなたは真《まこと》の騎士でした。ぶたれてもしかたないことをしたのでないかぎり、一度たりともおれをぶったことがなかった」

どうにかこうにか、ことばを絞りだす。

「いや、一度だけ、あったか。あれは乙女《メイドンプール》の池の町でのことでしたね。未亡人のパイを食ったのは、おれじゃない、宿屋のボーイだった。おれはちゃんとそういったのに。しかし……いまとなっては、もうどうでもいいことだ。どうかあなたに、神々の護りがありますように」

足で一度、土を墓穴に押しこむ。それからあとはもう、穴の底に目を向けることもなく、淡々と、機械的に埋葬をつづけた。

（長生きな人だったな）とダンクは思った。（五十よりも六十に近かったはずだ。そんな齢まで生きられる人間が何人いる？）

すくなくとも老士は、人生二度めの春を経験するくらいには長く生きたのである。

太陽が西に大きくかたむくなか、馬たちに餌をやった。馬は三頭いる。ダンク用の脊柱《せきちゅう》が曲がった老去勢馬、栗《チェスナット》と、老士の乗用馬であるスウィートフット、そして、老士が馬上槍試合《やりじあい》や軍《いくさ》に出るときだけ乗る軍馬、雷《サンダー》だ。大柄な栗毛の牡馬は、もうむかしほどには速く走れず、力も強くないが、いまなお目は活力にあふれ、猛々しい魂を持っている。加えて、ダンクが持っているどんな財産より価値が高い。

（サンダーと老いた乗用馬のチェスナット――二頭ぶんの鞍と馬勒《ばろく》を売れば、そこそこの銀貨は手に入る。しかし……）

ダンクは眉をひそめた。自分が知っている暮らしは、草臥《くさぶ》しの騎士としての暮らしだけだ。城から城へ渡り歩き、あの城主に仕え、この城主に仕え、要請に応じて軍《いくさ》に加わり、逗留する城の大広間で飲み食いし、軍がおわればつぎの城へ向かう。ときどきは――さほど頻繁ではない――馬上槍試合に参加することもある。なかには、食糧事情の悪い冬のあいだ、盗賊稼業に鞍替えする草臥しの騎士もいる。しかし、老士はけっして盗みを働いたりなどはしなかった。
（ほかに仕えるべき草臥しの騎士を見つけてもいい。馬の世話や鎖帷子《くさりかたびら》磨きに従士を必要としている騎士なら、そういった雑用と引き替えに、騎士のおれでも道連れにしてくれるだろう。でなければ、どこかの都にいくか。ラニスポートなりキングズ・ランディングなりにいって、そこの都市の守人《シティ・ウォッチ》に入ってもいい。でなければ……）

老士の持ちものは、オークの樹の根本に積みあげた。布の財布の中に入っていたのは、牡鹿銀貨が三枚に、一ペンス銅貨が十九枚、柘榴石《ガーネット》の小塊がひとつだった。たいていの草臥しの騎士と同様に、老士の主要財産は、馬と武器に関わるものばかりだ。これまでにダンクが千回も磨いて錆を落としてきた長い鎖帷子《ホーバーク》は、この先、ダンクのものになる。それから、大きな鼻当てのついた鉄の半球形兜。これは左の側頭部に凹みがあった。ほかに、ひび割れた茶色い革の剣帯が一本、木と革の鞘に収めた長剣がひと振り。短剣、剃刀《かみそり》、砥石がひとつずつ。脛《すね》当てに喉《のど》当て、長さ二メートル半の、旋削《せんさく》して丸く削りだした梣《トネリコ》の騎槍《ランス》が一本。その先端には、鋭利な鉄製の穂先が取りつけられている。最後に、オーク材で造った楯が一枚。その外周を縁どる鉄枠は傷だらけだ。楯の表面にあしらってあるのは、銅貨の樹《ペニー・ツリー》のサー・アーランの紋章——茶色の紋地に銀で描かれた翼つき酒杯の絵だった。

楯をしげしげと眺めてから、やおら剣帯を拾いあげて、もういちど楯を眺める。剣帯は老士の細い腰用にあつらえたもので、ダンクの太い腰には使えない。細身用のホーバークにも同じことがいえた。やむなく、腰のまわりに麻縄を巻きつけて縛り、それに鞘を結わえ、長剣を抜いてみた。

剣身はまっすぐで重かった。城鍛冶の鍛えた良質の鋼だ。木製の柄《つか》には軟らかな革が張ってあり、柄頭は黒石をぴかぴかに磨きあげたものだった。質素な拵《こしら》えながら、手にしたときの収まりぐあいやバランスは申し分ない。何夜も何夜も、就寝前に研ぎにかけ、油布で拭いてきたので、この剣の切れ味が鋭いことはよく知っている。

（老士の手になじんだように、おれの手にもよくなじむ）とダンクは思った。（そして——もうじきアッシュフォードの牧草地で、馬上槍試合が開催される）


ダンクがまたがる若い牝馬スウィートフットは、老馬チェスナットよりも元気があったが、ダンク自身は気落ちしているうえ、もうくたくただった。その疲労にいよいよ耐えきれなくなるというころ、行く手に旅籠《はたご》が見えた。小川のそばに建つ、木造漆喰《しっくい》塗りの大きな建物だった。いくつもの窓からはあたたかく黄色い光があふれ、自分を差し招いているようだ。これではとても素通りできない。

（ふところには三枚、銀貨がある。上等の食事をとって、好きなだけエールを飲める額だ）

旅籠の手前で馬を降りたとき、唐突に、付近の小川から水をしたたらせて、全裸の少年があがってきたかと思うと、粗織《ラフスパン》りの茶色いマントでからだを拭きはじめた。

「おまえ、厩番《うまやばん》か？」ダンクは声をかけた。

見たところ、少年は八、九歳、顔は青白く、からだはガリガリで、むきだしの足には足首まで泥がへばりついている。少年でひときわ異様なのは頭だった。髪の毛が一本もなかったのである。

「おれの乗用馬にブラシをかけてくれ。それから、三頭ぜんぶに燕麦《オート》を。どうだ、できるか？」

少年はぶしつけな視線を送ってきた。

「できるよ。その気になれば」

ダンクは眉をひそめた。

「そういう態度は感心しないな。いっておくが、おれは騎士だぞ」

「ちっとも騎士には見えないね」

「騎士のみんながみんな、同じように見えなくてはならんのか？」

「そんなことはないけどさ。でも、そんななりの騎士なんて見たこともないよ。剣帯なんて、ただの縄じゃないか」

「鞘さえ吊れれば、なんだっていい。さあ、いいから、馬の面倒を見ろ。ちゃんと世話ができるなら、銅貨一枚をくれてやる。できないなら、くれてやるのは拳固だ」

そのあとは、厩番の少年の反応も待たず、くるりと背を向けて、旅籠の扉を肩で押しあけた。

時分どきなので、旅籠はさぞ混みあっているだろうと思いきや、食堂は無人に近かった。一卓には、上等なダマスク織のマントをはおった若い貴族がすわっており、こぼれたワインの池につっぷして、小さくいびきをかいている。ほかにはひとりも客がいない。不安の面持ちで食堂を見まわしていると、厨房からずんぐりと背が低く、顔色の悪い女が出てきた。ここの女将《おかみ》らしい。

「好きな席にすわっとくれ。注文はエールかい、料理かい？」

「両方だ」

ダンクは答え、眠っている若者から距離を置くことにして、窓ぎわの席にすわった。

「いい仔羊があるよ。香草をたっぷりまぶして、ローストしたやつ。でなきゃ、うちの息子が狩ってきた鴨か。どっちがいい？」

旅籠で食事をするのは半年ぶり――いや、それ以上か。

「どっちもたのむ」

女将は笑って、

「まあ、あんたはガタイがいいからねえ」というと、蓋つきジョッキ《タンカード》にエールをついでテーブルまで持ってきた。「今夜の宿はいるかい？」

「いや、いい」ダンクとしても、せめて下には藁布団が、上には屋根があったほうがありがたかった。しかし、いまは懐具合を気にしなければならない。野宿でもなんとかなる。「食いものとエールさえ出してくれればいい。そうしたらアッシュフォードへ向かう。あの町まで、あとどのくらいかな？」

「馬で一日だね。道をまっすぐ進むと、焼けた水車小屋のところで分かれ道になってるから、そこで北に曲がればいい。あんたの馬、うちのどら息子が世話させてもらってるかい？　それとも、あいつ、またどっかに逃げちまったかね」

「いいや、息子さんなら厩にいる。しかし……ずいぶん客がすくないな」

「このあたりの連中、半分がた馬上槍試合を見にいってるからね。あたしがいっていいっていってたら、うちの子たちも勇んで出かけてたところだよ。あたしが死んだら、この宿はあの子たちのものになるのにさ、息子ときた日にゃ、兵隊といっしょにふんぞりかえって歩きたがるし、娘は娘で、どこかの騎士さまが通りかかるたんびに、ためいきついたり、くすくす笑ったり。なんであぁ、のぼせられるのか、あたしにゃさっぱりだ。いくら騎士さまだって、ほかの男とおんなじ人間だよ、馬上槍試合をやったからって、卵の値段が変わるわけじゃないしね」女将はそこで、ダンクに好奇の目を向けた。剣と楯はそこそこ立派なのに対して、剣帯は麻縄だし、上着はラフスパンの粗末なものだからだろう。「あんたも馬上槍試合に出るのかい？」

答える前に、ダンクはひとくち、エールを口に含んだ。色は榛《ハシバミ》色で、舌にとろりと濃い。好きな味だった。

「ああ。守護闘士《チャンピオン》になってやろうと思ってる」

「へーえ？　あんたがかい？」女将はあからさまに、無理だろうという声を出した。

そのとき、食堂の向こう端で、例の貴族がワインだまりから顔をあげた。血色の悪い不健康そうな顔だった。亜麻色の頭髪はひどく乱れ、あごには淡い鳶色《とび》の不精髭が生えている。貴族は口をぬぐい、ダンクを見て目をしばたたきながら、

「きみの夢を見た」といった。ダンクを指し示すその指は震えていた。「遠いな、聞こえているか？ずいぶん遠くにいるな」

ダンクは不安の面持ちで貴族を見つめた。

「わたしに、なにか？」

女将が耳元に顔を近づけてきた。

「あいつ、相手にしちゃだめだよ。やっこさん、しじゅう飲んだくれちゃ、夢の話をするばかりでね。いま、料理を持ってきてやるからさ」

それだけいって、女将はそそくさと立ち去った。

「料理だと？」汚いことばでも吐き捨てるような口調だった。よろよろと立ち上がり、倒れないよう、テーブルに片手をつく。「ううっぷ、吐きそうだ」

貴族の上着の前は、前々からのワインのしみで赤くごわごわになっている。貴族はつづけた。

「娼婦がほしい。それなのにここには、ひとりもいない。みんなアッシュフォードの牧草地にいってしまった。神々よ、後生です、わたしにワインを」

いいながら、危なっかしい足どりで、ふらふらと食堂から出ていった。歌をうなりながら、階段を昇っていく足音が聞こえた。

（あわれな男だ）とダンクは思った。（しかし、なぜおれを知っている人間と思ったんだろう？）

エールを飲みながら、そのことをしばし考えた。

やがて運ばれてきた仔羊は、いままでに食べたどの仔羊にも劣らぬ旨さだった。鴨にいたっては、

どの鴨よりもはるかに旨かった。ローストしてチェリーとレモンをまぶしてあり、いままでの鴨ほど脂がしつこくない。豌豆豆《エンドウマメ》のバター炒めも運ばれてきた。オーブンで焼きたての燕麦《オート》のパンもだ。

（騎士でいるというのは、こういうことなんだな）骨についた最後の肉片を歯でこそぎとりながら、ダンクは思った。（いつでも好きなとき、旨いメシとエールが手に入る。だれに頭を殴られることもない）

料理がやってきたとき、二杯めのエールを注文して一気に飲み干し、三杯めで料理を流しこんだ。四杯めをたのんだのは、もうそのへんにしておけという者がいなかったからである。食事をおえると、差し出した牡鹿銀貨一枚に対し、銅貨ひとにぎりのお釣りがきた。

旅籠の外に出たときは、とっぷりと暗くなっていた。腹はぱんぱん、財布はすこしだけ軽くなっていたが、すっかりいい気分で厩へ歩いていく。と、行く手の厩から馬がいななく声が聞こえてきた。そして、

「どうどう」と男の子の声。

ダンクは眉根を寄せ、足を速めた。

例の厩番の少年が、老士の鎖帷子《くさりかたびら》を身にまとい、サンダーにまたがっていた。ホーバークは少年の背丈よりも長い。半球形兜の前縁を大きく持ちあげて、禿頭の上からあみだにしてかぶっているのは、そうしないと目におおいかぶさってきて、前が見えないからだ。はなはだ真剣なようすが、かえってはなはだ滑稽だった。ダンクは厩の戸口をくぐったところで足を止め、思わず笑い声をあげた。

少年がはっと顔をあげ、赤面し、あたふたと鞍から飛び降りた。

「あの、ごめん、だけど、けっして――」

「〝盗みを働くつもりはなかった〟か？」ダンクはできるだけ厳しい声を出そうとした。「さっさと

鎖帷子を脱げ。その軽率な頭をサンダーに蹴られなくて、助かったと思うんだな。サンダーは軍馬だ。子供用の小型馬《ポニー》じゃない」

少年は兜を脱ぎ、藁山の上に放り投げると、こういった。

「でも、あんたと同じくらい、うまく乗れるよ」

大胆なことをいう小僧だ。

「口をつぐめ。増上慢《ぞうじょうまん》は聞きたくもない。そのホーバークも脱げ。こんなところで、なにをしているつもりだったんだ？」

「口をつぐんだままで、どうやって答えろっていうのさ」

いいながら身をよじり、長い鎖帷子が下に落ちるにまかせた。

「答えるときだけ口を開いてもいい。さ、ホーバークを拾え。泥をちゃんと払い落として、元あったところにもどすんだ。兜もだぞ。言いつけたとおり、馬たちに餌をやったか？　スウィートフットにブラシをかけたか？」

「やったよ、ちゃんと」鎖帷子の藁屑を払い落としつつ、少年は答えた。「ね、アッシュフォードにいくんでしょ？　ぼくもいっしょに連れてってって」

これは女将が嘆いていたとおりだ。

「それを聞いたら、おまえの母親はなんというだろうな」

「母親？」少年は眉根を寄せた。「もう死んでるもの。だから、なにもいわない」

これには驚いた。女将はこの子の母親ではないのか？　ということは、この子はたんなる、旅籠の奉公人なのか？　しこたまエールを飲んだせいで、頭の働きが鈍い。いまひとつ判然としないまま、ダンクはたずねた。

「するとおまえ、親なしか？」

「そういうあんたは？」少年が問い返す。

「むかしはな」ダンクはうなずいた。

（老士に引き取られるまではそうだった）

「ぼくを引き取ってくれるなら、従士になってやってもいいけど？」

「従士はいらん」

「どんな騎士にだって、従士は必要だよ」と少年はいった。「とりわけあんたは、従士がいたほうがよさそうに見える」

ダンクは威嚇するようにこぶしを振りあげた。

「そういうおまえは、耳に拳固を食らったほうがよさそうに見えるぞ。いいから、さっさと飼葉用の燕麦《オート》を用意しろ。ひと袋だ。おれはいまからアッシュフォードへ旅立つ……おれひとりでな」

たとえ驚いたとしても、少年はそれをうまく隠し通した。つかのま、少年は腕組みをし、挑戦的な態度でその場に立っていたが、ダンクが業を煮やし、自分でやろうと動きかけたとたん、少年は身を翻《ひるがえ》して、燕麦《オート》の用意をはじめた。

ダンクはほっとした。

（連れていってやれないのはかわいそうだが……この旅籠にいたほうが、まだましな暮らしを送れる。草臥《くさぶ》しの騎士の従士になるより、ずっとまっとうな暮らしがな。この子を連れていくのは、親切でもなんでもない）

とはいえ、少年の失望は、手にとるようにわかった。スウィートフットにまたがって、サンダーの手綱を引きながら、ダンクは思った。この子に一ペンス銅貨一枚でも与えてやれば、元気が出るかもしれない。

「取っておけ、坊主。駄賃だ」

微笑を浮かべて、ダンクは銅貨を放った。だが、厩番の少年は受けとるしぐさをいっさい見せず、銅貨は素足のあいだの地面に落ちた。それを拾おうともしない。

（おれが去ったら、すぐに拾うだろう）

ダンクは自分に言い聞かせ、スウィートフットの馬首《ばしゅ》をめぐらし、もう二頭の馬の手綱を引いて、厩をあとにした。月光を浴びて、樹々が明るく見えている。夜空は雲ひとつなく、降るような星々がちりばめられていた。が、夜道を進んでいくあいだ、背中にはずっと視線が感じられた。あの少年が、ことばもなく、仏頂面でダンクの背中を見送っているのだ。


午後の影が長く伸びるころ、ダンクは広々としたアッシュフォード牧草地の外《はず》れに到達し、手綱を引いて馬をとめた。すでに草地には、六十張りもの天幕が立てられていた。小ぶりの天幕もあれば、大きな天幕もある。四角い天幕もあれば、円形の天幕もある。帆布《はんぷ》の天幕もあれば、亜麻布の天幕も、シルクの天幕もある。だが、どれもこれも派手に彩られており、各々の中央支柱の上に翻《ひるがえ》る旗は、野の花々が咲き誇る牧草地よりもあでやかで、豊かな赤に華やかな黄、さまざまな色合いの緑に青、深い黒と灰色と紫などに染めあげられていた。

ここに集《つど》った猛者のなかには、かつて老士と轡《くつわ》を並べたことのある騎士たちもいるし、あちこちの食堂や焚火のまわりで聞かされるうわさ話に出てきた騎士たちもいる。紋章を見ればそれとわかった。老士は、読み書きという魔法を習得したことこそないが、こと紋章学にかけては容赦を知らぬ師で、馬上の旅をするあいだ、徹底的にたたきこまれたからである。たくさんの小夜啼鳥《さよなきどり》がならんだ紋章は、

〈境界地方《マーチズ》の長《おさ》〉ことキャロン公のものだ。キャロン公は騎槍《ランス》の名手であるばかりか、ハイハープの名手としても知られる。冠を戴く牡鹿紋は、〈笑う嵐〉ことサー・ライオネル・バラシオンのもの。そのほかには、ターリー家の狩人紋や、ドンダリオン家の紫稲妻の紋、フォソウェイ家の赤林檎《リンゴ》紋も見える。真紅の地色に金色で描かれた咆《ほ》える獅子はラニスター家の紋章だし、薄い緑の地色上を泳ぐ暗緑色の海亀はエスターモント家の紋章だ。とある茶色い天幕の上に翻る赤い牡馬の旌旗《せいき》は、サー・オソウ・ブラッケン――〈ブラッケンの荒馬〉の異名をとる猛者のものにほかならない。この異名は、三年前、キングズ・ランディングで催された武術大会において、クェンティン・ブラックウッド公を死なせたことに由来する。聞くところによれば、サー・オソウのふるう長柄《ながえ》斧は、刃をつぶしてあるにもかかわらず、あまりにも強烈にたたきつけられたため、ブラックウッド公がかぶった大兜の面頬《めんぼお》ごと顔を打ち砕いてしまったという。そのブラックウッド家の旗も幾旒《いくりゅう》か見えるが、その下の天幕は、サー・オソウの天幕を避けるようにして、できるだけ距離をとり、牧草地の西の端に立ててあった。ほかにも多彩な家々の旗が見える。マーブランド、マリスター、カーギル、ウェスタリング、スワン、マレンドア、ハイタワー、フロレント、フレイ、ペンローズ、ストークワース、ダリー、パレンに、ワイルドといった各名家の旗だ。どうやら、西部と南部の諸公がこぞって、〈麗しの乙女〉を拝み、その守護者となる栄誉を賜るために、ひとりないし三人の騎士をアッシュフォードへと派遣してきていると見える。

しかし、目にもあでやかなあの天幕の数々に自分の居場所がないことを、ダンクはちゃんと心得ていた。今宵、夜露から身を守ってくれるのは、みすぼらしいウールのマント一枚のみ。諸公や大身《たいしん》の騎士たちが去勢鶏や哺乳仔豚の饗宴にふけるのをよそに、ダンクがとる夕食は固くて筋張った塩漬けビーフの乾し肉でしかない。華麗な天幕のあいだで夜営しようものなら、無言の侮蔑と露骨な嘲罵《ちょうば》に耐えねばならないだろう。それは先刻承知している。親切にしてくれる者もすこしはいるだろうが、かえってそれはみじめさをつのらせる。

草臥しの騎士というものは、矜持《きょうじ》を保たねばならない。矜持がなければ傭兵と同じになってしまう。（とにもかくにも、馬上槍試合に参加する資格を確保しないとな。参加して立派な闘いを披露すれば、どこかの城主が取り立ててくれるかもしれない。そうすれば、貴族の郎党に仲間入りだ。毎晩、城の大広間で新鮮な肉が食えるし、馬上槍試合で自分の天幕を立てられるようにもなる。しかし、なにはともあれ、腕前を披露するのが先決だ）

後ろ髪を引かれる思いで、槍試合会場に背を向け、樹々のあいだに馬を進めた。

広大な牧草地の外《はず》れの、アッシュフォードの町と城から一キロ近く離れた付近で、小川の屈曲部にできた深い淀みを見つけた。淀みの縁には葦が密生しており、その上からおおいかぶさるようにして、楡《ニレ》の高木が多数の枝葉を広げている。周辺に生える春草はいかなる騎士の旗にも劣らず勢いがあり、それでいて、さわると軟らかい。野宿をするにはおあつらえむきの場所で、しかもいまだ、だれにも場所取りをされていなかった。

（よし、ここをおれの〝天幕〟にしよう）とダンクは思った。（枝葉は天幕の屋根布だ。タイレルやエスターモントの旗の地色より濃い緑色の）

まず、馬の世話をする。それがすむと、服を脱ぎ、小川に身を沈め、旅のほこりを落とした。〝真《まこと》の騎士は、聖職者のごとく、つねに身ぎれいにしておかねばならんぞ〟というのが老士の口癖で、からだがにおっていようがいまいが、月がひとめぐりするたびに、全身くまなく洗わねばならない、というのが持論だった。騎士の身となったいまは、ダンクもそれを励行すると誓っている。

小川からあがり、全裸で楡の樹の根本に腰をおろして、からだが乾くのを待つ。春の暖かい空気が肌に心地よかった。そのあいだは漫然と、葦のあいだをものうげに飛ぶ蜻蛉《トンボ》を眺めて過ごした。（蜻蛉《ドラゴンフライ》、か。どうしてこんな名前をつけたんだろう。ちっともドラゴンには似てないのに）

そう思うダンク自身は、ドラゴンを見たことがない。だが、老士はある。そのときの話は五十回も聞かされていた。なんでも、サー・アーランが小さいころ、祖父にキングズ・ランディングへ連れていかれたことがあり、そのとき、最後のドラゴンを拝んだのだそうだ。それはドラゴンが死ぬ前年のことだった。そのドラゴンは牝の緑竜で、小柄で発育が悪く、翼も萎びていたという。牝竜が産んだ卵はひとつとして孵《かえ》らなかった。

〝エイゴン王が毒を盛ったという流説もあってな〟その話のたびに、老士はそういったものである。〝といっても、これはデイロン二世王の父君、エイゴン四世のことではないぞ。エイゴン三世王――滅竜王または不運王の異名をとった、かの王のことだ。エイゴン三世はドラゴンを恐れておられた。叔父君であるエイゴン二世のドラゴンにより、母君が呑まれる場面を見てしまったからじゃ。最後のドラゴンが死んで以来、季節がめぐるごとに夏は短くなり、冬は長く過酷になってゆく〟

夕陽が樹々の樹冠の下に沈んでしまうと、空気がひんやりとしてきた。寒さで腕に鳥肌が立ちはじめる。ダンクは上着と乗馬用のズボンを楡の幹にたたきつけ、ひときわひどい汚れを落としてから、身につけた。あすになったら、試合管理者を見つけて名前を登録しよう。だが、大会に参加しようと思うなら、今夜のうちに、しておかねばならないことがある。

水面《みなも》に映った自分の姿を検《あらた》めるまでもない。自分が見栄えのしない騎士であることは承知している。ゆえにダンクは、サー・アーランの楯を背にかけた。紋章を誇示するためである。ついで、馬たちの脚同士を縄で結び、動きにくくしてから、楡の樹の下に密生した緑草を食《は》ませ、馬上槍試合の会場に向かって歩みだした。

この牧草地はふだん、川向こうにあるアッシュフォードの町の民が共用する入会地《いりあいち》として使われている。だが、いまではすっかりさまがわりし、一夜にして第二の町が出現していた。町といっても、石造りではない、シルクでできた町だ。姉ともいうべき川向こうの町とくらべると、規模は大きく、彩りも美しい。牧草地のはずれには、何十人もの商人が立てた露店がずらりとならんで、フェルトに果実、ベルトに長靴《ちょうか》、皮革製品に左官の鏝板《こていた》、陶器、貴石、白鑞《しろめ》の機器、香料、羽根、その他諸々の品々を売っていた。おおぜいくりだした客たちのあいだを、投げ物曲芸師《ジャグラー》や、人形遣い、手妻遣いが歩きまわり、仕事に精出している。それは娼婦や巾着切りも同様だった。ダンクは用心深く、財布をずっと握りしめていた。

歩くうちに、香ばしいにおいに鼻孔をくすぐられ、よだれが出てきた。もうもうたる煙をたてて、ソーセージを炙《あぶ》っている露店がある。財布から銅貨を一枚取り出して、ソーセージを一本と、それを流しこむために、角杯《つのさかずき》一杯のエールを買いもとめる。食べながら、木偶《でく》の騎士と、彩色した木偶のドラゴンとが戦う人形芝居を見物した。見る価値があるのは、ドラゴンを操る人形遣い本人もだった。すらりと背の高いすこぶるつきの美女で、肌の色はオリーブ色、特徴的な黒髪からすると、どうやらドーン人らしい。からだつきは槍のように細く、いうにたるほどの胸はないが、なんといっても顔が好みだ。それに、繰《く》り糸を操る技術もすばらしい。鮮やかな指の動きに合わせ、ドラゴンがガチッとあぎとを咬みあわせては、禍々《まがまが》しく這いまわる。懐に余裕があれば、銅貨の一枚も投げていたところだった。しかし、この先のことを考えれば、手持ちの金は温存しておかなければならない。

露店のなかには、期待にたがわず、武具をあつかっているものがあった。青く染めた顎鬚《あごひげ》を二股に分けたタイロシュ人は、装飾的な兜を売っていた。並んでいるのは、さまざまな鳥やけものを象《かたど》った立物《たてもの》をつけ、黄金や白銀で打ち出し模様を施した、豪華な兜ばかりだった。別の露店では刀剣鍛冶が安物の鋼の剣を呼び売りしていた。もっと拵《こしら》えの上等な剣を売っている刀剣鍛冶の露店もあったが、いまのダンクに欠けているのは、剣ではない。

求める品は、露店の列の外れにある店で売っていた。いまのダンクに必要なものの一部——上等の鎖帷子《くさりかたびら》と、鋼で造った自在継手《つぎて》の籠手《こて》一組。それが目の前の露台においてある。ダンクはしげしげと検分し、売り子の鍛冶にいった。

「いい仕事をしているな」

「これ以上のもんはないぜ」

鍛冶はずんぐりした体格で、背丈はせいぜい一メートル半しかないが、胸と腕はダンクと同じほどあった。黒い顎鬚をたくわえていて、手は両方とも大きく、態度に控えめなところはまったくない。

「馬上槍試合の具足一式がいるんだ」とダンクはいった。「上等の鎖帷子、胸当て、喉《のど》当て、脛《すね》当て、大兜がいる」

老士の半球形兜にも頭が収まりはするが、馬上槍試合をする以上は、顔面を保護するのに、鼻当てよりましな防具がほしい。

鍛冶は上から下まで、じろじろとダンクを見まわした。

「でっかいな、あんた。だけど、もっとでっかいやつの具足を仕立てたこともあるぜ」そういって、露台の奥から前に出てきた。「両ひざをついてくれ、肩幅を測る。それと、その太い首まわりもだ」

ダンクは地に両ひざをついた。具足鍛冶は一定間隔で結び目を設けた生皮を肩から肩へとあてがい、ひとつうめくと、こんどはそれで首まわりを測り、またもやうめいた。

「腕をあげてくれ。ちがう、右腕だ」

三度めのうめき声。

「もう立ってもいいぞ」

こんどは、股下、脹脛《ふくらはぎ》まわり、胴まわりを測る。そのつど、うめき声を漏らした。

「うちの作業車には、どうにかあんたが収まりそうな具足がある」ひととおり採寸がすむと、鍛冶はいった。「金銀細工で飾りたてたしろものじゃないから、そいつは承知しといてくれ。飾り気はない。ただし、鋼は上等で頑丈だ。おれが造るのは、兜らしい兜でな、羽を生やした豚だの、異国の珍妙な果物だの、そういう飾りはつけない。顔面に騎槍《ランス》の直撃を食らっても平気なくらい頑丈なことだけが取柄なのさ」

「そんな鎧がほしかったんだ」とダンクはいった。「いくらになる？」

「大負けに負けて、牡鹿銀貨八百枚」

「八百枚？」予想よりもはるかに高い。「手もとに……古具足がある。これを下取りに出せないか？もっと小柄な人間用のものなんだが。半球形兜に、長い鎖帷子《ホーバーク》に……」

「この〈鋼のペイト〉さまはな、自分でこさえたものしか売らないんだ。頑固一徹《スティーリー・ペイト》の名は伊達じゃない」鍛冶はきっぱりといった。「しかしだ、古具足の鉄は再利用できるかもしれん。錆がそんなにひどくなけりゃ、古具足の下取り価格を差っ引いて、銀貨六百枚で譲ってやってもいいぞ」

掛け売りにしてくれないかと頼んでみてもいいが、結果は目に見えている。老士と長いあいだ旅をしてきて、商売人がとりわけ草臥しの騎士を信用しないことは、身をもって知っていた。じっさい、世の中には盗っ人より多少ましなだけの騎士たちも存在するのだ。

「前金として、銀貨を二枚渡しておこう。古具足と不足額は、あすになったら持ってくる」

鍛冶はしばし、ダンクを見つめた。

「銀貨二枚じゃあ、一日待つのがせいいっぱいだ。一日が過ぎたら、つぎの客に売るからな」

ダンクは財布から銀貨を二枚取り出し、胼胝《たこ》ができた鍛冶の手に握らせた。

「心配しなくても、耳をそろえて払うさ。こんどの試合では守護闘士《チャンピオン》になるつもりだからな」

「あんたがか？」ペイトは銀貨の片方を噛んだ。「するとあれか、これだけの騎士連中が、あんたを応援するためにここへ集まってるっていうのかい？　あきれたもんだぜ」


楡の下へ引き返しだしたときには月が高く昇っていた。背後に広がるアッシュフォードの牧草地は、無数の松明《たいまつ》の灯りで煌々と燃えたっている。草地ごしに歌声や笑い声がただよってくるが、ダンクの気分は重く沈んでいた。具足一式を手に入れる方法はひとつしか思いつかない。そして、もし試合に負けたなら……。

「必要なのは、たった一度勝つことだけだ」声に出してつぶやいた。「一勝するだけなら、たいして高望みじゃない」

とはいえ、老士ならば、そんな望みそのものをいだかなかっただろう。何年も前に、嵐の果て城《ストームズ・エンド》で開かれた馬上槍試合でドラゴンストーン城のプリンスに落馬させられて以来、サー・アーランはこの手の試合にいっさい出なくなっていた。

〝七王国最高の騎士を相手に仕合《しあ》って、七本もの騎槍を折るなど、だれにでもできることではない〟存命だったなら、サー・アーランはそういっただろう。〝われながら、あれ以上にあっぱれな試合は二度とできまい。とすれば、もう試合に出る必要などなかろう？〟

サー・アーランが槍試合に出ないのは、ドラゴンストーン城のプリンス相手に善戦したからというよりも、寄る年波による衰えが大きいのではないかと思っていたが、それはいわずにおいた。最後の最後まで、老士は誇り高い人物だったのである。

(自分は敏捷で力も強い、と老士はよくいっていたが、あのひとにとっての真実が、おれにとっても真実であるとはかぎらないからな)

心の中で、ダンクは頑固につぶやいた。

頭の中でさまざまな可能性を検討しつつ、草をかきわけて進んでいく。進むうちに、草葉の茂みをすかして火光《かこう》が見えた。

(あれはなんだ?)

足をとめ、とるべき行動を考えたりはしなかった。気づいたときには、早くも剣を引きぬき、草をかきわけて進んでいた。

うおおーっ、と怒号と罵声を発しつつ、楡の下に勢いよく飛び出す。が、そこで、たたらを踏んで立ちどまった。焚火のそばにいたのは、なんと、あの少年だったからである。

「おまえか!」ダンクは剣を下げた。「こんなところでなにをしている?」

「魚を焼いてるんだよ」と、禿頭《とくとう》の少年は答えた。「わけてほしい?」

「どうやってここにきたのかときいているんだ。馬でも盗んだのか?」

「馬車の荷台に乗せてもらってきたんだ。アッシュフォードの領主の食卓に出すために仔羊を届ける人がいたんで」

「その人物がもう帰ってしまっていないか、たしかめたほうがいいぞ。でなければ、ほかの荷馬車をさがせ。ここにいさせるわけにはいかん」

「追っぱらおうったって、そうはいかないよ」少年は憎さげな口をきいた。「あの旅籠、もう飽きたもん」

「それ以上、生意気な口をきくな。いますぐつまみあげて、馬の背に乗せてやる。家に送りとどけてやらないと」

「家に？　だったら、キングズ・ランディングまで延々と乗っていくことになるよ。馬上槍試合には出られなくなるけど、それでもいいの？」

（キングズ・ランディングだと？）ダンクは一瞬、からかわれているのかと思った。だが、ダンクがキングズ・ランディング生まれであることを、この少年が知っているはずはない。（こいつもまた、〈蚤の溜まり場〉出の貧民小僧か。あそこから逃げだしたがったとしても、だれに責められよう）

八歳の孤児を前に、抜き身の剣を引っさげて突っ立っているのが、馬鹿みたいに思えてきた。剣を鞘に収めながら、少年をぐっとにらみつけたのは、〝おまえのたわごとには耳を貸さないぞ〟という意志を伝えるためだ。

（ここはひとつ、きびしくお仕置きしておくべきなんだろうな）

とはいえ、見るからに哀れを誘う子供をぶつというのも気が引ける。ひとまず、野営地のようすを見まわした。焚火は石を円形に組んだ竈《かまど》の中で勢いよく燃えている。三頭の馬はみなブラシをかけてあり、焚火の上にせりだした楡の樹の枝には洗濯物が干してあった。

「あれはなんのまねだ？」

「洗濯したんだよ」と少年は答えた。「馬たちの手入れもすませたし、焚火も起こして、魚も釣った。天幕も立てておこうと思ったんだけど、どこにも見つからなくて」

「天幕なら、そこにある」

ダンクは頭上に手をひとふりし、真上にそびえる楡の高木と、その枝々を指し示した。

「これ、樹だよ？」少年はさらりと答えた。

「真《まこと》の騎士にとってはな、これで充分、天幕になるんだ。煙たい天幕の中で眠るくらいなら、星空の下で眠ったほうがいい」

「雨が降ったら？」

「樹の枝葉がしのいでくれるさ」

「雨がすりぬけてくるでしょ？」

ダンクは笑った。

「たしかに。ま、ほんとうのところは、天幕を買う金がないんだ。その魚、そろそろひっくり返したほうがいいんじゃないか、でないと、尻尾は焦げて、頭は生焼けになってしまうぞ。そんなんじゃ、とても厨房の小僧は務まるまい」

「務まるよ、その気になれば」

少年は答えたものの、とにもかくにも、魚をひっくり返した。

「その髪はどうした？」ダンクはたずねた。

「学匠《メイスター》たちに剃られた」

少年はそこで、はっと気づいた顔になり、茶褐色のマントについたフードを頭に引きかぶった。

そんな話は、ダンクもときどき耳にする。虱《シラミ》や髪切り虫を退治したり、特定の病気を治療するとき、頭髪を剃ってしまうそうだ。

「おまえ、病気なのか？」

「ううん。それより、ねえ、名前、なんていうの？」

「ダンク」

貧民の少年は声をたてて笑った。こんなに可笑《おか》しいことを聞くのははじめてだ、といわんばかりの大笑いだった。

「投込み《ダンク》？　サー・ダンク？　そんなの騎士の名前じゃないよ。もしかして、ダンカンを縮めた？」

そうだっただろうか。記憶にあるかぎり、老士からはずっとダンクと呼ばれてきた。老士と出会う以前のことはほとんど記憶にない。

「ダンカン——そうだ」とダンクは答えた。「サー・ダンカンだ」

ダンクにはダンク以外の名前がない。家名もない。〈蚤の溜まり場〉の雑踏と路地で浮浪児じみた暮らしを送っていたところをサー・アーランに拾われたのである。父も母も知らない。だとしたら、なんと名乗ればいい？　〈蚤の溜まり場のサー・ダンカン〉では、あまりにも騎士らしくない。サー・アーランと同じく、銅貨の樹《ペニーツリー》の出であると名乗ってもいいが、その名を聞いた者たちから〝それはどこにある〟ときかれたらどうする？　ダンクはペニーツリーにいったことがないし、老士からも、あまりくわしい話は聞かされていない。眉をひそめてしばし考えてから、腹を決め、こう口にした。

「〈長身のサー・ダンカン〉だ」

じっさい、背は高いから、だれにも反論の余地はない。それに、けっこう力強い響きがある。

しかし、人の野営地へ勝手に入りこんできた小僧は、そうは思わないようだった。

「〈長身のサー・ダンカン〉なんて聞いたこともないや」

「するとなにか、おまえは七王国じゅうの騎士を、ひとり残らず知っているとでもいうのか？」

少年は自信たっぷりの顔をダンクに向けた。

「優秀な騎士はね。ひととおり知ってる」

「おれとて、どんな騎士にも劣らず優秀だぞ。馬上槍試合がおわれば、満天下にこの名が知れわたることになる。ところで、おまえに名前はあるのか、泥棒小僧？」

少年はためらい、

「エッグ」と答えた。

ダンクは笑わなかった。

（こいつの頭、たしかに卵《エッグ》に見える。そんな渾名《あだな》をつけられたのか。男の子というのは、ときに残酷だからな。それは男の大人でも変わらないが）

「エッグか」とダンクはいった。「ほんとうであれば、しっかり折檻して放りだすべきところだが、正直にいうと、おれには天幕もないし、従士もいない。言いつけを守ると誓うんなら、馬上槍試合がおわるまで仕えさせてやってもいいぞ。試合がすんだら、そうだな、そのときまた考えよう。そばに置いておく価値があると判断したら、着るものも与えてやるし、食いものの心配もしなくてよくなる。服といっても、ラフスパンだ。食いものはもっぱら、塩漬けのビーフや塩漬けの魚で、森林監督官がいないところでは、ときどき密猟した獲物を食うことにもなる。しかし……なにはともあれ、以後は飢えることがない。それに、約束しよう。悪さをしたとき以外、ぶったりはしない」

エッグはほほえんだ。

「それでいいよ、ご主人《マイ・ロード》」

「敬称はサーだ」ダンクは正した。「おれはただの、草臥《くさぶ》しの騎士だからな」

老士はいま、天から自分を見てくれているだろうか。

（あなたが教えてくださったとおり、この子に戦い方を教えます。なかなか見こみのありそうな子供ですし。いつの日か、騎士になれるかもしれません）

ふたりで魚を食べはじめた。中まで完全には火が通っていなかったし、骨の取り残しも多かったが、それでも固い塩漬けビーフの乾し肉よりははるかに旨かった。

ほどなくエッグは、火勢の衰えた焚火のそばで眠ってしまった。ダンクはそのそばで仰向けになり、大きな両手を頭の下で組んで夜空を見あげた。一キロ弱離れた試合会場から、遠い調べが聞こえる。星々は夜空を埋めつくしていた。何千何万もの星々がまたたいている。見ているうちに、そのうちのひとつが流れ、つかのま、黒い天に明るい緑の条《すじ》を引いたのち、ふっと消えた。

（流れ星を見た者には幸運が訪れる）とダンクは思った。（しかし、ほかの者はみんな、いまごろはもう天幕の中に入っていて、夜空ではなくシルクの天井を見あげているはずだ。だとしたら、幸運が訪れるのは、おれひとりだけということになるな）

翌朝は、雄鶏が時をつくる声で目が覚めた。エッグはまだ同じ場所にいて、老士の二番めに上等なマントにくるまり、眠っていた。

（ほほう……夜のうちに逃げださなかったか。出だしは上々だ）

足でつつき、少年を起こす。

「起きろ。仕事だ」

少年は目をこすりながら、目を覚ました。起きあがるのがわりと早かった。まずまず、合格点だ。ダンクは指示した。

「スウィートフットに鞍をつけるのを手伝え」

「朝食は？」

「塩漬けビーフの乾し肉だ。ただし、食うのは鞍つけのあとにしろ」

「それよりも、馬に飼葉を食わせたいな……おっと、食わせたいです、だね」

「言いつけどおりにしないと、耳に拳固を食わせてやるぞ。ブラシを出せ。鞍袋に入れてある。そう、それだ」

以後はふたりして、乗用馬の栗毛にブラシをかけ、サー・アーランが持っていた最良の鞍を背中につけてから、腹帯《はるび》をぎゅっと締めた。その気になって動きだすと、エッグはなかなか優秀な働き手であることがわかった。

「きょうはおおむね、留守にする」馬にまたがりながら、ダンクは少年にいった。「おまえは残って、この野営地を見張っていろ。ほかの盗っ人に荒らされないよう、気をつけろよ」

「盗っ人を追いはらうのに、長剣をふるってもいい？」

たずねるエッグの目は、朝陽のもとで見ると、青い色をしていることがわかった。かなり濃い青だ。紫といってもいい。禿頭《とくとう》のせいか、なんとなく目が大きく見える。

「だめだ」とダンクは答えた。「短剣で充分だろう。おれが帰ってきたとき、ちゃんとここにいろよ、いいな？　なにか盗んで逃げようものなら、かならず狩りたてて、とっつかまえてやるぞ。犬どもを連れてだ」

「犬なんて持ってないくせに」

「手に入れるさ。おまえをつかまえるだけのために」

そう言い残すと、ダンクはスウィートフットの馬首《ばしゅ》をめぐらし、牧草地に向かって速足で進ませた。いまの威しが効いて、めったなことをしないでくれればいいんだが。着ている衣類と、鎧袋に収めた具足一式、いま乗っている馬を除けば、ダンクの全財産はあの野営地に置いてあるのだから。

（あんな子を信用するとは、おれも大馬鹿だ。しかし、老士は同じように、おれも信用してくれた。あの子は老士に借りを返すために、〈慈母〉が差し向けてくれた子かもしれないな）

牧草地を横切っていくあいだ、川縁《かわべり》からは鎚の音が聞こえていた。大工たちが馬上槍試合用の柵を立て、階段状に高くなった観覧席を築いているのだ。牧草地の外れでは、新たな天幕もいくつか立てられようとしていた。昨日中に天幕を設営しおえた騎士たちは、昨夜のどんちゃん騒ぎでまだ眠っているのだろうが、なかにはもう起きだして、朝食をしたためている騎士もいる。薪の燃えるにおいがした。ベーコンを炙《あぶ》るにおいもだ。

牧草地の北側には、大河マンダー河の一支流、〝さざ波の川〟が走っている。アッシュフォードの町と城は、この川の浅瀬を越えた向こう側にあった。老士とつづけてきた旅で、ダンクはたくさんの市場町を見てきた。ここの町は、たいていの町よりも瀟洒《しょうしゃ》だ。家という家には水漆喰《しっくい》が塗ってあり、屋根は茅葺《かやぶ》きで雰囲気がある。もっともっと若いころは、こういう町での暮らしはどんなものだろう、とよく夢想したものだった。毎晩、頭上に屋根のある部屋で眠り、毎朝、いつもと同じ壁で囲まれた部屋で目覚めるのは、どんな気分がするものだろう。

（もうじき、その気分を知ることになるかもしれないな。そう、それに、エッグも）

可能性がないとはいえない。もっと奇妙なことだって、毎日起きている。

アッシュフォード城は石造りで、上から見ると三角形をなす石積み幕壁《まくへき》で囲まれていた。三角形の各頂点には高さ十メートルの円塔がそそりたち、その三塔を矢狭間《やざま》つきの部厚い城壁が結ぶ構造だ。胸墻《きょうしょう》の上には、オレンジ色の旗幟《きし》が幾旒《いくりゅう》もはためいている。各旗幟にあしらわれているのは城主の家紋――オレンジの地色に染めぬかれた白い日輪と楔《くさび》紋様だった。城門の外には、オレンジ色と白の制服を着た門衛たちが矛槍《ほこやり》を携えて立ち、人々の往来に目を向けてはいたが、城内に胡乱《うろん》な者を立ち入らせない本来の職務よりも、愛らしい顔の搾乳婦とじゃれあうほうに注意が向いているようだった。背の低い顎鬚《あごひげ》の男が門衛頭だろうと見当をつけて、ダンクはその男の前まで馬を進め、馬上槍試合の管理者はどなただろうかとたずねた。

「それだったら、プラマーだな。ここの家令だ。いま連れてってやる」

郭《くるわ》に入ってすぐに、厩番の少年がやってきて、スウィートフットの手綱を取った。ダンクはサー・アーランの傷だらけの楯をいっぽうの肩にかつぐと、門衛頭のあとについて厩の裏手にまわりこみ、幕壁と幕壁の一角にそびえる塔に向かった。塔の中には急角度の螺旋階段が設けられており、これを昇りつめれば、城壁の上へあがれる仕組みだった。

階段を昇りながら、門衛頭がたずねた。

「あんた、あるじの名前を登録しにきたのか？」

「おれは自分の名前を登録しにきたんだよ」

「へえ？　だいじょうぶかね」この男、薄笑いを浮かべていないか？　薄暗いのでよくわからない。

「あそこの扉だ。あとは適当にな。すんだら、またおれのところにきてくれ」

ダンクは扉を押しあけた。室内では、架台テーブルに家令がつき、羽根ペンで羊皮紙に書きものをしていた。ごま塩の頭髪が薄くなった男で、顔の幅がせまい。

「うん？」顔をあげて、家令はたずねた。「なんの用かね？」

ダンクは扉を閉じた。

「あなたが家令のプラマーどのか？　馬上槍試合の件できた。登録するために」

プラマーは唇をすぼめた。

「わが君が主催する馬上槍試合は騎士のためのものだ。貴兄は騎士か？」

ダンクはうなずいた。もしや、耳が赤くなってはいないだろうか。

「なんという騎士どのか、うかがってもよろしいか？」

「ダンク」しまった、なんて馬鹿なことを。「〈長身のサー・ダンカン〉だ」

「出身はどこだね、〈長身のサー・ダンカン〉？」

「全国各地というか……五歳か六歳のとき、銅貨の樹《ペニーツリー》のサー・アーランの従士になったので。これがサー・アーランの楯だ」肩にかけてきた楯を家令に見せた。「サー・アーランは、この馬上槍試合に参加するためこちらへ向かっていたんだが、風邪を引いて亡くなってしまったので、かわりにおれが出場しにきた。ご自身の剣でおれを騎士に叙任されたのは、亡くなるまぎわのことだ」

ダンクはそういって、長剣を引き抜き、彼我のあいだの、傷だらけになった木製テーブルに載せた。

出場者登録台帳の管理人は、剣身にちらりと目をやっただけだった。

「たしかに、剣ではある。だが、ペニーツリーのアーランなる人物は聞いたことがない。その人物の従士だった、といったな？」

「サー・アーランはつねづね、おれを騎士にするつもりだとおっしゃっていた。そしてそのとおりのことをなさった。息を引きとるまぎわ、その長剣を抜いて、おれをひざまずかせてな。その剣身を、まずおれの右肩に、つぎに左肩にあてて、叙任のことばを口にしたんだ。儀式がすんで、おれが立ちあがったとき、これでおまえは騎士だ、とおっしゃった」

「ふうむ」プラマーという家令は鼻をこすった。「いかなる騎士も人を騎士に叙任することはできる。それはたしかだ。しかし、通常は立会人を立て、司祭《セプトン》に聖油を塗ってもらったうえで宣誓のことばを口にするものだからな。貴兄が騎士位を授与されるところを見ていた者はだれかいないのか？」

「駒鳥《コマドリ》だけが見ていた、茨《イバラ》の樹の上のほうから。そのとき老士が口にしたことばは憶えている。良き騎士、真《まこと》の騎士となりて、〈七神〉にしたがい、弱き者、無辜《むこ》の者を護り、主君には誠実に仕えよ、死力を尽くして王土を護れ——。それに応えて、おれはそのとおりにしますと誓った」

「そうだろうとも」プラマーはダンクのことを、あえて〝騎士どの〟とは呼ばないようにしていた。

ここにいたっては、ダンクとしてもさすがに気づかざるをえない。「この件、アッシュフォード公にご相談する必要がある。貴兄または、亡くなられた貴兄の主人どのは、当地に集まられた騎士どののどなたかと面識があるかね？」

ダンクはすこし考えた。

「ドンダリオン家の旗が翻る天幕があったろう？　黒地に紫の稲妻が走る紋章の旗が」

「サー・マンフレッドだな、ドンダリオン家の」

「サー・アーランは、ドーンでサー・マンフレッドのお父君に仕えたことがある。三年前のことだ。サー・マンフレッドなら、おれを憶えておられるかもしれない」

「それなら、相談しにいくことを勧める。サー・マンフレッドが貴兄の話を真実と保証してくださるようなら、明日、同じ時刻に、ここへお連れしてくれ」

「わかった、家令《ムニロード》どの」くるりと背を向け、扉に向かって歩みだす。

「サー・ダンカン」背後から家令の声がかかった。

ダンクはふりかえった。

「念のためにいっておく。試合に敗れた者は、勝者に対して、武器、具足、馬を差しだす決まりだ。それを取りもどすためには、買い戻し金を払わねばならん。知っているね？」

「知っている」

「それだけの金の持ち合わせがあるのかな？」

こんどははっきりと、耳が赤くなるのがわかった。

「そんな金が必要になることはない」

ダンクはそう答え、そのとおりになることを祈った。

（一勝だけでいい。最初の槍試合に勝ちさえすれば、敗者の武具と馬、または買い戻し金が手に入る。そうなったら、二戦めは負けても、買い戻しができる）

ゆっくりと階段を降りていった。つぎにすることを思うと、気が進まない。ともあれ、郭に出ると、厩番の少年のひとりを呼びとめ、こういった。

「アッシュフォード公の厩舎長と話をしたいんだが」

「いま探してきます」

厩の中は、ひんやりとして暗かった。奥に進んでいくさい、気性の荒い葦毛《あしげ》の牡馬が噛みつこうとしてきたが、無視して通りすぎる。愛馬の前にたどりついて、鼻づらに手をあてがうと、スウィートフットは小さくいないて、鼻づらを手のひらにすりつけてきた。

「おまえはいい娘《こ》だな」と小声でかたりかける。

老士はつねづね、騎士たるもの、馬を愛してはならんぞ、またがった馬はすくなからぬ数が死んでいくのじゃからな、といっていたが、そのくせ自分は、そんな持論をまもらなかった。老士が最後の一銭をはたいて老馬チェスナットに林檎《リンゴ》を与えたり、スウィートフットやサンダーに燕麦《オート》を与えたりするところを、ダンクはたびたび目にしてきたのだ。スウィートフットはサー・アーランの乗用馬で、七王国の北から南まで何千キロという距離を、老士を乗せて、倦《う》むことなく踏破してきた。ダンクとしても、旧友を裏切るようでせつないが、ほかにどうしようがあるだろう。チェスナットは老いすぎていて担保にはならないし、サンダーには試合で乗せてもらわなくてはならない。

厩舎長はなかなか姿を見せなかった。待つうちに、城門のほうでいくつもの喇叭《ラッパ》が鳴り響き、郭でざわめきが起こった。好奇心をそそられて、ダンクはスウィートフットの手綱を取り、厩の入口まで引いていって、外のようすを覗いた。大人数の騎士と弓兵の一行が馬を進めて、城門からぞくぞくと入ってきつつあった。総勢はすくなくとも百名。騎士がまたがった馬のなかには、ダンクがこれまで見たなかで最高に美々《びび》しい馬が何頭もいた。

（ははあ、どこかの大物貴族が入城してきたな）

さっきとは別の厩番の少年が、目の前を小走りに通りかかったので、その腕をつかみ、きいてみた。

「あれはどなただ？」

少年はけげんな顔でダンクを見あげて、

「あの旗標《はたじるし》が見えないのかい？」というと、腕をふりほどき、いそいそと走り去っていった。

（旗標……？）

ダンクは一行のほうにこうべをめぐらした。おりしも、一陣の風が吹きわたり、長い槍の螻蛄首《けらくび》に結わえてある黒いシルクの槍旗を翻《ひるがえ》らせた。旗にあしらってあるのはターガリエン家の紋章だった。急に翻ったことで、猛々しい三頭《みつくび》ドラゴンが勢いよく翼を広げ、かっと炎の息吹《ブレス》を吐いたかに見えた。旗持ちは長身の騎士で、白の小札鎧《こざねよろい》、それも金線の象嵌《ぞうがん》が施された鎧に身を包み、両肩からうしろに純白のマントをなびかせている。そのほかに二騎、頭から足の先まで、まったく同一のいでたちで、白一色に身を固めた騎士が同行していた。

（〈王の楯《キングズガード》〉の騎士。あれは王家の旗だ）

アッシュフォード公とその息子たちが、あわてて天守の大扉から出迎えに出てきたのもむりはない。城主たちといっしょに、〈麗しの乙女〉も出てきた。これは小柄な娘で、髪は黄色く、ピンクの顔は丸みを帯びている。

（あまり麗しくは見えないな）とダンクは思った。

ゆうべ見た人形遣いの娘のほうが可愛かったくらいだ。

「厩番。そんな駑馬《どば》は放りだして、おれの馬を世話しろ」

ふいにそういったのは、厩の前で騎馬を降りた、ひとりの男だった。

（おれに話しかけているのか）とダンクは気づき、答えた。

「わたしは厩番ではありません、高貴なお方《ム＝ロード》」

「厩番になるだけの頭もないか？」

男がはおっているのは、真紅の繻子《サテン》で縁どった黒いマントだったが、マントの下の衣装は燃えたつ炎のようにあでやかで、赤、黄、金のみの色が用いられていた。細身で背筋を短剣のようにまっすぐ伸ばしているが、背丈は平均的で、年格好はダンクにほぼ等しい。カールしたシルバー・ゴールドの髪に縁どられた顔は、整ってはいるが、尊大そうだった。額は高く、頬骨は鋭く、鼻筋はまっすぐに通り、白くてなめらかな肌はしみひとつない。目の色は濃い菫《スミレ》色だ。

「わたしは……ム＝ロード、失礼ながら、わたしはここの使用人でもありません。騎士である名誉をになわせていただいております」

「昨今は、騎士の質もここまで落ちたか」

王族《プリンス》らしき人物が蔑むようにそういったとき、厩番のひとりが急いで駆けつけてきた。プリンスは少年に乗用馬の手綱を預けた。血の色を思わせる、緋毛《あかげ》の駿馬だった。ダンクの存在はたちまち忘れられた。ほっとしながら、ダンクは厩の奥にもどり、厩舎長がやってくるのを待った。それにしても、気まずかった。諸公が収まった天幕のあいだを進むだけで、あれだけ居心地が悪いのだ。プリンスを相手に口をきくなど、とてもとても。

あの美貌の青二才がプリンスであることはまちがいない。ターガリエン家は、海の彼方、失われたヴァリリアの貴紳《きしん》の血を受け継いでおり、そのシルバー・ゴールドの髪と菫色の目は、ふつうの人間とは一線を画している。太子であるプリンス・ベイラーはもっと年上だから、あの若いのは、息子のうちのどちらかである可能性が高い。父のプリンスと区別するため、しばしば〈若きプリンス〉とも呼ばれるヴァラーか――でなければ、〈もっと若きプリンス〉マターリスだろうか。後者の呼び名は、以前、スワン老公の道化師が剽《ひょう》げて使ったものだ。ほかにもプリンスと呼ばれる資格のある者たちはいる。ヴァラーとマターリスの従兄弟たちである。デイロン有徳《うとく》王には、成人した息子が四人いて、そのうち三人は、それぞれ自分の子供を儲けていた。父王の時代、ドラゴン王の血筋はもうすこしで途絶えるところだったが、有徳王ことデイロン二世とその息子たちのおかげで、いまはもうすっかり安泰であることは、だれしもが認めるところだ。

「そこのおまえ。おれに用があるって？」ふりかえると、アッシュフォード公の厩舎長が立っていた。ただでさえ赤い顔が、オレンジ色のお仕着せのせいでいっそう赤く見える。ぶっきらぼうなしゃべりかたをする男だった。「なんの用だ？　おれは忙しい。こんなところで油を――」

「この乗用馬を売りたい」厩舎長に追いだされないうちに、急いで口をはさんだ。「いい馬なんだ。健脚で――」

「忙しいといったろうが」厩舎長はちらりとスウィートフットに目を向けただけだった。「わが君、アッシュフォード公は、こんな馬になんか用はない。町へ持っていけ。ヘンリーのところなら、金貨一枚、うまくすれば三枚で引きとってくれる」

「そうか。ありがとう」ダンクは礼をいったが、背を向けてあわただしく立ち去ろうとする厩舎長に、ひとつたずねた。「ところで、国王陛下はこられたのか？」

　厩舎長は笑った。

「いいや、ありがたいことにな。プリンスたちのご入来だけで、この騒ぎだぞ。あれだけの数の馬をどこに収容しろってんだ。飼葉はどうする」

厩舎長はそう言い残し、厩番たちに指示を怒鳴りながら、足早に歩み去っていった。

ダンクが厩をあとにするころには、アッシュフォード公に案内されて、プリンスの一行は大広間の中に入っていたが、純白の鎧と雪白のマントを身につけた〈王の楯《キングズガード》〉のうちの二名は、まだ郭に残り、衛兵長と話をしていた。ダンクはそのそばで足をとめ、話しかけた。

「失礼、わたしは〈長身のサー・ダンカン〉という者です」

「お初にお目にかかる、サー・ダンカン」白騎士のうちの、大柄なほうが応じた。「わたしはサー・ローランド・クレイクホール、こちらはわが誓約の兄弟、ダスケンデールのサー・ドネル」

〈王の楯《キングズガード》〉は、七王国全土でも、もっとも腕の立つ七人の戦士で構成される。この七人に勝るのは、おそらくただひとり、〈槍砕きのベイラー〉こと、王太子そのひとくらいのものだ。

「方々《かたがた》も馬上槍試合に出場しにこられたのですか？」おそるおそる、ダンクはたずねた。

「お護りすると誓った相手と闘うのは、われらの立場がゆるさぬよ」

答えたのは、サー・ドネルのほうだった。これは赤毛で赤鬚の人物だ。

「プリンス・ヴァラーはアッシュフォード家令嬢の守護闘士の一員となる栄誉をになっておられる」サー・ローランドが説明した。「そして、プリンスの従兄弟がおふたかた、プリンスに挑戦する気でおられる。われわれ警護の者は見ているだけさ」

ダンクはほっとして、親切に教えてくれたふたりの白騎士に礼をいい、ほかのプリンスたち一行が入ってこないうちに、馬にまたがって城門の外へ出た。

（三人のプリンスか）乗用馬をアッシュフォードの町の街路へ向けて、ダンクは思った。ヴァラーはベイラー太子の長子で、〈鉄の玉座〉に対する王位継承権第二位の人物だが、騎槍と剣で天下無双と謳われる父太子の武勇をどの程度受け継いでいるかはわからない。ほかのターガリエン家のプリンスたちについては、わかっていることはもっとすくなかった。

（プリンスのひとりと懸け合うことになったらどうしよう。そもそも、そんな高貴な人物と対戦することがゆるされるものか？）

わからない。老士にはよく、〝おまえというやつは、ほんとうに頭の働きの鈍い男じゃな、鈍なること城壁のごとしじゃ〟といわれたものだが、いまはそれを実感するばかりだった。


町の馬商のヘンリーは、はじめのうち、スウィートフットを見て〝いい馬だな〟といっていたが、ダンクが売りたいといったとたんに豹変し、粗さがしをはじめた。つけた買値は、牡鹿銀貨が三百枚。それに対して、ダンクは三千枚が必要だと切り返した。それからは、価格交渉と罵倒の応酬がつづき、最終的に銀貨七百五十枚で決着がついた。自分が希望した売値より、相手が最初につけた買値に近い値段となったので、ダンクとしては馬上槍試合に敗れたような気分だったが、ヘンリーは頑として、それ以上の上乗せには応じようとしなかったため、そこで手を打つほかなかったのである。ところが、いったん決着がついたあとから、またしても価格交渉が再開された。売値には鞍の値段は含まないとダンクがいいきったのに対して、ヘンリーは鞍込みの値段だといいはったのだ。

ともあれ、それにもどうにか決着がついた。ヘンリーが金を取りにいっているあいだに、ダンクはスウィートフットの鬣《たてがみ》をなで、元気でいてくれよと語りかけた。

「試合に勝ったら、かならず買いもどしにくるからな。約束する」

もっとも、いったん売ってしまえば、ヘンリーがあれだけあげつらったこの馬の欠陥はすべて存在しないことになり、買値は売ったときの倍になっているだろう。

ヘンリーがもどってきて、最初に金貨三枚を渡し、残りは銀貨で支払った。ダンクは金貨の一枚を嚙み、思わず笑みを浮かべた。いままで、金貨を嚙むどころか、手にしたことすらもなかったのだ。巷間では〝ドラゴン〟とこの金貨は呼ばれている。金貨の一面には、ターガリエン家の紋章である三頭《みつくび》ドラゴンが刻印されているからである。反対面に刻印されているのは王の肖像で、ヘンリーから受けとった金貨のうちの二枚にはデイロン王の横顔が刻まれており、磨耗のはげしいもう一枚には、もっと年配の、デイロン王とはちがう王の横顔が描かれていた。下のほうには名前が書いてあるが、ダンクには字が読めない。よくよく見ると、その金貨には縁が削り取られた跡があったので、それを声高にいいつのった。ヘンリーはぶつぶついったものの、欠けた重量を補うため、銀貨をもう数枚と、ひとにぎりの銅貨を差しだした。ダンクはそのひとにぎりのなかから数枚を取ってヘンリーに渡し、スウィートフットにあごをしゃくった。

「これはスウィートフットのために。今夜は燕麦《オート》を食わせてやってくれ。ああ、それと林檎もな」

売却がすむと、楯を腕にはめ、古具足の袋を肩にかつぎ、アッシュフォードの町のさんさんと陽が降りそそぐ通りを歩きだした。懐中の財布が貨幣でずしりと重いと、なんだか不思議な感じがする。相好が崩れそうになる反面、ひどく落ちつかなくもあった。老士には、金銭面では信用されておらず、いちどに二枚までの貨幣しか持たせてもらったことはない。これだけの金があれば、一年は暮らせるだろう。

(しかし、この金が尽きたらどうする? サンダーを売るのか? その果てに待つのは、物乞いか、追い剝ぎの道だ。(こんな機会は二度とないんだ。すべてをこれに賭けなくては)

水しぶきを立てて浅瀬を渡り、さざ波の川の南岸にあがるころには、午前もおわろうとしていて、試合会場はふたたび活気づいていた。何人ものワイン売りやソーセージ作りが、威勢よく呼び売りをしている。そして、熊遣いの合図に合わせて踊る熊が一頭。そのそばでは吟遊詩人が『熊と美女』を歌い——「熊よ、熊よ、麗しの乙女よ」——投げ物曲芸師《ジャグラー》たちはジャグリングの技を披露し、昨夜の人形遣い一座はもう一幕、騎士とドラゴンの戦いをおえようとしていた。

ダンクは足をとめて、木偶《でく》のドラゴンが退治されるところを眺めた。人形の騎士がドラゴンの頸を斬り落とす。斬られた頸の断面から赤いオガクズが噴きだし、草の上に撒き散らされるにおよんで、ダンクは声をたてて笑い、人形遣いの娘に二枚の銅貨を投げて、こう叫んだ。

「一枚は昨夜のぶんだ」

娘は空中で銅貨を受けとめ、微笑を投げ返した。これまでに見たこともない、愛らしい笑みだった。

(ああしてほほえんでくれるのは、おれに対してか、それともカネの見返りか?)

ダンクは女の子と過ごした経験がない。そのため、そばにいると落ちつかなくなってくる。三年前、老士が盲目のフロレント公のもとで半年間の務めをおえて、懐が豊かだったとき、おまえもそろそろ娼館にいって、男になってもいいころだな、とダンクにいったことがある。ただ、そういったときは酔っぱらっていて、しらふにもどったときには、そのことばを忘れていた。ダンクとしても決まりが悪かったので、そういわれたことをいいだせなかった。そもそも、自分が娼婦を抱きたいのかどうかわからない。ちゃんとした騎士のように、高貴な生まれの乙女といっしょになるのは望めなくとも、カネ目あてではなく、自分自身を好いてくれる娘とつきあいたかった。

「どうだい、エールでも一杯」娘が血代わりの赤いオガクズを掬《すく》い、ドラゴンの中に詰めはじめると、ダンクは声をかけた。「つまり、いっしょに飲まないか、ということさ。でなければ、ソーセージはどうだい? ゆうべ、旨いソーセージを食ったんだ。あれはポークだったと思う」

「ありがとう、ム＝ロード。でも、つぎのショーがあるから」

娘は立ちあがり、騎士の人形を操っていた女――見るからに烈女らしい、太ったドーン女のもとへ走っていった。あとに残されたダンクは、なんだか馬鹿みたいな思いで、その場に立ちつくすばかりだった。もっとも、娘の走りかたは気にいった。

（可愛い娘《こ》だな。それに、背も高い。あれなら、キスをするのにひざをつかなくてすむ）

キスのしかたは知っていた。一年前のある晩、ラニスポートの居酒屋で、給仕の娘に教わったのだ。といっても、かなり背の低い娘だったので、ダンクの唇にキスするには、テーブルに腰かけなければならなかったが。あのときのことを思いだすと、耳が真っ赤になる。そこではっと、自分の置かれている立場を思いだした。おれはなんて大馬鹿だ。いま考えるべきなのは馬上槍試合のことであって、キスのことではないぞ。

アッシュフォード公の大工たちが、腰高の木柵に白い水漆喰《しっくい》を塗っていた。この柵は馬上槍試合で懸けちがう騎士たちが衝突することのないように、両者の走路を隔てるものだ。しばらくのあいだ、ダンクは大工たちの仕事ぶりを眺めていた。走路はぜんぶで五本ある。すべて南北に走っているのは、馬を駆る競技者たちが太陽に目をくらまされないようにするためだ。試合場の東側には、階段形式に三列の席が設けられた観覧席が建てられていた。雨や陽射しから諸公や淑女たちを護るため、上にはオレンジ色の天蓋が架けてある。ほとんどの観客はベンチにすわることになるが、観覧席中央には、背もたれの高い椅子が四席用意してあった。あれはアッシュフォード公、〈麗しの乙女〉、来臨したプリンスたちがすわる特等席だ。

牧草地の東側の端には、回転式の槍的《やりまと》が設置されており、十人強の騎士が槍試合の練習をしていた。騎士が馬を駆り、騎槍《ランス》を構えて槍的《やりまと》に突進する。騎槍の先端が横棒の先にぶらさげられた楯をみごと突くたびに――楯はもうぼろぼろになっている――横棒が勢いよく回転する仕組みだった。ダンクが見物しているうちに、〈ブラッケンの荒馬〉が槍的を突いた。そのつぎは、境界地方《マーチズ》のキャロン公の番だった。

（どの騎士もみな、おれよりずっと巧みだ）

そう思うと、不安がこみあげてきた。

ほかの場所では、徒歩《かち》軍《いくさ》の練習をしている者もいた。騎士たちが木剣で斬り結ぶかたわら、各々の従士たちが野卑な声援を送っている。筋骨隆々たる騎士と、その猛攻を凌いでいるずんぐりとした若者が目にとまった。騎士は山猫のように動作がしなやかで、動きもすばやい。どちらの楯にもフォソウェイ家の赤林檎の紋章が描かれているが、若者のほうの楯は、たびかさなる斬撃を受けて、またたく間にばらばらになってしまった。

「この林檎、熟すのはまだまだ先だな」

若者の兜を打ちすえながら、年かさのほうがいった。若いほうのフォソウェイが降参するころには、打ち身だらけ、血だらけになっていたが、年かさのほうは息も切らしていない。と、年かさのほうが面頰《めんぽお》をはねあげ、周囲を見まわし、ダンクに目をとめて、こういった。

「そこのおまえ。そうそう、おまえだ、でっかいの。翼の生えた酒杯の騎士。腰に下げているそれは長剣か？」

「これは正当なるわが剣だ」ダンクは挑戦的に答えた。「わが名は〈長身のサー・ダンカン〉」

「おれはサー・ステッフォン・フォソウェイ。どうだ、おれと立ち合う気はないか、〈長身のサー・ダンカン〉？　はじめての相手と剣を交わすのはいいものだぞ。いま見たとおり、おれの従弟はまだ熟しておらん」

「やってくれ、サー・ダンカン」打ち負かされたほうのフォソウェイが、大兜を脱ぎながらいった。

「たしかにおれは、まだ熟していないかもしれないが、わが従兄は芯まで腐れきっている。この腐れ林檎から種をたたきだしてやってくれ」

ダンクはかぶりをふった。名家の子弟ども、なぜ身内の喧嘩におれを巻きこむ？　こんなことには関わりたくない。

「お誘いはありがたいが、急ぎの用事があるのでね」

こんなにも多額の金を懐に入れたままでは、どうにも落ちつかない。早いところ〈鋼のペイト〉に支払いをすませて、武具を受けとらなくては。

サー・ステッフォンは蔑みの目をダンクに向けて、

「草臥《くさぶ》しの騎士どのにおかれては、急ぎのご用事がおありとな」おもむろに周囲を見まわし、付近をぶらついていた手ごろな練習相手を見つけた。「おお、サー・グランス、いいところにきた。おれと闘わんか。従弟のレイマンが身につけた姑息な剣技は知りつくしているし、そこなサー・ダンカンは草臥し暮らしにもどりたいそうな。さあさあ、勝負、勝負」

ダンクは顔を真っ赤にしてその場をあとにした。姑息なものであれ、大胆なものであれ、ダンクが会得している剣技は多くはないし、馬上槍試合に臨むときまで、だれにも闘いぶりを見られたくない。老士はつねづねいっていた——敵を知れば知るほど、倒すのが楽になる、と。サー・ステッフォンのような騎士は、ひと目で相手の弱点を見ぬく鋭い観察眼を持っている。ダンクは力が強く、敏捷で、体重でもリーチでも分があるが、自分の技倆がほかの騎士たちのそれに匹敵するとは、一瞬たりとも思ったことがない。老士からはできるかぎりの教えを受けたが、サー・アーランは若いころでさえ、最強の騎士に数えられることはなかっただろう。偉大な騎士ならば、灌木《ヘッジ》の下で草臥《くさぶ》すこともないし、泥道の脇でのたれ死ぬこともない。

（あんなふうにはならないぞ）と、ダンクは心に誓った。（一介の草臥しの騎士ではないことを世に知らしめて、きっと見返してやる）

そのとき、若いほうのフォソウェイが小走りに追いついてきた。

「サー・ダンカン――従兄にけしかけるようなまねをするべきじゃなかった。あいつの傲慢さが腹にすえかねているところへ、そんなに大きな体軀の持ち主を見たものだから、つい……おれの落ち度だ。あなたは鎧もつけていないし。あのまま立ち合っていたら、隙をついて手や膝を壊されていただろう。あの男、立ち合い稽古で相手を傷つけるのが好きなんだ。いざ本番のとき、相手が打ち身だらけで、力を発揮できないようにしておくんだよ」

「あんたを打ちのめしはしなかったじゃないか」

「たしかに。だけど、おれは縁者だからね。向こうのほうが林檎の樹の上位にいて、しじゅうそれを笠に着る、いやなやつだけどさ。ああ、おれはレイマン・フォソウェイ」

「会えてうれしい。あんたとあの従兄どのも馬上槍試合に出るのか？」

「従兄は出る、確実に。おれのほうは、出られるんなら出たいところだが、まだ従士だから。従兄は騎士にしてやると約束したくせに、まだ熟していないからといっては、先延ばしにするんだ」四角い顔、低い鼻、短く刈ったもじゃもじゃの髪。そんな容貌ではあるが、レイマンは人好きのする笑顔を浮かべる男だった。「試合では挑戦者として臨むんだろうけれど。だれの楯を突くつもり？」

「だれの楯だろうと、かまいはしない」とダンクは答えた。ここはそう答えるべき場面だからだが、じっさいにはというと、おおいにかまうところではあった。「試合に参加するのは三日めだ」

「そのころには、ある程度まで、強豪が敗退しているだろうしね。それじゃあ、〈戦士〉があなたにほほえまれますように」

「あんたにもな」

(この男が従士なら、騎士であるおれはなぜ、ふつうに相手をしてるんだ？　こいつにしても、なぜ追いかけてきた？　きっと、おれたちのどちらかが阿呆ということなんだろうな)

一歩進むごとに、財布に詰めこんだ銀貨が触れ合う音がしている。が、失うときは一瞬だ。それは承知していた。それに、この馬上槍試合のルールも、ダンクには不利なようにできている。まだ青い敵や弱い敵とあたる率は非常に低い。

武術大会には十種以上もの開催方式があり、どの方式を採るかは、主催する領主の考え方ひとつで決まる。騎士隊同士の集団戦で模擬合戦を行なう場合もあれば、相手かまわぬ乱戦で最後まで立っていた戦士に優勝の栄誉が与えられる場合もある。そして、一騎相《いっきあい》の闘いが主体となる形式の大会では、組み合わせが籤《くじ》で決められる場合もあれば、試合管理者の一存で決められる場合もある。

アッシュフォード公はこの大会を、愛娘《まなむすめ》十三歳の命名日を迎える記念として催すという。その娘は〈麗しの乙女〉となり、仮初《かりそ》めの〈愛と美の女王〉の役を担って、父親のとなりに座すことになっていた。〈愛と美の女王〉の寵愛を得てその身を護るのは、守護者《チャンピオン》を務める代理闘士五名だ。その他の参加者はすべて挑戦者となるが、守護者のひとりを打ち破った者は、自動的に守護者となり、ほかの挑戦者に敗れるまで、その地位はたもたれる。そして、三日におよぶ馬上槍試合がすべておわると、勝ち残った五人の守護者は、〈麗しの乙女〉に〈愛と美の女王〉の冠をかぶらせたままにしておくか、それとも別の乙女にかぶせるかを決める。

ダンクは草におおわれた槍試合会場と、観覧席の上の、まだだれもすわっていない椅子席を見つめ、自分が勝ち残れる可能性はどれくらいあるのだろうかと考えた。一勝だ。一勝あげさえすればいい。そうすれば自分は、アッシュフォード牧草地の守護者のひとりとして名を残せる。たとえ一時間後に敗れてしまってもだ。老士は六十年近くを生きて、守護者になったことは一度もなかった。

（守護者を夢見るのは、そこまで高望みではないはずだ――神々が嘉《よみ》したまうならば）

これまでに聞いた、さまざまな英雄の頌歌《しょうか》を思いだす。盲目であった〈星の目のシメオン〉、高貴なる〈鏡の楯のサーウィン〉、〈ドラゴンの騎士〉と呼ばれたプリンス・エイモン、サー・ライアム・レッドワイン、〈道化師フロリアン〉。いずれも、これからダンクが直面するどんな対戦相手よりはるかに恐ろしい敵を討ったことで知られる猛者たちだった。

（とはいえ、どの騎士も偉大な英雄であり、高貴な生まれの勇者たちだからな――フロリアンを別にすれば。それに引き替え、このおれはどうだ？〈蚤の溜まり場のダンク〉じゃないか。それとも、〈長身のサー・ダンカン〉というべきか？）

遠からず、真実はわかるだろう。ダンクは地面に降ろしていた具足袋を持ちあげると、露店の列に足を向けた――〈鋼のペイト〉を探すために。


野営地に帰ってみると、エッグはきちんと言いつけをまもっていた。ダンクは安堵した。またぞろどこかへいってしまってはいないかと、心中、ひやひやしていたのである。

「あの乗用馬、高く売れた？」少年がたずねた。

「どうしてあれを売ったとわかるんだ？」

「馬に乗って出ていって、歩いて帰ってきたんだもの。賊に奪われたのなら、もっとぷりぷりしてるはずでしょ」

「これを購《あがな》える程度の金にはなった」

ダンクはそういって、具足袋から新しい鎧を取りだし、少年に見せた。

「騎士になりたいなら、いい鋼と悪い鋼を見分けられるようになっておいたほうがいい。ここを見ろ、みごとな仕上げだ。この鎖帷子《くさりかたびら》は二重綴りでな、各環が二個ひと組ずつ、ほかの組と接合されている。ほらな？　こういう造りだと、一重綴りより丈夫なんだ。それに、この兜。ペイトは頭頂部に丸みを帯びさせてる。この曲面が見えるか？　剣や戦斧《せんぷ》で打たれても、すべってしまうのさ。平坦だったら、刃先が食いこんで、中の頭にまでおよびかねない」

ダンクは大兜を頭からすっぽりとかぶった。

「どうだ、見た目は？」

「面頬《めんぼお》がないね」エッグが指摘した。

「そのかわり、目穴と空気穴がある。面頬は弱点となるからな」

これは〈鋼のペイト〉の受け売りだった。あのときペイトは、つづけてこういった。

〝新鮮な空気を吸おうとして面頬をあげてるときにだぞ、片目を矢に貫かれた騎士がどれだけいると思うんだ？〟

「頭立《ずだて》もないね」とエッグ。「まるっきり飾り気がないや」

ダンクは大兜をはずした。

「飾り気なんてないほうが、おれみたいなのにはちょうどいいんだよ。この鋼の光沢、わかるな？　この光沢を失わないように、せっせと磨くのがおまえの仕事だ。鎧兜の磨きかたは知っているな？」

「砂の樽に入れてこするんでしょ。でも、そのための樽がないね。それから、天幕は買ってきたの、サー・ダンカン？」

「天幕まで買えるほどの値段では売れなかったんだ」

（この小僧、はばかりもなく、大胆にものをいうやつだな。ほんとうなら、ぶったたいて性根を矯正してやったほうが、この子のためなんだろうが……）もちろん、そんなことはしない。大胆なやつは好きだ。それに自分は、いっそう大胆にならないといけない局面でもある。（もっとも、大胆さでは、おれの従士どののほうが上か。頭の回転の速さでも）

「よく言いつけを守った。感心したぞ、エッグ」とダンクはいった。「あすはいっしょにこい。馬上槍試合の会場をじっくり見ておくことだ。あすは馬の飼料に燕麦《オート》を、自分たち用に焼きたてのパンを買う。チーズも少々だな。露店のひとつでいいチーズを売っていたから」

「城の中へは、入らなくてもいいよね？」

「かまわんよ。いずれはおれも城住みとなる身だ。死ぬまでには、上座側にすわれるようになりたいものだが」

少年は黙っていた。

（たぶん、城の大広間に入るのが怖いんだろうな）とダンクは思った。（まあ、むりもない。いずれ成長するさ）

ダンクはふたたび具足を愛《め》ではじめた。これを着用するときが待ちどおしい。


サー・マンフレッドは細身で、苦虫を嚙みつぶしたような顔の男だった。鎖帷子《くさりかたびら》の上から着ている黒い外衣《サーコート》にはドンダリオン家の紋章である紫の稲妻が走っている。だが、たとえその紋章がなくとも、鬣《たてがみ》のような赤金色の蓬髪《ほうはつ》だけで、ダンクにはすぐにこの男の見分けがついた。

「サー・アーランは、お父上にお仕えしていました。お父上がキャロン公と協力して、〈赤の山脈〉から〈禿鷹《ハゲタカ》の王〉をいぶりだしたときのことです」片ひざをついたまま、ダンクはいった。「当時、わたしは子供同然でしたが、従士を務めておりました。ペニーツリーのサー・アーランの従士です」

サー・マンフレッドは眉をひそめた。

「知らんな。そんな男は知らん。おまえもだ、若僧」

ダンクは老士の楯を見せた。

「これはサー・アーランの紋章――翼の生えた酒杯です」

「城主たるわが父は、騎士八百、徒士《かち》四千を率いて山脈へ乗りこんだ。それだけの兵の顔、いちいち憶えていられるものか。その兵たちの楯もだ。おまえもたしかに、そのなかにおったのかもしれん。だが……」

それだけいって、肩をすくめた。

ダンクはつかのま、ことばを失った。

（サー・アーランは、あんたの父親のために軍《いくさばたら》働きをして傷を負ったんだぞ。どうして忘れられるというんだ？）

「騎士か諸公のどなたかが身元を保証してくれぬかぎり、挑戦者として出場する資格を得られないのです」

「それがおれとなんの関係があるんだ？」とサー・マンフレッドはいった。「貴殿にはもう、充分におれの時間を割いた」

だが、サー・マンフレッドをともなわずに城へもどれば、出場資格を得られない。ダンクはサー・マンフレッドの黒いサーコートに刺繍された紫の稲妻に目をやり、いった。

「野営地でお父上が語られたその家紋の由来、憶えています。ある嵐の晩、貴家の開祖どのが伝書を携えてドーンとの境界地方《マーチズ》を越えたさいに、飛来した一本の矢によって開祖どのの乗馬は射殺《いころ》され、ご当人は地に投げだされました。そこへ闇の中から、敵が二名、飛びだしてきた。環帷子《リングメイル》に畝つきの兜はドーン兵のしるし。剣は落馬したときに下敷きになって、折れてしまっている。それに気づき、もうだめか、と覚悟した開祖どのを斬り刻まんものとドーン兵が迫りきたったそのとき、突如として天に稲妻が閃き、まばゆい紫に輝く稲妻はふたつに分かれ、ドーン兵の身につけた鋼を打ちすえて、立ったまま即死させせました。かくして伝書は嵐の王《ストーム・キング》のもとにぶじ届けられ、ドーンに対する勝利をもたらされたのでした。それに対する報賞として、王は伝令に貴族の位を授けられました。そして、開祖どのは初代ドンダリオン公となり、紋章として、〝星々をちりばめた黒地に走る、二股に割れた紫の稲妻〟を採用されたのでしたね」

これでサー・マンフレッドが感銘を受けると思っていたなら、大まちがいだった。

「父に仕えた者は、給仕の小僧から厩番にいたるまで、早晩、かならずその話を聞かされる。それを知っていたからといって、貴公が騎士であることの証拠にはならん。早々に引きとられよ」

どんよりと沈んだ気分で、ダンクはアッシュフォード城に引き返した――プラマーになんといえば、挑戦者の権利を認めてもらえるものかと思案しながら。だが、家令は塔の自分の部屋にはいなかった。衛兵にたずねてみると、大広間にいるかもしれないという。

「ここで待っていようか?」ダンクは衛兵にたずねた。「もどってくるまで、どのくらいだろう」

「おれが知るか。好きにしな」

ここの大広間は、よその城とくらべてさほど大きくはなかった。が、元来、アッシュフォード城は小さな城なのである。ダンクは横手の扉から大広間に入り、目で家令を探しもとめた。家令はすぐに見つかった。アッシュフォード公以下、十人強の男とともに、大広間の奥に立っている。壁にかかる、果実や花々をあしらったウールのタペストリーの下を、ダンクは一行のもとへ歩いていった。

「――あれらが兄者の子なら、もっと心配しているはずだろうが」

近づいていくと、ある男が憤然といきまくのが聞こえた。男の髪は直毛だ。その髪も角張った形に整えた顎鬚も、かなり明るい色で、暗い大広間の中では白く見える。だが、近づくにつれて、じつはそれが白ではなく、金色を帯びた淡い銀色であることがわかってきた。

「ディロンには前科があるからな」別の声が応じた。プラマーのからだで陰になっているため、声の主は見えない。「おまえもあれに槍試合出場を命ずるべきではなかったのだ。あれは武術大会向きの人間ではない。われらが兄弟のエイリスよりも、レイゲルよりもな」

「要するに、馬《ホース》に乗るよりも娼婦《ホー》に乗っているほうがふさわしいということか」と最初の男がいった。がっしりした体格の、見るからに屈強そうな王族《プリンス》は――あの人物はプリンスにちがいない――前面にびっしり銀鋲を打った革の小札鎧を身につけており、山鼬《オコジョ》の毛皮の縁どりがある厚地の黒いマントをはおっていた。両頬はあばただらけで、銀色の顎鬚でも一部しか隠せていない。「指摘されるまでもない、兄上、あれがわが息子《ディロン》の過失であることはもとより承知の上だ。しかし、あれはまだ十八――これから変われる。いいや、変わらねばならん、なにがなんでもだ。変われなかったときは、誓っておれがみずから引導をわたす」

「血迷ったことをいうでない。ディロンもああいう男だが、あれはおまえの、そしてわしの血を引く者でもあるのだぞ。なに、白騎士サー・ローランドがかならず見つけてきてくれようさ。エイゴンもいっしょにいるにちがいない」

「馬上槍試合がおわってしまったそのあとにか」

「エリオンもきているではないか。あれはつねづね、騎槍《ランス》のあつかいにかけてはディロンの上をいく男だった。おまえが案じているのが馬上槍試合のことなら、その点は心配いらん」

ここでようやく、ダンクにも第二の人物が見えるようになった。城主用の立派な椅子にすわって、片手に羊皮紙の束を持っている。肩のそばにはアッシュフォード公が控えていた。ああしてすわっていても、男の背の高さは一目瞭然だ。前に伸ばしている、長くまっすぐな脚から判断して、ほかの者たちよりも頭ひとつぶんは高いだろう。短く刈った黒髪にはだいぶ白いものが混じり、力強いあごはきれいに顎鬚を剃っている。鼻の曲がりぐあいから察するに、一度ならず折れたことがあるようだ。服装はごく地味な緑の胴衣《ダブレット》と、茶色のマント、履き古した長靴《ちょうか》というものながら、不思議に重厚さをただよわせており、全身に力強さと自信がみなぎっていた。

うっかり入りこんで、聞いてはならないやりとりを聞いてしまった——そういう思いはダンクにもあった。

（ここはいったん引きあげて、話がすんだころ、また出なおしたほうがいい）

が、そう思ったときにはもう手遅れだった。銀の顎鬚のプリンスが、いきなりダンクに視線を振り向けたのだ。

「きさま、何者か。何用でわれらの話に闖入《ちんにゅう》してきた」

苛烈な声だった。

「あれはな、われらが家令どのが来訪を待っていた騎士だ」ダンクにほほえみを向けて、公座につく人物がいった。そのほほえみからすると、ダンクが大広間に入ってきたときから、すでにこの人物はこちらに気づいていたらしい。「闖入者はむしろわれらのほうだぞ、弟よ。騎士どの——近う」

なぜ近くへこいといわれたのかわからぬまま、ダンクはにじるように歩を詰めた。プラマーに目を向けたが、助け船はない。きのうはあんなにも力強く見えた顔の細い家令は、いまは無言でその場に立ちつくし、うつむいて床の敷石を見つめている。

「高貴なる方々」ダンクはいった。「用とは……馬上槍試合に出場するため、サー・マンフレッド・ドンダリオンに身元保証をお願いしにいったのですが、断わられたことを報告するためです。おまえなど知らぬとあの方はおっしゃる。しかし、サー・アーランはたしかに、あの方にお仕えしたことがあります。誓ってほんとうです。わたしはサー・アーランの剣と楯を譲り受けた者で――」

「楯と剣が騎士を作るわけではない」大柄で禿頭《とくとう》、赤ら顔で丸顔の男がいった。アッシュフォード公だった。「プラマーより、そのほうの話は聞いた。その剣と楯がペニーツリーのサー・アーランなる者の所有物であることまでは認めるにしても、そのほうがたまたまサー・アーランの亡骸を見つけ、剣と楯を盗んだ可能性は否定できん。そのほうのことばを裏づける、もっとこう、強力な証拠がないかぎりはな。たとえば、なんらかの書きつけか――」

「ペニーツリーのサー・アーラン。それならよく憶えておるぞ」公座にすわった人物が、静かに口をはさんだ。「わしの知るかぎり、かの者が馬上槍試合で優勝したことはない。が、騎士の名に恥じぬ人物であったことはたしかだ。十六年前、キングズ・ランディングの武術大会では、模擬合戦にて、ストークワース公と〈ハレンの巨城《ホール》の落とし子〉を倒したこともある。さらにそれよりずっと前には、ラニスポートの武術大会にて、かの〈灰色《グレイ》の獅子〉そのひとを落馬させたこともあった。当時はまだ、あの獅子どのも半白《グレイ》ではなかったがな」

「その話、何度も聞かされました」とダンクは答えた。

長身のプリンスはまじまじとダンクを見つめた。

「ならば当然、〈灰色の獅子〉の本名も知っていよう」

一瞬、頭の中が真っ白になった。

(サー・アーランから千回も聞いた話じゃないか。獅子、獅子、あの獅子の名前、名前、名前……)

だめだ、どうしても思いだせない——あきらめかけたとき、唐突に、名前が浮かんできた。

「サー・デイモン・ラニスター！」思わず、大声が出た。「〈灰色の獅子〉！　いまはキャスタリーの磐城《ロック》城主の！」

「そのとおり」長身のプリンスは顔をほころばせた。「その〈灰色の獅子〉も、あすの試合には出場するぞ」

そういって、手にした羊皮紙の束をばさばさと振ってみせた。

銀の顎鬚のプリンスがいった。

「よくもまあ、そんな昔に、たまたまデイモン・ラニスターを落馬させた名もなき草臥《くさぶ》しの騎士など憶えていられたものだな」

「槍試合で騎槍《ランス》を交わした手練《てだれ》は、かならず憶えておくことにしているのさ」

「しかし、兄上、草臥しの騎士ごときと、なにゆえ槍試合をする機会が？」

「あれは九年前、嵐の果て城《ストームズ・エンド》でのことであったよ。バラシオン公が孫息子のひとりの誕生を祝って、武術大会を催すことになってな。籤《くじ》の結果、わしは第一試合にて、サー・アーランと対戦することになったのだ。たがいの騎槍が折れること四たび、やっとのことで、あの騎士を落馬させられたのは、五度めの懸け合いでのことであった」

「七たびです、失礼ながら」ダンクは思わず異論を唱えていた。「対戦相手はドラゴンストーン城のプリンスでした！」

しまった、ではこの方は——と思ったときには、もう手遅れだった。

〝うつけの《ランク》ダンク、鈍なること城壁のごとし〟。老士の叱声が聞こえるようだった。

「いかにも、そのとおり」鼻の折れたプリンスは鷹揚にほほえんだ。「ま、話には尾ひれがつくものだからな、わかっておる。貴公の老いたあるじどのを責めてはならんぞ。しかし、回数については、残念ながら、あれは四たびだった」

大広間が薄暗いことがありがたかった。耳が真っ赤になっている自覚があったからである。

「閣下《マイ・ロード》」（いかん、この呼びかけもまちがいだ）「殿下」

ダンクはすっとひざまずき、こうべをたれた。

「おっしゃるとおり、四たびでした。わたしはけっして……話を誇大には……老士からは――サー・アーランからは……おまえは鈍なること城壁のごとく、鈍重なること野牛《オーロクス》のごときやつだ、といつもいわれていましたので……」

「しかも、オーロクスのごとく屈強そうだな。その体格からするに」〈槍砕きのベイラー〉がいった。「苦しゅうない。立つがよい」

ダンクは立ちあがった。まだこうべをたれたままでいるべきかどうか、それとも、いまのことばで太子のご尊顔を拝することをゆるされたのかどうか、いろいろとまどいながら。

（おれが話をしているお相手は、ベイラー・ターガリエンさま――ドラゴンストーン城のプリンスにして、〈王の手〉、エイゴン征服王が創始された〈鉄の玉座〉の法定相続者――お世継ぎだ）

一介の草臥しの騎士ごときが、これほどの方に、いったいなにをお話しするというのか。

「で、殿下は――敗れたサー・アーランの馬と武具を返還され、その代償もとられなかったと聞いております」口ごもりながら、ダンクはいった。「老士は――サー・アーランは――殿下こそ騎士の鑑《かがみ》、と口癖のようにいっていました。いつの日か、七王国は殿下のご治世のもとで安泰を迎えるであろう、とも」

「まだまだ先の話であってほしいものだがな」とベイラー太子はいった。

「いえ、そんなことは」答えてすぐに、ダンクは血の気が引いた。もうすこしで、〝いまのはけして、国王陛下が早く死ねばよいという意味ではありません〟といいそうになったが、危ういところでそのことばを呑みこみ、かわりにこういった。「申しわけありません、ム＝ロード。ああ、いえ、その、殿下」

遅まきながら、ダンクはここにおいてようやく、銀の顎鬚のがっしりした人物が、ベイラー太子を〝兄上〟と呼んでいたことを思いだした。

（ではこの方も、ドラゴンの血を引く王子《プリンス》に決まっているじゃないか。おれはなんて阿呆なんだ）

この人物は、プリンス・メイカー——デイロン王の四人の王子で、最若年のプリンス以外の人物であろうはずがない。プリンス・エイリスは本の虫、プリンス・レイゲルは異常で内向的で病身だそうだから、王士を半分越えてまで、わざわざここへ馬上槍試合に出場しにくるとは思えない。しかし、プリンス・メイカーは、最年長の兄の陰に隠れがちではあるが、太子とはまたちがった形で恐るべき戦士だといわれている。

「出場資格を得たいのだな？」ベイラー太子がたずねた。「それを決めるのは試合管理者の管轄だが、わし自身は、貴殿の参加を拒む理由を見いだせん」

家令は深々とこうべをたれた。

「御意、殿下」

ダンクがもごもご礼をいおうとしたとき、プリンス・メイカーがさえぎった。

「貴殿の謝意、よくわかった。では、早々に退出願おう」

「わが弟の無礼を大目に見てやってくれ」ベイラー太子がいった。「弟の息子のうちのふたりがな、ここへ向かったはずなのに、いまだに到着しておらぬゆえ、はなはだ胸を痛めておるのだ」

「春の雨で各地の川が増水しています」ダンクはいった。「おそらく、おふたりとも遅れておいでなだけでしょう」

「おれは草臥しの騎士の助言を受けにここへきたのではない」プリンス・メイカーが兄にいった。

「もう下がってもよいぞ、騎士どの」ベイラー太子がダンクにいった。けして冷たい声ではなかった。

「かしこまりました、閣下」ダンクは一礼し、背を向けた。

が、大広間を退出しないうちに、背後から太子の声がかかった。

「騎士どの、もうひとつ——。貴殿はサー・アーランの実子ではないのだな？」

「ちがいます、ム＝ロード。いや、つまり、おっしゃるとおりです。実子ではありません」

太子はそれを受けて、ダンクが肩にかけている傷《いた》んだ楯にあごをしゃくった。楯表には翼の生えた酒杯が描かれている。

「法により、騎士の紋章を受け継げるのは、実子のみと定められておる。したがって貴殿は、新たな図案を用いた自分自身の紋章を新調せねばならん」

「そうします」とダンクは答えた。「あらためてお礼をいいます、殿下。きっと勇敢に闘いますので、ごらんになっていてください」

（老士がよくいっていたように、〝〈槍砕きのベイラー〉のごとく勇敢に〟だ）

何人ものワイン売りやソーセージ作りがにぎやかに呼び売りをし、娼婦たちがなれなれしく客引きしながら、露店や天幕のそばを歩きまわっている。娼婦のなかにはずいぶん器量よしもいた。とくに、ある赤毛の娘はかなりの色女で、蠱惑的にしなを作って目の前を通りかかったとき、ダンクは思わず、ゆるいドレスの下でゆれるおっぱいに見とれてしまった。懐に残った銀貨の数を考える。

（抱こうと思えば、抱くことはできる。この女も、おれの銀貨の響きは好きだろう。その気になれば、野営地に連れて帰って、ひと晩じゅういっしょにいることだってできる）

いまだかつて、女と寝たことはない。そして、最初の懸け合いで死ぬかもしれないことは重々承知している。馬上槍試合は危険な競技なのである。しかし……娼婦というものも危険な場合があるぞと、老士からは教わっている。

（眠っている隙に盗みを働かれるかもしれない。そうなったら、どうする？）

赤毛の娘が肩ごしにふりかえった。だが、ダンクはかぶりをふり、その場から歩み去った。

ふと見ると、エッグが人形芝居を見物していた。地べたに脚を組んですわりこみ、禿頭《とくとう》を隠すためだろう、頭にマントのフードを引きかぶっている。少年は城に入るのをいやがった。それはたぶん、照れくさいし、恥ずかしいからだろう。

（諸公や公妃と同じ場所にいる価値など、自分にはないと考えているんだろうな。ましてや、王国の王子《プリンス》たちといっしょなど、もってのほかだと）

子供のころは、自分もそうだった。〈蚤の溜まり場〉の外は、刺激的なだけでなく、恐ろしい場所でもあったのだ。

（時がたてば、エッグも平気になるさ。心配いらない）

当面は、いやがる少年を引きずって城に連れていくより、銅貨を何枚か握らせて、露店を気ままに冷やかさせてやったほうが、むしろ親切というものだろう。

昨夜の人形遣い一座は、けさはフロリアンとジョンクィルの物語を演目に選んでいた。例の太ったドーン女が操るのは、道化のまだら服じみた鎧をつけたフロリアン、背の高い娘が操っているのは、ジョンクィルだ。

「そなたは騎士ではありません」ジョンクィルの口をぱくぱくと動かしながら、背の高い娘が声色を使った。「そなたのことはよく知っています。〈道化師フロリアン〉ですね」

「いかにも、マイ・レディ」もう一体の人形がひざまずく。「かつて世に出た、もっとも偉大な道化であると同時に、もっとも偉大な騎士でもありまする」

「道化《フール》にして騎士とな？」とジョンクィル。「そのような者のこと、聞いたこともありませぬ」

「麗しのレディよ」とフロリアンはいった。「こと女性に関するかぎり、すべての男は愚者《フール》であり、すべての男は騎士なのです」

いい芝居だった。甘くせつなく、終幕付近には派手な立ちまわりもあり、美しく彩色された巨人も登場した。芝居がおわると、太ったドーン女が客のあいだをまわって見物料を受けとるあいだ、背の高い娘は人形たちをしまいにかかった。

ダンクはエッグをともない、娘のもとへ歩いていった。

「あの、なんでしょう？」

横目でこちらを見やり、すこし不安そうな笑みを浮かべて、娘はたずねた。頭ひとつぶん、ダンクより低いが、それでも、これまでに見たどんな女よりも背が高い。

「すごかった」エッグが感激の口調でいった。「人形の動かしっぷりがとてもいい。ジョンクィルもドラゴンも、ぜんぶ最高だ。去年も人形芝居を見たけど、動きがもっとカクカクしてた。こっちのがずっとなめらかだ」

「どうもありがとう」娘は少年に、丁重に礼をいった。

ここで、ダンクもいった。

「人形の彫刻もすばらしい出来だ。とくに、ドラゴンがいい。恐ろしさがよく出てる。手製かい？」

娘はうなずいた。

「彫ったのは叔父なの。色はわたしが塗ったんだけど」

「ひとつ、色塗りをたのめないだろうか。手間賃はちゃんと払うから」そういって、肩の楯を降ろし、表を娘に向けて見せた。「この杯の上に、別の絵を描かなきゃいけないんだが」

娘はちらりと楯の絵を見てから、ダンクに視線を向けた。

「どんな絵がご希望かしら」

そこまではまだ考えていなかった。老士の紋章が翼の生えた酒杯だとしたら、自分のはなんだ？　なにも思いつかない。

〝うつけ《ランク》のダンク、鈍なること城壁のごとし〟

「それが……なにを描けばいいのやら」みじめな思いで気がついた。耳がまたぞろ赤くなりつつある。

「さぞかし、愚かなやつだと思ってるだろう？」

娘はほほえみ、答えた。

「〝すべての男は愚か《フール》であり、すべての男は騎士なのです〟」

「色は何色がある？」それがヒントになるかと思って、ダンクはたずねた。

「色は混ぜて作るから、どんな色でもお好みのままよ」

老士の茶色い紋地を、ダンクはいつも、くすんでいると思っていた。

「地の色は夕陽の色がいいな」気がつくと、口がそう動いていた。「老士は夕陽が好きだったんだ。図案は……」

「楡の樹はどう？」エッグがいった。「大きな楡の樹。あの小川のほとりに立ってるやつみたいな。幹は茶色に塗って、枝に緑の葉を散らしてさ」

「それだ。それがいい。そうか、楡の樹……ただし、上にひとつ、流れ星を描き加えてくれないか。どうだい？」

娘はうなずいた。

「その楯、預りましょう。今夜のうちに描きあげて、あすにはお返しするわ」

ダンクは楯を差しだした。

「おれは〈長身のサー・ダンカン〉と呼ばれている」

「わたしはタンセル」そういって、娘は笑った。「〈背が高すぎのタンセル〉って、男の子たちから呼ばれたものよ」

「背が高すぎるなんてことはない」ダンクは本音を口にした。「ちょうどいい背丈だよ、おれ……」

〝おれには〟といってしまう寸前になって気づき、思いとどまった。顔が真っ赤になっていた。

「なににちょうどいいの？」小首をかしげて、タンセルがたずねる。

「その、人形操りにな」といって、ダンクはあやふやにごまかした。

馬上槍試合の初日は快晴のうちに夜明けを迎えた。ダンクは袋一杯の食料を買いこんできており、朝食には鵞鳥《ガチヨウ》の卵、鍋でトーストしたパン、ベーコンを食べるつもりでいたが、いざ調理をおえると、まったく食欲がないことに気がついた。きょうは試合で馬に乗りはしない。第一試合で守護者《チャンピオン》に挑戦する権利は、高貴な生まれの騎士や高名な騎士、諸公とその子弟、これまでの馬上槍試合で守護者を務めた者にのみ与えられる。そうとわかってはいても、腹が岩のように固く張っていた。

朝食のあいだじゅう、エッグはずっとしゃべりどおしで、あの騎士がどうの、この騎士がどうのと論評し、どんな闘いぶりをするかを説明していた。

（七王国じゅうの優秀な騎士をひとり残らず知っているといっていたが、あれはまんざら、誇張でもなかったようだな）

少々癪《しゃく》にさわった。こんなに痩せて筋張った子供の講釈に耳をそばだてるのは、どうにも情けない。だが、エッグの知識は、講釈を受けた騎士のひとりと馬上槍試合で闘うことになった場合、役にたつかもしれない。

牧草地にはどっと見物人がくりだして、より試合場の近くから闘いを見物しようと押しのけあっていた。ダンクは人ごみをかきわけるのに慣れていたし、たいていの人間よりも大きい。見物人たちを押しのけ、隙間をすりぬけて前に進み、柵から六メートルほど手前にある小高い隆起で足をとめた。エッグが人の尻しか見えないと文句をいうので、ダンクは肩車をしてやった。

試合場を隔てた向こうに観覧席が見える。高貴な生まれの諸公や淑女たち、少数の裕福な町民や、きょうは試合に出ないことにした約二十名の騎士でぎっしりだ。プリンス・メイカーの姿はどこにもなかったが、ベイラー太子の姿はアッシュフォード公のとなりに見えた。陽光のもと、マントを肩のところで留めた黄金の留め具や、こめかみの位置で頭の周囲を取りまく細い小冠がきらめいているが、服装は貴族たちよりもずっと質素だった。

（ちっともターガリエンらしく見えないな。髪も黒髪だし）

ダンクはそう思い、それをエッグにいってみた。

「母親似だっていうよ」少年は答えた。これはダンクも知っていて当然のことだった。「その母親はドーンの公女《プリンセス》だったんだってさ」

五人の守護者は、試合場の北端に、川を背にして天幕を立てていた。ひときわ小さな天幕二張りはどちらもオレンジ色で、入口の垂れ幕の外に立ててある楯には、白い日輪と楔《くさび》の紋章が描かれている。

だとしたら、あの天幕はそれぞれ、アッシュフォード公の息子であり、〈麗しの乙女〉の兄弟である、アンドロウとロバートのものだ。ふたりの武勇をほかの騎士たちがうわさするところは聞いたことがない。とすれば、守護者のうちで早々に倒れるのは、あのふたりである可能性が高い。

オレンジ色の天幕のとなりには、ずっと大きく、濃い緑に染められた天幕が立っていた。その中央支柱の上には、ハイガーデン城を示す黄金の薔薇《バラ》の旗が翻っている。天幕の垂れ幕の外に立てられた大きな緑地の楯にも、やはり同じ紋章が描かれていた。

「あれはレオ・タイレルだよ、ハイガーデン城主の」エッグが説明した。

「それくらい知ってるさ」いらっとして、ダンクは答えた。「老士といっしょに、ハイガーデン城に仕えたことがあるんだ。おまえが生まれるよりも前の話だぞ」

その当時のことは、じつはよく憶えていないが、サー・アーランからはよく、〈長き棘のレオ〉の話を聞かされていた。ときどき老士は、〝髪はもう半白のくせに、いまもなお無双の槍試合巧者《やりじあいごうしゃ》〟と呼んでいたものだ。

「天幕のそばに立っているあの細身の人物——緑と金の装いに身を固めた半白鬚の人物は、レオ公にちがいないな」

「うん、あってる」エッグが答えた。「前にキングズ・ランディングで見たことがあるんだ。あれはあんまり、挑戦したくなる人物じゃないよ」

「あのな、小僧——だれに挑戦しようと、おまえの助言はいらん」

四張りめの天幕は、紅白の菱形の布を交互に縫い合わせたものだった。ダンクには見覚えのない柄だったが、エッグによると、あの柄はサー・ハンフリー・ハーディングという、〈アリンの谷間《ヴェイル》〉に封地を持つ騎士に特有のものだという。

「昨年、乙女《メイドン》の池《プール》の町で一大模擬合戦が開催されたときに、優勝したのがあの人物なんだ。それも、ダスケンデールのサー・ドネルばかりか、アリン公やロイス公を打ち破っての優勝だよ」

最後の天幕は、王孫《プリンス》ヴァラーのものだった。布地は黒のシルクで、天布からは先端の尖った長大な真紅の三角旗がたれさがり、それが一条の長い炎のように見える。天幕の外に立ててある楯は漆黒で、ターガリエン家の紋章である三頸《みつくび》ドラゴンが描かれていた。楯のそばには〈王の楯《キングズガード》〉の騎士がひとり立っている。その光沢ある純白の鎧が、天幕の黒い生地によく映えた。天幕のそばに控える白騎士を見て、ダンクはいぶかしんだ。はたして、ドラゴンの楯に馳せ向かう気になれる挑戦者などいるものだろうか。なんといっても、ヴァラーは現国王の孫であり、〈槍砕きのベイラー〉の子息なのだから。

だが、喇叭《ラッパ》が吹き鳴らされ、挑戦者の名乗り出をうながし、〈麗しの乙女〉を守る五人の守護者に集合せよの合図が出されたとき、それは無用の心配であるとわかった。おおぜいの見物人から興奮のざわめきがあがるなか、試合場の南端から、ひとり、またひとりと、挑戦者たちが現われたのである。紋章官が順番に、挑戦する騎士の名を呼ばわっていく。名前を呼ばれた騎士は、順次、観覧席の前に馬を進めていき、騎乗のまま、アッシュフォード公、ベイラー太子、〈麗しの乙女〉に槍先を下げ、あいさつをしてから、くるりと馬首《ばしゅ》をめぐらして、走路の北端に向かっていった。対戦する守護者を選ぶためである。まず、キャスタリーの磐城《ロック》の〈灰色の獅子〉が騎槍《ランス》の先でタイレル公の楯を突いた。ついで、その金髪の世継ぎであるサー・タイボルト・ラニスターがアッシュフォード公の長子の楯をつつく。リヴァーラン城のタリー公は、サー・ハンフリー・ハーディングの楯を——赤と白の小菱がびっしりとならぶ楯をつつき、サー・アベラー・ハイタワーはプリンス・ヴァラーの楯をつついた。アッシュフォード公の次子の楯をつついたのは、〈笑う嵐〉の異名をとる騎士、サー・ライオネル・バラシオンだった。

　選択がすむと、挑戦者たちは南端に帰ってきて、対戦相手の登場を待った。銀色と暗灰色の甲冑《かっちゅう》に身を固めたサー・アベラーは、頂《いただき》で炎が燃える石積み望楼を描いた楯を持っている。全身赤備《あかぞな》えのラニスターふたりが携えているのは、キャスタリー・ロック城の紋章たる、黄金の獅子を描いた楯だ。金色《こんじき》の外衣《サーコート》も艶《あで》やかな〈笑う嵐〉は、胸と楯に黒い牡鹿の紋章を宿し、一対の鉄の鹿角《ろっかく》を植えこんだ大兜をかぶっていた。タリー公がまとう青と赤の縞柄マントは、両肩のところを銀の鱒《マス》で留めている。この五騎が、長さ三メートル半の騎槍をいっせいに真上に立て、宙に高くそそりたたせた。おりしも吹いてきた突風が、各騎槍の先端に結わえられた槍旗《そうき》を荒々しくはためかせる。

　いっぽう、試合場の北の端では、従士たちが壮麗な馬鎧《うまよろい》をつけた軍馬の手綱をとっていた。五頭の軍馬に打ちまたがるのは守護者たちだ。五人とも、すでに大兜をかぶって、騎槍と楯を携えており、その偉容は挑戦者にも劣らない。アッシュフォード公の子息らはオレンジ色のシルクのサーコートを風にはためかせていた。サー・ハンフリーがまとうのは、紅白の小菱がいくつもならぶサーコートだ。レオ公がまたがる白い軍馬には、緑色の繻子《サテン》に黄金の薔薇《バラ》をいくつもちりばめた馬衣がかぶせられている。そしてもちろん、最後はヴァラー・ターガリエンの番だった。〈若きプリンス〉の乗る軍馬は夜のように黒く、主人の甲冑、騎槍、楯、サーコートと同じ色調をしている。頭にかぶる大兜の上で大きく翼を広げ、燦然と輝いているのは、鮮烈な赤の琺瑯《ほうろう》を引いた三頭《みつくび》のドラゴンにほかならない。同じ意匠は、黒い楯のつややかな表にも描かれていた。守護者のひとりひとりが片腕にオレンジ色のシルクをつけているが、これは〈麗しの乙女〉が手ずから結んだものだ。

　守護者勢が位置につくと、アッシュフォード牧草地じゅうがしんと静まり返った。ついで、一本の喇叭が高らかに吹き鳴らされるや、鼓動半分のうちに静けさは破れ、一転して大歓声が湧き起こった。一千の観客が声をかぎりに叫び、声援を送るなか、十組の足にきらめく金鍍金《きんときん》の拍車が、十頭の堂々たる軍馬の腹にぐっと食いこむ。四十の鉄蹄《てってい》がいっせいに地を踏みつけ、草を踏みにじり、試合場を震撼《しんかん》させて疾駆しはじめた。十本の騎槍がすっと前方に倒され、固定される。守護者と挑戦者たちはたがいに馳せ向かい――木と鋼の塊となって激突した。一瞬ののち、双方とも駆けちがい、いったん馬足《ばそく》をゆるめてから、つぎの突撃のため、すばやく馬首を返す。タリー公は鞍上《あんじょう》でよろめいたものの、かろうじて落馬をまぬがれた。見ると騎槍は十本が十本とも折れている。それに気づいた庶民たちの口から、咆哮にも似た大歓声があがった。これは馬上槍試合の成功をほのめかす吉兆であり、競技者たちの腕前のあかしでもあるからだ。

騎士たちが折れた騎槍を横に放りだす。すぐさま従士たちが駆けよって、替えの騎槍を手渡した。各騎士はふたたび拍車をぐっと馬腹《ばふく》に食いこませた。ダンクは靴底を通し、足の下の大地が鳴動するのを感じとった。エッグは肩の上で興奮して叫び、小枝のように細い腕をふりまわしている。〈若きプリンス〉がいちばん手前の走路を駆けぬけた。と、ダンクが見まもる前で、黒い騎槍の先端が敵の楯に描かれた望楼の絵に触れ、楯の表をすべっていき、相手の胸当てに激突して――同時に、サー・アベラー・ハイタワーの騎槍もしたたかにヴァラーの胸当てを突いたが、これはばらばらに砕け散り、衝撃を与えそこねた――銀色と暗灰色の馬鎧におおわれた葦毛の牡馬が衝撃で棹立《さおだ》ちになったため、サー・アベラーのからだは鐙《あぶみ》から浮きあがり、勢いよく地に転落した。

サー・ハンフリー・ハーディングの騎槍を受けて落馬したのはタリー公も同様だったが、こちらはすばやく跳ね起き、長剣を引きぬいた。それを見たサー・ハンフリーは、騎槍を投げ捨て――これはいまだ折れていない――下馬して徒《かち》の闘いを挑んだ。サー・アベラーのほうは、タリー公とちがって地に倒れ伏したままだ。従士が急いで駆けより、大兜を脱がすと、大声で助けを呼んだ。すぐさま、ふたりの従者が駆けつけてきて、ぐったりとした騎士を両脇からかかえ、ハイタワーの天幕のほうへ連れていった。試合場のほかの走路では、もう六騎の騎士がなおも馬上にあり、三度めの懸け合いを行なおうとしていた。さらに何本かの騎槍が砕けた。今回はレオ・タイレル公が、騎槍の先で器用に〈灰色の獅子〉の大兜を狙い、頭から脱がしてのけた。顔がむきだしになったキャスタリー・ロック城の城主は、手を突きだして合図し、馬を降りて敗北を認めた。このころには、サー・ハンフリーがタリー公を降参させており、騎槍だけではなく、剣技にも長けていることを証明していた。

タイボルト・ラニスターとアンドロウ・アッシュフォードは、その後もなお馳せ向かうこと三度におよび、ついにサー・アンドロウが楯を破られ、馬上での安定を破られ、勝負に破れた。弟のほうのアッシュフォードはさらにもうすこし粘りを見せ、〈笑う嵐〉ことサー・ライオネル・バラシオンを相手に、九度もの懸け合いを持ちこたえた。十度めでともに落馬し、立ちあがって剣を引き抜きざま、相手の鉄棍と渡りあいはしたものの、結局、さんざんに打ちのめされて、とうとうサー・ロバート・アッシュフォードも負けを認めた。だが、息子たちが敗れても、観覧席上の父公は意気消沈どころか、得意満面の顔をしていた。たしかにアッシュフォード公の息子は、ふたりとも守護者の地位を失いはした。とはいえ、七王国でもひときわ傑出した騎士二名を相手に、これほど雄々しく善戦してみせたのだ。

（あれよりもみごとな闘いぶりを見せねばならないわけだ）勝者と敗者が抱擁し合い、ともに試合場から歩み去るのを眺めながら、ダンクは思った。（だが、善戦しても、負けてはなんにもならない。すくなくとも一勝は、挑戦者として勝ちをあげねば。一勝できねば、すべてがおわる）

かくして、敗れたアッシュフォード兄弟に代わり、サー・タイボルト・ラニスターと〈笑う嵐〉が守護者の立場に加わった。早くも北端に立つオレンジ色の天幕は撤収されようとしている。そこから一メートル離れたところでは、大きな黒い天幕の前で、〈若きプリンス〉が一段高く設置した将几《しょうぎ》に悠然と腰かけているのが見えた。大兜は脱いでいる。髪は父親とちがって茶色だが、そこにひとすじ、明るい色をした条《すじ》が入っていた。ひとりの従者が銀のゴブレットを差しだすと、プリンスはぐびりと中身を飲んだ。

（あれは水のはずだ――あの人物が賢明ならば）とダンクは思った。（ワインであってはならない）

気がつくとダンクは、プリンスの技倆に疑いを持ちはじめていた。ヴァラーはほんとうに父太子の武勇を受け継いでいたから勝てたのか。それとも、たんに、いちばん弱い敵に当たっただけなのか。

そのとき、いくつもの喇叭が鳴り響いて、さらに三騎の挑戦者が入場したことを告げた。紋章官が三人の名前を呼びあげていく。

「キャロン家のサー・ピアース――〈境界地方《マーチズ》の長《おさ》〉」

楯に描かれているのは銀の竪琴だが、サーコートには多数の小夜啼鳥《さよなきどり》があしらわれている。

「マリスター家のサー・ジョーゼス――海の護り城《シーガード》所属」

サー・ジョーゼスの大兜には左右に翼が取りつけられていた。楯には藍色の空に銀の鷲が飛ぶ絵が描かれている。

「スワン家のサー・ガウエン――怒りの岬の石兜城《ストーンヘルム》城主」

左腕にはめた楯は、中央の縦線の左右で地色が白と黒に塗り分けられ、黒地には白鳥が、白地には黒鳥が描かれており、はげしく争っていた。ガウエン公の甲冑や、マント、馬鎧も、同じく白と黒の縞模様でおおわれ、長剣の鞘や騎槍までもが白黒の縞に塗ってある。

著名な竪琴奏者であり、吟唱者でもあり、騎士でもあるキャロン公は、騎槍の先端でタイレル公の薔薇の楯を突いた。サー・ジョーゼスはサー・ハンフリーの赤白菱形の楯を、黒と白の騎士ガウエン・スワン公は、白騎士に警護された黒のプリンスの楯を突いた。それを見て、ダンクはあごをなでた。

ガウエン公は老士よりも齢がいっている。老齢で体力が衰え、命を落とした、あの老騎士よりもだ。ダンクは肩の上のエッグにたずねた。少年はこの騎士たちについてもよく知っているようだったからである。

「エッグ――この挑戦者のなかで、いちばん手ごわくないのはだれだろう？」

「ガウエン公だね」少年は即座に答えた。「ヴァラーの敵の」

「プリンス・ヴァラーといえ」ダンクはしかった。「従士たるもの、ことばづかいには気をつけねばならないぞ、小僧」

三人の挑戦者が所定の位置につくあいだに、三人の守護者は馬にまたがった。ダンクたちの周囲で賭けがはじまった。観客はそれぞれ気にいりの騎士に声援を送っている。しかし、ダンクはひたすら、プリンスだけに視線を注いでいた。最初の懸け合いで、プリンスの騎槍はガウエン公の楯をななめに突き、丸めた槍の先端は、サー・アベラー・ハイタワーの例と同じく、楯の上をすべっていったが、今回すべっていった先は、胸当ての側ではなく、なにもない空中の側だった。ガウエン公の騎槍は、プリンスの胸当てに当たってきれいに砕け、一瞬、ヴァラーは突きあげられて落馬しかけたものの、危ういところで、鞍に腰を落とした。

二度目の懸け合いで、ヴァラーは騎槍を前より左に振り向け、敵の胸当てを狙ったものの、騎槍が突いた先は肩だった。それでも充分な打撃があったものと見えて、老齢の騎士は騎槍を取り落とし、片腕を振りまわして体勢を整えようとしたが、結局、こらえきれずに落馬した。〈若きプリンス〉は鞍を飛びおり、剣を抜いた。が、落馬したガウエン公は両手を振り、面頬《めんぽお》をはねあげて、

「降参する、殿下」と大声でいった。「その闘いぶり、みごとなり」

観覧席の貴賓たちも大声でそれに倣い、「みごとなり！　みごとなり！」と誉めそやしだすなか、

ヴァラーは地にひざをついて、半白の老城主が立ちあがるのに手を貸した。

「ちっともみごとなんかじゃないや」エッグが文句をいった。

「口をつぐんでいろ、エッグ。さもないと、野営地に帰すぞ」

ヴァラーたちの向こうでは、サー・ジョーゼス・マリスターが失神し、試合場から運び去られつつあった。さらにその向こうでは、竪琴の騎士と薔薇の騎士が刃をつぶした長柄斧《ながえおの》で派手派手しく打ち合っており、観客は大喜びで声援を送っていた。しかしダンクは、ヴァラー・ターガリエンの槍試合ぶりを顧みるのに手いっぱいで、ほかの競技者のようすがまるで目に入っていなかった。

(いっぱしの騎士ではある。しかし、それ以上の者ではない)気がつくと、そんなことを考えていた。(あのプリンスが相手なら、勝ち目があるかもしれない。神々が嘉《よみ》したまえば、落馬さえさせられるかもしれない。ひとたび徒立《かちだ》ちの闘いとなったら、おれの体重と力がものをいう)

「やっつけろぉ!」エッグがうれしそうに叫び、ダンクの肩の上で身をよじった。すっかり興奮しているようだった。「やっつけろ! ぶったたけ! そうだ! そこだ、そこ、やれ!」

どうやら応援しているのはキャロン公のほうらしい。竪琴の騎士ことキャロン公は、いまは竪琴を使わぬ調べを奏でており、鋼の歌を響かせながら、レオ公をどんどん後退させていた。観客の支持はほぼ二分されているようだ。朝の空気の中で、声援と罵声が奔放に交錯する。ピアース公の斧がレオ公の楯を打ちすえるたびに木片が飛び散り、一枚、また一枚と黄金の薔薇の花びらが削られていって、とうとう楯そのものが割れた。だが、打擲《ちょうちゃく》をつづけるうちに、つかのま、斧頭《ふとう》が楯板にめりこんで抜けなくなり……その一瞬を逃さず、レオ公の斧が敵の斧の長柄に襲いかかり、手から三十センチと離れていないところで斧頭を断ち切った。レオ公は割れた楯を放りだし、以後は攻める側にまわった。時を置かずして、竪琴の騎士は地に片ひざをつき、降伏の歌を歌った。

午前の残りと午後のかなりの時間を通じて、そんな調子の闘いがつづき、挑戦者たちは二騎、三騎、ときに五騎そろって守護者に挑んだ。そのつど喇叭が吹き鳴らされ、紋章官が挑戦者の名を呼ばわり、軍馬が突撃し、観衆は歓声をあげ、騎槍が小枝のように砕け散り、長剣が大兜や鎧を打つ音が響いた。庶民も貴族もそろって、みごとな馬上槍試合がつづくこの日に快哉を叫んでいる。ハーディング家のサー・ハンフリーと、ビーズベリー家の、これも同じサー・ハンフリーは——後者は黄と黒の縞柄の装いで統一し、三つの蜂の巣が描かれた楯を持つ、豪胆な若者だ——騎槍が砕けること十二度という、稀代の白熱戦をくりひろげた結果、庶民たちはすぐさま、この名勝負を〈ハンフリーの闘い〉と呼びはじめた。サー・タイボルト・ラニスターは、サー・ジョン・ペンローズに落馬させられ、そのさい剣を折ってしまったが、それでも楯だけで闘いぬき、守護者の座を護りぬいた。片目のサー・ロビン・ライスリングなる、ごま塩の顎鬚をたくわえた半白の老騎士は、レオ公の騎槍により、最初の懸け合いで大兜を飛ばされたが、頑として降参することを拒否した。それから懸け合うこと三度、サー・ロビンは、向かい風に半白の髪をなびかせ、砕けた槍の破片の雨が木の短剣のごとくむきだしの顔に降りかかるのもかまわず、敢然と槍試合をつづけた。エッグによれば、サー・ロビンは五年たらず前、砕けた騎槍の破片がやはりむきだしの顔に当たって片目をなくしたという。それでもなお、ああして兜をかぶらず、試合をつづけられることが、不思議ですらあった。騎士道精神に富むレオ・タイレル公は、防護のないサー・ロビンの頭をけっして狙わないようにしているが、いくら相手の配慮があるとはいえ、それでも試合を放棄しようとはしないサー・ロビンの、頑迷なまでの勇猛さに（それとも愚かさか?）、ダンクは終始、驚かされどおしだった。やっとのことで、ハイガーデン城の城主レオ公が、サー・ロビンの胸当ての、心臓の真上あたりを突いた。ここにおいて、サー・ロビンは後方に吹っとび、くるくる回転しながら地に落下して、勝負に決着がついた。

サー・ライオネル・バラシオンも、この日は数度、世に謳われる名勝負を披露した。相手が実力で劣ると見るや、〈笑う嵐〉は敵の騎槍が自分の楯に触れる瞬間、哄笑をほとばしらせることが多い。そしてその哄笑は、以後、馬を駆り、突進し、敵の足を鐙から浮かせ、落馬させる時点まで、ずっとつづく。挑戦者が大兜になんらかの立物《たてもの》をつけていると、サー・ライオネルはわざとその立物に槍を打ちつけ、観衆のほうへ弾き飛ばす。立物は通常、凝った装飾品であり、木彫や成型した革の飾りが多く、ときには金鍍金《きんときん》をかぶせたものや琺瑯引きのものもあるし、なかには純銀を鋳造したものさえあるので、立物を弾き飛ばされた騎士はけしてこの癖を歓迎しないが、見物の庶民たちには大好評をもって迎えられた。

ほどなくして、サー・ライオネルを選ぶ挑戦者は、兜になんの立物もつけていない者だけとなった。もっとも、〈笑う嵐〉がことあるごとに大声で笑いながら挑戦者を退ける姿を見るうちに、ダンクは心中、本日のほんとうの殊勲者は、いずれも手練《てだれ》の騎士十四人を破った、ハンフリー・ハーディングだなと思うようになっていた。

この間、〈若きプリンス〉はおおむね黒い天幕の外で将几にすわって、銀のゴブレットでなにかを飲んでおり、ときおり馬にまたがって、たいしたことのない相手を倒すことに終始していた。あげた勝利は九勝だったが、ダンクにはどの勝利も実のないものに思えた。

（あのプリンスが倒すのは、老人や、特例で出場をゆるされた従士、生まれは高貴だが腕の悪い貴族ばかりだ。ほんとうに危険な敵は、プリンスの楯が見えないかのように素通りして挑戦しない）

同日後刻、ファンファーレが高らかに鳴り響き、新たな挑戦者が試合場に入ってきたことを告げた。新たな挑戦者がまたがっているのは、大きな緋毛《あかげ》の軍馬で、その黒い馬鎧には随所に切れ目があり、その下の黄色、真紅、オレンジ色の下地を覗かせていた。挑戦者が観覧席に近づいて礼をしたとき、はねあげた面頬《めんぽお》の下に覗く顔を見て、ダンクにはそれがだれかわかった。アッシュフォード公の厩で遭遇したあのプリンスだ。

いきなり、エッグの脚がぐいぐいとダンクの首を締めつけてきた。

「こらこら、締めるな」ダンクは叱りつけ、少年の両脚をぐいと開いた。「絞め殺す気か」

「〈赫突《かくやく》の炎〉、プリンス・エリオン」と紋章官が呼ばわった。「キングズ・ランディングの赤の王城《レッド・キープ》所属、ターガリエン家の夏の城館《サマー・ホール》のプリンスであられるメイカー王子のご令息にして、アンダル人・ロイン人・〈最初の人々〉の王、七王国の統治者たるデイロン有徳王のご令孫、ご入場」

エリオンの楯にも三頭ドラゴンが描かれていた。だが、こちらのほうがヴァラーのそれよりずっと色彩が鮮烈だ。ひとつの頸はオレンジ色、ひとつの頸は黄色、ひとつの頸は赤に塗り分けられており、各々のあぎとが吐く炎の息吹《ブレス》は、金箔の輝きを帯びている。サーコートは煙の色と炎の色の糸を織りあげたもので、黒塗りの大兜の上には、燃えあがる炎を模した、真っ赤な琺瑯引きの頭立《ずだて》が屹立していた。

ベイラー太子の前で馬をとめ、騎槍の先を下げてあいさつし――ほんのつかのまの、おざなりともいえるあいさつだった――プリンスは駆け足で試合場の北端に馬を進めていき、レオ公の天幕の前を通りすぎ、〈笑う嵐〉の天幕の前を通りすぎ、プリンス・ヴァラーの天幕まできて、ようやく馬足《ばそく》をゆるめた。〈若きプリンス〉は腰をあげて、楯の横にぎごちなく立った。ダンクは一瞬、エリオンがヴァラーの楯を突くつもりかと思ったが……そこでエリオンは笑い、速足で馬を進めさせて、サー・ハンフリーの紅白菱形紋の楯を音高く突いた。

「立ち合え立ち合え、チビの騎士」エリオンは朗々と響く声で歌った。「ドラゴンと闘《や》るお時間だ」

サー・ハンフリーは、プリンス・エリオンにぎくしゃくと会釈をし、自分の軍馬が引かれてくると、エリオンには目を向けぬまま馬にまたがって、大兜をかぶり、兜の緒《ひも》を締め、騎槍と楯を手にとった。観客たちが固唾を呑んで見まもるなか、ふたりの騎士が各自の位置につく。ダンクの耳がガシャンという金属音をとらえた。プリンス・エリオンが面頬を閉じた音だった。喇叭が吹き鳴らされた。

サー・ハンフリーはゆっくりと駆けだして、徐々に速度をあげていった。それに対してエリオンは、はなから左右の拍車をぐっと食いこませ、緋毛《あかげ》の軍馬を猛進させていた。エッグがまたもやダンクの首を締めつけたかと思うと、いきなり、叫んだ。

「殺せ！　そいつを殺せ！　もう目と鼻の先だ、殺せ、殺せ殺せ！」

ダンクには、エッグがどちらの騎士に叫んでいるのかわからない。

プリンス・エリオンの騎槍には、槍先に黄金がかぶせてあり、全体が赤、オレンジ、黄の縞模様で彩られている。その騎槍を、双方の走路を隔てる柵ごしに、ぐっと突きだした。

（低い、低すぎる）その動作を見たとたん、ダンクは思った。（あれではサー・ハンフリーに当たらない、当たるのは騎馬のほうだ。もっと上に向けなくては）

そのとき——慄然たる思いとともに、エリオンの真意がそこにはない可能性に思いあたった。

（まさか、そんな……）

避けられるぎりぎりの瞬間、迫りくる槍先から逃れるため、サー・ハンフリーの牡馬が恐怖で白目をむき、棹立ちになった。が、そのときにはもう手遅れだった。エリオンの騎槍は、馬の胸の骨を保護する馬鎧のやや上をとらえ、頸に突き刺さり、頸のうしろから鋭く突きだしたのだ。すさまじい量の鮮血が奔出した。馬が悲鳴をあげて横倒しになり、もろともに木柵を押し倒し、ひしゃげさせる。馬が倒れる寸前、サー・ハンフリーは鞍から飛びおりようとしたが、片足が鐙にひっかかって抜けず、左脚をへし折れた柵と倒れた馬のあいだにはさまれ、押しつぶされた。騎士ののどから壮絶な悲鳴がほとばしった。

アッシュフォード牧草地はたちまち叫喚の巷《ちまた》と化した。サー・ハンフリー救出のため、おおぜいが試合場に駆けつけていく。が、断末魔にのたうつ牡馬に蹴られるため、近づくに近づけない。惨劇の現場を迂回して、いったん試合場の端まで達したエリオンは、そこで馬首をめぐらし、駆け足で馬を進めて現場に引き返してきた。エリオンもなにごとかを叫んでいる。しかし、死にゆく馬が発する、ほとんど人間の悲鳴にも似た声にはばまれて、ダンクにはなんといっているのか聞きとれない。と、エリオンが鞍からひらりと飛びおり、長剣を引き抜くなり、倒れている対戦相手のほうへ歩みだした。エリオンの従士たちとサー・ハンフリーの従士のひとりが、エリオンを引きとめにかかる。エッグはダンクの肩の上で身をよじり、

「降ろして」といった。「あのままじゃ馬がかわいそうだ。降ろして」

ダンクは吐き気をもよおした。

（サンダーがあんな目に遭ったとき、おれならどうする？）

おりしも、矛槍《ほこやり》を持った兵士のひとりがサー・ハンフリーの牡馬にとどめを刺し、身の毛もよだつ悲鳴を断ち切った。ダンクは惨劇に背を向け、人ごみをかきわけてうしろに進んだ。ようやく人垣の外に出ると、エッグを肩の上から持ちあげて、地面に降ろす。少年のフードはうしろに落ちており、目は真っ赤になっていた。

「たしかに、恐ろしい光景ではあった」ダンクは少年を諭した。「だがな、従士というものは、強くあらねばならない。これからもほかの馬上槍試合で、もっと悲惨な事故を目にするだろう」

「事故なんかじゃないよ、あれは」唇をわななかせながら、エッグは否定した。「エリオンのやつ、わざとやったんだ。見てたでしょ」

ダンクは眉をひそめた。ダンクの目にも、たしかにそのように見えた。しかし、それほど騎士道に悖《もと》る行為をできる騎士が存在するとは、いくらなんでも考えにくい。とりわけ、ドラゴンの血を引く王族に、そんな外道がいるとは思えなかった。

「あれはな、夏草のように青いひよっこの騎士が騎槍を操りそこねただけだ」ダンクは頑《かたくな》にいった。「おまえの糾弾はもう聞きたくない。きょうの馬上槍試合はもうこれまでだろう。いくぞ、小僧」


本日の試合が終わると判断したのは正しかった。混乱がようやく収まるころには、夕陽が西に低くかかっており、アッシュフォード公はきょうの催しの閉会を宣言したのである。

夕べの影が牧草地に忍びよるなか、露店の列には百本もの松明《たいまつ》が灯《とも》されていた。ダンクは自分用に角杯《つのさかずき》一杯、エッグ用に半杯のエールを買った。エッグがこれで気をとりなおしてくれればいいが。ふたりはしばし露店をひやかし、あたりにただようにぎやかな笛太鼓の音《ね》に耳をかたむけ、いつもの人形芝居を見物した。今宵の演《だ》し物は、戦士でもあった女王ナイメリアと一万隻の船の物語だった。芝居に出てくる船は二隻だけだったが、それでも荒々しい海戦をうまく演じてみせていた。ダンクとしては、楯をもう塗りおえたのかどうか、あの娘、タンセルにききたいところではあったが、忙しいことは見ればわかるので、声をかけるのがはばかられた。

(今夜の芝居が跳ねるまで待つしかないな)とダンクは思った。(タンセルもそのころには、のどが渇いているかもしれないし)

「サー・ダンカン」ふいに、背後から声がかかった。そしてもういちど、「サー・ダンカン」

唐突に、ダンクは思いだした。これは……あの男の声だ。

「きょう、庶民のあいだに混じって、試合を見物しているのが見えたよ。その子を肩車していたね」

ほほえみを浮かべて近づいてきたのは、例のレイマン・フォソウェイだった。「じっさいの話、よく目だってた。見つけるなというのがむずかしいくらいに」

「この子はおれの従士なんだ。エッグ、このひとはレイマン・フォソウェイという」

ダンクは少年を前に押しだした。それでもなお、エッグはうつむき、レイマンの長靴を見つめて、ぼそぼそとあいさつしただけだった。

「はじめまして、坊や」レイマンは気さくにいった。「しかし、サー・ダンカン、どうして観覧席で見なかったんだい？　騎士はみんな歓迎されるんだが」

ダンクは庶民や使用人らといっしょにいたほうが安心できるたちだった。諸公や淑女、土地持ちの騎士といっしょにいると思うと、なんだか落ちつかなくなるのだ。ダンクはいった。

「結果的にはよかったな。最後の槍試合、観覧席で間近から見たくはなかった」

レイマンは眉根を寄せた。

「おれもだよ。アッシュフォード公はサー・ハンフリー・ハーディングの勝利を宣言し、プリンス・エリオンの軍馬を召しださせたうえ、報賞として与えたけど、あれではもう試合は続行できないな。左脚が二カ所で折れていたんだ。ベイラー太子がみずからの学匠《メイスター》を差し向けて治療させたほどさ」

「サー・ハンフリーの代わりの守護者は加わるのか？」

「アッシュフォード公としては、キャロン公か、でなければ、もうひとりのサー・ハンフリーを――ハーディングと名勝負をくりひろげたビーズベリーを代わりの守護者につけるつもりだったんだが、ベイラー太子が、このような状況でサー・ハンフリーの楯と天幕を片づけるのはよろしくないといいだしてね。おそらく、守護者は五人ではなくて、四人だけで試合がつづけられると思う」

（四人の守護者か）とダンクは思った。（レオ・タイレル、ライオネル・バラシオン、タイボルト・

ラニスター、プリンス・ヴァラー、この四人）

初日の試合を見ただけで、最初の三人相手に勝てる見こみがないことはよくわかった。とすると、残りはひとりだけだが……。

（一介の草臥《くさぶ》しの騎士ごときが、プリンスに挑戦していいわけがない。ヴァラーは、〈鉄の玉座〉の王位継承権第二位の王族だ。〈槍砕きのベイラー〉の総領息子であり、その血統は、エイゴン征服王、デイロン若竜王、〈ドラゴンの騎士〉ことプリンス・エイモンにも連なる。それに引き替え、おれは老士が〈蚤の溜まり場〉のシチュー屋の裏で見つけた、どこぞの小僧にすぎない）

考えただけで頭が痛くなってきた。

「あんたの従兄どの、だれに挑戦するんだ？」ダンクはレイマンにたずねた。

「サー・タイボルトだよ、すべての条件を勘案するとね。いい勝負になりそうだ。もっとも、従兄はすべての試合を注視しているからな。あしたの試合で、守護者のだれかが負傷したり、疲労や弱気の兆しを見せようものなら、ステッフォンは迷わず、その守護者の楯を突く。この点、確実だと思ってくれていい。いまだかつて、騎士道あふれる人物といわれた例《ためし》のない男だからな、あれは」そこで、自分のことばの毒をやわらげようとするかのように、レイマンは笑った。「ときに、サー・ダンカン、ワインでも一杯どうだい？　いいワインの用意があるんだけど」

「悪い、用事があるんだ」

断わったのは、返礼ができないとわかっているのに、厚遇を受けるのが気まずかったからだ。

「いっておいでよ、サー・ダンカン。ぼくはもうしばらくここで待っていて、人形芝居がおわったら楯を受けとってくるから」エッグがいった。「このあと〈星の目のシメオン〉が出てきて、ドラゴンとの闘いがまたあるはずなんだ」

「そうら、これで用事はもうかたづいた。さあさあ、ワインが待ってるぞ」レイマンがうながした。

「なんといっても、アーバー産のヴィンテージだ。断わる手はないだろう？」

口実がなくなったため、ダンクとしても、エッグを人形芝居のところに残して、レイマンについていかざるをえなくなった。

レイマンが従士として随行してきている従兄の天幕は、金織の布張りで、上にはフォソウェイ家の赤林檎の旗が翻っていた。天幕の裏手では、ふたりの従者が山羊《ヤギ》肉に蜂蜜を塗り、香草をまぶして、小さな炊事用の焚火で炙《あぶ》っているところだった。

「食事も出せるよ、腹がへっているなら」

ダンクが通れるようにと、天幕の垂れ布をあげたまま、レイマンが無頓着にいった。火鉢に石炭がくべられているため、天幕の中は心地よくあたたかい。レイマンはワイン用に、二脚のカップを取りだした。

「なんでも、エリオンがアッシュフォード公に対して怒ってるんだとさ。自分の軍馬を勝手にサー・ハンフリーに与えたという理由でね」カップにワインをつぎながら、レイマンはいった。「だけど、賭けてもいい、そうしろと勧めたのは、エリオンの伯父上だぜ」

いいながら、ワインをついだカップをダンクに差しだす。

「ベイラー太子は、名誉を重んずるお方だからな」

「まるで、〈赫奕《かくやく》のプリンス〉はそうじゃないみたいじゃないか」レイマンは笑った。「ああ、そう不安そうな顔をしなくてもいいよ、サー・ダンカン、ここにはほかにだれもいないから。エリオンの出来が悪いのは、だれ知らぬ者とてない有名な話だしさ。継承権の順位がずっと下なのがありがたいかぎりだね」

「やはり、プリンスがわざと馬を殺そうとしたと思っているのか？」

「疑いの余地はないだろう？　父親のプリンス・メイカーがいれば、まるでちがう展開になっていただろうけどな。うわさがほんとうなら、父親が見ている前では、エリオンはずっと愛想よく笑って、騎士道に悖《もと》らない行動をとっていたはずだ。ところが、父親がいないところでは……」

「そういえば、プリンス・メイカーの椅子は空席だったな」

「息子たちを探しにアッシュフォードを出てる。〈王の楯《キングズガード》〉のサー・ローランド・クレイクホールを連れて。騎士たちの作った盗賊団が跳梁跋扈しているといううわさがあるんだよ。だけど、賭けてもいい、プリンスはまたぞろ飲んだくれて、どこかにしけこんでるだけさ」

ワインは上等で、フルーティだった。こんなに旨いワインは飲んだことがない。舌の上でころがし、のみこんでから、ダンクはたずねた。

「そのプリンスというのは、この場合、どのプリンスのことだ？」

「メイカーの跡継ぎ、デイロンだよ。現国王にちなんで命名されたんだが、ついた渾名《あだな》が〈酔いどれデイロン〉。まあ、父親のいる前じゃ、だれもそうは呼ばないがね。末の息子もデイロンに同行しているはずなんだ。夏の城館《サマーホール》をいっしょに出ているから。ところが、ふたりとも、いつまでたっても、アッシュフォードに到着しやしない」レイマンはワインを飲み干し、カップを横に置いた。「しかし、メイカーも気の毒にな」

「気の毒？」意外なことばに、ダンクは驚いた。「王子なのに？」

「王子といっても、四番めじゃないか。ベイラー太子ほど豪胆じゃないし、プリンス・エイリスほど切れ者でもなくて、プリンス・レイゲルほど温厚でもない。おまけに、長兄である太子の息子たちにくらべると、自分の息子たちの見劣りすること。デイロンはのんだくれ、エリオンは虚栄心が強くて残酷、三番めの息子は王族としての資質がないから、メイスターにするために〈知識の城《シタデル》〉へやってしまった。そのうえ、末の息子にいたっては――」

「たいへんだ！　サー・ダンカン！」突然、エッグが天幕の中に飛びこんできた。息を切らしており、フードはうしろに落ちている。火鉢の光を浴びて、暗い色合いの大きな目が光って見えた。「すぐにきて！　あのひとが乱暴されてる！」

とまどいつつも、ダンクは立ちあがった。酒が入っているので、すこし足がふらつきぎみだ。

「乱暴？　だれに？」

「エリオンにだよ！」少年は叫んだ。「あいつが乱暴を働いてるんだ。あのひとに。人形遣いの娘に。急いで！」

それだけいうと、くるりと背を向け、夜の闇に飛びだしていった。

ダンクはあとをついていきかけたが、レイマンにぐっと腕をつかまれ、引きとめられた。

「サー・ダンカン。エリオン――とあの子はいったな。相手は王族だ。気をつけろよ」

もっともだ。それはわかっている。老士とて同じことをいっただろう。しかし、だからといって、見過ごしにできるはずもない。ダンクはレイマンの手をふりほどき、肩で垂れ布を押しのけ、天幕の外に飛びだした。露店の列のほうから叫び声が聞こえている。エッグの後ろ姿がかろうじて見えた。ダンクはそのあとを追った。ダンクの脚は長く、少年の脚は短い。あっという間に距離が縮まった。

人形遣い一座の周囲には人垣ができていた。ダンクはそのあいだを押し通った。文句をいわれても歯牙にもかけない。人垣を抜けると、王家の制服を着た兵士がひとり寄ってきて、行く手をはばんだ。ダンクはその兵士の胸に大きな手をあてて、ぐっと押しやった。兵士は両手をばたつかせてうしろに吹っとび、尻もちをついた。

人形遣いの舞台は横倒しになっていた。あの太ったドーン人の女が地にへたりこみ、泣いている。兵士のひとりが操り糸を持ってフロリアンとジョンクィルの人形をぶらさげ、別の兵士が松明で火をつけようとしていた。もう三人の兵士は人形棚をあけて、中の人形を地にばらまき、踏みつけにしている。例のドラゴンの人形はばらばらにされて、折れた翼がここに、ちぎれた頭があそこに、三つに折れた尻尾があちこちに散らばった状態だった。そのただなかに、プリンス・エリオンが立っていた。長い袖がゆるくたれた赤いベルベットの胴衣《ダブレット》という派手な服装をしており、タンセルの片腕を両手で持ってねじりあげている。タンセルはひざまずき、ゆるしてくださいと懇願していたが、エリオンは耳を貸そうともしていない。

と、エリオンが娘の片手をむりに開かせ、指の一本をむずとつかんだ。自分の目が見ているものが信じられず、ダンクは阿呆のように、その場に突っ立っていた。つづいて聞こえた、ポキッという音。タンセルが悲鳴をあげる。

兵士のひとりがダンクを取り押さえようと近づいてきて突き飛ばされ、横に吹っとんだ。ダンクは大股の三歩で歩みより、プリンスの肩をつかむなり、大きくふりまわすようにして横に放りだした。長剣も短剣も意識にない。老士から教わったことはすべて頭から抜け落ちている。

鉄拳で殴りつけた。エリオンが吹っとんでいく。

地に倒れたところで腹を蹴りつけ、長靴の爪先をめりこませた。

エリオンが短剣を抜いた。ダンクは短剣を握った手の手首を踏みつけ、反対の足でもういちど蹴りつけた。こんどは口にだ。とめる者がいなければ、その場でプリンスを蹴り殺していたかもしれない。ここでようやく、兵士たちがまわりから飛びかかってきた。両の腕を、左右からひとりずつ、兵士がつかむ。別の兵士には背中を殴られた。荒々しく両腕をふりまわして、ひとりを振り飛ばしたとたん、さらにふたりが飛びかかってきた。

とうとう地に押しつけられ、両腕両脚を動けなくされた。見ると、エリオンが立ちあがっている。その口は血まみれだ。一本の指を口の中に入れて、プリンスはいった。

「歯が一本、ぐらついている。お礼をしてやらねばな。手始めにきさまの歯をぜんぶ折ってやろう」

そこで、目にかかった髪をかきあげて、「ん？　おまえ――見覚えがあるな」

「厩で厩番とまちがわれた」

エリオンは血にまみれた口で凄絶な笑みを浮かべた。

「おお、思いだしたぞ。おれの馬の世話を断わったやつか。なぜそうもたやすく命を投げ捨てる？　こんな娼婦のために？」タンセルは地にころがって身をまるめ、指を折られた手を押さえて、苦痛にあえいでいる。そのタンセルを、プリンスは長靴の先でつついた。「生命を賭して助ける価値など、この女にはない。こいつは叛逆者だぞ。ドラゴンが負けることがあってはならない。たとえ人形芝居でもだ」

（この男、狂ってる）とダンクは思った。（それでも王子の息子だ。そして、おれを殺す気でいる）場合によっては、〈七神〉に祈っていたかもしれない――まとまった祈りのことばを知っていれば。だが、そもそも、祈る時間がなかった。祈るどころか、恐怖をいだく時間すらもだ。

「このうえまだ、いうことはあるか？　おまえにはもう飽きた」エリオンはそういって、血まみれのあごをしゃくり、部下に命じた。「金鎚を持ってこい、ウェイト。こいつの歯をぜんぶたたき折れ。それがすんだら腹をかっさばいて、自分のはらわたの色をこいつに見せてやるんだ」

「だめだ！」だしぬけに、少年の声が飛んできた。「傷つけるな！」

（神々よ、なんということだ、あの子の声じゃないか。勇敢ではある。だが、なんと愚かな――）

ダンクは自分の腕を固めている兵士を押しのけようとした。びくともしない。やむなく、エッグに向かって叫んだ。

「口をつぐめ、この馬鹿！　さっさと逃げろ！　ひどい目に遭わされるぞ！」

「いいや、遭わされないね」エッグは歩みよってきた。「そんなまねをしたら、父上に処罰される。伯父上にもだ。そのひとを放せ。聞こえただろう。ウェイト、ヨーケル、この顔を見わすれたのか。早くいわれたとおりにしろ」

左腕を押さえていた手が離れた。ついで、右腕を押さえていた手も。なにが起きているのか、皆目わからなかった。兵士たちがあとずさりだす。ひとりは地に片ひざをついている。そのとき、群衆が左右に分かれ、レイマン・フォソウェイが姿を現わした。鎖帷子と兜を着用しており、剣の柄《つか》に手をかけている。そのすぐうしろに控える従兄のサー・ステッフォンは、すでに剣を抜いていた。さらにそのうしろからは、胸に赤林檎の紋章を縫いつけた兵士六名がつづいている。

プリンス・エリオンは、そちらには目もくれず、エッグに向かって、いった。

「小生意気なクソチビめ」そして、少年の足もとに、ぺっと血を吐いた。「髪の毛はどうした？」

「剃ったのさ、兄上」とエッグは答えた。「あんたに似てるといわれるのがいやだからね」

馬上槍試合二日め、空はどんよりと曇り、西から強風が吹いてきていた。

（こんな日は観客がすくないだろうな）とダンクは思った。だとしたら、より外柵に近く、間近から馬上槍試合を見物できる場所をとりやすいだろう。（エッグを柵の手すりにすわらせて、おれはそのうしろに立って見ることもできたはずだ）

かわりにエッグは、きょうはシルクと毛皮の服に身を包み、特等席で試合を観戦するにちがいない。

かたやダンクは、アッシュフォード公の兵たちの手で塔の独房に閉じこめられていた。見えるものは四囲の壁ばかり。独房には窓もあったが、試合場のほうには向いていない。それでもダンクは、昇る朝陽の下で窓ぎわの椅子に腰をかけ、沈鬱な面持ちで、城外の町並みと、その向こうに広がる野原や森を見つめていた。麻縄の剣帯は取りあげられた。剣と短剣もいっしょにだ。銀貨も取りあげられてしまった。エッグとレイマンがチェスナットとサンダーのことを憶えていてくれればいいが。

「エッグか」と、ぼそりとつぶやいた。

自分の従士、キングズ・ランディングの路地から流れてきた、哀れな子供。そんな素性を鵜呑みにするほど愚かな騎士が、かつていただろうか。

〝うつけ《ランク》のダンク、鈍なること城壁のごとく、鈍重なること野牛《オーロクス》のごとし〟

人形遣いの舞台の前でアッシュフォード公の兵士たちに拘束されて以来、エッグと口をきくことはゆるされていない。レイマンとも、タンセルとも、ほかのだれとも、アッシュフォード公本人ともだ。今後、人に会わせてもらえる機会はあるのだろうか。ダンクにわかるかぎりでは、この小さな独房に死ぬまで閉じこめられていてもおかしくはない。

（どういう事態になると思ってたんだ）と、苦い思いで自問した。（おれは王子の息子を殴り倒したあげく、顔を蹴りつけたんだぞ）

この鉛色の空の下では、高貴な生まれの諸公や偉大な守護者たちの華美な衣装も、きのうほどには美々《びび》しく見えないだろう。太陽は雲の天井の上にずっと隠れて、きょうは鋼の兜を輝かせることも、金銀の打ちだし模様をきらめかせることもないはずだ。たとえそうであっても、見物の群衆に混じり、馬上槍試合を見たかった。安物の鎖帷子《くさりかたびら》を身につけ、馬鎧もつけていない馬を駆る草臥《くさぶ》しの騎士には、これはちょうどよい観戦日和ではないか。

すくなくとも、試合会場の喧噪は聞こえていた。紋章官たちの吹き鳴らす喇叭がこだましている。ときどき聞こえる観衆のどよめきは、だれかが落馬したか、立ちあがったか、なにか格別に雄々しいことをしたのか、そのいずれかを示しているのだろう。馬蹄の轟きもかすかに聞こえた。ごくまれに、剣と剣が打ち合う響きや、騎槍がへし折れる音も。その音は、エリオンの手にかかって、タンセルの指がへし折れる音を思いださせた。ほかにもいろいろな音がする。すぐ近くからの音だ。独房の外の廊下を歩く足音、下の郭《くるわ》で土を踏む馬蹄の音、城壁から聞こえてくる叫び声と話し声――。ときどき、そうした音や声が、槍試合の喧噪を呑みこんでしまう。それはかえって幸いなことに思えた。

「草臥しの騎士というのは、騎士のなかでも格別、自分の心に正直な部類に属するのじゃ、ダンク」ずっとずっとむかし、老士からそんな教えを受けたことがある。「ほかの種類の騎士が仕えるのは、自分を扶持《ふち》してくれるあるじ、あるいは、自分の所領を安堵してくれるあるじにほかならん。しかしわれらは、おのが心のあるがままにしたがい、自分が信ずるに足ると見た大義を持つ者にのみ仕える。すべての騎士は例外なく、弱き者、無辜《むこ》の者を護ると誓うものじゃが、その誓いをもっとも固く遵守する者こそ、われわれじゃとわしは思う」

このことばが、こんなにもくっきりと記憶の底に焼きついていたことが、なんだか不思議に思えた。なにしろ、いまのいままで、このことばをすっかり忘れていたのである。晩年には老士自身も忘れていたふしがある。

午前はやがて午後になった。遠い馬上槍試合の音は小さくなっていき、ついには途絶えた。夕闇が独房内に忍びこんできたが、ダンクはそれでもなお窓ぎわの椅子にすわったまま、深まりゆく夕闇のもとで屋外を眺めつづけ、空腹から気をそらそうと努めた。

そのとき、廊下を足音が近づいてきて、ジャラジャラという鉄の鍵束の音が響いた。独房の錠前をあけようとしているらしい。ダンクが窓から向きなおり、椅子から立ちあがったとき、扉が開いた。中に入ってきたのは、ふたりの衛兵だった。ひとりは片手にオイルランプをかかげている。ふたりのあとから、召使いが食事を載せたトレイを持って入ってきた。そのうしろには、エッグの姿もあった。

「ランプと食事を置いて、外へ」少年が兵士たちに命じた。

兵士たちはいわれたとおりにしたが、重い板扉をすこしあけたままにしていったことを、ダンクは見のがさなかった。料理のにおいを嗅いだとたん、自分がどれだけ腹をへらしていたかに気がついた。トレイの上には、焼きたてのパンと蜂蜜、豌豆豆《エンドウマメ》のかゆ《ポリッジ》、一本の串焼きがならんでいる。串に刺してあるのは、火の通った玉葱と、こんがり焼けた肉だ。ダンクはトレイの前にすわると、パンを両手で持ってちぎり、ちぎったひときれを口に放りこんだ。

「ナイフがない」トレイの上を見て、ダンクはいった。「おえらがたは、おれがおまえを刺すとでも思ってるのか？」

「どう思っているかは話してくれないよ」エッグはからだにぴったりしたウールのダブレットを着ていた。腰の部分がきゅっと締まって、袖は長く、赤い繻子《サテン》の縁どりがある。胸にはターガリエン家の三頭《みつくび》ドラゴンの縫い取りがあった。「ただね、伯父上にいわれたんだ。あなたをだましていたことについて、心から詫びてこいって」

「伯父上か」とダンクはいった。「つまり、ベイラー太子だな」

少年は見るも哀れな顔になった。

「うそをつく気はなかったんだけど……」

「だが、げんにうそをついた。なにもかもがうそだった。そもそも、名前からして、でたらめだな。プリンス・エッグなんて聞いたこともない」

「これ、エイゴンの略称なんだよ。エッグって呼ぶようになったのは、兄のエイモンなんだ。いまはもう、〈知識の城《シタデル》〉にいっちゃって、学匠《メイスター》になるための勉強をしてるけど。長兄のデイロンもぼくのことをときどきエッグって呼ぶ。それに、姉と妹も」

　ダンクは串焼きを取りあげ、肉にかぶりついた。山羊の肉だった。はじめて味わう、貴族御用達の香料で風味がつけられていた。融けた脂があごをたれ落ちていく。

「エイゴンか」ダンクはエッグのことばをくりかえした。「それはそうだな、エイゴンに決まってる。エイゴン竜王にあやかって。これまで王になったエイゴンは何人いるんだ？」

「四人」と少年は答えた。「四人のエイゴン王がいる」

　ダンクは肉を咀嚼《そしゃく》し、嚥《の》みこんでから、もうひときれ、パンをちぎった。

「なんだって、あんなまねをした？　あれは悪ふざけだったのか？　馬鹿な草臥しの騎士をからかうための？」

「ちがうよ」少年は目に涙をにじませながらも、堂々と背筋を伸ばして立った。「ぼく、ほんとうはデイロンの――うちの長兄の従士になるはずだったんだ。だから、いい従士になるのに必要なことを徹底的に学んだ。でも、デイロンはあまりいい騎士じゃなくってさ。馬上槍試合にも出たがらないし。こんども出たくないものだから、夏の城館《サマーホール》を出たあと、ぼくだけを連れて、護衛隊を撒いてしまって。そのまま家へ引き返すかわりに、まっすぐアッシュフォードへ向かったんだ、こっち方面は探さないだろうといってね。この髪を剃ったのはデイロンなんだよ。デイロンは父上が捜索隊をよこすことを知ってた。兄の髪はこれといった特徴のない、薄い茶色の髪なんだけど、ぼくのはエリオンや父上の髪に似ていて、人目をひくからって」

「ドラゴンの血か」とダンクはいった。「シルバー・ゴールドの髪と紫の目。だれもが知っている」

〝鈍なること城壁のごとしだな、ダンク〟

「うん。デイロンがぼくの髪を剃ったのはそのため。それで、ふたりして、槍試合がおわるまで身を潜めているつもりだったんだけどね。そしたら、あなたがぼくを厩番とまちがえて、それから……」目を伏せた。「デイロンが槍試合に出ようと出まいと、どっちでもいいんだ。ただ、ぼくはだれかの従士になりたかった……。ごめんなさい。ほんとうに悪かったと思ってる」

ダンクは考えこんだ顔になって、エッグを見つめた。自分にも覚えがある。なにかをひどくほしいときには、ついつい、とんでもないうそをついてしまうものだ。

「てっきり、似た境遇かと思ったが」とダンクはいった。「じっさい、似ているところはあるのかもしれん。おれが思っていたのとはちがう形でだが」

「両方とも、キングズ・ランディングの出身なのは同じだよ」少年は期待のこもった口調でいった。

これにはダンクも、笑うほかなかった。

「たしかにな。おまえは〈エイゴンの高き丘〉の頂《いただき》の出で、おれは〈蚤の溜まり場〉の出だが」

「そんなに離れてないでしょ」

ダンクは玉葱を齧《かじ》った。

「おまえのことは、わが君《ム=ロード》なり、殿下なり、敬称をつけて呼ばねばならんのか？」

「宮廷ではね」少年は認めた。「でも、ほかの場所では、エッグと呼んでくれてかまわない、もしもよかったら、だけど」

「それで、上の方々はおれをどうする気なんだ、エッグ？」

「伯父上が会いたがってる。食事がすんだら」

ダンクはトレイを押しのけ、立ちあがった。

「たったいま、食事はすんだ。なにしろ、プリンスの口を蹴るという無礼を働いた身だ。このうえ、別のプリンスをお待たせする無礼は犯したくないからな」

アッシュフォード公は、ベイラー太子滞在中、城の自室をすべて提供していたので、エッグが——いや、エイゴンだ、こっちの名称に慣れなくてはならない——連れていった先は、公の居間だった。ベイラーは椅子にすわり、蜜蠟の蠟燭の灯りで本を読んでいた。ダンクは太子の前に片ひざをついた。

「立ちなさい」太子はうながした。「ワインでもどうだね？」

「そうお望みでしたら、殿下」

「サー・ダンカンに、ドーン産の甘い赤ワインをついでやれ、エイゴン」太子は命じた。「うっかり騎士どのにワインをひっかけるなよ。おまえはもう、充分に失礼を働いているのだからな」

「ひっかけたりする心配はありません、殿下」とダンクはいった。「この子はなかなか優秀な少年、良き従士です。それに、わたしに仇《あだ》なす意図がなかったことも承知しています」

「当人にその気がなくとも、結果的に仇なすことはある。エイゴンはな、兄が人形遣いに暴行を働く場面を見たとき、ただちにわしのもとへ駆けつけてくるべきだったのだ。しかるに、貴殿のところへ走った。この行為はけっして貴殿のためになるものではない。いっぽう、貴殿がしでかしたことだが……立場が同じなら、わしとて貴殿と同じことをしただろう。しかしわしは、王国の太子であるのに対して、貴殿は草臥しの騎士だ。事情はどうあれ、怒りにまかせて王の孫息子に暴力をふるうのは、けっして賢いことではないぞ」

ダンクは悄然《しょうぜん》とうなずいた。そのとき、エッグがなみなみとワインを注いだ銀のゴブレットを差しだしたので、それを受けとり、長々とかたむけた。

「エリオンなんか、大きらいです」エッグが激した口調で口をはさんだ。「それに、あのときはサー・ダンカンのところに走るしかなかったんです、伯父上。城はあまりにも遠かったから」

「エリオンはおまえの兄だ」太子はきっぱりといった。「司祭《セプトン》たちも、汝の兄弟を愛せよというではないか。エイゴン、しばし席をはずせ。サー・ダンカンとふたりだけで話がしたい」

少年はワインの細口瓶を置き、ぎくしゃくと一礼した。

「かしこまりました、殿下」

そして、居間の出口に歩いていき、外に出て、そっと扉を閉めた。

それから長いあいだ、〈槍砕きのベイラー〉は、まじまじとダンクの目を覗きこんでいた。

「サー・ダンカン、ひとつ、たずねたい。貴殿の騎士としての実力は、どの程度だ？　武技の腕前はどれほどのものだ？」

ダンクには、なんと答えていいのかわからなかった。

「サー・アーランからは、剣と楯の手ほどきを受けました。環《わ》的《まと》や槍《やり》的《まと》の突き方もです」

ベイラー太子はこの答えに困惑したようだった。

「数時間前、弟のメイカーが城に帰ってきてな。この城から馬で南へ一日いったところにある旅籠で、跡継ぎが飲んだくれているのを見つけたそうだ。メイカーはけっして認めまいが、わしの見るところ、弟はひそかに、こんどの馬上槍試合で、自分の息子たちがわしの息子をしのぐ光景が見られるのではないかと期待していたふしがある。ところが、息子のうちふたりは、メイカーに恥をかかせただけにおわった。といっても、メイカーにはいかんともしがたい。自分の血を引く者がしたことだからな。ともあれ、メイカーはかんかんだ。それゆえ、自分の怒りの捌け口を必要としている。その捌け口に、メイカーは貴殿を選んだ」

「わたしを？」ダンクは力ない声でいった。

「エリオンはすでに、父親の耳にあることないことを吹きこんでいる。デイロンも、貴殿の助けにはならん。自分の臆病さをごまかすため、デイロンはわが弟にこう言い訳したのさ――たまたま道中で大柄な盗賊騎士と遭遇して、その者にエイゴンを連れ去られてしまいました、とな。その盗賊騎士は貴殿だということにされている。デイロンの作り話によると、あれは弟エイゴンを取りもどすため、貴殿を追いかけて、あちこち探しまわっていたのだそうな」

「しかしそれは、エッグが父君に真実を話せばすむことではありませんか。エッグ……いや、つまり、エイゴンさまが」

「エッグは真実を話すだろう、そこは疑っておらんよ。しかし、あの子はうそつきとしても知られておるのだ。そう呼ばれるのもむりないことは、貴殿もその身をもって知っているだろう？　わが弟はどちらの息子のいうことを信じると思う？　人形遣いの件については、エリオンは自分に都合のいい話を作りあげて、大逆罪に持っていくだろう。ドラゴンは王家の紋章だ。そのドラゴンが殺されて、頸を斬り落とされた胴体からオガクズの血が噴きだしたとあっては……悪気はなかったのだろうが、およそ賢明とはいいがたい。エリオンはこれを、ターガリエン家に対する婉曲的攻撃であり、叛乱を指嗾《しそう》する行為だと決めつけている。メイカーもおそらく同意するだろう。弟は激しやすい性格でな。デイロンがあんなありさまだから、もっぱらエリオンに期待をかけているのだ」太子はワインを口に含み、ゴブレットを脇に置いた。「弟がなにを信じようと信じそこねようと、議論の余地なき真実がひとつある。貴殿がドラゴンの血を引く者に手をかけたということだ。その罪ゆえに、貴殿は裁判を受け、判決を下され、処罰されなければならん」

「処罰？」このことばの響きが、ダンクは気にいらなかった。

「エリオンは貴殿の首を所望するだろう。歯が残った状態か、すべてを折った状態かは問わずにな。首はとらせぬ。それは約束する。だが、裁判の要求を退けることはできん。そして、父王が何百キロもの彼方にいる以上、貴殿の審理は、弟とわしとが、この地の領主であるアッシュフォード公およびその主君であるハイガーデン城のタイレル公と協議しつつ行なわざるをえん。前回、王族の者に手を出して有罪とされた者は、暴力をふるった手を斬り落とすべしとの判決が下された」

「では、わたしの手を？」慄然として、ダンクはいった。

「貴殿の場合、足もだな。プリンスを蹴ったのだろう？」

ダンクには、いうべきことばを見つけられなかった。

「これは請けあうが、ほかの審判者たちには、わしから慈悲のある処置をもとめるつもりだ。わしは〈王の手〉であり、玉座を継ぐ者でもあるから、わしのことばにはそれなりの重みがある。しかし、重みがあるのは弟のことばも同様でな。危険はそこにある」

「わたしは……」とダンクはいった。「わたしは……殿下、わたしは……」

（人形遣いに叛逆の意図などあったはずがない。あれはただの木偶《でく》のドラゴンだ。王家のプリンスをあてこすったものじゃない）

そういってやりたかった。しかし、こんどもまた、ことばがひとことも出てこなかった。そもそもダンクは、しゃべるのが堪能だった例《ためし》がない。

「ただし――もうひとつ選択肢がある」ベイラー太子は、静かにつづけた。「それが貴殿にとって、よりよい選択か、より悪い選択なのかはわからぬ。だが、思いだすがよい、罪を糾弾されたいかなる騎士にも、決闘裁判を要求する権利があることを。ゆえに、いまいちど、たずねる。〈長身のサー・ダンカン〉よ――貴殿の騎士としての実力はどれほどか？　掛け値ないところを教えてくれ」

「〝七尽くし〟をおねがいしましょう」薄笑いを浮かべて、プリンス・エリオンはいった。「それを要求する権利がわたしにはあると思うのですがね」

ベイラー太子は眉をひそめ、テーブルを指先でとんとんと打った。その左でアッシュフォード公がゆっくりとうなずいた。

「なにゆえだ？」プリンス・メイカーが息子のほうに身を乗りだし、たずねた。「これなる草臥しの騎士と単騎で懸け合って、おまえの告発の正しさを神々に裏づけていただくことが怖いのか？」

「怖い？」とエリオン。「なにゆえに怖がらねばならないのです。ばかなことをいわんでください、父上。これは愛しい兄上の立場を気づかっての発案なのですよ。兄デイロンもまた、これなるサー・ダンカンに被害をこうむったのです。ゆえに、この者の血をもとめる最優先の権利がある。われらがふたりともこの者と対決するためには、七尽くしの試合をするほかないでしょう」

「おれのことは気づかってくれなくともよいぞ、弟よ」デイロン・ターガリエンがぼそりといった。プリンス・メイカーの長子は、ダンクが旅籠で遭遇したときよりも、いっそう体調が悪そうに見えた。今回はしらふで、赤と黒のダブレットにもワインのしみがついてはいない。しかし、目は赤く血走り、額にはうっすらと汗の膜がにじんでいる。「おれは声援する側にまわって、おまえがこの暴漢を討つところを眺めるだけでかまわんよ」

「なんと心のおやさしい人だ、愛しき兄上は」満面の笑みを浮かべて、プリンス・エリオンはいった。「しかしながら、兄上には、みずからのからだを張って、ご自分のことばの正しさを証明する権利があるのです。それを奪うのは、勝手が過ぎるというもの。ここはやはり、七尽くしの審判を願わずばなりますまい」

ダンクはすっかり途方にくれて、「殿下、閣下各位」と、公壇に向かって問いかけた。「わたしにはよくわかりませんが。七尽くしの審判とはなんなのでしょう？」

ベイラー太子は、公座の上で居心地悪そうにからだを動かした。

「これもまた、決闘裁判の一形式でな。上古《じょうこ》より伝わる形式ながら、実行されたことはめったにない。元来は〈狭い海〉を越えて、東方よりアンダル人とその七柱《ななはしら》の神々とともに伝わってきたものだった。いかなる形の決闘裁判であれ、告発人と被告人は神々に審判を委ね、相互の問題を解決していただく。アンダル人は、七騎の代表闘士《チャンピオン》を出すことによって、七柱の神々に敬意を表わさば、神々もいっそう快く神意をお示しになり、しかるべき結果を出してくださると信じていたのだ」

「あるいは、たんに、派手な剣戟《けんげき》を見たかっただけなのかもしれませんがな」レオ・タイレル公が、唇に皮肉な笑みをよどませ、いった。「背景はどうあれ、それがサー・エリオンの権利であることはまちがいない。ここは七尽くしの審判を行なうべきでしょう」

「するとわたしは、ひとりで七人を相手に闘わねばならないのですか？」

問いかけるダンクの声には絶望がにじんでいた。

「ひとりのはずがあるか」プリンス・メイカーがいらだたしげな口調でいった。「阿呆のまねをしてとぼけるな、そんなことをしてもむだだぞ。七対七で闘うに決まっておろうが。おまえはこれより、肩をならべて闘ってくれる助勢の騎士を六人、見つけださねばならん」

（六人の騎士）とダンクは思った。

これは六千人の騎士を見つけてこいといわれたも同然だ。兄弟はいない。従兄弟もいない。ともに闘ったことのある古馴じみもいはしない。面識すらない六人もの騎士が、王の孫ふたりに告発された草臥しの騎士を護るためにみずからの命を賭す理由など、どこにあろう。

「殿下、閣下各位」とダンクはいった。「ともに闘ってくれる者がひとりも見つからなかった場合、どうなるのです？」

メイカー・ターガリエンは、冷たい目でダンクを見おろした。

「おまえが正しくば、かならずや良き者どもがおまえのために闘ってくれる。助勢の騎士《チャンピオン》をひとりも見つけられなかったとすれば、それはおまえが有罪だからだ。これ以上明白なことがあるか？」

ダンクはかつてこうもひしひしと孤独を感じたことはなかった。茫乎《ぼうこ》としてアッシュフォード城の城門を歩み出てすぐ、背後で落とし格子の閉じる音がした。やわらかな雨が降っていた。肌に触れる雨粒は朝露のように軽い。それでも、ぶるっと身ぶるいが起きた。川向こうでは、色を帯びた光暈《こううん》がぼうっと光って見える。いまもなお焚火を燃やしている数少ない天幕が、その照り返しを受け、闇に浮かびあがっているのだ。すでにもう、真夜中をまわってかなりたつ。あと数時間で夜明けだろう。

（そして、夜明けとともに、死が訪れる）

剣と銀貨は返してもらえた。だが、浅瀬を渡るダンクの心は重く沈んでいた。もしや自分は、馬に鞍をつけて逃げだすことを期待されているのだろうか。その気にさえなれば、そうすることはできる。ただしそれは、騎士の身分を捨てることを意味する。逃げてしまったら、自分は以後、ただの法外の者でしかなくなる。そして、その立場はずっとつづく——いつの日か、どこかの領主にとらえられ、首を刎《は》ねられるそのときまで。

（そんなふうに生きるくらいなら、騎士として死んだほうがましだ）

ダンクは頑《かたくな》に、自分にそう言い聞かせた。ひざまで濡れた状態で川からあがり、がらんと人けのない試合場の横を、重い足どりで通っていく。ほとんどの天幕では灯が消えて、持ち主たちはとうのむかしに寝入っていたが、そこここにはまだ、内側で何本かの蠟燭を灯しているものがあった。ある天幕の中からは、押し殺した呻き声と嬌声が聞こえてきた。それを聞いて、ダンクは思った。自分はこのまま、女を知らずに死ぬんだろうか……。

　そのとき、馬が鼻を鳴らす音が聞こえた。なぜかしら、すぐにわかった。この音の主はサンダーだ。足を速めて小走りになり、音のしたほうへ急ぐ。やはりサンダーだった。チェスナットといっしょに、とある円形の天幕の外につながれていたのである。内部には灯りがともされて、天幕全体がぼうっと金色《こんじき》の輝きを放っていた。中央支柱に結わえた旗は雨に濡れてたれていたが、それでも、暗闇の中、フォソウェイ家の林檎《リンゴ》の曲面は見てとれた。それは希望の象徴に思えた。


「決闘裁判か」レイマンが険しい声を出した。「それはたいへんなことだぞ、ダンカン、そうなると、使われるのは実戦用の騎槍《ランス》だ。星球《モーニングスター》棍や戦斧《せんぷ》も使われるし……剣だって刃をつぶしたものじゃない。わかっているのか？」

「さすがに、〈後込《しりご》みレイマン〉と呼ばれるだけのことはあるな」従兄のサー・ステッフォンが嘲るようにいった。黄色いウールのマントを肩で留めているのは、黄金と柘榴石《ガーネット》で造った林檎の留め具だ。

「案ずるな、従弟よ、これは騎士の闘いだ。おまえは騎士ではないのだから、その身に危険がおよぶ恐れはない。サー・ダンカン。貴公の陣営には、すくなくともひとり、フォソウェイの者が加わる。熟したほうがな。エリオンがあの人形遣いたちに暴行を働くところは見た。おれは貴殿の味方だ」

「もちろん、おれもだよ」レイマンがむっとした口調でいった。「おれはただ――」

従兄は押しかぶせるようにして、語をついだ。

「ほかにわれらとともに闘う者はだれかな、サー・ダンカン？」

ダンクは所在なげに両手を広げてみせた。

「ほかに知り合いはいないんだ。せいぜい、サー・マンフレッド・ドンダリオンくらいのものだが、あのひとは、おれが騎士であることの保証さえしてくれようとしなかったからな。おれのために命を懸けてくれるはずがない」

サー・ステッフォンは、すこし動揺したようだった。

「となると、もう五人、優れた騎士がいるな。おれにはさいわい、五人以上の友がいる。〈長き棘のレオ〉、〈笑う嵐〉、キャロン公、ラニスター家のふたり、〈荒馬〉サー・オソウ・ブラッケン……それに、ブラックウッドの者たちもだ。もっとも、ブラックウッドとブラッケンの連中を、同じ模擬合戦で同じ側に参加させることはできんがな。どれ、いまから出かけて、話をしてこよう」

「真夜中に起こされたら、機嫌が悪くなるんじゃないか」従弟が反対した。

「かえってよかろうさ。腹をたてればいっそう果敢に闘おうというものだ。おれをあてにしてくれていいぞ、サー・ダンカン。従弟よ、夜明けまでにおれが帰らねば、わが鎧を用意したうえで、愛馬の忿怒《ラス》に鞍と馬鎧をつけておいてくれ。挑戦者の小馬場で落ちあおう」そこで、サー・ステッフォンは笑った。「本日はきっと、長く記憶される日となるぞ」

大股に天幕を出ていく従兄は、楽しくてしかたがないような顔をしていた。

しかしレイマンのほうは、楽しいどころではないようすで、従兄が出ていくなり、

「五人の騎士か」と、陰鬱な声でいった。「ダンカン、あなたの希望を打ち砕きたくはないけれど、しかし……」

「従兄どのが、さっき名をあげた騎士たちを説得できたら……」

「〈長き棘のレオ〉を？〈ブラッケンの荒馬〉を？〈笑う嵐〉を？」レイマンは立ちあがった。

「さっき名をあげた騎士たちを、従兄がみんな知っていることはまちがいない。しかし、あのなかのひとりでも、従兄を知っているかどうか怪しいものだ。ステッフォンはこれを栄達の機会としか見ていないが、かかっているのはあなたの命だからね。やはり、自力で助っ人をかき集めたほうがいい。わたしも手伝おう。そろえる助勢の騎士《チャンピオン》の数は、すくなすぎるよりも多すぎるほうがいい」そのとき、天幕の外で物音がした。レイマンがさっとふりむく。「そこにいるのはだれだ？」

垂れ幕をくぐって現われたのは、ひとりの少年だった。背後には、雨に濡れそぼった黒いマントをまとう痩せた男がひとりいる。

「エッグか？」ダンクは驚いて立ちあがった。「こんなところでなにをしている？」

「ぼくはあなたの従士だもの」と少年は答えた。「槍試合で武器を渡す人間がいるでしょ」

「お父上は、おまえが城を出たことをごぞんじなのか？」

「──神々のご加護あらば、知らずにいてほしいものだな」

雨で濡れて重くなった黒マントを肩からすべり落とさせながら、エッグが連れてきた人物が答えた。それはだれあろう、エッグの長兄、デイロン・ターガリエンだった。

「あなたもか？　こんなところへくるなんて、気でも狂ったのか」ダンクは鞘から短剣を引き抜いた。

「こちらとしては、これをあなたの腹に突きたてても当然の立場なんだぞ」

「そうだろうとも」プリンス・デイロンはうなずいた。「しかし、そんなことよりも、ワインを一杯くれないか。見たまえ、この手を」

デイロンはそういって、片手を差しだし、わなわなと震える手を一同に見せた。酒が切れたのだ。

ダンクはうなりながら、デイロンに詰め寄った。

「あなたの手など関係ない。あなたはわたしについて偽証をしたんだぞ」

「弟がどこにいったのかと父に問いつめられてな。なにか返事をせぬわけにはいかなかったのだよ」

とプリンスは答えた。ダンクにも短剣にも目をやらず、将几《しょうぎ》に腰を落として、デイロンはつづけた。

「ほんとうのことをいえば、エッグがいなくなっていたことにも気づいていなかったのさ。なにしろ、ワインカップの底にはいないし、ほかの場所は見てもいない。だから……」

嘆息するデイロンの横から、エッグが口をはさんだ。

「――サー・ダンカン、父は七人の告発者をそろえようとしてる。やめてくださいと頼んだんだけど、聞きいれてくれなくて。エリオンの――それにデイロンの名誉を挽回するには、ほかに方法がない、というばかりなんだよ」

「名誉を挽回してくれなどと頼んだことはないのだがな」プリンス・デイロンが、げんなりした声でいった。「わたしに関するかぎり、だれがわが名誉を担っているにせよ、取りもどしてもらう必要はさらさらないよ。さて、そこでだ。気休めになるかもしれないのでいっておこう。わたしも七騎士の一角を占めるわけだが、わたしのことはまったく脅威と見なくてもよい。馬より苦手なものといえば、武器だけという人間だからな。武器は重いし鋭いし、危なくてかなわん。最初の突撃では、雄々しくみせるべく努力してみるが、二回め以降は……大兜の側面にでも、派手な一撃をたのむ。大きな音を響かせてくれ。ただし、わが意を汲んでくれるなら、あまり大きすぎても困る。わが弟たちは、闘い、ダンス、思考、読書について、わたしのことを知りつくしているが、死んだふりのうまさは知らん。泥にまみれてじっと横たわる技倆にかけては、どんな人間とて、わたしの足もとにもおよばんよ」

ダンクには、デイロンを見つめていることしかできなかった。この王族、自分をからかっているんだろうか。ダンクはたずねた。

「いったい、なにをしにここへ？」

「警告するためさ、きみが裁判で闘う相手についてな」とディロンは答えた。「父は自分とともに、〈王の楯《キングズガード》〉の騎士たちにも闘うようにと命じたんだ」

「〈王の楯《キングズガード》〉？」愕然として、ダンクはおうむがえしにいった。

「〈王の楯《キングズガード》〉のうち、三人がここにきている。さいわい、ベイラー伯父は、われらが祖父王の警護のため、四人をキングズ・ランディングに残してきたがね」

エッグが名前をあげた。

「サー・ローランド・クレイクホール、ダスケンデールのサー・ドネル、サー・ウィレム・ワイルド、この三人だよ」

「三人とも、いやもおうもない」ディロンがいった。「王と王族の身命を護ると誓約した以上はな。そして、わが兄弟たちとわたしは、幸か不幸か、ドラゴンの血を引く者だ」

ダンクは指折り数えた。

「それで六人。残るひとりは？」

プリンス・ディロンは肩をすくめた。

「エリオンがだれか適当に見つくろうだろう。必要とあらば、名だたる騎士の力を金で購《あがな》ってもいい。黄金にはことかかぬ身だ」

「サー・ダンカンの味方は？」エッグがたずねた。

「レイマンの従兄の、サー・ステッフォン」

「ひとりだけか？」ディロンが顔をしかめた。

「いま、サー・ステッフォンが、友人たちをあたってくれている」

「ぼくが何人か連れてくる」エッグがいった。「有力な騎士たちを。ぼくならできる」

「エッグ」ダンクはたしなめた。「おれはな。おまえの実の兄弟たちと闘うんだぞ」

「でも、デイロンを傷つけはしないでしょう。わざと倒れるというんだから。それにエリオンは……忘れないよ、ぼくがずっと小さいころ、あいつが夜になると寝室に入ってきては、ぼくの股間付近に短剣を突きたてたことを。〝おれには兄弟が多すぎる〟――そのとき、エリオンはそういったんだ。〝いずれ適当な晩に、おまえを妹にしてやろう、そうすれば、おまえと結婚できるからな〟ともね。ぼくの猫を井戸に放りこんだのもあいつだ。ちがうといってたけど、あいつはいつもうそばかりつくから」

　プリンス・デイロンは、うんざりした顔で肩をすくめた。

「この点はエッグのいうとおりだ。エリオンというのは、とんでもない怪物でな。あれは自分が人の姿をしたドラゴンだと思っているんだ。あの人形芝居にあれほど激昂したのもそのためだよ。あれがフォソウェイの家に生まれなかったのが残念だ。そうであれば、自分を林檎だと思ってくれるから、われわれはみんな、ずっと安心して暮らせただろうに。しかし、いまはきみの件だな」立ちあがり、落ちていたマントを拾いあげ、ばさっと振って、ついていた雨の滴を払った。「そろそろ、こっそり城にもどらねばならない――いつまで剣を研いでいるんだと、父がいぶかりださないうちに。しかし、帰る前にふたりきりで話がしたい、サー・ダンカン。ちょっと歩かないかね？」

　ダンクはつかのま、王の孫に疑念の目を向けた。

「お望みのままに――殿下」ダンクは短剣を鞘に収めた。「どのみち、楯を取りにいかねばならないわけだし」

「エッグとふたりで、助っ人の騎士を探しておくよ」レイマンが請けあった。

　プリンス・デイロンはマントをはおり、首のまわりで留め、フードを引きかぶった。ダンクはそのあとにつづいて霧雨の中に出た。露店の列に向かって歩きだす。

「きみの夢を見た」とプリンスはいった。

「旅籠でもそういっておられたが……」

「そうかね？　まあ、そうなんだろうな。ただし、わたしの夢は、きみたちの夢とはちがうんだよ、サー・ダンカン。わたしの夢は現実になるんだ。それゆえ、夢が恐ろしい。きみのことも恐ろしい。夢に見たのは、きみと――死んだドラゴンだ。こいつが、とてつもなく巨大な怪物でな。広げた翼は、この牧草地を蔽いつくせるほどに大きい。その怪物がきみの上にのしかかっている。しかし、きみは生きていて、ドラゴンは死んでいた」

「おれが殺したと？」

「それはわからない。しかし、きみはたしかに、夢の中にいた。ドラゴンもだ。われわれの一族は、かつてはドラゴンを使役していた。われわれターガリエン一族はな。いまやドラゴンは滅び去って、われわれだけが残っている。わたしとしては、きょう死んでもかまわない。神々のみぞ知る理由で、そう思っている。しかしだ、かなうことならわたしに慈悲を施して、ぜがひでも、きみが討つ相手を」

エリオンに定めてはくれまいか」

「おれだって、死んでもかまわない」

「なんにせよ、わたしはきみを殺す気はないよ。告発も取りさげる。しかし、エリオンが取りさげんことには、わたしだけ取りさげても意味がないからな」ためいきをついた。「わたしのついたうそで、きみを死なせることになるかもしれん。そうだとしたら、先にあやまっておこう。自分がいずれかの地獄に堕ちることはわかっている。それはおそらく、酒なし地獄だろう」

デイロンはそういって、身ぶるいした。冷たい霧雨の中、ふたりはそこで別れた。

商売人たちが露台兼運搬車を連ねているのは、牧草地の西のはずれ、樺《カバ》の木と梣《トネリコ》の木立ちの手前だった。ダンクは木立ちの下に立ち、以前は人形芝居の移動舞台があった跡をむなしく見つめた。（いなくなっている）こうなることを恐れていたのだ。（おれだって逃げただろう――城壁のごとく鈍でなければ）

しかし、楯をどうしたものか。手持ちの銀貨で新しい楯は買える。しかし、まずは売りに出されている楯を見つけないといけない。はたしていまから、見つかるかどうか……。

「サー・ダンカン」

ふいに、暗がりから声がかかった。ふりかえると、背後にあの具足鍛冶、〈鋼のペイト〉が立っていた。片手には鉄製のランタンをかかげている。短い革のマントの下は上半身はだかで、黒い剛毛でおおわれた広い胸と太い腕が見えた。

「楯を取りにきたんだったら、おれが持ってるぜ。あの娘がおれに預けていったんだ」ペイトはそういって、じろじろとダンクの全身を見まわした。「手が二本に、足も二本――ちゃんとそろってる。ということは、決闘裁判か？」

「七尽くしの審判だ。なぜ決闘裁判とわかった？」

「思わずキスしたくなるような、貴族に取り立ててほしいくらいの大活躍だったが、そうなるわけがないからな。決闘裁判でなきゃあ、手足のどこかが足りなくなってるはずだ。さ、ついてきてくれ」

ペイトの運搬車はひと目で見分けがついた。側面の板に剣と鉄床《かなとこ》の絵が描いてあったからである。ペイトにつづいて、ダンクは運搬車に入った。鍛冶はランタンをフックにかけ、肩をゆすって濡れたマントをぬぎ、頭からラフスパンの上着をかぶった。壁の一面には蝶番《ちょうつがい》で板が留めてあり、倒すとテーブルになる仕組みだった。

「ま、すわってくれや」低い腰かけを押しだして、ペイトはうながした。

ダンクは腰をおろした。

「あの娘、どこへいった？」

「ドーンに発《た》ったよ。娘の叔父が聡《さと》いやつでな。早々に消えりゃあ、早々に忘れてくれる。もたもたしていて姿を見られたら、またあのドラゴンに祟られちまうだろう。それに、あんたが死ぬところをあの娘に見せたくなかったんだろうな」ペイトは運搬車の突きあたりにいって、しばらく影のなかをあさってから、楯を持ってもどってきた。「縁の金枠は安物の鋼だし、古びていたうえ、錆びて脆《もろ》くなってたんでな。新しくこさえておいた。厚さは倍だ。板の裏には、補強の帯金を取りつけてある。前よりも重いが、前よりも頑丈だ。絵はあの娘が描いた」

期待していたよりも、娘はずっといい仕事をしてくれていた。ランタンの灯のもとでさえ、豊かで多彩で燦然《さんぜん》たる夕陽の色合いがよくわかる。中央の樹は、高く、力強くそそりたち、気高さをも感じさせた。オーク材の空をよぎる明るい線は、ひとすじの流れ星だ。だが、両手で持った楯絵を眺めて、ダンクは強い違和感をおぼえた。流れ星は落ちている。紋章として、これはどんなものか？　自分も流れ星のように速く落ちるということか？　それに、日没は夜の先触れでもある……。

「酒杯のままにしておけばよかったかな」ダンクはみじめな思いでいった。「せめて翼でもあれば、飛んで逃げることもできたろうに。それに、サー・アーランがよくいっていたよ。この酒杯は信頼と親睦にあふれている、これを飲むのはよいものじゃぞ、とな。この楯の絵は死の象徴にあふれてる」

「おいおい、この楡《ニレ》は生きてるぜ」ペイトがいった。「見ろよ、葉なんて青々としてるじゃないか。

どう見たって夏の葉だ。それにな、髑髏《どくろ》や狼や鴉を描いた楯だって見たことがある。吊るされた男や血まみれの首を描いた楯だってあるんだ。それでも立派に役にたつんだから、これだって役にたつさ。そういや、楯の古謡《こよう》を知ってるかい？　こんなやつだ。〝オークよ鉄よ、この身を護れ〟……」

「……〝さなくばおれは死んじまう、地獄の底までまっさかさま〟」

ダンクはあとを受けた。この古謡を思いだすのは、数年ぶりのことだった。ずっとむかしに、老士から教わった歌だ。

ペイトにたずねた。

「新しい鉄枠その他の費用として、いくら取る？」

「あんたからかい？」ペイトはぽりぽりと顎鬚を掻いた。「じゃあ、銅貨一枚」

東の空が白々と明るみだすころには、霧雨はほぼやんでいたが、地面をひどくぬかるませていた。アッシュフォード公の下働きの者たちが、きのうのうちに走路同士を仕切る柵を取り除いていたため、試合場は灰茶色の泥と踏みにじられた草の、広く混沌とした泥濘地《でいねいち》と化している。いくすじもの霧の触手が、淡い色をした白蛇のように地表を這いまわるなかで、ダンクは試合場へと向かった。〈鋼のペイト〉もいっしょに歩いている。

観覧席はすでに埋まりつつあった。朝の寒さにマントをしっかりとかきよせて、諸公や淑女たちがつぎつぎに着席していく。庶民たちが試合場に向かう流れもできていた。試合場の外柵のまわりには、すでに何百人もが立っている状況だ。

（こんなにもおおぜいが、おれが死ぬところを見にきたわけだ）

苦い思いがこみあげてきた。

だが、それは思いちがいだった。何歩か先で、ひとりの女がこう呼びかけてきたのである。

「どうか、ご武運を」

こんどは老婆が進み出てきて、ダンクの手をとった。

「あなたさまに神々のご加護がありますように、騎士さま」

ついで、ぼろぼろの茶色いローブを着た托鉢の修道士《ブラザー》がダンクの剣に祝福を授け、どこかの乙女が頬にキスをしてくれた。

(みんな、おれを応援してる……)

「なぜだ?」ダンクはペイトにたずねた。「みんなにとって、おれは何者なんだ?」

「〝騎士の誓いを憶えていた騎士さま〟さ」と具足鍛冶は答えた。

レイマンは、試合場の南端にある挑戦者用の小馬場の外にいて、従兄とダンクの馬の手綱を取り、待っていた。サンダーは落ち着きなく、しきりに頭を上下に振っている。馴れない馬鎧《うまよろい》の頸当てや、馬面《ばめん》、ずしりとのしかかる馬衣《うまぎぬ》状の馬鎧が重いのだろう。ペイトは馬鎧を見て、あれは鍛造したのはおれじゃないが、いい仕事だと断言した。だれがこの馬鎧をつけてくれたにしろ、ダンクは感謝するのみだった。

そこで、ともに闘ってくれる助勢者たちが目に入った。ごま塩の顎鬚を生やした片目の騎士がいた。黄色と黒の縞模様のサーコートを着用し、蜂の巣の紋章を描いた楯を持つ騎士もいる。

(ロビン・ライスリングとハンフリー・ビーズベリーだ)

驚愕して、ダンクは思った。

(それに、サー・ハンフリー・ハーディングも)

ハーディングは、元はエリオンのものだった緋毛《あかげ》の軍馬にまたがっていた。軍馬はいまでは、赤と白の菱形を連ねた馬鎧をまとっている。

　ダンクは三人のもとへ歩み寄った。

「方々《かたがた》――恩に着ます。わたしへの貸しとして、ありがたく」

「貸しがあるのはな、エリオンに対してだ」サー・ハンフリー・ハーディングが答えた。「われらはそれを取り立てるのみ」

「左脚が折れたと聞きましたが」

「そのとおり、折れた。ゆえに歩けぬ。だが、こうして馬に乗っているかぎり、闘うことができる」

　レイマンがダンクを脇に引っぱっていった。

「ハーディングならエリオンと再戦したがるだろうと思って声をかけたら、みごと図に当たったったんだ。たまたま、もうひとりのハンフリーは、結婚を通じて、ハーディングと義理の兄弟関係でね、やはり助勢してくれることになった。サー・ロビンを連れてきたのはエッグだ。いつかの馬上槍試合で知り合ったらしい。これで五人」

「いいや、六人だ――」ダンクは愕然とした声で一カ所を指さした。ひとりの騎士が小馬場に入ってきたのである。すぐうしろには、軍馬の手綱を取って、従士がついてきている。「――〈笑う嵐〉」

　レイマンよりも頭ひとつは高く、ダンクにせまる背丈のサー・ライオネルは、胸にバラシオン家の〝冠を戴いた牡鹿〟の紋章を描いた金衣《きんい》のサーコートを身につけ、腋に一対の鹿角《ろっかく》を取りつけた兜をかいこんでいた。ダンクは思わず手を差しだし、礼をいった。

「サー・ライオネル――ご助勢いただき、感謝のことばもありません。貴殿を連れてきてくれたサー・ステッフォンに対してもです」

　サー・ライオネルはけげんな顔になった。

「サー・ステッフォン？　わしを呼びにきたのは、貴公の従士だぞ。あの子供、エイゴンだ。うちの息子が追い払おうとしたが、足のあいだをすりぬけて、飛びこんできおってな、わしの頭に細口瓶のワインをひっかけおった」そういって、〈笑う嵐〉は笑った。「知っているか、七尽くしの審判は、もう百年以上も行なわれたことがない。万難を排してでも参加すまいでか。あまつさえ〈王の楯《キングズガード》〉の騎士たちと槍を交え、プリンス・メイカーの鼻をひねるという余禄つきだ」

「これで六人」ほかの助勢者たちのもとに加わるサー・ライオネルを見送りながら、ダンクは期待のこもった声でレイマン・フォソウェイにいった。「これで、従兄どのがあとひとりをつれてくれば、七人になる」

そのとき、観衆から大きな歓声があがった。牧草地の北端に、川霧をつき、一列縦隊をなす騎士が現われたのである。先行する三騎は全員、〈王の楯《キングズガード》〉の騎士だった。光沢を放つ白い琺瑯引きの鎧をまとい、長い純白のマントをうしろになびかせた姿は、まるで亡霊のようだ。その楯でさえも白く、降雪したばかりの雪原のごとき白無地には汚れひとつない。そのうしろには、プリンス・メイカーと息子たちがつづいていた。エリオンがまたがっているのは、葦毛《あしげ》の軍馬だ。一歩ごとに、飾り馬衣《うまぎぬ》の切れ目からは、オレンジ色と赤の布地がちらついている。兄ベイロンの軍馬は、ひとまわりは小さな鹿毛《かげ》で、黒と赤の金属板が重なり合う馬鎧をつけていた。大兜の頂《いただき》からは、緑のシルクで仕立てた頭立《ずだて》がひと流れ。しかし、もっとも恐ろしい装いをしていたのは、ふたりの父親だった。肩当てから肩当てにかけて、漆黒のドラゴンの湾曲した歯が連なり、大兜の頂から背甲《はいこう》にかけても同様の歯列が走っている。鞍に結わえつけられた巨大な棘つき鉄棍は、かつてダンクが目にしたなかでももっとも恐ろしげな武器だった。

「六人だ！」唐突に、レイマンが叫んだ。「六人しかいない！」

ダンクも気がついた。たしかに、そのとおりだ。

(黒騎士が三騎、白騎士が三騎。向こうもひとり足りないのか)

だが、エリオンが七番めの騎士を見つけられなかった？　そんな話があるものか？　それはなにを意味する？　どちらも七番めの騎士を見つけられなかった場合、六対六の闘いとなるのか？

懸命に頭をひねっていると、エッグがそばにすべりよってきて、うながした。

「もう時間だから、鎧をつけないと」

「すまんな、従士よ。では、着つけに手を貸してくれるか？」

〈鋼のペイト〉も手伝ってくれた。長い鎖帷子《ホーバーク》に喉《のど》当て、脛《すね》当てに籠手《こて》、鎖頭巾に股当て。ふたりはダンクを鋼の塊に仕立てあげ、すべての締め金と留め金を三度ずつたしかめた。そのあいだ、サー・ライオネルは砥石の前にすわって剣を研いでおり、ふたりのハンフリーは静かな声で語り合い、サー・ロビンは祈りを捧げていた。そのかたわらでは、レイマン・フォソウェイがひとりやきもきして、いったりきたりしていた。従兄はどこにいってしまったのかと気が気ではないのだ。

ダンクが鎧を完全に一縮《いっしゅく》しおえたころ、ようやくサー・ステッフォンが姿を現わした。

「レイマン」サー・ステッフォンは従弟にうながした。「すまんが、甲冑《かっちゅう》の着つけをたのむ」

レイマンの従兄は詰め物をしたダブレットに着替えていた。これは鎧下に着るものだ。

「サー・ステッフォン」ダンクは声をかけた。「探すといっていた友人はどうなった？　七人そろうには、まだひとり騎士が足りないのだが」

「ふたりだろうな――気の毒だが」

そう答えたサー・ステッフォンの背後では、レイマンがホーバークの背中側のひもを結わえている。

「ム＝ロード？」ダンクにはわけがわからなかった。「ふたりとは？」

サー・ステッフォンは、自在接合式に鋼板を継ぎ合わせた上等の籠手を取りあげ、左手を差しこみ、指を曲げ伸ばしした。

「どうやらここには、五人しかおらぬではないか」そういうサー・ステッフォンの腰に、レイマンが剣帯を締める。「ビーズベリー、ライスリング、ハーディング、バラシオン、そして貴殿」

「それと、あなただ」ダンクはいった。「それで六人」

「ちがうな。おれは七人めだ」薄く笑って、サー・ステッフォンはいった。「ただし、先方の陣営の。おれはプリンス・エリオンと告発者の側で闘う」

従兄に大兜を渡そうとしていたレイマンは、いきなり殴られでもしたかのように、動作の途中で、ぴたりと凍りつき、いった。

「うそだ……」

「うそではない」サー・ステッフォンは肩をすくめた。「きっとサー・ダンカンにはわかるだろう。おれには、わがプリンスに対する義務がある」

「あてにしてくれていい、とサー・ダンカンにいったじゃないか」レイマンは蒼白になっている。

「そうだったかな？」サー・ステッフォンは従弟の手から大兜を取りあげた。「ま、そのときはそう思っていたんだろうさ。さあ、馬を引け」

「自分で引いていけ」レイマンは吐き捨てるようにいった。「おれがこんなことに加担すると思っているんなら、おまえはクソ溜めなみのクソ野郎だ」

「クソ溜め？」サー・ステッフォンは舌打ちした。「ことばには気をつけろよ、レイマン。われらはふたりとも同じ樹に生《な》った林檎なのだぞ。しかもおまえは、わしの従士だ。それとも、自分が立てた誓いを忘れてしまったのか？」

「忘れるものか。おまえこそ、誓いを忘れてしまったんじゃないのか？　おまえは騎士であることを誓ったんだろうが」

「この日がおわる前に、おれは騎士以上の者になる。フォソウェイ公だ。なんとまあ、いい響きではないか」

薄笑いを浮かべて、右の籠手にも手をつっこむと、レイマンの従兄はくるりと背を向け、小馬場を自分の馬のもとへ横切っていった。ほかの助勢者たちは蔑みの目でサー・ステッフォンを見ていたが、だれもとめようとはしない。

やがてサー・ステッフォンは馬にまたがり、試合場を北端へ向かいだした。ダンクはその後ろ姿を見送った。両手はぐっとこぶしを握っている。だが、のどがふさがったようで、ひとこともことばが出てこない。

（どのみち、なにをいったところで、あの外道はすこしもこたえないだろうがな）

「騎士にしてくれ」突然、レイマンがダンクの肩に手をかけ、自分のほうへふりむかせた。「おれが従兄の代わりを務める。サー・ダンカン、おれを騎士にしてくれ」

そういって、地に片ひざをついた。

眉をひそめつつ、ダンクは手を腰に差した長剣の柄《つか》に持っていったが――そこでためらった。

「レイマン、おれは……これはおれごときのしていいことじゃない」

「しなきゃだめだ。おれがいなかったら、五人になってしまうんだから」

「この若いののいうとおりだ」サー・ライオネル・バラシオンがいった。「騎士にしてやれ、サー・ダンカン。いかなる騎士も、人を騎士にすることができる」

「おれの勇気を疑うのか？」レイマンがいった。

「いや、そんなことはない。しかし……」やはりダンクはためらった。

おりしも、朝靄の立つ空気をつんざいて、ファンファーレが鳴りわたった。エッグがダンクたちのもとに駆けよってきた。

「サー・ダンカン。アッシュフォード公が呼んでる」

〈笑う嵐〉がじれったそうにかぶりをふった。

「よし、おまえはいけ、サー・ダンカン。従士レイマンはおれが騎士にしてやる」

いうなり、鞘から剣を引き抜き、ダンクを肩で押しのけ、おごそかな口調で叙任の儀式をはじめた。

「フォソウェイ家のレイマン」

いいながら、従士の右肩に剣の平をあてがう。

「〈戦士〉の名において、我は汝に勇敢なることを課す」

剣身が右の肩から左の肩に移動した。

「〈厳父〉の名において、我は汝に公正なることを課す」

右肩にもどり、

「〈慈母〉の名において、我は汝に若年の者、無辜《むこ》の者どもを護ることを課す」

また左肩にもどって、

「〈乙女〉の名において、我は汝にすべての女性《にょしょう》を護ることを課す……」

ダンクはふたりをその場に残し、馬に乗って領主のもとへ向かうことにした。ほっとすると同時に、うしろめたい気持ちもあった。

（しかし、まだひとり欠けている）エッグが手綱を取り、押さえているあいだに、サンダーの背中にまたがりながら、ダンクは思った。（どこでもうひとりを見つけよう……）

馬の向きを変え、観覧席のほうへゆっくりと進める。そこにはアッシュフォード公が立って待っていた。いっぽう、試合場の北端からは、プリンス・エリオンがこちらに馬を進めてくる。

「サー・ダンカン」快活な声で、エリオンが呼びかけてきた。「どうやらそちらの陣営には、五人の助勢者《チャンピオン》しかおらぬようだな」

「六人だ」とダンクは答えた。「サー・ライオネルがレイマン・フォソウェイを騎士に叙任している。そちらの七騎に対して、こちらは六騎で闘うことになる」

世の中には、はるかに分の悪い闘いで勝利した者たちもいるのだ。

だが、アッシュフォード公は首を横にふった。

「それはゆるされぬ。もうひとりの騎士を見つけられねば、貴公は自分が告発されている罪について、有罪を宣告されることになる」

(有罪か)とダンクは思った。(歯を一本、ぐらつかせた咎《とが》で有罪か。そのために死なねばならないのか)

「ム＝ロード、しばしの猶予を」

「認める」

ダンクは柵ぞいにゆっくりと馬を進めた。観覧席には、おおぜいの騎士がすわっている。

「方々《かたがた》に申しあげる」

ダンクはその騎士たちに呼びかけた。

「このなかに、ペニーツリーのサー・アーランをご記憶の方はおられぬか。これなるは、その従士を務めていた者。われらは方々の多くに仕え、方々のテーブルで食事をとり、方々の大広間で眠った」

いちばん上の列に、マンフレッド・ドンダリオンがすわっているのが見えた。ダンクは呼びかけた。

「サー・マンフレッド。サー・アーランはかつて、領主であられるお父上に仕えて傷を負った」

サー・マンフレッドは一顧だにせず、となりにすわる貴婦人になにごとかを話しかけた。ダンクは先へ進まざるをえなかった。

「ラニスター公。サー・アーランはかつて、馬上槍試合で公を落馬させた」

〈灰色の獅子〉は、手袋をはめた両手に視線を落とし、視線をあげることを拒んだ。

「サー・アーランは立派な人物だった。このわたしに騎士のなんたるかを教えてくれた。剣や騎槍のあつかいだけではない。名誉のありようについてもだ。騎士たるもの、無辜の者を護らねばならぬ、とサー・アーランはいった。わたしがしたことは、まさしくそれに尽きる。わたしにはもうひとり、ともに闘ってくれる騎士が必要だ。ただのひとり──それだけでいい。キャロン公？　スワン公？　いかがか？」

キャロン公になにごとかを耳打ちされて、スワン公が静かに笑った。

ダンクはサー・オソウ・ブラッケンの目の前に馬を進ませ、声をひそめて話しかけた。

「サー・オソウ、貴殿が偉大な騎士であることは、だれひとり知らぬ者がない。伏して助勢をお願い申しあげる。古き神々と新しき神々の名においてお願いする。義はわれにある」

「かもしれんな」と〈ブラッケンの荒馬〉は答えた。すくなくともこの人物には、返事をするだけのたしなみがあった。「しかしそれは、貴殿の義だ。わしの義ではない。それにわしは、貴殿のことを知らぬ、若者よ」

気落ちしながらも、ダンクはサンダーの馬首《ばしゅ》をめぐらし、観覧席の反対端まで駆けもどると、また引き返しながら、座席にならぶよそよそしい騎士たちを見まわした。絶望のあまり、思わず叫び声が出た。

「**貴公らのなかに、真《まこと》の騎士はおられぬのか！**」

返ってきたのは沈黙のみ。

試合場の向こうのほうで、プリンス・エリオンが笑い、叫んだ。

「ドラゴンに背く者など、おりはせぬわ」

そのとき――声がいった。

「わしがサー・ダンカンの側につこう」

声がしたほうをふりかえると、川霧を割って、黒毛の牡馬がぬっと現われたところだった。背には黒騎士を乗せている。楯にはドラゴンが描かれており、漆黒の兜の上では赤い琺瑯引きのドラゴンが三つの頭をかかげ、咆哮を放っていた。

〈若きプリンス〉か。これは驚いた――しかし、ほんとうにあの人物なのか？〉

アッシュフォード公もダンクと同じ勘ちがいをしたらしく、こう呼びかけた。

「プリンス・ヴァラーであられるか？」

「ちがう」漆黒の騎士は兜の面頬《めんぽお》をはねあげた。「アッシュフォードの馬上槍試合に参加する予定はなかったのでな、領主どの、自分の甲冑を持ってきてはおらぬ。そこで、貸与を頼んでみたところ、快く貸してくれたのだ――わが息子がな」

ベイラー太子はそういって、悲しげにも見える微笑を浮かべてみせた。

告発側の陣営に動揺が走るのが、ダンクにもわかった。プリンス・メイカーが乗馬に拍車をかけ、血相を変えて飛んできた。

「兄者、いったいなにを血迷われる？」鎖手袋をはめた指をダンクに突きつけて、「この者は、わが息子を襲ったのだぞ」

「この者がしたのは、弱き者を護ることにほかならぬ。真《まこと》の騎士ならば、きっとそうするようにな」ベイラー太子は答えた。「そのふるまいが正しかったのかまちがっていたのか、それは神々に決めていただこうではないか」

いうなり太子は、手綱をぐいと引き、ヴァラーの巨大な黒毛の軍馬に向きを変えさせて、試合場の南端をめざし、速足で進ませだした。

ダンクは急いで、その横にサンダーを寄りそわせ、南端まで並走してもどった。すぐさま、ほかの助勢者たちが集まってきた。ロビン・ライスリング、サー・ライオネル、ふたりのハンフリー。

（みんな、すぐれた騎士たちだ。しかし、あの強敵たちに勝てるほどすぐれているだろうか）

ダンクは問いかけた。

「レイマンはどこに？」

「サー・レイマンと呼んでくれ、よかったら」馬を緩駆《ゆるが》けにして、レイマンがやってきた。大兜の上にはシルクの頭立をそそりたたせている。はねあげた面頰の下に、つかのま、ひきつりぎみの笑みを浮かべて、レイマンはつづけた。「遅れてしまって申しわけない。紋章に、ちょっと細工をしないといけなかったのでね——不名誉の塊の従兄とまちがわれないように」

そういって、レイマンは一同に楯を見せた。艶《つや》のある金の地色は同じで、フォソウェイ家の林檎も描いてあるが、この林檎は赤ではなく、緑《あお》だった。

「まだ熟してはいないおれだけれど……虫食いの林檎よりは、青いほうがましだろう？」

サー・ライオネルが大笑し、こんな状況ながら、ダンクも思わず破顔した。ベイラー太子でさえ、好感をいだいたようだった。

そのとき、アッシュフォード公の司祭《セプトン》が観覧席の最前部にやってきて、クリスタルを高々とかかげ、祈るようにと群衆にうながした。

「一同、耳を貸せ」ベイラーは静かに語りかけた。「最初の懸け合いにて、告発側は軍用《いくさ》の重騎槍を用いると見てよい。長さ二メートル半におよぶ梣《トネリコ》材の騎槍だ。簡単には割れぬよう、随所に金環《かなわ》をかけてあり、鋼の先端はきわめて鋭い。軍馬の重みと勢いを乗せて突きかかってくれば、板金鎧とて簡単に貫かれてしまう」

「こちらも同様の騎槍を使えばよいではありませんか」サー・ハンフリー・ビーズベリーがいった。

観覧席の上では、セプトンが〈七神〉に呼びかけている。〝〈七神〉よ、天より見そなわし、この諍いに審判を下したまえ、その義に理ある者たちに、勝利をもたらしたまえ――〟

「だめだ」ベイラーは一蹴した。「われらはあくまで試合用の騎槍で挑む」

「しかし、試合用の騎槍は簡単に折れるようにできています」レイマンが異議を唱えた。

「そのかわり、長さは三メートル半ある。狙いあやまたずに的をつけば、敵の槍先がわれらに触れることはない。狙うならば大兜か胸当てにしろ。槍試合では、敵の楯に騎槍を当てて、みごとに折ってみせるのが華だが、ここでそれをやれば、死に通じる。敵を落馬させ、こちらは騎馬のまま闘えば、勝機は増そう」そこで太子は、ダンクに顔を向けた。「もしもサー・ダンカンが討たれれば、神々が貴殿を有罪と裁定したものと見なされ、決闘裁判はおわる。告発者がふたりとも討たれるか、告発を取りさげるかした場合も、やはり決闘裁判はおわる。それ以外の場合、どちらかの陣営の騎士七名がすべて討たれるまで、あるいは降参するまで、闘いはずっとつづく」

「プリンス・デイロンは闘わないでしょう」ダンクはいった。

「すくなくとも、雄々しくはな」サー・ライオネルが笑った。「あの方はそれでよいとして、問題は、白騎士三人を相手に闘わねばならんということだ」

ベイラーはその点を冷静に判断した。

「弟は人選を誤った。〈王の楯《キングズガード》〉の騎士に、息子のために闘えと命じたのは失敗だ。誓約によって、あの者たちは王族にいっさい危害を加えることができぬ。幸いにして、わしはその王族のひとりだ」

そういって、ベイラー太子は薄く笑った。「ほかの騎士たちを、できるだけ長くわしから遠ざけよ。その間に、わしが〈王の楯《キングズガード》〉の相手をする」

「わが太子《プリンス》——それは騎士道にかなうことですかな？」サー・ライオネル・バラシオンがたずねた。

観覧席では、セプトンが祈りをおえようとしている。

「それは神々が教えてくださるだろうさ」と、〈槍砕きのベイラー〉は答えた。


アッシュフォード牧草地には、期待のこもった深い静寂がたれこめていた。

八十メートル先で、エリオンの葦毛の牡馬が待ちきれないようすでいななき、前脚で泥地を掻いた。対照的に、サンダーはどっしりと落ちついている。馬齢も高めで、五十度の闘いをくぐりぬけてきた老練の軍馬だけに、自分に求められていることがよくわかっているのだろう。エッグがダンクに楯を手わたした。

「どうかご武運を、サー・ダンカン」と少年はいった。

こうして見ると、楡の樹に流れ星の図象は胸を打つものがあった。ダンクは楯の内側にある革帯に左腕をすべりこませ、持ち手をしっかりと握った。

（オークよ鉄よ、この身を護れ、さなくばおれは死んじまう、地獄の底までまっさかさま）

〈鋼のペイト〉が騎槍を持ってきたが、それをダンクの手に持たせるのは自分の役目だ、とエッグがいいはった。

助勢の騎士たちは、各々の騎槍を手にしてダンクの左右に広がり、長い一列横隊を形成している。右どなりはベイラー太子、左どなりはサー・ライオネルだ。が、大兜の細い目穴は視界がかぎられるため、周囲のようすはよくわからない。観覧席はもう見えなかった。柵に押しかけた庶民の観衆もだ。見えるのは、ぬかるんだ試合場と、地に白い指を這わせている霧、川、町、北にそびえる城、そして、真正面にいるプリンス──葦毛の軍馬にまたがり、大兜に炎の立物を燃えあがらせ、楯にドラゴンを宿した、プリンス・エリオンだけだ。エリオンの従士が、あるじに軍用《いくさ》の騎槍を手渡すのが見えた。長さは二メートル半で、夜のように黒い槍だった。

（可能なら、あれでおれの心臓を貫くつもりなんだろうな）

そのとき──ついに喇叭《ラッパ》が吹き鳴らされた。

鼓動ひとつぶんのあいだ、ダンクは琥珀にからめとられた蠅のように、じっと鞍にすわっていた。ほかの馬はみな動きだしている。はげしい恐慌が全身を走りぬけた。

（忘れてしまった）恐慌を起こして、ダンクは思った。（やるべきことをなにもかも忘れてしまった。このままでは負けてしまう。なにもかも失ってしまう）

恐慌から救ってくれたのはサンダーだった。大柄な栗毛の牡馬は、騎士の頭の中が真っ白になっていても、自分がなすべきことを心得ており、ゆっくりとした跑足《だくあし》で進みだしたのだ。そこから先は、この身にたたきこまれた訓練が引き継いだ。軍馬の腹に拍車の先を軽く当て、騎槍を水平に構える。同時に、楯を前に突き出し、左半身《はんみ》の大半を防御した。楯をやや斜めに構えているのは、敵の騎槍の衝撃を受け流すためだ。

（オークよ鉄よ、この身を護れ、さなくばおれは死んじまう、地獄の底までまっさかさま）

観衆の発する歓声は、いまはもう遠い海鳴り程度にしか聞こえない。サンダーが速駆けに移った。

荒々しい上下動にともない、噛みしめた歯がきしり音をあげはじめる。鐙《あぶみ》をぐっと踏みつけ、太腿で馬の胴体を思いきり締めつけて、またがった馬体と一体化し、自分のからだを馬の動きに組みこんだ。

（おれはサンダー、サンダーはおれ、おれたちはひとつのけもの、人馬一体、おれたちはひとつ）

大兜の中の空気は熱気を増して、もはや満足に息もつげなくなっている。

通常の馬上槍試合の場合、敵は仕切り柵で隔てられて、自分の左側をすれちがっていく。ゆえに、騎槍は馬の頸《くび》の上をななめに交差させ、左前方に振り向けねばならない。適正な角度で突きだすと、敵の楯に当たった衝撃により、槍は砕け散る。しかし、この日に闘われているのは、ずっと恐ろしい果たし合いだ。彼我を隔てる仕切り柵がないため、双方の軍馬は敵めがけてまっしぐらに駆けていくことになる。ベイラー太子の巨大な黒毛の軍馬はサンダーよりはるかに疾《はや》く、目穴の片隅で、猛然と疾駆していく後ろ姿が見えた。ほかの馬の存在は、見えるというよりも、躍動の気配で感じられる。

（ほかの人馬は気にするな。狙うはエリオンただひとり。エリオンのことだけ考えろ）

ドラゴンがみるみる近づいてくる。鉄蹄《てってい》で周囲に泥を蹴散らし、プリンス・エリオンの駆る葦毛が急接近してくる。軍馬の開いた鼻孔まで見えた。漆黒の騎槍はまだ上に向けられたままだ。ぎりぎりまで騎槍の先を高くかかげ、激突寸前になって水平に構える騎士は、つねに騎槍を大きく下げすぎる危険ととなりあわせでいる——老士からそう教わったことがある。ダンクはみずからの騎槍の狙いを、プリンスの胸の中央にすえた。

（わが騎槍はわが腕の一部）と自分に言い聞かせる。（騎槍はわが指、木でできた指。おれがせねばならないのは、長い木の指で敵に触れることだけだ）

エリオンの黒い騎槍にかぶせられた鉄の槍先が、一歩ごとに膨れあがっていく。ダンクは意識してそれを見ないようにした。

(ドラゴンだ、ドラゴンを見るんだ)

プリンスの楯を覆いつくす巨大な三頭のドラゴンを——赤い翼を広げ、黄金の炎を吐くドラゴンを。

(いや、ちがう、狙うところだけを見ろ)

はっと要諦を思いだしたときには、すでに騎槍の狙いが目標からずれはじめていた。あわてて元にもどそうとしたが、時すでに遅く、自分の騎槍がエリオンの楯を突くのが見えた。槍の先がふたつのドラゴンの頭の狭間《はざま》に当たり、彩色された炎の溝にすべりこむ。くぐもったベキッという音とともに、激突の衝撃により、サンダーが大きく突きあげられ、馬体が打ち震えた。鼓動半分ののち、なにかがすさまじい勢いでダンクの脇腹に激突した。馬と馬とが、正面衝突せんばかりの勢いですれちがい、馬体同士が荒々しくぶつかりあって、双方の馬鎧が高い金属音を響かせる。サンダーが右によろけ、ダンクの手から騎槍が落ちた。つぎの瞬間、敵の人馬は後方に去っていた。転げ落ちないようにと、必死に鞍をつかむ。試合場の泥でサンダーが足をとられている。後肢がずるっとすべるのがわかった。サンダーがぐらつき、半回転し、後部が勢いよく地面にすべりこんだ。

「立ってくれ!」馬腹《ばふく》に拍車を食いこませて、ダンクは怒鳴った。「立ってくれ、サンダー!」

どうにかこうにか、老軍馬はふたたび立ちあがった。

脇腹に鋭い痛みを感じる。左腕がだらんとたれて動かない。見ると、脇腹から長さ一メートルの、折れた梣《トネリコ》と鉄の槍先が突きだしていた。エリオンの騎槍が、オークの楯、ウール、鋼を貫いたのだ。右手を伸ばし、突き刺さった部分の根元をつかんで、思いきり力をこめ、引き抜いた。血が奔出し、鎖帷子の鋼の環と環のあいだに染みていって、サーコートを真っ赤に濡れそぼらせた。世界が揺らぎ、もうすこしで倒れそうになった。激痛を通して、おおぜいが自分の名を呼ぶ声がぼんやりと聞こえる。美しかった楯は貫かれて、もう役にはたたない。楡の樹と流れ星の楯を投げ捨て、引き抜いた槍先も捨てて、剣を引き抜いた。しかしこの激痛では、とうてい剣をふるえるとも思えない。

緊密な円を描き、サンダーをぐるっとひとめぐりさせ、試合場の現況を把握しようと試みた。サー・ハンフリー・ハーディングは、騎馬の頸にしがみついている。負傷したようだ。もうひとりのサー・ハンフリーは、泥と混じった血の海で仰向けに倒れ、ぐったりと動かず、その鼠蹊部《そけいぶ》からは折れた槍先が突きだしていた。すぐ横をベイラー太子が駆けぬけていく。騎槍はまだ健在だ。つぎの瞬間、〈王の楯《キングズガード》〉のひとりを鞍上から突き落とした。ほかにもうひとり、白騎士が落馬させられていた。プリンス・メイカーもだ。三人めの〈王の楯《キングズガード》〉は、サー・ロビン・ライスリングの騎槍を撥《は》ねのけていた。

（エリオン——エリオンはどこだ？）

おりしも、背後から馬蹄の轟きが聞こえてきた。ダンクはすばやく馬首をめぐらした。サンダーがいななき、棹立《さおだ》ちになり、前脚の蹄で虚しく宙をかく。そのあいだにも、エリオンの葦毛は全速力で突進してくる。

今回は、体勢を立てなおす余地などなかった。長剣が手から吹っとび、回転しながら飛んでいく。同時に、地面がぐんぐんせりあがってきた。つぎの瞬間、地面につっぷす形で激突して、全身を強く打った。骨という骨が悲鳴をあげ、肺から空気が絞りだされていく。全身をさいなむあまりの激痛に涙が出た。つかのま、ダンクにできるのは、その場にじっと横たわっていることだけだった。口中に血の味が広がっている。

（うつけのダンク、騎士《ランク》になれるとでも思ったか）

なんとかして、立たねばならない。立たねば死ぬ。それはわかっている。呻きながら、地に両手と両ひざをつき、懸命に起きあがった。息ができない。目も見えない。大兜の目穴は泥が詰まっている。

あたりが見えぬまま、ふらふらと立ちあがり、鎖手袋をはめた手で目穴の泥をかき落とした。

（よし、これで見えるように……）

そう思ったとたん、指の隙間から、ドラゴンが飛びかかってくるのが見えた。そして、鎖の先端で勢いよく宙を回転している棘つき星球も。頭が粉々に割れたかと思うほどの衝撃が走った。

目をあけると、ふたたび地に横たわっていた。仰向けに伸びた格好だ。衝撃で、目穴の泥はすべて吹っとんでいたが、依然として片目は見えない。こんどは血糊で塞がれているのだ。真上には鈍色《にびいろ》の曇天のみが見えていた。顔じゅうが疼《うず》いている。頬とこめかみに濡れた冷たい金属が押しつけられているのがわかる。

（頭を砕かれたんだ。おれは死にかけてるんだ）

もっと悪いのは、助勢者の騎士たちも――レイマンもベイラー太子もほかの者たちも、もろともに命を落としかけている可能性だった。

（おれはみなの期待に応えそこねた。おれは優れた騎士《チャンピオン》なんかじゃない。草臥《くさぶ》しの騎士ですらない。何者でもない）

そこで思いだしたのは、泥にまみれてじっと横たわる技倆にかけては、自分の右に出る者はないといっていた、プリンス・デイロンのことばだった。

（あのときのプリンスは、うつけ《ランク》のダンクの横たわりっぷりを知らなかったんだな）

この恥辱は苦痛よりもつらいものだった。

そのとき、ドラゴンがすぐ上に、ぬっと現われた。

ドラゴンは三つの頭を持っている。赤と黄とオレンジの翼は炎のように赫奕《かくやく》と燃えていた。そして、ドラゴンは笑っていた。

「もうくたばったのか、草臥しの？　慈悲を乞え、罪を認めろ、そうすれば、手の一本、足の一本をつぶすだけで勘弁してやる。ああ、それと、歯もぜんぶだったな。だが、歯など無用の長物だろう？　きさまのようなやからは、どうせ豆のかゆ《ポリッジ》を食って生きるのが関の山だ」

ふたたび、ドラゴンは笑った。

「ちがうか？　なら、これを食らえ」

棘つきの星球が空中でぐるぐると回転したかと思うと、ダンクの頭めがけ、流れ星のように猛然と落下してきた。

打たれる寸前、横に転がった。

どこにそんな力があったのかわからない。それでも、なんとか力を見つけだした。転がった先にはエリオンの脚があった。すかさず、鋼の籠手をはめた腕をエリオンの腿に巻きつけ、罵声を発しつつ泥に引き倒し、そのまま転がって、プリンスの上に馬乗りになる。

（その凶悪な星球、振りまわせるなら振りまわしてみろ）

もちろん、この体勢で振りまわせるはずもない。だからプリンスは、楯の縁を突きあげ、ダンクの頭を攻撃してきた。が、その打撃からは、へこみだらけの大兜が護ってくれた。エリオンは力が強い。しかし、ダンクはもっと力が強く、体格も大きく、体重でも勝る。突きあげられた楯を両手でぐっとつかむなり、エリオンが腕を通している革帯がちぎれるまでひねりあげ、楯を奪いとった。その楯を振りかぶり、プリンスの大兜に振りおろす。そして、もういちど。大兜の頂の、琺瑯引きされた炎をめがけ、何度も何度も何度も打ちおろした。楯はダンクのものより部厚く、堅いオークは鉄の帯板で補強されている。とうとう、炎の立物《たてもの》が砕け散った。そこへさらに、もう一撃を食らわす。ダンクの息が切れるよりも先に、プリンスの炎の息吹が切れた。

とうとうエリオンは、この状況では使えない星球棍の柄を放し、腰の短剣を手探りした。ようやく探りあて、鞘から引き抜く。だが、ダンクは音高く、その手に楯をたたきつけた。短剣は手を離れ、泥に落ちた。

（こいつも〈長身のサー・ダンカン〉なら倒せたかもしれない。だが、〈蚤の溜まり場のダンク〉を倒すのは無理だ）

馬上槍試合の闘い方と剣技は老士から教わった。しかし、この手の泥くさい闘い方は、それよりもっと前に、王都の安酒場裏の、影に沈む裏路地や怪しい小路で身につけたものだ。傷だらけの楯を放りだし、ダンクはエリオンの兜の面頰《めんぼお》をもぎとった。

〝面頰は弱点となるからな〟と〈鋼のペイト〉がいっていたのを思いだしたのだ。

プリンスはもう、ほとんど抵抗していない。紫色のその目は恐怖をたたえている。ダンクはふと、鋼で被《おお》われた指を眼窩に突っこみ、葡萄《ブドウ》のように目玉を抉《えぐ》りだしてやろうかと思った。だが、それは騎士らしくない。

「降参しろ！」と叫んだ。

「降参する」血の気の引いた唇をかろうじて動かして、ドラゴンはつぶやくように答えた。

ダンクは目をしばたたき、プリンスを見つめた。一瞬、自分の耳が聞いたことが信じられなかった。

（では、おわったのか？）

よその状況を見ようと、左右にゆっくり首を振り動かす。目穴は部分的にふさがっている。顔面の左側を星球で殴られ、大兜が歪んだためだ。プリンス・メイカーは、息子のもとに駆けつけるべく、鉄棍を振りまわしており、〈槍砕きのベイラー〉がそれを押しとどめている。

ダンクはよろよろと立ちあがると、プリンス・エリオンに手を差しのべ、助け起こした。それから、大兜の緒《ひも》を探りあて、ぐいっと引きちぎり、兜を脱いで放り投げた。たちまち視界が開け、音の荒浪に呑みこまれた。呻き声、罵声、観衆の叫び声、馬の一頭があげている悲鳴。ほかの一頭は、乗り手を失ったまま、試合場を駆けまわっている。あちこちで鋼と鋼を打ち合う音が響いていた。レイマンと従兄はともに下馬し、観覧席の前で斬り結んでいる。どちらの楯もぼろぼろで、青林檎も赤林檎も、ズタズタの状態だ。ひとりの〈王の楯《キングズガード》〉の騎士が、傷ついた誓約の兄弟をかつぎ、試合場の外へ連れだそうとしていた。白い鎧に白いマント姿なので、ふたりはうりふたつに見える。三人めの白騎士は地に伏した状態だった。ベイラー太子のもとへ〈笑う嵐〉が駆けつけ、加勢しだした。鉄棍、戦斧、長剣が打ち合い、ぶつかりあい、兜や楯を打つたびに、金属音が響きわたる。メイカーが敵に一撃を食らわすたびに、三撃食らっているようすを見て、もうじき決着がつくことがダンクにもわかった。

(これ以上死人が出ないうちに、早く決着を宣言しなければ)

だしぬけに、プリンス・エリオンがだっと地を蹴り、星球棍を拾おうとした。ダンクはその背中を蹴りつけ、泥につっぷさせてから、片脚をむずとつかみ、プリンスを引きずって、試合場を横切っていった。観覧席の前部にすわるアッシュフォード公の前にたどりついたとき、〈赫奕のプリンス〉は汚物のごとく、茶色い塊と化していた。ダンクはプリンスを引きずり起こし、がくがくと揺すぶって――泥はねが少々、アッシュフォード公と〈麗しの乙女〉に飛んだ――一喝した。

「いえ！　いうべきことを！」

〈赫奕の炎〉エリオンは、口いっぱいに入りこんだ草と泥を吐きだし、いわれたとおりにした。

「告発を……取りさげる」

そのあとのことは、よく憶えていない。自分の足だけで歩いて試合場をあとにしたのか、それとも人の肩を借りたのか。からだじゅうが痛んでいた。ところどころ、とくにひどく痛む。（おれは無双の騎士《チャンピオン》になれたのか？）

（これでおれは真《まこと》の騎士になれたのか？）そういぶかったことを憶えている。

エッグの手を借りて、脛《すね》当てと喉《のど》当てをはずす。ほかにレイマンも、さらには〈鋼のペイト〉まで手を貸してくれた。しかし、朦朧《もうろう》としていて、だれがだれかの区別もつかない。わかるのは何本もの指と、親指の感触、そしていくつもの声だけだ。ただ、ぶつぶつ文句をたれているのがペイトであることはわかった。

「見ろよ、この野郎、おれが丹精こめた鎧をこんなにしやがって。どこもかしこも、へこみに窪みに傷だらけだ。ああ、わかってるよ、そんなことといってる場合じゃないよな。こりゃあ、あれだ、切り裂かないと、鎖帷子を脱がせらんないぜ」

「レイマン」ダンクは友人の両手を握り、切迫した声でたずねた。「みんなは……助勢者のみんなはどうなった？　死人は出たのか？」

これはどうしても知っておかねばならないことだった。

「サー・ハンフリー・ビーズベリーが討たれた」レイマンは答えた。「最初の懸け合いで、ダスケンデールのサー・ドネルに討たれたんだ。サー・ハンフリー・ハーディングも重傷を負っている。それ以外の者は、打ち身だらけで血まみれだが、とくに重傷でもない。重傷なのはきみだけだ」

「敵は？　告発者側は？」

「〈王の楯《キングズガード》〉のサー・ウィレム・ワイルドが人事不省で運びだされた。おれも従兄の肋骨を二、三本、折ったと思う。すくなくとも、そうであってほしい」

「プリンス・デイロンは？」ダンクは問いかけた。「命に別状は？」

「緒戦でサー・ロビンに落馬させられたあと、そのまま泥地に伏せていた。ただ、片脚が折れたかもしれない。乗り手をなくしたプリンスの馬が、むやみに試合場を駆けまわっていたさい、踏んづけていったから」

朦朧とし、混乱してはいても、ダンクは心の底からほっとした。

「それでは、プリンスの夢はまちがっていたわけだ。ドラゴンが死んだというあの夢は。エリオンが死んだのでもないかぎり。しかし、あの男、死んではいないのだろう？」

「死んでないよ」エッグがいった。「命を助けてやったでしょう。憶えてないの？」

「あんまりな」すでに闘いの記憶は混沌として、あいまいになっている。「ある瞬間、酔っぱらったように感じていた。つぎの瞬間、激痛に見舞われて、自分は死ぬんだと思った」

ダンクは仰向けに寝かされた。頭上には雨雲がうねっている。そんな鉛色の空を見あげるダンクのからだごしに、ほかの者たちのやりとりがつづいた。なんとなく、いまだ午前中のような気がする。自分たちはどれだけ長く闘っていたのだろう。

「なんてことだ——槍先で突かれた鎖帷子の破片が、肉に深くめりこんでるぞ」レイマンがいうのが聞こえた。「このままだと壊疽《えそ》になって……」

「酒で酔わせて意識を鈍らせてから、傷口に煮立てた油を注げ」だれかがうながした。「学匠《メイスター》どもはそうやっている」

「ワインだ」別の声がいった。うつろな金属的な響きをともなう声だった。「油ではいかん、そんなものをかけたら死んでしまう。ワインを煮立てろ。弟の手当てがすみしだい、ただちにメイスター・ヨームウェルを診にこさせる」

見ると、長身の騎士がそばにそそりたっていた。漆黒の甲冑は無数の打撃を浴びてへこみだらけ、傷だらけだ。

（ベイラー太子）

兜の上に乗った真紅のドラゴンの頭立《ずだて》は、頭をひとつ、翼を両方とも、尻尾の大半を失っていた。

「殿下」ダンクはいった。「わたしを家臣に――。おねがいです。家臣の末席にお加えください」

「家臣にか」黒騎士はからだを支えるため、レイマンの肩に手をかけた。「王国にはすぐれた人材が必要だ、サー・ダンカン。王国のために……」

声が妙に間延びしていた。たぶん、舌を嚙まれたのだろう。

ダンクは疲労困憊《ひろうこんぱい》しきっていた。意識をたもっているのがむずかしい。

「家臣に……」もういちど、つぶやいた。

太子はゆっくりとかぶりをふった。

「サー・レイマンよ……わしの兜を……はずしてくれるか。面頰《めんぽお》が……面頰が割れている。指も……指も棒になったようで……」

「ただちに、殿下」レイマンは両手で太子の兜に手をかけ、持ちあげようとして呻いた。

「ペイトどの、すまない、手を貸してくれ」

〈鋼のペイト〉が将几《しょうぎ》を引きずってきて、その上に立った。

「うわっ、後頭部から左側面にかけて、べこべこですぜ、殿下。喉当てまでひしゃげてやがる。いい鋼だな、こりゃ。これほどの打撃を食いとめるなんて」

ベイラーはのろのろと答えた。

「弟の鉄棍だ。ほとんどはな。あれは強い」うっと呻いた。「なにか……妙な感じだ……」

「さあ、とれた」ペイトはぐしゃぐしゃになった兜を上に持ちあげて、完全にはずした。「ひっ――

こ、これは――なんてこった、なんてこった、なんてこった……」

ダンクの目にも、濡れ濡れとした赤い塊が兜の中からぼとっと落ちるのが見えた。かんだかい声で、だれかが魂消《たまぎ》るような悲鳴をあげている。寒々しい鉛色の空のもと、黒い甲冑を着たおそろしく背の高いプリンスは、ぐらぐらと揺らいでいた。

その頭は、後頭部が半分がたなくなっていた。

真っ赤な血と白い頭蓋骨――その内側の、青灰色のどろどろしたものが覗いている。

暗雲が太陽の前をすっとよぎるように、奇妙な困惑の表情が〈槍砕きのベイラー〉の顔をよぎった。片手をあげ、うしろに持っていき、二本の指で後頭部に触れる。そうっと、そうっとだ。

そして、倒れた。

ダンクはがばと上体を起こし、太子を受けとめた。

「立ってくれ」と叫んだ、とあとになって聞かされた。あの乱戦のさなか、サンダーに叫んだときのようにだ。「立ってくれ、立ってくれ」

だが、そのあとのことは憶えていない。そして、太子は二度と、立ちあがることはなかった。


ターガリエン家のベイラー、ドラゴンストーン城のプリンス、〈王の手〉、王土の守護者にして、ウェスタロス七王国を統べる〈鉄の玉座〉の跡継ぎは、火葬壇上に亡骸を横たえられていた。場所はさざ波の川の北岸に建つアッシュフォード城の郭《くるわ》の中だ。ほかの大貴族ならば、死者は暗い土の中か、冷たい緑の海に沈める埋葬法が選ばれただろう。しかし、ターガリエンはドラゴンの血を引く一族であり、その最期は炎で送られなくてはならない。

ベイラーは当代最高の騎士なのだから、黒一色の鎖帷子と板金鎧とを着させて、両手には剣の柄を握らせ、死に装束とするべきだとの声もあった。しかし、最後には父王の望みが優先された。そして、父王デイロン二世は平和的な人物だったのである。ダンクが脚を引きずって棺台に歩み寄ってみると、ベイラーは黒いベルベットの礼装を身につけていた。その胸には真紅の糸で、三頭のドラゴンが描きだされていた。首にかけてあるのは、ずしりと重い黄金の鎖だ。愛用の剣は鞘に収め、脇に寝かせてあったが、頭には兜を――薄い黄金の兜をかぶせてあり、顔が見えるよう、面頬ははねあげてあった。〈若きプリンス〉ことヴァラーは、父の亡骸が横たわる火葬壇のそばにつきそって寝ずの番に立ち、一夜を明かしていた。父親の背を低く、体格を細くして、美形にしたような息子だった。二度折れて歪んだ父親の鼻は、王族らしさより人間味を感じさせるものだったのに対し、息子は鼻の形も整っている。ヴァラーの髪は茶色い。ただ、ひとすじだけ、明るいシルバー・ゴールドの房が走っており、それはエリオンを思いださせた。とはいえ、それだけであの男と結びつけるのは酷というものだろう。エッグの髪はふたたび伸びはじめていた。次兄の頭髪と同様、燦然と輝くシルバー・ゴールドだった。こうして見ると、エッグはプリンスとして、充分に見栄えのする少年だった。

ダンクが立ちどまって、ぎごちなくお悔やみと謝意を述べると、プリンス・ヴァラーはひややかな青い目をしばたたき、ダンクを見つめてこういった。

「父はまだ三十九歳だった。存命であれば、偉大な王となるべき資質をそなえていた。おそらくは、エイゴン竜王以来の大君主になっていただろう。なにゆえに神々はわが父を召されたのか？　貴殿を生かしたままにして？」かぶりをふった。「消えろ、サー・ダンカン。消えてしまえ」

ことばもないまま、ダンクは足を引き引き、城をあとにし、緑の水をたたえた淀みの脇の野営地に帰った。ヴァラーの問いかけに対する答えは出ていない。自分がいだいた数々の疑問に対する答えも得られてはいない。メイスターたちの手当てと煮たてたワインはそれなりの効果をあげたと見えて、ダンクの傷は治りつつあるが、左腕と左の乳首のあいだの引きつれた深い傷跡は消えそうになかった。この傷を見るたびに、自分はベイラーのことを思いだすだろう。

（あの方は二度、おれを救ってくださった。一度めは剣で、二度めはことばで——それも、死んだも同然の状態であの場に立っておられたにもかかわらず）

偉大な太子は亡くなり、一介の草臥しの騎士が生き残る——。世界はなんと理不尽なものなのか。

ダンクは例の楡の樹の根本に腰をおろし、むっつりとふさぎこんで、自分の片足を見つめた。

同日後刻、王家の制服を着た衛兵が四人、野営地に姿を見せた。結局、おれを殺すことにしたのか、とダンクは思った。だが、気力が萎《な》えている。剣に手を伸ばす気も起こらない。そうやってすわったまま、そのときがくるのを待った。

「われらがプリンスより、内々でお話があるとのことだ」兵長らしき男がいった。

「どのプリンスだ？」力なく、ダンクはたずねた。

「このプリンスだ」

兵長が答えるよりも早く、そっけない声が答えた。楡の樹の陰から歩み出てきたのは、メイカー・ターガリエンそのひとだった。

ダンクはのろのろと立ち上がった。

（太子殿下の弟君《ぎみ》が、いまさらおれに、なんの用だ？）

メイカーが合図を送ると、現われたときと同様に、衛兵たちは一瞬で姿を消した。プリンスは長いあいだ、じっとダンクを観察していたが、やがて背を向け、数歩離れて、小川の淀みのほとりに立ち、川面《かわも》に映る自分の姿を見つめた。

「――エリオンはライス送りとした」唐突に、メイカーはいった。「自由都市で二、三年も暮らせば、良いほうへ変わるかもしれん」

ダンクはどこの自由都市にもいったことがないので、どう答えていいのかわからなかった。正直にいえば、エリオンが七王国からいなくなってくれたことは喜ばしいし、もう二度と帰ってきてほしくないという思いもある。だが、それは当の息子の父親にいうべきことではない。結局、無言のまま、立っていた。

プリンス・メイカーは向きなおり、ダンクと顔を合わせた。

「世の中には、おれが兄上を意図的に殺したという者も出てこよう。そんなはずがないことは神々がごぞんじだが、この身の朽ちるそのときまで、そんな囁きにつきまとわれることになろうな。事実、兄に致命傷を与えたのは、ほかならぬわが鉄棍だ。そこに疑いの余地はない。兄があの乱戦で闘った相手は、おれを除けば、〈王の楯《キングズガード》〉の騎士三名のみ。その誓約ゆえに、あの者どもは身を護るだけで、王族に危害を加えるようなまねはできぬ。とすれば、手を下したのは、このおれに相違ない。奇妙な話だが、兄の頭蓋を砕いた一撃には記憶がない。それを慈悲と見なすべきか、重荷と見なすべきか。おそらくは、その両方、半々なのだろうな」

ダンクを見つめる眼差しからすると、プリンスは答えをもとめているようだった。

「なんともいえません、殿下」ほんとうなら、メイカーを憎むべきかもしれない。だが、そのかわりなぜか、ダンクはこの人物に対して、奇妙な共感をいだいていた。「鉄棍をふるわれたのは殿下かもしれません、ム＝ロード。しかし、ベイラー太子が亡くなられたのは、わたしが原因です。ですから、わたしもまた、殿下と同じく、太子を死にいたらしめた者ということになります」

「そうだな」プリンスはうなずいた。「貴殿もまた、誹《そし》りの囁きにつきまとわれることになるだろう。

王もお年だ。王が身罷《みまか》れば、父太子に代わってヴァラーが〈鉄の玉座〉に即《つ》く。そして、軍《いくさ》に負けるたびに、あるいは凶作のたびに、阿呆どもはいうだろう――〝ベイラー殿下が王になっておられれば、こんな凶事は起こらずにすんだはずだ、それなのに、あの草臥しの騎士が殺してしまった〟とな」

そこにはたしかに、真実があった。

「わたしが闘わなければ、メイカー殿下はわたしの片手を斬り落としておられたでしょう。それに、片足も。あれから何度も、そこの樹の下にすわって自分の足を眺めながら、樹に問いかけてるんです。太子殿下ほどの方の命を失わずにすむのならば、自分ごときの足一本、差しだしておけばよかったのではないかと。それに、もうふたりの騎士――ふたりのハンフリーの命も失わずにすむのでしたら。ふたりとも、あんなによい方々だったのに」

サー・ハンフリー・ビーズベリーだけではなく、もうひとりのハンフリー――サー・ハンフリー・ハーディングもまた、昨夜のうちに、傷がもとで他界していた。

「では、貴殿の樹が貴殿に返す答えとは？」

「わたしに聞こえる答えは、なにもありません。ですが、老士なら――サー・アーランなら、毎夕、こういったことでしょう――〝あすはなにが待っておることやら〟。老士にもそれはわからなかった。わたしたちのだれにもわからなかったのと同じように。いつかの〝あす〟には、失われていたはずのこの足を必要とするときがくるのでしょうか。王国がこの足を必要とするときがくるものでしょうか――プリンスの命よりも切実に？」

メイカーはしばし、この問いを検討した。顔をはなはだ四角く見せている淡い銀色の顎鬚の下で、唇をぐっと引き結んで。ややあって、険しい声でこう答えた。

「それはまずありえんな。王国には灌木《ヘッジ》の樹の数と同じほどたくさん、その下《ヘ》で眠《ツ》る《ジ》草臥《ナイ》しの騎士《ト》がいる。そしてその全員が、足を二本とも持っている」

「よりよい答えが殿下におありでしたら、ぜひうかがいたく思います」

メイカーは眉をひそめた。

「神々は残酷な冗談がお好きのようだ。でなければ、そもそも、神々などおられぬのか。おそらく、こういったことにはなんの意味もないのだろう。折を見て、総司祭聖下《ハイ・セプトン》におたずねしてみる。ただ、前回お目にかかったときには、いかなる人間であれ、神々の御業《みわざ》をほんとうには理解しておらぬ、とおっしゃっていた。たぶん聖下も、一度でいい、樹の下で眠ろうとしてみられるべきなのだろう」

メイカーはそこで渋面を作った。

「ときに、うちの末息子め、いたく貴殿を好いておるようでな。そろそろあれも、従士になってよい年頃だが、貴殿以外の騎士に仕える気はないとぬかしおる。いずれ、いやでも気づくことになろうが、あれはなかなか手に負えん小僧っ子だ。それでも引き受けてくれるか？」

「わたしが、ですか？」ダンクはあんぐりと口をあけ、いったん閉じ、また開いた。「エッグは……いや、つまり、エイゴンさまは……とても気働きのある少年です。しかし殿下、おことばはたいへんありがたいのですが……わたしは一介の、草臥《くさぶ》しの騎士でしかありません」

「その状態なら変えられよう。エイゴンはいずれ、夏の城館《サマーホール》にもどってくる立場だ。望むのであれば、貴殿の居場所も用意しよう。わが城館所属の騎士としてな。貴殿がおれの家士として忠誠を誓えば、エイゴンは貴殿の従士になれる。貴殿があれを仕込んでいるあいだ、うちの武術指南に貴殿の武技を仕上げさせてもいい」メイカーはそこで、ダンクに鋭い視線を向けた。「貴殿の師サー・アーランが、教えられるかぎりの武技を伝授したのはまちがいなかろうが、貴殿が学ばねばならんことはまだまだ多いぞ」

「承知しています、ム＝ロード」

ダンクは周囲を見まわした。緑の草、葦、楡の高木、陽光に照らされた淀みの水面《みなも》に立つさざ波。前とは別の蜻蛉《ドラゴンフライ》が水面すれすれを飛びまわっている。それともあれは、前と同じ蜻蛉か？

（さて、どうする？）ダンクは自問した。（気ままなドラゴンフライか、定住のドラゴンか）

これが二、三日前なら、即答していただろう。主持《しゅうも》ちとなるのは、長年夢見てきたことだからだ。しかし、いざ栄達の道が開けてみると、そこへ踏みだすのが恐ろしくもあった。

「ベイラー太子が亡くなるまぎわ、わたしは誓いました。太子殿下の家臣になると」

「ずうずうしいやつもいたものだ」とメイカーはいった。「で、兄はなんと？」

「王国はすぐれた人材を必要としていると」

「それはそのとおりだな。それで？」

「ご子息はわたしの従士としてお引き受けします、殿下。しかし、サマーホールにはまいりません。すくなくとも、あと一、二年は。エイゴンはもう充分な数の城を見たはずです。旅路の連れとしてでよければ、お受けします」ダンクはそういって、チェスナットを指さした。「エイゴンにはわたしの去勢馬に乗り、わたしの古いマントを身につけ、日々わたしの剣を研ぎ、鎖帷子を磨くということをしてもらいます。夜には旅籠や厩で眠り、ときどき土地持ちの騎士や小貴族の館の大広間で寝泊まりさせてもらい、必要にせまられれば、樹の下、草の上で野宿する生活を送ります」

プリンス・メイカーは信じられないという面持ちでダンクを見つめた。

「決闘裁判で錯乱したのか？　エイゴンは王国のプリンスだぞ。ドラゴンの血族だぞ。プリンスたる者が路傍で眠り、固い塩漬けビーフの乾し肉など食っていいわけがない」ダンクがためらうのを見て、メイカーは語をついだ。「なにか気おくれしていえずにいることがあるようだな。それはなんだ？

いってみろ」

「プリンス・デイロンはたぶん、路傍にて寝られたことがないはずです」ダンクは静かな――ひどく静かな口調でいった。「それに、プリンス・エリオンがかつて食されたビーフはみな、部厚くて血のしたたりそうなレアであったはずです。好むと好まざるとにかかわらず」

メイカー・ターガリエン――サマーホールのプリンスは、長いあいだ〈蚤の溜まり場のダンク〉を見つめていた。淡い銀色の顎鬚の下で、その口が声を出さずに動いている。ややあって、ひとことも発せぬまま、くるりと背を向け、歩み去った。間を置いて、部下たちとともに、馬に乗って駆け去る音がした。プリンスたちが去ってしまうと、あたりにはもう、水面をかすめて飛ぶ蜻蛉の、かすかな翅音《はおと》しか聞こえなくなった。

翌朝、朝陽が昇ってすぐに、少年はやってきた。身につけているのは、古長靴に茶色の半ズボン、茶色いウールの上着、着古した旅人用のマントだ。

「父上からいわれてきたよ。お仕えするようにって」

「いわれてきました、だろう」ダンクは訂正した。「まずは、馬二頭に鞍をつけろ。チェスナットはおまえが乗っていけ。やさしくあつかうんだぞ。おれが乗せないかぎり、サンダーにまたがっているところは二度と見たくないからな」

エッグはすぐさま、近くに置いてある鞍を取りにいった。

「これからどこへいくの……いくんですか?」

ダンクはしばし、考えた。

「まだ〈赤の山脈〉の向こうへはいったことがない。おまえ、ドーンの地を見てみたくはないか?」

にんまりと笑って、エッグはいった。

「ドーンでは、いい人形芝居がかかってるんですってね」

誓約の剣

The Sworn Sword

四つ辻にぶらさがる鉄籠の中では、夏の太陽のもと、ふたりの人間の死体が腐りつつあった。

エッグはその下で、手綱を取っていた騾馬《ラバ》をとめさせ、しげしげと死体を見あげた。

「この死体、何者でしょう？」

騾馬のメイスターは、とまったのをこれ幸いとばかりに、道ばたの枯れた行儀芝《ギョウギシバ》を食《は》みはじめた。背には二本の大きなワイン樽を載せているが、たいしてつらくはなさそうだ。

「さて、盗っ人か――」とダンクは答えた。背が高いダンクは、こうしてサンダーの背にまたがっていると、エッグよりもずっと死体に顔が近い。「――でなければ、強姦魔か、人殺しかな」

ダンクの着古した緑の上着には、両腋の下に丸く汗じみができていた。大空は抜けるように青く、陽射しは焼けつくほど熱い。けさがた野営地をあとにしてから流した汗は、もう何リットルにもなるだろう。

エッグが鍔《つば》の広い、へなへなの麦わら帽子を取った。その下から現われたのは、つやつやした禿頭《とくとう》だった。取った帽子を振って、たかってくる蠅《ハエ》たちを追いはらう。死体に群がる蠅は何百匹もおり、さらに多数の蠅が、そよとも風の吹かないよどんだ空気の中をものうげに飛びまわっている。

「鴉用の籠に入れられて、死ぬまで放置されるなんて、よっぽどひどいことをしたんでしょうね」

ものによっては、どんな学匠《メイスター》にも負けないほど博識なエッグだが、世故にかけてはまだまだ十歳の子供でしかない。

「世の中にはいろいろな領主がいるからな」とダンクはいった。「なかには、たいした理由もなく、人を処刑する領主もいるんだよ」

鉄の籠は、せいぜい人ひとり入れる程度の大きさしかなかった。それなのに、この中にはふたりも押しこめられていた。ふたりはたがいに向きあい、両腕と両脚をからめあって、背中は陽光に焼けた黒い鉄格子に押しつけられた状態だった。片方がもう片方を食らおうとでもしたのか、首筋にかぶりついている。死体はどちらも、ついさっきまで鴉についばまれていたらしい。というのは、ダンクとエッグが丘の斜面をまわりこみ、籠が見える位置まできたとたん、鴉たちがいっせいに、この籠から飛びたったからである。そのようすは黒雲のごとくで、あまりにも密集していたため、メイスターが立ちすくんだほどだった。

「何者であれ、すでに餓死寸前だったようだな」

(骨と皮ばかりになっているし、肌は土気色に変色して腐りかけている)

そう思いながら、ダンクは語をついだ。

「おおかた、パンでも盗んだか、どこかの領主の森に入りこんで、鹿の密猟でもしたんだろう」

去年につづき、今年もまた旱魃《かんばつ》に見舞われるにおよんで、領主たちは密猟者にきびしくなっている。もともと密猟者には容赦がなかったが、いまはいっそうきびしい。

「法外の者の一味じゃないかな」とエッグはいった。

ふたりはドスクの町で、ある竪琴弾きが『黒駒鳥が吊るされた日』を歌っているのを聞いた。以来エッグは、どんな茂みの裏にも、剽悍《ひょうかん》な悪党の影を見るようになっている。

　老士の従士を務めていたとき、ダンクも何人か、法外の者に遭遇したことがあった。あの手合いにまた会いたいとは思わない。もっとも、かつて遭遇した法外の者には、とくに剽悍な者はいなかった。よく憶えているのは、サー・アーランが捕縛に手を貸して絞首刑にいたらしめた、ある悪党のことだ。指輪剝ぎが専門で、指輪を奪うさい、被害者が男の場合には指をナイフで斬り落とし、女の場合には嚙みちぎることを好む男だった。ダンクの知るかぎり、その男のことを歌った歌はない。

（法外の者だろうと密猟者だろうと、どうでもいい。死人は道連れにならないからな）

　ゆっくりと、軍馬サンダーを歩ませ、鉄籠のまわりをひとめぐりさせた。軍馬の動きに合わせて、うつろな眼窩が〝視線〟を動かし、こちらをじっと見ているかのように感じられた。死体の片方は、首をうなだれさせ、口をあんぐりとあけている。その口を見て、ダンクは気づいた。

（舌がない）

　たぶん、鴉たちが食ってしまったのだろう。鴉はいつも、真っ先に死体の目玉をついばむという。そのつぎについばむのが舌なのかもしれない。

（でなければ、なにかを口走ったことに対する罰で、どこかの領主に舌を抜かれたのか）

　ダンクの頭髪には、陽射しで退色した筋がそこここに走っている。その頭髪を梳《す》きあげた。死者をじっと眺めていたところでなんにもならない。そしてダンクたちには、不落城まで運ばねばならない、ワインの樽という荷物がある。

「どっちの道からきたんだっけか？」道のいっぽうからいっぽうへ目をやって、ダンクは問いかけた。

「一回転したら、わからなくなった」

「不落城はあっちです」エッグが指さした。

「だったら、さっさといこう。夕暮れまでには帰りつけるだろうが、ここでぐずぐず蠅の数を数えていたら、それもおぼつかなくなる」

踵の拍車をサンダーの腹に軽く当てる。大柄な軍馬は左の分かれ道に向きを変えた。

エッグがへなへなの帽子をかぶり、メイスターの手綱をぐいと強く引っぱった。今回はめずらしく、食んでいた行儀芝から口を放し、騾馬はおとなしく動きだした。

（こいつも暑いんだな）とダンクは思った。（それに、ワイン樽も重いにちがいない）

真夏の太陽に照りつけられて、道は煉瓦のように固く焼き固められている。道の両脇にできた細い溝は意外に深く、うっかり踏みこもうものなら馬が脚を折ってしまいかねない。そのためダンクは、溝からなるべく距離をとり、道のまんなかのいちばん高い部分をサンダーに進ませた。じつをいうとダンクは、ドスクを発《た》った日の夜、気温が低いうちに距離をかせごうとして、馬の手綱を引きながら暗闇の中を歩いたため、自分の足首をひねってしまっている。騎士たるものは、痛みや苦痛とともに生きることを学ばねばならん、というのが老士の口癖ではあったが……。

〝それとな、若僧、骨折や傷ともじゃ。これは剣や楯と同じく、騎士の属性の一部と思え〟

自分はがまんできる。しかし、サンダーが脚を折ろうものなら……。馬なき騎士は、騎士ではない。

エッグはワインを背負うメイスターの手綱を引き、五メートルうしろからついてきていた。素足を溝につっこみ、片足は道を踏んでいるため、一歩ごとに、からだがひょこひょこ上下している状態だ。腰には鞘に収めた短剣を下げていた。長靴《ちょうか》は双方のひもを結び、背負い袋の上に掛けわたしてある。ぼろぼろになった茶色の上着は上にたくしあげて、腰のまわりで結んでいた。鍔《つば》の広い麦わら帽子の下にある顔は土ぼこりで汚れており、帽子で陰になっているせいか、大きな目は暗い。年齢は十歳、身長は一メートル半弱。このところ、ぐんぐん背が伸びてきてはいるが、ダンクの長身に近づくのは、まだまだ先の話だろう。こうして見ると、初対面のさい、厩番《うまやばん》の小僧にまちがえたときそのままで、とても本当の身分どおりの者とは思えない。

死体はたちまち、ふたりの後方に消えたが、ふと気がつくと、ダンクはその後もずっと、ふたつの死体のことを考えつづけていた。王土には近ごろ、法外の者どもが増えてきている。旱魃はまったく収まる兆しを見せず、何千何万という農民が地元を捨て、まだ雨が降る土地をもとめて放浪しだしているそうだ。現〈王の手〉である〈ブラッドレイヴン〉――〈血斑鴉《けつぱんガラス》〉公は、それぞれの土地や所属する領主のもとへ復帰せよとの布令《ふれ》を出したが、したがう者はほとんどいないらしい。長びく旱魃がエイリス王と〈血斑鴉〉のせいだとして糾弾する者も多い。これは神々のご意志なのだ、親族殺しに対しての神意なのだ、とその者たちは指弾する。もっとも、賢明な者は、けしてそんなことを声高に唱えたりはしないのだが。

〝〈血斑鴉〉に目の数いくつ？〟そんな謎かけを、エッグはオールドタウンで耳にしている。〝目の数ぜんぶで、千と一〟

六年前、キングズ・ランディングを訪ねたさいに、ダンクは自分自身のふたつの目で〈血斑鴉〉公本人を見たことがあった。公は白馬《あおうま》に打ちまたがり、うしろに弓兵隊〈鴉の歯〉五十名をしたがえて、〈鋼《はがね》通り〉を進んでいた。いまだエイリス王が〈鉄の玉座〉に即《つ》いておらず、公を〈王の手〉に任命する前のことだったが、公はその当時でさえ、威風あたりを払い、暗灰色に真紅の衣装を身につけて、腰に名剣〈暗黒の姉妹《ダーク・シスター》〉を佩《は》いた姿が印象的だった。ただし、その血色の悪い肌と骨白《こつぱく》の髪の色から、公は生ける死体のようにも見えた。いっぽうの頰から首にかけては、赤ワインのしみに似た暗紅色の母斑《ぼはん》があり、それが真紅の鴉の形をしているといわれていたが――異名はそこからついたものだ――ダンクの目には、皮膚がそこだけ奇妙な形に変色しているようにしか映らなかった。食いいるように公を見つめていたためか、王の妖術師といわれた〈血斑鴉〉もその視線に気がつき、通りすがりに、じっとダンクを凝視していった。〈血斑鴉〉には目がひとつしかなく、その目は赤い。もうひとつの目は眼球を失って眼窩がむきだしになっている。〈赤草ヶ原〉の合戦で〈鋼の剣《ビタースティール》〉と戦ったさいの負傷が原因だという。もっともダンクは、公の目が両方とも健在であり、肌を透過して魂の底までも見透かされたように感じたものだった。

あのときのことを思いだすと、熱暑のさなかだというのに、いまでも身ぶるいが起きる。

「サー・ダンカン？」エッグが声をかけてきた。「気分でも？」

「いや。ただ、暑くてな、水がほしいだけさ——あれと同じように」

そういって指さしたのは、道の向こうに広がっている舐瓜《メロン》畑だった。何列にも植えられたメロンは、実が生《な》ってはいたものの、みな蔓の先で萎《しな》びていた。道ばたの溝にそっては、浜菱《ハマビシ》や行儀芝《ギョウギシバ》がいまも命脈をたもっているが、メロンはいまにも枯れそうになっている。ダンクにはメロンの気持ちがよくわかった。サー・アーランはよく、草臥《くさぶ》しの騎士が渇きに苦しむことはまずない、といっていた。

〝雨水を受ける兜を持っているかぎりはな。雨水は最良の飲みものじゃぞ、若僧〟

しかし老士も、これほど苛酷な夏を経験したことがないはずだ。ダンクは重い兜を不落城に置いてきた。こう暑くてはかぶるにかぶれないし、雨水を受けようにも、めったに雨が降らないからである。

（灌木《ヘッジ》でさえこの熱暑で枯死しかけているというのに、その下で野宿する草臥しの騎士《ヘッジ・ナイト》にどうしろというんだ）

だが、川にたどりつきさえすれば水を浴びることもできる。水浴びの爽快さを思うと相好《そうごう》が崩れた。満面の笑みを浮かべ、服を着たまま川に飛びこみ、頭まで水につかる。大量の水が流れ落ちていく頬、もつれた頭髪、肌にへばりつく上着。エッグもきっと喜ぶだろう。しかし、少年はむしろ涼しげで、ほとんど汗をかいてはおらず、乾いたからだは、汗のかわりに、土ぼこりにまみれていた。そもそもエッグは、めったに汗をかかない。暑さに強いのである。ドーンにいたときは上半身はだかで過ごし、まるでドーン人のような褐色の肌になっていた。

（これはドラゴンの血のなせるわざなんだろうな）とダンクは思った。（汗っかきのドラゴンなんて、聞いたことがあるか？）

かなうことなら、自分も喜んで上着を脱ぎたいところだったが、立場上、いまはそれができない。草臥しの騎士ならば、本人さえよければ、上半身はだかで馬に乗っていてもいいだろう。自分以外に恥じるところはなにもないからだ。しかし、誓約の剣となり、一時的にでも仕える相手がいる場合、話は別だった。

〝ひとたび領主どのの館で肉と蜂蜜酒の馳走にあずかったのちは、おまえのすることなすこと、その領主どのの体面にかかわると心得よ〟と、サー・アーランはよくいっていた。〝つねに領主どのから期待される以上の働きをあげるのだ。期待を下まわるなどもってのほか。いかなる仕事にも困難にも怯《ひる》んではならぬ。ことに気をつけねばならんのは、領主どのに恥をかかせることじゃ〟

不落城では、〝肉と蜂蜜酒〟は〝鶏肉とエール〟だが、館のあるじであるサー・ユースタスもまた、同じ質素な食事をとっていることを忘れてはならない。

ゆえにダンクは、上着を着たまま馬を進め、だらだらと汗をかきつづけた。

古びた厚板の橋のたもとで、〈茶色の楯のサー・ベニス〉が待っていた。

「やっと帰ってきやがったか」やや離れたところから、サー・ベニスが呼びかけてきた。「あんまり帰りが遅いんで、じいさんの銀貨を持ち逃げしたかと思ったぜ」

ベニスは毛深い小型馬《ガロン》に乗っている。口中が血まみれに見えるのは、数枚のサワーリーフを噛んでいるからだ。

「ドスクまでいかないと、ワインが手に入らなかったんだ」とダンクは答えた。「リトル・ドスクのほうは、鉄人《クラーケン》どもに荒らされていたんでな。富も女も掠奪されて、掠奪し残したぶんのうち、半分は焼きつくされていた」

「ダゴン・グレイジョイの野郎、よっぽど吊るされてえらしいな」とベニスはいった。「もっとも、あの野郎を縛り首にできるやつとなると……。で、〈すけべのペイト《ピンチボトム》〉じじいには会えたか？」

「亡くなっていた。娘を強奪されるのを阻止しようとして、鉄人《くろがねびと》に殺されたそうだ」

「七つの酷き地獄よ《なつんてえこった》」ベニスは顔を横に向け、ぺっとつばを吐いた。「あの娘なら、一回見たことがある。いわせてもらやあ、命を捨ててまで護るほどの器量じゃねえ。ペイトの馬鹿野郎にゃよ、銀貨半枚ぶんの貸しがあったんだがな」

茶色の騎士は、別れたときとまったく同じ服装をしていた。あいもかわらず、におう。毎日毎日、身につけるのは同じ服ばかり、茶色の半ズボンに、くたくたになった粗織り《ラフスパン》の上着、馬革の長靴《ちょうか》だ。具足をつけるときは、赤錆びた胴着形鎖帷子《くさりかたびら》の上から、だぶだぶの茶色い外衣《サーコート》をまとう。剣帯として使っているのは硬革のひもで、傷の縫い痕が走る顔もまた、硬革でできているかのようだった。

（頭にしても、さっき通りかかった、しなびたメロンみたいなありさまだしな）

好んで噛むサワーリーフのせいで、歯は真っ赤に染まっているが、そのしみを落としてしまえば、これまた茶色くなっている。全身をおおう茶色のうち、そこだけ色がちがうのは、淡い緑色の小さな目だ。ただし、やぶにらみのその目は、ぎらぎらと悪意に満ちた光をたたえていた。

「ちっ、二樽だけかよ」ベニスがいった。「サー・へたれ《ユースレス》は四樽ご所望だったろ」

「二樽見つけられただけでも御の字だと思ってくれ」とダンクは答えた。「旱魃はアーバー島にまでおよんでいるそうだ。葡萄《ブドウ》は蔓に生《な》ったまま、干し葡萄になってしまうと聞いた。おまけに、鉄人《くろがねびと》どもが掠奪を……」

「サー・ダンカン？」エッグが口をはさんだ。「川の水がなくなってます」

ベニスとの話に気をとられていたために気がつかなかったが、乾燥して反った橋の厚板の下には、なるほど、砂と川石しか残っていなかった。

（妙だな。出発したときは、水位が低いとはいえ、川はちゃんと流れていたのに）

ベニスは笑った。この男があげる笑い声にはふたとおりある。鶏のようなケケケケという笑い声と、エッグの騾馬の鳴き声より大きなブヒヒヒという驢馬《ロバ》の笑い声だ。いまのは鶏のほうの笑い声だった。

「おまえらが出かけてるあいだに干あがっちまったのさ。この旱魃だ、むりもねえ」

ダンクはがっかりした。

（くそっ。これでは水浴びできないじゃないか）脚をふりあげて鞍を降りる。（作物はどうなる？）

河間平野《リーチ》では井戸の半分が干あがり、川という川は水位が下がっている。ブラックウォーター河やマンダー河のような大河でさえもだ。

「川の水ってなぁろくでもねえよな」ベニスがいった。「前にちょこっと飲んだら、ええ気持ちが悪くなっちまってよ。やっぱワインだわ」

「燕麦《オート》がワインで育つのか？　大麦も。人参《ニンジン》も玉葱《タマネギ》も甘藍《キャベツ》もだ。葡萄でさえ水がいる」ダンクは首をふった。「どうしてこんなに早く干あがったんだろう？　留守にしていたのは、たった六日なのに」

「もともと、そんなに多くなかったじゃねえかよ、ダンク。おれが小便しただけでも、もっと水量が増えてたくれえだぜ」

「ダンクと呼ぶな。前にもいったろう」どうしてこの男は、癇《かん》にさわる言いかたばかりするのだろう。ベニスはひどく口汚い男で、ダンクを馬鹿にしてはおもしろがっている。「おれはな、〈長身のサー・ダンカン〉と呼ばれてるんだ」

「だれによ？　そこのツルピカ小僧にか？」ベニスはエッグを見やり、鶏の笑い声をあげた。「ま、〈銅貨の樹《ペニーツリー》〉のじいさんにくっついてたころよりゃ背が伸びたかもしんねえが、おれの目に映るのは、あいもかわらぬダンクだぜ」

ダンクは首筋を揉みながら、水が涸れて石の露出した川床を見おろした。

「さて、どうしたものか……」

「とにかくよ、まずはワイン樽を届けて、川が干あがってますってサー・へたれ《ユースレス》に報告するんだな。不落城の井戸はまだ生きてっから、老騎士どのが渇きで苦しむこたあねえ」

「あのひとをユースレスと呼ぶな」ダンクはあの老騎士が気にいっていた。「あのひとの屋根の下で眠らせてもらっているんだ、すこしは敬意を払ったらどうだ」

「おれのぶんまで、せいぜい敬意を払ってくれや、ダンク。おれはやっこさんを好きなように呼ぶ」

ダンクは橋の上にあがると――銀灰色の厚い板がひどくきしんだ――険しい顔で川床の砂と川石を見おろした。川床には、二、三、小さな茶色の水たまりが残っていて、陽の光を反射している。目のおよぶかぎり、どの水たまりも小さくて、せいぜいダンクの手ほどの大きさしかない。

「魚が死んでいる。あそこ、それに、あそこ。見えるか？」

魚の腐ったにおいは、さっきの四つ辻で遭遇した死体の腐臭を思い起こさせた。

「見えます」エッグがいった。

ダンクは川床に飛びおり、しゃがみこむと、石のひとつをひっくり返してみた。

(表は乾いていて熱い。だが、裏は湿っていて、泥がついている)

「干あがってから、そう長い時間はたっていないな」

立ちあがり、横手投げで石を土手に放った。石は崩れかけていた土手のオーバーハングにめりこみ、乾いた茶色の土ぼこりを立てた。

「土手際の川床はひび割れているが、中央のあたりはぬかるんでいる。あの魚、きのうは生きていただろう」

「〝うつけ《ランク》のダンク〟――ペニーツリーのじいさんにゃ、そう呼ばれてたっけなあ」サー・ベニスがサワーリーフの塊を川床に吐き捨てた。どろどろの塊は、陽光を浴びて赤く光っている。「うつけの考え、休むに似たり。うつけの頭は鈍すぎて、考えごとにゃ向かねえよ」

〝うつけ《ランク》のダンク、鈍なること城壁のごとし〟

たしかに、サー・アーランにはよくそういわれたものだが、老士のことばには愛情がこもっていた。老士は心のやさしい人物で、叱っているときでさえ、それが感じられたものだ。同じことを〈茶色の楯のサー・ベニス〉にいわれても、まったく印象が異なる。

「サー・アーランは二年前に亡くなった」ダンクはいった。「いまでは〈長身のサー・ダンカン〉と呼ばれているんだ」

茶色い騎士の顔面に拳固をたたきこみ、赤く染まった虫歯だらけの歯をことごとくへし折ってやりたくてたまらなかった。〈茶色の楯のサー・ベニス〉とて油断のならない相手ではあるが、ダンクのほうが身長では四十五センチ、体重では二十五キロも上まわる。たとえうつけであっても、からだはでかい。ウェスタロスじゅうの扉の半分は、通るとき、框《かまち》に頭をぶつけそうになる気がする。ドーンから地峡《ネック》にかけての、あらゆる旅籠《はたご》の梁《はり》はいうにおよばずだ。オールドタウン滞在中、エッグの兄のエイモンに身長を測ってもらったさいには、二メートル十に近かったが、あれはもう半年前のことで、以来、もっと背が伸びているかもしれない。老士がつねづねいっていたように、急激な成長こそは、ダンクのいちばんの取柄なのである。

サンダーのもとにもどって、ふたたび鞍にまたがった。

「エッグ、ワインはおまえが不落城まで送り届けろ。おれは上流がどうなっているかを調べてくる」

「川なんてのは、しじゅう干あがるもんだぜ」ベニスがいった。

「それでも、ちょっとようすを見に――」

「さっきしたみたいに、石をひっくり返してまわるのか？　やめとけやめとけ、ランク。なにが這い出てくるか、わかったもんじゃねえ。不落城にいきゃあ、それなりの藁布団があるんだ。食いものといったらたいてい卵だし、そのむかし、サー・ユースレスがどれだけ偉大だったか承ることとっきゃ、することねえけどな。水源のことはほっとけ。川は干あがることがある。それだけだ」

なにはなくとも頑固なのが、ダンクという人間だった。

「サー・ユースタスがワインを待っている」ダンクはエッグにうながした。「おれの行き先を伝えておいてくれ」

「そうします」

エッグがメイスターの手綱を引いた。騾馬は両耳をぴくりと動かしたが、すぐに進みを再開した。

（いうことをきくのは、さっさとワインの樽を降ろしたいからだな）とダンクは思った。

その気持ちはよくわかる。

この川は、水があったときには北東へ流れていた。だからダンクは、サンダーを南西へと向けた。

十メートルほど進んだところで、ベニスが追いかけてきた。

「おれもいっしょにいったほうがいいだろな、おまえが縛り首にされねえようによ」そういいながら、新しいサワーリーフを口に押しこむ。「あすこの砂柳《スナヤナギ》の木立ち、な――あれを越えたら右側の土手は、ぜんぶ〝蜘蛛《くも》〟の一族の土地だぜ」

「こちら側にとどまっているさ」

ダンクとしても、冷濠《ひやぼり》城の城主、女公《レディ》ウェバーとことを構えたくはない。不落城ではレディの悪口ばかり聞かされている。すでに何人も夫を死なせていることから、人呼んで〈紅後家蜘蛛《べにごけぐも》〉。サム・ストゥープス爺《じい》いわく、あれは魔女で、毒使いで、もっと悪い存在なのだそうだ。二年前、レディは川を越えて、手下《てか》の騎士たちを送りこんできた。羊を一頭盗んだ廉《かど》でオズグレイの領民をつかまえるためだったという。

〝デイクを取りもどしに、ム＝ロードが冷濠城へ乗りこんだとき、あの女にこういわれたそうな――濠の底を浚《さら》うがいい、とな〟その話が出たとき、サム爺はそういった。〝あの蜘蛛女、山ほどの石といっしょに、あわれなデイクを袋の中に押しこんでな、袋の口を縫いとめて、濠に沈めちまったんだ。サー・ユースタスがサー・ベニスを傭い入れたのは、そのあとのことだったな。蜘蛛の一族に対する用心棒なんだよ、ありゃあ〟

サンダーはゆっくりと、着実な足どりで、灼《や》けつく太陽の下を進んでいく。

空は青く澄みわたり、視界のおよぶかぎり、ひとかけらの雲さえ見えない。茶色に変色した丘々と、作物が全滅した畑、枯死しかけた畑をぬって、川床は曲がりくねりながら、彼方までつづいていた。その屈曲部は、岩場になっている場合もあれば、土手にぽつりぽつりと柳が立っている場合もある。

橋から一時間ほど上流に遡ったころ、オズグレイ家の所有になる小さな森のはずれに差しかかった。

森の名は〝ワットの森〟という。遠くから見ているうちは、緑の樹々は魅力的で、あそこまでいけば影の深い小谷《おだに》もあり、せせらぎの音を立てる谷川もあるだろうと踏んだが、いざたどりついてみると、樹々は細くて元気がなく、枝々もしんなりとたれていた。大きなオークの樹のうち、何本かはだいぶ葉を落としていたし、松の樹の半分は枯れかけて、サー・ベニスと同じくらい茶色に変色しており、各々の幹の周囲には、枯れ落ちた茶色い松葉が円環状に層をなしていた。

（悪化の一途をたどっているな）とダンクは思った。（火花のひとつでも飛んだら、森全体が火口《ほくち》のように燃えあがるぞ、これは）

だが、いまのところ、市松川《チェキー》ぞいの下生えは繁茂しており、棘だらけの蔓草、棘草《イラクサ》、浜梨《ハマナシ》や若柳《わかヤナギ》の枝葉が絡みあって密生している。そこをかきわけて進むかわりに、ふたりは干あがった川床を渡り、冷濠《ひやぼり》城側の土手にあがった。川向こうは樹々や茂みが伐採されて、開けた牧草地になっていたからだ。茶色く枯れた草や萎《しお》れた野の花のあいだには黒鼻羊が何頭かいて、食える草を食《は》んでいた。

「羊ほど馬鹿な動物ってのは、ほかに知らねえな」サー・ベニスがいった。「あいつらよ、おまえの親戚なんじゃねえのか？」

ダンクが返事をせずにいると、ベニスはまたもや、鶏の笑い声をあげた。

さらに二キロ半ほど南に進んだところで、堰《せき》に出くわした。

この手の堰としては、さほど大きなものではない。が、堅固に造ってあるように見える。川底に、土手から土手にかけて太い樹をずらりと打ちこみ、見るからに頑丈そうな木柵を造りあげていたのだ。木柵は二重構造になっており、使っている樹は皮を剝いでいない。手前の柵と奥の柵のあいだには、石と土がぎっしり詰めこまれている。堰の上流側では、流れの向きが変えられて、川水は土手を這いあがり、レディ・ウェバーの畑に水を供給する用水路に引きこまれていた。遠くまで見わたそうと、ダンクは鐙《あぶみ》の上で立ちあがった。ぎらつく太陽のもと、あちこちに水光《すいこう》が見える。何本もの小水路が大本の用水路から分岐して、四方八方へと走っているようだ——ちょうど蜘蛛の巣《ウェブ》のように。

（こいつら、サー・ユースタスの水を盗んでいる）

水路網の光景は強い憤りをもたらした。しかも、堰に使っている樹は、ワットの森から伐《と》ってきたものにちがいない。それに気づいて、なおさら怒りをかきたてられた。

ベニスがいった。

「だからいったじゃねえかよ、うつけ《ランク》、ほっとけってよ。これじゃあ川が干あがらねえわけがねえ。始まりは水の流れかもしらねえが、最後には血が流れて終わる。それも、十中八九、おまえとおれの血がな」剣をすらりと抜いた。「とはいえ、見つけちまったからには、ほっとくわけにもいかねえ。あすこにクソろくでもねえ水路掘りどもがいやがる。ちょっくら肝を冷やさせておくとするか」

いうなり、茶色の騎士は小型馬の腹に拍車をあて、牧草地を速駆けさせた。

ダンクとしては、ついていかざるをえなかった。腰にはサー・アーランのものだった長剣を佩《は》いている。これは質のいい鋼の良剣だ。

（あの水路掘りたちにすこしでも知恵があれば、さっさと逃げだすはずだ）

サンダーの鉄蹄《てってい》は乾いた土を蹴たてている。

ふたりの騎士が突進してくるのを見て、ひとりがシャベルを放りだしたが、反応はそれだけだった。人数はぜんぶで二十人ほどで、背が低い者もいれば高い者もおり、老人もいれば若者もいる。全員、陽光に炙《あぶ》られて褐色に陽灼《ひや》けしていた。ベニスが馬速を落とすと、水路掘りたちは乱れた列のまま、鍬《くわ》や鶴嘴《つるはし》を構えた。ひとりが大声で叫ぶ。

「ここは冷濠城《ひやぼり》の土地だぞ！」

「でもって、あの川は、オズグレイ家の川だ」ベニスは長剣の先で川を指し示した。「あすこの堰《せき》の責任者、どこのどいつだ？　だれが造った？」

「学匠《メイスター》のセリックだ」若い水路掘りのひとりがいった。

「ちがう」年配の男が否定した。「あの灰色服の青二才め、あちこちを指さしちゃあ、あれをしろ、これをしろといってたが、造ったのはおれたちだ」

「だったら、おまえら、ぶっ壊すこともできるよな」

水路掘りたちの目に険悪で挑戦的な光が宿った。ひとりが手の甲で額の汗をぬぐう。もはやだれも口をきかない。

「どうした、クズども、耳が聞こえねえのかよ。耳のひとつふたつ、削いでやらにゃならんのか？最初はどいつだ？」

「ここはウェバー家の土地じゃ」そういったのは、ガリガリの老人だった。腰が曲がって、いかにも頑固そうな顔をしている。「あんたらにここへ入りこむ権利なぞないわい。だれかの耳を削いでみろ、女公《ム＝レディ》さまに袋に押しこまれて、溺れ死にさせられるぞ」

ベニスは老人に馬を近づけさせた。そして、

「はて、ここにゃレディなんかいねえがな。でっけえ口をたたく農夫ならいるが」

というと、老人の褐色に陽灼けした胸を剣尖《けんせん》で軽く突いた。血玉が一滴、にじみ出た。

（やりすぎだ）

「剣を引け」ダンクはベニスを制止した。「その男は堰を造った張本人じゃない。造らせたのはそのメイスターじゃないか」

「作物のためだ」耳の大きな男がいった。「小麦が枯れかけてる、ってメイスターがいうんだ。梨の

樹もだ」

ベニスがいった。

「梨の樹なんぞ枯らしちまえ、でなきゃ、死ぬのはおまえらだぞ」

「威してもむだじゃ」と、さっきの老人。

「ほほう、そうかい？」いうなり、ベニスが長剣を一閃させた。空気を斬り裂く音とともに、耳からあごにかけ、老人の頬がぱっくりと裂けていた。「いったろ、梨の樹なんざ枯らせろと。でなきゃ、死ぬのはおまえらだ」

老人の頬から、鮮血がだらだらとたれ落ちていく。

（ここまでことを荒だてるとは――）

ダンクはぐっと怒りを呑みこんだ。いまは怒りを抑えざるをえない。ベニスはオズグレイの者なのだから。

「おまえたち、早く去れ」かわりにダンクは、水路掘りたちに怒鳴った。「レディの城へ逃げ帰れ」

「いけっ！」サー・ベニスもうながす。

三人が工具を放りだし、いわれたとおり、急いで草地を駆けだしていった。だが、別の男、褐色に陽灼けしたたくましい男は鶴嘴を構え、仲間たちにいった。

「こいつら、たったふたりじゃねえか」

「シャベルで剣に抗《あらが》うのは阿呆のするこったぞ、ジョージェン」頬を押さえて、老人がいった。指のあいだからは血がしたたっている。それから、こんどはベニスに向かって、「あんた、これで終わるとは思わんこったな。けっして終わるとは思いなさんな」

「あとひとことでもしゃべってみろ、終わるのはおまえの命だ」

「危害を加えるつもりはなかった」顔が血まみれの老人に向かって、ダンクはいった。「われわれはただ、自分のものである水がほしいだけだ。帰ってレディにそう伝えてくれ」

「ああ、伝えてやるとも」鶴嘴を握ったまま、たくましい男が険しい声でいった。「きっちりとな」


帰途はワットの森を突っきっていく経路をとった。樹々の陰で、多少は涼をとれるのがありがたい。とはいえ、やはり暑さにうだりはする。この森には鹿がいるはずだが、目に入る唯一の生きものは、蠅だけだった。おびただしい数の蠅が、馬を進めるダンクの顔のそばを飛びまわり、サンダーの目の周囲を這いまわるため、大柄な軍馬はずっといらいらのしどおしだった。空気はよどんでいて、息が詰まりそうだ。

（ドーンにいたころは、日中は暑くても、じめじめしてはいなかったし、夜は冷えこんで、マントの中で震えていたものだったがな）

河間平野《リーチ》にきてからは、夜になっても、昼よりそれほど気温が下がるわけではない。これほど北の地でもだ。

頭を低くし、横に突き出た大枝の下をくぐるとき、一枚の葉っぱを引きちぎり、ぐっと握ってみた。一千年を閲《けみ》して乾ききった羊皮紙のように、手の中で粉々になった。

おもむろに、ダンクはベニスにいった。

「あの男に斬りつける必要などなかったろうが」

「頬に斬りつけた——それだけだ。ことばに気をつけるよう教育してやったのさ。ほんとはな、あのクソじじいの喉《のど》を掻っ切っておくべきだったんだ。そうすりゃ、兎みたいに逃げ散ったほかの連中を、ひとりひとり狩りたてて殺すだけですんだのに」

「あの二十人、全員を殺すつもりだったのか」信じられないという声で、ダンクはいった。

「二十二人だよ。おまえが両手と両足の指を使って数えられるより、もうふたり多い数だ、うつけ《ランク》。やつらは皆殺しにしておくべきだったのさ、でないと、ことが明るみに出ちまう」倒木を迂回して、「サー・ユースレスにゃな、ろくでもねえ川が干あがったのは、旱魃のせいでしたって報告しときゃよかったんだ」

「サー・ユースタスといえ。それではあるじにうそをつくことになる」

「そうだよ、悪いか？　状況を報告しにいくやつなんざ、ほかにいねえだろ？　それとも、なにか？　蠅どもがご注進におよぶってのか？」ベニスはねちゃねちゃと糸を引く真っ赤な口の中を覗かせて、にやりと笑った。「サー・ユースレスが塔館の下に降りてくるこたぁねえ。黒苺《ブラックベリー》畑に眠る若衆を訪ねるとき以外はな」

「誓約の剣たるもの、あるじには真実をもって接するべきだ」

「真実にもいろいろあんだよ、ランク。なかにゃあ、黙ってたほうがいい真実ってのもある」ぺっとサワーリーフを吐き捨てた。「この旱魃をもたらしたのは神々だ。人間ごとき、神々の御業《みわざ》の前には、なんもできやしねえ。けどな、相手があの〈紅後家蜘蛛《べにごけぐも》〉でしたと……川の水を盗んだのはあの牝犬でしたと、サー・ユースレスに報告してみろや、名誉にかけて取りもどすと、かならずいいだすぞ。まあ見てな。なんとかせにゃならんと、絶対にいいだすから」

「なんとかして当然だろう。おれたちの農民には作物用の水がいるんだから」

「おれたちの？」サー・ベニスが驢馬《ロバ》の笑い声をあげた。「おれがクソしにいってる間に、おまえ、サー・ユースレスの跡継ぎにでもされたのか？　農民ってなおまえ、どんだけ少ねえと思ってんだよ。ほんのひとにぎりだぞ？　そのなかにゃあ、〈やぶにらみのジェイン〉の薄馬鹿小僧も入ってんだ。

斧の柄と頭と、どっちを持ったらいいかわからねえあのガキがだぞ。かりにあいつらをみんな騎士に仕立てられたとしても、〈紅後家蜘蛛〉のかかえてる騎士の半分にも届きゃしねえ。かてて加えて、向こうには従士やら弓兵やら、いろいろといやがる。あいつら全員を数えようと思ったら、おまえの両手と両足の指の数だけじゃ足りゃしねえ。おまえのツルピカ小僧の手足の指までいらあ」

「指なんか使わなくても、数は数えられる」

もううんざりだった。暑さにも蠅にも、この茶色の騎士といっしょにいることにもだ。

（むかしはこの男も、サー・アーランと轡《くつわ》をならべて騎士働きをしたのかもしれないが、それはもう、何年もむかしの話だ。いまでは、すっかり下種《げす》で、紛《まが》い物で、卑怯者になってしまっている）

ダンクは馬の腹に拍車をあて、馬足《ばそく》を速めさせて、悪臭を放つ騎士を後方に残し、先行した。

不落城は、城とは名ばかりの石造建築だ。岩石丘の上に雄々しくそそりたち、何キロもの彼方から見えはするものの、実態はたんなる塔館でしかない。何世紀か前、外壁が部分的に崩落して、修理が必要になったため、北面と西面の窓から上の部分については、明るい灰色の石に置きかえられたが、そこから下は旧来の黒い石のままだ。修理にさいしては、改修された屋根の上にだけ、一対の小塔が設けられた。ほかの二面には角に石造りの怪物像が鎮座しているが、雨風による侵蝕がはなはだしく、どんな怪物を象《かたど》ったものなのかは、もはやだれにも判別できない。松の板を張った屋上は平坦ながらひどく歪んでおり、すぐに雨が漏る。

丘の麓から塔館の基部までは、ゆるく曲がった坂道を登っていくことになる。が、幅がせまいので、一列縦隊でなくては登れない。ダンクは先に立って、坂道を登っていった。ベニスもすぐうしろからついてくる。上のほうに突きでた岩塊の上に、いつものへなへなの麦わら帽子をかぶって、エッグが立っているのが見えた。

塔館の横には、小さな厩《うまや》が母屋にへばりつくように建っている。ダンクはその手前で手綱を引いた。厩は漆喰《しっくい》塗りで、屋根は草葺きだが、紫色の苔に覆いつくされていて、半分がた隠れてしまっている。馬房《ばぼう》のひとつには、老騎士の葦毛《あしげ》の去勢馬がつないであった。その横の馬房には騾馬《ラバ》のメイスターの姿もあった。エッグとサム・ストゥープス爺は、すでにもうワインの樽を館に運びこみおえたようだ。郭を何羽もの牝鶏が歩きまわるなかで、エッグが駆けよってきた。

「上流でなにがあったか、わかりましたか？」

「〈紅後家蜘蛛〉が塞《せ》きとめていた」馬を降り、エッグに手綱をあずけながら、ダンクはそう答え、指示を出した。「ああ、あまりいちどきに水を飲ませすぎないようにな」

「だいじょうぶ、やりすぎませんってば」

「小僧」サー・ベニスが呼びかけた。「おれの馬の世話もしていいぞ」

エッグはサー・ベニスに不遜な視線を向けた。

「やだ。あんたの従士じゃないから」

(こいつ、口のききかたで、いつか手痛い目に遭うな)とダンクは思い、エッグにうながした。

「いいから、いっしょに世話してやれ。でないと、耳に拳固だぞ」

エッグはふくれっ面をしたものの、いわれたとおりにした。だが、頭絡《とうらく》に手を伸ばそうとしたとき、サー・ベニスが、かーっ、ぺっ、と痰《たん》を吐いた。濡れ光る真っ赤な痰の塊が飛び、少年の足指のうち、二本に当たった。茶色の騎士に氷の視線を向けて、エッグがいった。

「足に痰がかかった」

ベニスは馬から降りながら、少年にいった。

「おうよ。つぎは顔にかけてやろうか。おまえの口のききかたはクソむかついてしょうがねえ」

少年の目に怒りがよぎるのに気づき、ダンクは急いで口をはさんだ。

「早く馬の世話をしないか、エッグ」これ以上、事態をこじれさせてはまずい。「おれたちはサー・ユースタスと話がある」

不落城の中へ入るには、基部から六メートルほど上にある、オークと鉄の扉を通っていくほかない。そこにあがる階段の下のほうは、なめらかな黒石の石材を積んだもので、ずいぶんと磨耗しており、中央のあたりが大きくへこんでいた。石段は途中から急な木の階段に切り替わり、いざというときは跳ね橋のように引きあげられる仕組みになっている。ダンクは牝鶏を足で押しのけ、一度に二段ずつ、階段を昇っていった。

不落城は、外見から想像されるより大きな内部空間を持つ。城が建つ岩石丘には、かなり深くまで地下貯蔵室が掘ってあるからである。丘の上にそびえる部分では、塔館は四階建てだ。上層二階には窓とバルコニーがあるが、下層二階の壁には細い矢狭間《やざま》しかない。屋内は外よりも気温が低かったが、中は薄暗いので、目が慣れるまでしばらく待たなくてはならなかった。ほどなく、暖炉の前で、サム・ストゥープス爺の女房がひざをつき、灰をさらっているのが見えた。

ダンクはたずねた。

「サー・ユースタスは？　上か、下か？」

「上ですよ」老女は答えた。腰がひどく曲がっているため、頭は肩よりも下にある。「ついさっき、黒　苺《ブラックベリー》畑の若衆たちを訪ねて、もどってみえたところでね」

若衆というのは、ユースタス・オズグレイの息子たち——エドウィン、ハロルド、アダムの三人のことを指す。エドウィンとハロルドは騎士で、アダムはまだ若年の従士だった。三人とも、十五年前、ブラックファイアの叛乱の末期に、〈赤草ヶ原〉の合戦で討ち死にしたのだ。

「三人ともな、王のために戦って、立派な最期を遂げた」ダンクは以前、サー・ユースタスからそう聞かされたことがあった。「三人の亡骸はここに連れ帰って、ブラックベリー畑に埋めたよ」

すでに亡くなった騎士夫人も、そこに眠っているそうだ。老騎士は、新たにワイン樽をあけたとき、かならず丘の麓まで降りていって、息子たちのひとりひとりに献酒をする。そして、酔っぱらう前に、〝王のために！〟と叫ぶのが、いつもの習慣だという。

塔館の四階部分は、全体がサー・ユースタスの寝室で占められており、居間はその下の階を占める。居間にいけばサー・ユースタスがいて、いくつもの櫃《ひつ》や樽のあいだをうろついているはずだ。居間の部厚い灰色の壁には、サー・ユースタスのほかにはもう憶えている者とてない、何世紀も前の戦いで用いられた赤錆びた武器や、その戦いで敵からぶんどったとされる旗標《はたじるし》や戦利品が掛けられていた。旗の半分には白黴《しろカビ》が生えているし、どの旗も傷《いた》みがはげしく、意匠は薄れ、ほこりが積もり、かつて派手だった色彩は灰色と緑色に退色してしまっている。

ダンクが三階への階段を昇りきってみると——すぐうしろからは、香ばしいにおいをただよわせて、ベニスもあがってくる——サー・ユースタスは壊れた楯の泥をぼろ布で落としていた。ダンクの姿を見るなり、老騎士の目はすこし輝いたように見えた。

「わがたのもしき巨人よ。それに、勇敢なるサー・ベニス。ここにきて、これを見てくれ。あそこの櫃の底で見つけたのだ。まったく顧みられぬままに放置されていたが、ちょっとした宝物だぞ」

それは楯だった。いや、楯の残骸、というべきか。かなり小さい。半分は割れてなくなっており、残り半分は灰色でぼろぼろになっている。縁の鉄枠は錆の塊で、板材は虫食い穴だらけだ。表面にはわずかに塗装の名残《なごり》がへばりついていたが、ごくわずかなので、なんの紋章かは判別できない。

「わが君《ム＝ロード》」とダンクはいった。オズグレイ家が貴族《ロード》の地位を失って何世紀にもなるが、こう呼ぶと、サー・ユースタスは喜ぶ。この塔館の過去の栄光を思いださせるからだろう。「それはなんです？」

「〈小さき獅子〉の楯だよ」老騎士は金枠をこすった。赤錆がぱらぱらと剝がれて落ちた。「サー・ウィルバート・オズグレイが戦死したさい使っていた楯だ。おぬしらもこの来歴は知っておろう？」

「いいや、ム＝ロード」ベニスが答えた。「残念ながら、知りませんや。小さい獅子というからにゃ、こびとかなんかだったんですかね？」

　老騎士の口髭がひくついた。

「まったくちがう。サー・ウィルバートは、背が高くて力の強い人物であり、偉大な騎士であった。この異名は子供時代に奉られたものでな。五人兄弟の末子であったところからそう呼ばれていたのだ。かつては七つの王国があり、七人の王がいて、そのうち、ハイガーデン城とキャスタリーの磐城《ロック》は、しじゅう争いあってばかりいた。そのころ、この地を支配していたのは、緑の園芸王ガードナー家であった。同家は古《いにしえ》のガース・グリーンハンドの血を引く一族で、白地に緑の手《グリーンハンド》をあしらったものを王旗としていたという。あるとき、ジャイルズ三世がこの王旗を翻《ひるがえ》し、嵐の地の王に戦争を挑んだ。ウィルバートの兄四人はみな、王につきしたがって参陣したが、これは当時、〝市松模様《チェッキー》の獅子〟の一族が、河間平野《リーチ》の王が出陣するさい、つねに〝緑の手〟の旗のもとで戦っていたからにほかならぬ。

　ところが、ジャイルズ王の留守中こそは河間平野《リーチ》の一部を咬み取る好機と見て、磐《ロック》の獅子王が西部諸公を糾合《きゅうごう》し、攻め寄せてきた。オズグレイ家は代々、北部境界地方の総監を務めてきた家柄ゆえ、西部の軍勢を迎え討つ役目は、〈小さき獅子〉の双肩にかかった。押しよせるラニスター勢を率いていたのは、ランセル四世王であったと思うが、あるいは五世王であったかもしれぬ。いずれにせよ、サー・ウィルバートはランセル王の行く手に立ちはだかり、こう言い放った。

〝それ以上は進まれるな。貴公らはこの地に望まれざる客だ。一歩とて河間《リーチ》に足を踏みいれることは、このおれが許さぬ〟

しかし、ランセル王は容赦なく、麾下《きか》の全旗主《きしゆ》に攻撃を命じた。

黄金の獅子と市松模様の獅子、一騎相《いっきあい》の勝負を戦うこと半日。だが、ラニスターの獅子が振るうは、並の鋼の剣ではとうてい抗しえぬヴァリリア鋼の剣。それゆえ、〈小さき獅子〉は苦戦を強いられ、楯はぼろぼろになった。最終的に、十カ所以上の深傷《ふかで》から血を流し、手にした剣まで折れた状態で、〈小さき獅子〉は頭から敵に飛びかかった。ランセル王は、サー・ウィルバートをほぼまっぷたつに断ち斬った、と吟遊詩人どもは歌う。だがな、絶命する寸前、〈小さき獅子〉は、敵王がまとう鎧の腋の下に隙間を見つけ、そこに短剣を突き刺していた。王が討たれたのを見た西部諸公は引き返し、かくして河間《リーチ》は救われたのだ」

老騎士は、生きた幼子ででもあるかのように、割れた楯をいとおしげになでさすった。

「それがね、ム＝ロード」ベニスがしわがれた声でいった。「きょうも似たようなことになりまして。ダンクとおれとで、川の上流を見てきたんですよ。骨みたく、からっからになってましたぜ。それも、旱魃のせいじゃねえ」

老騎士は楯を脇に置くと、

「くわしく聞こう」

といって、椅子に腰かけ、ふたりにもすわるようにとうながした。茶色の騎士が事情を話すあいだ、老騎士はすわったまま、あごを突きだし、居ずまいをただし、騎槍のように背筋を伸ばして、真剣に話に聞きいっていた。

若い時分のサー・ユースタス・オズグレイは、騎士道の華やかさを体現する人物であったにちがいない。背が高く、体格もよく、顔だちも整っている。寄る年波と悲嘆とで衰えは見えるが、いまでも老騎士は意志堅固にして、骨は太く、肩幅も広く、樽のような胸を持ち、老鷲《ろうしゅう》を思わせる、力強くて鋭い面立《おもだ》ちを維持している。短く刈った髪は乳色に白くなっているが、口元を覆い隠すふさふさした口髭はいまもくすんだ灰色だし、眉毛の色も同様だ。ただ、その下にある目の色はより淡い灰色で、悲しみに満ちていた。

ベニスが堰のことに触れると、その目はいっそう悲しみをたたえたように見えた。

「あの川はな、一千年以上も前から市松川《チェキー》として知られておる」と老騎士はいった。「わしが子供のころには、あの川でよく魚を獲ったものだ。わしの息子たちもだ。きょうのような暑い夏の日には、アリサンは浅瀬で水浴びするのが好きだった」

アリサンというのは、老騎士の娘で、春に亡くなっている。

「はじめて女の子にキスをしたのも、市松川《チェキー》の土手でのことだった。その女の子というのは従妹で、伯父の末娘――〈青葉豊かな湖のオズグレイ〉家の娘であったよ。いまはもう、あの家の者はだれも残っておらん。従妹でさえもだ」

口髭をひくつかせて、老騎士はつづけた。

「ご両人。そのような横暴、断じて看過することはできぬ。あの女に、わが水を独占する権利はない。あの女に、わが市松川《チェキー》を占有する権利はない」

「あの堰、そうとうがっちり造ってありましたぜ、ム＝ロード」サー・ベニスがいった。「あれだけ頑丈だと、サー・ダンクとおれのふたりがかりでも、一時間程度じゃ壊せやしねえ。ツルピカ小僧が手伝ってもむりでしょう。壊すとなると、縄に鶴嘴に斧がいる。人数も十人程度か。それも、作業に専念する人夫だけでだ。戦う人間は、別途、用意しなきゃならねえ」

サー・ユースタスは、〈小さき獅子〉の楯をまじまじと見つめた。ダンクは咳ばらいをした。「おれは
「ム＝ロード、それに関してですが、じつは、先方の溝掘り人夫に遭遇した結果、その……」

「ダンク、瑣末な話でム＝ロードの心配ごとを増やすんじゃねえ」ベニスが口をはさんだ。「おれは阿呆に教訓を与えた──それだけだ」

サー・ユースタスが鋭く顔をあげた。

「教訓？　どのような？」

「剣でちょいと。頬にひとすじ、軽く赤い筋をつけてやった──それだけのことでさ、ム＝ロード」

老騎士はまじまじとベニスを見つめた。

「それは……それは軽率なことを。あの女は蜘蛛の心を持っておる。自分の夫となった者を殺すこと、すでにして三人。あの女の弟たちもみな、産着《うぶぎ》のうちに死んだ。たしか、五人だったか。いや、六人だったかもしれん、よく憶えておらん。城をわがものとするにあたり、弟たちが邪魔だったのだろう。自分の領地の農夫が気分を害するまねをすれば、平気で笞刑《ちけい》に処す。だが、他家の者に自分の領民を傷つけられたとあっては……そのような侮辱、見過ごしにはすまい。これは覚悟せねばなるまいぞ。あの女、おぬしの身柄を求めてやってくる。レムのときと同じようにだ」

「ディクですよ、ム＝ロード」サー・ベニスが正した。「おことばながら……それに、ム＝ロードはその男をごぞんじで、おれは知らんわけですが……男の名前はディクのはずだ」

ダンクはいった。

「ム＝ロードさえよければ、黄金樹林城に出向き、ロウアン公にこの堰のことを訴え出ましょうか」

ロウアン公とは、老騎士の主君にあたる貴族だ。そして〈紅後家蜘蛛〉の領地もまた、ロウアン公から封地として与えられているものである。

「ロウアン？　あのご仁に助けを求めても無駄だな。ロウアン公は、姉か妹が、ワイマン・ウェバー公の従弟、ウェンデル・ウェバーに嫁いでいるから、〈紅後家蜘蛛〉とは親戚関係にある。だいいち、あのご仁はわしのことを好きではない。かくなるうえは、サー・ダンカン、あす、わが領地の村々をまわって、戦える年齢に達した身体壮健の男どもをかき集めてもらいたい。わしも老いたが、いまだ死んではおらぬ。市松《チェキー》の獅子にまだ爪があることを、もうじきあの女に思い知らせてくれようぞ！」

（こっちには、たったふたりしか騎士がいないというのにか）ダンクは陰鬱に思った。（そのうちのひとりは、このおれなんだぞ）

サー・ユースタスの領地には、小さな村が三つあるのみで、各村の小屋、羊小屋、豚小屋をすべて合わせても、ほんのわずかしかない。いちばん大きな村には聖堂《セプト》がある。が、屋根は草葺きで部屋はひとつしかなく、内壁には木炭で描いた、いたずら描きのような〈七神〉の絵があるだけだ。ここで七日ごとに祈禱を主導するのは、マッジという名の、以前、一度だけオールドタウンにいったことがあるという、背中の曲がった豚飼いの老人だった。年に二度、本物の司祭《セプトン》がひとりで巡回してきて、〈慈母〉の名のもとに人々の罪を赦《ゆる》す。村人たちは、罪を赦されるのはありがたい反面、セプトンの来訪自体は歓迎していない。滞在中、食わせてやらねばならないからである。

ダンクとエッグの姿を見ても、やはり歓迎するふしはなかった。ダンクとて領村で知られていないわけではない。〝サー・ユースタスのところにきた新しい騎士〟という程度の認識ではあるにせよ、いちおうは知られている。それなのに、水の一杯を差しだす気配もない。男はおおむね畑に出ているため、ふたりがくるのを見て小屋から出てきたのは、ほとんどが女子供だった。なかには老爺《ろうや》も数人いたが、これはもはやきつい畑仕事に耐えられない者たちだ。エッグはオズグレイの旗標《はたじるし》をかかげていた。そこに描かれているのは、白の地に緑色と金色《こんじき》の市松模様《チェキー》で描かれた、〝左後ろ片脚立ち《ランパント》〟の獅子の紋章だった。

「われらは不落城より、サー・ユースタスの召集令を携えてきた」ダンクは村人たちに語りかけた。「十五歳から五十歳までの、身体強壮な者はみな、明日、塔館に集まってくれ」

「軍《いくさ》かい？」痩せた女がきいた。スカートのうしろにはふたりの子供を隠し、胸に抱いた赤子に乳を含ませている。「またぞろ、黒いドラゴンでも攻めてきたのかい？」

「今回、ドラゴンは関係ない。黒も赤もな」ダンクは答えた。「これは市松獅子と蜘蛛との戦いだ。〈紅後家蜘蛛〉がおまえたちの水を奪った」

女はうなずいたが、エッグが帽子を脱ぎ、顔をあおぎだすのを見て、けげんな顔になった。

「その子、髪がないね。病気かい？」

「剃ってるんだよ」とエッグは答えた。

そしてまた帽子をかぶり、騾馬《ラバ》のメイスターに向きを変えさせ、ゆっくりと村を離れだした。

（あの子、きょうはピリピリしているな）

城を出て以来、エッグはひとことも口をきいていない。ダンクはサンダーに拍車を当て、すぐさま騾馬に追いついた。

「そのふくれっつらは、きのう、サー・ベニスとひと悶着を起こしかけたとき、おまえの肩を持ってやらなかったからか？」つぎの村に向かいながら、仏頂面をしている従士にたずねた。「おれだって、おまえと同じくらい、あの男が好きじゃないさ。とはいえ、あれでも騎士だ。それなりの礼は示してもらわないと困る」

「ぼくはあなたの従士であって、あいつの従士じゃないんです」と少年はいった。「あの男、汚いし、口は悪いし、いっつもぼくのことをつねる」

（おまえの正体をほのめかしたら、あの男、ちびって指一本触れることもできなくなるだろうがな）

「おれもむかし、よくあいつにつねられたもんだ」

エッグにこのことを持ちだされるまで、ダンクはすっかり忘れていた。そのとき、サー・ベニスとサー・アーランは、ドーン商人の護衛として傭われた騎士の一団に加わっていた。ラニスポートから〈大公《プリンス》の道〉にかけ、道中の安全を確保するのがその役目だった。ダンクはまだエッグの齢に達していなかったが、背はもっと高かった。

（鎖帷子《くさりかたびら》の下をぎゅっとつまみあげるものだから、痣《あざ》になったな。あいつの指は鉄のヤットコみたいだった。しかしおれは、サー・アーランに告げ口などしなかったぞ）

あの護衛の旅では、石の聖堂《ストーニー・セプト》の町の付近で、ほかの騎士のひとりが消えた。うわさでは、ベニスがその騎士と喧嘩し、はらわたを引きずりだしてしまったということだったが……。

「こんどつねられたら、おれにいえ。二度とさせないようにする。それまで、喧嘩腰はやめておけ。あいつの馬の世話をしてやっても、たいして負担にはならんだろうが」

「だれかが世話してやらなきゃいけないですもんね」エッグは認めた。「ベニスのやつ、自分の馬にブラシをかけようともしないんだから。馬房の掃除だってしたことないし。あの馬に名前さえつけてないんですよ！」

「騎士のなかには、自分の乗る馬に名前をつけない者もいる」ダンクは道理を説いた。「そうすれば、軍《いくさ》でその馬が死んでも、耐えがたい悲しみにくれずにすむからだ。名前のないただの馬なら、いくらでも乗り換えがきく。しかし、信頼できる友としての馬は、失うのがつらいものだぞ」

（これは老士の受け売りだがな。もっとも、老士が馬をただの道具としてあつかった例《ためし》はない。所有

する馬には、いつもかならず、ちゃんと名前をつけていた)

ゆえにダンクも、同じようにしている。

「さて、塔館にどれだけの男がやってくるものやら……しかし、くるのが五人であれ、五十人であれ、ちゃんと敬意を持ってその者たちの相手をしてやれよ」

「村人に仕えろっていうんですか！」エッグが憤懣やるかたない顔でいった。

「仕えるんじゃない。手助けをしてやるんだ。村人たちを戦闘員に仕立てないといけないんだから」

〈紅後家蜘蛛〉がそれだけの時間をくれればだがな)「神々のご加護があれば、なかには何人か、兵役経験者もいるだろう。しかしたいていは、戦いに関しては、夏の草のように青い連中のはずだ。槍よりも鍬を持つのに慣れている。そうはいっても、おれたちの命が村人の力にかかる日がくるかもしれない。おまえがはじめて剣を持ったのはいくつだった？」

「小さいころ、でした。木剣でしたっけ」

「庶民の男の子も木の剣で戦うのさ。ただしその剣は、木の棒だったり、折れた枝だったりするがな。いいか、エッグ。召集に応じてくる男たちは、おまえの目にはうすのろに見えるかもしれん。具足の部品の名前も知らないだろうし、大貴族の紋章も知らないだろう。領主の初夜権を廃止したのがどの王かも知らないだろう。それでも、ちゃんと敬意を持って接するんだ。おまえは高貴な生まれの従士かもしれないが、まだ子供であることに変わりはない。やってくる男の大半は成人だろう。男というやつは自尊心が高いんだ、いくら身分が低くてもな。おまえだって、急に村へいかされて、いきなり野良仕事をやらされたら、どうしていいか途方にくれるし、はたからはうすのろに見えるはずだぞ。うそだと思うんなら、畑を耕して、羊の毛を刈ってみろ。でなければ、ワットの森に生えている草と野の花の名をぜんぶいってみろ」

少年はしばらく考えた。

「ぼくは村人たちに、大貴族の紋章のこととか、アリサン王妃がいかにジェヘアリーズ王を説得して初夜権を廃止させたこととかを教えられる。向こうはぼくに、毒薬作りにはどの草が適しているのか、青い液果のうち、どの種類なら食べても安全なのかを教えられる。そういうことですね」

「そういうことだ」ダンクはうなずいた。「ただ、ジェヘアリーズ王の話をする前に、槍の使い方を教えてやったほうがいいな。それと、おまえの騾馬《メイスター》が食おうとしないものは、いっさい食うなよ」


あくる日、兵士になるため、不落城まであがってきて鶏のあいだに集合した村人は、十二人だった。が、ひとりは齢をとりすぎていたし、ふたりは幼すぎ、ひとりはガリガリに瘦せていて、よく見ると女の子であることがわかった。この者たちは村に帰したため、残りは八名。内訳は、ワットが三人、ウィルがふたり、レムがひとりに、ペイトがひとりで、あとは〈うどの大木ロブ〉だった。

（惨憺《さんたん》たるものだな）とダンクは思った。

歌に出てくるような少年は――生まれの高貴な乙女たちの心を射とめる、いかにもたくましくて、顔だちの整った美形の農民少年は――どこにもいなかった。どの男も、負けず劣らずに汚れている。レムはどう若く見積もっても、五十はいっているだろう。ペイトの目は涙っぽくて赤い。だが、この八人のうち、兵役経験のある者はこのふたりだけだった。ふたりともサー・ユースタスと息子たちにくっついて、ブラックファイアの叛乱にさいし、出征したことがあるという。他の六人は、ダンクが危惧していたとおり、ずぶの素人だった。そのうえ、八人が八人とも、みんな虱《シラミ》持ちだった。三人のワットのうち、ふたりは兄弟同士であることがわかった。

「おまえらの母親、ワット以外の名前を知らなかったんだな」

そういって、ベニスは鶏の笑い声をあげた。

八人が持ってきた武器は、鎌が一挺に、鍬が三挺、古びた短剣がひとふり、頑丈そうな木の棍棒が数本だった。それと、レムは先の尖った長い棒を持ってきていた。これは槍に使えるかもしれない。

ウィルの片方は、投石が得意だと申告した。

「そいつはいいや」ベニスがいった。「これで〝大型投石機《トレビュシェット》〟が手に入ったぜ」

このせりふ以後、投石のウィルは〈投石機《トレブ》〉と呼ばれることになる。

「おまえたちのなかで、長弓《ロングボウ》の得意な者はいないか？」ダンクは問いかけた。

八人はなにか言いにくそうにしているばかりで、返事をしなかった。そのまわりでは、牝鶏たちが地面の虫かなにかをついばんでいる。ややあって、とうとう涙目のペイトが答えた。

「申しわけねえが、騎士さま、ム＝ロードから、長弓は禁じられてんだわ。オズグレイの鹿は市松の獅子のもんで、おれらみてえのは獲っちゃなんねえっていわれててよ」

「なー、剣とか兜とか鎖帷子とか、つけさせてもらえんの？」

三人のワットのうち、最若年の少年がたずねた。

「おうよ、つけられるぞ」ベニスが答えた。「〈紅後家蜘蛛〉の騎士をひとりぶっ殺したあとでな、血まみれの死体から剝ぎとりゃいいんだ。それと、そいつの馬のケツの穴を調べるのを忘れんなよ。あそこにゃ銀貨を隠してやがるからな」

ベニスはそういって、最若年のワットの二の腕に手を伸ばし、内側の肉をぎゅっとつねりあげた。少年が痛みで悲鳴をあげた。そののち、ベニスは八人全員を率いて、ワットの森に出かけていった。槍に仕立てられる樹を調達するためだ。

帰ってきたとき、八人はそれぞれに槍と楯を備えていた。といっても、槍は先端を火で炙《あぶ》って硬くしたもので、長さはひどくまちまちだったし、楯は細枝を編みあげた粗雑なしろものだった。サー・ベニスも自分の槍をこさえてきており、その槍を使って、敵に投擲《とうてき》する方法や、長い柄《え》で敵の攻撃を撥《は》ねのける方法……さらには、槍先で敵を突き殺すさいに狙うべき場所などを指導した。

「腹と喉を狙うのがいちばんいい、おれの経験じゃな」ベニスはそこで、こぶしを作り、自分の胸の一カ所をたたいてみせた。「ここに心の臓がある。ここを突けりゃあ効果は高い。ただ、やっかいなことに、ここにゃ肋骨があるんだな。そこへいくと、どてっ腹は狙いやすいし柔らかい。腹を抉《えぐ》ると、死ぬまで時間はかかるが、確実に殺《や》れる。はらわたをこぼれさせて生き延びたやつなぞ、見たことも聞いたこともねえ。でだ、どっかの阿呆が背中を向けて逃げだした場合だがな、槍の穂先を肩胛骨と肩胛骨のあいだか、腎臓に突きたてろ。ここだ。腎臓を貫かれたら、長く生きちゃいられねえ」

しかし、ベニスが説明するうちに、少々混乱が生じた。三人のワットをはじめとして、同じ名前の者が何人もいたからである。

見かねてエッグが、ダンクに提案した。

「いっそのこと、みんなに村の名前を与えたらどうでしょう。むかしのご主人の、銅貨の樹《ペニーツリー》のサー・アーランみたいに」

それも一案ではあった——ただし、各村に名前がありさえすれば。村には名前がない旨をダンクが説明すると、つぎにエッグはこう提案した。

「だったら、その村の主要作物の名前をつけてみては？」

ある村は豆畑《ビーン》のまっただなかにあった。別の村は大麦畑《バーリーコーン》のただなかに。三つめの村は何列もの甘藍《キャベツ》、人参《ニンジン》、玉葱《タマネギ》、蕪《カブ》、甜瓜《メロン》の畝に囲まれている。野菜の名前を名乗りたがる者はいなかったので、三つめの村の出身者はメロンを名乗ることになった。かくして、ビーンがふたり、バーリーコーンが四人、メロンがふたりとなったわけだが、しかし、ワット二兄弟はどちらもバーリーコーンなので、さらに識別する手段が必要だった。これについては、年下のほうのワットが、〝むかし、村の井戸にボチャンと落ちたことがある〟といったことから、ベニスが〈ワットぼっちゃん〉と渾名《あだな》をつけて、以後はそれで区別されることになった。徴募兵たちは、貴族のように姓が持てたことで興奮していた。例外は〈うどの大木ロブ〉だけだった。というのも、この男、自分がビーンなのか、バーリーコーンなのか、憶えていられなかったからである。

全員が名前と槍を与えられると、やっとのことでサー・ユースタスが、一同に訓辞を述べるため、不落城の中から姿を現わした。塔館の扉の外に立った老騎士は、鎖帷子と板金鎧を着用し、その上に長いウールの外衣《サーコート》を着ていた。本来は白かったはずのサーコートは、長い年月を経てかなり黄ばんでしまっている。その前身ごろと後身ごろには、緑と金の小さな四角い布を組みあわせた、市松《チエキー》模様の獅子が縫いつけられていた。

「皆の者」とサー・ユースタスは語りかけた。「おまえたちはみな、ディクを憶えているであろう。〈紅後家蜘蛛〉に袋に入れられ、溺死させられた、あの男だ。あの女はかつて、ディクの命を奪った。そしていまは、われらの水を奪おうとしている。われらの作物に水を供給する市松川《チエキー》を奪うつもりでいる。だが……そうはさせぬ！」

サー・ユースタスはここで、抜き身の剣を高々と振りあげて、

「オズグレイのために！」と、朗々と響く声で叫んだ。「不落城のために！」

「オズグレイのために！」ダンクは応唱した。エッグと徴募の兵たちも大声で叫ぶ。「オズグレイのために！　オズグレイのために！　不落城のために！」

豚や鶏がうろつくなか、ダンクとベニスはささやかな部隊の兵士たちに訓練を施しはじめた。サー

・ユースタスは上のバルコニーから訓練ぶりを眺めている。サム・ストゥープス爺は、何枚かの古い布袋に濡れた藁を詰めたものを用意していた。この袋を敵に見たてて、槍で突く訓練を行なうのだ。訓練を開始した兵士たちに向かって、ベニスが怒鳴った。

「刺したら、ひねる、引き抜く。刺す、ひねる、抜く。このとき、はらわたを引きずり出してやれ！ん、つぎはもっとうまくやれよ。遅い遅い、〈投石機《トレブ》〉、それじゃ遅すぎる。もっと手早くできないなら、もう投石の練習にもどれ。レム、突くときは体重をのせるんだ。ようし、よくできた。さあ、突いて、抜いて、突いて、抜いて。気合いをこめてぶっ刺してみろ、そうそう、それでいい、突いて、抜いて、裂いて、裂いて、裂いて」

五百回も槍で突かれつづけて、袋がずたずたになり、中身の藁がぜんぶ地面にこぼれてしまうと、ダンクは鎖帷子と板金鎧を身につけ、木剣を持ち、兵たちが生きた敵を相手にどれだけ戦えるものか試してみた。

あんまり期待はできないな、というのが結論だった。ダンクの楯をすりぬけるほどにすばやく槍を突けたのは〈投石機《トレブ》〉だけで、それも一回だけだった。兵士たちがかわるがわる、へっぴり腰で突きかかってくる。ダンクはそのつど槍を撥ねのけ、近づいたところで、木剣で軽く打つ。この剣が松材ではなく、鋼でできていたなら、兵士全員、五、六回は死んでいただろう。

「これが実戦であれば、おれが槍の切先をかわした時点で、おまえたちの命はないぞ」

そういいながら、ダンクは兵士の足や腕を木剣で打ちすえた。失敗すれば死ぬことを、痛みで憶えこませるためだ。〈投石機《トレブ》〉とレムと〈ワットぼっちゃん〉は、いちおう、身に危険がおよべば退くことをすぐに憶えた。そのうちに、〈うどの大木ロブ〉が槍を放りだし、逃げだしたので、ベニスはあとを追いかけ、涙を流して懇願する大男を引きずってこなければならなかった。日が暮れるころになると、兵たちはみな打ち身と傷だらけになり、槍を握りどおしだった手には水ぶくれができていた。手にはじきに槍胼胝《だこ》ができるだろう。ダンク自身に怪我はなかったが、エッグの手を借りて兜と鎧をはずしたときには、汗でなかば溺れそうなありさまになっていた。

夕陽が沈むなか、ダンクは小部隊を引き連れて地下室に入り、全員に湯浴みをさせた。なかには、湯浴みをするのは冬以来だという者もいた。湯浴みがすむと、全員にサム・ストゥープス爺の女房が作ったシチューがふるまわれた。人参、玉葱、大麦がたっぷり入ったシチューだった。みんな、骨の髄まで疲れきっていたが、話を聞いていると、どの男も、いまにも〈王の楯《キングズガード》〉の騎士の倍は強くなれそうな口ぶりで、早く勇敢なところを見せたくてしかたなさそうなようすだった。サー・ベニスは、兵隊になったらいいことばっかりだぞといって、おいしい話だけを吹きこんだ。おもに掠奪と女の話だった。兵士のうち、出征経験のあるふたりは、そのとおりだとみなに請けあった。なんでもレムは、ブラックファイアの叛乱のさいに、短剣をひとふりと、上等の長靴《ちょうか》一足を持って帰ったのだそうだ。長靴は小さすぎて、レムの足には合わなかったので、小屋の壁に飾ってあるという。ペイトのほうは、ドラゴンの軍勢に同行していた非戦闘従軍者、つまり娼婦と、たっぷりいい目を見たと吹聴した。

サム・ストゥープス爺は、地下室に藁布団を八つ用意してくれていたので、腹がくちくなった兵士たちは、すぐさま眠りについた。だが、ベニスはなおもテーブルに居残って、ダンクにげんなりした目を向けた。

「サー・ユースレスもなあ、古びてしぼんだ金玉に子種が残ってるうちによ、農婦を何人か、孕ませときゃよかったんだ。そしたら、落とし子の小僧が何人か生まれて、ちったあ使いものになる兵隊がすこしはそろったろうによ」

「あの八人、どこの農民徴募兵とくらべても、そう見劣りしないように思えるぞ」

ダンクはむかし、サー・アーランの従士時代に、この手の徴募兵と行軍したことがあった。

「まあな」とサー・ベニスはいった。「二週間も仕込みゃあ、そこそこ戦えるようにはなるだろうさ——ほかの農民兵相手ならよ。けど、騎士が相手じゃどうだ？」

ベニスはそういって、かぶりをふり、つばを吐いた。

不落城の井戸は地下の一室、石壁と土壁で囲まれたじめつく部屋にある。サム・ストゥープス爺の女房はそこで洗濯をし、ごしごし洗って布をたたいてから、干すために屋上まで持っていく。洗濯に使う大きな石盥《いしだらい》は、湯浴み用としても使われた。湯浴みをするには、井戸から何杯も桶で水を汲んで鉄の大鍋に入れ、それを火床《ひどこ》にのせて湯を沸かし、沸いた湯を石盥に移しては、それをまた最初からくりかえす。大鍋を満たすのに必要な水は桶四杯ぶん、石盥を満たすのに必要な水は大鍋三杯ぶんだ。大鍋で三杯めの湯が沸くころには、一杯めの湯はもはやぬるくなっている。サー・ベニスは、そんなまどろっこしいことなんかしてられるかといって、湯を使わないそうだ。あれほど虱と蚤にたかられ、腐ったチーズのような悪臭をただよわせているのは、きっとそのせいもあるのだろう。

ダンクのほうは、これはからだを洗ったほうがいいなと思うときは、エッグに手伝わせて湯浴みをする。今夜がそうだった。エッグはむすっとして水を汲み、湯を沸かしているあいだも、ずっと口をきこうとしなかった。

「エッグ？」最後の大鍋が沸こうかというころ、ダンクは声をかけた。「どうかしたのか？」

エッグが返事をしないので、ダンクはことばを重ねた。

「鍋を持つのを手伝ってくれ」

ふたりして火床から大鍋をかかえあげ、はねる熱湯が自分たちにかからないように気をつけながら、石盥に運んでいく。

「サー・ダンカン」少年はいった。「サー・ユースタスはなにをするつもりだと思います？」

「堰を壊す。〈紅後家蜘蛛〉の兵がとめようとしたら、それと戦う」

大きな声で答えたのは、湯がはねる水音でかき消されないようにするためだ。石盥にあけるさい、湯気が白い幕となって立ち昇り、熱でダンクの顔を赤く染めた。

「農民兵の楯、枝を編んだものでしょう。騎槍《ランス》で簡単に貫けちゃう。弩弓《クロスボウ》の太矢でも」

「まともに戦えるようになったら、簡単な鎧を見つくろってやってもいい」

徴募兵に望めるのは、それがせいいっぱいのところだ。

「あんなんじゃ、皆殺しになっちゃいます。〈ワットぼっちゃん〉なんて、まだ子供じゃないですか。ウィル・バーリーコーンは、こんど司祭《セプトン》がきたとき、結婚するんですよ。〈うどの大木ロブ〉なんて、右足と左足の区別もつかないし」

からになった鉄の大鍋を、固く踏み固められた土間に音高く放りだして、ダンクはいった。

「銅貨の樹《ペニーツリー》のロジャーが〈赤草ヶ原〉の合戦で倒れたときは、〈ワットぼっちゃん〉より年下だった。そのとき、おまえの父親が率いていた軍勢の中にも、結婚したばかりの人間はいたはずだ。女の子にキスをしたことのない者だっていただろう。右足と左足の区別がつかない人間だって何百人もいたにちがいない。いや、何千人もか」

「それとこれとは話がちがいますよ。あれは戦争だったんだから」

「こんどのもな。こんどのも戦争なんだ、規模が小さいだけで」

「小さいだけじゃなくて、もっと愚劣だ」

「それを判断するのはおまえじゃないし、おれでもない」とダンクは答えた。「サー・ユースタスが戦争準備のために徴募をかけたなら、それに応じるのは領民の務めだ。出征して……いざとなったら、死ぬことも含めてな」

「だったら、名前なんかつけなきゃよかったのに。あの兵隊たちが死んだら、名前をつけたことで、いっそう悲しみが増してしまう」そこで眉根を寄せて、「このさい、ぼくの長靴を使えば……」

「だめだ」ダンクは片足で立ち、片方の長靴を脱いだ。

「でも、父上は——」

「だめだ」同じようにして、反対の長靴も脱ぐ。

「でも——」

「だめだ」ダンクは汗まみれの上着を頭から脱ぐと、エッグに放り投げた。「サム・ストゥープスの女房に頼んで、こいつを洗ってもらえ」

「それはやります、でも——」

「だめだといってるだろう。耳に拳固を食らわないと、聞きわけがよくならないのか?」半ズボンのひもをほどきはじめる。その下にはなにもつけていない。暑すぎて、下着を穿《は》く気になれないのだ。「ワットとワットとワットと、ほかの兵隊たちの心配をしてやるのはいいことだがな。あの長靴は、ほんとうに急を要するときにのみ使うものだ」

〈血斑鴉〉に目の数いくつ? 目の数ぜんぶで、千と一)

「おれの従士にさせるべく、おまえを送りだしたとき、父君はなんといった?」

「つねに髪を剃るか、染めるようにしろ、だれにもほんとうの名を告げるな、と」

不承不承のようすで、少年は答えた。

エッグがダンクに仕えるようになって、もう二年にはなろうか。けっこう長い期間だが、ときどき、二十年もいっしょにいるような気がすることがあった。ともに〈大公の道《プリンス》〉を登り、ドーンの広大な砂漠を越えた。赤砂漠も白砂漠もだ。グリーンブラッド川に達してからは、棹船《さおぶね》に乗ってプランキー・タウンまで下り、そこからはガレアス船《白き淑女》でオールドタウンに渡った。陸路では、厩で寝ることもあれば、旅籠で寝ることもあり、溝で寝ることもあった。修道士《ブラザー》、娼婦、役者らとパンを分かち合い、百もの人形芝居を観てまわった。その間、エッグはかいがいしくダンクの馬を世話し、長剣を研ぎ、鎖帷子を磨きつづけた。どんな人間もこれほど気働きのある道連れは望めまい。そして、草臥《くさぶ》しの騎士ダンクは、いつしかエッグのことを、弟のように思いはじめていたのだった。

（だが、弟ではない）

この子はドラゴンの卵《エッグ》だ、鶏の卵ではない。エッグは草臥しの騎士の従士ではあるかもしれないが、同時に、ターガリエン家のエイゴン——夏の城館《サマーホール》のプリンスたるメイカーの、四番めの子息でもある。そのメイカーは七王国の王子であり、故デイロン有徳《うとく》王の、これも四番めの子息にあたる。かの王は、デイロン王としては二世にあたり、すぐる春に猛威をふるった〈春の疫病大流行〉で身罷《みまか》るまでは、二十五年にわたって〈鉄の玉座〉にあった人物だった。

「一般庶民の知るかぎり、アッシュフォード牧草地の馬上槍試合のあと、エイゴン・ターガリエンは長兄のデイロンとともに、夏の城館《サマーホール》へと帰還したことになっている」ダンクは少年に思いださせた。「父君としては、おまえがどこぞの草臥しの騎士にくっついて、七王国をさまよい歩いていることを知られたくない。だから、もう長靴のことはいうな」

返ってきたのは、承服できないという眼差しだった。ただでさえ大きなエッグの目は、頭を剃っているせいで、いっそう大きく見える。ランプしか光源のない薄暗い地下室では黒く見えるが、もっと明るいところで見えるほんとうの目の色は、深くて濃い紫だ。

〈ヴァリリアの貴紳の目だな〉とダンクは思った。

ウェスタロスでは、ドラゴンの血を引く者以外に、この色の目を持つ人間はいない。金線に銀線を編みこんだような、燦然ときらめく髪を持つ人間も同様だ。

棹船でグリーンブラッド川を下っていたとき、〈孤児〉の娘たちが、きれいに剃ったエッグの頭をなでれば幸運になる、という遊びをはじめた。ここで孤児というのは、ほんとうの孤児ではなくて、ドーンに定着したロイン人のうち、故郷の母なるロイン河を偲《しの》び、〈グリーンブラッド川の孤児〉を名乗った者たちを指す。少年は頭をなでられるたびに、柘榴《ザクロ》よりも顔を赤くして憤った。

「若い女って、馬鹿だ」船の上で、エッグはよくそういって文句をたれていたものだ。「こんど頭にさわったやつは、川に突き落としてやる」

ダンクとしては、たしなめざるをえなかった。

「そんなまねをしたら、おれがさわってやるぞ――この拳固でな。耳に思いっきり食らわせてやる。月が変わるまで、ずっと耳鳴りがしていることだろうな」

それはかえって、エッグをむきにさせただけだった。

「馬鹿な女にさわられるより、耳鳴りのほうがましです」

エッグはむすっとしてそう答えた。だが、結局、だれも川に突き落としたりはしなかった。

いま、ダンクは石盥に足を踏みいれ、あごが水面にふれるまでからだを沈めた。下のほうはだいぶぬるくなっていたが、上のほうは火傷しそうなほどに熱く、声をあげないようにするためには、歯を食いしばらねばならなかった。声をあげれば、エッグに笑われてしまう。エッグは火傷しそうなほど熱い湯が好きなのである。

「もっと湯を沸かしますか？」

「いや、これでいい」ダンクは両腕をこすった。灰色の泥が細長くたなびいて、剝がれ落ちていく。「石鹼をとってくれるか。ああ、柄の長いブラシもだ」

エッグの頭のことを考えているうちに、自分の髪が汚れていることを思いだした。髪をしっかりと濡らすため、大きく深呼吸をし、湯船にざぶんと頭までつかる。ついで、水しぶきとともに頭を水面から出してみると、石鹼と柄の長い馬毛《ばもう》ブラシを手に、エッグが石盥のそばに立っていた。

「おっ、頰に髭が生えてる」石鹼を受けとりながら、しげしげとエッグの顔を見て、ダンクはいった。「二本だ。そら、耳の下に。こんど頭を剃るとき、ちゃんと処理しておけよ」

「そうします」髭が生えたのを見つけられて、エッグはうれしそうだった。

（髭が生えたら一人前だと思ってるんだな）自分の唇の上にうっすらと髭が生えてきたのを見つけたとき、やはりダンクもそう思ったものだった。（短剣で髭を剃ろうとして、あやうく鼻を削ぎ落としかけたんだった）

「きょうはもう眠るといい」とエッグにいった。「あすの朝まで、してもらうことはない」

からだじゅうの泥と汗をすっかり落とすのに、もうすこし時間がかかった。汚れを落としおえると、石鹼を脇に置き、石盥の中で可能なかぎりのびをして、目をつむった。湯はもうかなりぬるくなっている。昼の苛酷な暑さのあとでは、ほっとするほど心地よい。そのあとも、からだをこすりながら、足の指も手の指もしわしわになるまで石盥につかりつづけるうちに、ついに湯は冷めきって水になり、汚れですっかり灰色に濁ってしまった。そこでしぶしぶ、湯船を出た。

ダンクとエッグは、地下室に部厚い藁布団を与えられていたが、ダンクとしては、屋上で寝るのが好きだった。屋上のほうが空気が新鮮でいい。ときどき、心地よい風も吹く。雨に降られる心配は、まずしなくてもいい。この旱魃《かんばつ》だから、雨の心配をするのは、屋上で寝ていて降られてからで充分だ。

ダンクが屋上にあがったとき、エッグはもう眠っていた。ダンクは屋上で仰向けになり、頭の下に両手をあてがって、夜空を見あげた。満天の星々だ。何千何万もの星がきらめいている。この夜空は、馬上槍試合がはじまる前の日、アッシュフォード牧草地で見あげた夜空を思いださせた。あの晩は、星が流れるのを見た。流れ星を見た者には幸運が訪れるという。だから、あの人形遣いの娘タンセルにも、楯には流れ星の絵を描いてくれるようにと頼んだ。だが、アッシュフォードはダンクに幸運をもたらしはしなかった。馬上槍試合がおわるまでには、もうすこしで片手と片足を失いそうになり、立派な騎士が三人も命を落とすことになったのだから。

（もっとも、あれを機に従士を得た。アッシュフォードの地を馬で離れるとき、エッグはいっしょについてきてくれた。あの地で起きたいろいろなできごとのなかで、あれは唯一の幸運だったな）

今夜は星が流れないでくれればいいが……。

はるか遠くに〈赤の山脈〉が連なり、足の下には白い砂地が広がっている。ダンクは熱く乾燥した砂に鋤を入れ、掘った細かい砂を肩ごしに放った。穴を掘っているのだ。

（墓穴だ）とダンクは思った。（希望を埋める墓穴だ）

そばにはドーンの騎士が三人立って、あきれたようにささやきあいながら、穴掘りを見つめている。三人の向こうには、騾馬《ラバ》の引く荷馬車と砂漠橇《ぞり》のそばで、商人たちが待っていた。早く出発したくてじりじりしているようだが、ダンクが乗用馬の栗《チェスナット》を埋めないうちは、動くに動けない。とはいえ、ダンクとしては、旧友を砂漠に放置し、蛇や蠍《サソリ》や砂漠犬の餌食にしていくまねはできなかった。

老馬はエッグを背に乗せたまま、〈大公《プリンス》の道〉からヴェイス城にかけての、長く乾ききった経路の途上で死んだ。急に前脚の力が抜けたかと思うと、がくりと前脚を折り、横にどうと倒れ、そのまま息絶えてしまったのだ。亡骸はまだ穴のそばに横たわっている。すでに死後硬直がはじまっていた。まもなく腐臭を放ちだすだろう。

ドーンの騎士たちは好奇の目で見ていた。穴を掘りながら、ダンクが泣いていたからだ。

「砂漠では、水は貴重だ」騎士のひとりがいった。「水を無駄にするべきではないぞ」

別の騎士はのどの奥で笑い、こういった。

「なにを泣く？　ただの馬ではないか。それも、あの状態だ」

（チェスナットだ）掘りながら、ダンクは思った。（名前はチェスナットというんだ。何年もおれを乗せてくれた。跳ね落とそうとしたことも嚙んだことも、一度もなかった）

ドーンの騎士たちがまたがる砂漠馬はみな毛艶がよく、頭の形も優美で、頸《くび》は長く、流れるような鬣《たてがみ》を持つ。その横にならぶと、老馬は貧弱に見えるが、それでも立派に任をはたしてくれた。

〝なんじゃい、脊柱《せきちゅう》の曲がった馬のために泣いてやるのか？〟

心の中で、老士サー・アーランの声がいった。

〝おまえを背中におぶってやったわしが死んでも、涙のひとつも見せなかったくせにのう〟

そういって、老士は笑った。本気で責めているわけではないことを示すためだ。

〝まったくもって、うつけのダンク、鈍なること城壁のごとし、じゃな〟

〝この男、わしのためにも涙を流さなかったぞ〟墓穴から〈槍砕きのベイラー〉がいった。〝わしはこの国の太子《プリンス》で、ウェスタロスの希望であったというのにだ。神々もこんなに若くしてわしを死なすおつもりはなかった〟

〝父はまだ三十九歳だった〟太子の子、プリンス・ヴァラーはいった。〝存命であれば、偉大な王となるべき資質をそなえていた。おそらくは、エイゴン竜王以来の大君主になっていただろう〟

そこでプリンス・ヴァラーは、ひややかな青い目をダンクにすえて、

〝なにゆえに神々はわが父を召されたのか？　貴殿を生かしたままにして？〟

〈若きプリンス〉は、黒髪の父太子と異なり、茶色い髪をしていたが、ひとすじだけ走る、シルバー・ゴールドの房があった。

（あなたは死んだ）ダンクは叫んでやりたかった。（あなたがたはみんな死んでいる。三人ともだ。死人なのに、なぜ放っておいてくれないんだ？）

サー・アーランは風邪で死んだ。ベイラー太子はダンクの七尽くしの審判にさいし、弟の振るった鉄棍に打たれて死んだ。太子の長子であったヴァラーは〈春の疫病大流行〉で命を落とした。

（プリンス・ヴァラーの死については、おれが責められる理由はないぞ。おれたちはドーンにいて、疫病のことは知らなかったんだから）

〝おまえはいかれておる〟老士がいった。〝こんな愚行でおまえが命を落としても、わしらは墓穴を掘ってやるまいぞ。砂漠の奥地では、体内の水を大事にせねばならんのじゃ〟

〝消えろ、サー・ダンカン〟ヴァラーがいった。〝消えてしまえ〟

墓穴掘りはエッグも手伝ってくれた。鋤がひとつしかなかったので、手を使って砂を掘る。しかし、砂地で穴を掘るのはむずかしく、掘るそばから周囲の砂が穴に落ちこんできた。潮の満ちた浜で砂を掘ろうとするのも同然だった。

（砂を掘りつづけなければ）腰も肩も、穴掘りで痛んでいたが、ダンクは自身にそう言い聞かせた。（深く穴を掘って埋めてやらなければ。砂漠犬に見つかって掘り返されないように。でないと……）

〝……死んじゃう？〟墓穴の底から、〈うどの大木ロブ〉がきいた。

穴の底でじっと横たわるロブのからだは氷のように冷たく、腹にはぎざぎざの裂け目がぱっくりと

口をあけ、血を流している。こうして見ると、あまり大柄には見えない。

ダンクは穴を掘る手をとめ、ロブを見つめた。

「死にはしない。地下室で眠っているだけだ」そういって、そばのサー・アーランに助けをもとめる。

「老士、あなたからもいってやってください。この墓穴から出てこいと」

だが、そばに立っていたのは、銅貨の樹《ペニーツリー》のサー・アーランではなく、〈茶色の楯のサー・ベニス〉だった。茶色の騎士は鶏の笑い声をあげ、こういった。

〝うつけ《ランク》のダンク。腹を抉《えぐ》ると、死ぬまで時間はかかるが、確実に殺《や》れる。はらわたをこぼれさせて生き延びたやつなぞ、見たことも聞いたこともねえ〟

ベニスの口の端には赤いあぶくが生じている。横を向き、ぺっと赤い塊を吐いた。白い砂がそれを呑みこんだ。ベニスの背後には目に矢の刺さった〈投石機《トレブ》〉が立っており、ゆっくり流れる血の涙を流していた。〈ワットぼっちゃん〉もいた。頭をまっぷたつに割られている。レムじいさんも涙目のペイトも、ほかのみんなもいた。はじめのうちは、徴募兵たちがベニスといっしょにサワーリーフを噛んでいるのかと思ったが、口の端からしたたっているのは、よく見ると血だった。

(死んでるんだ)とダンクは思った。(だれもかれも、死んでるんだ)

茶色の騎士が驢馬《ロバ》の笑い声をあげた。

〝そうともよ、だからな、大急ぎで掘れよ? 掘らなきゃいけねえ墓穴はまだまだあるぞ、ランク。兵隊のために八つ、おれのためにひとつ、サー・ユースレスのためにひとつ。残るひとつはおまえのツルピカ小僧のためだ〟

ダンクの手から鋤が落ちた。

「エッグ」と叫ぶ。「走れ！　走って逃げろ！」

だが、足の下で、砂が崩れ落ちていく。少年は穴から這いあがろうとしたが、穴の縁がつぎつぎに崩れ去り、どうしてもあがれない。見ているうちに、少年のからだに砂が崩れかかり、叫ぼうと口をあけるエッグを埋めだした。ダンクは砂をかきわけ、エッグのもとへ急ごうとした。が、周囲で砂が盛りあがり、ダンクをも墓穴に引きずりこんでいく。砂は口に入り、鼻に入り、目にも……。

夜が明けると、サー・ベニスはまず、徴募兵たちに〝楯の壁〟の作り方を教えることからはじめた。八人全員が、肩を接するようにして横一列にならび、楯を緊密に連ね、その隙間から槍を突きだして、長く鋭い木の歯列を形成する。そうしてできた〝楯の壁〟に、ダンクとエッグが騎馬突撃をかけた。槍ぶすまに恐れをなして、メイスターは三メートルほども手前で急に立ちどまったが、サンダーはこうした突撃の訓練を受けている。大柄な軍馬は速度をあげ、猛然と槍ぶすまに突進した。その脚の下を、牝鶏たちがけたたましく鳴き叫び、ばたばたと翼をはばたかせながら逃げまどう。その恐慌が兵たちにも伝染したにちがいない。今回も、真っ先に槍を捨てて逃げだしたのは〈うどの大木ロブ〉だった。そのため、〝楯の壁〟の中央にぽっかりと穴があいた。その穴を埋めるかわりに、不落城の兵士たちはロブといっしょになって逃げだした。ダンクは手綱を引いたが、勢いのついたサンダーは惰性でもうしばらく駆けつづけ、放りだされた楯を踏みしだいた。楯に編みこまれた枝々が、鉄蹄《てってい》にかかってへし折れ、砕け散る。サー・ベニスが辛辣な罵言を浴びせたが、農民兵たちは鶏とともに、四方八方へ逃げ散っていくばかりだ。エッグは笑いをこらえようと雄々しく戦っていたが、とうとうその戦いに敗れてしまった。

「笑うのはそのへんにしておけ」ダンクはようやくサンダーをとまらせ、緒《ひも》を解いて大兜を脱いだ。「本番であんなふうに総崩れになったら、皆殺しになるのは必至だぞ」

(殺される人員のなかには、おまえもおれも含まれるんだ、ほぼ確実にな)

朝はすでに暑くなってきていた。早くもからだじゅうが土ぼこりと汗にまみれて、ゆうべ湯浴みをしたのがうそのようだ。頭痛がしだしている。ゆうべ見た夢が頭に残って、なかなか離れない。

(あんなできごとは起こらなかった)ダンクは自分に言い聞かせようとした。(現実に起きたことは、あんなふうじゃなかった)

たしかにチェスナットは、ヴェイス城にいたる長く乾いた経路上で死んだ。そこまではほんとうだ。ゆえにダンクとエッグは、エッグの兄から騾馬《ラバ》のメイスターを与えられるまで、サンダーにふたりで乗っていかなければならなかった。しかし、その他の部分は……。

(おれは泣かなかった。泣きたくはあったかもしれないが、泣かなかった)

チェスナットを埋めてやりたかったのも事実だ。だが、ドーン人は待っていてくれなかったろう。

〝砂漠犬も食わねばならん、仔に餌を与えねばならん〟といったのは、ドーンの騎士のひとりだ。ダンクがチェスナットの鞍や頭絡《とうらく》をはずすのを手伝いながら、その騎士はつづけた。〝この馬の肉は犬の餌となり、砂の養分となる。一年のうちには、この馬の骨はきれいな白骨になっているだろう。ここはドーンなのだ、わが友よ〟

いま、あのときのことばを思い浮かべて、ダンクは考えずにはいられなかった。ワットとワットとワットの屍肉を食らうのは、どんな動物なのだろう。

(もしかすると、市松川《チェキー》の川底には、市松模様の魚がいるかもしれないな)

ダンクはサンダーを塔館のそばにもどし、下馬した。

「エッグ、逃げた連中をサー・ベニスがかき集めて、ここに連れもどすのを手伝ってくれ」

そういいながら、エッグに大兜を渡し、扉にあがる階段へ歩いていく。

サー・ユースタスは、居間の薄暗がりの中で待っていた。

「とうてい誉められるていではなかったな」

「おっしゃるとおりです、ム＝ロード」とダンクは答えた。「あのままでは使えません」

（誓約の兵士は、あるじに対し、軍務と服従の義務を負う。しかし、あれではあんまりだ）

「とはいえ、まだ訓練をはじめたばかりだ。あの者たちの父親も兄も、訓練を開始した当初は、同じくらいか、もっと悪かった。その者たちは、王の軍勢に加わるに先だって、わしの息子たちが訓練を施したよ。二週間ほどのあいだ、毎日だ。出発までには、みな一人前の兵士に仕あがっていたぞ」

「ですが、実戦での戦いぶりはどうでした？」ダンクはたずねた。「どの程度の働きを示しました？ム＝ロードといっしょに帰ってきたのは何人です？」

老騎士は長々とダンクを見つめた。

「まず、レムだ」やっとのことで、老騎士は答えた。「それに、ペイト、そして、デイク。デイクは糧秣《りょうまつ》の調達に長《た》けていてな。ああも優秀な調達者はほかに知らん。おかげでわれらは、一度も空腹で行軍したことがない。帰ってきたのはその三人だけだった。その三人と、このわしだけだ」老騎士の口髭がひくついた。「訓練には、二週間では足りまいな」

「ム＝ロード。〈紅後家蜘蛛〉は全軍を率いて、あすにも押しかけてくるかもしれないのですよ」

（あれはみな気のいい連中だ。だが、冷濠城《ひやぼり》の騎士たちを相手に戦えば、皆殺しは避けられない）

「事態を打開するには、ほかの方法があるはずです」

「ほかの方法か……」サー・ユースタスは、〈小さき獅子〉の楯にそっと指先を這わせた。「しかし、ロウアン公に公正は期待できん。それに、現国王にも……」

そこで老騎士は、なにかを思いついた顔になり、ダンクの前腕をぐっとつかんだ。

「そういえば、はるか遠き古《いにしえ》の日々、緑の諸王がこの地を統治していた時代、血の代償で解決する習わしがあった。相手の家畜なり農民なりに危害を加えた場合、血の代価でもって償うすべがあったのだ」

「血の代価?」ダンクはけげんな声を出した。

「ほかの方法、とおぬしはいったな。わしにも多少の蓄えはある。サー・ベニスがいうには、相手の農夫の頬にほんの小さなかすり傷を負わせただけだとか。その男には牡鹿銀貨一枚、〈紅後家蜘蛛〉には詫び料として、銀貨三枚を支払おう」

老騎士はそこで、眉をひそめた。

「だが、わしはあの女のところへはいけぬ。冷濠城へはな」

一匹の肥えた黒蠅が老騎士の頭の周囲を飛びまわり、その腕にとまった。

「あの城は、かつてはわれらのものであった。知っておるか、サー・ダンカン?」

「知っています、ム=ロード」その話は、サム・ストゥープス爺《じい》から聞いたことがある。

サー・ユースタスは語をついで、

「エイゴン竜王による征服に先立つこと一千年のあいだ、当家は北部境界地方の総監を務めてきた。われらに忠誠を誓っていた小領主は二十、土地持ちの騎士は百を数え、所有していた城は四城に達し、敵の接近を警告する望楼も各所に設けられていた。なかでも、冷濠城は最大の城でな。築いた人物はパーウィン・オズグレイ公――人呼んで〈誇り高きパーウィン〉なる先祖だ。

〈火炎ケ原〉の戦いののち、ハイガーデン城の主権は王家から執政の家系に移り、それにともなって、オズグレイ家は縮小され、権力を制限された。われらから冷濠城を召しあげたのは、エイゴン竜王の子、メイゴル王であったよ。きっかけは、当時の統主オズモンド・オズグレイ公が、〈七神正教〉の

〈星〉と〈剣〉と呼ばれていた聖戦士団、〈窮民〉と〈戦士の子ら〉の抑制を声高に唱えたからだ」

サー・ユースタスの声はかすれていた。

「冷濠城の大手門には、上部の石壁に市松模様の獅子の紋章が彫られていてな。父に見せてもらったことがある。老レイナード・ウェバー表敬のため、はじめてあの城を訪ねたときのことだった。代がかわって、わしもわが息子たちに見せにいったものだ。そののち、わが子アダムは……アダムは……冷濠城に仕えるようになった。最初は小姓として、のちには従士としてな。やがて……ある種の……好意が、当時の城主、ワイマン・ウェバー公の息女とアダムのあいだに芽生えた。そこで、ある冬の日に、わしはもっとも上等の装いをこらしてワイマン公を訪問し、どうか息子をご息女と結婚させていただきたいと申し入れた。丁重に断わられたよ。丁重にではあったが、しかしわしは、公がサー・ルーカス・インチフィールドと笑いあう声をたしかに聞いた。以後、二度と冷濠城を訪れてはおらん。いや、一度だけ訪れたか。あの〈紅後家蜘蛛〉が不遜にもわが領民を攫《さら》ったときだ。あわれなレムの亡骸を見つけたくば、濠の底を浚《さら》うがいいといわれたとき、わしは——」

「デイクでしょう」とダンクはいった。「ベニスからは、デイクだと聞いています」

「デイク?」黒蠅は袖を這い降り、蠅特有のしぐさで前脚をすりはじめた。サー・ユースタスはその蠅を払いのけ、口髭で隠れた唇をこすった。「そうとも、デイク——そういったではないか。あれはじつに頼りになる男でな、よく憶えておるとも。戦争中は糧秣《りょうまつ》を調達してくれた。おかげでわれらは、一度も空腹で行軍したことがない。で——サー・ルーカスから、わしのあわれなデイクの身になにが起こったか聞かされたとき、わしは二度とあの城に足を踏みいれぬと聖なる誓いを立てた。占領するときを除けばだ。そんなわけで、わしはあの城にはいけんのだよ、サー・ダンカン。血の代価を払うためであれ、ほかのいかなる理由であれ、いくことができんのだ。このわしはな」

ダンクは老騎士の意図を察した。

「では、わたしがいきましょう。わたしはそのような誓いを立てていませんから」

「おぬしはいい男だな、サー・ダンカン。勇敢なる騎士、真《まこと》の騎士だ」サー・ユースタスはダンクの腕をぐっと握った。「神々がわが娘アリサンを生き長らえさせてくれておればな。おぬしはまさに、わしがつねづね、アリサンの婿にほしいと願っておった類いの人物だ。真の騎士、サー・ダンカン。真の騎士だ」

ダンクは顔を赤らめた。

「レディ・ウェバーにはム＝ロードのおことばを伝えます。血の代価のことを。しかし……」

「サー・ベニスがデイクと同じ運命をたどらぬようにしてくれるのだな？　わしにはわかっておるぞ。人を見る目はあるつもりだ。おぬしは正真正銘の鋼にほかならぬ。冷濠城側も凶行を思いとどまるであろう。おぬしの偉丈夫《いじょうぶ》ぶりを見たならばな。あの〈紅後家蜘蛛〉とて、不落城に無双《チャンピオン》の騎士ありと知れば、向こうから進んで堰を取りはらうやもしれぬ」

ダンクにはなんと答えていいのかわからなかった。やむなく、片ひざをついた。

「ム＝ロード。では、あす出発して、できるかぎりのことをしてきます」

「あすだな」蠅がまたもどってきて、サー・ユースタスの左手にとまった。老騎士は右手をあげて、ぴしゃりと蠅をたたいた。「うむ、では、あすに」

「また湯浴みですか？」エッグがいやそうな顔をした。「きのうも湯浴みをしたのに」

「きょうも丸一日、鎧を着て、自分の汗の中で泳いでいたんだぞ。しのごのいわずに、大鍋の用意をしろ」

「サー・ユースタスに召しかかえられた晩にも湯浴みをしましたよね」エッグはいった。「ゆうべも、そして、今夜も。これで三度めだ」

「貴婦人に面会せねばならないんだぞ。おれがサー・ベニスみたいに悪臭ふんぷんで、女公の公座の前に罷《まか》り出てもいいのか？」

「あんなにひどい悪臭となると、メイスターの糞をためた盥の中でころげまわらなきゃ無理ですよ」エッグは大鍋に水を満たした。「サム・ストゥープス爺の話では、冷濠城の城代、あなたと同じほど大柄だとか。名前はルーカス・インチフィールドですが、あんまり大きいんで、〈ロングインチ〉と呼ばれてるそうです。ほんとにあなたくらい大きいのかな」

「そんなことはないだろう」

ダンクはもう何年も、自分と同じほど背の高い人間に会ったことがない。ダンクは大鍋の持ち手をつかんで持ちあげ、火床の上にぶらさげた。

「〈ロングインチ〉と闘うことになるんでしょうか？」

「それもないな」

ダンクは本音では、闘いになればおもしろいと思っていた。自分はけっして、七王国で最強の戦士ではないかもしれないが、この体格と膂力《りょりょく》は、数々の弱みを補ってあまりある気がしている。

（もっとも、頭が弱いのは補いようもないがな）

ダンクはことばが巧みなほうではない。相手が女となると、ますます口が動かなくなる。巨漢だという〈ロングインチのルーカス〉に相対するよりずっと腰が引けるのは、〈紅後家蜘蛛〉と相対することのほうだった。

「〈紅後家蜘蛛〉と話をつけにいく——それだけだ」

「なんていうつもりです？」

「堰を撤去してもらわねばならないと」

（あの堰を撤去してもらわねばなりません、ム＝レディ、さもないと……）

「つまり、堰を撤去してください、とたのむのさ」

（われわれの市松川《チエキー》を返してください）

「もしよろしければ、とな」

（すこしの水でいいんです、ム＝レディ、もしよろしければ）

だが、サー・ユースタスは、こちらから願う形にはしたくないだろう。

（だったら、いったいなんていえばいいんだ？）

ほどなく、大鍋の水が湯気を立てて沸騰しはじめた。

「手伝ってくれ、こいつを石盥に持っていく」ダンクは少年にうながすと、ふたりして大鍋を炉床の上からはずし、地下室を横切って、大きな石盥まで運んでいった。ふたりで鍋をかかえ、熱湯を流しこみながら、ダンクは本音をいった。「もっとも、貴婦人に対する口のききかたは知らないからな。ドーンにいたとき、うっかりレディ・ヴェイスにいったことばがもとで、もうすこしで殺されそうになっただろう、おれたちは」

「だって、ヴェイスの女公、いかれてたじゃないですか」エッグがいった。「だけど、もっと丁重な態度をとってもよかったかもね。貴婦人というのは、丁重で騎士らしい態度が好きだから。〈紅後家蜘蛛〉を救わなきゃいけないような状況があるんなら、あの人形遣いの娘をエリオンから救ったときみたいに、騎士らしく、勇ましく……」

「エリオンはライスにいるし、〈紅後家蜘蛛〉は救いを必要としていない」

タンセルの話はしたくなかった。

（〈背が高すぎのタンセル〉と呼ばれていたそうだが、おれにとっては、高すぎはしなかったな）

「とにかく」と少年はいった。「騎士のなかには、淑女に雄々しい歌を歌う者もいれば、リュートでその手の調べを奏でる者もいるってことです」

「リュートなんか持ってないぞ」ダンクはむすっとして答えた。「それにだ、あの晩、プランキー・タウンで飲みすぎた晩の翌日に、おまえはいったじゃないか——おれの歌声が、泥浴びで転げまわる牡牛の鳴き声みたいだって」

「それなら、忘れました」

「忘れた？　よくも都合よく忘れられるもんだな」

「だって、忘れろっていったんだもん」エッグはあっけらかんと答えた。「こんどそれをいったら、耳に拳固を食らわせてやるっていったでしょ」

「とにかく、歌は歌わない」かりに、聴くに耐える歌声を出せるとしても、最初から最後まで歌える歌は一曲しか知らない。〝熊よ、熊よ、麗しの乙女よ〟ではじまるあの歌だ。あれを歌ったところで、ウェバー女公の歓心を買えはしないだろう。大鍋の水がふたたび沸騰しだした。ふたりは重たい鍋を懸命に石盥まで運んでいき、湯をあけた。

　エッグは三たび、大鍋に水を満たし、四杯めを汲みに、桶を持って井戸へもどった。

「冷濠城では、絶対に飲食をしないほうがいいですよ。なにしろ〈紅後家蜘蛛〉は、結婚した相手をみんな毒殺しちゃったそうだから」

「〈紅後家蜘蛛〉とは結婚できないな。だいいち、相手は高貴な生まれで、おれは〈蚤の溜まり場のダンク〉だ、憶えてるだろう？」そこで眉をひそめて、「ところで、〈紅後家蜘蛛〉が結婚した夫というのは何人いるんだ？　知ってるか？」

「四人です」エッグは答えた。「でも、子供はなし。子供を産むたんびに、夜になると魔物がやってきて、その子供を連れていってしまったんだって。サム・ストゥープスの奥さんの話だと、〈七つの地獄の王〉に売りわたしてしまったそうですよ――黒魔術を教わる代償として」

「貴婦人なんて連中は、黒魔術に手を出したりはしない。踊って歌って刺繡するだけだ」

「魔物たちと踊って、黒魔術の呪文を刺繡しているかもしれないでしょ」エッグはこの話をおもしろがっているようだった。「それに、貴婦人のこと、よく知らないですよね。いままでに会ったことのある貴婦人といったら、レディ・ヴェイスだけだもん」

　失礼な物言いではあるが、事実ではあった。

「貴婦人のことは知らないが、耳に拳固を食らいたがってる小僧ならよく知ってるぞ」いいながら、首筋を揉んだ。一日じゅう鎖帷子をつけていると、いつも首筋が木になったように固く凝ってしまう。「おまえ、王妃や王女たちをよく知ってるよな。その貴婦人たちは、魔物と踊って、黒魔術の練習をしていたりしたか？」

「レディ・シエラはしてましたね。〈血斑鴉《けつぱんガラス》〉公の愛人の。美しさをたもつ目的で血風呂につかるし。それから、一度、妹のレイが、ぼくの飲みものに惚れ薬を入れたことがありましたっけ。ぼくが姉のデイラとは結婚しないで、自分と結婚するように」

　エッグは近親婚を、ごくあたりまえのもののようにいう。

（じっさい、この子にとってはそうなんだろうな）ターガリエン家はドラゴンの純血を維持するため、何百年にもわたって兄弟姉妹間の婚姻をくりかえしてきている。魔獣のほうのドラゴンは、ダンクが産まれる前に最後の一体が死んでしまったが、そのあともドラゴンの王朝はつづいていた。（きっと

神々は、ドラゴン一族の男が姉妹と結婚しても、なんとも思わないんだろう）

「で、その惚れ薬とやらは効いたのか？」

「効き目はあったのかもしれないけど……でも、吐きだしちゃったから。ぼくは妻なんてほしくない。ぼくがなりたいのは〈王の楯《キングズガード》〉の騎士だもの。王を護るために仕えたいんです。〈王の楯《キングズガード》〉の騎士は、結婚しない誓いを立てるものなんですよ」

「気高い心がけだが、もっと大きくなれば、白いマントより女の子のほうがよくなるかもしれんぞ」

そこでダンクが思いだしたのは、〈背が高すぎのタンセル〉と、あの娘《こ》がアッシュフォードで自分に向けてくれたほほえみだった。「サー・ユースタスがな、おれのことを、つねづね娘の婿にほしいと願っていた類いの人物だといってくれた。娘の名前はアリサンというそうだ」

「でも、もう死んじゃってるし」

「亡くなったことは知っている」いらっとして、ダンクは答えた。「お嬢さんが生きていたら、の話だよ。生きていたらおれと結婚させたかったということだ。でなければ、おれのような類いの男とな。土地持ちから〝娘と結婚させてもよかった〟なんていわれたのは、こんどがはじめてだ」

「だから、もう死んじゃった娘なんでしょってば。それに、オズグレイ家は、以前は領主だったかもしれないけど、いまはただの土地持ちの騎士ですよ」

「あのひとの身分くらい知っている。またぞろ耳に拳固を食らいたいのか？」

「うーん……妻をもらうよりか、拳固をもらったほうがいいかな。とりわけ、死んじゃった娘を妻にもらうよりかは。ところで、湯がもう沸いてますよ」

ふたりは大鍋を運んで、石盥に湯をあけ、ダンクはシャツを脱ぐようにして頭から上着を脱いだ。

「冷濠城へは、ドーンの上着を着ていこうと思うんだ」

あれはサンドシルクで、手持ちの服ではいちばんいい。楡《ニレ》と流れ星の絵も描いてある。

「道中、あれを着ていったら、着いたときには汗でびしょびしょになってますよ」エッグがいった。

「着ていくのはきょうと同じ上着にして、サンドシルクのはぼくが持っていきます。城に着いてから着替えればいい」

「着替えるなら城に着く前だ。城の跳ね橋の上で着替えるなんて、馬鹿みたいじゃないか。だいたい、だれがいっしょにきてもいいといった？」

「騎士たるもの、従士を連れていたほうが、箔がつくでしょう」

それはそうだ。こういうことにかけては、この子は目端がきく。

（それもそのはず、キングズ・ランディングで二年間、小姓をしていたんだからな）

それはそれとして、あまりこの子を危険な場所に連れていきたくはなかった。冷濠城でどのような歓迎を受けるかわかったものではないからだ。みんながいうほど〈紅後家蜘蛛〉が剣呑な相手なら、四つ辻で見たあの死体——鴉の鉄籠に閉じこめられていたあのふたりのような最期を迎える可能性もある。

「おまえはここに残って、ベニスが農民兵を訓練するのを手伝え」とエッグに命じた。「それから、おれの前でそんな仏頂面をするな」

脚を振って半ズボンを脱ぎ、湯気を立てている石盥に入る。

「さあ、おまえはもう寝ろ。ゆっくり湯につからせてくれ。おまえは留守番。それで決まりだ」

朝陽に顔を照らされてダンクが目を覚ましたとき、エッグの姿はなかった。先に起きて、なにかをしにいったらしい。それにしても、陽射しがきつかった。

（なんてことだ。夜が明けたばかりだというのに、こんなにも暑いのか）

上体を起こし、のびをして、あくびをする。それから、よっこらせと立ちあがり、屋内に入ると、眠さの残る足どりで、井戸のある地下室まで降りていった。そこで太い獣脂蠟燭を灯し、冷たい水で顔を洗ってから、服を着る。

陽光のもとに出ると、サンダーが厩の前で待っていた。鞍も頭絡《とうらく》も、すっかり用意が整っている。用意が整っていたのはエッグもだった。騾馬《ラバ》メイスターの手綱をとり、いつでも出発できるようすで、立って待っている。

足には自分の長靴を履いていた。けさの服装は、どこに出しても恥ずかしくない従士そのものだ。上等な緑金市松模様の胴衣《ダブレット》を身につけて、脚にはぴっちりした白いウールの半ズボンを穿《は》いている。

「半ズボンは鞍で擦れてたけど、サム・ストゥープスの奥さんが繕《つくろ》ってくれたんです」

「ともにアダムの服だ」厩から自分が乗る葦毛の去勢馬を引きだしてきながら、サー・ユースタスがいった。老騎士の肩からたれているシルクのマントは、あちこちほつれているが、これにも緑金市松模様の獅子が描かれている。「行李《こうり》から出したばかりで少々黴《カビ》くさいかもしれんが、用はなすだろう。騎士たるもの、従士を連れていたほうが、箔がつくでな、エッグも冷濠《ひやぼり》城へ同行させることにした」

（くそっ、十歳の小僧っ子にだしぬかれたか）

ダンクはエッグをにらみつけ、声には出さず、口だけ動かした。

〝あとで、耳に拳固〟

少年はにんまりと笑ってみせた。

「おぬしにも、それなりのものが用意してある、サー・ダンカン。ここにきなさい」

サー・ユースタスはマントを取りだし、さっと振って広げてみせた。

　白いウールのマントだった。緑色のサテンと金色のシルクの四角い布を交互に連ねた縁どりがある。この暑さだから、ウールのマントは遠慮したいところではあったが、サー・ユースタスに得意満面のようすで肩にかけられては、とても断われるものではない。

「ありがとうございます、ム＝ロード」

「よく似合っておるぞ。できれば、もっといろいろ着飾らせてやりたいところだが」老騎士の口髭がひくついた。「サム・ストゥープスを地下室にやって息子の持ちものを調べさせたが、エドウィンもハロルドもおぬしより小柄で、胸板も薄いし、脚にいたっては、ずっと短い。残念ながら、おぬしに合う衣類は一着もなかった」

「このマントだけで充分です、ム＝ロード。このマントに恥じぬ働きをしてきます」

「その点は疑っておらんよ」老騎士は馬の頸を軽くたたいた。「途中まで送っていこう。おぬしさえよければだが」

「もちろんです、ム＝ロード」

　エッグはメイスターの背に堂々と背筋を伸ばしてすわり、先に立って丘を下っていった。

「あの子のへなへなの麦わら帽子、どうしてもかぶっていかねばならんのか？」サー・ユースタスはダンクにたずねた。「少々、馬鹿みたいに見えるとは思わんかね？」

「陽に灼けて頭の皮が剝けるよりましでしょう、ム＝ロード」

　朝陽が地平線に顔を出して間もないというのに、すでにかなり暑くなっていた。

（午後には鞍が熱く焼けて、水ぶくれができるな）

　亡くなった少年の正装を借用したエッグは、いまのうちこそ立派に見えるものの、日暮れまでには茹で卵《エッグ》のようになっているだろう。すくなくとも、ダンクは着替えられる。上等の上着は鞍袋の中に入れてあるし、古い緑の上着は背中の背負い袋に入れてある。

「〈西の道〉を通っていこう」サー・ユースタスがいった。「もう何年も、めったに使われたことはないが、不落城から冷濠城へいくには、いちばんの近道だ」

〈西の道〉を通っていくということは、丘をまわりこんでいくことを意味する。途中、老騎士が妻と息子たちを埋葬した墓のそばを通った。墓は密生した黒苺《ブラックベリー》畑の中に設けられていた。

老騎士は目尻を下げ、ほほえみを浮かべて、いった。

「息子たちは、ここでブラックベリーを摘むのが好きでなあ。小さかったころ、顔をベタベタ、腕を傷だらけにしてやってくると、それまでどこにいたかが一発でわかったものさ。おぬしのエッグには、末息子のアダムを思いださせるところがある。あれは勇敢な子だった——あんなに齢若かったのにな。ついに戦線が間近に迫ったとき、アダムは負傷した兄、ハロルドを護ろうとしたのだよ。楯に六つの団栗《どんぐり》の絵を描いた河岸の兵のひとりが、斧でハロルドの片腕を斬り落としたときのことだ」悲しげな灰色の目がダンクの目をとらえた。「おぬしのあるじであった老士どの、銅貨の樹《ペニーツリー》のサー・アーランだが……そのご仁、ブラックファイアの叛乱で戦ったことは？」

「あります、ム＝ロード。わたしを引きとる前のことでした」

当時のダンクは、せいぜい三、四歳。男の子というよりも動物に近く、半裸で〈蚤の溜まり場〉の路地を駆けまわっていた。

「どちら側について戦ったのかな？　赤竜か、黒竜か？」

（赤か、黒か？）

これだけの年月を経ても、これは危険な問いかけだ。エイゴン竜王の御世《みよ》以来、ターガリエン家の紋章は黒地に赤の三頭《みつくび》ドラゴンだった。僭王デイモンは、多くの落胤《らくいん》たちがそうするように、正規の配色を反転させ、赤地に黒のドラゴンを自分の旗標《はたじるし》に用いたのである。

（サー・ユースタスはおれのいまの主君だ、たずねる権利はある）

「老士はヘイフォード公の旗標のもとで戦いました、ムﾆロード」

「というと、金色の紋地に緑の斜帯格子が走り、中央に淡い緑の波形紋様がある旗か？」

「そうかもしれません、ムﾆロード。エッグなら知っているでしょう」

なにしろあの子は、ウェスタロスの騎士の半数について、その紋章を憶えているのだ。

「ヘイフォード公は王統派の忠臣として名を馳せていた人物でな。戦いのまぎわ、デイロン二世王はヘイフォード公を〈王の手〉にすえた。前〈王の手〉であったバターウェル公は失策につぐ失策で、おおぜいがその忠誠心に疑いをいだいていたが、ヘイフォード公の王に対する忠誠心は最初から筋金入りだったよ」

「ヘイフォード公が討ち死にされたとき、サー・アーランはそばにいたそうです。ヘイフォード公を討ったのは、楯に三つの城を描いた大物貴族だったとか」

「あの日は、多くの優れた男が命を落としたものだ。両陣営ともにな。合戦が始まる前、あの草原の草は赤くなかった。サー・アーランからその話は聞いておるかね？」

「サー・アーランは、あの合戦の話をするのがあまり好きではありませんでした。あの戦いで従士をなくしたからです。名前は銅貨の樹《ペニーツリー》のロジャーといって、サー・アーランの姉妹の息子でした」

この名前を口にしただけで、ダンクはなんとなくやましさをおぼえてしまう。

（なにしろおれは、ロジャーのいるべき場所を盗んだも同然なんだからな）

ふたり以上の従士をかかえていられるのは、王侯や大貴族の騎士だけだ。エイゴン下劣王が宝剣を譲った相手が、落胤のデイモンではなく、正嫡《せいちゃく》のデイロンであったなら、ブラックファイアの叛乱は起こらなかっただろうし、ペニーツリーのロジャーもまだ生きていたかもしれない。

（きっと、どこかの騎士になっていただろう。おれよりもずっと立派な真《まこと》の騎士に。かたやおれは、あのままでいたら、そのうち絞首刑になるか、〈冥夜の守人《ナイツ・ウォッチ》〉送りにされて、死ぬまで〈壁〉の上を歩きまわっていたにちがいない）

　老騎士はいった。

「大規模な合戦というのは壮絶なるものだが、しかし流血と殺戮《さつりく》のさなかにも、ときとして美が――胸がつぶれそうになるほどの美があるものだ。沈む夕陽が〈赤草ヶ原〉に現出せしめたあの光景を、わしはけっして忘れまい……一万もの兵が命を落として累々《るいるい》と横たわり、一帯が呻き声と嘆きの声に満ちあふれるなかで、頭上の夕空は金色と茜色とオレンジ色に染めあげられて……あまりの美しさに、わしは思わず涙したものだよ。わが息子らがその光景を見られぬと思うと、なおのこと泣けてきた」

ためいきをついた。「当節、こんなことをいっても信じられまいが、あれは両軍の実力が伯仲した、ぎりぎりの戦いでな。ああ、あの〈血斑鴉《けつぱんガラス》〉さえおらねば……」

「あの合戦を勝利に導いたのは、〈槍砕きのベイラー〉だったといつも聞かされていました。太子とプリンス・メイカーの武勲が大であったと」

「〝鉄鎚《てつつい》と鉄床《かなとこ》〟かね?」老騎士の口髭がひくついた。「吟遊詩人どもも、ずいぶんと盛ってくれるものだよ。当時にあって、〈戦士〉が降臨したかのごとき真の剛の者は、デイモンであった。何者もあの武威《ぶい》には抗《あらが》えなかった。アリン公の前衛を粉砕し、前衛中の猛者〈九星城の騎士〉と猛将ウィル・ウェインウッドを討ちとったのは、またたく間のことだった。そこへ、〈王の楯《キングズガード》〉の騎士、サー・グウェイン・コーブレイが駆けつけてきて、デイモンと死闘をはじめてな。両者は小一時間、馬首《ばしゅ》をめぐらし、たがいの周囲をまわりあい、斬りつけあって、騎馬の舞をくりひろげた。そのあいだにも、まわりでは多くの戦士が討ち死にしていく。デイモンの振るう〈黒き炎《ブラックファイア》〉と、コーブレイの振るう〈孤独の淑女《レディ・ファローン》〉、このふたふりの名剣が打ち合うたびに、はるか五キロの彼方までも、戛然《かつぜん》たる音が響きわたったそうな。その音はなかば歌声であり、なかば絶叫でもあったという。しかし、とうとう〈淑女〉がよろめいたとき、〈黒き炎〉はサー・グウェインの大兜をまっぷたつに断ち割って、敵の視力を奪い、大量に出血させた。

デイモンは下馬し、倒れた強敵が馬に蹂躪《じゅうりん》されぬように手配したうえで、股掌《こしょう》の臣、〈赤い牙《レッドタスク》〉に命じてメイスターたちのいる後方へ運ばせた。が、これが致命的な失敗だった。この時点で、王側の〈血斑鴉〉率いる弓兵隊〈鴉の歯〉が、〈泣き濡れる高地〉の頂《いただき》を占領していたからだ。腹違いの兄弟がかかげる王旗がほんの三百メートル先に翻《ひるがえ》り、その旗標《はたじるし》のもとにデイモンとその息子たちが集《つど》っているのを見た〈血斑鴉〉は、ここぞとばかりに矢の雨を降らせた。最初に討ちとられたのは、デイモンの双子の息子のうち、兄のほうのエイゴンだった。なぜに子息を狙ったかといえば、子息がもう息をしていなくとも、亡骸があたたかいうちは、たとえ白い矢柄《やがら》が雨あられと降りそそごうと、デイモンがその場から撤退する人間ではないことを知っていたからだ。事実、デイモンは撤退せず、その結果、七本の矢に射貫《いぬ》かれることになる。その矢はすべて〈血斑鴉〉の弓から放たれて、妖術により誘導されたものだった。死にゆく父の手から〈黒き炎〉が落ちると、その剣をエイゴンの双子の弟エイモンが拾った。〈血斑鴉〉はこれもまた矢嵐の餌食とした。かくしてここに、黒きドラゴンとその息子のうち、双子ふたりの命脈は尽きる。

その後も合戦はつづいた。一部はわしもこの目で見ておる……潰走《かいそう》する叛乱軍、そのなかにあって、総崩れの味方を叱咤して反転させ、狂気の突撃を敢行した〈鋼の剣〉……〈鋼の剣〉と〈血斑鴉〉の一騎討ちは、デイモンとグウェイン・コーブレイの一騎討ちにつぐ熾烈なものであったよ……さらに、叛乱軍の後方を強撃するベイラー太子勢の鉄鎚や、おめき叫び、空中を投げ槍の雨で満たすドーンの軍勢も目にしたが……しかし、つまるところ、もはやそういった個々の戦いは意味を失っておった。デイモンが討たれた時点で、軍《いくさ》はおわっていたのだ。

大接戦ではあった……もしもデイモンがグウェイン・コーブレイを圧倒しておれば、〈血斑鴉〉が尾根を奪取するより早く、メイカーの左翼を突き破っていたかもしれん。その場合、勝利は黒竜側のものになっていたであろう。〈王の手〉は討たれ、キングズ・ランディングへの道も開かれていたであろう。ベイラー太子が麾下《きか》の嵐の諸公と、ご母堂の後ろ盾であるドーン人の軍勢を引き連れて駆けつけてくるころには、デイモンが〈鉄の玉座〉にすわっておったかもしれん。

吟遊詩人が〝鉄鎚と鉄床〟の頌歌《しょうか》を歌うのは勝手だがな、合戦の潮目を決定づけたのは身内殺しだ。その白き矢柄の矢と、黒き妖術だ。〈血斑鴉〉はいまも同様にしてこの国を牛耳っておる。ゆめゆめ見誤ってはなるまいぞ。現エイリス王は、〈血斑鴉〉の傀儡《かいらい》にすぎぬ。それどころか、〈血斑鴉〉が国王陛下に妖術をかけ、思いどおりに操っていたとしても、わしは驚かん。このところ、凶事つづきなのも、むりはないことだて」

サー・ユースタスはかぶりをふると、以後は考えこんだようすで沈黙に陥った。この話、どの程度までエッグに聞こえていただろう？ ダンクはいぶかったが、いまはたずねるすべがない。

（〈血斑鴉〉に目の数いくつ？）とダンクは思った。

すでに暑さは、ますますひどくなってきていた。

（蝿でさえ物陰に身を潜めている。蝿のほうが騎士よりも理性があるということか。ちゃんと太陽を避けているんだからな）

はたして自分とエッグは、冷濠城《ひやぼり》で歓待を受けられるものだろうか。蓋《タン》つき《カ》ジョッキ《ード》一杯の冷えたブラウンエールでも飲ませてもらえれば、おおいに助かるのだが。そこでダンクは、エッグが話していたあのうわさ――〈紅後家蜘蛛〉が夫を毒殺したといううわさを思いだした。のどの渇きはすぐに消えた。いくらのどが渇いていても、毒を飲まされるよりはましというものだ。

「そのむかしオズグレイ家は、東はナニーから〈丸石の入江〉にいたるまで、この地域一帯に広大な所領を有しておってな」ふいに、サー・ユースタスがいった。「冷濠城もわれらのものであったよ。馬蹄丘陵も、洞窟群を擁するデリング丘陵も、ドスク、リトル・ドスク、ブランデーの澱《ボトム》の各町村も、〈青葉豊かな湖〉の両岸も……オズグレイ家の乙女たちは、フロレント家、スワン家、ターベック家、さらにはハイタワー家やブラックウッド家に嫁いでいったものだった」

ワットの森の林縁が見えてきた。ダンクは額に手をかざし、目を細めて緑の樹々に視線を注いだ。いまばかりは、エッグのへなへな帽子がうらやましい。

(まあ、森に入れば木陰がある)

「ワットの森は、かつては冷濠城まで広がっていたのだが」サー・ユースタスがいった。「ワットが何者かは記憶にない。もっとも、竜王による征服以前、あの森には野牛《オーロクス》がいたそうな。角が二十以上にも分岐した大箆鹿《ヘラジカ》もだ。人が一生涯に狩れるよりたくさんの赤鹿《アカシカ》もいたが、それはあの森で狩りをする権利を持っていたのが、王家と市松模様の獅子のみにかぎられておったからだ。父の時代でさえ、森は市松《チェキー》川の両側に広がっていたものだよ。ところが、蜘蛛の一族は大々的に樹を伐採してしまった。牛や羊や馬の牧草地とするためにだ」

ダンクの胸を、細い汗の条《すじ》が這い降りていく。気がつくと、いいかげん、この仮初《かりそ》めの主君が口をつぐんでくれないかと、本気で願っていた。

(こう暑くては、話をする気にもなれない。馬に乗る気もしない。とにもかくにも、暑すぎる)

森に入ると、大きな茶色の木登り猫の腐爛死体に出くわした。死骸には大量の蛆が湧いていた。

「うわ」メイスターを大きく迂回させながら、エッグがいった。「サー・ベニスよりもっと臭いや」

サー・ユースタスが手綱を引き、馬をとめた。

「木登り猫だな。この森にまだ残っているとは知らなんだ。はて、死因はなんであろう」

だれも返事をしないので、老騎士は語をついだ。

「わしはここらで引き返すとしよう。このまま〈西の道〉をまっすぐいけば、冷濠城にたどりつく。金《かね》の持ち合わせはあるかね？」

ダンクはうなずいた。

「よろしい。では、首尾よくわしの水を流れさせて帰ってくるよう、期待しておるぞ」

老騎士は馬首を返し、きた道を速足で引き返していった。

老騎士が去ってしまうと、エッグがいった。

「ウェバーの女公《レディ》に会ったらどういえばいいかを考えてたんですけど。騎士らしく華やかなことばで相手を持ちあげて、まず好感を持ってもらわないといけませんよね」

市松模様の上着を着た少年は涼しい顔をしており、汗ひとつかいていないように見える。マントを着たサー・ユースタスもそうだった。

(やれやれ、汗だくなのはおれだけか)

「華やかなことばで持ちあげる？」ダンクはおうむがえしにいった。「持ちあげるったって、おまえ、どういえばいいんだ」

「わかるでしょ？　なんと麗しいとか、なんとお美しいとか」

ダンクはけげんな思いで聞き返した。

「夫が四人も先立っているんだろう？　だったら、ヴェイス城の女公《レディ》と同じくらい齢をとっているにちがいない。齢をとって疣《いぼ》だらけの女に、麗しいだの美しいだのいってみろ、心にもないことをいうやつだと、かえって不興を買ってしまうじゃないか」

「相手を誉めるには、なにかほんとにある長所を見つけないとね。兄のデイロンはそうしてますよ。兄がいうには、どんなに醜くて老いた娼婦にも、美しい髪や形のいい耳があるものだって」

「形のいい耳？」けげんな思いがますますつのる。

「でなければ、きれいな目ですねとか。そのガウン、目の色を引きたててますねとか」少年はすこし考えた。「といっても、〈血斑鴉〉公みたいに、片目しかない相手にはだめだけど」

（マイ・レディ、そのガウン、お目の色を引きたてていますね、か？　まあ、そこで片目の色などといおうものなら、たいへんなことになるがな）

ダンク自身、貴婦人に対し、騎士や小貴族がこのような美辞麗句をいうのを聞いたことがあるが、ふつうはこんなにそっけない言いかたはしない。

〝お美しいレディ、とても美麗なガウンをお召しでいらっしゃる。あなたさまのお美しい双眸《そうぼう》の色をとてもよく引きたてています〟――いうなら、こんなふうにだ。

レディのなかには、老齢で筋張っている者もいれば、太っていて血色のよい者も、あばただらけで不器量な者もいる。が、ふつうはガウンを着てふたつの目を持っており、ダンクの記憶にあるかぎり、このような美辞麗句を聞かされると、たいそう喜ぶ。

〝なんと華麗なガウンをお召しであられることか、マイ・レディ。お美しい色を宿したあなたさまのつぶらな瞳を、とてもよく引きたてています〟

「草臥《くさぶ》しの騎士の命は安いものでな」ダンクは沈んだ口調でいった。「うっかりしたことを口走れば、山ほどの石といっしょに袋に閉じこめられて、濠に放りこまれるのがおちだよ」

「そんなに大きな袋なんて持ってるのかな。それに、そういうときは、ぼくの長靴を使えば……」

「だめだ」ダンクはうなるように否定した。「それだけはいかん」

ワットの森を通りぬけると、堰のずっと上流まできていることがわかった。ダンクが夢見たとおり、川水には楽々と水浴びができるほどたっぷりの水量がある。

（人ひとり、簡単に溺れさせることのできる深さだな）

川の向こう岸では、土手の一カ所が崩され、用水路が切られて、西に灌漑用水を流す構造になっていた。用水路は道にそって走っており、そこから分岐する多数の小水路は広大な畑を蛇行している。

（川を越えれば、そこはもう〈紅後家蜘蛛〉の土地だ）

自分はなんというところへ乗りこんでいこうとしているのだろう。こちらの戦士はたったひとり、背中を護るのは十歳の男の子だけしかいないというのに。

エッグがぱたぱたと手で顔に風を送りながら、ダンクにたずねた。

「ね？　どうして進まないんです？」

「進まないわけじゃないさ」

乗馬の腹に拍車を当てて、水しぶきをたて、川に乗りこませる。エッグも騾馬に乗ってついてくる。水深はサンダーの腹にまで達したのち、そこから徐々に浅くなりはじめた。ほどなくダンクは、水をしたたらせながら、〈紅後家蜘蛛〉領の土手にあがった。行く手には用水路が槍のごとくまっすぐに連なり、陽射しを浴びて緑色と金色に輝いている。

数時間ほど進んで、冷濠城《ひやぼり》の塔群が見えてくると、ダンクはいったん馬をとめて、ドーンの上着に着替え、鞘に収めた長剣の鯉口《こいぐち》を切った。いざというとき、もたつかずに剣を抜くためだ。エッグも短剣の鯉口をわずかにゆるめ、いつでもすばやく抜けるようにした。へなへな帽子の下で、その顔は真剣そのものだ。そこから先、ふたりは轡《くつわ》をならべて道を進んだ。ダンクは大型の軍馬にまたがり、少年は騾馬に乗って、ものうげにはためくオズグレイ家の旗標を、旗竿の上に高くかかげながら。

サー・ユースタスから立派だ立派だと聞いていたせいか、いざ目のあたりにしてみると、冷濠城は少々肩すかしだった。嵐の果て城《ストームズ・エンド》やハイガーデン城など、これまでダンクが見てきた大貴族の居城とくらべると、ずいぶんつましい城だが……それでも城であり、けっして防備を固めた塔館ではない。矢狭間《やざま》つきの城壁は高さが十メートル、城壁の角には塔がそびえ、いずれも不落城の一倍半の高さがあった。各小塔と尖塔の上には、ウェバー家の黒紋地の旗が重くたれている。旗に描かれているのは、銀色の蜘蛛の巣《ウェブ》に乗った、斑紋のある紅《あか》い蜘蛛の紋章だ。

「あ、あそこ」エッグがいった。「水路が。流れこむ先を見て」

用水路が走っているのは、冷濠城の東の城壁の手前までで、そこから先は城壁を取りまく濠に流れこんでいた。冷濠城の名前はこの濠に由来する。用水がザーッと濠に流れこむ音を聞いて、ダンクは思わず歯がみした。老騎士のことばが思いだされたのだ。

〝あの女に、わが市松川《チェキー》を占有する権利はない〟

「いくぞ」とエッグにうながす。

アーチをなす大手門の上には、蜘蛛旗がずらりと立っていたが、よどんだ空気のもとで、いずれもだらりとたれさがっていた。アーチの要石の部分には、深く彫りこまれた、蜘蛛紋よりも古い紋章が見えた。何世紀にもおよぶ風雨で侵蝕されてはいたが、いまでもはっきりとその意匠が見てとれる。色のちがう四角い石を交互に嵌《は》めこんだ、市松模様の〝左後ろ片脚立ち《ランパント》〟の獅子だ。アーチの下で、大手門は開いていた。馬蹄の音を響かせて跳ね橋を渡っていくさい、下を覗きこんでみて、ダンクは濠がかなり深いことに気がついた。

(二メートル近くはありそうだな)

落とし格子の手前には、槍を手にしたふたりの門衛が立っており、ダンクたちの行く手を塞いだ。片方はたっぷりと黒い顎鬚《あごひげ》をたくわえているが、もう片方には鬚がない。黒鬚のほうが来城の目的をきいてきたので、ダンクはこう答えた。

「わが主君、オズグレイ公より遣わされてきた。レディ・ウェバーにお話し申しあげたき儀がある。わたしは〈長身のサー・ダンカン〉と呼ばれる者」

「ま、ベニスでないことはわかってたぜ」鬚なしの門衛がいった。「あいつだったら、遠くからでもにおいでわかるからな」

鬚なしの門衛は歯が欠けている。制服の心臓の上には斑紋のある紅蜘蛛の紋章が縫いつけてあった。顎鬚の門衛が目をすがめ、胡乱《うろん》な者を見る目つきでダンクを見あげた。

「〈ロングインチ〉どのの許可がない者は、何人《なんぴと》たりとも女公閣下にお目通りすることがかなわん。いっしょにこい。あんたの厩番は、馬といっしょに、ここに残していけ」

「ぼくは従士だ、厩番じゃない」エッグが語気を強めた。「おまえ、目が見えないのか？　それとも、阿呆なだけか？」

鬚なしの門衛が大声で笑った。顎鬚のほうが槍先をエッグの喉元に突きつけて、

「小僧、もういっぺん、ぬかしてみろ」

ダンクはエッグの耳に拳固を見舞った。

「よさんか。口を閉じて馬の面倒を見ていろ」馬を降りる。「おれはサー・ルーカスに会ってくる」

顎鬚が槍を下げた。

「〈ロングインチ〉どのは郭におられる」

鋭い鉄の棘が下向きにならぶ落とし格子の下をくぐり、岩石を落とす殺人孔の真下を通って外郭《そとぐるわ》に入った。犬舎で何頭もの猟犬が吠えている。木造の七角聖堂《セプト》には鉛硝子の嵌《は》まった窓がならんでおり、その窓ごしに聖歌が聞こえていた。鍛冶場の前では、城鍛冶が弟子の少年に手伝わせ、軍馬に蹄鉄を打っていた。そのそばでは、矢場の的めがけて、矢を射かける従士がひとり。その横には、長い髪を一本編みに束ねたそばかすのある女の子もおり、やはり矢の練習をしている。別の場所では、槍的《やりまと》が騎槍に突かれて、頻繁に回転していた。詰め物入りの練習着を着た騎士が六人、交替で馬上槍試合の練習をしているのだ。

〈ロングインチのサー・ルーカス〉は、槍的を眺める一団に混じって、うんと太った司祭《セプトン》と話をしていた。丸々と肥えた白い焼き菓子《プディング》のような体形のせいか、セプトンはダンクよりもひどく汗を流しており、ローブがもうびしょびしょで、まるで服を着たまま湯浴みしてきたかのようだ。そのとなりに立つインチフィールドは、騎槍のようにまっすぐ背筋を伸ばし、背が高い。といっても、ダンクほどではなかったが。

(二メートルというところか)とダンクは見積もった。(これだけあると、そうとう背の高さが自慢だろうな)

黒いシルクと銀布の服を着ているというのに、サー・ルーカスは〈壁〉の上でも歩いているように、涼しい顔をしていた。

「失礼します」門衛がサー・ルーカスに声をかけた。「この者、鶏《チキン》の塔館からの使者で、女公閣下にお会いしたいとのことですが」

先にふりむいたのはセプトンのほうだった。こちらを見るなり、突然、素っ頓狂な声でぶしつけなことをいいだしたので、この男、酔っぱらっているのかとダンクは思った。

「これは驚きました、草臥しの騎士どのか？　草の上に臥し、灌木の下で野宿する？　河間平野《リーチ》にはよほど大きな灌木があると見えますな」セプトンは祝福を与えるしぐさをした。「〈戦士〉がともに戦ってくださいますように。わたしはセプトン・セフトン。嘆かわしい名前ですが、本名でしてね。あなたは？」

「〈長身のサー・ダンカン〉」

「控えめなご仁もおられたものですな」セプトンはサー・ルーカスにいった。「わたしがこんなにも大きかったなら、〈大巨人のサー・セフトン〉と名乗っているところです。あるいは、〈塔のごときサー・セフトン〉、〈頭を雲の上に出すサー・セフトン〉とか」

満月のような顔はほんのりと赤い。ローブにはワインのしみがついている。

サー・ルーカスはまじまじとダンクを値踏みした。それはこちらとて同様だった。向こうのほうが齢は上だ。すくなくとも四十――たぶん五十はいっているだろう。筋肉質というよりも、細身ながら引き締まったからだつきで、顔は驚くほど醜い。唇は部厚いし、歯は黄色い乱杙歯《らんぐいば》、鼻は横に広くて肉厚、目は飛び出しぎみだ。

（しかも、なにやら怒っているな）

相手のことばを聞く前から、それはわかった。

「草臥しの騎士など、よくて剣を持った物乞い、悪ければ法外の者にすぎん。早々に帰れ。きさまのような手合い、ここに立ちいる資格はない」

ダンクは顔を曇らせた。

「わが主君、オズグレイ公の命により、不落城から遣わされてきた。レディ・ウェバーにお話し申しあげたき儀がある」

「オズグレイ──ですと？」セプトンはちらりと〈ロングインチ〉に目を向けた。「あの市松模様の獅子の？　オズグレイ家は廃絶したのではありませんでしたか？」

「廃絶したも同然だ、ちがいはない。まだ残っているじじいが最後のひとりだ。東へ十数キロいったところの、いまにも崩れそうな塔館を護らせてやっている」

サー・ルーカスはそういって眉根を寄せ、ダンクをにらみつけて語をついだ。

「サー・ユースタスがわが女公《きみ》に話があるのなら、自分でくればいいだろうが」そこで、すっと目を細めて、「待てよ。きさま、ベニスといっしょに堰にきたやつだな？　否定してもむだだ。きさまは縛り首にせねばならん」

「なんということだ」セプトンが驚きの声をあげ、袖口で軽くたたくようにして額の汗をぬぐった。「この者、山賊ですか？　ずいぶん大きな山賊もいたものです。騎士どの、悪行を悔い改めなさい、そうすれば、〈慈母〉のお慈悲を賜われます」だが、せっかくの敬虔なことばは、最後にだいなしになってしまった。大きな音を立てて放屁したからだ。「ああ、なんという。わが失礼を赦《ゆる》したまえ。なにしろ、豆と大麦パンばかりを食しておりますものでね」

「わたしは山賊ではない」自分に出せるかぎりの威厳をこめて、ダンクはふたりにいった。

〈ロングインチ〉はダンクの否定を頭から無視した。

「おれの忍耐にも限度があるぞ、草臥しの……そもそも、きさまが騎士だとしてだがな。早々に鶏のうろつく臆病者《チキン》の塔館へ取って返し、サー・ユースタスに伝えろ、〈茶色のくさきサー・ベニス〉を差し出せと。やつを不落城からいぶりだす手間を省かせるのであれば、わが女公《マイ・レディ》の寛大なるご処置も期待できよう」

「サー・ベニスと堰でのごたごたについては、女公閣下ご自身とお話しする。そちらがわれらの水を盗んでいる件についてもだ」

「盗む？　そんなことをわれらがレディにぬかしてみろ、太陽が沈まぬうちに袋に押しこめられて、濠で泳ぐはめになるぞ。本気でマイ・レディにお会いしたいなどといっているのか？」

　いまのダンクに確実にいえるのは、このルーカス・インチフィールドの黄色い乱杙歯に、こぶしをたたきこんでやりたいということだった。

「こちらの望みは、いまいったとおりだ」

「まあまあ、マイ・レディとお話しさせてあげればいいではありませんか」セプトンが割って入った。「お引き合わせしたところで、なんの問題もないでしょうに。この炎天下のもと、サー・ダンカンは何時間もかけて馬に乗ってこられたのです、口上くらい、伝えさせてあげればよろしい」

　サー・ルーカスはふたたびダンクをじろじろと見て、

「われらがセプトンはまことに懐の深い方だ。こい。ただし、手短に切りあげろよ」

　というと、足早に郭を横切りだした。ダンクは急ぎ足で、そのあとを追いかけねばならなかった。

　七角セプトの扉は開放されており、信徒たちがぞろぞろと階段を降りてきていた。騎士もいれば、従士もいる。それに、子供が十人強、老人が数人、白いローブを着てフードをかぶった司祭女《セプタ》が三人……最後に、いかにも高貴そうな、ふくよかで楚々とした貴婦人がひとり。身につけているガウンは紺青色《こんじょう》に染めたダマスク織で、裾にはミア産のレースの縁どりがあり、丈が長すぎるため、裾を地に引きずっている。齢は四十くらいだろう。銀糸のネットの下で、赤褐色の髪はうずたかく結いあげてあった。しかし、髪よりもなお赤いのは、貴婦人のその顔だった。

「マイ・レディ――」貴婦人とセプタたちの前に立つと、サー・ルーカスが声をかけた。「これなる草臥しの騎士めが、サー・ユースタス・オズグレイより、伝言を携えてまいったと申しております。お聞きになられますか？」

「あなたがそう望むのでしたら、サー・ルーカス」

貴婦人は答えて、ダンクにじっと目をすえた。あまりにも強烈な眼差しに、エッグが口にしていた妖術の話がひとりでに思いだされた。

(しかしこれは、美しさをたもつため、血風呂につかっている女とはとても思えないな)

肉づきがよく、ふくよかな貴婦人は、うずたかく盛った髪では隠しきれない、奇妙にとがった頭をしていた。顔に比して鼻は大きすぎるし、口は小さすぎる。たしかに目はふたつあって、その点ではほっとしたが、どれだけ歯の浮く美辞麗句をひねりだそうとしても、これはむりだとあきらめた。

「サー・ユースタスより、つい最近、堰で起きた揉めごとについてお話をさせていただくよう、申しつかってまいりました」

レディは目をしばたたいた。

「いま……堰、とおっしゃったの？」

周囲に人が集まりだしている。自分に剣呑な視線が注がれるのが感じられた。

「川の堰です。市松川《チェキー》の。女公閣下におかれては、あの川に堰を設けられ……」

「なにをおっしゃるの、そんなもの、造ってはいませんよ」貴婦人は答えた。「だいいち、わたくし、午前中、ずっとお務めに身を捧げていたのですもの」

サー・ルーカスが、くっくっと笑う声が聞こえた。

「閣下みずから堰を造られたといっているわけではありません。ただ、その……川の水がなくては、わが領の作物は枯れてしまいますので……農民が畑で育てている豆や大麦、それにメロンも……」

「まあ、ほんとうに？　わたくし、メロンが大好物なのよ」レディがうれしそうに小さな口の両端を吊りあげた。「それはどんな種類のメロンなの？」

ダンクは不安な思いで周囲を取りまく顔の輪を見まわし、自分の顔が赤らむのをおぼえた。

（なにかがおかしい。〈ロングインチ〉のやつ、おれを笑いものにしようとしているな）

「ム＝レディ、このつづきは、もっと……こう、人のいない場所でさせていただけないでしょうか」

「〝銀貨一枚、と〈でかぶつマヌケ〉、おれと寝ようと誘いをかける〟！」

歌の文句だろうか、だれかが混ぜ返した。周囲の人垣からどっと笑い声があがった。レディは怯え、なかば恐れをなしたようすで両手を持ちあげて、顔をおおった。セプタのひとりがすばやく歩み寄り、保護するようにして、その肩に腕をまわした。

「これはいったい、なんの騒ぎ？」笑い声を切り裂いて、ひややかで凛《りん》とした声が飛んだ。「いまの冗談、真に受けた者はいないでしょうね。騎士どの、なにゆえにわが義姉《あね》を困らせるの？」

声の主は、矢場で弓の練習をしていたあの娘だった。いっぽうの腰には矢立てを吊り、自分の背と同じくらいある――といっても、それほど背が高いわけではないが――長弓《ロングボウ》を持っている。ダンクの背が二メートル十にわずかに足りないほど高いのに対して、この娘の背は一メートル五十にわずかに足りないほど低い。腰も細くて、ダンクなら両手でつかめてしまえそうなほどだ。一本編みに編んだ赤毛ははなはだ長く、ゆうに太腿にまで届いている。あごにはくぼみがあり、鼻はすこし上を向いていて、両の頬には軽くそばかすが散っていた。

「お赦《ゆる》しを、レディ・ローアン」そういったのは、見目のいい貴族風の若者だった。ダブレットにはキャスウェル家の半人半馬《セントーア》の刺繍が見える。「そこな〈でかぶつマヌケ〉が、レディ・ヘリセントを閣下とまちがえたものですから」

　ダンクはふたりのレディを交互に見た。

「あなたが……あの〈紅後《べにご》家《け》蜘蛛《ぐも》〉？」自分の口がぶしつけなことばを吐くのが聞こえた。「しかし、それにしては――」

「若すぎると？」娘は長弓をひょろりとした若者に放った。これは矢場でともに矢の練習をしていた男だ。「二十五歳よ、これでもね。それとも、小さすぎるといいたかったのかしら？」

「――いえ、可愛いと。可愛すぎる、と」なんと答えてよいかわからなかったが、とにもかくにも、そう悪くない表現が出てきて、ほっとした。この鼻の形は好きだ。赤みの強いブロンド《ストロベリー》の髪といい、革の袖なし胴着《ジャーキン》ごしにうかがえる、小ぶりだが形のいい胸といい、好みに合う。「てっきりあなたのことを……つまり、その……ご主人を四回、亡くされたと聞いていたもので、ですから……」

「最初の夫は、わたしが十歳のときに死んだわ。当時、夫は十二歳。父の従士でね、〈赤草ヶ原〉の合戦で討ち死にしたのよ。残念ながら、わたしの夫はみんな、長生きしてはくれないみたい。最後の夫は春に死んだわ」

　これは一般に、二年前に流行った〈春の疫病大流行〉で病死したことを示す表現だ。

（あれで亡くなったのか）

　春に大流行した悪疫によって、何千何万もの人々が死んだ。犠牲者のなかには、老賢王ばかりか、将来を嘱望されていたふたりの若き王孫も含まれている。

「か……数々のご不幸、お気の毒に思います、ム＝レディ」（美辞麗句だ、このうつけ《ランク》、美辞麗句を連ねろ）「わたしがいいたかったのは……その、お召しのガウンが……」

「ガウン？」レディは下を向き、自分が身につけている長靴、半ズボン、ゆったりした亜麻布の上着、革のジャーキンを見おろした。「ガウンなんて着ていないわよ」

「いや、その、おぐしが……とても柔らかで……」

「どうして柔らかだとわかるのかしら？　この髪に触れられたのであれば、わたしも憶えていそうなものだわ」

「いえ、柔らかではなく」ダンクはしどろもどろで答えた。「赤です、赤いといおうとしたんです。おぐしがとても赤い」

「とても赤い？　あなたの顔ほど赤くないといいのだけれどね」

そういって、レディは笑った。まわりで見ている者たちもいっしょになって笑った。

ただし、〈ロングインチのサー・ルーカス〉だけは例外で、横から口をはさんだ。

「マイ・レディ。この男、不落城が傭った軍人《いくさにん》です。〈茶色の楯のベニス〉が堰でウォルマーの顔に斬りつけたとき、同行していた者と特徴が一致します。今回はマイ・レディにご相談することがあり、オズグレイ老に遣わされてきたと申しておりますが」

「遣わされてきたのは事実です、ム＝レディ。わたしは〈長身のサー・ダンカン〉」

「むしろ〈暗愚のサー・ダンカン〉だろうが」

顎鬚の騎士がいった。これはレイグッド家の三条の稲妻紋をつけた男だ。周囲でふたたび笑い声があがった。レディ・ヘリセントでさえ動揺から立ちなおり、くすくす笑っている。

「――冷濠《ひやぼり》城の礼節は、わが父とともに死んだの？」

目の前の若い娘が、きびしい声で一同に問いかけた。

（いや、これは若い娘などではない、成熟した女性だ）

「そもそも、なぜサー・ダンカンが、わたしとレディ・ヘリセントをまちがえる仕儀に？」

ダンクはじろりとインチフィールドをにらんでから、レディに答えた。

「わたしの早とちりです」

「ほんとうに、そうかしら？」

〈紅後家蜘蛛〉はじろじろとダンクを見まわした。とくに長く視線をすえていたのは胸の紋章だった。

「〝大樹に流れ星〟——はじめて見る紋章ね」

いいながら、ダンクの上着に手を伸ばし、二本の指で楡《にれ》の樹の大枝の一本をなぞった。

「これは絵だわ、刺繡ではない。ドーン人はシルクに絵を描くと聞いたことがあるけれど。あなたはドーン人にしては大きすぎるわね」

「ドーン人のみんながみんな、小柄というわけではありません、ム＝レディ」

シルクごしに、レディの指の感触がわかった。その手にもそばかすが散っている。

（このぶんだと、全身、そばかすだらけだな）

妙に口が渇くのをおぼえながら、ダンクは語をついだ。

「ただ、ドーンで一年を過ごしました」

「ドーンのオークはみな、これほど大木になるの？」

たずねるレディの指は、いまは心臓のまわりの枝をなぞっている。

「これは楡を描いたものです、ム＝レディ」

「憶えておくわ」レディはしかつめらしい顔で指を引っこめた。「郭は暑いし、ほこりっぽいしで、話をするのには適さないわね。セプトン、サー・ダンカンをわが謁見室へ通してあげなさい」

「かしこまりました、義妹《ぎまい》どの」

「お客人はさぞ、のどが渇いているでしょう。ワインの用意をしてあげてちょうだい」

「おほ、わたしがですか?」太った酔いどれセプトンは相好を崩した。「それはもう、喜んで」

「着替えをおえしだい、謁見室にいきます」レディがベルトと矢立てをはずし、連れの若い男に渡す。

「学匠《メイスター》のセリックも同席させたいところね。サー・ルーカス、呼んできてちょうだい」

「ただちにメイスターを連れて謁見室にうかがいます」〈ロングインチのルーカス〉が答えた。

レディは城代に冷たい視線を向けた。

「あなたは同席しなくともけっこう。なにかと城務に追われる身でしょう。メイスター・セリックをよこしてくれればそれで充分だわ」

「ム=レディ」立ち去りかけたレディの背中に、ダンクは呼びかけた。「大手門のところに、従士を待たせているのですが。その者を同席させてもよろしいでしょうか」

「従士を?」

レディは微笑を浮かべた。そうやってほほえんでいると、二十五の成熟した女性ではなく、十五の小娘に見える。

(そうだ、ちゃめっけたっぷりで笑い声の絶えない、可愛い娘にだ)

「あなたがそうしたいのなら、同席させなさい」とレディはいった。

「ワインを出されても、飲んじゃだめですよ」

謁見室で待っているとき、エッグがささやきかけてきた。セプトンはワインを取りにいくといって、席をはずしたところだ。石の床には馨《かぐわ》しい藺草《イグサ》が敷きつめてあり、壁には馬上槍試合や合戦の場面を描いたタペストリーがかかっている。

ダンクは鼻を鳴らし、

「あのレディがおれに毒を盛る必要などあるものか」と答えた。「おれのことは、脳ミソのかわりに豌豆豆《エンドウマメ》のかゆ《ポリッジ》が詰まった、図体のでかい田舎者だと思ってるぞ、きっと」

「――たまたま、わが義妹どのは、豌豆豆のポリッジが好物でしてな」ふたたび謁見室に入ってきたセプトン・セフトンがいった。手にしたトレイにはワインの瓶と水の瓶が一本ずつ、それにカップが三つ載せてある。「ええ、ええ、聞こえていましたとも。わたしは太っていますがね、耳がないわけではないのです」

トレイを置き、ふたつのカップにはなみなみとワインをついで、残るひとつには水をついだ。水のカップをエッグに差しだす。エッグはそれを受けとったものの、疑わしげな目でまじまじと見つめて、脇に置いた。セプトンはまったく意に介するふうでもなく、ダンクに話しかけた。

「これはアーバー産のヴィンテージでしてな。極上の逸品です。毒の成分がまた格別の刺激を与えてくれる」セプトンはそういって、エッグにウインクしてみせた。「ふだんは酒を控えているのですが、今回は毒入りの有無を証明してみせねばなりますまい」

いいながら、ダンクにカップを差しだした。

ワインは香り豊かで旨かったが、ダンクは用心深く、すこしだけしか口をつけなかった。それも、セプトンが自分のぶんをがぶがぶと飲み、三回グビッとのどを鳴らしただけで、カップ半分を飲んでしまうのを見届けてからのことだった。エッグは腕組みをしたまま、頑として水に口をつけない。

「レディ・ローアンはね、豌豆豆のポリッジが好物なのですよ」セプトンはくりかえした。「それに、あなたのことも好いている。わたしはわが義妹どのをよく知っています。はじめて郭で姿を見たとき、わたしはなかば、あなたがキングズ・ランディングからわざわざ義妹どのの手をとりにきた求婚者であってくれれば、と期待したものでした」

ダンクは眉をひそめた。

「どうしてわたしがキングズ・ランディングからきたとわかったんです、セプトン？」

「キングズ・ランディングの出身者には、独特の訛《なま》りがあるでしょう」セプトンはワインをがぶりと口に含み、しばらく口中で転がしてから、ごくりと飲みこむと、ぷはーっと満足げな吐息を漏らした。「わたしは何年もあそこにいたのです。ベイラー大聖堂《セプト》で総司祭聖下《ハイ・セプトン》にお仕えしていたのですよ」

セプトンはためいきをつき、語をついだ。

「〈春の疫病大流行〉以後の、王都のようすはごぞんじないようですね。死体焼きの炎からこちら、王都は変わりはててしまいました。住居の四分の一は焼失し、四分の一は無人と化したありさまです。鼠までもがすっかりいなくなってしまいました。あれはじつに奇妙な光景でしたな。鼠の消えた都というのは、夢想だにしたこともありませんでした」

ダンクもそのうわさは耳にしていた。

「〈春の疫病大流行〉のとき、セプトンは王都におられたのですか？」

「ええ、おりましたとも。恐ろしい時期でした。あれは恐ろしい時期でした。早朝に健康で目覚めた壮健な者が、宵にはもう死んでいる。あまりにも多くがあまりにも早く死んでしまうので、埋葬するひまもない。やむなく、死体は一時的に〈竜舎〉内へ放りこまれました。ところが、積みあげられた死体の山の高さが三メートルに達した時点で、〈王の手〉のリヴァーズ公――あの〈血斑鴉《けつぱんガラス》〉どのが、火術師《かじゅつし》たちに死体を焼けと命じましてね。〈竜舎〉の窓という窓が火葬の光で赤々と輝いていたものですよ――そのむかし、ドラゴンたちが生きていて、あの大円蓋の下で火を吐いていたころのように。夜になると、王都のいたるところで暗緑色の火光《かこう》が見える。火術師が死体を焼くのに使う〝鬼火〟の色です。あの緑色の色調は、いまにいたるも、目蓋の裏に焼きついています。〈春の疫〉は王都よりラニスポートのほうがひどくて、オールドタウンはいっそう猖獗《しょうけつ》を極めたといいますが、それでも、キングズ・ランディングは全人口の四割をも失いました。老いも若きも関係ない、富裕層と貧困層、貴族と賤民の区別なく、無差別に人が死んでいったのです。現世における神々の声、われらがハイ・セプトン聖下も召されてしまいました——篤信卿《とくしんきょう》の三分の一と、沈黙の修道女《シスター》のほぼ全員とともにね。さらには、デイロン有徳王《うとくおう》も、あまつさえ、心やさしきプリンス・マターリスも、勇敢なプリンス・ヴァラーも、〈王の手〉までも……ああ、あれは恐ろしい時期でした。悪疫が終息するまぎわには、王都の半数の者が、〈七神〉のなかでもとくに、〈異客《まれびと》〉に祈りを捧げていたものです」もういちど、ワインをがぶりと飲んだ。「そのころ、騎士どのはどこにおられました？」

「ドーンに」とダンクは答えた。

「それでは、〈慈母〉のご加護があったわけだ」〈春の疫病大流行〉はドーンにはおよばなかった。おそらくそれは、ドーンが領境と領内の港湾をすべて封鎖したためだろう。アリン家が同様の処置をとった谷間《ヴェイル》もまた、やはり難をのがれている。「こうも人死にが多くては、酒を飲む気も失せようというものではありませんか。しかし、われらが生きるこの時代、生きる活力を与えてくれるものなどほかにない。いくら熱心に祈っても、旱魃は収まらぬ。〈王の森〉は乾燥して巨大な火口箱《ほくちばこ》と化し、昼も夜も森林火災が燃え盛っている。〈鋼の剣〉とその甥たちは——甥とは、すなわち、デイモン・ブラックファイアの生き残った息子らです——タイロシュで牙を研ぎ、ダゴン・グレイジョイ率いる鉄《くろがね》のクラーケンどもは、群狼のごとく日没海を荒らしまわって、はるか南のアーバー島にまで掠奪遠征にくりだす始末。すでにフェア島の富は半分が奪いとられたといわれています。百人もの女性《にょしょう》もです。フェア島の島主ファーマン公は、防衛網の再構築に努めてはおられますが、わたしの目に映るかぎり、その努力はすでに妊娠した娘に——この腹ほど大きく腹が膨れた娘に貞操帯をつける行為に等しい。ブラッケン公は、三叉鉾《トライデント》河付近の居城で長らく病の床についておられて、その長子もまた、〈春の疫〉により、もうこの世にいません。したがって、跡を継ぐのはサー・オソウ・ブラッケンということになる。ブラックウッド家の者とても、隣接する領地の当主にあの〈ブラッケンの荒馬〉が収まっては、おもしろくないでしょう。となれば、軍《いくさ》は必至です」

　古来つづくブラックウッド家とブラッケン家の反目は、ダンクも知っていた。

「両家をしたがえる主家は、和平を強制しないのですか？」

「残念ながらね」とセプトン・セフトンは答えた。「タリー公はまだ八歳――まわりを女性ばかりに囲まれています。あれでは、タリー公を戴くリヴァーラン城は動けません。現国王エイリス一世は、もっと動かないでしょう。どこかのメイスターが報告書をまとめないかぎり、王の意識が現地の件に向くことはないでしょうな。しかも、〈王の手〉たるリヴァーズ公は、いかなるブラッケンとの面会にも応じることはないと見てよろしい。どうか思いだしてほしいのですが、われらが〈王の手〉は、半分、ブラックウッドの血を引いているのですよ。あのご仁がすこしでも動くとしたら、従兄弟どのたちが〈荒馬〉を窮状に陥れる方向で、でしょうな。リヴァーズ公が産まれたその日に、〈慈母〉は公の顔に赤きしるしをつけられた。そして〈鋼の剣〉は、〈赤草ヶ原〉の合戦において、いまいちど公の顔にしるしをつけた」

　リヴァーズ公というのが〈血斑鴉《けつぱんガラス》〉であることは、ダンクにもわかった。現任の〈王の手〉である〈血斑鴉〉公は、本名をブリンデン・リヴァーズという。母は名家ブラックウッド家の出身であり、国王エイゴン四世を父に持つ。つまり、王のご落胤のひとりである。

　太ったセプトンはぐびりとワインを飲み、さらに饒舌をふるった。

「エイリス王というのは、現実の諸公や法律よりも、往古の巻物やほこりくさい予言のほうに興味があるお方でしてね。王妃に跡継ぎの種を蒔《ま》く試みすらなさらない。日々、エリノア王妃は大セプトを訪《おとな》われて、どうぞ子供をお授けくださいと〈天なる慈母〉に祈っておられますが、いまだにご本人は乙女のままです。エイリス王はご自分だけの居室に住まわれて、いかなる女と同衾するよりも、本のほうを好まれるといわれているありさま」セプトンはまたもや、カップを満たした。「くれぐれも、考えちがいをなさらぬように。七王国を司《つかさど》っているのはリヴァーズ公なのです、その妖術と密偵を通じてね。公に歯向かう者などおりはしません。王弟プリンス・メイカーは夏の城館《サマーホール》に蟄居《ちっきょ》なさり、兄王に対する不満をかこって、ふてくされておられる由。もうひとりの王弟プリンス・レイゲルは、常軌を逸した方であるばかりか、なんとも意気地のない方ですし、そのお子たちはといえば……結局、まだ子供にすぎません。リヴァーズ公に歯向かう者は、どこにもいないのです。役所という役所は、リヴァーズ公の友と息のかかった者によって占められており、王の小評議会は公の手を舐め、新任の上級学匠《グランド・メイスター》は公と同じく妖術に傾倒している始末。赤の王城《レッド・キープ》の警備を固めるのは弓兵隊〈鴉の歯〉で、公の許可なくしては、いっさい王に目通りかなわぬ状況です」

ダンクはすわったまま、不安の面持ちで身じろぎした。

(〈血斑鴉〉に目の数いくつ？　目の数ぜんぶで、千と一)

〈王の手〉が千と一の耳をも持っていなければいいのだが。セプトン・セフトンが口にしたことばの中には、叛逆的な内容も含まれる。いまの話をどう受けとめているだろうと、ダンクはエッグに目を向けた。少年はありったけの意志の力を動員して、口を開きそうになるのを必死にこらえているようだった。

セプトンは椅子の肘かけに手をあてがい、立ちあがった。

「わが義妹どのも、そろそろお出ましになるでしょう。すべての偉大なレディがそうであるように、はじめに合わせてみた十着のガウンは、いまのご気分に合わなかったのでしょうな。もっとワインはいかがです？」

セプトンはそういって、返事も待たず、ふたつのカップをワインで満たした。

「わたしが女公閣下とまちがえた、あの女性ですが」話題を変えようとして、ダンクは水を向けた。

「セプトンどののご姉妹かなにかですか？」

「われらはみな〈七神〉の子ではありますが、宗教的な意味合いを除けば……ちがいます、わが姉妹ではありません。レディ・ヘリセントは、サー・ローランド・アファリングの姉君なのですよ。サー・ローランドというのは、レディ・ローアン閣下の四番めのご夫君で、〈春の疫〉で亡くなりました。その前のご夫君は、わたしの弟の、サイモン・ストーントン。おおいに不運なことに、弟は鶏の骨をのどに詰めて死んでしまいましたがね。世間ではさぞ、冷濠《ひやぼり》城には亡霊がひしめいているといわれていることでしょうな。夫たちはつぎつぎに死んでしまう。そのいっぽうで夫の親族は生き残り、わが義妹どののワインを飲み、わが義妹どのの菓子を食らう――あたかも、シルクとベルベットを着た、福々しいピンクの蝗《イナゴ》の群れのように」口をぬぐった。「それでもなお、わが義妹どのは、結婚せねばならないのです。それも、早急に」

「せねばならない？」おうむがえしに、ダンクはいった。

「亡き公父どののご遺志なのですよ。先代のワイマン・ウェバー公は、ご自分の血を引く孫を望んでおられました。それゆえに、病床に伏せられたとき、義妹どのを〈ロングインチ〉と結婚させようとなさった。ご自分の愛娘《まなむすめ》を、屈強な男に護られるように手配して死んでいきたかったのでしょうな。ところがレディ・ローアンは、〈ロングインチ〉との結婚を拒否した。そこで先代は、それならばと、厳しい条件を出された。ご自分の二年忌を迎えてなお、レディ・ローアンが結婚なさっていなければ、冷濠城はご自分の従弟、ウェンデルに譲り渡すと決められたのです。ウェンデルなら、あなたも郭で見かけたかもしれません。首に腫れ物のある、あの背の低い男ですよ。あの腫れは、おおむね、腹の張りに原因があるものです。しかし、わたしも人のことはいえますまい。しじゅう腹が張って、放屁ばかりしているのですからね。ま、それはともかく——サー・ウェンデルは欲深で愚かな人間ですが、その婦人が大貴族ロウアン公の妹で……これがまた、ぽろぽろとよく子を産む女でしてな。その点は否定しようがない。いやはや、夫の放屁と同じくらい頻繁に子を産んでいますよ。息子たちときたら、欲深さでも愚かさでも放屁癖でも夫に負けず劣らずひどいし、娘たちにいたっては輪をかけてひどい。そんなやからがこぞって、父親が城主になる日を夢見ているのです。ロウアン公も先代の遺志を支持していますから、義妹どのが城主でいられる期間は、つぎの新月までしかありません」

「どうして早く結婚しないんです」ダンクは疑問を口にした。

セプトンは肩をすくめた。

「じつをいえば、求婚者がちっとも現われないからですよ。さきほどあなたもごらんになったとおり、義妹どのは、けっして見目は悪くない。本人の魅力に加えて、頑丈な城と広大な土地もついてくる。であれば、各家の跡取りでない息子たち、土地を持たぬ騎士たちが、蠅のごとくにこぞって群がってくる、とそう思うでしょう？　それがちがうのですな。前夫が四人も死んだとあって、みんな尻込みしているのです。あまつさえ、義妹どのが石女《うまずめ》であるという者たちまでいて……まあ、本人の前ではけっしていいはしませんがね、鴉の鉄籠に閉じこめられたいと思う人間でないかぎりは。そもそも、わが義妹どのは、子供をふたり産んでいる。男の子と女の子です。しかし、どちらも一歳の命名日を迎えることなく亡くなりました。さらに、毒を盛っただの妖術を使うだのというわさは気にしないわずかな者たちも、〈ロングインチ〉とだけは関わり合いになりたがらない。先代は死の床で、ろくでもない求婚者らから娘を護る役目を〈ロングインチ〉に託したのですが、あの男、それをすべての、求婚者と解釈してしまったのです。義妹どのの手をとらんと欲する者は、まずは〈ロングインチ〉と剣で渡り合わなくてはなりません」

セプトンはワインを飲み干し、カップを脇に置いた。

「だからといって、求婚者が皆無だったわけではないですよ。クレイトン・キャスウェルとサイモン・レイグッドはひときわ熱心でした。しかし、ご両人は、義妹どの本人よりも、土地のほうにご執心でしてね。わたしが賭けごとを許される立場の人間なら、求婚者としてはジェロルド・ラニスターに賭けたかったところです。いまだここへは姿を見せていませんが、金髪で頭のまわりも早く、背丈も一メートル八十はあって……」

「……なにより、ウェバーの女公が気にいっているのは、ジェロルドからの手紙ね」

声がしたほうを向くと、当のレディ・ローアンが戸口に立っていた。となりには大きな鉤鼻を持つ、ずいぶんと地味な若いメイスターが控えている。レディはつづけた。

「賭けたら負けるわよ、義《ぎ》兄《けい》どの。快楽多きラニスポートと、キャスタリーの磐城《ロック》の贅沢な暮らしを捨ててまで、ジェロルドがこんなに小さな城に収まるはずがないでしょう。タイボルト公の弟であり、顧問でいたほうが、わたしの夫になるよりも、はるかに大きな影響力をふるえるというもの。ほかの求婚者はといえば、サー・サイモンのほうは、借金を返すためにわたしの地所の半分を売らなくてはならない窮乏ぶりだし、サー・クレイトンのほうは、〈ロングインチ〉にじろりとにらまれるたびに、木の葉のごとく震えだすありさまだしね。だいいち、あの男、わたしよりも可愛いでしょう。それにあなたは、セプトン、ウェスタロスいちのおしゃべり。よくまあ口の動くこと」

「大きな腹にはよく動く口が必要なのです」すこしも動じることなく、セプトン・セフトンは答えた。

「さもないと、たちまち腹が縮んでしまう」

「あなたが……あの〈紅後家蜘蛛〉?」エッグが愕然とした顔でいった。「ぼくとそんなに、背丈がちがわない!」

「半年たらず前、まったく同じ反応を見せた子供がいたわね。背が伸びるようにと、拷問台にかけてやったけれど。手足を引っぱる方式の拷問台に」

レディ・ローアンは公壇上の公座にすわり、長い一本編みの髪を左の肩から前にたらした。かなり長いために、髪の先のほうがひざの上でとぐろを巻いた。こうして見ると、その髪が眠っている猫のようでもある。

「サー・ダンカン、郭ではからかって悪かったわ。あまりあたふたと讃辞をいおうとするものだから、ついつい、おもしろくなってしまって。さすがに、あそこまで真っ赤になるとはね……そんなに背が高くなるまで育った村には、あなたをからから女の子はいなかったの?」

「村というのは、キングズ・ランディングです」〈蚤の溜まり場〉の名は口に出さなかった。「女の子たちはいましたが、しかし……」

〈蚤の溜まり場〉で行なわれる〝からかい〟は、ときに足の指を斬り落とすことをも含む。

「きっと、あなたのことが怖くてからかえなかったのね」レディ・ローアンは一本編みの髪をなでた。

「その体格だもの、むりもないわ。レディ・ヘリセントのことは悪く思わないで。義理の姉は、頭が素朴なの。でも悪気はない人だから。とても信心深くはあるけれど、セプタたちの手伝いがないと、服も満足に着られないのよ」

「あれはあの方のせいではありません。わたしが早とちりをしたんです」

「潔いこと。でも、それはうそ。サー・ルーカスのしわざであることくらい、わかっているわ。あの男は残酷なユーモアの持ち主だから。それに、あなたを見たとたん、敵愾心《てきがいしん》をいだいたはずよ」

「なぜです?」ダンクはとまどった。「あの人物にはなにもしていませんが」

レディは艶笑を浮かべてみせた。思わずどぎまぎしてしまう微笑だった。

「あなた、あの男の前に立ったでしょう。手のひらひとつぶん、でなければ、それに近い長さだけ、あなたのほうが高いわ。サー・ルーカスはね、もうずいぶん長いあいだ、自分が見おろせない人間に会ったことがないのよ。あなた、齢《とし》はいくつ?」

「ム=レディが嘉《よみ》したまうならば、お答えします、二十歳《はたち》近くになります」

ダンクは二十歳という響きが好きだった。じっさいの年齢は、さらに一歳、もしかすると、二歳は下かもしれないが、ほんとうのところは、ダンク自身も含めてだれにもわからない。ほかのみんなと同じく、父母はいたはずだが、どちらも顔を知らず、名前すら知らないし、〈蚤の溜まり場〉には、いつ、だれがダンクを産んだかなど、気にする者はいなかったのである。

「見かけどおり、強いの?」

「どのくらい強そうに見えますか?」

「そうね、サー・ルーカスが警戒するくらいには強そうに見えるわね。あれはわたしの城代だけれど、わたしが選んだわけではないの。この冷濠城と同じように、父の遺した遺物なのよ。あなたの騎士の称号、どこかの戦場で得たものなの、サー・ダンカン? こういってはなんだけれど、そのしゃべりかたからすると、けっして高貴な生まれではなさそうね」

(卑しい貧民の生まれだよ)

「銅貨の樹《ペニーツリー》のサー・アーランなる草臥しの騎士が、わたしが子供の時分、従士に取り立ててくれたのです。騎士道の要諦と戦いの技術は、すべてその人物から教わりました」

「そのサー・アーランが、あなたを騎士に？」

ダンクはもぞもぞと足を動かした。長靴のかたほうのひもが解《ほど》けかけている。

「ほかに騎士にしてくれる人物はいませんでしたから」

「サー・アーランは、いまはどこに？」

「亡くなりました」視線をあげた。長靴のひもはあとで結べばいい。「とある丘の斜面の、土の中で眠っています」

「軍《いくさ》で雄々しく戦死したの？」

「雨に降られて。風邪で亡くなりました」

「老人は虚弱だものね、知っているわ。二番めの夫で学んだの。あのひとと結婚したとき、わたしは十三。つぎの命名日で五十五歳という人だったから、長生きではあったわね。あのひとが埋葬されて半年後に、あのひとの息子を産んだけれど、その子もまた、〈異客《まれびと》〉に連れていかれてしまったわ。セプトンたちは、父君が幼子をそばに置きたかったのでしょうというけれど。あなたはどう思う？」

「その……」ダンクはためらいがちに答えた。「そうかもしれません、ム＝レディ」

「ばかばかしい。あの子もまた虚弱だっただけよ。未熟児でね。乳を含む力さえなかったわ。そうはいっても……神々は父親に五十五年近く長生きさせたんだもの。その息子に、もうすこしだけ寿命を与えてくれてもよかったんじゃないの？　たった三日だなんて、あんまりよ」

「おっしゃるとおりです」

ダンクは神々のことをほとんど知らない。たまにセプトを訪ねては、〈戦士〉に対し、いっそうの膂力《りょりょく》をお与えください、武術の腕を高めさせてくださいと祈りはする。とはいえ、その他のことは、すべて〈七神〉の思し召すままだ。

「サー・アーランが亡くなったこと、気の毒に思います」とレディはいった。「もっと気の毒なのは、あなたがサー・ユースタスに召しかかえられたことかしら。すべての老人がサー・アーランみたいな人物ではないのよ、サー・ダンカン。ペニーツリーに帰ったほうが、将来性があるのではなくて？」

「わたしが帰る先は、主君のために剣をふるうと誓約を立てた場所です」

ダンクはペニーツリーの村を訪ねたことがない。それが河間平野《リーチ》にあるかどうかもはっきりしない。

「では、この城にこそ、誓約を立てなさい。いまは情勢不安の時。わたしも騎士を必要としているの。見たところ、あなたは健啖家のようね。現状では、どれだけの鶏を食べられるの？　冷濠城にいれば、温かい赤身の肉も、甘いフルーツのタルトも、好きなだけ食べられるわよ？　あなたの従士も栄養が必要な顔をしているわ。こんなにガリガリに痩せて、髪の毛も抜け落ちているじゃないの。同年齢のほかの男の子たちとも部屋を共有させてあげられるし。本人もそのほうが喜ぶでしょう。うちの武術師範に武術の訓練を施させてもいいのよ」

「この子の訓練はわたしがします」ダンクは思わず、身がまえた言いかたをした。

「ほかにだれが訓練を？　ベニス？　オズグレイ老？　鶏たち？」

じつをいえば、エッグに鶏たちを追いまわさせたことがある。

（敏捷さを鍛える役にたつからだ）

だが、そんなことをいえば、レディには笑われるだろう。それにしても、このレディにはどぎまぎさせられる。すこし上を向いた鼻といい、そばかすといい、心が騒ぐ。サー・ユースタスにこの城へ派遣されてきた目的はなんだったのか、ダンクは自分に思いださせなくてはならなかった。

「わが剣は、主君オズグレイに捧げると誓約したのです、ム＝レディ。ですから、それにふさわしい行動をとります」

「ま、好きになさい。それでは、もっと愉快ではない話に移りましょうか」レディ・ローアンは一本編みの長い髪を引っぱった。「わたしたちは、冷濠城およびその領民に対する攻撃を看過しません。あなたを袋に閉じこめるべきではない理由があるなら、ただちにおっしゃい」

「わたしは交渉をするためにきたのです。それに、あなたのワインを飲みました」とダンクはいった。ワインの味はまだ口の中に残っている。豊かで芳醇な味わいだった。一服、盛られていたとしても、いまのところ、毒の影響は出ていない。そのワインのせいもあってか、ダンクは大胆なことばを口にした。「それに、わたしが入る大きさの袋など、お持ちではないでしょう」

ほっとしたことに、前にエッグがいった軽い冗談は、レディの顔をほころばせた。

「とはいえ、ベニスが入る程度の袋なら、すでに用意があるのよ。メイスター・セリックによれば、ウォルマーの頰は、骨に達するまでもざっくりと斬り裂かれていたとのこと」

「あの男が憎まれ口をたたくので、サー・ベニスが癇癪を起こしたのです、ム＝レディ。ともあれ、サー・ユースタスには、血の代価を支払うよう申しつかってきました」

「血の代価？」レディは笑った。「古風な人間とは思っていたけれど、そこまで古風だったとはね。わたしたちが〈英雄の時代〉に生きているとでも思っているのかしら。そのころは、人ひとりの命が、せいぜい銀貨ひと袋程度の価値しかないと思われていたそうだけど」

「あの水路掘り、命まで取られたわけではありません、ム＝レディ。わたしの見ている前ではだれも殺されませんでした。頰を斬られた――それだけです」

レディの指が、ものうげに一本編みの髪をもてあそんだ。

「それでは、サー・ユースタスは、ウォルマーの頰にどれほどの価値があると思っているのかしら？いってごらんなさい」

「牡鹿銀貨一枚。そしてム＝レディには、銀貨三枚を」

「サー・ユースタスも、わたしの名誉にずいぶん安値をつけてくれるものだわ。まあ、銀貨三枚なら、鶏三羽を申し出られるより、まだましではあるけれど。ただ、使者にはむしろ、ベニスを立てるべきだったわね。この者、お好きに罰してくださいとのただし書きをつけて」

「その罰には、さっきおっしゃった袋も含みますか？」

「含むかもしれないわ」レディは片手に髪の毛を巻きつけた。「オズグレイは、銀貨を払わなくてもけっこう。血には血でもって贖《あがな》ってもらわなくては」

「たしかにおっしゃるとおりかもしれません、ム＝レディ、ですがそのまえに、ベニスが斬りつけた男のもとに使いを走らせて、銀貨一枚か、袋に詰めたベニスか、選ばせてみてはどうです」

「両方とも選べないなら、銀貨を選ぶに決まっているでしょう。それはまちがいないわ。けれどね、それを選ぶのは、あの者ではないの。これはもう、一農民の頬の問題ではなくて、獅子と蜘蛛の問題。わたしがほしいのはベニスの身柄なのだから、ベニスが引きわたされるべきなのよ。何人《なんぴと》にも、わが領地に馬を乗りいれて、領民のひとりに危害を加えたあげく、笑って立ち去るようなまねはさせないわ」

「しかし——かつてム＝レディは、不落城の領地に乗りこまれたあげく、サー・ユースタスの領民のひとりに危害を加えられたではありませんか」

深く考える間もなく、ダンクはそう指摘していた。

「わたしが？」レディはふたたび、髪を引っぱった。「それは羊泥棒のことかしら？　あれは札付の盗っ人だったのよ。オズグレイには二度、苦情を申し入れたのに、老騎士はなんの手も打たなかった。だから、三度めの苦情はなしで、実力行使に出たまでのこと。女は坑《あな》で溺死刑、男は絞首門で絞首刑。

これは王法で認められたわたしの権利だもの」

切り返したのはエッグだった。

「それは閣下の領内での話でしょう？　王法が各領主に認める溺死刑と絞首刑の権利は、その領内にかぎってのものです」

「聡《さと》い子だこと。けれど、そこまで知っているのなら、ただの土地持ちの騎士には、主家の許可なく領民を罰する権利がないことも承知しているでしょう。不落城とその領地はロウアン公の所有になるものであって、サー・ユースタスは代官に等しいの。ベニスは流血沙汰を起こした時点で王の平和を破ったのだから、その報いを受けねばならないわね」レディはそこで、ダンクに顔を向けた。「サー・ユースタスがベニスを差しだすというのなら、鼻を削ぐだけで一件落着としてあげる。こちらから出張ってベニスを捕縛する手間をかけさせるのなら、そんな約束はできないわ」

ダンクは急に、みぞおちのあたりが気持ち悪くなるのをおぼえた。

「サー・ユースタスには話してみますが、サー・ベニスを差しだしたりはしないでしょうね」そこで、すこしためらって、「もとはといえば、ことの起こりはあの堰にあります。ム＝レディが堰の撤去を呑んでいただけるのでしたら――」

「それはできない」レディ・ローアンの若きメイスターがきっぱりと否定した。「冷濠城は不落城の二十倍の領民をかかえている。マイ・レディの領地に広がる小麦畑、燕麦《オート》畑、大麦畑は、この旱魃で全滅しかけているのが現状だ。そのほかに、果樹園が六つある。林檎《リンゴ》に杏に、梨が三種。そのうえ、じきに仔牛を産む牝牛が何頭もいるし、黒鼻羊も五百頭はいる。さらに、マイ・レディは河間平野《リーチ》で最高の馬を繁殖させておられて、仔を産むまぎわの牝馬が十二頭いる」

「サー・ユースタスのところにも羊はいます」ダンクは反論した。「畑だってある。メロン畑、豆畑、大麦畑、それに……」

「濠のぶんまで取水してるでしょ！」エッグが大きな声でいった。

（いま、それをいおうとしてたんだ）とダンクは思った。

「濠は冷濠城の防衛の観点から、欠かせないものだ」メイスターはゆずらなかった。「いまのように情勢不安な時代にあって、レディ・ローアンを無防備のままにしていてもいいというのかね？」

「しかし」ダンクはゆっくりといった。「空壕《からぼり》といえども、濠の役は果たす。それにム＝レディには、頑丈な城壁と、その城壁を護るのに充分な兵力があるはずです」

「サー・ダンカン」こんどはレディ・ローアンがいった。「黒のドラゴンが挙兵したのは、わたしが十歳のときだったわ。わたしは父に、みずから戦場には乗りこまないでください、せめて夫は残していってくださいと頼んだの。ふたりとも出征してしまったら、だれがわたしを護ってくれるんですといってね。そのとき父は、わたしを城壁の上に連れていって、冷濠城の強みをひとつひとつ指さしてみせたものよ。〝いずれも強固にたもて〟と父はいったわ。〝さすれば、城がおまえを護ってくれる。防衛態勢の固いことを誇示しておけば、だれもおまえに危害を加えたりはせぬ〟――。そういって、父が真っ先に指し示したのが、あの濠だったのよ」

レディはことばを切り、長い髪の毛先で頬をなでてから、語をついだ。

「最初の夫は〈赤草ヶ原〉で戦死したわ。そのあと、父は三人の夫を見つけてくれたけれど、みんな〈異客《まれびと》〉に連れ去られてしまった。だからわたしは、人はあてにしない。いくら人数が足りていると思えてもね。わたしがあてにするのは、石であり、鋼であり、水なのよ。わたしは濠を信頼する――ゆえに、わたしの濠を干あがらせることはしない」

「お父上のおことばは、道理にかなった立派なものです」とダンクはいった。「とはいえ、だからといって、オズグレイの水を奪う権利はないでしょう」

レディは髪を引っぱった。

「おおかたサー・ユースタスは、あの川が自分のものだとでもいったのね？」

「一千年のあいだ、オズグレイ家のものであったと。名前が市松川《チェキー》なのですから、その点は明白ではありませんか」

「それはね」といって、レディはまた髪を引っぱった。一度、二度、三度。「マンダー河がいまでもマンダー河と呼ばれているのと同じことよ。河の名の由来であるマンダリー家があの河岸を離れて、一千年もたつというのによ。ハイガーデン城にしても、いまもなおハイガーデン城のままでしょう。本来の城主であるガードナーの最後のひとりが、はるかむかし、〈火炎ケ原〉で戦死してしまったというのによ。キャスタリーの磐城《ロック》はラニスター家の人間だらけで、キャスタリー家の人間はどこにもいない。それでも名はキャスタリー・ロック城のまま。世界はうつろうものなのよ、サー・ダンカン。市松川《チェキー》の源流は馬蹄丘陵にあるの。この丘陵は、前に調べたときは、すべてわたしの領地だったわ。したがって、あの川もわたしのもの。メイスター・セリック、見せてやりなさい」

メイスターは公壇から降りてきた。ダンクよりたいして年上には見えないが、灰色のローブと首にかけた学鎖のせいか、齢に似合わぬ、沈毅《ちんき》で知的な雰囲気をただよわせている。両手にはひと巻きにした古い羊皮紙を持っていた。

「自分の目で見てみればよろしい」

そういって、メイスターは羊皮紙を広げ、ダンクに差しだした。

〝うつけのダンク《ランク》、鈍なること城壁のごとし〟

頬がまたしても赤らむのをおぼえた。メイスターから及び腰で羊皮紙を受けとり、眉根を寄せて、そこに書きつけられた文字に目をこらす。一語も理解できなかったが、下のほうの蠟に装飾的な印章――ターガリエン家の三頭《みつくび》ドラゴンの紋章が押してあることだけはわかった。

(王家の紋章か)

自分が見ているのは、なんらかの勅書なのだ。

あたかも文章を読んでいるかに見えるよう、ダンクはゆっくりと左右に首を振り動かした。

「ここのことば、よく見えないな」ややあって、ダンクはわざとつぶやいた。「エッグ、ここを見てくれるか、おまえのほうが細かい字を見るのは得意だろう」

少年は横から羊皮紙を覗きこんで、

「どの文字です?」ときいた。

ダンクは適当に指さした。

「ああ、これ? はい」

その間に、エッグは全体にざっと目を通し、ダンクの顔を見あげ、小さくうなずいてみせた。

(では、あの川はレディのものなんだ。所有権を示す文書があったんだ)腹に一発、痛撃を食らったような思いだった。(王の勅許状か……。まいったな)

「これは……なにかのまちがいではないでしょうか。老騎士の子息たちは王のために戦って死んだのです。なのになぜ、陛下は川を奪ってしまわれたのです?」

「デイロン王があれほど情け深い方でなければ、サー・ユースタスは首も失っていたところよ」

鼓動半分のあいだ、ダンクは途方にくれ、ことばを失った。

「……どういう意味でしょう?」

「マイ・レディがいまおっしゃったとおりの意味だよ」メイスター・セリックが答えた。「すなわち、サー・ユースタス・オズグレイが、叛乱軍に加担した叛徒であったということだ」

　こんどはレディ・ローアンがいった。

「サー・ユースタスは黒竜側についたの、赤竜側ではなくね。ブラックファイアが王権を掌握すれば、ターガリエン王朝のもとで奪われたオズグレイ家の所領と諸城がもどってくると踏んだのでしょう。とくに強く望んだのがこの冷濠城だったそうよ。息子たちは父親の叛逆に対する血の代価を、自分の生命で払ったわけ。サー・ユースタスが息子たちの遺骨を持ち帰ってきたあと、娘を人質として王の兵に差しだしたとき、あのひとの妻は不落の塔館の屋上から身を投げて死んだわ。サー・ユースタスから聞かされていないの？」レディは悲しげにほほえんだ。「そうね、聞かされてはいなかったのでしょうね」

「黒竜側……」

（おまえは叛逆者に忠誠を誓ったのか、このうつけ《ランク》）

「ム＝レディ」ことばを探りながら、ダンクはいった。「黒竜側といっても……叛乱は十五年も前の話です。この揉めごとは現在の問題であり、原因はこの旱魃にあります。たとえサー・ユースタスがかつては叛逆者だったとしても、水を必要としていることに変わりはありません」

〈紅後家蜘蛛〉は立ちあがり、スカートのしわを伸ばした。

「それではせいぜい、サー・ユースタスには、雨が降るよう祈ってもらうとしましょうか」

　ダンクはそこで、きのうの朝、不落城の居間で話をしたさいに、オズグレイが口にしたことを思いだした。

「サー・ユースタスのために水を分けてくださるおつもりがなくとも、ご子息のために水を分けてはいただけませんか」

「ご子息?」

「アダムです。お父上の小姓として——のちに従士としてお仕えしたアダムです」

レディ・ローアンの顔が石のようにこわばった。

「そばにきなさい」

この場合、したがうほかはない。公壇により、レディの背丈は三十センチほど嵩上《かさあ》げされているが、それでもダンクのほうがずっと高かった。

「ひざまずいて」レディが命じる。

ダンクはいわれたとおりにした。

いきなり、頬をはたかれた。渾身の力をこめた平手打ちで、見た目よりもレディの力が強いことがわかった。頬がひりひりしている。唇が切れたのだろう、口の中に血の味がした。しかし、手ひどいダメージというほどではない。一瞬、この長い赤毛を握って引っぱりあげ、おいたをした子供を叱るように、ひざの上に腹を載せさせて、尻をぶってやろうかとも思った。

(だが、そんなまねをしたら、レディが叫ぶ。たちまち二十人もの騎士がなだれこんできて、おれは即座に殺されてしまうだろう)

「よくもまあ、わたしの前でアダムの名を口にできたものね」怒りで鼻孔が膨らんでいた。「冷濠城から出ていきなさい。いますぐに」

「その、わたしはけっして——」

「出ていきなさいといったの。でないと、その巨体を押しこめられるほど大きな袋に放りこむわよ、たとえ自分で袋を縫いあげなくてはならないとしてもね。いいこと、サー・ユースタスに伝えなさい、あすのうちに〈茶色の楯のベニス〉を差しだすべし、さもなくば、わたしみずから出向き、炎と剣をもって処罰を下すと。わたしのいう意味がわかった？　炎と剣よ！」

セプトン・セフトンがダンクの腕をとり、急いで謁見室から引っぱりだした。エッグもすぐうしろからついてくる。

「はなはだまずいことをいわれましたな」階段へ引っぱっていきながら、太ったセプトンが耳もとにささやいた。「あれははなはだまずい。アダム・オズグレイのことを口にするなど……」

「しかしサー・ユースタスが、アダム少年はレディのお気にいりだったと……」

「お気にいり？」セプトンは憤然と吐息をついた。「レディはあの子を愛していたのですよ。それはアダムのほうも同様でした。せいぜい、キスを一、二回した程度の関係でしかありませんでしたがね、しかし……〈赤草ヶ原〉の合戦ののち、レディが偲《しの》んで泣いたのは、よく知りもしない最初の夫ではなく、アダムのほうだったのです。アダムが死んだのはサー・ユースタスのせいだとレディは思っている。じっさい、そうにはちがいない。そしてアダムは、まだ十二でした」

ダンクは心の傷の痛みをよく知っている。だれかがアッシュフォード牧草地の件を口にするたびに思いだすのは、自分の助勢で命を落とした三人の気高い男たちのことであり、胸の痛みはいまもなお去らない。

「ム＝レディに伝えてください、傷つけるつもりはなかったのだと。どうかお赦しをと」

「できるだけのことはしますが」セプトン・セフトンは答えた。「しかし、サー・ユースタスには、レディのご意志を伝えてもらうほかありません。サー・ベニスを差しだすように、それも早急に、と。さもないと、サー・ユースタスにとって、たいへんなことになります。とてもたいへんなことにね」

西にそびえる冷濠《ひやぼり》城の城壁と塔が完全に見えなくなると、ダンクはエッグに向きなおり、たずねた。

「あの文書、なんと書いてあった？」

「あれは権利の証書でした。王からワイマン・ウェバー公あての。先の叛乱における忠功に鑑《かんが》みて、ワイマン公とその子孫に対し、馬蹄丘陵の水源から〈青葉豊かな湖〉の湖岸にいたるまでの、市松川《チエキー》全体に関するすべての権利を与えると書いてありました。それから、ワイマン公とその子孫に対し、ワットの森において、いつでも好きなときに、赤鹿、猪、兎を狩り、年に二十本まで樹木を伐採する権利を与える、とも」少年は咳ばらいをした。「それから、権利証書には付帯条項がついていました。サー・ユースタスが跡継ぎとなる実子の男子なきまま死亡したとき、不落城の主権は剝奪されるとのことです」

オズグレイ家は千年にわたって北部境界地方の総監だったというのに……。

「老騎士に残されたのは、死に場所としてのあの塔館ひとつか」

「それと、首もです」エッグがいった。「陛下はサー・ユースタスの首も斬らずに残したんです──叛徒であったにもかかわらず」

ダンクはまじまじと少年を見た。

「納得がいかないか？」

エッグはしばし考えこんだ。

「ときどき、王の小評議会で給仕をしたんですが、よく叛徒の処遇で激論になってましたね。伯父のベイラーはいつも、名誉ある敵に対しては、寛容をもって臨むことが良策、といってました。赦免があると知ればこそ、敗者は剣を置き、ひざを折るものだが、寛容さを示さねば、敗者は死ぬまで戦いつづけて、王に忠実な者や無辜《むこ》の者をいっそう多く殺してしまう、と。それに対して、叛徒を赦そうものなら、つぎの叛乱の種を蒔《ま》くばかりだ、というのが、〈血斑鴉《けつぱんガラス》〉公の考えでした」エッグの声は疑念に満ちていた。「それにしても、どうしてサー・ユースタスは、デイロン王に反旗を翻《ひるがえ》したりなんかしたんでしょうか。デイロン王は良き王だった、とだれもがいっているのに。ドーンを王国に組み入れて、ドーン人とも友好関係を樹立したし」

「それはサー・ユースタスにきいてみるしかないな、エッグ」

ダンクとしては、さっきレディがいっていた話からも、真相の見当はついていたが、それを話せば、少年は聞かないほうがよかったと思うだろう。

（サー・ユースタスは、門楼に獅子の紋が刻まれた城がほしかったんだ。そうもくろんで得たものは、結局、黒《ブラックベリー》苺畑の墓だけだったが……）だれかに剣の腕を貸すと誓約するとき、約束事として付随するのは、相手に仕え、その意にしたがい、必要に応じてその相手のために戦い、事情は詮索せず、相手の忠誠心を疑わないことだ。だが……サー・ユースタスは誓約したダンクをたばかった。（息子たちは王のために戦って死んだといって、あの川がオズグレイ家のものだと信じさせたんだ……）


ワットの森を通っているとき、夜になってしまった。

これはダンクの判断ミスだった。本来は、きたときと同じ道を通って、まっすぐに帰るべきところ、もういちど堰を見ておきたくて、北に迂回してしまったのである。心のうちには、可能ならば素手であの堰を壊し、撤去できないかとの思いもあった。しかし、そうは〈七神〉と〈ロングインチのサー・ルーカス〉が卸さなかった。堰の前までくると、ジャーキンに蜘蛛のバッジを縫いつけた弩弓兵《クロスボウ》がふたり、見張りについていたのだ。ひとりは土手の上に腰をおろし、盗んだ水に素足をひたしていた。その一事をとっても、縊《くび》り殺すに足る理由ではあったが、見張りはダンクたちが近づいてくる物音に気づき、すばやくクロスボウを手にとった。もうひとりの見張りはもっとすばやくて、早くも太矢をつがえ、発射態勢を整えており、ダンクにできることといえば、ふたりを威圧的ににらみつけることだけだった。

そのあとは、遠まわりでも、きた道を逆にたどっていくほかなかった。ダンクはサー・ベニスほど土地鑑がなく、へたに近道をしてワットの森ほど小さな森で迷ってしまうのは屈辱だったからである。水しぶきを立てて川を渡るころには、太陽は地平線に低くかかり、夕空には最初の星々が顔を出していた。羽虫の群れも湧いている。黒い高木のあいだに入ると、エッグはやっと、いいたかったことをいう気になったようだった。

「あの太ったセプトン、父が夏の城館《サマーホール》でふてくされてるといいました」

「ことばは風のごとしだよ」

「ふてくされてなんかいません」

「さあ、どうかな。すくなくとも、おまえはたまにふてくされるぞ」

「ぼく、そんなことしない」いってすぐに、エッグは眉をひそめた。「それとも……してます?」

「ときどきな。しょっちゅうじゃない。あんまりひどいようなら、いま以上にたくさん、耳に拳固を食らわせているところだ」

「大手門のところでも拳固をくれましたよね」

「ああいうのは、〝ごづく〟というんだ。おれが思いっきり拳固を食らわせたら、たいへんなことになるぞ」

「そういえば、〈紅後家蜘蛛〉に思いっきり引っぱたかれてたけど」

ダンクは腫れあがった唇に手をふれた。

「そううれしそうにいうことはないじゃないか」

（もっとも、だれもおまえの父親の耳に拳固をくれたことなどなかったろうがな。だからプリンス・メイカーは、ああいう人物になったんだ）

ダンクは語をついだ。

「王が〈血斑鴉《けっぱんガラス》〉公を〈王の手〉に任命したとき、おまえの父上は小評議会の一員になることを拒否して、キングズ・ランディングをあとにし、自身の居城に向かったんだろう。以来、サマーホールにこもること一年半――それをふてくされるといわずして、なんというんだ？」

「憤慨してるというんです」エッグは決めつけるようにいった。「陛下は父を〈手〉にしておくべきだったんだ。弟だし、ベイラー伯父が亡くなってからは、王国で最高の将帥だし。〈血斑鴉〉公は、公と名乗れる要件を満たしてません。ああいう立場だから、周囲が馬鹿みたいに、特別に公をつけて呼んでるだけで。あれは妖術師で、生まれの卑しい男なんです」

「庶子ではあるが、生まれが卑しくはないだろう」

〈血斑鴉〉公は、公と名乗れる要件を満たしてはいないかもしれないが、父親は王陛下だし、母親はブラックウッド家の淑女であり、エイゴン下劣王の数多い側妾《そばめ》のひとりだった。下劣王の庶子たちは、王が老いて亡くなって以来、七王国の内憂の種となっている。下劣王はいまわの際に、多数の庶子を嫡出子として認知した。〈血斑鴉〉に〈鋼の剣〉、デイモン・ブラックファイアといった、貴婦人の母親を持つ大物庶子ばかりか、娼婦、酒場の女給、商人の娘、役者の乙女、たまたま目に入るたびに手をつけた見目のいい農民の娘たちなど、さまざまな母親から生まれた下位の落とし子も全員をだ。〈炎と血〉はターガリエン家の標語《モットー》だが、ダンクは以前、エイゴン下劣王の標語はこうであるべきだ、とサー・アーランがいうのをきいたことがある。〈あの女を浄《きよ》めよ、わが閨《ねや》に連れてこい〉。

「エイゴン四世王は〈血斑鴉〉の庶子という身分を改めて、嫡出子としたわけじゃないか」ダンクはいった。「ほかの庶子たちと同じように」

「でも、老総司祭《ハイ・セプトン》は父にこうおっしゃいました――世俗の王法では許されても、それは神々の法では許されないことだと」少年は頑《かたく》なにいいはった。「嫡出子というものは、婚姻を通じて、〈厳父〉と〈慈母〉に祝福されて生まれるものだが、庶子というものは情欲と弱さゆえに生まれるものだ、とも。エイゴン四世が自分の庶子は庶子でないと宣言したからといって、庶子の生まれ持つ性質までは変えられないんです。ハイ・セプトンがおっしゃるには、庶子は生まれながらの背信者で……デイモン・ブラックファイアしかり、〈鋼の剣〉しかり、〈血斑鴉〉でさえもそうなんだって。リヴァーズ公はほかのふたりよりもとくに狡猾だ、とハイ・セプトンはおっしゃいました。しかし、最後にはきっと、背信者の本性をあらわにするだろうと。けっしてあの者を信用してはならない、大物であれ、小物であれ、ほかの落とし子も信用してはならないというのが、ハイ・セプトンが父に与えた助言でした」

（生まれながらの背信者、ときたか）とダンクは思った。（情欲と弱さゆえに生まれるもの。大物であれ、小物であれ、信用してはならない……）

「エッグ」とダンクはいった。「おれがだれかの落とし子かもしれないと思ったことはないか？」

「あなたが？」少年はぎょっとした顔になった。「そんなわけ、ないでしょ」

「可能性はあるさ。おれは母親を知らない。名前も素性もだ。おれのからだがでっかすぎて、産んだときに死んでしまったのかもしれない。母親としていちばん可能性が高いのは、娼婦か酒場の女給だ。貴婦人が〈蚤の溜まり場〉までくることはまずないからな。そして、母が父と結婚していたとしても、その父はどうなった？」

サー・アーランに拾われる前の自分の暮らしは、あまり思いだしたいものではなかった。

「キングズ・ランディングに、一軒のシチュー屋があってな。おれはよく、つかまえた鼠や猫や鳩をそこへ売りにいっていたものさ。ごった煮《ボウル・オ・ブラウン》に入れるんだ。料理人にはさんざん、おまえの親父は、どこかの盗っ人か巾着切りに決まってるといわれたものだよ。〝縛り首で吊るされたやつはたくさん見てきたがな、どうせそん中にいたんじゃねえか〟と料理人はいう。〝ま、〈壁〉送りになったかもしんねえけどよ〟ともな。それで、サー・アーランの従士になったあとで、いつか北部にいくことはありますか、ウィンターフェル城や北部の城のどれかに仕えることはありますか、ときいてみたんだ。なぜかというと、〈壁〉を訪ねる機会さえあれば、ものすごく背が高くておれによく似たじいさんに出くわすんじゃないかと思ったからさ。しかし、結局、北部へはいかなかった。サー・アーランが、北部には雨を凌ぐのに向いた樹がない、森という森には狼がうようよしている、といったからだよ」かぶりをふった。「要するに、なにがいいたいかというとだ、おまえが従士として仕えている相手は、落とし子である可能性が高いということさ」

　さすがのエッグも、こんどばかりは、いうべきことばを思いつけないようだった。

　ふたりの周囲で闇が濃くなっていく。樹々のあいだを何匹もの火《ほ》影虫《かげむし》が舞い、小さな冷光を放ってゆっくりと飛びかっている。まるで、多数の星が動きまわっているかのようだった。夜空には本物の星々も煌めいていた。その数は、どんな人間であれ、一生かかっても数えきれないほど多い。たとえ何代も前のジェヘアリーズ老王ほど長生きしたとしても、とうてい無理だろう。ほんのすこし視線を上に向けるだけで、すっかり慣れ親しんだ友、いくつもの星座が見える。牡馬座に牝豚座、王冠座に〈老媼《ろうう》〉の角灯座、ガレー船座、亡霊座、月の乙女座。だが、北の空には雲が湧いて、氷竜《アイスドラゴン》座の青い目、北を示す青い目は隠されていた。

　不落城にたどりつくころには、もう月が昇っていた。不落城は行く手の丘の上に、高々とそびえるシルエットとなって見えている。塔館の上のほうの窓には淡い黄色の光がこぼれていた。ふだんなら、サー・ユースタスは夕食をしたためたあと、すぐに寝てしまうのだが、今夜はまだ起きているようだ。ダンクにはその理由がわかっていた。

（おれたちを待ってるんだ）

待っていたのは、〈茶色の楯のベニス〉も同様だった。塔館の階段に腰をかけて、サワーリーフを噛みつつ、月光のもとで長剣を研いでいたのだ。ゆっくりと寝刃《ねたば》を合わせる手つきには年季が入っている。いくら身なりや清潔さには気をつかわなくとも、武器の手入れだけは怠らないらしい。

「うつけどの《ランク》のお帰りか」ベニスがいった。「おれはここでずっと剣を研いでた。〈紅後家蜘蛛〉の魔手からおまえらを助けにいくためにな」

「ほかのみんなは？」

「〈投石機《トレブ》〉と〈ワットぼっちゃん〉は屋上で見張りに立ってる。〈紅後家蜘蛛〉が押しよせてきたときの用心に。ほかの連中は寝床まで這いずってって、うんうんうなってる。みんなズタボロだぜ。うんとしごいてやったんでな。〈うどの大木ロブ〉にゃちっとばかし血を流させてやった。頭に血を昇らせるためさ。あの野郎め、逆上すると、けっこう戦えるんだ」いつものとおり、茶色と赤の歯を見せて、ベニスはにっと笑った。「おっ、けっこう派手に唇を腫らしてるじゃねえか。こんどっから、考えなしに石をひっくり返したりすんじゃねえぞ。で、あのアマ、なんだって？」

「水の独占をやめる気はないそうだ。あんたの身柄も差しだせといっている。堰で人夫に斬りつけた報いをさせるからと」

「そうくると思ったぜ」ベニスはぺっとつばを吐いた。「たかが農民ひとりに怪我させたくらいで、手間かけさせやがって。むしろあの野郎にゃ感謝してもらいたいくらいだ。女はな、向こう傷のある男が好きなんだよ」

「じゃあ、あんたも鼻を削がれたってだいじょうぶだな」

「馬鹿いうない。鼻を削ぐんなら、自分で削ぎ落とすわ」そこで、親指で上を指し示して、「サー・ユースレスが部屋でお待ちかねだぜ。むかしの自分がいかに偉大だったか思い返しながらな」

エッグがベニスにいった。

「あのひと、黒竜側で戦ってたんだ」

なりゆきによっては、拳固を食らわせるべき局面だった。が、茶色の騎士は笑っただけだった。

「ったりめえだろ。やっこさんを見てみな。勝ち組で戦った人間に見えるか、あれが？」

「それはあんたもおんなじだ。さもなければ、こんな塔館でおれたちといっしょにいるはずがない」

ダンクはそういうと、エッグに向きなおった。「サンダーとメイスターの世話をしておいてくれるか。それがすんだら、上にあがってこい」

落とし戸をあけて上階に出た。老騎士はベッドローブを着て暖炉前の椅子にすわっていたが、火は燃えていなかった。手には父親のカップを持っている。竜王による征服の前、いずれかのオズグレイ公のために造られた、がっしりとした造りの銀製カップだった。その側面には、翡翠《ヒスイ》と黄金の薄片で市松模様の獅子が象嵌《ぞうがん》されていたが、翡翠は部分的に欠け落ちていた。ダンクの足音を聞きつけて、老騎士は顔をあげ、夢から覚めたばかりのように目をしばたたいた。

「サー・ダンカン。帰ってきたか。おぬしの偉丈夫ぶりを見て、ルーカス・インチフィールドはさぞたじろいだことだろう」

「そうは見えませんでした、ム＝ロード。むしろ、怒ったようでした」

ダンクはことのあらましを報告した。レディ・ヘリセントの部分だけ省略したのは、自分が馬鹿のように見えてしまうからだ。顔をはたかれたことも省略しようかと思ったが、唇が切れて、ふだんの倍の大きさに腫れあがっているので、いやでもサー・ユースタスの目についてしまう。

事実、ダンクの唇を見つめて、サー・ユースタスは眉をひそめた。

「その唇は……」

ダンクはそっと自分の唇に触れた。

「レディにはたかれました」

「おぬしを……はたいた？」サー・ユースタスがあんぐりと口をあけ、また閉じてから、語をついだ。

「わしの使者をはたいたというのか。市松獅子の紋章のもとに訪ねてきた人物をか。あの女みずから、おぬしに手を出したのか」

「片手だけですが。向こうの城をあとにするとき、すでに血はとまっていましたし」ぐっとこぶしを握りしめる。「レディは銀貨ではなく、サー・ベニスを要求しています。それと、堰を撤去する気はないと。それから、いろいろと文言がならび、王の印章を押された羊皮紙を見せられました。それは川がレディの所有になることを示す証書でした。それから……」

ダンクはためらい、口をつぐんだのち、先をつづけた。

「……レディはこうもいいました。あなたが……その……」

「……黒のドラゴンとともに立った、とかね？」サー・ユースタスは、がっくりと気落ちしたように見えた。「先方がそれをいいだしはせぬかと恐れておったのだ。わしのもとを去りたいというなら、とめはすまい」

老騎士はカップの中に視線を落とした。そこになにを見ているのか、ダンクには知りようもない。

「ム＝ロードはおっしゃった――ご子息たちが王のために戦って死んだと」

「そのとおり。正当な王、デイモン・ブラックファイアのために戦ったのだよ。〈剣を帯びし王〉のためにな」老騎士の口髭がひくついた。「赤のドラゴンをかついだ者たちは、みずからを王に忠実な王統派と呼ぶが、黒のドラゴンをかついだ者もまた、かつては同様に、デイモン王に忠実な王統派といえる存在だったのだ。しかるに、いまでは……プリンス・デイモンを〈鉄の玉座〉に即《つ》かせるべく、わしとともに轡《くつわ》をならべて戦った者たちは散りぢりになり、朝露のように消えはてた。もしかすると、みなはわしの夢の中にしかおらぬ存在なのかもしれん。しかしむしろ、〈血斑鴉《けつぱんガラス》〉公と〈鴉の歯〉に恐怖をいだき、なりを潜めているというのが実情だろう。あの者たちがみな死に絶えたはずがない」

たしかに、それはそうだろうな、とダンクは思った。いまのいままで、僭王のために戦ったことを認めた者には会ったことがない。

（しかし、そうとは知らないだけで、おおぜいに遭遇しているはずだ。叛徒は何千人もいたんだから。王土の半分は赤竜側、半分は黒竜側について戦ったんだから）

「どちらの陣営も勇敢に戦ったよ――と、サー・アーランはいつもいっていました」

ダンクがそういったのは、それを聞けば、この老騎士も喜ぶだろうと思ったからだった。

サー・ユースタスは両手でワインカップを握りしめ、いった。

「もしもデイモンが、グウェイン・コーブレイを無視してさえおれば……もしも〈火の玉《ファイアボール》〉が合戦の前夜に殺されておらねば……もしもハイタワー、ターベック、オークハート、バターウェルといった大貴族がふたまたを掛けたりせず、全兵力を投入しておれば……もしもマンフレッド・ロストンが裏切りを働かず、忠誠を尽くしておれば……もしもミアの弓兵を満載したブラッケン公の帆船が嵐で遅れなければ……もしも盗みだしたドラゴンの卵とともに〈神速の指《クイックフィンガー》〉がつかまりさえしなければ……もしもだらけだがな……このうちのひとつでも実現していたならば、内乱の結果はまったく逆になっていたかもしれん。その場合、王統派と呼ばれたのはわれわれであり、赤竜派は強奪した玉座に君臨する仮初《かりそ》めの王デイロンの支持に加担したあげく、敗れた者として記憶されていただろう」

「そのとおりかもしれませんが」とダンクはいった。「しかし、事態は史実のとおりになりました。もう何年も前のできごとですし、ムョロードとて、寛大な措置を受けたではありませんか」

「たしかに、寛大な措置を受けはしたとも。ひざを屈して、今後は忠誠を尽くす証《あかし》に人質を差しだすかぎり、デイロンは叛逆者も謀叛人も赦してくれた」苦々しい口調になっていた。「わしは娘の命と引き替えに、この首を購《あがな》ったのだ。キングズ・ランディングへ連れていかれたとき、アリサンは七歳。沈黙の修道女《シスター》として死んだときは二十歳だった。一度、キングズ・ランディングにまで会いにいったことがあるが、実の父親が訪ねてきたというのに、口をきいてくれようともしなかったよ。王の慈悲とは毒を孕《はら》む贈り物だ。デイロン・ターガリエンはわしに命を残してくれたが、それと引き替えに、わが自尊心と夢と名誉を奪い去ってしまった……」

手がわなないて、カップのワインがこぼれ、ひざに赤いしみを作った。しかし、老人は気づいてもいないようだった。

「わしもまた〈鋼の剣〉について国外へ逃れるべきだったのだ。あるいは、息子たちや敬愛する王とともに死すべきだったのだ。数々の誇り高き領主と屈強な戦士を輩出してきた市松獅子の子孫として、それこそがふさわしい死に方であったろう。デイロンの慈悲は、わしを矮小に貶《おとし》めてしまった……」

ダンクはようやく気がついた。

(このひとの心の中では、黒のドラゴンはまだ死んでいないんだ)

「――マイ・ロード?」

エッグの声だった。サー・ユースタスが自分のあるべき死にざまを語っているあいだに、あがってきていたのだろう。老騎士は目をしばたたき、はじめて見るような目を少年に向けた。

「なんだね、少年？　わしになにか？」

「マイ・ロードが嘉《よみ》したまうならば申しあげます……〈紅後家蜘蛛〉は、マイ・ロードが先方の城をほしさに、謀叛に加担したといっています。これはほんとうではないんですね？」

「城？」老騎士は混乱した顔になった。「冷濠城のことか。冷濠城は……デイモンに約束されたとも、たしかにな……しかし、こちらから城を求めたことはない……」

「では、なぜです？」とエッグ。

「なぜ、とな？」サー・ユースタスが眉をひそめる。

「なぜ謀叛に加担したんです？　城ほしさからではなかったのなら」

サー・ユースタスは、長いあいだエッグを見つめてから、やっとのことで答えた。

「おまえはまだ子供だ。いってもわかるまい」

「でも」エッグは食いさがった。「わかるかもしれませんよ」

「謀叛、か……それはたんなることばにすぎん。ふたりのプリンスがひとつしかない玉座をめぐって相争うとき、大貴族も庶民もどちらかを選ばねばならん。そして、両雄の戦いが終わりを告げたとき、勝者についた者は忠誠心深き義の人と誉め讃えられ、敗者についた者は叛逆者、謀叛人として永遠に記憶される。後者がわしの運命だ」

　エッグはしばし、そのことばの意味を考えた。

「それはわかります、マイ・ロード。ただ……デイロン王は立派な人でした。それなのに、どうしてデイモンを選んだんです？」

「デイロンはな……」サー・ユースタスが口にしたそのことばは、もう呂律がまわっていないようにダンクの耳には聞こえた。なかば酔っているのだ。「デイロンは華奢でなで肩で、すこし太鼓腹で、歩くとき、その腹がぷるぷる震えていたものだよ。それに対してデイモンは、堂々として誇り高く、腹は平らでオークの楯のように堅かった。しかもデイモンは戦いに長《た》けていた。戦斧《せんぷ》、騎槍、連接棍《れんせつこん》などのあつかいにかけては、かつてわしが見たいかなる騎士にも引けをとらなかったが、とりわけ、剣をとらせれば、〈戦士〉もかくやの無双ぶりを示した。プリンス・デイモンが〈黒き炎〉を振るうとき、敵する者はだれもいなかった……〈暁の剣《つるぎ》〉を使うアルリック・デインも、〈暗黒の姉妹〉を使う〈ドラゴンの騎士〉もだ。

人物というものは、友を見ればわかるものでな、エッグ。デイロンはメイスター、セプトン、吟遊詩人たちに取り囲まれていた。いつも耳もとにささやきかける女性《にょしょう》たちをはべらせて、その宮廷にはドーン人があふれていた。そんなデイロンが、ドーン人の女を褥《しとね》に引き入れて、みずからの愛しい妹デナーリスをドーンの大公《プリンス》に売りわたしたら、どうなると思う？　そのデナーリスが愛していたのは、ほかならぬデイモンだったのだぞ？　しかも、自身、若竜王と同じ名を冠するデイロンは、ドーンの女が自分の息子を産んだとき、その子になんと、ベイラーと名づけた。かつて〈鉄の玉座〉についたもっとも軟弱な王、聖徒王の名をいただいての命名だ。

対するに、デイモンは……デイモンは、王としては必要充分に敬虔であり、王国全土の偉大な騎士たちがこぞってそのまわりに集まっていた。〈血斑鴉〉公としては、そういった勇士たちの名は忘れられたほうが都合がいいから、歌に歌うことさえ禁じてしまったが、わしはよく憶えておる。ロブ・レイン、〈灰色のガレス〉、サー・オーブリー・アンブローズ、ゴーモン・ピーク公、黒のバイレン・フラワーズ、〈赤い牙《レッドタスク》〉、〈火の玉《ファイアボール》〉……そしてあの〈鋼の剣《ビタースティール》〉！　問おう。これほど高貴にしてこれほど錚々たる英雄が集った例《ためし》が、かつてあったろうか？

なぜか、ときくか、少年よ？　なぜか、とわしに問うか？　それはな、デイモンがより優れた人物だったからだ。老王もそれを見ぬいておられた。なればこそ、デイモンにかの宝剣を授けられたのだ。〈黒き炎〉を——エイゴン征服王が振るい、征服以来、ターガリエン王朝の諸王が振るってきたあの宝剣を、みずからが騎士に叙任なさったその日、デイモンの手に——まだ十二歳であった少年の手に握らせたのだ」

「父によれば、それはデイモンが剣士であって、デイロンはそうではなかったからです」とエッグはいった。「〝馬に乗れぬ者に馬を与えてもしかたあるまい？　剣は王国とはちがうのだ〟というのが父のことばです」

老騎士の手がひどくわななき、ワインが銀のカップの縁からこぼれた。

「おまえの父親は愚か者だ」

「ちがいます」とエッグ。

オズグレイの顔が怒りに歪んだ。

「おまえは質問をした。だから答えてやった。それなのに、その不遜な態度、がまんならん。サー・ダンカン、この子はもっとびしびししつけたほうがよいぞ。この子には礼儀の基礎からたたきこんでやらねばならん。おぬしがしつけぬというなら、このわしが——」

ダンクは急いで口をはさんだ。

「いいや、その必要はありません、サー・ユースタス」すでに腹は決まっていた。「今夜はもう暗い。出ていくのは明払暁《みょうふつぎょう》にします」

「出ていく？」サー・ユースタスは身をこわばらせ、ダンクを見つめた。

「不落城をです。おいとまをいただきます」

（あなたはわれわれにうそをついた。どんな理由をつけようが、そこに名誉はない）

マントを脱ぎ、くるくると丸めて、老騎士のひざに載せる。

オズグレイがすっと目をすがめた。

「あの女から傭うと誘われたのか。わしを放りだして、あの娼婦の閨《ねや》にしけこむ腹か」

「あのひとが娼婦かどうかは知りません」ダンクは答えた。「それに、魔女なのか、毒使いなのか、いずれでもないのかも。しかし、あのひとがどういう人物であるかは関係ない。わたしたちが向かう先は草の臥所《ふしど》です、冷濠城ではなく」

「つまり、路傍の溝ということか。狼どもがうろつく森の中に、わしひとり残して去るというのだな。善良な者らが道で追いはぎに遭うのもかまわず、去るというのだな」手がわなないていた。カップが手から落ち、床の上に転がって、ワインを撒き散らした。「ならば去れ。いってしまえ。おまえたちなどいらん。おまえたちなど傭うのではなかった。さっさと去れ！」

「仰せのままに、サー・ユースタス」

ダンクは答え、エッグに手招きして、老騎士の前を離れた。エッグもあとからついてきた。


最後の晩は、なるべくユースタス・オズグレイから離れていたかったので、地下に降り、不落城の貧弱な軍勢といっしょに眠った。あまり寝つけない夜だった。レムと涙目のペイトはいびきがすごい。片方はやたら大きないびきをかくし、片方はいっときもいびきがやむことがない。地下室がじっとり湿っているのは、もう一層下の、井戸がある地下室に通じる落とし戸から湿気があがってくるためだ。ダンクはちくちくと肌を刺す藁布団の上で輾転反側《てんてんはんそく》し、ようやくまどろみかけたとき、またも暗闇の中ではっと目を覚ました。森を通ったとき、あちこち虫に刺されて、それがひどく痒《かゆ》い。藁布団にも蚤がうようよしている。

（こんなところ、早々に出ていこう。老騎士にも、サー・ベニスにも、ほかの連中にも、早く別れを告げて）

そろそろエッグを夏の城館《サマーホール》の父親のもとへ連れて帰るべき頃合かもしれない。朝になって、ここを充分に離れたら、あの子にきいてみよう。

だが、朝はまだずいぶん先に思える。頭の中は赤と黒のドラゴンでいっぱいだった。そして、市松模様の獅子でもだ。さらに、無数の古い楯、傷だらけの長靴……いくつもの川、濠、堰、王の偉大な印章を押された、自分には読めない証書の数々……。

彼女もそこにいた。〈紅後家蜘蛛〉こと、冷濠城のレディ・ローアンだ。そばかすの散った顔に、細い腕、長く伸ばした赤毛の一本編み。その姿を目蓋の裏に見たことで、やましさをおぼえた。

（おれはタンセルの姿を見るべきなんだ。みなから〈背が高すぎのタンセル〉と呼ばれるが、おれにとっては高すぎない女《ひと》の姿を見るべきなんだ）

タンセルは楯に紋章の絵を描いてくれた。ダンクはタンセルを〈赫奕《かくやく》のプリンス〉から救ったが、七尺くしの審判が始まる前に姿を消してしまった。

（おれが死ぬところを見るに忍びなかったんだな）

ダンクはよく、自分にそう言い聞かせる。だが、ほんとうのところはどうなのだろう。なにしろ、〝鈍なること城壁のごとし〟の自分だ。〈紅後家蜘蛛〉のことを思い浮かべているだけでも、それは明らかではないか。

（タンセルはおれにほほえんでくれたが、おれたちは抱きあったこともない、唇を重ねたこともない、頬にキスをしたことさえない）

いっぽう、ローアンは自分に触れた。腫れた唇がその証拠だ。

（寝言はよせ。あの女はおまえなんかにはふさわしくない。だいいち、小柄すぎるし、賢すぎるし、あまりにも危険すぎる）

やっとのことで眠りが訪れ、ダンクは夢を見た。ワットの森の中心の、そこだけ開けた草地の上を、ローアンに向かって駆けていく。そのローアンは自分に矢を射かけている。一射ごとに矢は当たり、胸を貫く。だが、その痛みは奇妙に甘美だった。背を向けて逃げるべきなのに、それでもローアンに向かって駆けてゆく。夢の中ではいつもそうであるように、ゆっくり、ゆっくりと、空気そのものが粘稠《ねんちゅう》な蜂蜜と化したかのように。つぎの矢が飛んできた。そのつぎの矢もだ。ローアンの矢立ては、矢種が尽きることがないようだった。ローアンの目は灰色と緑色で、茶目っけにあふれている。

（そのガウン、目の色を引きたてていますね）

そういおうとした。だが、ローアンはガウンを着ていない。それ以前に、一糸もまとっていない。小ぶりの胸にはうっすらとそばかすが散っている。乳首は小さな苺のように赤くて固い。全身に矢を浴びて、大きな山荒《ヤマアラシ》のようになりながらも、ダンクはふらふらとローアンの足もとまでたどりつき、仰向けに倒れた。それでもまだ、一本編みの髪をつかむだけの力はあった。強く、ぐいと引っぱって、ローアンをからだの上に乗せ、口にキスをする……。

そこで、唐突に目覚めた。叫び声があがっていたからである。

暗い地下室内で、だれもが混乱していた。罵声と文句が交錯するなか、男たちはたがいのからだにつまずきながら、槍や半ズボンを手さぐりしている。なにが起こっているのか、だれにもわからない。エッグが獣脂蠟燭を探りあてて火を点《とも》し、室内に灯りをもたらした。最初に階段を駆けあがったのはダンクだった。駆け降りてきたサム・ストゥープス爺《じい》ともうすこしでぶつかりそうになった。まるでふいごのように荒い息をしながら、老人はわけのわからないことを口走っている。ダンクは倒れないよう、老人の両肩を支えてやらねばならなかった。

「サム爺、なにがあった」

「空が」老人は半泣きだった。「空が！」

それ以上、意味ある反応を引きだせなかったので、全員が屋上に駆けあがり、ようすをうかがった。

サー・ユースタスは先にきていて、ベッドロープのまま胸壁の前に立ち、はるか彼方を見つめていた。

太陽が西に昇っていた。

しばらく呆然と眺めてから、ようやくダンクにも、それが意味するところがわかった。

「ワットの森が燃えている……」かすれ声しか出てこなかった。

塔館の基部付近にいたベニスが毒づき、エイゴン下劣王でさえ赤面しそうなほど下卑た罵倒を撒き散らした。サム・ストゥープス爺は一心に祈りをあげている。

そうとうに距離があるので、火の手そのものまでは見えない。だが、赤い光は西の地平線の半分を呑みこんでいた。その上の星々は光をかき消されつつある。王冠座は、立ち昇る煙のベールにより、なかば覆い隠された状態だ。

炎と剣、とレディはいった……。


炎は夜を徹して燃えつづけた。不落城ではだれひとり、まんじりともしていない。ほどなくして、煙のにおいが塔館にまでもただよってくるようになり、炎そのものも見えるようになった。まるで、遠くで真紅のスカートを翻《ひるがえ》す娘たちのようだった。あの炎もいずれはここまでおよび、この塔館も火に巻かれるのだろう。ダンクは胸壁の手前に立つと、煙が染みる目を見開き、夜闇をついて駆けてくる騎兵はいないかと目をこらしつつ、

「ベニス」と声をかけた。すでに屋上にあがってきていた茶色の騎士が、サワーリーフを嚙みながら、そばにやってきた。「先方が求めているのはおまえだ。立ち去ったほうがいい」

「なんだ、逃げろってのか？」ベニスが驢馬《ロバ》の笑い声をあげた。「おれの馬でかよ。下にいるクソ鶏どものどれかに乗って逃げたほうがまだ速いぜ」

「だったら、先方に出頭しろ。そうすれば鼻を削がれるだけですむ」

「鼻を削がれてたまるかよ、うつけ《ランク》。やれるもんならやってみやがれってんだ。どっちが削がれるか、目にものみせてやる」

ベニスはそういってあぐらをかき、胸壁の凸壁部分にもたれかかると、袋から砥石を取りだして、剣を研ぎはじめた。サー・ユースタスがその前に立ち、どうやって戦うか、低い声で相談しだす。

「〈ロングインチ〉のやつめ、われわれが堰にいくものと見ておろう」老騎士がいうのが、ダンクの耳にも聞こえた。「かわりに、やつらの作物を焼く。火には火をだ」

サー・ベニスは、その手でいこうと答えたが、連中の水車場も焼き討ちする必要があるといった。

「水車場は冷濠城の三十キロ向こうですからね、〈ロングインチ〉も、おれたちがくるとは思っちゃいねえ。水車場を焼いて、水車場の番人を殺す。それでやつの愛しい女主人に痛手を与えられる」

エッグもそれを聞きつけ、咳ばらいをしてダンクを見あげた。闇の中で、大きな目の白目が目だつ。

「サー・ダンカン、焼き討ちなんて、させちゃだめだ。とめなきゃ」

「どうやって？」（ほうっておいても、〈紅後家蜘蛛〉が焼き討ちなどさせまい。〈紅後家蜘蛛〉と、〈ロングインチのルーカス〉がな）「あのふたりは、ああやって、できもしないことを大言壮語しているだけさ、エッグ。ああでもしていないと恐怖でチビってしまうんだ。それに、いまはもう、おれたちには関わりのないことだ」

夜明けの空は煤煙で灰色にけぶり、空気も目に染みた。ダンクは早々に出発するつもりでいたが、ろくに眠りもせぬまま夜を明かしたので、ことがはじまらぬうちに、どこまで塔館を離れられるのかわからない。とにもかくにも、エッグといっしょに茹で卵の朝食をとった。そのあいだに、ベニスは兵士たちを郭に連れだし、訓練を再開していた。

（あの者たちはオズグレイの兵だ。おれたちはもう、そうじゃない）

ダンクは自分にそう言い聞かせた。たしかにけさは、卵を四つ食べた。だが、サー・ユースタスにたばかられた以上、この程度もらっても罰は当たるまい。エッグはふたつを食べた。そのうえさらに、卵を流しこむため、エールまで飲んだ。

「フェア島にいく手もありますね」荷物をまとめながら、エッグがいった。「鉄人《くろがねびと》の掠奪を受けているんなら、島主のファーマン公は軍人《いくさにん》を求めてるかもしれない」

いい考えだった。

「フェア島にいったことはあるか？」

「ないです」とエッグは答えた。「でも、聞くところによると、明媚《フェア》な島だそうですよ。ファーマン公の居城も美麗《フェア》だそうで、美麗城《フェアカースル》と呼ばれてるんです」

ダンクは笑った。

「そりゃあ、フェア島にあるんだから、フェア城だろうさ」

肩の荷が、すっと軽くなったような気分だった。

「馬の用意はおれがする」

ダンクはそういって、鎧一領をひとまとめにし、麻縄で縛りながら、エッグにいった。

「おまえは屋上にあがって、おれたちの寝袋を取ってきてくれ」

けさ、なによりも避けたいのは、もういちど市松獅子の騎士とやりあうことだ。

「サー・ユースタスに出くわしても、相手にするなよ」

「はい」

外に出ると、ベニスが兵たちに槍と楯を持たせ、横一列にならばせて、横隊前進の訓練をしようとしていた。ダンクが郭を横切っても、茶色の騎士は見向きもしなかった。

(この男、兵隊をみんな死なそうとしているのか？　いまにも〈紅後家蜘蛛〉がここを急襲してくるかもしれないんだぞ？)

エッグが塔館の扉を勢いよく開き、木の階段を音高く駆け降りてきた。腕にはふたりぶんの寝袋をかかえている。サー・ユースタスは扉の上につきでたバルコニーにいて、手すりに両手をかけ、身をこわばらせて立っていたが、ダンクと目が合うと、口髭をひくつかせつつ、さっと背を向け、屋内に入っていった。空気は流れてくる煙でけぶっていた。

ベニスは楯をななめがけにし、背中側にかけている。凧の形をした縦長の楯は、なんの絵も描いていない木製で、何度もニスを塗りなおしたせいか、黒ずんでいた。縁は鉄枠で補強してある。紋章がなく、中央にひとつだけ突起があるその表面から、ダンクは固く閉じた巨大な目を連想した。

(なにも見えていないわけだ……本人と同じように)

「どうやって迎え討つつもりだ？」ダンクはたずねた。

サー・ベニスは、サワーリーフで真っ赤になった口を動かしながら、兵隊たちを眺めやった。

「これだけっきゃ槍がねえんじゃ、丘を護りようがねえ。塔館に立てこもる。籠城戦だ」そういって、塔館の扉にあごをしゃくった。「出入口はあの一ヵ所だけだからよ。木の階段を引きあげりゃ、中に入ってきようがねえ」

「向こうが自前の階段を用意するまではな」とダンクは指摘した。「敵は引っかけ鉤つきのロープを持ってくるだろうから、まずは屋上に登って、そこから塔の中になだれこんでくるぞ。でなければ、おまえたちが扉を固守しているあいだ、悠然と弩弓《クロスボウ》を構えて、気長に太矢の雨を降らせつづけるかもしれん」

そのあいだ、メロンたち、ビーンたち、バーリーコーンたちは、両者のやりとりに耳をそばだてていた。かつての大口は、たいして風も吹いていないのに、どこかへ吹きとばされてしまったらしい。全員、先を尖らせた枝を手に、ダンクとベニスを交互に眺め、顔を見交わしている。

「この連中がいたところで、ものの役にはたたない」ぼろを着たオズグレイの軍勢をあごで指して、ダンクはいった。「塔館の外に配置すれば、たちまち〈紅後家蜘蛛〉の騎士たちにズタズタにされてしまう。といって、塔館の中に立てこもらせたら、あの槍は役にたたない」

「屋上からなにか投げ落とせるさ」とベニスはいった。「〈投石機《トレブ》〉は石投げが得意だ」

「石礫《いしつぶて》のひとつふたつは投げられるかもしれんな――敵のクロスボウ兵に太矢で射貫《いぬ》かれるまでは」

「サー・ダンカン？」エッグがそばにやってきた。「出発するんなら、早くしたほうがいいですよ。〈紅後家蜘蛛〉がきちゃうとまずい」

たしかに、そのとおりではあった。

（ぐずぐずしていたら、丘を降りられなくなってしまう）

それでも、ダンクはためらった。

「この連中、解放してやれ、ベニス」

「なんだと？　われらが勇敢な兵士さまたちをか？」ベニスは農民兵たちを見やり、驢馬の笑い声をあげてから、一同に警告した。「おまえら、馬鹿なこと考えるんじゃねえぞ。逃げようとするやつぁ、おれがはらわたをこぼれさせてやる」

「やってみるがいい、そのまえに、おまえのはらわたをこぼれさせてやる」ダンクは剣を引き抜いた。それから、これは農民たちに向かって、「帰れ。おまえたち全員だ。それぞれの村に帰って、自分の家や畑に飛び火していないか、たしかめにいけ」

だれも動かない。茶色の騎士は、くちゃくちゃとサワーリーフを嚙みながら、まじまじとダンクを見すえている。ダンクはベニスを無視し、農民たちに向かって、いっそう語気を強めた。

「いけっ！」

まるでいずれかの神が、ダンクの口を通じてことばを発したかのような苛烈さだった。

（神といっても〈戦士〉じゃない。阿呆のための神というのはいないのか？）

「**いかんか！**」

ついには、割れ鐘のような声で怒鳴った。

「槍と楯は持っていっていい、とにかく、いけ！　でないと、生きてあすの日の目を見られないぞ。もういちど女房にキスしたくないのか？　子供らを抱きしめたくないのか？　家に帰れ！　どうした、どいつもこいつも耳が聞こえなくなったのか？」

むろん、そんなことはなかった。全員がいっせいに駆けだしたため、驚いた鶏たちがけたたましく鳴きながら逃げまどいだす。〈うどの大木ロブ〉は、逃げるさいに牝鶏を踏みつけ、ペイトは自分の槍に足を引っかけて転び、もうすこしでウィル・ビーンの腹を裂きそうになった。それでも、とにもかくにも、全員が丘を降りて駆けだしていった。メロンたちはあっちの道に、ビーンたちはこっちの道に、バーリーコーンたちはまた別の道に。サー・ユースタスが上からなにごとかを叫んでいたが、もはやだれも聞く耳を持たない。

(すくなくとも、サー・ユースタスの声については、耳が聞こえなくなったな)とダンクは思った。

老騎士が塔館の扉から現われ、階段を大急ぎで降りてきたときには、鶏たちのあいだに立っているのは、ダンク、エッグ、ベニスの三人だけになっていた。

「もどってこんか!」尻に帆かけて逃げていく農民兵たちに向かって、サー・ユースタスが怒鳴った。「帰っていいとの許可は与えておらんぞ! だれにもいとまを与えてはおらん!」

「無駄でさ、ム=ロード」ベニスがいった。「みいんな、いっちまいやがった」

サー・ユースタスはくるりとダンクに向きなおった。口髭が怒りでひくついている。

「おまえに兵たちを帰す権利はない。まったくない! いってはならん、とわしは叫んだではないか。だめだ、帰らせてはならん、と叫んだではないか」

「だって、聞こえなかったんだもの、マイ・ロード」帽子を脱いで、煙を払いのけながら、エッグがいった。「鶏の鳴き声がうるさくて」

老騎士は階段の最下段に、がっくりとすわりこんだ。

「ここまでのことをしおるとは……あの女になにをちらつかせられた?」悄然とした声で、老騎士はダンクにたずねた。「わしを裏切るために――わしの兵を追いちらして、わしをひとりだけにさせるために――どれだけの黄金を積まれた?」

「ひとりだけではありません、ム=ロード」剣を鞘に収めて、ダンクは答えた。「わたしはけさまで、あなたの屋根の下で眠り、けさもあなたの卵を食べました。そのぶんの恩義をまだ返していない以上、尻尾を巻いて逃げだすわけにもいきません。わたしの剣は、まだここにあります」

そういって、剣の柄《つか》を、とん、とたたいてみせた。

「剣一本で、なにができる」老騎士はゆっくりと立ちあがった。「あの女に対して、剣一本でなにができるというんだ」

「手はじめに、あなたの領地から締めだす試みを」

ダンクは自信ありげな口調で答えた。口調とは裏腹に、自信などまるでなかったのだが。息をするたびに、老騎士の口髭がひくついている。

「そうだな」ややあって、老騎士はいった。「石壁の陰に立てこもっているより、雄々しく出陣したほうがましだ。兎より獅子として死ぬほうがいい。一千年の長きにわたって、北部境界地方の総監であったわれらなれば。では――鎧をつけてこねばなるまい」

老騎士は階段を昇りはじめた。

エッグがダンクを見あげ、いった。

「尻尾があるなんて、知りませんでしたよ」

「そんなに拳固がほしいのか？」

「まさか。鎧の準備、します？」

「そうだな」とダンクは答えた。「それと、もうひとつ、準備しておくものがある」

サー・ベニスが同行するという話も出たが、最後にはサー・ユースタスの判断で、ベニスはここに残していき、塔館を護らせることになった。ベニスの剣の腕前では、これから対峙しようとしている相手に通用しないし、ベニスが姿を見せると、〈紅後家蜘蛛〉をいっそう刺激しかねないからだ。

そう強く説得するまでもなく、茶色の騎士は指示を受けいれた。ダンクはベニスが階段の木造部を固定する鉄杭を抜くのに手を貸した。ついで、ベニスが階段をあがっていき、扉をあけて中に入ると、壁の金具に結わえてあった、灰色に変色した古い麻縄をほどいた。階段を引きあげるための縄だった。その端をつかみ、渾身の力をこめて、縄を引っぱる。きしみとうめきをあげながら、木の階段が弧を描くようにして上にあがっていった。かくして、階段の石造部分の最上段と塔館唯一の出入口とは、三メートルの空間で隔てられた。サム・ストゥープス爺と女房はすでにもう屋内に入っている。片がつくまで、鶏たちには自力で生きていてもらうしかない。郭では、葦毛《あしげ》の去勢馬にまたがったサー・ユースタスが、扉に向かって呼びかけた。

「日没までに、われらがもどらねば……」

「……ハイガーデン城に走って、タイレル公に報告しときますさあ。あの女がム＝ロードの森を焼いたあげく、ム＝ロードを殺害したってね」

メイスターに乗って先頭をゆくエッグにつづき、ダンクは丘の斜面を下った。甲冑《かっちゅう》を小さくガチャガチャ鳴らしながら、老騎士もうしろからついてくる。風がつのりはじめており、老騎士のマントがバタバタとはためく音が聞こえた。

ワットの森があったところに広がっていたのは、煙をあげてくすぶる焼け野原だった。三人が森の成れの果てにたどりついたときには、樹々はおおむね焼失しており、森林火災はほぼ鎮火していたが、何カ所か、灰と炭の海の中で燃える孤島となって、なおも燃えている樹々があった。ところどころで立ったまま黒焦げになっている樹々の幹は、天にそそりたつ黒い槍のようだ。その他の樹々はすべて倒れており、黒焦げの折れ枝で西の道の通行を困難にしていた。中空になった幹の芯は、燠《おき》となって鈍い赤色を宿し、なおもくすぶりつづけている。森の地面にもあちこちに熱い一帯があり、そこには熱い灰色の煙が濃密にたれこめていた。サー・ユースタスがたまらずに咳きこみだす。このままでは、老騎士は引き返さざるをえないのではないかとダンクは危惧したが、なんとか乗りきった。

赤鹿の焼死体の横を通りすぎた。しばらくのち、穴熊のものとおぼしき焼死体に遭遇した。生きている生物は残っていない。例外は蠅だけだ。蠅はどんな状況でも生きられるらしい。

「〈火炎ヶ原〉も、きっとこのようなありさまだったにちがいないな」とサー・ユースタスがいった。「われらの塗炭の苦しみは、二百年前、あの地ではじまった。最後の緑の王はあの地で命を落とし、それとともに、王の周辺に集《つど》う河間平野《リーチ》で最高の花々も散った。父がいっておったよ──ドラゴンの吐く炎はあまりにも熱く、手にした剣の鋼が融けてしまうほどだったと。〈火炎ヶ原〉の合戦ののち、敗者の剣は没収され、それで〈鉄の玉座〉が造られた。ハイガーデン城の主権は王から執政に移り、オズグレイ家は縮小され、家格を落とされて、かつての北部境界地方の総監は、ロウアン家を主家として忠誠を誓う、一介の土地持ちの騎士に成りさがってしまった」

ダンクとしては、なにもいうべきことがなかったので、そのまま無言で馬を進めた。そのうちに、サー・ユースタスが咳きこんで、こういった。

「──サー・ダンカン。わしがしたあの話、憶えておるか？」

「かもしれませんが……どの話です？」

「〈小さき獅子〉の話だよ」

「ああ。憶えています。五人息子の末っ子でしたね」

「うむ」老騎士はふたたび咳きこんだ。「〈小さき獅子〉がランセル・ラニスターを討ったことで、西部勢は撤退した。王なくして軍《いくさ》なし。わしがいうことの意味がわかるか？」

「はい」とは答えたものの、ダンクは気が進まなかった。

（おれにあのレディを殺せるだろうか）こんどばかりは、自分が掛け値なしに、〝鈍なること城壁のごとし〟であればよかったのにと思った。（そんな事態は避けねばならない。そんな事態には、この

おれがさせない)

西の道が市松《チェキー》川と交差するあたりでは、緑の葉をつけた樹々がまだすこし立っていた。幹の森側は黒く焼け焦げていたが、どうにか生き残ったようだ。樹々の向こうには川の水光が見えるが、陽光を浴びてきらめいてはいない。

(市松模様の由来となった色のうち、青と緑の色調は残ったが)とダンクは思った。(金色は消えてしまったな)

ただよう煙が太陽を覆い隠しているためだ。

土手の上まできたとき、サー・ユースタスが馬をとめた。

「わしは聖なる誓いを立てた。この川はけっして越えないと。川向こうの土地があの女のものであるかぎり」

老騎士は、黄ばんだサーコートの下に鎖帷子と板金鎧を着用している。腰には剣を吊っていた。

「向こうがこなかったらどうします?」エッグがたずねた。

(〝炎と剣〟だからな)とダンクは思い、いった。

「くるさ」

読みどおり、一時間もたたぬうちに〈紅後家蜘蛛〉はやってきた。最初に聞こえたのは、レディの手勢が立てる馬蹄の轟きだった。ついで、甲冑の各部が触れ合う金属的な音がかすかに聞こえてきた。音はしだいに大きくなってくる。濃厚にたれこめる煙が邪魔をして、向こうがどの程度まで近づいてきているかは判別しづらい。
そのとき——きれぎれにただよう灰色のとばりを割って、レディの旗手がぬっと出現した。旗手がかかげる旗竿の上端には、白と赤で彩色された鉄の蜘蛛が飾ってあり、その下にウェバー家の黒地の旗標《はたじるし》がだらりとたれている。こちらの姿を認めるや、旗手は土手の上で馬をとめた。鼓動半分ののち、サー・ルーカス・インチフィールドが姿を現わした。こちらは頭から爪先まで、板金鎧で完全に防備している。

ここにおいてようやく、レディ・ローアンが姿を見せた。またがった漆黒の牝馬は、網状《ウェブ》の馬衣《うまぎぬ》をまとっている。銀のシルクを編んで蜘蛛の巣《ウェブ》を模したものだ。レディのマントも同じ〝蜘蛛の巣〟でできていた。肩と手首のところで留めたマントはふわりとうしろにたなびき、重さがないかに見える。レディも鎧を身につけていた。美麗な小札《こざね》鎧で、一枚一枚の小札に緑の琺瑯《ほうろう》を引き、金と銀の象嵌《ぞうがん》が施してあった。鎧は薄手の手袋のごとく、レディの身体にぴったりフィットして、まるで夏の青葉をまとっているかのようだ。一本編みにした長い赤毛は前にたらし、それが馬の上下の動きに合わせて跳ねている。そのとなりでは、赤ら顔のセプトン・セフトンが、大柄な葦毛の去勢馬を走らせていた。反対側のとなりでは、若きメイスターのセリックが騾馬を駆っている。

そのうしろには、さらに多数の騎兵がつづいていた。騎士が六騎、それぞれの従士が六騎。やはり騎馬の弩弓《クロスボウ》兵も一列縦隊でつづいている。市松《チェキー》川の土手に到達して、こちら側の土手にならぶダンクたちを見るや、騎兵は川にそって横一列に展開した。セプトン、メイスター、レディ本人を除けば、騎馬の戦闘員は総勢三十三名。騎士のひとりがダンクの目をとらえた。ずんぐりとして頭の禿げた、樽のようなからだつきの男で、鎖帷子と革鎧を着用しており、怒りに燃える顔をこちらに向けている。首には醜い腫れ物ができていた。

〈紅後家蜘蛛〉は水際まで牝馬を進ませ、川ごしに呼びかけてきた。

「サー・ユースタス、サー・ダンカン。夜天《やてん》を焦がす汝らの付け火、しかとこの目で見たぞ」

「見た、とな?」サー・ユースタスが叫び返す。「おお、見ただろうとも、火をつけたそのあとで」

「恥知らずにも、難癖までつけるか」

「わしは恥知らずの所業を告発しておるまでだ」

「昨夜は閨《ねや》で寝ていた。側役《そばやく》の淑女もみないっしょにだ。飛び起きたのは、城壁で叫び声があがったからだった。城中のほとんどの者はその叫びで目を覚ました。なにごとかと、老人たちは急な階段を昇って塔の上に駆けあがり、胸に抱かれた赤子たちは夜空を照らす赤い光を見て恐怖に泣き叫んだ。それもこれも、汝らの付け火が引き起こしたことだ」

「火をつけたのはそちらであろうが、女」サー・ユースタスは言い返した。「わしの森は焼失した。もはや焼け野原だ!」

セプトン・セフトンが咳ばらいをし、大声で呼びかけてきた。

「サー・ユースタス。〈王の森〉でも火事は起こりました。〈雨の森〉でもです。この旱魃で、森という森が焚きつけも同然になっているのです」

レディ・ローアンが片手をあげ、周囲を指さした。

「わが畑を見よ、オズグレイ。からからに乾ききっている。かかる状況で火をつけるような愚行を、このわたしがすると思うか。風向きが変われば、炎は川を飛び越えて、わが作物の半分を焼いていたかもしれないのだぞ」

「かもしれない、であろうが」サー・ユースタスは叫んだ。「だが、げんに燃えたのはわしの森だ。燃やしたのはおまえたちだ。おおかた黒魔術でも使って風を起こしたのであろう——夫や兄弟たちを殺したときのように!」

レディ・ローアンの表情がますます険しくなった。この表情は冷濠城《ひやぼり》で見たことがある。ダンクを引っぱたくまぎわの顔つきだ。

「無駄だな」とレディは老騎士にいった。「これ以上、汝に理を説くは無駄というものだ。ただちに〈茶色の楯のベニス〉を差しだせばよし。さもなくば、そちらの領地に乗りこみ、捕縛するまで」

サー・ユースタスはいっそう声を張りあげた。

「そんなことはさせぬ——断じてさせぬ」口髭がひくついている。「それより先に進んではならん。川のこちら側はわが領地。そなたらは望まれざる客だ。わしの歓待は受けられぬものと思え。パンも塩も与えまい、日陰や水すらも与えまい。わが領に入らば侵入者と見なす。オズグレイ領には、一歩とて足を踏みいれることを許さぬぞ」

レディ・ローアンは、背中にまわっていた一本編みの赤毛を手前に引きだし、ひとこと、いった。

「サー・ルーカス」

それを受けて、〈ロングインチ〉がさっと合図を出した。クロスボウ兵がいっせいに下馬するや、鉤と足掛け金具を利用して弓弦《ゆづる》を引き、矢立てから太矢を引き抜く。

「さて、サー・ユースタス」すべてのクロスボウに太矢がつがえられ、構えられ、射出準備が整うと、レディ・ローアンは呼ばわった。「なにを許さぬというのかな?」

ダンクはそろそろ割って入るべき頃合だと判断し、サー・ユースタスに代わって叫んだ。

「許可なく川を渡れば、王の平和を破ることになる」

こんどはセプトン・セフトンが、馬を一歩、前に進ませた。

「この紛争が王の耳に入ることはありません。たとえ入っても、気にもとめられますまい。われらはみな〈慈母〉の子です。〈慈母〉のためにも、そこをおどきなさい」

ダンクは眉根を寄せ、いった。

「神々のことはよく知らぬが、セプトンどの……われわれは〈戦士〉の子でもあるのではないか？」頭のうしろに手をまわして首筋を揉む。「どうしても渡河するというのなら、このおれが阻もう」

〈ロングインチのサー・ルーカス〉が高笑いし、

「ここに山荒《ヤマアラシ》のごとき姿になりたい山臥《やまぶ》しの騎士がおりますぞ、マイ・レディ」と〈紅後家蜘蛛〉にいった。「いまのことば、もういちどぬかしてみろ。十本の太矢がきさまを貫こう。この距離ならば、その板金鎧とて、シルクの布のようにやすやすと貫く」

「まだ早い。まだだ」レディ・ローアンは川ごしにダンクのようすをうかがった。「そちらは大人がふたりに子供がひとり。こちらは戦闘員が三十三人。どうやってわれわれが川を越えるのを防げるというのか？」

「それは――」とダンクは答えた。「――いま話す。ただし、ム＝レディだけに」

「よかろう」レディ・ローアンは馬腹《ばふく》を軽く蹴り、馬を川に乗り入れさせた。川水が牝馬の腹にまで達すると、そこで馬をとめ、じっと待つ。「さあ、ここまできてやった。そちらもくるがいい。袋に縫いこめないことは請けあおう」

ダンクが答える前に、サー・ユースタスが腕をとり、

「いくがいい」といった。「ただし、忘れてはならんぞ――〈小さき獅子〉の話を」

「お心のままに、ム＝ロード」ダンクはサンダーを川に乗り入れさせ、レディのそばまで進ませた。

「ム＝レディ」

「サー・ダンカン」レディ・ローアンが手を伸ばしてきて、ダンクの腫れた唇に二本の指で触れた。

「これは――わたしがぶったせい？」

「ここしばらく、わたしの頬を張った人はほかにいませんよ、ム＝レディ」

「あれはわたしが悪かったわ。歓待の礼に悖《もと》るふるまいだったわね。義兄《あに》のセプトンに叱られたわ」

そこで、川水ごしにサー・ユースタスを見やって、「じつは、アダムのことは、もうほとんど憶えていないのよ。十五年もむかしの話だから。ただ、アダムを愛したことだけは憶えてる。いままでに、ほかに愛した人はいないわ」

「サー・ユースタスは、アダムの亡骸を黒苺《ブラックベリー》畑に埋葬なさいました。兄たちの亡骸といっしょに。アダムはブラックベリーが好きだったそうです」

「憶えてる。よくわたしのために摘んでくれたものだわ。生クリームをつけて、いっしょに食べた」

「王陛下はデイモンに加担した老騎士に赦しを与えられました。ム＝レディもアダムのことについて、そろそろ赦してあげてはいかがです」

「それなら、まずベニスを差しだすことね。そうすれば考えてあげる」

「ベニスを差しだす立場には、わたしはありません」

レディ・ローアンはためいきをついた。

「できることなら、あなたを殺したくないの」

「わたしも死にたくはありませんよ」

「だったら、ベニスを差しだしなさい。鼻を削ぎ落とすだけで返してあげる。それで一件落着」

「そうはいきません。まだ堰の件がありますし、火事の件もあります。付け火をした者たちを渡していただけますか？」

「あの森には火影虫《ほかげむし》がいたでしょう。あの虫が火をつけたんじゃないの？　あの小さな火影で」

「冗談はそのへんで、ム＝レディ」ダンクは険しい声を出した。「いまは冗談をいっている場合ではありません。森を焼いた償いに堰を壊し、サー・ユースタスに水を返す。公正でしょう？」

「公正ね、もしもわたしが森を焼いたのなら。けれど、そんなことはしていない。わたしは冷濠城にいたのよ、ベッドの上でぬくぬくと」川に目をやった。「当方が川を押し渡るのをどうやって防ぐというの？　川底に鉄菱《てつびし》でも撒いたのかしら？　それとも、うしろの焼け野原に、弓兵でも伏せさせているの？　さあ、おっしゃい、そちらにわたしたちを食いとめるどんな力があるのかを」

「あなたがたは昔のわたしです」ダンクはそういって、片手の籠手をはずした。「〈蚤の溜まり場〉では、わたしはどの悪ガキよりも大きくて力が強かったので、ほしいものは相手をボコボコにして、力ずくで強引に奪っていました。そこに現われて、そんなまねをしてはいかんぞと諭してくれたのが、わたしの老士です。そういうことはまちがっておる、だいいち、ほかの子に年上で大きな兄がいたら、どうする、と。これをごらんなさい」

ダンクはそこで、指にはめていた指輪をはずし、レディ・ローアンに差しだした。レディは握っていた一本編みの髪から手を放して、指輪を受けとった。

その重さを手で測ってみて、レディはたずねた。

「黄金？　これがなんなの？」手のひらの上でひっくり返し、しげしげと見る。「印章つき指輪ね。黄金と黒瑪瑙《オニキス》の――」

そこで、はっと気づいた顔になり、緑の目を細め、印章指輪を食いいるように見つめた。

「――どこでこれを見つけたの」

「長靴《ちょうか》の中ですよ。ぼろに包んで、爪先の隙間に詰めてありました」

レディ・ローアンが指輪を握りしめる。エッグを見やり、サー・ユースタスに視線を移した。

「この指輪を見せるなんて……ずいぶんと大きな危険を冒したものね。とはいえ、これを見せたからなんだというの？　もしもわたしが、うちの者たちに川を渡るように命じたら……」

「その場合」とダンクは答えた。「わたしは戦わねばなりません」

「死ぬわよ」

「十中八九。そしてエッグは、きたところへもどる。そして、ここで起こったことを報告する」

「あの子も死んだら、報告はできないわ」

「ム＝レディは十歳の子供を殺すような方ではないでしょう」そうであってくれることを祈りながら、ダンクはいった。「とりわけ、あの十歳の子供は。そして、おっしゃるとおり、土手には三十三人の兵員がいる。人の口に戸は立てられません。なかでも、あの太ったご仁はとくに。いかに深く墓穴を掘ってわれわれの亡骸を埋めようと、うわさはかならず広まります。そして、いずれは……。斑紋のある蜘蛛も、相手が獅子なら毒牙で咬んで殺せるかもしれません。しかし、ドラゴンは次元の異なる生きものです」

「ドラゴンとは友人でいたいものだけれど」レディ・ローアンは、自分の指に指輪をはめてみようとした。親指にさえ大きすぎて、ぶかぶかだった。「相手がドラゴンであれなんであれ、〈茶色の楯のベニス〉は渡してもらうわよ」

「お断わりします」

「その大きな図体には、頑固さがみっちり詰まっているようね」

「隅から隅まで」

　レディ・ローアンは指輪を返した。

「とはいっても、空手では冷濠城に帰れないわ。人は〈紅後家蜘蛛〉が毒牙を失った、もはや正義を執行する力はない、領民を護る力はないとうわさするでしょう。あなたには事態の深刻さがわかっていないのよ」

「いいえ、わかっています」（あなたよりもな）「以前、嵐の地の小貴族が、サー・アーランを召しかかえたことがありました。ほかの小貴族との紛争にそなえて、助っ人とするためです。そのとき、わたしは老士にたずねました——あの小貴族たち、なにをめぐって争っているのかと。それに対して、老士が答えていわく——〝なんにもじゃよ、ダンク。あんなもの、小便くさい啀《いが》み合いにすぎん〟」

レディ・ローアンは愕然とした顔になったが、鼓動半分のうちに気持ちを切り替えて、にんまりと笑ってみせた。

「いまの地位に即いて、一千ものお追従を聞かされたけれどね。わたしの目の前で〝小便くさい〟という表現を使った騎士は、あなたがはじめてよ」

そこですっと、そばかすの散った顔が真剣になった。

「その小便くさい啀み合いで、小物の貴族同士はおたがいの力量を測るの。弱みを見せた者が悲惨な運命をたどることは必定。とくに女は、小便くさい啀み合いで男の倍も奮闘しなければならないわ、領地を治めようと思ったらね。そして、その女がたまたま小柄なら……スタックハウス公はわたしの馬蹄丘陵をほしがっているし、サー・クリフォード・コンクリンは、むかしから〈青葉豊かな湖〉の所有権を所有しているし、陰気なダーウェル家の者ときたら、牛泥棒で生計を立てている始末……。しかも、当家の屋根の下には、あの〈ロングインチ〉が住みついているのよ。毎朝、目覚めるの——きょうこそあの男がわたしに無理やり結婚を迫りにくるのではないかと、戦々兢々《せんせんきょうきょう》としながらね」

レディの手が、ぐっと自分の長い一本編みの髪を握りしめた。まるでそれが、頼みの綱ででもあるかのように——そして、その綱につかまって、断崖絶壁からぶらさがっているかのように。

「あの男がそのつもりでいることはわかっているわ。なのにその一歩手前で踏みとどまっているのは、わたしの怒りを恐れてのこと。〈紅後家蜘蛛〉が関与することには、コンクリンもスタックハウスもダーウェル一族も、みんな慎重になるのと同じことよ。あの連中が一瞬でも、わたしが弱くなった、軟弱になったと見なそうものなら……」

ダンクは自分の指に指輪をもどし、短剣を引き抜いた。

抜き身の剣を見て、〈紅後家蜘蛛〉は大きく目を見開いた。

「なにをするつもり？　気でも狂ったの？　十挺以上ものクロスボウが、あなたに狙いをつけているのよ？」

「血には血を、とあなたはおっしゃった」ダンクはおもむろに、短剣の刃を自分の頬にあてがった。

「あなたが受けた報告はまちがっている。あの水路掘りに斬りつけた人間は、ベニスではない。このわたしです」

いうなり、刃先をぐっと頬に押しあて、鋭く下に引いた。短剣をビュッと振り、刃を濡らした血を払う。そのさい、血飛沫《ちしぶき》がレディの顔にも飛んだ。

（そばかすが増えたな）とダンクは思った。

「これにて、〈紅後家蜘蛛〉による意趣返しはなされました。頬には頬を」

「ほんとうに、いかれた人……」煙が目を刺したのか、レディの目には涙があふれていた。「生まれさえもうすこし高貴だったら、ぜひとも夫に迎えたかったところだわ」

「お気持ちはありがたく、ム＝レディ。しかしそれは、豚が翼と鱗を生やし、炎の息吹《ブレス》を吐けるのであれば、ドラゴンに変じるというのと同じことです」ダンクは短剣を鞘にもどした。顔が疼《うず》きだしている。ざっくりと切れた頬を鮮血が流れ、だらだらと喉当てにたれ落ちていった。血臭を嗅ぎとって、サンダーが鼻を鳴らし、水中で前脚を掻いた。「さ、森を焼いた者たちを引き渡してください」

「だれも森など焼いてはいないの。それに、もしもうちの者が森を焼いたとしても、それはわたしを喜ばせるため。そのような忠義者を、どうして差しだせるというの？」護衛の兵たちをふりかえった。「このうえは、サー・ユースタスが告発を取り下げるのがいちばんいいんだけれど……」

「それはむりでしょう。豚が火を吐くようになるのを待つほうがまだ早いくらいです、ム＝レディ」

「そうなると、神々と人々の前で、わたしの無実を証明してもらうほかないわ。サー・ユースタスに、わたしが謝罪を要求していると伝えなさい……さもなくば、決闘裁判あるのみだ、と。どちらを選ぶかは、サー・ユースタスしだい」

レディ・ローアンは馬首を返し、川岸にならぶ配下たちのもとへ引き返していった。


決闘場は川そのものと決まった。

セプトン・セフトンが、太ったからだでよたよたと川の中まで進み出てきて、祈禱を捧げ、神々に請い願った。〝〈天なる厳父〉よ、下界のこのふたりをば見そなわし、公正なる裁きを下したまえ、〈戦士〉よ、大義の正にして真なる者に、その御力を貸し与えたまえ、〈慈母〉よ、虚言者に慈悲をたれたまい、その者の罪を赦したまえ――〟

祈禱がおわると、最後にもういちど、セプトンはサー・ユースタス・オズグレイに顔を向け、「サー・ユースタス」と声をかけた。「いまいちど、お願いします、この告発、取り下げてはもらえませんか」

「ならん」口髭をひくつかせて、老騎士はきっぱりと拒絶した。

太ったセプトンは、レディ・ローアンに向きなおった。

「わが義妹どの、もしもあなたが告発どおりのことをしたのなら、罪を告白し、サー・ユースタスに焼けた森の賠償を申し出なさい。さもないと、血が流れますすよ」

「わたしの無実は、神々と人々の面前で、わが代理闘士《チャンピオン》が証明してくれるわ」

「決闘裁判ばかりが解決の道ではありません」腰までも水につかった状態で、セプトンは双方に語りかけた。「当事者同士で黄金樹林城へいきましょう。おふたりのために、わたしが審理をお願いし、ロウアン公に裁定を下してもらいますから」

「断わる」サー・ユースタスが拒絶した。

〈紅後家蜘蛛〉もかぶりをふった。

サー・ルーカス・インチフィールドが、怒りでどす黒くなった顔をレディ・ローアンに向けた。

「この茶番に片がついた暁には、おれと結婚してもらいますぞ。お父上の望みどおりに」

「生前の父は、おまえのことを知らなかったのよ、わたしほどにはね」

ダンクはエッグのそばに片ひざをつき、印章指輪を少年の手に返した。四つの三頭《みつくび》ドラゴンは——全体を四つの象限に分割し、それぞれにドラゴンを収めた意匠は——夏の城館《サマーホール》のあるじ、プリンス・メイカーの紋章にほかならない。

「これは長靴にもどしておけ」とダンクはいった。「もしもおれが死んだ場合、いちばん近くにいる父上の友人を訪ねて、そこからサマーホールに向かえ。自力で河間平野《リーチ》を越えていこうとはするな。忘れずに言いつけをまもるんだぞ、さもないと、おれの幽霊が、耳に拳固を食らわしにいくからな」

「わかりました、かならず」とエッグは答えた。「でも、それ以前に……死んでほしくないです」

「こんな暑いところで死ねるものか」

それを最後に、大兜をかぶった。エッグの手を借りて、大兜の緒《ひも》をしっかりと喉当てに結わえる。サー・ユースタスがマントの端を切りとって、頬の傷の血どめに当ててくれたが、それでも顔は血でべとついていた。立ちあがり、サンダーに歩みよる。足をふりあげて乗馬したとき、焼けた森からの煙があらかた吹きはらわれていることに気づいた。それなのに、依然として空は暗い。

（雲が出てきたのか——雨雲が）やっとのことで、待望の雨が降ろうとしているのだ。（これは吉兆かもしれんな。しかし、相手にとっての吉兆か？　おれにとっての吉兆か？）

ダンクはあまり、吉兆に恵まれたことがない。

川向こうでは、サー・ルーカスも馬上にあった。馬は栗毛の軽軍馬だ。見るからに立派な馬だった。駿足で力が強そうに見える。サンダーほど大柄ではないが、体格で劣るぶんは馬鎧《うまよろい》で補われており、頸《くび》当てと馬面《ばめん》を装着して、胴体は軽量な鎖帷子の馬衣《うまぎぬ》をかぶせてあった。〈ロングインチ〉自身は、黒い琺瑯《ほうろう》引きの板金鎧と、銀色に光る環帷子を着こんでいる。大兜の上には、黒瑪瑙《オニキス》の蜘蛛という、いかにも禍々《まがまが》しげな頭立《ずだて》が飾ってあったが、楯に描かれているのは当人の紋章——淡い灰色の紋地の上で右上から左下に向かう斜線《ベンド・シニスター》となって走る、太い黒白の市松模様だった。しかしその楯を、サー・ルーカスは従士に手わたした。

（楯を使うつもりはないらしいな）

かわりに、別の従士がその手に長柄斧《ながえ》を握らせた。これで楯を手放した理由がわかった。長柄斧はリーチが長く、破壊力の強大な武器で、持ち手にはすべりどめが巻いてあり、斧頭《ふとう》は重く、峰側には凶悪なスパイクが突きだしているが、両手で持って振るう武器なのである。楯がない以上、〈ロングインチ〉としては、防備を鎧の強度に頼らざるをえない。

（あの武器を選んだこと、後悔させてやらねば）

自分の楯を左腕にはめた。タンセルが楡《ニレ》と流れ星を描いてくれたあの楯だ。楯の古謡《こよう》が、ふと頭の中に浮かんできた。

（オークよ鉄よ、この身を護れ、さなくばおれは死んじまう、地獄の底までまっさかさま）

鞘から長剣を引き抜いた。剣の重みがずしりと手に心地よい。

　左右の拍車を、軽くサンダーの馬腹に当てる。大柄な軍馬が川水に踏みこんでいった。川向こうで、サー・ルーカスも同じことをした。ダンクは馬を右寄りに進めようとした。楯でガードできる左側を〈ロングインチ〉に向けるためだ。そうはさせじと、サー・ルーカスがすばやく軽軍馬の向きを変え、ダンクの真正面から近づいてくる。たちまち両者は、緑色の水しぶきを蹴たてて激突した。黒の鋼と灰色の鋼がぶつかりあう。サー・ルーカスが長柄斧で打ちかかってきた。ダンクは鞍上《あんじょう》で身をひねり、楯で打撃を受けとめた。強烈な一撃に腕全体が痺れ、食いしばった歯がガチガチと鳴った。第二撃を見まおうと、相手が斧をふりかぶる。その刹那、左の腋の下をめがけ、長剣を真横から斬りつけた。鋼と鋼がぶつかりあい、金属音の金切り声をほとばしらせた。

〈ロングインチ〉が拍車を入れ、円を描きつつ、ダンクの右側、楯がないほうへまわりこみにかかる。それを防ぐべく、サンダーがすばやく向きを変え、敵の馬に嚙みついた。と、サー・ルーカスが鐙《あぶみ》の上で立ちあがり、斧頭《ふとう》に体重をのせ、渾身の力をこめて打ちおろしてきた。つぎからつぎへと強烈な攻撃が襲いくるたびに、ダンクは楯を動かし、斧を防ぐ。同時に、オークの陰で身をかがめるようにして、インチフィールドの腕、脇腹、足に斬りつけるが、いくら打っても、頑丈な鎧に撥ね返されるばかりだ。打ち合いは何合もつづき、水面が双方の鋼の足を濯《すす》いだ。〈ロングインチ〉が打ちかかる。そのつど、ダンクが楯で受けとめ、相手の弱点を探る。

　ようやくのことで、その弱点が見つかった。サー・ルーカスが打撃を加えようと戦斧をふりかぶるたびに、腋の下に隙間ができるのだ。その隙間は、環帷子と革鎧、詰め物をした鎧下で被われている。だが、鋼板の鎧はない。ダンクは楯をかかげつつ、好機をうかがった。

（もうじきだ。もうじき）

斧がたたきつけられ、めりこんだ楯の板から引きはがされて、上に振りかぶられた。

（いまだ！）

拍車をサンダーの腹に食いこませ、相手にずいと肉迫させつつ、腋の下の隙間を刺すべく、長剣を突きだした。

が、その隙間は、現われたときと同じく、瞬時に消えた。剣尖《けんせん》は腋当てをこすっただけにおわり、ダンクは勢いあまって鞍から転げ落ちそうになった。そこへ戦斧が振りおろされてきた。すさまじい金属音とともに、斧の刃はダンクの楯の鉄枠に当たり、そこですべって兜の側面を打ちすえたのち、さらにサンダーの頸を斜めに打った。

軍馬が悲鳴をあげ、苦痛に白目を剝き――つんと鼻を刺す銅のような血臭があたりに広がっていく――棹立《さおだ》ちになった。前脚の鉄蹄《てってい》で空を掻く。そこに〈ロングインチ〉が突っこんでくる形となったため、片足の蹄がサー・ルーカスの顔面を、もう片足の蹄が肩を強打した。ついで、重いサンダーがくずおれ、サー・ルーカスの軽軍馬の上にのしかかった。

それから先は、鼓動半分のあいだのできごとだった。二頭の軍馬はもつれあい、倒れこみながらも、蹴りあい、嚙みつきあい、巨体で川水と川底の泥を搔きたてている。ダンクは鞍を離れようとしたが、左足が鐙に引っかかってはずれない。とうとう顔面から川に落下した。大きく息を吸ったのは、目穴から川の水が流れこんでくるまぎわのことである。左足はまだ鐙に引っかかったままになっている。死にものぐるいで暴れるサンダーに引っぱられ、左脚が股関節からはずれてしまいそうだ。なんとか鐙から足を引き抜きはしたものの、こんどは水底へ沈みだした。つかのま、水中でじたばたと手足をばたつかせた。世界は青と緑と茶色に染まっている。

鎧の重みでぐんぐん下へ引きずりこまれていくうちに、肩が川床にぶつかった。

（肩が当たった。これが下――ということは、反対が上だ）

鋼の自在継手《つぎて》でおおわれた手で川底の石と砂を探り、ぐっと押しつけ、どうにか川底に足をつけて、懸命に立ちあがった。全身から泥がたれて、へこみのできた大兜の呼吸孔から水が流れだしていく。

ふらふらではあったが、それでもなんとか立てた。思いきり息を吸いこむ。

ぼろぼろになった楯はまだ左腕にはまっていたが、さっきまで握っていた剣はどこにもない。鞘はもちろんからっぽだ。兜の中は水だけでなく、血でもあふれている。重心をかけかえようとしたとき、左足首に激痛が走り、脚全体を駆けぬけた。馬は二頭とも体勢を立てなおし、川の中で立っている。ダンクはこうべをめぐらし――血の膜がかかっていて片目が見えない――敵の姿をもとめ、あたりを見まわした。

（いない。溺れたのか、それとも、サンダーに鉄蹄で頭の鉢を割られたのか）

そのとたん、ざーっと水しぶきを跳ねあげて、サー・ルーカスが目の前の水中から飛びだしてきた。手にはダンクの剣を持っている。その剣を、ありったけの力をこめて、ダンクの頸にたたきつけた。首が肩から撥ね飛ばされずにすんだのは、ひとえに部厚い頸当ての鋼のおかげだった。しかし、反撃しようにも剣がない。あるのは左手の楯だけだ。

じりじりとあとずさっていく。〈ロングインチ〉が追いすがってくる。おめき叫び、何度も何度も斬りつけながら。打撃を受けつづけるうちに、楯をかかげた左腕の、ひじから先が痺れてきた。腰を斬られ、痛みで呻き声を漏らした。あとずさるうちに、踏んだ石がごろりと回転したため、川の底に片ひざをつき、胸まで水につかる格好になった。

とっさに楯をかかげる。こんどの打撃はひときわ強烈で、部厚いオークの板はまっぷたつに割れ、破片が大兜に降りかかってきた。ひどく耳鳴りがしている。口の中は血まみれだ。それでも、どこか遠くで、エッグが叫ぶ声が聞こえた。

「つかまえて！　すぐそこ、すぐそこだ、目の前にいる！」

だっと前に飛びだした。サー・ルーカスが楯にめりこんだ剣をひねって抜き、もういちど斬りつけようとふりかぶる。その腰に組みつき、仰向けに押し倒した。双方ともに、ふたたび水中に没する。しかし、こんどはダンクも準備ができていた。片腕を〈ロングインチ〉の腰にまわし、水底にぐっと押しつける。インチフィールドのでこぼこに歪んだ面頬《めんぽお》の下から、ごぼごぼと気泡があがってきた。それでもまだ、相手は抵抗をやめようとしない。川底を探り、石を探りあて、ダンクの頭と手を殴りつけてくる。ダンクは自分の剣帯を探った。

（短剣までなくしたか？）

いや、あった。短剣の柄をしっかりと握りしめ、鞘から抜き放ち、あぶくと水流の乱れる川の中をゆっくりと動かして、〈ロングインチのルーカス〉の、板金鎧の腋の下に覗いた隙間に突きたてた。鉄の環の帷子を貫き、硬革を貫き、その奥までも貫いて、ぐいとひねる。サー・ルーカスが身悶えし、びくびくっと痙攣した。全身から力が抜けていく。ダンクは相手の肉体を押しやり、水面から上体を突きだした。からだが揺れている。肺の中が燃えるように熱い。目の前を魚がよぎっていく。長くて白くて、ほっそりした魚だった。

（これはなんだ？）とダンクは思った。（これはなんだ？　これはなんだ？）


見知らぬ部屋で目が覚めた。

目をあけたときには、そこがどこだかわからなかった。ひんやりとしていて気持ちがいい。口中に血の味がする。両目には布を当てられていた。厚手で独特の芳香があり、軟膏を塗ってあるようだ。

丁子《クローブ》のにおいだな、とダンクは思った。

ダンクは顔を手さぐりし、布を剝いだ。天井が高い。その天井に松明《たいまつ》の投げかける光が躍っている。頭上に走る梁《はり》の上を何羽もの使い鴉が歩きまわり、人の口真似《クオーク》をしながら、小さな黒い目でダンクを見おろしていた。

(すくなくとも、目はつぶれずにすんだか)

ここはメイスターの塔らしい。壁には棚がしつらえられ、素焼きの壺や緑色のガラス瓶がずらりとならんでいる。中身は香草や薬だろう。そばにある長い架台テーブルの上は、羊皮紙、書物、奇妙な青銅製の道具などでおおわれていた。あちこちには、梁の上から降ってくる使い鴉の糞も落ちている。使い鴉同士、ぼそぼそと囁きあう声が聞こえた。

上体を起こそうとした。これは悪い判断だった。頭がふらつき、ほんのすこし体重をかけただけで、左脚が激痛に悲鳴をあげたのだ。見ると、左の足首が亜麻布でくるまれていた。胸と肩にも亜麻布の細い布が巻きつけてあった。

「じっとしていなさい」

すぐ上に、ひょいと顔が現われた。若い男だ。顔は細くて、鉤鼻の左右についた目は茶褐色だった。この顔には見覚えがある。前に見たとき、この顔の持ち主は灰色のローブに全身を包み、さまざまな金属の輪をつづったメイスターの学鎖を首にかけていた。ダンクはその手首をぐっとつかんだ。

「ここは……?」

「冷濠城だよ」メイスターは答えた。「不落城まで連れ帰るのは無理なほど重傷を負っていたのでね、レディ・ローアンがここへ運びこむよう指示されたんだ。これを飲みたまえ」

メイスターは、液体の入ったカップをダンクの唇にあてがった。中身は……なんだかわからない。

薬液は酢のように刺激的な味があったが、すくなくとも、口中の血の味を洗い流してくれた。

ダンクは無理をしてぜんぶを飲み干した。それがすむと、まずは剣を持つ手の指を曲げ伸ばしし、つぎに反対の手でも同じことをした。

(すくなくとも、手は動く。腕もだ)

「怪我は……怪我は、どこを?」

「ないな。怪我していないところはない」メイスターが鼻を鳴らした。「左足首骨折、左ひざ捻挫、鎖骨骨折、打撲傷が無数……上半身はおおむね青色と黄色になっていたし、右腕は紫黒《しこく》色に変色していた。頭蓋骨にもひびが入っているかと思ったが、そうでもなかったようだ。片頬の傷も深傷《ふかで》だよ。それは傷痕になるだろう。ああ、それから、川から引きあげたとき、きみは溺死寸前だったぞ」

「溺死寸前?」

「ひとりの人間があんなにも大量の水を飲めるとは知らなかった。いくらきみのように図体が大きな人間でもだ。わたしが鉄《くろがね》の民で、運がよかったと思うことだな。溺神《できしん》の祭司たちは、人を溺れさせ、蘇生させるすべを知っている。わたしは鉄の民の信仰と風習をずっと研究しているんだ」

(溺死寸前……)ダンクはふたたび上体を起こそうとしたが、起きあがる力が出なかった。(立てば首までも水がない川で、溺れ死にかけたのか)

思わず笑いだし、すぐに苦痛で呻いた。それから、たずねた。

「サー・ルーカスは?」

「死んだよ。死んでいないとでも思ったかね?」

(思わない)

ダンクはそう簡単にものごとを鵜呑みにはしないが、それについては疑っていなかった。〈ロングインチ〉の手足から急に力が抜けたときの感触はよく憶えている。

「エッグ――」はっと思いだした。「エッグは」

「卵《エッグ》か。食欲があるのはいい徴候だな。しかし、いまのきみに必要なものは睡眠だよ、食べものではない」

ダンクはかぶりをふり、たちまちその動きを後悔した。それだけで激痛に見舞われたのだ。

「エッグとは、おれの従士のことだ」

「ほう、あの子か？　あれは勇敢な少年だな、見かけより力も強い。きみを川から引きあげたのは、あの子なんだよ。われわれがきみの鎧を脱がすときも率先して手伝ったし、きみをここに運びこんだ馬車の中では、ずっときみにつきそっていた。眠りなさいといっても眠ろうとしないし、きみの剣をひざの上に載せて、ずっときみのそばにすわっていたものだ。だれかがきみに危害を加えようとした場合にそなえていたんだろう。わたしのことさえ疑っていてね。きみの口に入れさせる薬湯の類いは、すべてわたしが毒味してからにしろといってきかないんだ。妙な子ではある。しかし、献身的だ」

「いま、どこに？」

「サー・ユースタスの願いで、婚礼の宴に出席している。サー・ユースタス側には、ほかに関係者がいなかったものでね。さすがに、その願いを断わる非礼は働けなかったのだろう」

「結婚の宴？」わけがわからなかった。

「もちろん、きみは知るまい。あの決闘のあとで、冷濠城と不落城のあいだに和解が成立したんだ。レディ・ローアンはサー・ユースタスに、先方の領地に入ってアダムの墓を訪ねる許可を願い出て、これを了承された。ブラックベリー畑にひざまずいて、レディは泣きだしてしまったよ。そのお姿に心を動かされて、サー・ユースタスはレディをなぐさめた。それから一夜、おふたりは若きアダムとレディのお父上のことを語り明かされてね。ワイマン公とサー・ユースタスは、ブラックファイアの叛乱が起きるまでは、固い友情で結ばれていたそうだ。閣下とマイ・レディは、けさがた、われらが敬虔なるセプトン・セフトンの司式のもとで結婚された。ユースタス・オズグレイ公は、いまはもう冷濠城の城主だ。この城の塔という塔はもとより、城壁の各所には、ウェバー家の蜘蛛旗とともに、市松獅子の旗が翻っている」

ダンクの周囲では、世界がゆっくりと回転しだしていた。

（薬のせいか。眠りにもどす薬を服《の》ませたんだな）

目をつむり、すべての痛みが全身から退いていくにまかせる。使い鴉たちがたがいに口真似しあい、叫びあう声が聞こえた。それから、自分の呼吸音も。ほかにもうひとつ、別の音も聞こえる。もっとおだやかな音、いっときも途絶えることがなく、重々しいのに、どこか心を安らがせる音。

「これは？」と、眠たげな声で、ダンクはつぶやいた。「なんの音……？」

「あれかね？」メイスターは耳をすませた。「ただの雨音さ」

レディに会えたのは、出立《しゅったつ》する日になってからのことだった。

「馬鹿なまねはおやめなさい」セプトン・セフトンがしきりにいさめた。ダンクはそれにかまわず、松葉杖をつきつき、傷んだ左脚を浮かしては、右脚を地面に引きずるようにして郭を横切っていった。

「メイスター・セリックがいうには、まだ半分も傷が癒えていないのですよ。それに、この雨だ……溺れはしないにしても、風邪を引いてしまう。せめて雨がやむまでお待ちなさい」

「雨がやむまで、何年もかかるかもしれない」ダンクは太ったセプトンに感謝していた。起きて以来、毎日のように顔を出し、見舞いにきてくれていたからである。表向きは祈りを捧げるためだったが、むしろうわさ話をするのが目的のようなところもあった。この陽気な人物の饒舌が聞けなくなれば、おおいにさびしくなるだろうが、だからといって、気持ちは変わらない。「いかなくてはならないのです」

篠つく雨は、一千本もの冷たい灰色の鞭となり、ダンクの背中を打ちすえていた。マントはすでにびしょびしょだ。これは贈り物の白いウールのマント——緑と金が交互にならんだ縁どりのあるあのマントだった。サー・ユースタスは、このマントを餞別に贈ろうといって、前のときと同じように、ダンクの肩にかけながら、こういった。

〝貴殿の勇気と、誠実な働きに対して〟

このマントを肩にとめている飾り留めピンもまた贈り物で——銀製の脚を持った象牙の蜘蛛だった。蜘蛛の背中には、柘榴石《ガーネット》の小片がちりばめられている。

「よもや、ベニスを狩りたてようなどと無謀なことを考えているのではないでしょうね」セプトン・セフトンがいった。「あなたは満身創痍なのですよ。そんな状態のあなたに、あの男が遭遇したらと思うと、心配で心配で」

（ベニスか）とダンクは苦々しく思った。（あの外道め）

ダンクが川で孤軍奮闘していたとき、ベニスはサム・ストゥープス爺《じい》と女房を縛りあげ、不落城を徹底的に漁りつくし、蠟燭から衣類、武器、オズグレイ家伝来の古い銀製のカップ、老騎士が居間の徽の生えたタペストリーの裏に隠していたわずかな貨幣にいたるまで、見つけられるかぎりの金目のものを持ち去っていったのである。いつの日か、〈茶色の楯のサー・ベニス〉にまた見《まみ》えたいという思いはあった。そして、もしも会ったそのときは……。

「ベニスのことは放っておきますよ」

「では、いずこへ？」

セプトンは肩で息をしていた。松葉杖をついてはいても、ダンクの歩みは速く、太ったセプトンはついてくるだけで青息吐息なのだ。

「フェア島。ハレンの巨城《ホール》。三叉鉾河《トライデント》。雨をしのげる灌木《ヘッジ》はどこにでもあるでしょう」肩をすくめる。

「そういえば、ずっと〈壁〉を見てみたいと思っていたんでした」

セプトンはたたらを踏んで立ちどまり、大きな声でいった。

「〈壁〉ですって？　あなたという人は、あきれはてた人だ、サー・ダンカン！」豪雨が周囲の土を打ちすえるなか、セプトンはぬかるみの上に立ちつくし、両手を広げてみせた。「祈りなさい、サー・ダンカン、〈老媼《ろうう》〉が行く手を照らしてくださいますようにと！」

ダンクはそのまま歩きつづけた。

レディは厩の中で待っていた。積みあげた黄色い干し草の束のそばで、夏を思わせる鮮やかな緑のガウンをまとい、ひっそりと立っていた。

「サー・ダンカン」扉を押しあけて、厩の中に入っていくと、レディ・ローアンは声をかけてきた。一本編みにした長い赤毛をからだの前にたらしており、その先が太腿をこすっている。「また自分の脚で歩けるようになったのね。元気な姿を見て安心したわ」

（元気でない姿は、見にもこなかったくせに）

「ム＝レディ。なぜ厩になど？　こんな雨の日に乗馬でもないでしょうに」

「そのことば、そっくりそのままお返しするわ」

「エッグが教えたんですか？」

（また耳に拳固だな）

「喜びなさい、あの子が事前に教えてくれたことを。さもなければ、あなたが出発したあとで、兵に追いかけさせて、連れもどしていたところよ。さよならもいわずにこっそり去るだなんて、あんまりじゃないの」

ダンクがメイスター・セリックの手当てを受けているあいだ、レディは見舞いにやってこなかった。ただの一度もだ。

「その緑、よくお似合いですね、ム＝レディ。目の色をとてもよく引きたてている」ダンクはそこで、松葉杖に体重をあずけて、ぎごちなく重心をかけかえた。「厩にきたのは、自分の馬に用があるからです」

「出ていかなくてもいいでしょう。回復したあとの、あなたの地位も用意してあるの。わたしの護衛隊長よ。エッグもほかの従士たちに加わればいいわ。だれにもあの子の正体は知られないようにするから」

「ありがとうございます、ム＝レディ、しかし、遠慮します」

サンダーは十いくつか奥の馬房にいた。足を引き引き、歩きだす。

「どうか考えなおして。いまは危険な時代なのよ、ドラゴンとその友人たちにとってさえも。せめて、傷が完全に癒えるまで待ってはどうなの」レディはとなりをいっしょに歩いている。「そうすれば、ユースタス公だって喜ぶわ。あのひと、あなたのことをとても気にいっているから」

「とても気にいっている——そうでしょうとも。おじょうさんが亡くなっていなかったら、わたしを婿に迎えていたくらいにね。そうなっていたら、あなたはわたしの高貴な母上になっていたわけだ。わたしに母はいなかった。ましてや高貴な母など、いた例《ためし》はありません」

鼓動半分のあいだ、レディ・ローアンは、もういちどダンクを引っぱたきそうなようすを見せた。

(でなければ、おれの松葉杖を蹴り飛ばすかだな)

「わたしのこと、怒っているのね」怒るかわりに、レディはそういった。「だったら、償いをさせてちょうだい」

「償い、ですか。では、サンダーに鞍をつけるのを手伝ってください」

「ほかに考えがあるのよ」

レディは手を伸ばし、ダンクの手をとった。その指は力強く、ほっそりとしていたが、手の甲にはそばかすが散っていた。

(賭けてもいいな、これは全身、そばかすだらけだ)

レディは語をついだ。

「馬のこと、どれだけ知っていて?」

「よく知っているのはサンダーだけです」

「あの老馬? 合戦用に改良された重軍馬ね。足は遅く、気性は荒い。旅の足に向く馬ではないわ」

「旅してまわらねばならないとしたら、使う足はサンダーか、でなければ、自前のこれです」

そういって、自分の足を指さしてみせた。

「大きな足――それに、大きな手だこと。きっと、どこもかしこも大きいのでしょうね。たいていの乗用馬には大きすぎるわ。あなたがまたがると、どんな馬も小型馬《ポニー》のように見えてしまう。それでも、もっと脚の速い馬がいたほうが、なにかと便利でしょう。ドーン産の砂漠馬のように耐久力のある、大型の軽軍馬がね」レディはそこで、サンダーの向かいの馬房を指さした。「たとえば、あの牝馬のような」

示された牝馬は、鮮血のような緋毛《あかげ》で、利発そうな目と、炎の色の長い鬣《たてがみ》を持っていた。レディ

・ローアンは、袖から人参を取りだして与え、ぼりぼりと食べる馬の頭をなでながら、馬にいった。
「こらこら、食べるのは人参よ、指を噛んではだめ」それから、ダンクに向きなおって、「この馬は炎《フレーム》と呼んでいるの。でも、好きな名をつけていいわ。これをわたしからの償いとさせて」

ダンクはしばし、ことばを失った。松葉杖に寄りかかり、新たな目で緋毛の馬を見つめる。見れば見るほど立派な馬だった。かつて老士が乗ったことのあるどの馬もおよばない駿馬だ。すらりと長く美しい脚を見ただけでも、どれだけ速く走れるかがすぐわかる。

「美しさと速さを第一に考えて繁殖させた精華よ」

ダンクはサンダーに顔をもどした。

「せっかくですが、いただけません」

「なぜ？」

「あの赤い馬は、わたしには華麗すぎる。よく見てごらんなさい」

ローアンの頬が徐々に赤く染まっていった。一本編みの髪をつかみ、もてあそびだす。

「わたしはね、結婚しなければならなかったのよ。それは知っているでしょう。父の遺志で……ああ、もう、馬鹿みたいなまねはやめて」

「そういわれても、馬鹿以外のなにものでもありませんのでね。わたしは鈍なること城壁のごとく、親も定かならぬ身ですから」

「いいから、この馬を受けとって。わたしを思いだすよすがとなるものを受けとらないかぎり、この城を発つことは許しません」

「あなたのことはけっして忘れませんとも、ム＝レディ。それだけはたしかです」

「受けとりなさい！」

ダンクはレディの髪を握り、顔をぐいと自分の顔に引きよせた。松葉杖をついているし、身長差もはなはだしいので、ずいぶんと苦しい体勢になり、あやうく倒れそうになったが、それでもレディの唇に自分の唇を重ね合わせた。思いっきりキスをした。レディが片手をダンクの首筋にまわし、もういっぽうの手を背中にまわす。こんなに情熱的なキスをするのははじめてだった。この一瞬のうちに、キスについてこれまで見聞きしたどんなことよりもたくさんの真実を知った。ややあって、とうとうおたがいの唇が離れたとき、ダンクは短剣を抜いてみせ、こういった。

「あなたを思いだすよすがは、これでちょうだいすることにしましょう、ム＝レディ」

エッグは門楼の下でダンクを待っていた。またがっているのは、いかにも姿のいい栗毛の乗用馬だ。手には騾馬メイスターの手綱を握っている。ダンクがサンダーを速足で進ませて合流すると、少年は驚き顔になった。

「レディ・ローアンは、新しい馬を進呈するといってたんですけど」

「高貴な生まれの淑女といえども、望むものがみな手に入るわけじゃないさ」そろって跳ね橋の上を渡りながら、ダンクはいった。「それに、おれがほしかったのは……馬じゃない」

濠の水位は大きくあがっており、いまにも縁からあふれだしそうだった。

「かわりに、レディのことを憶えておくものを手に入れてきた。あの長い赤毛の房だ」

ダンクはマントの下に手を入れて、赤毛の房を取りだし、ほほえみを浮かべてみせた。

四つ辻の鉄籠では、いまもふたつの死体が抱きあっていた。こうして見ると、ひどくさみしげで、寄る辺《よべ》なく見える。蝿でさえも死体に寄りつこうとはしないようだ。それに、鴉たちも。もっとも、死体の骨に残っているのは、わずかな皮膚と髪の毛だけしかなかったが。

ダンクは眉をひそめて馬をとめた。ここまで乗ってきて、左の足首はずきずき痛んでいるが、それ自体は問題ない。痛みというのは、剣や楯と同じく、騎士の属性の一部をなすものだから。

やおら、エッグにたずねた。

「南はどっちだ？」

世界は雨と泥で閉ざされている。空は花崗岩の岩壁のように鈍色《にびいろ》だ。これでは方角などわからない。

「あっちです」エッグが指さした。「北はあっち」

「夏の城館《サマーホール》は南にある。おまえの父上もそこにおられる」

「〈壁〉は北ですよ」

ダンクは少年を見た。

「〈壁〉はうんと遠いぞ」

「でも、新しい馬があるから」

「おまえにはな」ダンクは苦笑せざるをえなかった。「ではなぜ、〈壁〉を見にいきたい？」

「それはね」とエッグは答えた。「とても高いって聞いてるからですよ」

謎の騎士《ミステリ・ナイト》

The Mystery Knight

夏の小雨がしとしとと降る中、ダンクとエッグは石の聖堂《ストーニイ・セプト》の町をあとにした。

ダンクは年老いた軍馬サンダーにまたがり、エッグはその横で意気軒昂な若い乗用馬に乗っていた。この若駒に、エッグは雨《レイン》と名づけた。片手には荷物運び用の騾馬《ラバ》、メイスターの手綱を引いている。メイスターの背中に積んでいるのは、ダンクの武具一式と、エッグの書物、寝袋、天幕、衣類、固い塩漬けビーフの乾し肉がいくつか、蜂蜜酒が半分だけ入った細口瓶一本、水を入れた革袋がふたつだ。エッグの使い古した麦わら帽子——縁が広くてへなへなの帽子を騾馬の頭にかぶせているのは、雨を防ぐためだった。メイスターの耳が通るように、少年は帽子に穴をあけている。新しい麦わら帽子のほうはエッグがかぶっていた。騾馬の耳用の穴を除けば、ダンクの目には、ふたつの帽子がそっくり同じに見える。

町を出ていく門に近づいたとき、エッグが手綱をぐいと引いた。門楼上の高みに、叛徒の首が鉄の大釘に刺されて晒《さら》されていたからである。見たところ、まだ生首で、肌は緑よりもピンクに近いが、すでに鴉たちがかなり仕事をしており、晒《さら》し首は唇も頬も肉をついばまれて、ずたずたになっていた。一対の茶色い穴と化した左右の目から、赤い涙がゆっくりと流れているのは、いったん固まった血が雨に打たれ、流れだしているからだ。晒し首は、下の門を通る旅人に説教をたれるかのごとく、口をだらんと開いていた。

こんな光景は前にも見たことがある。

「子供のころだ。キングズ・ランディングで、ああいう大釘に刺された晒し首を抜いたことがある」

ダンクはエッグにそう語りかけた。じっさいに壁を這い登って首を抜いてきたのは、〈鼬《イタチ》〉だった。レイフと〈焼き菓子《プディング》〉に、そんなことできるもんかと煽られてのことだった。おりしも見張りたちが駆けつけてきたため、〈鼬〉は首を下に投げた。それを受けとったのがダンクだったというわけだ。

「叛逆した貴族か、盗賊騎士の首だったんだろうな。そこいらの人殺しの首だったのかもしれない。とにかく、首は首だ。晒されて二、三日もすると、どの首もそっくりになってしまう」

ダンクと三人の仲間たちは、その首を使って〈蚤の溜まり場〉の女の子たちを脅かしてまわった。首を振りかざして路地を追いまわしては、むりやりその唇でキスをさせてから解放してやったものだ。あの首はずいぶんたくさんの女の子とキスをした。キングズ・ランディングにはレイフほど脚の速い女の子がいなかったから、追いかければかならず追いつけた。だが、このへんのことは、エッグには黙っておいたほうがいいだろう。

（〈鼬〉にレイフに〈プディング〉。人でなしの悪ガキ三人。しかし、あの三人よりも悪かったのが、このおれだった）

仲間たちとダンクは、しばらくその首を手元に残しておいたが、そのうち、とうとう肉が黒変し、ぐずぐずになって崩れだした。これではもう女の子たちを脅かすのに使えないので、ある晩、とあるシチュー屋に忍びこみ、腐れ首をごった煮《ボウル・オ・ブラウン》の大鍋に投げこんで処分してしまった。

ダンクはエッグに説明した。

「鴉は最初に目玉をほじくりだすんだ。つぎに頬をついばんで穴をあける。そのころにはもう、肌が緑色に変色していて……」そこでダンクはすっと目を細めた。「待てよ。あの顔、見覚えがあるぞ」

「それはそうでしょ」とエッグがいった。「三日前だもの。あれ、あのとき〈血斑鴉《けつぱんガラス》〉公を糾弾する説法をしていた、背中曲がりの司祭《セプトン》ですよ」

あのセプトンか。

(かりにも〈七神〉に仕えることを誓った聖職者だぞ。いくら謀叛《むほん》を煽動したとはいえ……)

あのとき、市場の広場に集まった聴衆に向かって、背中曲がりのセプトンはこう語りかけていた。

〝鴉は手が血で濡れている。兄弟の血で濡れている、甥御らの血で濡れている。鴉が送った影により、雄々しきプリンス・ヴァラーの子、妃《きさき》のおなかのお子たちも、日の目を見ずして扼殺《やくさつ》された。〈若きプリンス〉、いまいずこ? 弟君のプリンスの、慈悲のマターリス、いまいずこ? デイロン有徳王《うとくおう》、いずこにおわす? 恐れを知らぬ元太子、〈槍砕きのベイラー〉どのは? だれもかれもが墓の中、ひとり残らず墓の中——なのに鴉はエイリス王の、肩にとまってのうのうと、その耳元へとカアカアわめく。地獄のしるし、顔にあり、空いた眼窩も地獄のしるし、鴉がこの世に招きしものは、旱魃、疫病、人殺し。起《た》てよ世の人、思いだせ、海の向こうの真王を。七つの神あり、七つの国あり、黒き竜には七子息あり! 起てよ諸公よ、淑女らよ。起てよ雄々しき騎士たちよ、不撓不屈《ふとうふくつ》の郷士らよ、〈血斑鴉《けつぱんガラス》〉をば追いはらえ、妖術使いを討ち倒せ、さなくば子らも、その子らも、未来永劫、呪われようぞ!〟

(ひとことひとことが、叛意にまみれていた)

そうはいっても、聖職者が晒し首になり、目玉があった場所にぽっかりと穴があいている光景には、慄然とさせられるものがある。

「たしかにあのセプトンだな」とダンクは答えた。「この町を出ていくべき理由がまた増えた」

サンダーに軽く拍車を当て、しとしとと降る雨の音を聞きながら、エッグとともに、ストーニィ・セプトの大門を通りぬける。

〈血斑鴉〉に目の数いくつ？）と謎かけにいう。（目の数ぜんぶで、千と一）

一説によれば、現〈王の手〉は黒魔術に手を染めており、容貌を変えることができるらしい。姿を変えて片目の犬になることもできるし、霧になることさえもできる。その指示を受けて敵を襲うのは不気味な灰色狼の群れであり、敵情を探り、敵の秘密を耳打ちするのは、たくさんの鴉だ。そうしたうわさのほとんどがお話の域を出ないことは、ダンクも承知していた。しかし、だれにも疑いようがないのは――〈血斑鴉〉への密告者がいたるところにいるということだった。

ダンク自身、かつてキングズ・ランディングを訪ねたさい、自分のふたつの目で本人を見たことがある。〈血斑鴉〉ことブリンデン・リヴァーズの肌と髪の色は骨白《こっぱく》で、そのひとつしかない目の――〈赤草ヶ原〉の合戦で異母兄弟〈鋼の剣《ビタースティール》〉と戦ったさいの負傷により、片目はなくなっている――虹彩は鮮血のように赤かった。頬から首にかけては、ワインのしみのような暗紅色の母斑《ぼはん》があった。〈血斑鴉〉の異名はそこからきたものだ。

町を充分に離れると、咳ばらいをして、ダンクはいった。

「非道の行ないもあったものだな、セプトンの首を刎《は》ねるとは……。セプトンがしたのは説法だけだ。ことばは風のごとしだというのに」

「風のごときことばもあれば、叛逆を煽ることばもあるんですよ」とエッグは答えた。

エッグは棒のように痩せていて、あばらが浮き出ており、ひじの骨もぽこんと突きだしているが、口はかなり達者なほうだ。

町の半分が無人になってしまうぞ」
「それはそうかもしれないが、阿呆とうそつきの首をかたはしから刎《は》ねていたら、七王国の町という
公のせいじゃないし、〈春の疫病大流行〉だってちがいます」
「あのひとはセプトンだったかもしれないけど、うその説法をしてましたからね。旱魃は〈血斑鴉〉
エッグはこれを、からかわれたものと受けとった。事実、からかったわけだが。
「なんだ、まっとうな王子さまみたいな口をきくじゃないか」

六日ののち、空はあの雨降りがうそのように晴れていた。

陽光のあたたかさを肌でじかに味わえるように、ダンクは上着を脱いでいる。吹いてきたそよ風は涼しくて爽やかで、乙女の吐息のような馨《かぐわ》しさをともなっており、思わずためいきが漏れた。

「水だ——わかるか、このにおい？　湖はもうそんなに遠くないな」

「わかるのはメイスターのにおいだけですよ。くさいんだもん、こいつ」

エッグは騾馬の手綱を強く引っぱった。メイスターが勝手に立ちどまり、道ばたの草を食《は》んでいたからである。メイスターはしじゅうこれをやる。

「湖岸には古い旅籠《はたご》があってな」ダンクは以前、老士の従士をしていたころ、そこに泊まったことがあった。「サー・アーランはよく、あそこで醸造しているブラウンエールが最高だ、といっていた。渡し船を待つあいだ、一杯味わえるかもしれないぞ」

エッグが期待のこもった目をダンクに向けた。

「エールを味わうついでに、軽食もとっては？」

「どんな軽食を？」

「ローストのスライス一枚。鴨肉ひときれでもいいし、シチュー一杯だっていいし。その旅籠にあるものなら、なんでもいいや」

最後に温かい食事をとったのは三日前だった。以来、風で落ちた果実や、木片のように固い乾し肉しか口にしていない。

(北へ向けて出発するのに先立って、ちゃんとした食いものを腹に入れておくのも一案か。〈壁〉はまだうんと遠いんだし)

「そこで一泊するのもありかなー、なんて」

「わが君《ムー=ロード》におかれましては、羽布団をご所望か？」

「藁布団でも充分ですよ」からかうようにいわれて、エッグが口をとがらせた。

「宿をとる金などないぞ」

「ええ、残っているのは、一ペンス銅貨が二十二枚に、星紋銅貨が三枚、牡鹿銀貨が一枚、それと、例の古い柘榴石《ガーネット》のかけらがひとつだけですもんね」

ダンクはぽりぽりと耳を掻いた。

「銀貨は二枚あったんじゃなかったっけか」

「あったけど、天幕を買っちゃったでしょう。だから、残り一枚」

「旅籠に泊まる暮らしなんかはじめたら、おまえ、その一枚もたちまち消えてしまうぞ。だいいち、どこかの行商人が使ったままのベッドで寝て、そいつの蚤にたかられて目が覚めても平気なのか？」

ダンクは鼻を鳴らした。「おれはいやだな。蚤なら間にあってるし。そもそも旅籠の人間は、素性の知れない旅人が好きじゃない。だったら、星の下で寝たほうがいいじゃないか」

「星の下はいいとして」エッグもそこは妥協した。「地べたは固いからなあ。ときどきは、頭の下に枕があるのもいいもんですよ」

「枕はプリンスさまのお使いになるものだ」

エッグという子は、どんな騎士にとっても、望みうるかぎり最高の従士だが、プリンスっけがよく顔を出すのが珠《たま》に瑕《きず》だった。

(なにしろこいつはドラゴンの血を引く者だ。そいつを忘れるなよ)

ダンクはといえば、むしろ物乞いの血を引く者だった。すくなくとも、〈蚤の溜まり場〉ではよくそういわれたものである。この罵倒がさらにひどくなると、〝おまえなんざ、縛り首になっちまえ〟だったが。

「エール少々と温かい食事、これくらいなら堪能する余裕はあるが、ベッドなんかに貴重な金を使いたくはない。金は渡し守のためにもとっておかないと」

ダンクが前に湖を渡ったとき、渡し賃はせいぜい一ペンス銅貨数枚程度だったが、あれは六年前、もしかすると七年も前のことだ。あれ以来、ずいぶんいろいろなものが値上がりしている。

「でも――湖を渡るのに、ぼくの〝長靴《ちょうか》〟を使うこともできますよ」

「使うことはできる。それでも、使わない」

長靴を使うのは、危険ととなりあわせなのである。

(うわさはすぐに広まるだろう。かならず広まる)

エッグは意味もなく頭をつるつるに剃っているわけではない。この従士は伝統あるヴァリリア人に特有の紫色の目を持ち、その頭髪は黄金の延べ板に銀線を象嵌《ぞうがん》したような金属光沢を持つ。そういう髪を伸ばすということは、三頭《みつくび》ドラゴンの留め飾り《ブローチ》をこれみよがしにつけるのと変わらない。いまのウェスタロスが危険多き時代を迎えている以上、危険を招く行為は避けるに越したことがなかった。

「あとひとことでも、ろくでもない長靴のことを口にしてみろ、思いっきり耳に拳固を食らわせて、湖の向こう岸まで吹っとばしてやる」

「吹っとばされるくらいなら、泳いでいったほうがいいな」ダンクとは対照的に、エッグは泳ぐのが得意なのである。そこで、鞍上《あんじょう》でうしろをふりむき、少年はいった。「あれ？　だれかがうしろから街道を駆けてくる。この馬蹄の音、聞こえます？」

「耳はちゃんと聞こえてるよ」ダンクには後方の土煙も見えた。「かなりの数だな。しかも、急いでいるぞ」

「もしかすると、法外の者？」

エッグは鐙《あぶみ》の上で立ちあがった。恐れているというより興奮しているようだ。とにかく、こういう子なのである。

「法外の者なら、もっと静かに移動するさ。あんなに騒々しい音を立てて移動するのは貴族だけだ」ダンクは剣の鯉口《こいぐち》を切った。すばやく抜けるようにするためだ。「なんにしても、街道の端に寄ってやりすごそう。君子、お貴族さまの集団に近よらず、だ」

多少の用心は、けっして害にはならない。デイロン有徳王《うとくおう》が〈鉄の玉座〉についていた時代ほど、昨今の街道は安全ではないのである。

ダンクとエッグは茨の藪の陰に隠れた。ダンクは背中の楯を降ろし、左腕を革帯にすべりこませた。この楯は年代物で、縦長で重く、凧の形をしており、松材の厚板でできていて、鉄の縁がある。

これは石の聖堂《ストーニイ・セプト》の町で入手した楯だった。〈ロングインチ〉と戦ったさいに、前の楯はズタズタにされてしまったので、新しく買いいれたのだ。楡《ニレ》と流れ星の紋章を描いてもらう時間がなかったため、楯にはいまも、前の持ち主の紋章――縛り首の樹に吊るされて土気色になった男の死体がぶらさがる絵が描かれたままだ。自分ではけっして選ばない意匠だが、なにしろ安かったので文句はいえない。

隠れてすぐに、最初の二騎が速駆《かげ》けで猛然と駆けていった。ふたりとも、どこかの貴公子らしい。それぞれが軽軍馬を駆っている。鹿毛の馬に乗っている男がかぶっているのは、鋼に金鍍金《きんときん》を施した面頬《めんぽお》のない兜で、その頭立《ずだて》には三本の羽根飾りが高々とそそりたっていた。羽根の色は、一本が白、一本が赤、一本が金だ。乗馬の頸《くび》当てにも、同じく三色の羽根飾りが飾られている。鹿毛のとなりを並走する黒毛の牡馬には、これは青と金の馬衣《うまぎぬ》が着せてあった。向かい風に馬衣を翻し、黒毛の馬は音高く目の前を通りすぎていく。となりあって馬を駆るふたりは、背後に長いマントをなびかせつつ、喚声とともに、高らかに笑い声を放っていた。

二騎のあとからは、いかにも領主風の泰然とした人物が馬を進めてきた。そのうしろにつづくのは長い行列だ。行列のうちの二十余人は、馬丁、料理人、召使いなどで占められている。そのほかには、その者たちがかしずく相手——先頭の騎士三騎を護る歩兵が多数、騎馬の弩弓《クロスボウ》兵多数がつづいていた。さらに、兵たちの具足や天幕や糧食を満載した荷馬車が十二台。領主らしき人物の鞍には楯がかけてある。そこに描かれた紋章は、暗橙色《あんとうしょく》の紋地に三つの黒い城をあしらったものだった。

この紋章には憶えがあった。しかし、どこで見たのだろう？ 行列の先頭に立つ領主は年配の男で、顔はいかめしく、口をむすっと引き結び、短く刈ったごま塩の顎鬚《あごひげ》をたくわえた人物だ。

（アッシュフォード牧草地にいたのかもしれない。あるいは、サー・アーランの従士をしていたころ、あの人物の城で一時的に召しかかえられていたのか）

草臥《くさぶ》しの老士は、長い年月にわたって、あまりにもたくさんの要塞や城で騎士働きをしていたので、ダンクにはその半分も思いだすことができなかった。

そのとき、領主が茨の茂みに目を向け、急に手綱を引いて馬をとめた。

「そこのおまえ——茂みの陰の。姿を見せろ」

領主の背後で、ふたりの弓兵が馬をとめ、すばやくクロスボウに太矢をつがえた。行列のほかの者たちは、そのまま街道を進んでいく。

ダンクは丈高い茂みの陰から歩み出た。左腕は楯をはめたままで、右手は長剣の柄頭《つかがしら》にあてがっている。その顔は、多数の馬が蹴たてる土煙で赤茶色の仮面をつけたようになっており、上半身は裸体だった。さぞかし胡乱《うろん》なやつに見えるだろうが、領主が馬をとめた理由は、どうやらダンクの巨軀にあるようだ。

領主に向かって、ダンクはいった。

「害意はありません、ご領主《ム＝ロード》。われわれはふたりだけ——わたしと、わたしの従士だけです」

エッグにも出てくるよう、手招きする。

「従士？　そのほう、それで騎士だというのか」

相手が自分を見る眼差しが、ダンクは気にいらなかった。

（人の生皮を剝いでしまいそうな視線だな）

どうやらここは、剣から手を離しておいたほうが無難そうだ。

「わたしは草臥しの騎士。騎士働きする場所を求めて旅をしております」

「いままで吊るしてきた盗賊騎士どもも、みな同じことをいいおったわ。その楯の紋章がそのほうの行く末を象徴しておるようだな、騎士どのよ……そもそものほうが騎士だとしてだが。縛り首の樹、吊るされた男……。それはそのほうの紋章か？」

「ちがいます、ム＝ロード。この楯は塗りなおさねばなりません」

「なにゆえだ。死体から剝いできたからか」

「きちんと金を払って購《あがな》ったものです」（黒い城三つ、地色は暗橙色……どこで見た？）「わたしは盗賊ではありません」

領主の目は一対の燧石《ひうちいし》だった。おそろしく冷たい。

「その頬の傷、どうしてついた？　鞭打ちの痕か？」

「短剣傷です。もっとも、わたしの顔のことは、閣下には関係ないと思いますが」

「関係ないかどうかは、わしが判断する」

ここで先行の二騎士が駆けもどってきた。なにをぐずぐずしているのかと気になったのだろう。

「なにごとだ、ゴーミー」

呼びかけてきたのは、黒毛の馬に乗った若い騎士のほうだった。身体は細身でしなやか、きれいに髭を剃った顔はなかなか端整だ。つややかな黒髪は襟までたらしている。胴衣《ダブレット》は紺青《こんじょう》色のシルクで、金のサテンの縁どりがあった。胸には縁が鋸歯状になった、大きな十字模様が金糸で刺繍してある。十字で分割された区画のうち、左の上下ふたつには黄金の弦楽器《フィドル》が、右の上下ふたつには黄金の剣が刺繍されていた。着ているダブレットと色合いの似通った紺青色の目は、おもしろがっているような光をたたえている。若者はつづけた。

「アリンのやつ、あなたが落馬したのではないか心配だといいだしてな。ま、どう考えても言い訳でしかない。おれのほうが競り勝っていたのは確実だ」

「何者です、そこの野盗ふたり？」鹿毛の馬に乗った、三本羽根の騎士がたずねた。

野盗といわれて、エッグはカチンときたようだった。

「野盗呼ばわりされるいわれはありません。あなたがたの行列が立てる土ぼこりを見たとき、これは法外の者かもしれないと思ったから隠れただけです。こちらは〈長身のサー・ダンカン〉、わたしはその従士です」

貴公子たちは、蛙が鳴いただけだとでもいいたげな態度で、エッグのことばなどは一顧だにせず、ダンクだけを見つめていた。

「大きいな。これほど図体のでかい大男ははじめて見た」三本羽根の騎士がいった。こちらの若者は顔がぽっちゃりとして、くせの強い髪は暗い蜂蜜色だ。「すくなくとも二メートル十はあるだろう、賭けてもいい。この男が転んだら、盛大な地響きを立てるぞ」

ダンクはむっとした。顔がうっすらと赤くなっている。

（賭けていたら、あんた、負けてたぞ）

前回、エッグの兄、エイモンに測ってもらったところでは、二メートル十にやや足りなかったのだ。

「それはおまえの軍馬か、ばかでかい騎士？」三本羽根の貴公子がいった。「つぶして肉をとるには使えそうだな」

「このアリン公は礼儀を忘れがちな男でな」黒髪の騎士がいった。「心ないことば、ゆるしてやってくれ。アリン、サー・ダンカンにお詫びしろ」

「詫びねばならぬというなら、詫びもしよう。ゆるせ、騎士どの」

そう言い捨てるなり、三本羽根の騎士は返事も待たず、鹿毛の馬の向きを変えさせ、速足で街道を走り去っていった。

黒髪の騎士はその場にとどまった。

「きみも婚礼の儀に向かう口か？」

相手の口調のなにかに、ダンクは思わず馬鹿丁寧な口調で答えそうになったが、その衝動に抗《あらが》い、ふつうに答えた。

「渡し船に乗りにいくところですよ、ム＝ロード」

「それはわれらも同じだが……その呼び方はちがうぞ。この場で貴族《ロード》の称号で呼ばれる者は、そこのゴーミーと、いま走り去った礼儀知らずのアリン・コクショーだけだ。おれは諸国さすらう草臥しの騎士――きみと同じだよ。みなからは〈弦楽器《フィドル》弾きのサー・ジョン〉と呼ばれている」

いかにも草臥しの騎士が選びそうな名前ではあったが、ダンクはいまだかつて、こんなにも立派な服と具足に身を包み、こんなにもみごとな馬に乗った草臥しの騎士を見たことがなかった。

(黄金の草に臥す騎士さまだな)

「わたしの名はもうごぞんじのはずですね。従士はエッグと呼ばれています」

「会えてうれしい、騎士どの。ところで、ともに騎行していかぬか、われらは白亜城へ赴き、騎槍《ランス》を何本か折ってやる所存だ。バターウェル公の新婚祝いで、馬上槍試合が催されるのでな。その巨体、なかなかに腕が立つと見た」

アッシュフォード牧草地以来、ダンクはその手の催しに参加したことがない。

(なるほど。何人か落馬させて、武具の買い戻し金を手に入れれば、北へ向かう道中、余裕で食えるようになるだろうな)

だが、城三つの紋章の年配の領主は、渋い顔をした。

「サー・ダンカンにはサー・ダンカンの旅があるだろう。われらと同じようにな」

〈フィドル弾きのジョン〉は、年配の領主のことばなど聞こえなかったようすで、

「ぜひともきみと剣を交えてみたい。これまでに、さまざまな土地において、さまざまな民族の者と数多く立ち合ってきたが、これほど大きな男とは戦ったことがない。お父上もやはり、きみのような偉丈夫《いじょうふ》なのか？」

「父は知らないんです」

「それは気の毒に。おれ自身、幼くして父を亡くした」〈フィドル弾き〉はここで、三城紋の領主に顔を向けた。「サー・ダンカンにはぜひとも、われらが一行に加わってもらいたいのだが」

「こういう輩《やから》を同行させる必要はない」

ダンクはとまどった。金のない草臥しの騎士が、貴族から旅の道連れに誘われる――そんな話は、めったにない。

（むしろおれは、この連中の使用人の同類だからな）

行列はかなりの長さがあった。コクショー公と〈フィドル弾き〉は、馬の世話をする馬丁、食事を作る料理人、武具の手入れをする従士、警護の兵士、それぞれを何人も引き連れている。いっぽうのダンクにはエッグしかいない。

「こういう輩？」〈フィドル弾き〉は笑った。「どういう輩だ？　大きな輩か？　見ろ、この偉容。われらには屈強な者がいる。〝名のある武人も、老いては無名の若き剣に劣る〟というではないか」

「それは馬鹿どもの言いぐさだ。おまえはこの者のことを微塵《みじん》も知らぬ。じつは野盗かもしれんし、〈血斑鴉〉公の間諜かもしれんのだぞ」

「わたしは間諜などではありません」とダンクはいった。「ム＝ロードはわたしの面前で、わたしが聾者《ろうしゃ》か死者か、ドーンで行き倒れた者でもあるかのように、ぶしつけな口のききかたをなさるが、その必要はないのではありませんか」

一対の燧石《ひうちいし》の目が、じっとダンクを見すえた。

「ドーンで行き倒れるなら、むしろ僥倖というものだ。早々にわが前を去り、ドーンへゆけ」

「相手にしなくていいぞ」〈フィドル弾き〉がいった。「この男、甲羅を経た気むずかしいやつでな、だれでも疑ってかかるんだ。ゴーミー、おれはこのご仁に、信頼できそうな感触をいだいた。サー・ダンカン、いっしょに白亜城へいってくれないか？」

「ム＝ロード、わたしは……」このような雲の上の者たちと、どうして野営地を共有できよう。この連中の使用人たちは立派な天幕を立てて、馬丁たちは馬の手入れをし、料理人たちはひとりひとりに肥育鶏や牛の骨付き肉を調理して出す。かたやダンクとエッグは、木片のように固い塩漬けビーフの細切れを延々と噛みつづけねばならない。「遠慮しておきましょう」

三城紋の領主がいった。

「それ見たことか。この者、自分の居場所を心得ておる。われらのもとにそれはない」そこで、馬を街道の先へ向けて、「そろそろコクショー公は、二キロも先までいっておるぞ」

「また追いつめねばならないようだな」〈フィドル弾き〉はダンクにすまなさそうな笑みを向けた。

「縁があれば、いつの日かまた会おう。その日がくることを祈っているぞ。いずれ騎槍でお手合わせ願いたいものだ」

ダンクには、なんと答えていいのかわからなかった。

「馬上槍試合では、ご武運を」

やっとのことでそう口にしたときには、サー・ジョンはすでに馬首《ばしゅ》をめぐらし、行列を追って走り去ったあとだった。年配の領主もあとを追いかけていく。二騎の後ろ姿を見送って、ダンクはほっとした。あの領主の無情な目は気にいらない。アリン公の傲慢さもだ。〈フィドル弾き〉だけは感じがよかったが、あの男本人にも、なにかしら不可解なところがある。

「フィドルがふたつに、剣がふたつ、それを区切る鋸歯状の十字」二騎が蹴たてる土煙を見送りつつ、ダンクはエッグにいった。「あれはどこの紋章だ？」

「ありません。ああいう楯は、どの紋章の書物でも見たことがないです」

（結局、あの男、ほんとうに草臥しの騎士だったということか……）

ダンクの紋章にしても、即興で考案したものだ。意匠を思いついた場所はアッシュフォード牧草地。〈背が高すぎのタンセル〉と呼ばれる人形遣いに楯の絵を描いてもらうとき、どんな図柄がいいかと問われたときだった。

「年配の領主のほう、あれはフレイ家の縁者か？」

フレイ家の楯にも城の絵が描かれている。それに、フレイ家の領地はここからそう遠くない。

エッグはあきれたように白目を剝いてみせた。

「フレイ家の紋章なら、灰色の紋地に一対の青い塔が橋で結ばれたものでしょう。あのひとの楯は、暗橙色の紋地に黒い城が三つ。橋なんかありましたか？」

「なかったな」（この野郎、おれに八つ当たりしてやがる）「ただし、こんどおれに向かって白目を剝いてみろ、耳に思いきり拳固をくらわせて、一生白目を剝いたままにさせてやるぞ」

エッグは神妙な顔になった。

「ぼくがいおうとしたのは――」

「おまえがなにをいおうとしたのかはどうでもいい。で、どこのだれだ？」

「ゴーモン・ピークです、星嶺《せいれい》城の城主の」

「あれはずっと南の河間平野《リーチ》にあるんだろう？　あのご仁、ほんとうに城を三つも持ってるのか？」

「楯の上だけでなら。ピーク家も、そのむかし、三つの城を持っていたんですけど、ふたつはすでに失っちゃったので」

「どうしてふたつも城を失った？」

「黒竜側に立って戦ったんですよ」

「ははあ」自分が阿呆のように思えた。（またあれか）

この二百年というもの、七王国はエイゴン征服王とその姉妹たちの子孫によって統治されている。かつて七つあった王国を統一し、〈鉄の玉座〉を造ったのが、右の開祖たちだった。王家の旗として用いられているのは、ターガリエン家の三頭《みつくび》ドラゴンの旗——黒地に赤いドラゴンの旗だ。ところが、十六年前、エイゴン四世王の庶子だったデイモン・ブラックファイアが、正嫡《せいちゃく》の兄弟に対し、叛乱を起こした。デイモンも旌旗《せいき》に三頭ドラゴンの意匠を選んだのだが、そのさい、多くの庶子がよくやるように、黒と赤を反転させて用いた。それがすなわち、赤地に黒いドラゴンの旗である。この叛乱は、〈赤草ヶ原〉の合戦で終焉を迎えることになる。かの地において、デイモンとその息子のうちふたり、双子の兄弟は、〈血斑鴉〉公の射かけた矢の雨を浴びて、討たれてしまったのだ。合戦に生き残り、ひざを屈した叛徒たちは、赦免されはしたものの、それと引き替えに、土地を失う者、称号を失う者、金銭を失う者と、各々、さまざまな苦汁を嘗めさせられた。さらに、以後の忠誠を担保するとの理由から、全員、人質を差しださせられもした。

（黒い城三つ、地色は暗橙色）

「それで思いだしたぞ。サー・アーランは〈赤草ヶ原〉の話をしたがらなかったが、あるとき、酒を過ごして、ぽつりといったことがある。姉妹の子息があの合戦で亡くなったんだと」あのとき聞いた老士の声、あのときの酒くさい吐息が、まざまざとよみがえってきた。「子息の名前は、銅貨《ペニーツリー》の樹のロジャー。鉄棍で頭をつぶされて戦死したんだ。その鉄棍を振るったのが、楯に三つの城が描かれた貴族だった」

（ゴーモン・ピーク公か。老士はその人物の名を知らなかった。あるいは、知りたくなかったのかも

しれない）

　この時点ではもう、ピーク公、〈フィドル弾きのジョン〉、そしてその行列の土煙は、彼方に立ち昇る、ひとすじの赤い土ぼこりの柱にまで縮んでいた。

（叛乱は十六年前に起きた。僭王は討ち死にし、僭王にしたがった者たちは国外に逃げるか、賠償と引き替えに罪を赦された。いずれにせよ、おれには関係のないことだが）

　それからしばし、ダンクとエッグは、鳥たちの哀調に満ちた鳴き声を聞きつつ、無言で馬を進めた。何キロか進んだところで、ダンクはやおら咳ばらいをし、切りだした。

「さっき、あの騎士がいっていたバターウェル家だが……領地は近いのか？」

「湖の向こう側です。バターウェル公は、エイゴン四世が〈鉄の玉座〉についていた当時、財務相を務めていた人物なんです。デイロン王の治世中には、〈王の手〉に任命されたこともありましたが、短期間におわりました。紋章は、緑、白、黄の横波線を積み重ねたものです」

　エッグは得々として答えた。この子は紋章の知識を披露するのが大好きなのだ。

「おまえの父君の友人か？」

　エッグは眉根を寄せた。

「父は好意を持ってませんね。叛乱にさいして、バターウェル公の次子は僭王側に、長子は国王側についで戦ったからです。どちら側が勝っても生き延びるための布石でしょう。バターウェル公本人は、どちらのためにも戦ってません」

「それを用心深いという者もいるだろうな」

「父にいわせれば、日和見です」

（ああ、あの人物ならそういうだろう）

プリンス・メイカーは頑固一徹だ。誇り高く、すぐに人を蔑む。「〈王の道〉に出るには、白亜城を経由していかないといけない。このさい、あの城で腹ごしらえをしていくか？」そう思っただけで、急に腹がぐうぐう鳴りだした。「婚礼の儀に招かれた客の中には、居城へ帰るにあたって護衛を必要とする者がいるかもしれないし」

「だけど、北へ向かうはずだったでしょう？」

「〈壁〉があの地に立って八千年――もうしばらくは立っているだろう。現地はここから五千キロの彼方だ。もうすこし路銀を蓄えてからでもいいだろう」

ダンクは馬上槍試合に出場した自分を思い描いた。サンダーにまたがって、楯に三つの城を描いた仏頂面の領主を落馬させた暁には――。

（さぞ気持ちがいいだろうな。〝貴殿を打ち破りしは、かつてサー・アーランの従士だった者なり〟。あの男が買い戻し金を携えて武具を引きとりにきたら、そういってやろう。〝われこそは貴殿が打ち殺したる従士に代わりて従士になった者と知れ〟。老士もきっと喜ぶぞ）

「まさか、馬上槍試合に出ようとか思ってるんじゃないでしょうね」

「そろそろ、出てもいい頃合じゃないか？」

「そんなことはありません」

「そろそろ、おまえの耳に拳固を食らわす頃合ではあるよな」

（槍試合は二勝するだけでいい。二回ぶんの買い戻し金があれば、三回めに負けたぶんの買い戻しで使ったとしても、残った一回ぶんで一年間は、王侯のような食事ができる）

「模擬合戦もあるなら、そちらに参加するか」

ダンクの巨軀と怪力は、馬上槍試合よりも模擬合戦のほうに向いているのだ。

「婚礼の儀では、ふつう、模擬合戦なんてしませんよ」

「とはいえ、ごちそうがあふれているのはふつうだろうが。行く先はまだまだ遠いんだ。まずは腹を膨らませてから出発したほうがいいじゃないか」


湖が見えてくるころ、太陽は西に低くかかっていた。湖面は赤と金に燦然《さんぜん》ときらめき、まるで銅の延べ板のようだ。何本かの柳の樹ごしに、旅籠の屋根と小塔がかいま見えてくると、ダンクは湖岸に寄って馬を降り、ふたたび汗まみれの上着を身につけ、湖水で顔を洗った。旅のほこりをできるだけ洗い落とし、陽に灼《や》けてところどころが変色したぼさぼさの髪を濡れた指で梳《す》く。からだの大きさについては、いかんともしがたい。頬に残る傷痕についてもだ。それでも、盗賊騎士とは思われぬよう、できるだけ身だしなみを整えておきたかった。

旅籠は記憶にあるよりも大きな、横に長い灰色の建物で、板張りの屋根には小塔が設けられていた。建物の半分は湖底に打ちこんだ支柱杭に支えられて、湖の上にせりだしている。湖岸から船着き場にかけてのぬかるんだ一帯には、雑に切った厚板を敷きつめた板道が作ってあったが、いまは渡し船も船頭も姿が見えない。街道をはさんで旅籠の向かい側には、茅葺《かやぶ》き屋根の厩《うまや》があった。旅籠の敷地は空積みの石壁で囲われているが、門は開放されたままだ。門の中には井戸と馬用の水桶が見えた。

「馬をたのむ」ダンクはエッグにいった。「あんまり水を飲ませすぎるなよ。おれは食いものを調達してくる」

偶然、旅籠の入口で、女将が上がり段を掃いていた。

「渡し船かい?」女将がたずねた。「遅すぎたねえ。もう陽が沈むからさ。船頭のネッドは、満月が出てるときでないと、夜に湖を渡るのをきらうんだよ。朝陽が出たら、すぐにもどってくるからね」

「渡し賃がいくらか、知ってるかい？」

「おひとりさま、一ペンス銅貨三枚。馬一頭につき、十枚」

「馬は二頭で、騾馬《ラバ》が一頭いるんだが」

「騾馬も十枚だよ」

ダンクは頭の中で総額を計算した。一ペンス銅貨、三十六枚。期待していたよりも高い。

「前にここを渡ったときは、人が二枚、馬が六枚だったんだがな」

「それはネッドにいっとくれ、あたしにゃ関係ないことだから。宿をお探しかい？ でも、ベッドの空きはないよ。ショーニー公とコスティン公が随員を連れてお泊まりなんでね、もう満杯なんだ」

「ピーク公も逗留されているのか？」（あれはサー・アーランの従士を殺した男だぞ）「コクショー公と〈フィドル弾きのジョン〉もいっしょのはずだが」

「あのひとたちなら、本日最終の渡しで、ネッドが乗せてっちゃったね」女将はじろじろとダンクを見まわした。「あんたもご一行のお仲間？」

「街道で知り合った——それだけの関係さ」旅籠の窓からは、いいにおいが流れてきており、思わずよだれが出た。「なにか焼いているようだが、分けてもらえるかな？ あまり高くないようなら」

「猪肉をね、しっかり胡椒を擦りこんで焼いてるよ。玉葱《タマネギ》、茸、つぶした蕪《カブ》も添えて出してる」

「蕪はなくてもいい。猪肉のスライスを何枚かと、上等のブラウンエールが蓋つきジョッキ《タンカード》に一杯、それだけあれば充分だ。それでいくらになる？ それと、ひと晩、厩の床に泊まらせてもらうことはできないかな？」

これがまずかった。

「厩ってのは馬を入れるところだよ。だから厩っていうんでしょうが。たしかにあんたは馬みたいにでっかいけどね、脚は二本しか見えないよ」

追いだそうとするかのように、女将はさっさっと箒を動かした。

「七王国じゅうの人間に食わせろなんて、どだい無理な話なんだよ。猪はうちのお客のためのもの。あたしのエールだってそうさ。お泊まりのご領主さまたちには、満腹するまでたらふく飲み食いしていただいて、料理や酒が足らないぞ、と文句をいわれないようにしとかなきゃいけない。湖には魚がたんといるし、切株がいっぱいあるあたりには、ほかにも何人か、ごろつきが夜営してる。草臥しの騎士だとさ。ほんとかどうか知らないけどね」

その口調は、ほんとうは騎士だと思っていないことを物語っていた。

「連中のところにいけば、食べものを分けてもらえるかもしれないよ。あたしの知ったこっちゃないけどね。さあさ、いったりいったり。あたしゃ仕事があるんだ」

女将は屋内に入り、バシン、とたたきつけるようにして扉を閉めた。その切株がどこにあるのか、たずねるひまもなかった。

エッグは馬用水桶の縁にすわり、足を水につけて、大きなへなへな帽で顔をあおいで待っていた。

「あれ、豚を焼いてるんでしょ？　そんなにおいがしてる」

「猪だそうだ」ダンクは陰気な口調で答えた。「しかし、せっかく旨い乾し肉があるのに、猪なんか食いたがるやつがいるか？」

エッグは眉をひそめた。

「だったら、かわりに長靴を食べちゃってもいいかな？　新しい長靴は、乾し肉で作ることにして。乾し肉のほうが固くて丈夫だから」

「こらこら」笑いそうになるのをこらえて、ダンクはいった。「おまえの長靴を食うことは許さんぞ。

おっと、あとひとことでもなにかいってみろ、長靴のかわりに、おれの拳固を食うことになる。さあ、桶から足を出せ」

騾馬の背から大兜を取りだし、下手投げでエッグに放り投げた。

「これに井戸の水を汲んで、乾し肉をひたしておくんだ」

そうとう長く水につけておかないと、乾し肉は歯が折れそうなほど固い。エールにつけておくのがいちばん旨く食う方法だが、水でもふやけさせる役にはたつ。

「その桶の水は使うなよ、おまえの足の味つきはごめんだ」

「ぼくの足の味がついたら、むしろ旨くなるってもんですよ」

足の指を動かしながら、エッグはそういったが、いわれたとおりにした。


女将に聞いた草臥しの騎士たちは、早々と見つかった。湖岸の樹々のあいだにちらつく焚火の炎を、エッグがすぐに見つけたからだ。ふたりは馬と騾馬を引いて炎のほうに歩きだした。少年はダンクの大兜を腋にかいこんでおり、一歩ごとに、中で水が跳ねている。このころには、夕陽は西の地平線をほんのりと赤く染める程度にまで沈んでいた。ほどなく樹々が途切れて、開けた場所に出た。そこはかつて、ウィアウッドの環状列樹があったところのようだった。〈森の子ら〉がウェスタロスを支配していたころ、環状にそびえていたはずの樹々は、とうのむかしに一本残らず伐採されて、いまでは白い切株と骨白《こっぱく》の根の名残《なごり》が大きな円を描いてならぶのみだ。

切株の輪の中には、一角にふたりの男がすわり、焚火をはさんで、交互にワインの革袋をやりとりしていた。ふたりの馬は環状列樹跡の外で草を食《は》んでいる。ふたりとも武具はきちんとそばに積んでいた。ふたりからやや離れたところには、ずっと若い男がひとりですわり、栗の樹にもたれかかっていた。

いる。

「方々《かたがた》、お初にお目にかかる」ダンクは愛想よく呼びかけた。武器を持った相手に対して、こちらの存在を知らせることなく近づくのは、いかなる状況であろうと、けっして賢いこととはいいがたい。

「わたしは〈長身のサー・ダンカン〉と呼ばれる者。この子はエッグ。焚火に当たらせてもらってもいいだろうか」

焚火そばのふたりのうち、中年のずんぐりした男が立ちあがり、ダンクたちを出迎えた。かつては立派だったとおぼしき衣類は、いまはもうぼろぼろになっている。顔を縁どるのは炎のように派手な紅髯《こうぜん》だ。まばらな口髭には猫を思わせるものがあった。

「ようこそ、サー・ダンカン。これはまた、大きなご仁だな……もちろん、おおいに歓迎するとも。そちらの少年もだ。卵《エッグ》、といわれたか？　なんでそんな名を？」

「略称なんです」

心得たもので、エッグはそれだけ答えた。エッグがエイゴンの略であることはいわないほうがいい。知らない相手に対しては。

「なるほど。では、その頭はどうしたのかね？」

（〝髪切り虫〟といいえ）とダンクは思った。（髪切り虫のせいだというんだ）

作り話としては、これがいちばん安全だ。これまで何度も、いろんな人間にそういってきた。だが、ときどきエッグは、自分の頭のことを、子供じみた遊びのネタにしてしまうことがある。

「剃ってるんです。騎士のしるしとして拍車をいただくまで、髪は伸ばさないと誓ったので」

「殊勝なり、その誓い。やつがれは〈霧深き湿原の猫のサー・カイル〉。あそこで栗の樹を背にしてすわっているのはサー・グレンドン……ええと……ボール。これなるはサー・メイナード・プラム」

最後の名前を聞いて、エッグの耳がぴくりと動いた。

「プラム……というと、ヴィセーリス・プラム公の縁者の方ですか？」

「遠縁ではあるな」そう答えたサー・メイナードは、背が高くて痩せぎすの、猫背の男だった。髪は長くてまっすぐで、亜麻色をしている。「ま、プラム公がそう認めるとは思えんがね。向こうが甘い紫李《プラム》の出なのに対して、こっちはすっぱい紫李《プラム》の出だ、という者もいるかもしれん」

サー・メイナード・プラムのマントは、その家名のとおりの紫色だったが、縁がほつれているうえ、ひどく色むらがあった。マントを肩のところで留めているのは、鶏の卵ほどもある月長石の留め具だ。マントのほかに身につけているのは、灰褐色の粗織り《ラフスパン》の服と、しみだらけの茶色い革鎧のみだった。

「こちらには塩漬けビーフの乾し肉があるが」とダンクはいった。

「サー・メイナードは、林檎《リンゴ》をひと袋持っている」〈猫のカイル〉がいった。「そしてやつがれは、卵と玉葱《タマネギ》の酢漬けを持っている。ぜんぶ合わせれば、ちょっとしたごちそうになるぞ！　さあさあ、すわりなさい。そこの切株、なかなかすわり心地がよろしい。わが僻目《ひがめ》でなければ、われらはあすの午前なかばまでここにいることになるだろう。一隻しかない渡し船は、渡し待ちの者を一気に運べるほどの大きさがない。旅籠に泊まっている領主たちと随員を渡してしまうまで、順番はまわってくるまいて」

「失礼——その前に、馬の世話をしてくるので。エッグ、手伝え」

ふたりして、サンダー、レイン、メイスターの鞍をはずした。それから、三頭に草を食ませ、水を与え、夜のあいだに動きまわらないよう、馬たちの脚に短い足縄をかけた。

ダンクがサー・メイナードの差しだすワインの革袋を受けとったのは、作業がすべてすんでからのことだった。

「酢になりかけたワインだが、ないよりましだ」〈猫のカイル〉がいった。「白亜城にいけばもっと上等のヴィンテージが飲めるぞ。バターウェル公は、アーバー島北部産の、最高級ワインを貯蔵しているそうだからな。あのご仁、父君の父君と同じで、かつては〈王の手〉だったんだ。はなはだ信心深いおひとで、しかもはなはだ裕福だそうな」

「富の源泉は乳牛なんだ」メイナード・プラムがいった。「公は牝牛の乳房を紋章にするべきだぜ。バターウェル家というのは、血のかわりに乳が流れる腰抜けぞろい。結婚相手のフレイ家の連中も、たいして変わりばえはしない。今回の婚儀は、牛泥棒と関門橋の料金徴収屋との組みあわせ、守銭奴同士の結びつきだ。黒のドラゴンが決起したとき、あの乳搾り公、ひとりの息子をデイモンのもとへ、もうひとりの息子をデイロンのもとへ送った。どちらが勝ってもバターウェルが繁栄できるようにな。ところが、どっちの息子も〈赤草ヶ原〉の合戦で戦死してしまったあげく、末の息子も春に死んだ。だから公は、新たに縁組みしたんだよ。こんど迎える新妻が息子を産まなければ、バターウェル家は断絶する——公が死んだそのときに」

「断絶してしまえばいいんだ」サー・グレンドン・ボールは、さっきからずっと剣を研いでいたが、いまも砥石に剣をひとこすりして、そういった。「〈戦士〉は日和見の臆病者をきらわれる」

その声に宿る侮蔑が気になって、ダンクはしげしげと若者を見た。サー・グレンドンの服は上等の布で仕立ててあったが、あちこちほつれており、取りあわせもちぐはぐなため、古着を買ったような印象があった。頭にかぶっている鉄の半球形兜からは、暗褐色の頭髪がはみだしている。背丈は低く、ずんぐりとして、間隔のせまい目は小さく、肩の筋肉は盛りあがり、腕も筋骨隆々としていた。眉は春の雨のあとに湧いてくる毛虫のようなげじげじ眉で、鼻はだんご鼻、あごはかなり喧嘩っ早そうだ。なにより、若い。

（十六くらいか。十八は越えていまい）

サー・カイルが名前にサーをつけて紹介しなかったら、従士と見誤っていただろう。若者の頰は、髭ではなく、にきびでおおわれていた。

「騎士になってから、どれくらいになる？」ダンクはたずねた。

「そこそこ長い。つぎに月がひとめぐりして半年だ。騎士にしてくれたのは、〈タンブラーの滝〉の町からきたサー・モーガン・ダンスタブル。叙任の場面には、二十人以上が立ち会っている。騎士の訓練は生まれたときから積んできた。歩く前から馬に乗っていたし、自分の歯を一本も失うことなく、大の大人の歯をへし折りもした。こんど白亜城で催される馬上槍試合で名をあげて、ドラゴンの卵を申し受けるつもりでいる」

「ドラゴンの卵？　それが優勝者への褒賞なのか？　ほんとうか？」

この世で最後のドラゴンは、半世紀前に死んでいる。だが、サー・アーランは、その牝ドラゴンが産んだ複数の卵を見たことがあるといっていた。

〝石のように硬いが、あれはとても美しいものであったな〟とは老士のことばだ。

ダンクはたずねた。

「バターウェル公は、どうやってドラゴンの卵を手に入れたんだろう？」

サー・グレンドンのかわりに、サー・メイナード・プラムが答えた。

「バターウェル公の父親の父親の時代に、エイゴン王がバターウェル家の古い城を訪ねてきたとき、その卵を贈り物として渡したそうだ」

「それは……武勇のふるまいに対する褒美としてか？」

サー・カイルがくっくっと笑い、横からいった。

「そう呼ぶ者もいるかもしれんわな。おおかた、エイゴン王が訪ねてきたとき、バターウェルの老公には三人の若い乙女の娘がいて、あくる朝には、その三人が三人とも、小さな腹に王の庶子を宿していたんだろうて。お盛んな一夜の産物だよ、うん」

そういった話は、ダンクもいろいろ耳にしている。エイゴン下劣王は、王国じゅうの乙女の半分を褥《しとね》に引き入れて、それだけの数の落とし子を儲けたという。もっと悪いことに、老王は死ぬまぎわ、その全員を嫡出子として認知した。酒場の女給、娼婦、羊飼いの娘たちに産ませた落とし子たちも、貴婦人に産ませた高貴な庶子たちも、以後、すべて正嫡《せいちゃく》あつかいとなったのだ。

ダンクはいった。

「うわさ話が半分でもほんとうであれば、われわれはみんな、エイゴン老王の落とし子ということになってしまうぞ」

「そうでないと、だれにいいきれる？」サー・メイナードが混ぜ返した。

「なあ、いっしょに白亜城へいかんかね、サー・ダンカン？」サー・カイルが誘った。「それほどの偉丈夫《いじょうふ》だ、きっといずれかの貴族の目にとまる。よい騎士働き先に恵まれることはまちがいないぞ。じつはやつがれにはつてがあってな。このたびの婚礼には、ビターブリッジ城の城主、ジョフリー・キャスウェル公も参列なさるんだが、なにを隠そう、ジョフリー公が三歳のときに、はじめての剣をこさえてさしあげたのは、このやつがれなんだよ。小さな手に収まるように、松材を削りだしてな。こう見えて、若い時分には、ジョフリー公のお父上に誓約の剣として仕えていたんだ」

「その誓約の剣も、松材でできてたのかい？」サー・メイナードがからかった。

〈猫のカイル〉には、笑っていなすだけの度量があった。

「やつがれの剣は鋼だったとも、ほんとうだぞ。半人半馬《セントーア》を紋章に持つキャスウェル家のためならば、喜んでまたその剣を振るってみせよう。サー・ダンカン、馬上槍試合には出んとしても、披露宴にはわれらと参列して、馳走にありついてはどうだね。吟遊詩人に楽師、投げ物曲芸師《ジャグラー》に宙返り曲芸師《タンブラー》、剽《ひょう》げた芸で笑わせるこびとの一座もくるそうだが」

ダンクは眉をひそめた。

「エッグとおれは、先の長い旅に出るところなんだ。北のウィンターフェル城へ向かうつもりでいる。沿岸から鉄人《クラーケン》を永遠に放逐すべく、ベロン・スターク公が軍人《いくさにん》を集めているそうだから」

「北の涯《はて》は、おれには寒すぎてだめだな」サー・メイナードがいった。「クラーケンどもを殺したいなら、西へいってはどうだ？　鉄人《くろがねびと》どもを根城の諸島に追い返さんものと、ラニスター家が軍艦を続々と建造中だぞ。ダゴン・グレイジョイの息の根をとめたければ、海戦を仕掛けるほかない。陸《おか》で戦って打ち破っても、連中、さっさと海へ逃げてしまうだけだ。海の上でたたきのめすしか、根絶の方法はないんだよ」

一理あった。しかし、海の上で鉄人《くろがねびと》と戦うのかと思うと、あまりぞっとしなかった。ドーンからオールドタウンへ向かうガレアス船《白き淑女》に便乗していたときは、ダンクも甲冑《かっちゅう》を身につけ、掠奪者から船を護って戦う乗組員の加勢をした。その経験から、船をめぐる攻防が、熾烈かつ凄絶なものであることは知っている。あの戦いでは、もうすこしで海に落ちるところだった。へたをしたら、あそこで死んでいたかもしれない。

「〈玉座〉もスタークやラニスターを見習わなくてはいかんな」〈猫のサー・カイル〉がきっぱりといった。「すくなくとも、両家は戦いの姿勢を見せている。しかるに、ターガリエン家はどうだ？　エイリス王は書物に埋もれて、プリンス・レイゲルは全裸で赤の王城《レッド・キープ》の廊下を踊り歩き、プリンス・メイカーは夏の城館《サマーホール》でふてくされている始末ではないか」

エッグは枝の先で焚火の薪をかきまわし、夜空に火の粉を立ち昇らせていた。父親の名を聞いてもエッグが知らん顔をしていたので、ダンクはほっとした。

（どうやらこいつも、口をつぐんでおくすべを学びつつあるらしい）

「もとはといえば、〈血斑鴉《けつぱんガラス》〉がいかん」サー・カイルがつづけた。「〈王の手〉のくせに、なにもしようとせんのだからな。クラーケンどもが日没海沿岸に跳梁跋扈して、戦火と恐怖を撒き散らしているというのにだぞ」

サー・メイナードが肩をすくめた。

「〈血斑鴉〉のひとつしかない目は、タイロシュだけに注がれてるのさ。かの地には、〈鋼の剣〉が雌伏して、デイモン・ブラックファイアの残った息子たちと再起の計略を練っている。そんなわけで〈血斑鴉〉は、王の軍船をひざ元に集中させてるんだよ――〈鋼の剣〉の軍勢が〈狭い海〉を渡ってこられないようにな」

「うむうむ、そのとおり」サー・カイルはうなずいた。「しかし、〈鋼の剣〉の帰還を歓迎する者はおおぜいいるぞ。〈血斑鴉〉こそは諸悪の根源、王国の心臓を蝕む白き害虫にほかならん」

ダンクは眉をひそめた。石の聖堂《ストーニイ・セプト》の町で処刑されていた、背中まがりのセプトンを思いだしたのだ。

ダンクはいった。

「うっかりしたことを口走ると、首が飛ぶこともある。謀叛《むほん》を煽ったと見なす者もいるかもしれないじゃないか」

〈猫のカイル〉は言い返した。

「真実をいうことが、なぜに謀叛を煽ることになる？　デイロン王の御世《みよ》には、人は腹蔵なく意見をいえたものではないか。しかるに、いまはどうだ？」げっぷをした。「〈血斑鴉〉は、エイリス王を

〈鉄の玉座〉にすえた。しかし、この治世、いつまで持つことやら。エイリスは虚弱だ。エイリスが死ねば、〈血斑鴉〉ことリヴァーズ公とプリンス・メイカーのあいだで、王位をめぐる凄絶な内乱が起こるは必定。〈王の手〉と正統の跡継ぎとの争いになるぞ」

「おいおい、プリンス・レイゲルを忘れているぞ、わが友よ」サー・メイナードがおだやかな口調で異論をはさんだ。「エイリスの跡継ぎとして、第一位の王位継承権を持つのはレイゲルだ、メイカーじゃない。レイゲルにつぐ継承権は、さらにその息子たちにある」

「レイゲルはあんなふうな状態だからな。いやいや、レイゲルに含むところはなにもないが、しかし、あれではすでに死んでいるのと大差ない。レイゲルの双子の子供たちとて同様だ。メイカーの鉄棍に撲殺されるか、〈血斑鴉〉の妖術で呪殺されるか、行く手に待つ運命はふたつにひとつ……」

(〈七神〉よ、われらを救いたまえ。この男、自分がなにをいっているのかわかっているのか)

ダンクがそう思ったとき、エッグがかんだかい声で叫んだ。

「プリンス・メイカーはプリンス・レイゲルの弟だぞ！　兄として愛してる！　兄や兄の子供たちを殺したりなんかしない！」

「こらこら、吠えるな」ダンクは低くうなるような声で釘を刺した。「こちらの騎士のおふたりは、おまえの意見など求めてはいない」

「意見をいう権利はあるはずでしょ」

「ない」ダンクはぴしりといった。「ないんだ、おまえには」

(この子はいつか、この口で身を滅ぼす。十中八九、おれを道連れにして)

「それより、その乾し肉だ。もうふやけただろう。われらが友人にひときれずつ分けてさしあげろ。ほら、ぐずぐずするな」

エッグの顔が朱を注いだようになった。鼓動半分のあいだ、エッグがなにか言い返しはしないかと思い、ダンクはひやひやしたが、少年はふくれっ面になっただけで――いまの立場もあり、十一歳の少年に示せる怒りは、これがせいいっぱいなのだ――下を向き、ひとこと、

「わかりました」とだけ答えた。

そして、ダンクの大兜の底を探りはじめた。騎士たちに塩漬け乾し肉の細切れを分けてまわるとき、つるつるに剃った頭が、焚火の光を浴びて赤く光って見えた。

ダンクは自分の乾し肉に齧りついた。水につけていたおかげで、乾し肉は木片ではなく、革程度に柔らかくなっていたが――それだけだった。肉片のはじを嚙み、唾液に融け出た塩漬けビーフの味を味わう。旅籠で出される猪肉のロースト――炙《あぶ》られてパチパチと爆《は》ぜる表面や、したたる脂のことは、あえて考えないようにした。

黄昏《たそがれ》が深まるにつれて、湖上からは蠅、蚊、蚋《ブヨ》などが大挙して湖岸に引きあげてきた。蠅は好んで馬にたかるが、蚊や蚋は人肌を好む。虫に刺されないためには、できるだけ焚火のそばにすわって、煙たい思いをしつつ、煙で近寄せないようにするほかない。

（焚火で料理をするか、自分がその煙でいぶされるか、ふたつにひとつだ）げんなりして、ダンクは思った。（まさしく、物乞いの選択だな）

ぼりぼりと腕を掻きつつ、いっそう焚火に身を寄せる。

ややあって、ワインの革袋がまたまわってきた。ワインはすっぱいが、度数が高かった。ダンクはぐびぐびと飲んでから、革袋をほかの者にまわした。そのあいだに、〈霧深き湿原の猫〉が、問わず語りに昔話をはじめた。ブラックファイアの叛乱のさい、ビターブリッジ城の先代城主、アーモンド・キャスウェル公の命を救ったときの武勇談だった。

「アーモンド公の旗持ちが倒れるのを見て、やつがれは馬から飛びおり、駆けつけた。まわりはみな叛徒だらけだ。ひとりそのなかにあって、やつがれは――」

「待った」サー・グレンドン・ボールがいった。「叛徒とは、どちら側のことだ」

「黒竜の――ブラックファイア側のことだよ」

焚火の光を受けて、サー・グレンドンの手にした剣の鋼がきらめいた。頬をおおう多数のにきびは、開いた傷口のように赤く染まって見える。全身の筋肉という筋肉は、クロスボウの弦《つる》のようにぴんと張りつめていた。

「父は黒竜側で戦ったんだ」とサー・グレンドンはいった。

(またこれか)ダンクは心の中で鼻を鳴らした。(赤か、黒か)

この問いかけは、無思慮にしていいものじゃない。かならず揉めごとを招く。

ダンクは口をはさんだ。

「まあまあ。サー・カイルとて、父上を侮辱するつもりはなかったはずだぞ」

「むろんだとも」サー・カイルはうなずいた。「もはや古い話だよ、赤竜と黒竜の確執はな。そんなむかしのことで、いま諍《いさか》いを起こす意味はない。ここにいるのはみんな、草臥しの兄弟同士だ」

サー・グレンドンは〈猫〉のことばを吟味し、侮辱されたのかどうか見きわめようとしているようだったが、ややあって、こういった。

「デイモン・ブラックファイアは叛徒などではない。老王が宝剣を与えたのはデイモンのほうだった。妾腹《しょうふく》の生まれながら、デイモンの中にこそ王の資質を見いだしていたんだ、老王はな。さもなければどうして、正嫡《せいちゃく》のデイロンではなく、デイモンの手に宝剣〈黒き炎《ブラックファイア》〉を委ねるはずがある。老王は王国もデイモンに譲るつもりでいたんだ。それもこれも、デイモンのほうが人物としてすぐれていたからにほかならない」

気まずい沈黙が降りた。ダンクの耳には、薪の爆ぜる音までもが聞きとれた。首筋を小虫が這っている。ぴしゃりとたたいてから、エッグに目を向けた。口をつぐんでいてくれればいいんだが……。

「〈赤草ケ原〉の合戦があったとき、おれはほんの小僧っ子だった」だれも口をきかないのを見て、ダンクはいった。「ただし、おれが従士を務めていた騎士は、その合戦では赤竜側で参陣していたし、のちには黒竜側で戦った者に仕えもした。どちらの側にも、勇敢な者はいたということだ」

「勇敢な者、か……」〈猫のカイル〉がおうむがえしにいったが、声にはあまり力がなかった。

「英雄だ」サー・グレンドン・ボールが楯をかかげ、紋章が描かれている面を一同に向けた。闇夜の黒い紋地にひとつ、赤と黄で彩色した火の玉が燃えている。「おれは英雄の血を引く者なんだ」

「じゃあ、あの──〈火の玉《ファイアボール》〉の子息？」エッグが驚いた声を出した。

サー・グレンドンが笑顔を見せたのは、このときがはじめてだった。

〈猫のサー・カイル〉はまじまじとサー・グレンドンを見つめた。

「いかにしてそんなことが？　あんた、いくつだね？　クェンティン・ボールは死んだはずだ──」

「──おれが生まれる前にな」サー・グレンドンがあとを受けた。「ただし、おれの中に父は生きている」

そこで、研ぎあげた剣を音高く鞘に収めて、

「白亜城で、みんなにそれを知らしめてやろう。おれがドラゴンの卵を申し受けるそのときに」

あけて翌日、途中まではサー・カイルが予想したとおりになった。ネッドの渡し船は、渡し待ちの者全員を乗せるだけの大きさがなく、草臥しの騎士たちよりも先に、コスティン公とショーニー公、

およびその随員を先に渡すことになったのである。両家を全員渡すには数往復が必要で、一往復には一時間以上かかる。湖岸がぬかるんでいるため、馬と馬車は泥地の上に敷きつめた厚板の道を通っていかざるをえず、渡し船に乗りこむのに時間がかかるし、湖の向こう岸でも下船に時間を食うからだ。それがさらに長びいたのは、どちらが先に湖を渡るかで、両公が怒鳴り合いをはじめたせいだった。ショーニーのほうが年長だが、コスティンのほうが家格は高い。

ダンクとしては、ひたすら待ち、暑さにうだっているほか、できることはなかった。

「ぼくの長靴《ちょうか》さえ使わせてくれれば、先に渡ることができるのに」エッグがいった。

「渡ることはできる」とダンクは答えた。「それでも、使わない。コスティン公もショーニー公も、おれたちより先に着いていたんだ。だいいち、向こうはご領主さまだぞ」

エッグがむすっとした顔でいった。

「だけど、元謀叛人《むほんにん》だし」

ダンクは眉をひそめ、少年を見おろした。

「どういう意味だ？」

「あのふたり、黒竜側だったんですよ。ショーニー公は本人が、コスティン公は父親が叛徒でした。兄のエイモンといっしょに、よく学匠《メイスター》メラクィンの緑のテーブルで、色つきの兵隊人形と小さな旗を使って、〈赤草ケ原〉の合戦を再現したんですけど。コスティン家の紋章は、四分割の左上と右下が黒の紋地に銀の聖杯、ほかの二区画が金の紋地に黒の薔薇《バラ》で、この紋章の旗はデイモン主力の左側にありました。ショーニーのほうは、主力の右側で〈鋼の剣〉といっしょにいましたが、会戦まもなく深傷《ふかで》を負って、あやうく死んでしまうところでした」

「何年もむかしの古びた歴史だ。かたや、あのふたりはいまここにいる。だろう？　ということは、ふたりともひざを折って、デイロン王の赦《ゆる》しを得たということだ」

「それはそうですけど、でも――」

ダンクは少年の唇をつまみ、黙らせた。

「口をつぐめ」

エッグは黙りこんだ。

コスティン公につづいて、ショーニー公の随員の最後の一団を満載し、渡し船が湖岸を離れると、こんどはスモールウッド公と公妃が随員を連れて到着したため、そのぶん、さらに待ち時間が延びた。草臥しの連帯が宵を越さなかったのは、一目瞭然だった。狷介《けんかい》でむすっとしたサー・グレンドンは単独でいることを好む。〈猫のカイル〉は、このままでは渡し船に乗れるのが昼になると判断して、ひとり一行を離れ、多少は顔がつながっているというスモールウッド公のもとへ赴き、渡し船に便乗させてくれるようご機嫌をとった。サー・メイナード・プラムは、待ち時間のあいだ、旅籠の女将と、ずっとうわさ話をして過ごしていた。

「あの男には、なるべく近づかないようにしろ」ダンクはエッグに警告した。あのプラムという男、どうも剣呑《けんのん》な雰囲気をただよわせている。「確証はないが、あれは盗賊騎士かもしれん」

そう警告したことで、エッグはかえって、サー・メイナードに興味を持ったようだった。

「盗賊騎士の実物って見たことがないんですけど。ドラゴンの卵を盗むつもりかな？」

「バターウェル公とて、卵は厳重に保管しているだろうさ」そういって、蚋《ブヨ》に咬まれた首筋を掻く。

「ただ、披露宴で展示したりはするかもしれんな。できることなら、ひと目見てみたいものだ」

「ぼくのを見せてもいいですけど、あれは夏の城館《サマーホール》にあるので」

「おまえの……？　おまえの、ドラゴンの卵？」ダンクは眉根を寄せて少年を見おろした。この子、冗談をいっているんだろうか。「その卵、どこからきたものだ？」

「ドラゴンが産んだんですよ。ぼくの揺りかごに入れてあったんです」

「また耳に拳固を食らいたいのか。ドラゴンなんて、もういないだろうが」

「ドラゴンはいないけど、卵はあります。最後のドラゴンが産んだ卵が、五個あるんです。ドラゴンストーン城にはもっとありますよ。〈双竜の舞踏〉より前の古い卵だけど。兄たちもみんな、ひとつずつ持ってます。エリオンの卵は金と銀でできているようで、全体に炎のような条紋が走ってるやつ。ぼくのは白と緑で、渦巻き模様つきの」

「おまえ専用の、ドラゴンの卵……」

（揺りかごに入れてあったとはな）すっかりエッグに慣れているせいか、この子がエイゴンであり、プリンスであることを、ついつい忘れてしまう。（そりゃあまあ、プリンスなんだから、揺りかごにドラゴンの卵を入れもするだろうさ）

「いいか、その卵のこと、人に聞かれていそうな場所では絶対にいうなよ」

「ぼく、そんなに馬鹿じゃないですよ」そこでエッグは、声をひそめて、「いつの日か、ドラゴンはきっとよみがえります。正夢を見る兄のデイロンもそういう夢を見てるし、エイリス王も予言にその一節を見てるんです。孵《かえ》るのはぼくのドラゴンかもしれない。そうなったら、すごいだろうなあ」

「そうかな？」ダンクは懐疑的だった。

だが、エッグは微塵《みじん》も疑ってなどいないようすで、

「エイモンとぼくは、孵るのが自分たちの卵だといいなって、いつもいってたんです。だって、卵が孵ったら、そのドラゴンの背に乗って、大空を飛びまわれるんですよ。初代エイゴン王と姉妹たちがそうしたように」

「そうだな。それに、おれも〈王の楯《キングズガード》〉の総帥になれるというもんだ――王国じゅうの騎士がみんな死んでしまえばな。しかしだぞ、卵がそんなに貴重なものなら、なぜバターウェル公は馬上槍試合の優勝者にくれてやったりするんだ？」

「王国じゅうに、自分がどれだけ裕福かをひけらかしたいんじゃないかな」

「かもしれんが」

ダンクはふたたび首筋を掻き、肩ごしに、サー・グレンドン・ボールを眺めやった。渡し船を待ちながら、若者は馬の鞍帯を締めている。

（あの馬では、役にたつまい）

サー・グレンドンの馬は脊柱《せきちゅう》のまがった去勢馬で、体格も小さく、年老いている。

「なあ、エッグ、あの男の父親について、なにを知ってる？〈火の玉《ファイアボール》〉と呼ばれるわけは？」

「頭に血が昇りやすかったのと、赤毛のためでした。〈火の玉《ファイアボール》〉ことサー・クェンティン・ボールは、赤の王城で武術師範を務めていた人物です。父も伯父たちも、みんなサー・クェンティンから教えを受けています。高貴な庶子たちもです。エイゴン王から〈王の楯《キングズガード》〉に取り立てると約束されたので、夫人を沈黙の修道女《シスター》にして席があくのを待ってたけれど、やっと席があいたときには、エイゴン王は亡くなっていて、代わって即位したデイロン王は、その空席にサー・ウィレム・ワイルドを任命してしまいました。父がいうには、デイモン・ブラックファイアを指嗾《しそう》して王位簒奪《さんだつ》に踏みきらせたのは、〈鋼の剣〉と同じくらい、〈火の玉〉の存在も大きかったとか。デイモン捕縛のため、デイロン王が〈王の楯《キングズガード》〉を差し向けたときも、デイモンを救いだした立役者は〈火の玉〉でした。あとになって、ラニスポートの城門でレフォード公を討ち果たし、〈灰色の獅子〉を逃げ帰らせ、磐城《ロック》の内側に閉じこもらせた人物も、やはり〈火の玉〉です。マンダー河の渡し場では、ペンローズ女公の子息たちをひとりずつ斬殺しました。最年少の子息だけを殺さずにおいたのは、女公に対する気づかいだったといわれています」

「騎士道精神あふれる人物だったようだな」いまの話から、そこはダンクも認めざるをえなかった。

「サー・クェンティンも〈赤草ヶ原〉の合戦で討たれたのか？」

「討たれたのはその前でした。水を飲もうと、たまたま小川のそばで下馬したとき、どこかの弓兵にのどを射貫《いぬ》かれたんです。射かけたのは名もない兵で、どこのだれかもわかっていません」

「名もなき兵というのは脅威になりうるんだ、貴族や英雄たちが討つべき対象になったときにはな」おりしも、渡し船がゆっくりと湖を這い進んでくるのが見えた。「おお、やっときたか」

「のろいですね。やっぱり白亜城へいくんですか？」

「いっていけない理由があるのか？　ドラゴンの卵も見てみたいことだしな」ダンクはほほえんだ。

「おれが馬上槍試合で優勝したら、おれたちふたりとも、ドラゴンの卵を持つことになるぞ」

エッグが疑わしげな視線を向けてきた。

「どうした？　なぜそんな目でおれを見る？」

「正直にいいたいとこですけど」と、少年はまじめくさって答えた。「口をつぐむことを学ばなきゃいけないそうなので」


草臥しの騎士たちは大広間の下座に着席させられた。公壇よりも扉に近い位置にだ。

白亜城は、城としては新築といえるほど新しい。建てられたのはほんの四十年前で、築城したのは現城主の祖父だった。この近辺の庶民は、白亜城のことをミルクハウスと呼んでいる。城壁、天守、塔、すべてが白亜の化粧石で被《おお》われているからである。この白石は、谷間《ヴェイル》で切りだしたのち、莫大な費用を投じて山々を越え、はるばる運搬してきたものだ。屋内の床や柱はすべて、金色の条紋が走る乳白色大理石造り。屋根はすべて、ウィアウッドの骨白《こっぱく》の幹から切りだした板材で葺《ふ》いてある。建築資材だけでもどれほどの費用がかかったものか、ダンクには見当もつかなかった。

もっとも、大広間の広さは、ダンクがこれまでに見てきた巨城のそれほどではなかったが。

(すくなくとも、屋根の下には通してくれたわけだ)とダンクは思った。

ダンクがすわったのは、長いベンチの上、サー・メイナード・プラムと〈猫のカイル〉のあいだの席だった。招かれたわけでもないのに、三人は即座に歓迎され、披露宴の会場に通された。婚礼の日、騎士に対する歓待を断わるのは、不吉なこととされているからだ。

ただし、若きサー・グレンドンだけは、そう簡単には通してもらえなかった。

「〈火の玉〉に息子はおらん」

バターウェル公の家令が声高にそういうのを、ダンクは耳にしている。若者は激昂した口調で反論した。サー・モーガン・ダンスタブルという名が何度か口にされるのも聞こえた。だが、家令は頑として受けいれようとしなかった。業をにやしたサー・グレンドンが剣の柄《つか》に手をかける。たちまち、十人ほどの兵士が槍を手に現われ、つかのま、流血沙汰になるかに見えた。そうならずにすんだのは、カービー・ピムという大柄な金髪の騎士が割って入ったおかげだった。距離があったので、はっきりとは聞きとれなかったが、ピムは家令の肩に腕をまわし、笑いながら、耳元になにかを囁きかけた。家令は眉をひそめ、サー・グレンドンになにごとかをいった。若者の顔が暗赤色に染まるのが見えた。

(いまにも泣きだしそうな表情をしている)と、そのときダンクは思った。(でなければ、いまにもだれかを殺しそうな表情というべきか)

若き騎士がとうとう大広間に通ることを認められたのは、そのあとのことだった。

いっぽうで、エッグはあわれにも、門前払いの憂き目に遭った。

「大広間は諸公と騎士だけが使われるところです」ダンクが少年を連れて大広間に入ろうとしたとき、召使いのひとりに制止された。「従士、馬丁、兵士は、内郭《うちぐるわ》にテーブルが用意してありますので」

(よくがまんしたな。ほんとうの身分をほのめかしさえすれば、公壇上にクッションつきの席を用意してもらえたのに)

ほかの従士たちの顔つきは、どうにも気にいらないものだった。何人か、エッグと同い齢くらいの従士もいるが、大半はもっと年上の、年季の入った戦士で、ずいぶん前に、騎士になるよりも騎士に仕える道を選んだふしがある。

(そもそも、選ぶことができたとしての話だがな)

騎士になるためには、騎士道精神と武術の腕だけでは足りない。馬、剣、鎧も必要なのであって、それらをそろえるには金がかかる。

「くれぐれも、ことばには気をつけろよ」従士の一団に残していくとき、ダンクはエッグにいった。「ほかの従士たちは大人だ。えらそうな口をきこうものなら、ひどい目に遭わされるぞ。おとなしくすわって、食って、人の話に耳をそばだてていろ。なにか役にたつことを小耳にはさむかもしれないからな」

ダンク自身は、大広間で灼熱の太陽からさえぎられ、それだけでも助かった。しかも、目の前にはワインカップが置かれ、たらふく食える。いかに草臥しの騎士といえど、三十分も嚙みつづけないと嚥《の》みこめないような食物ばかりでは、さすがに飽きがくる。これほど下座の席では、料理も豪華とはいかないが、不満はなかった。下座の料理でも、ダンクにとっては十二分なのだ。

しかし、老士いわく、〝農夫にとっては誇らしいものも、貴族にとっては恥でしかない〟。

「おれの席がこんな下座であっていいはずがない」と、サー・グレンドン・ボールが使用人に食ってかかる声が聞こえた。若者は饗宴のために、まっとうな胴衣《ダブレット》を身につけてきていた。古着のようだが、仕立てはちゃんとしており、袖口と襟まわりには金糸のレースが施され、胸にはボール家の紋章――白地に赤い山形の帯を描き、その帯に白い皿を三つ配した紋章が刺繡されている。「わが父がだれか、知っているか？」

「さぞ気高い騎士にして、偉大な領主さまであられたのでしょうな」と召使いは答えた。「しかし、ここにおられる方は、大半がそういう方です。席におつきになるのがおいやでしたら、お引きとりを。わたしのほうは、どちらでもかまいません」

最終的に、サー・グレンドンは不機嫌ながらも、ダンクたちとともに下座にすわることになった。騎士たちがつぎつぎとベンチへつくにつれて、細長い白亜の大広間は人であふれんばかりになった。ダンクが予想していたよりもずっと人数が多い。外見からして、招待客のなかには、かなり遠方からきた者もいるようだ。ダンクもエッグも、これほど多数の領主や騎士がひしめくところにくるのは、アッシュフォードの牧草地以来だった。これではだれが現われるか、わかったものではない。

（樹々の下で眠る草臥しの暮らしをつづけるべきだったな。このなかに、だれかおれを見知っている者がいるとしたら……）

給仕のひとりが、各々の客の前に黒パンの塊を置いていった。おかげでダンクは、いっとき、心配ごとを棚上げにすることができた。ほっとしながら、黒パンを上下に割り、皿にするため、下半分をくりぬく。上半分は食べてしまった。饐《す》えて固くなっていたが、塩漬け乾し肉とくらべたら、まるでカスタードだ。すくなくとも、嚙める固さにするため、エールやミルクや水にひたす必要はない。

「サー・ダンカン、おまえさん、熱い注目を浴びてるようだぞ」サー・メイナード・プラムがいった。

おりしも目の前を、ヴィアウェル公と側近たちが通りかかり、大広間の公壇上の名誉ある席に歩いていこうとしていた。「公壇の上の娘っ子たち、あんたから目が離せないみたいだぜ。賭けてもいい、あんたほど大きな人間を見たことがないんだ。こうしてすわっていても、この大広間にいるどの人間より、あんた、頭半分は背が高いだろう」

ダンクは背中を丸めた。じろじろと見られるのには慣れているが、だからといって、見られるのが好きなわけではない。

「まあ、見させておくさ」

「公壇のすぐ手前にすわっているのは、〈老特牛《こというし》〉どのだ」サー・メイナードがつづけた。「あれも大男と呼ばれているが、あのご仁でいちばんでっかいのは、腹のようだな。あのとなりにならんだら、あんたのほうがはるかに大きいぞ」

「まことに」そばでベンチにすわっている別の男がいった。顔色が悪く陰気な感じの、灰色と緑色の服に身を包んだ男だった。弧を描く細い眉の下の小さな目は小ずるそうで、目と目の間隔はせまい。後退しかけた頭髪を補うかのように、口の周囲はきちんと刈った黒い顎鬚で縁どられている。「このような場では、その体軀ひとつとっても、おぬしはひときわ手ごわい競技者のひとりと目されよう」

「〈ブラッケンの荒馬〉もくるかもしれんそうだな」ベンチのやや離れた席から、別の男がいった。

「それはなかろう」緑色と灰色の男が答えた。「今回、ここで開かれるのは、城主どのの婚礼を祝う小規模な馬上槍試合だ。夜具の中で突進するのを祝して、郭で突進するわけさ。オソウ・ブラッケンほどの者がわざわざ出向いてくることはあるまい」

〈猫のカイル〉がワインをぐびりと飲んで、

「賭けてもいいが、われらがバターウェル公も試合には出まいて。木陰の貴賓席から、自分が贔屓《ひいき》の強者《チャンピオン》たちに声援を送るだけだろう」

「城主どのは、その強者どもが敗れる場面を目《ま》のあたりにするはずだ」サー・グレンドン・ボールが大口をたたいた。「最後には、おれに卵を託すことになる」

「このサー・グレンドン・ボールは〈火の玉《ファイアボール》〉の息子どのでな」サー・カイルが緑色と灰色の騎士に紹介した。「失礼ながら、騎士どの、お名前をうかがう栄誉を賜わってもよろしいか？」

「サー・ユーサー・アンダーリーフ。名のある人物の息子ではない」

アンダーリーフの緑色と灰色の服は、生地が上等で清潔、手入れもいきとどいていたが、仕立ては簡素だった。マントを留めているのは蝸牛《カタツムリ》を象《かたど》った銀の留め具だ。アンダーリーフは語をついで、「おぬしの騎槍《ランス》がその舌と同じほども鋭いなら、サー・グレンドン、そこな巨漢のご仁とも勝負することになろうな」

カップにワインがつがれるのをよそに、サー・グレンドンはちらとダンクに目を向けた。「戦うことになれば、その男が敗れる。いくら体軀が大きかろうと関係ない」

ダンクは給仕が自分のカップにワインを満たすのを見ながら、「おれは騎槍よりも剣のほうが得意なんだ」と打ち明けた。「戦斧《せんぷ》のほうが、もっと得意だ。今回、模擬合戦はあるのかな？」

この体軀と腕力は模擬合戦でこそ真価を発揮する。実力を存分に振るえる。しかし、馬上槍試合となると、別の技倆が必要になってくる。

「模擬合戦？　婚礼の場で混戦をか？」サー・カイルが啞然とした声を出した。「それはないな」

サー・メイナードがくっくっと笑って、

「婚姻も混戦も変わらんよ。結婚した男なら、だれもがそういう」

サー・ユーサー・アンダーリーフものどの奥で笑った。

「気の毒だが、催されるのは馬上槍試合だけだ。ただし、バターウェル公が約束したところによると、優勝者にはドラゴンの卵が与えられるほか、決勝戦で負けた競技者にドラゴン金貨三十枚、準決勝で負けた騎士にもそれぞれ十枚が与えられるという」

(金貨十枚か。悪くないな)

金貨が十枚あれば、乗用馬を一頭買える。そうなったら、サンダーに乗るのは戦いのときだけで、日頃の負担を軽くしてやれる。また、金貨が十枚あれば、エッグにも板金鎧一領をそろえてやれるし、ダンクの紋章である〝楡《ニレ》の大樹と流れ星〟を縫いとった、まっとうな騎士の天幕もあつらえられる。

(金貨十枚あれば、鵞鳥《ガチョウ》のロースト、ハム、それに鳩のパイだって食える)

「試合に勝った者は、奪った武具の買い戻し金も手に入るしな」サー・ユーサーが黒パンをほじくり、皿に仕立てながら、先をつづけた。「それに、試合結果を賭ける胴元が立つという話も出ているんだ。バターウェル公はリスクを冒すのが好きではないが、招待客のなかには気前よく賭ける者もいよう」

公の名前が出たとたん、それが合図でもあったかのように、吟遊楽師たちがならぶ上の桟敷からファンファーレが鳴り響き、アンブローズ・バターウェルそのひとが大広間に入ってきた。ダンクもほかの者たちといっしょに起立した。バターウェル公は新妻と腕を組み、ミア産の華麗な模様が織りこまれた絨緞の上を公壇へ歩いていく。新婦は十五で初花を咲かせたばかり。新郎たる城主は五十で妻をなくしたばかり。新婦はピンクで、新郎は灰色だ。新婦のほうはバターウェル家の紋章に合わせ、緑と白と黄の波線模様をあしらった長いマントを肩にとめて、うしろに引きずっている。おそろしく暑そうで重たそうな見た目に、あんなものを着てよくがまんができるものだな、とダンクは思った。バターウェル公もやはり、暑くて重たそうな装いに身を包んでいる。その下あごはたるみ、亜麻色の髪はだいぶ薄い。

花嫁の父親は、若い息子の手を引き、娘のすぐうしろを歩いていた。〈関門橋《クロッシング》〉の領主、フレイ公である。フレイ公は細身で、青と灰色の優美な服を着用していた。跡継ぎのほうはあごのない四歳の少年で、鼻水をたらしている。ふたりの背後には、コステイン公とリスリー公が、それぞれの公妃とともにつづいていた。公妃はどちらも、バターウェル公と最初の夫人の娘だ。さらにそのうしろにはフレイ公の娘たちが、それぞれの夫とともに歩いていた。そこからあとにつづくのは、血縁ではない招待客たちで、ゴーモン・ピーク公を筆頭に、スモールウッド公とショーニー公、それよりも下位の諸公や土地持ちの騎士たちだった。そのなかには、〈弦楽器弾き《フィドル》のジョン〉とアリン・コクショーの姿もあった。宴はまだ正式には始まっていないが、アリン公は少々聞こし召しているようだ。

全員がゆっくりと歩いて公壇上の各席につくと、高みのテーブルは下のベンチ席と同じく、ぎゅうづめの状態になった。テーブル中央には、オーク材を金色に塗った、一対の立派な椅子が用意されている。バターウェル公と花嫁は、その椅子の、ふかふかした羽毛入りのクッションに腰をおろした。ほかの者たちがすわるのは、肘かけに精緻な彫刻が施された背もたれの高い椅子だ。公壇の背後の壁には、梁《はり》から吊るす形で、二枚の巨大な旗がかけられている。一枚はフレイ家の旗——灰色の紋地に青で描いた双塔の旗で、もう一枚はバターウェル家の、緑、白、黄の波線を描いた旗だった。

乾杯の音頭はフレイ公が取った。

「王に！」

最初にひとこと、フレイ公はそれだけいった。サー・グレンドンが酒杯をフィンガーボウルの上にかかげる。ダンクも酒杯をかかげて、それにカチンと触れ合わせ、つぎにサー・ユーサーやほかの者たちとも同じようにした。全員が酒杯をかたむける。

「われらが仁愛深きバターウェル公に」フレイ公はつづけた。「〈厳父〉が公に長寿と多くの息子を授けてくださいますように」

一同、ふたたび酒杯をあおる。

「バターウェル公妃、乙女たる花嫁、わが愛しき娘に。〈慈母〉の慈悲によって、つぎつぎと子宝に恵まれますように」フレイ公は娘にほほえみかけた。「今年じゅうには孫の顔を見たいところだな。双子を産んでくれるならもっといい。今夜は励めよ、バターをせっせと攪《ウ》き《エ》ま《ル》わすのだぞ、愛娘《まなむすめ》や」

大広間に笑い声があがり、天井の梁にこだました。客たちは三たび、酒杯をあおった。赤ワインはこのうえなく芳醇だった。

ここでまた、フレイ公がいった。

「〈王の手〉ブリンデン・リヴァーズ公に。〈老嫗《ろうう》〉のランプがあの方を叡智に導きますように」

フレイ公がゴブレットを高々とかかげてから、ワインを飲んだ。バターウェル公と花嫁をはじめ、公壇上のほかの者たちも同じようにした。だが、下座側では、サー・グレンドンがカップをひっくり返し、中身を床に捨てた。

「あたら上等なワインを、もったいない」メイナード・プラムがいった。

「身内殺しに捧げる酒杯はない」サー・グレンドンは応じた。「〈血斑鴉《けつぱんガラス》〉は妖術使いで妾腹《しょうふく》だ」

「妾腹ではあるが」サー・ユーサーがおだやかな口調で、「公の父君である老王は、いまわのきわに嫡出子として認知なさっただろう」

そして、酒杯を長々とかたむけた。大広間に集う者たちは、サー・メイナードのほか、多くが同じようにした。しかし、それに迫るほど多くの者が、酒杯をかかげず、テーブルにもどすか、ボールと同じようにカップをひっくり返すかした。ダンクは酒杯を手にして、降ろさずにおいた。カップにはなみなみとワインがつがれたままになっている。

〝〈血斑鴉〉に目の数いくつ？〟と謎かけにいう。〝目の数ぜんぶで、千と一〟

その後も乾杯はつづいた。音頭はフレイ公が取る場合もあったし、ほかの者が取る場合もあった。バターウェル公の主君である、まだ幼年のタリー公にも酒杯が捧げられた。当のタリー公は、都合が悪いとのことで、出席を見送っている。ハイガーデン城の城主で、〈長き棘〉ことレオ・タイレルに対しても、健康を祈って乾杯がなされた。うわさでは長く伏せっているらしい。さらに、死せる勇者たちを偲《しの》んでも献杯が行なわれた。

（そうだな）とダンクは思った。（そのためなら進んで酒杯を捧げよう）

最後に音頭を取ったのは、〈フィドル弾きのサー・ジョン〉だった。

「わが勇敢なる兄たちに！　わたしは知っているぞ――今宵、兄たちがほほえんでいることを！」

あすの馬上槍試合を控えて、ダンクはあまり酒を飲みたくなかったのだが、乾杯のたびにカップが満たされてしまう。それに、のどが渇いてもいた。

〝ワインをついだカップやエールを満たした角杯《つのさかずき》はな、けっして断わるでないぞ〟と、かつてサー・アーランにいわれたことがある。〝つぎにありつけるのは、一年後かもしれんでな〟

（まあ、新郎新婦に乾杯しないのは非礼というものだし）ダンクは自分に言い聞かせた。（見知らぬ者たちがうようよしている場所で、王と〈王の手〉に乾杯しないのは、危険というものだ）

さいわいにも、〈フィドル弾き〉の音頭が乾杯の締めくくりとなった。ここで、バターウェル公が重々しく立ちあがり、わざわざ足を運んでくれた訪問客らに謝意を述べ、あすは立派な馬上槍試合を開いてみせると約束した。

「それでは、宴をはじめるとしよう！」

公壇のテーブルに、まずは哺乳仔豚の丸焼きが供された。ついで、ローストしてから羽毛で飾った孔雀《クジャク》と、砕いたアーモンドの衣をつけて揚げた大きな川梭魚《カワカマス》が。もちろん、下座のほうには、そんな豪勢な料理は出てこない。仔豚の丸焼きの代わりに出てきたのは、塩漬け豚の乾し肉をアーモンド・ミルクにひたしてもどし、胡椒をたっぷりとまぶして焼いたものだった。孔雀のローストの代わりは肥育鶏のローストで、皮はパリッと旨そうな狐色に焼きあがり、内側には玉葱、香草、茸、焼き栗のスタッフィングが詰めてあった。川梭魚の代わりは鱈《タラ》で、白いほぐし身をコクのある茶色のソースで和《あ》えて、パイ皮で包んである。それがどういう類いのソースなのか、ダンクにはよくわからなかった。ほかに出された料理は、豌豆《エンドウマメ》のかゆ、蕪《カブ》のバターソテー、蜂蜜をたらした茹で人参、〈茶色の楯のベニス〉にも負けないほど強烈なにおいをただよわせている、熟成の進んだ白黴《しろかび》チーズなどだった。

ダンクはもりもり食べたが、そのあいだも、郭に残してきたエッグのことがずっと気になっていた。あの子はちゃんと食べているだろうか。万一にそなえて、肥育鶏の半身をマントのポケットにすべりこませた。パンの小さな塊をいくつかと、くさいチーズ少々もだ。

食事のあいだ、笛やフィドルの陽気な調べが大広間を満たすなか、話はあすの馬上槍試合のことで持ちきりになった。

「三叉鉾《トライデント》河の、緑の支流《フォーク》流域だと、とくに武名高きは、サー・フランクリン・フレイだな」ユーサー・アンダーリーフがいった。この地域の英雄にはくわしいようだ。「それ、公壇の上にいるあのご仁、花嫁の叔父がそうだ。ルーカス・ネイランドは魔女《ハグズ》の沼地《マイア》からきた人物で、これもけっして侮れんぞ。〈鋏み割りの蟹爪岬〉からきたサー・モーティマー・ボッグズもだ。以上を除けば、あすの試合は、大家《たいけ》おかかえの騎士たちと、地域の英雄たちの勝負に終始するだろう。ずぬけているのは、カービー・ピムと〈緑のガルトリー〉か。とはいえ、このふたりといえども、バターウェル公の義理の息子、

〈黒のトム〉ことトマード・ヘドルにはかなうまい。これがかなりの強者で、主君バターウェル公の長女を獲得したときは、試合でほかの求婚者を三人殺している。一度、キャスタリーの磐城《ロック》の城主を落馬させたこともある」

「ほう、若きタイボルト公をか？」サー・メイナードがたずねた。

「ちがう、〈灰色の獅子〉老のほうだ。春に亡くなった、あのご老」

〈春の疫病大流行〉で亡くなったことを指すとき、人は〝春に亡くなった〟という表現を使う。

（あのご仁、春に亡くなっていたのか）

春の疫病では、何千何万もが命を落とした。そのなかには、王とふたりの若きプリンスも含まれていた。

「サー・ビューフォード・ブルワーも侮れんぞ」〈猫のカイル〉がいった。「あの〈老特牛《ことい うし》〉どのは、〈赤草ケ原〉の合戦で四十人も殺しておるでな」

「しかし、年々、その合戦で殺したと称する人数は増えるいっぽうだ」サー・メイナードがいった。「ブルワーの時代は終わったよ。見てみろ、あの姿。六十過ぎて、からだがなまりはて、脂肪の塊になっている。右の目は見えないに等しい」

「優勝者を予想して、大広間を見まわす必要はないぞ」ふいに、ダンクの背後で声がいった。「優勝するのはこのおれだ。刮目《かつもく》して待て、諸君」

ダンクはふりかえった。そこに、〈フィドル弾きのサー・ジョン〉が立ち、薄く笑いながら一同を見おろしていた。白いシルクの胴衣《ダブレット》の袖からは、赤いサテンの長い縁飾りがたれており、その先端はひざ下まで届いている。重い銀鎖の首飾りには、環のひとつひとつに大きな暗い紫水晶《アメジスト》が埋めこんであった。こうして見ると、暗い目の色が紫水晶に似ているようでもある。

（この首飾りひとつで、おれの持ちものすべてを購《あがな》えるな）とダンクは思った。

頬をワインで赤く染め、にきびを赤く色づかせて、サー・グレンドンがいった。

「何者だ？　ずいぶんと大言壮語をしてくれるが」

「おれは〈フィドル弾きのジョン〉と呼ばれている」

「楽師か、戦士か、どっちだ？」

「たまたま、騎槍でもフィドル用の弓でも、美しい音色を奏でることができるので、この名がある。婚礼の儀には吟遊詩人がつきもの、馬上槍試合には謎の騎士がつきもの。さて、こちらの席に混ぜてもらってもよろしいかな？　バターウェル公も親切に公壇に席を用意してくれはしたが、ふくよかで血色のよい貴婦人たちや老人たちといるよりも、わが輩《ともがら》である草臥しの騎士たちといっしょにいたほうが楽しいというものだ」そこで〈フィドル弾き〉は、ダンクの肩をぽんとたたいて、「すまんが、すこし詰めて、場所をあけてくれるか、サー・ダンカン」

ダンクはできるだけ場所を詰めながら、

「あいにく、料理がもう残っていなくてね」といった。

「かまわんかまわん。バターウェル公の厨房の場所は知っている。しかしワインなら、まだすこしはあるだろう？」

〈フィドル弾き〉はオレンジとライムの芳香をただよわせていた。ほのかに香るのは、東方の奇妙な香料のようだ。たぶん肉豆蔲《ナツメグ》だろう。むろん、断言はできない。そもそも自分ごときが、ナツメグのなにを知っているというのか。

「おまえの大言壮語は耳ざわりだ」サー・グレンドン・ボールがいった。

「そうか？　だったら、赦しを乞わねばならないな。〈火の玉《ファイアボール》〉のご子息どのに無礼を働く気は毛頭なかったんだが」

サー・グレンドンは驚き顔になった。

「おれがだれだか知っているのか？」

「父親の息子だろう。そうだといいがな」

「おお」〈猫のサー・カイル〉がいった。「ウェディング・パイが運ばれてきたぞ」

厨房の人間が六人、大広間の入口を通り、幅の広い運搬車にパイを載せて押してきた。パイはばかでかくて、表面は香ばしく狐色に焼きあがっている。中からは騒々しい音が響いており、さまざまなさえずりや鳴き声に混じって、なにかがパイ生地にぶつかるような音もしていた。バターウェル公と公妃が、剣を手に公壇を降りてきて、パイを迎えた。ふたりで剣を持ち、パイを半分に切り分ける。たちまち、中から五十羽の鳥がいっせいに飛びだしてきて、大広間を飛びまわりだした。これまでにダンクが参列したことのある披露宴では、ウェディング・パイに大量に詰めてある鳥は鳩や雀だった。だが、このパイの中に詰めてあったのは、青懸巣《アオカケス》に雲雀《ヒバリ》、大型種と小型種の鳩、真似鶫《マネシツグミ》、小夜啼鳥《サヨナキドリ》、小さな茶色い雀、大きな赤い鸚鵡《オウム》などだった。

「鳥はぜんぶで二十一種だな」サー・カイルがいった。

「鳥の糞も二十一種ときた」これはサー・メイナードだ。

「貴殿には詩心というものがないのかね」

「あんたの肩にも糞が落ちてるぞ」

「パイに詰める鳥の形としては、これこそ正しいありかたなんだ」サー・カイルが糞をぬぐいとり、鼻を鳴らしながら解説した。「結婚を祝うパイだからな。そして、ほんとうの結婚には、さまざまなことがらがつきまとう。喜びと悲しみ、苦しみと楽しみ、情愛と情欲と忠誠。それゆえ、さまざまな種類の鳥を入れておくのが正しいやりかたなのだよ。新婦が新郎にどのような恵みをもたらすのかは、だれにもわからないしな」

「もたらすものは女陰だろ」メイナード・プラムがいった。「それ以外、結婚になんの意味があるというんだ」

　ダンクはテーブルに手をつき、立ちあがった。

「ちょっと外の空気を吸ってくる」ほんとうは尿意をもよおしたからだが、こんなお上品な者たちの前では、こういう言い方をしたほうが無難に思える。「しばし、失礼」

「早々にもどってこいよ」と〈フィドル弾き〉がいった。「そろそろ投げ物曲芸師《ジャグラー》が出てくるころだ。床入りの儀式も見のがす手はないぞ」

　屋外に出たとたん、夜風の洗礼を受けた。巨大なけものの舌でなめられたような感じだった。踏み固められた郭の地面が、足の下で揺れているようだ。それとも自分のほうがふらついているのか。

　馬上槍試合の試合場は、外郭《そとぐるわ》の中央に設けられていた。城壁の手前には、木造で三階層の観覧席が建ててある。バターウェル公と高貴な招待客たちは、城壁で陽射しから護られながら、クッションのきいた椅子にすわり、試合を観覧できるわけだ。試合場の両端には、何張りもの天幕が立ててあった。騎士たちはあそこで鎧を身につけることになる。試合用の騎槍《ランス》を立てかける槍架《そうか》もできあがっていた。おりしも、一陣の風が吹いてきて、しばしあちこちの旗をはためかせ、それとともに、走路を区切る木柵に塗られた白い水漆喰《しっくい》のにおいをも運んできた。おもむろに、内郭《うちぐるわ》を探して歩きだす。エッグを見つけだし、試合の管理者を見つけて、ダンクの名前を登録させなくては。それは従士の務めなのだ。

　もっとも、白亜の壁というものが珍しかったので、ダンクは城内を見物しつつ、内郭に向かった。いつのまにか犬舎に近づいていて、猟犬たちがダンクのにおいを嗅ぎつけ、盛んに吠えはじめた。

(おれののどを咬み裂きたいのか……でなければ、おれのマントに入れてある肥育鶏を食いたいのか、どっちかだな)

そこで折り返し、きた道をたどるうちに、聖堂《セプト》の前を通りかかった。いきなり、ひとりの女が息も絶えだえに笑いながら物陰から飛びだしてきて、目の前を走りすぎていった。その背後からは、頭の禿げた騎士が懸命に追いかけてくる。だが、騎士が何度もこけるため、とうとう女は引き返してきて、騎士が立ちあがるのに手を貸した。

(いますぐセプトにすべりこんで、〈七神〉に祈ろうか――最初に戦う相手が、あの騎士でありますようにと)だが、そんな願いごとをするのは不敬というものだ。(いまのおれに必要なのは用を足す場所であって、祈る場所じゃない)

ほど近くに茂みがあった。奥は白亜の階段の下になっている。あそこでやってしまおう。手さぐりしながら茂みの陰にまわりこみ、半ズボンのひもをほどいた。膀胱が破裂しそうだった。放尿はいつはてるともなくつづいた。

そのとき――上のほうで、扉が開く音がした。足音が階段を降りてくる。長靴の裏が石段をこする音……。

「――貴公が見せたのはな、絵に描いた餅にすぎん。〈鋼の剣〉がいなければ……」

「〈鋼の剣〉など、知ったことか」聞き覚えのある声がいった。「妾腹《めかけばら》は信用が置けん。いくらあの男でもだ。幾度か戦勝してみせれば、あの男もいそいそと海を渡ってくるだろう」

(これはピーク公だ)ダンクは息を殺し……小便もこらえた。

「勝利するとはいうが、いうはやすしで、実戦ではそう簡単に勝てるものではないぞ」こちらの声はピークの声よりも低く、深い響きをともなっていた。怒っているようでもある。「血の代わりに乳が流れる軟弱な老公は、あの若いのが旗標《はたじるし》になるものと期待をかけている。ほかのみんなもだ。しかし、いくらことば巧みであろうが、人を引きつける魅力があろうが、それだけでは足りん」

「ドラゴンがいるとなれば話は別だろう。御曹子は、あの卵がきっと孵るといわれた。夢に見られたそうだ。かつて兄上たちが死ぬところを夢に見られたのと同じように。生きたドラゴンさえいれば、必要なだけの武力はたやすく揃う」

「夢に見たからといって、ドラゴンが孵る保証はあるまいが。いっておくがな、〈血斑鴉〉は断じて、夢になど頼らぬ。われらに必要なのは戦士だ。夢見る者ではない。そもそもあの若いの、ほんとうに父親の息子なのか？」

「いいから、約束どおり、そちらは自分の役割をまっとうし、御曹子の件はこちらにまかせておけ。一党にバターウェルの金力とフレイの武力が加われば、ハレンの巨城《ホール》も同調する。ブラッケン家もだ。オソウ・ブラッケンならば、この勢いに抗しえぬことは……」

ふたりが遠ざかるにつれて、話し声は聞こえなくなっていった。ダンクの小便がふたたび流れだす。ようやく放尿がおわると、一物を振り、半ズボンのひもを締めた。

「父親の息子か……」とつぶやく。

だれのことだろう？　〈火の玉〉の息子のことか？

階段の下から出たとき、例のふたりは、郭のずっと遠くまで離れ去っていた。大声で呼びかけて、ふりかえった顔を見てやろうか。だが、さすがにそれは思いとどまった。こちらはひとりで、武器もない。おまけにほろ酔いかげんとくる。

（いや、ほろ酔い程度ではすまないな）

眉をひそめたまま、その場に立ちつくし、しばし考えた。それから、大広間に向かって歩きだした。

屋内に入ると、料理の最後の皿が供されて、余興がはじまっていた。フレイ公の娘のひとりがハイハープを持ちだして、『ふたりの心臓はひとつのごとくに搏《う》つ』を演奏してみせたが、これはかなり下手くそだった。つぎにジャグラーたちが登場して、火のついた松明《たいまつ》をしばらく交互に投げあった。そのあとには宙返り曲芸師《タンブラー》が出てきて、空中で何度もたてつづけに側転を披露した。フレイ公の甥が「熊よ、熊よ、麗しの乙女と」と歌いだすと、サー・カービー・ピムが木の匙でテーブルをたたいて拍子をとりはじめ、ほかの者たちも歌に加わって、大広間じゅうに「熊よ！　熊よ！　黒くて茶色で毛むくじゃら！」の大合唱が響きわたった。キャスウェル公はテーブルにつっぷし、ワインだまりに顔をひたしている。ヴィアウェル公妃が急にさめざめと泣きだしたが、どうして泣いているのかは、だれにもわからない。

そのあいだもずっと、絶えることなくワインが供されつづけた。芳醇なアーバー島産の赤ワインに代わって出されたのは、地元産のヴィンテージだった。すくなくとも〈フィドル弾き〉の話によれば、そうだ。もっともダンクには、両者のちがいなど皆目わからなかったが。ほどなく香料入《ヒポクラス》りワインも出された。これはもう、一杯試してみないわけにはいかない。

（こいつを飲むのは一年ぶりだな）

まわりの席では、草臥しの騎士たちがこれまでに知った女たちのことを語りあっていた。こうして酔っぱらっていると、みんな気のいい男たちだ。気がつくとダンクは、タンセルはいまどうしているだろうと考えていた。レディ・ローアンがどこにいるのかはわかっているので——冷濠城《ひやぼり》でベッドに横たわり、そのとなりにはサー・ユースタス老が寝ていて、口髭をふるわせながら、いびきをかいているのだろう——考えないことにした。

（タンセルもレディも、おれのことを考えるときがあるんだろうか）

そのとき、鬱々《うつうつ》とした思いは乱暴に断ち切られた。車輪つきの木豚《もくぶた》の腹から、からだに派手な色を塗りたくったこびとの一団が飛びだしてきて、バターウェル公の道化を追いまわしだしたのである。あちこちのテーブルのあいだをぬいながら道化を追いかけ、膨らませた豚の膀胱でひっぱたくたびに、ブッと放屁のような音がする。それはここ数年でダンクが見たなかで、もっとも可笑しい芸であり、ほかのみんなとともに腹をかかえて大笑いした。フレイ公の息子は、興が乗るあまり、こびとたちに加わって、ひとりから奪った膀胱で婚礼の招待客たちをたたきはじめた。その子があげる笑い声――かんだかいしゃっくりのような、ヒッヒッヒッという異様な笑い声は、かつてダンクが聞いたなかで、もっとも癇《かん》にさわる笑い声だったので、ひざの上に腹を乗せて尻をひっぱたくか、井戸に放りこんでやりたいという気持ちが、腹の底から強烈にこみあげてきた。

（あの膀胱でおれをぶったら、ほんとうにそうしてやる）

あごのないクソガキが喚きながらそばを通りすぎていったあとで、サー・メイナードがいった。

「この結婚の立役者な、あのぼっちゃまなんだぜ」

「どういうことだ？」〈フィドル弾き〉がきいて、空のワインカップを横に差しだした。

通りかかった給仕が、すかさずワインをつぐ。

サー・メイナードは公壇に顔を向けた。花嫁が花婿に桜桃《チェリー》を食べさせているところだった。

「あのスコーンにバターを塗るのは、城主どのがはじめてじゃないんだよ。うわさによると、花嫁は双子城で、厨房の下働きに花を散らされたそうだ。その後も夜な夜な厨房を訪ねては、その下働きと密会してたんだが、ある晩のこと、花嫁の弟、つまり、あそこで膀胱を振りまわしているクソガキが、そうっと姉のあとをつけていった。で、姉と下働きがひとつになって睦みあってるのを見たとたん、金切り声を張りあげたんだ。たちまち料理人や衛兵が駆けつけてきた。見ると、公女《ミレディ》さまと下働きが、ふだん料理人がパン生地を伸ばすのに使う大理石板の上で絡みあって、真っ白になってるじゃないか。どちらも産まれてきた日と同じように一糸もまとわず、頭から足の先まで粉まみれのありさまで」

（そんなこと、ほんとうにあったはずがない）とダンクは思った。

バターウェル公は広大な所領を持ち、圧倒的な財力を誇る。かくも富裕な人物が、どうして厨房の下働きに花を散らされた娘などと結婚したあげく、結婚を祝う試合の優勝者に褒美としてドラゴンの卵を下賜しなければならないんだ？　〈関門橋〉のフレイ家は、けっしてバターウェル家より家格が高いわけではない。所有しているのが牝牛ではなく、関門橋というだけで、ほかにちがいはない。

（まあ、貴族のすることだ。ふつうの人間に連中を理解できるはずもない）

ダンクは木の実を食べながら、小用を足しているときに漏れ聞いたあの会話の意味を考えた。

（酔《ド》っ《ラ》ぱ《ン》らい《ク》のダンク、おまえが聞いたあれを、なんだと思ってるんだ？）

ヒポクラスをもう一杯飲んだ。最初の一杯がじつに旨かったからである。ついで、テーブルの上で腕を組み、そこに頭を乗せ、目をつむった。大広間にただよう煙から目を休めるため、ほんのすこしだけ、目をつむるつもりだった。


つぎに目をあけたときには、招待客の半数が立ちあがり、声をそろえて叫んでいた。

「床入りだ！　床入りだ！」

狂騒的な大騒ぎに、ダンクはいやでも目を覚ました。ついいままで、〈背が高すぎのタンセル〉と〈紅後家蜘蛛〉が出てくるという、心地よい夢を見ていたのに。

「床入りだ！　床入りだ！」

同じ唱和が延々とくりかえされている。ダンクはつっぷしていたテーブルから上体を起こし、目をこすった。

サー・フランクリン・フレイが花嫁を両腕に抱いて、テーブルのあいだの通路を歩いてくるところだった。そのまわりを、老人と若者とを問わず、男たちが取りかこみ、いっしょになって歩いている。公壇のテーブルでは、貴婦人たちがバターウェル公に群がっていた。ヴィアウェル公妃は悲しみから覚めたらしく、城主を椅子から立ちあがらせようとしている。そのかたわらで、城主の娘のひとりが父親の長靴のひもをほどき、フレイ家の女のひとりは城主の上着を剝ごうとしていた。バターウェル公は女たちを押しのけようとしているが、あまりうまくいっていない。ただし――公は笑っていた。酔っぱらっているんだ、とダンクは思った。それに、サー・フランクリンもしこたま酔っている……いまにも花嫁を取り落としそうなほどに。ようやく、なにが起きているかがわかりかけてきたとき、〈フィドル弾きのジョン〉がむりやりダンクを立ちあがらせて、

「この男だ！」と叫んだ。「この巨人に花嫁を運ばせろ！」

それから先は、あれよあれよという間に事態が進み、気がついたときには、身をくねらせる花嫁を両腕に抱いて、塔の階段を昇っていた。どうやって倒れずにいられたのかは、自分でもわからない。若い花嫁が身をくねらせているのは、周囲にひしめく男たちが、花嫁に粉をまぶせだの、よくこねてやれよだの、野卑な冗談を飛ばしながら、しきりに花嫁衣装を引っぱっては、脱がせようとしているからだろう。例のこびとたちも騒ぎに加わっていた。ダンクの脚のまわりに群がって、声高に叫び、けたけた笑いながら、あの豚の膀胱袋をダンクのふくらはぎにたたきつけてくる。ダンクとしては、こびとを踏んづけて転ばないようにするのでせいいっぱいだった。

バターウェル公の寝室がどこにあるのか知らなかったが、ほかの男たちに押しやられ、つつかれて

いくらちに、どうにか寝室にたどりついた。そのころにはもう、顔を真っ赤にして笑っている花嫁は、ほぼ全裸になっていた。残っている衣類は、寝室まで昇ってくるまでのあいだ奇跡的に脱がされずにすんだ、左脚の長靴下だけだ。ダンクも顔が真っ赤になっている。酔ったまま重労働しているせいもあるが、それだけではない。

興奮していることは、だれかに股間を見られたら一目瞭然だっただろうが、さいわい、周囲の目は花嫁だけに注がれていた。バターウェル公妃はちっともタンセルに似ていない。しかし、ほぼ全裸で身をくねらせる娘を腕に抱いているうちに、人形遣いの娘のことが思い浮かんできた。

（〈背が高すぎのタンセル〉——それがあの娘《こ》の渾名《あだな》だった。もっとも、おれにはけっして高すぎることはなかったが）

もういちどタンセルに巡り合う機会があるだろうか。かつて何夜か、これはタンセルのことを夢に見た結果だな、と思える晩もあった。

（しっかりしろ、うつけ《ランク》。おまえはタンセルが自分を好いているという夢を見ただけだ）

室内まで入ってみると、バターウェル公の寝室は大きくて豪奢だった。床にはミア産の絨緞が敷きつめられており、部屋の各所や隅では百本もの芳香蠟燭が灯されている。扉の横には、黄金と宝石を象嵌《ぞうがん》した一領の板金鎧が立てられていた。塔の外壁をなす石壁の内側を削りだした壁龕《へきがん》には、専用の厠《かわや》まであった。ここで小用を足すと、細い坑をつたって小水が塔の下まで落ちていく仕組みらしい。

やっとのことで、ダンクは花嫁を新婚夫婦のベッドに横たえさせた。たちまち、こびとのひとりが花嫁の横に飛び乗って、片方の乳房をわしづかみにし、揉みしだきだした。花嫁が苦痛の声をあげる。男たちがどっと笑った。ダンクはそのこびとの襟首をつかんで持ちあげ、ム＝レディから引っぺがし、寝室の外にたたきだすべく、扉のほうへ運びだした。

ドラゴンの卵を見たのは、その途中でのことだった。

大理石の台座の上の、黒いベルベットのクッションに、バターウェル公は卵を安置していた。鶏の卵よりもずっと大きいが、想像していたほど大きくはない。表面は細かい赤の鱗でおおわれており、ランプや蠟燭の光を浴びて、宝石のようにきらきらと光り輝いている。ダンクはこびとを放りだし、卵を手にとった。すこしでいいから感触をたしかめてみたかったのだ。卵は予想よりも重かった。

(人の頭にたたきつけたくらいでは、割れそうにないな)

指に触れる鱗はすべすべしていた。じっと見つめたまま、卵をひっくり返す。その動きに合わせて、卵の表面が、深く豊かな赤いきらめきを放った。

(〝血と炎〟か)

しかし、その表面には黄金の小斑も鏤《ちりば》められていた。闇夜を思わせる漆黒の螺旋模様も走っている。

「——そこのおまえ! なんのつもりだ?」

見ると、知らない騎士が自分をにらみつけていた。大きな男だ。石炭のように黒い顎鬚をたくわえ、顔のあちこちには腫れ物がある。だが、見た目よりもダンクを驚かせたのは、その声だった。怒りをにじませた、深く響くこの険しい声は——。

(この男だ。小便をしていたとき、ピークと話をしていたあの男だ)

騎士はつづけた。

「そいつをもどせ。脂じみた指で城主どのの宝物に触れるな。もどさねば、〈七神〉にかけて、その指をなくすことになるぞ」

騎士はダンクほどには酔っていない。ここはこの騎士のいうとおりにしたほうが賢明だろう。卵をそうっとクッションにもどし、袖で指をぬぐう。

「いや、その、悪気はなかったんだが」

（うつけのダンク《ランク》、鈍なること城壁のごとし）

そして、黒い顎鬚の男を押しのけるようにしてそばを通りぬけ、扉の外に出た。階段吹きぬけは浮かれ騒ぐ声であふれていた。歓喜の叫び、けらけらという娘の笑い声。女たちがバターウェル公を花嫁の褥《しとね》に導いてこようとしているのだ。公の一行と鉢合わせしたくなかったので、ダンクは階段を降りるかわりに、階上へ昇った。すこし昇っただけで屋上に出た。頭上に満天の星がまたたいており、周囲のいたるところで、月光を浴びた白亜城の壁が白く玲瓏《れいろう》な輝きを放っていた。

ワインでふらふらしていたので、胸壁にもたれかかる。

（これは……吐くかもしれないな）

どうして自分はドラゴンの卵に手を触れたりしたんだろう。タンセルの人形芝居を思いだす。あの木彫のドラゴンこそは、アッシュフォードの揉めごとの発端だった。あのときのことを思いだすと、いつものように気がとがめ、胸が痛む。

（三人の立派な人物が死んだ。草臥しの騎士ごときの手足を救うために）とてもではないが、帳尻が合わない。あの件とは、折り合いがつけられた例《ためし》がなかった。（あの一件から教訓を学んだらどうだ、ランク？　おまえのようなやからが関わっていいものじゃないんだぞ――ドラゴンにも、ドラゴンの卵にもだ）

「……おお、まるで雪でできているようだな」背後から声がかかった。

ダンクはふりかえった。そこに、〈フィドル弾きのジョン〉が立っていた。シルク地の金襴の服に身を包み、ほほえみを浮かべている。

「なにが雪でできているですって？」

「この城だよ。白亜が月光に照らされて、雪のようだ。地峡《ネック》より北にいったことはあるかい、サー・ダンカン？　あちらでは、真夏でさえ雪が降るそうだぞ。〈壁〉を見たことは？」

「ありません、ム＝ロード」（なぜ〈壁〉の話などする？）「しかし、北部はわれわれの、エッグとおれの目的地です。北へ――ウィンターフェル城へいこうとしているんですよ」

「できれば同行したいものだな。きみならおれに道を示してくれそうだ」

「道？」ダンクは眉をひそめた。「〈王の道〉をまっすぐ北上すればいいだけですよ。道からはずれさえしなければ、迷うことはない」

〈フィドル弾き〉は笑った。

「そのとおりだろうが……しかし、人がいかにたやすく道を踏みはずすかを知ったら、きっときみは驚くぞ」〈フィドル弾き〉は胸壁に歩みより、白亜城を見わたした。「北部人は野蛮な民族であるといわれる。北部の森には狼がうようよしているという」

「ム＝ロード？　塔の上まで、なにをしに？」

「アリンがおれを探していたのでね、見つかりたくなかったのさ。アリンという男は、酔っぱらうとめんどうくさいんだ。きみが恐怖の寝室から脱け出すところを見かけたので、これ幸いと脱け出して、あとを追ってきたんだよ。ワインを過ごしたのは認める。だが、はだかのバターウェルを見て平気なほど酔ってはいないぞ」そこで〈フィドル弾き〉は、ダンクに謎めいた微笑を向けた。「きみの夢を見た、サー・ダンカン。きみと出会ったあのときよりも前に。それゆえ、街道できみを見たときは、ひと目できみだとわかったよ。まるで旧友に再会したような思いだった」

ダンクはひどく奇妙な感覚をいだいた。ずっと以前にも、まったく同じことをいわれたからである。

（〝きみの夢を見た〟とあのひとはいった。〝わたしの夢は、きみたちの夢とはちがうんだよ、サー

・ダンカン。わたしの夢は現実になるんだ〟と)
「おれの夢を見た?」ワインで鼻にかかった声で、ダンクはいった。「どんな夢です?」

「その夢ではな。きみは頭から足まで白一色に身を包み、広い肩から長い純白のマントをなびかせていた。きみは白の剣、〈王の楯《キングズガード》〉の誓約の剣の一員、七王国全土で最高の騎士だった。そしてきみは、自分の王を護り、その王に仕え、王を喜ばせるだけのために生きていた」ダンクの肩に手をかける。

「きみも同じ夢を見たことがあるはずだな。いや、見たことは知っているんだ」

見たことはあった。それは事実だ。

(あれは、そう、老士がはじめて剣を握らせてくれたときのことだった)

「〈王の楯《キングズガード》〉の一員になる——それはどんな男の子も憧れる夢です」

「ただし、長じてほんとうに純白のマントを着られるのは、一世代のうち、七人の男の子だけだがね。そのひとりになれると思うと、わくわくしないか?」

「このおれが?」ダンクは肩をすくめ、肩を揉みはじめていた相手の手からそっと逃れた。「さあ、どうだろう」

〈王の楯《キングズガード》〉の騎士は死ぬまで王に仕え、妻を娶《めと》らず、土地を持たないことを誓う。

(いつの日か、またタンセルに会えるかもしれない。この先、妻をもらい、息子たちを儲けることも充分に考えられる)

「おれがどんな夢を見ても、それでどうこうなるわけじゃなし。人を〈王の楯《キングズガード》〉の騎士にできるのは王だけなんですから」

「きみを〈王の楯《キングズガード》〉にするためには、おれが〈玉座〉につかねばならないようだな。そうなったら、フィドルの弾き方を教えたいところだ」

「酔っぱらってるんですね」

（〝黒い鴉は黒い使い鴉にいった、こいつめ、おまえは真っ黒だ、と〟――同じだな。おれも同じく酔っぱらってる）

「おう、心地よく酔っているぞ。ワインはあらゆることを可能にしてくれるんだ、サー・ダンカン。白ずくめのきみは神々しく見えるが、白がお気に召さないなら、貴族にしてやろうか？」

ダンクはあからさまに笑った。

「いやいや、そいつは、〝大きな青い翼を生やして大空を飛びたい〟というのと変わらない。それもこれも、見果てぬ夢です」

「韜晦《とうかい》じみたことをいう。真《まこと》の騎士は、上意をはぐらかしたりしないものだぞ」〈フィドル弾き〉は傷ついたような声を出した。「ドラゴンが孵るさまを見るときは、おれのことばをもっと真剣に受けとってもらいたいな」

「ドラゴンが孵る？　生きたドラゴンが？　どこで？　ここで？」

「夢に見た。この白亜の城、きみ、卵から孵るドラゴン、すべてを夢に見た。かつて、わが兄たちが死んで横たわる姿を夢に見たときと同じように。あの夢を見たのは、兄たちが十二歳、おれが七歳のときだった。兄たちはおれを笑ったが、結局、死んだ。いまのおれは二十二歳。そして、自分の見た夢をおれは信じる」

ダンクはかつての馬上槍試合の前夜を思いだしていた。あの晩、春の霧雨が降る中、もうひとりのプリンスと歩いたときのことだ。

〝夢に見たのは、きみと――死んだドラゴンだ〟と、あのとき、エッグの兄、デイロンはそういった。〝こいつが、とてつもなく巨大な怪物でな。広げた翼は、この牧草地を蔽いつくせるほどに大きい。

その怪物がきみの上にのしかかっている。しかし、きみは生きていて、ドラゴンは死んでいた〟

そのことばのとおりに、あわれベイラー太子は亡くなった。だが、夢というのは不確実な地盤だ。その上にはとても建物など建てられない。

「それはまあ、お好きに、ム＝ロード」ダンクは〈フィドル弾き〉にいった。「それでは、わたしはこれで失礼します」

「どこへいく気だ？」

「ベッドへ、眠るために。もう犬みたいだ《べろんべろん》」

「だったら、おれの犬になれ。今宵は約束に満ちている。ともに吠えて、神々を目覚めさせようではないか」

「おれになにを望むんです？」

「わが剣になることをだよ。おれの直臣《じきしん》として取り立てたい。高い地位にもつけてやろう。わが夢はうそをつかないんだ、サー・ダンカン。きみはかならず白いマントをまとう。そしておれは、きっとドラゴンの卵を手に入れる。そう決まっているのさ、夢ではっきりと見たんだから。おそらく、その卵は孵るだろう。さもなくば……」

そのとき、背後の階段に通じる扉が荒々しく開いた。

「ここにおられました、閣下」

ふたりの兵士が屋上に出てきた。そのうしろには、ゴーモン・ピーク公の姿があった。

「ゴーミー」〈フィドル弾き〉は、酒で少々ろれつのまわらない声でいった。「どうした？　おれの寝室でなにをしてる？」

「ここは屋上だ。すっかりできあがりおって」ゴーモン公が鋭い動きで合図した。衛兵がふたりとも進み出てきた。「ベッドにいく手伝いをさせてもらおう。あすは馬上槍試合に出場するのだ、それを忘れるな。カービー・ピムは危険な敵になりそうだぞ」

「おれとしては、ここにいるサー・ダンカンと仕合《しあ》ったほうがいいな」

ピーク公はダンクにひややかな目を向けた。

「あとでそういう機会があったらな。とにかく、最初の相手は、籤《くじ》の結果、サー・カービー・ピムと決まっているんだ」

「だったら、ピムはかならず負ける！　ほかの連中もみんな負ける！　謎の騎士は挑戦者を片端から薙《な》ぎ倒し、通ったあとに驚異の渦を残していくんだ」衛兵の片方が〈フィドル弾き〉の腕をとった。階段へ引っぱっていかれながら、〈フィドル弾き〉はダンクに呼びかけてきた。「サー・ダンカン、どうやら、お別れせねばならんらしい」

やがて、屋上にはゴーモン・ピーク公だけが残り、ダンクに向かって唸るような声でいった。

「草臥しの騎士よ。母親から、ドラゴンのあぎとに手をつっこんではならぬと教わらなかったのか」

「あいにく、母は知らないものでね、ム＝ロード」

「それで説明がつく。ここでどんな約束をされた？」

「貴族の地位を。白いマントを。大きな青い翼を」

「こんどはわしの約束を聞け。ここであったことをひとことでも口外してみろ、その腹に突きたててやる――長さ一メートルの冷たい鋼をな」

頭をはっきりさせようとして、ダンクは首をふった。それが悪かったのか、いきなり身をふたつに折り、げーっと吐いた。

嘔吐物の一部がピークの長靴にかかった。ピークは毒づいて、

「草臥しの騎士というやつは、これだから！」と、見さげはてたように叫んだ。「ここはきさまらのくるところではない。まともな騎士が、招かれもせぬのにのこのこやってくるものか。それなのに、きさまら草臥しのクズどもときたら……」

「どこからも望まれず、どこにでも現われる。それが草臥しの騎士というものです、ム＝ロード」

ワインのせいで気が大きくなっていたらしい。そうでなければ、こんなことはいわなかっただろう。手の甲で口をぬぐった。

「わしがいったことば、肝に銘じておくように心がけろ。さもなくば、まずい立場に置かれることになるぞ」

ピーク公は足を振って、長靴についたゲロを飛ばした。それを最後に、公は立ち去った。ダンクはふたたび胸壁にもたれかかった。あのふたりのうち、よりいかれているのは、どっちのほうだろう。ゴーモン公か、〈フィドル弾き〉なのか。

ふらふらしながら大広間にもどってみると、仲間うちではメイナード・プラムだけが居残っていて、こんなことをたずねてきた。

「なあなあ、花嫁の下着を剥がしたとき、乳首に厨房の小麦粉がついてたか？」

ダンクはかぶりをふった。それから、もう一杯ワインをついで、口に含み、酒はもう充分だと結論した。

バターウェル公の召使いたちは、諸公と淑女たちの部屋を天守の中に、その随員のベッドを営舎に用意していた。そのほかの客たちは、地下室の藁布団で寝るか、西の城壁の下に各自の天幕を立てて地べたに寝るか、好きなほうを選ぶように指示された。ダンクが石の聖堂《ストーニイ・セプト》の町で買った地味な帆布の小天幕は、ごくささやかなものでしかなかったが、それでも雨と陽光をしのぐ役には立ってくれる。

隣人たちのなかには、まだ起きている者もいるようだった。天幕のシルクの壁が、夜闇の中、色のついた角灯のごとく、ぼうっと光っていたからである。向日葵《ヒマワリ》の図柄を鏤《ちりば》めた青い天幕の中からは、笑い声が聞こえていた。白と紫の縞柄の天幕からは、房事にいそしむ音が聞こえた。エッグはほかの天幕からやや離れたところにダンクの小天幕を立てていた。騾馬《ラバ》のメイスターと二頭の馬は、足縄をつけられて、付近に立っていた。ダンクの武器と具足とは、西の城壁の前にきちんと積んであった。小天幕の中に入る。従士は脚を組んで蠟燭のそばにすわり、その光で頭をつやつやと光らせながら、背中を丸めて本を読んでいた。顔はよく見えない。

「蠟燭の灯で本を読むと、目が見えなくなるぞ」

本を読むという行為は、ダンクにはいまもってなお不可思議なことだが、少年はことあるごとに、字の読み方を教えようとする。

「蠟燭の灯がないと、字が見えないでしょ？」

「また耳に拳固を食らいたいのか？　それはなんの本だ？」

開かれたページには、多彩に彩色された絵がいくつも載っていた。小さな紋章の絵の周囲は文字で埋めつくされている。

「紋章学の本ですよ」

「〈フィドル弾き〉の紋章を探してるのか？　それなら見つかりっこないぞ。草臥しの騎士の紋章は、その手の本には載ってないんだ。載ってるのは、諸公と名のある騎士の紋章だけだから」

「あのひとの紋章を探してたんじゃなくて。郭でいくつか気になる紋章を見かけたんで、たしかめていたんですよ。サンダーランド公がきてますね。青と緑の太い横波線が交互にならんだ紋地の上に、白い貴婦人の顔が三つ描かれた紋章がありました」

「三姉妹諸島の領主が？　ほんとうか？」三姉妹諸島は、東の〈白浪湾〉にある諸島だ。司祭《セプトン》たちが〝あの諸島は悪徳と強欲にまみれている〟というのを、ダンクは聞いたことがある。そのなかでも、スイートシスター島にある町シスタートンは、ウェスタロス全土でひときわ悪名の高い密輸屋たちの巣窟だという。「ずいぶん遠くからきたものだな。バターウェル公の花嫁の親戚なんだろう」

「ちがいます」

「だったら、饗宴を目あてにきたのか？　三姉妹諸島では、もっぱら魚を食うんだろう？　魚ばかり食ってると、飽きがくるのに。ところでおまえ、しっかり食ってきたか？　食ってない場合の用心に、肥育鶏の半身と、パンにチーズをすこし持ってきてやったぞ」

ダンクはそういって、マントのポケットをあさった。

「ぼくたちに出たのは、肋肉《バラにく》でした」ページに鼻をくっつけんばかりにして本を持ちあげ、エッグは答えた。「それより――サンダーランド公というのは、黒竜側で戦った人間なんですよ」

「サー・ユースタス老みたいにか？　あれはそう悪い人物じゃなかっただろう」

「ええ、でも……」

「そんなことよりもだ、ドラゴンの卵を見てきたぞ」ダンクは持ってきた食べものを、堅焼きパンと塩漬けビーフの乾し肉の袋にしまいこんだ。「全体に赤い卵だった。〈血斑鴉〉公もドラゴンの卵を持ってるのか？」

エッグは本を下に降ろした。

「どうして〈血斑鴉〉が持ってるはずがあるんです？　あんな生まれの卑しい男が」

「庶子ではあるが、生まれが卑しくはないだろう」

〈血斑鴉〉は妾腹の生まれだが、父親はもちろんのこと、母親も由緒正しい家の貴婦人だ。ダンクはさらに、階段の下で漏れ聞いた男たちのことを話そうとしかけたが……そこで、エッグの顔が腫れていることに気がついた。

「どうしたんだ、その唇」

「ちょっと、その、喧嘩になっちゃって」

「見せてみろ」

「すこし血が出ただけですよ。ワインを染ませた布で軽くぬぐっておいたし」

「だれと喧嘩した？」

「ほかの従士たちとです。だって、あいつら――」

「ほかの従士たちがなんといったかはどうでもいい。おれはおまえになんといった？」

「口をつぐんでいろ、揉めごとを起こすなって」少年は切れた唇に手をあてた。「でも、あいつら、父上のことを身内殺しだっていうんだもん」

（それは事実だ、エッグ。意図して殺したとは思わないがな）そういうことは聞き流せと、ダンクは常日ごろから口をすっぱくしてエッグにいっている。（おまえは真実を知っているんだ。それだけで満足しろ）

こういった話は何度も耳にしてきた。居酒屋で、安酒場で、林の中で野宿するさいの焚火のそばで、いやというほど耳にしてきた。アッシュフォード牧草地でプリンス・メイカーが振るった鉄棍を受け、メイカーの長兄、〈槍砕きのベイラー〉が死んだことは、王国じゅう、知らぬ者とてない。陰謀説が囁かれるのも無理のない出来事ではある。

ダンクはいった。

「プリンス・メイカーがおまえの父親だと知っていたら、だれもおまえの面前でそんなことをいいはしない」（陰ではいろいろというだろう。だが、おまえの面前では絶対にいわない）「それで、口をつぐんでいるかわりに、おまえはほかの従士たちになんといったんだ？」

エッグは顔を赤らめた。

「ベイラー太子が亡くなったのは事故だったんだって。でも、プリンス・メイカーは兄のベイラーを愛していたといったら、サー・アダムの従士が、愛するあまり死なせたんだよなっていって、サー・マラーの従士は、このぶんだと、エイリス王も同じように愛するんじゃないかというもんだから……そこで殴っちゃったんです。思いっきり」

「おまえも思いっきり、殴ってやらないといかんようだな。腫れた唇には腫れた耳が似つかわしい。おまえの父上がここにいたら、やはりそうしただろう。あのプリンス・メイカーが、おまえみたいな小僧っ子に護ってもらう必要があるとでも思うのか？　おまえをおれのもとへ送りだすにあたって、父君はなんといった？」

「あなたの従士として誠実に仕えろ、いかなる仕事にも困難にも怯《ひる》むなって」

「ほかには？」

「王法にしたがい、騎士の掟にしたがい、あなたにしたがえと」

「ほかには？」

「つねに髪を剃るか、染めるかしろ」不承不承のようすで、少年はつづけた。「だれにもほんとうの名を明かすなと」

ダンクはうなずいた。

「で、相手の従士は、どれくらいワインを飲んでたんだ？」

「飲んでいたのは強いエールです」

「それか。強いエールは口をすべらせやすくする。ことばは風のごとしだぞ、エッグ。どこ吹く風と聞き流せ」

「風のごときことばも、それはあるけど」とにかく頑固なのがこの少年の特徴なのである。「謀叛《むほん》を語らうことばだってあります。この馬上槍試合に集まっているのは、元謀叛人ばかりなんです」

「おいおい、全員がそうだというのか？」ダンクはかぶりをふった。「たとえそのとおりだとしても、あの叛乱はずいぶん前のことじゃないか。黒のドラゴンは討たれて、叛乱軍側で戦った者は、みんな国外に逃げるか、赦免されるかした。それに、全員が全員、元謀叛人だというわけでもないだろう。バターウェル公の息子らは、両方の陣営に分かれて戦ったんだから」

「それはつまり、バターウェル公が、半分は謀叛人だったということです」

「十六年も前の話だ」

ワインの心地よい酔いはすっかり覚めてしまった。腹がたったせいで、もうしらふに近い。

ダンクはつづけた。

「あすの試合の管理者は、バターウェル公の家令だ。名前はコズグローヴという。いますぐに家令を探しだして、おれの名前を登録してこい。いや、待った……おれの名前は出すな」これほどおおぜい諸公が集まっている以上は、アッシュフォード牧草地の〈長身のサー・ダンカン〉のことを記憶している者もいるかもしれない。「おれのことは〈吊るし首の騎士〉として登録しろ」

一般庶民は、馬上槍試合に謎の騎士が登場すれば、大喜びするだろう。

エッグは腫れた唇をなでた。

「〈吊るし首の騎士〉、ですか？」

「正体を隠すためだ」

「わかりました、でも……」

「いいから、さっさといけ、いわれたとおりにしろ。今夜はもう充分すぎるほど本を読んだだろう」

ダンクはそういって、親指と人差し指で蠟燭の芯をつまみ、すっと火を消した。


あくる朝、ぎらぎらと強烈な陽射しを放って朝陽が昇った。城の白亜の石壁《いしかべ》が熱せられて、陽炎《かげろう》が立ち昇っている。空気中には灼《や》けた地面と、踏みしだかれた草のにおいが充満していた。風はそよとも吹かず、天守や門楼の上に立てられた緑と白と黄の旗は、みなだらんとたれている。

サンダーは妙に興奮していた。こんなサンダーはめったに見たことがない。エッグが鞍帯《くらおび》を締めるあいだ、牡の軍馬はしきりに頸を左右に振っていた。エッグに向かって、大きな四角い歯を剝きだすことまでした。

（暑いからかな）とダンクは思った。（人間にも馬にも暑すぎる）

軍馬というやつは気性が荒くて、もっとも落ちついているときでさえ、過激な反応をする。

（この暑さだ、〈慈母〉でさえ、いらだつにちがいない）

外郭《そとぐるわ》の中央では、同じ騎士同士の新たな懸け合いがはじまっていた。サー・ハーバートが駆るのは金毛の軽軍馬で、黒い馬衣《うまぎぬ》には赤と白の蛇が絡みあったペイジ家の紋章が描かれている。対するサー・フランクリンが駆るのは栗毛の馬で、シルク仕立ての灰色の馬衣にはフレイ家の双子の塔の紋章があしらわれていた。両者が激突すると同時に、赤と白の騎槍《ランス》はまっぷたつに折れ、青の騎槍は粉々に砕けたが、双方ともに落馬してはいない。観覧席の招待客と城壁上の衛兵たちから、いちおう歓声があがりはしたが、なんとも熱気を感じさせない歓声で、それもすぐに途切れた。

（こう暑くては、歓声をあげるのもつらいな）そう思いながら、ダンクは額の汗をぬぐった。（馬上槍試合をするのはもっとつらい）

それに、二日酔いで頭ががんがん疼《うず》いている。

（こんどの試合とそのつぎの試合に勝てば、それで充分だ）

試合場では、ふたりの騎士がそれぞれ走路の端に達して馬首《ばしゅ》をめぐらし、折れた騎槍を投げ捨てた。騎槍が折れるのは、これで四度めだ。

（多すぎるぞ。一度で片をつけてくれ）

間にあわなくなるぎりぎりまで待ってから、ダンクはようやく鎧を着用したが、すでに下着は汗で濡れそぼり、肌にへばりついている。さすがに兜はまだかぶっていない。

（同じ濡れるにしても、汗よりひどいものもあるがな）

思いだすのは、ガレアス船《白き淑女》での戦いのことだった。舷側からわらわらと這いあがってくる鉄人《くろがねびと》どもを相手に戦いつづけ、その日の終わりまでには、ダンクは全身、返り血でべとべとになっていたのである。

新たな騎槍を持ったペイジとフレイは、五たび馬腹《ばふく》に拍車を当てた。鉄蹄がひび割れた地面を蹴るたびに、乾いた土が後方へ蹴りあげられる。騎槍同士がぶつかり、へし折れる音が頭に響いた。

（ゆうべは飲みすぎたし、食いすぎた）

花嫁を抱いて塔の階段を昇ったことと、屋上で〈フィドル弾きのジョン〉やピーク公と会ったこと、それはぼんやりと憶えている。

（屋上なんかで、おれはなにをしてたんだ？）

たしか、ドラゴンの話をしたような。でなければ、ドラゴンの卵の話か、それとは別に、ほかにもなにかを。だが……。

どよめきがあがり、ダンクの物思いを打ち破った。半分は歓喜の、半分は嘆きのどよめきだった。見ると、金毛の馬が乗り手を失い、速足で走路の端へ駆けていく。サー・ハーバート・ペイジは地に転がっており、弱々しくもがいていた。

（あと二試合でおれの番だ）

サー・ユーサーを早々に落馬させられれば、いちはやくこの鎧を脱いで、冷たい飲みものを飲み、休憩できる。そのつぎの番がまわってくるまで、すくなくとも一時間はあるだろう。

バターウェル公の太った紋章官が観覧席の最上段にあがり、つぎの出場者を呼びだした。

「〈不敵なるサー・アーグレイヴ〉――ナニーの町出身の騎士にして、白亜城城主バターウェル公の家士。対しますは、サー・グレンドン・フラワーズ――〈猫柳《ネコヤナギ》の騎士〉。双方、位置につき、武勇を示されよ」

観覧席で笑いのさざ波が湧き起こった。

サー・アーグレイヴは痩せぎすで、いかにも食えない感じの、年季の入った城住みの騎士だった。着こんだ灰色の鎧はへこみだらけで、馬にも馬衣をつけていない。この手の騎士は前にも見たことがある。古木の根のようにタフで自分のなすべきことを知りつくした、油断ならぬ相手だ。対戦相手のサー・グレンドンはまだ若く、乗っているのは脊柱《せきちゅう》曲がりの去勢馬で、重い長めの鎖帷子《ホーバーク》と、面頰《めんぽお》のない鉄の半球形兜しか身につけていない。左腕を革帯に通した楯には、父親ゆずりの火の玉の紋章が描かれていた。

（せめて胸当てと、顔をおおう兜くらいはつけないとまずい）とダンクは思った。（あんな軽装では、

頭か胸に一撃食らったら即死しかねないぞ）

サー・グレンドンは、紹介のされかたに憤ったと見えて、乗馬に円を描かせ、同じところぐるぐる走らせながら、観覧席の最上段に向かって怒鳴った。

「おれはグレンドン・ボールだ、グレンドン・フラワーズではない。侮辱すればただではおかんぞ、紋章官。警告しておく、おれは英雄の血を引く者だ」

紋章官は相手にするそぶりを見せなかったが、若き騎士の抗議は、観覧席にいっそうの笑いを呼び起こした。

「観覧席の者たちはなぜ笑う？」ダンクは疑問を声に出した。「あの男、庶子なのか？」

フラワーズというのは、河間平野《リーチ》では、高貴な血筋の片親を持つ庶子に与えられる姓なのである。

「それにあの、〈猫柳の騎士〉というのはなんだ？」

「すぐに調べられますよ」エッグがいった。

「いや、いい。おれたちには関係のないことだ。それより、おれの兜の用意は？」

サー・アーグレイヴとサー・グレンドンが、バターウェル公と公妃の面前に馬を進め、騎槍の先を下げてあいさつをした。バターウェル公が花嫁にからだをかたむけて、耳もとになにごとかを囁く。花嫁がくすくす笑いだした。

「できてます」とエッグは答えた。

エッグはいつもどおり、へなへなの帽子をかぶっている。これは目の色を隠すためと、つるつるに剃った頭を陽射しから護るためだ。ダンクはこの帽子のことでエッグをからかうのが好きだったが、いまばかりは、自分にもこんな帽子があればよかったのにと思った。

（こんなに強烈な陽射しのもとでは、鉄の兜よりも、麦わら帽子のほうがずっといい）

目の上にたれた髪をかきあげて、両手で大兜を持ち、頭の上からかぶる。緒《ひも》を頸《くび》当てに結わえた。兜の内側には古い汗のにおいが染みついていた。首と肩に、大兜の重みがずしりとのしかかる。頭は昨夜のワインでずきずき疼いたままだ。

「ねえ」エッグがいった。「出場をとりやめるんなら、まだ間にあいますよ。サンダーと鎧兜を失うことになったら……」

(騎士としては終わりだな)

「なぜおれが負ける前提なんだ」ダンクは不機嫌な声をだした。その間にも、サー・アーグレイヴとサー・グレンドンは、走路の反対端に向かって馬を進めていく。「まるでおれが、〈笑う嵐〉と対戦するみたいじゃないか。この試合場には、おれを苦戦させられそうな騎士がいるのか？」

「ほぼ全員がそうです」

「あとで耳に拳固だぞ。対戦するサー・ユーサーは、十は年上で、おれの半分の背丈しかないのに」

サー・アーグレイヴが面頰を閉じた。サー・グレンドンには閉じるべき面頰がない。

「だって、アッシュフォード牧草地以来、馬上槍試合に出たことなんてないじゃないですか」

(ほんとうに生意気なやつだな)

「訓練はしてるだろうが」

たしかに、本来あるべき形で、きちんとした訓練をしてきたわけではない。とはいえ、可能なとき、可能な場所で、サンダーを駆って槍的《やりまと》や環的《わまと》を突く練習はしていた。ときどき、エッグに命じて樹に登らせ、拾った壊れ楯や桶板を適度な高さの大枝にぶらさげさせて、それを突く練習もしている。

「だけど、騎槍よりも剣のほうが得意でしょ？　戦斧《せんぷ》か鉄棍を持たせたら、あなたの力にかなう人間なんてほとんどいないんだから」

一面の真理を突かれただけに、ダンクはいっそう腹が立った。

「剣と鉄棍の戦いなんて、ここではやらないだろう？」

〈火の玉《ファイアボール》〉の息子と〈不敵なるサー・アーグレイヴ〉が、双方から突進を開始した。

「いいから、おれの楯を取ってこい」

エッグは渋い顔をしたが、とにもかくにも、楯を取りにいった。

走路上では、サー・アーグレイヴの騎槍の槍先がサー・グレンドンの楯を突いた。しかし、斜めに当たってしまい、火の玉の絵を抉《えぐ》っただけで逸らされる形となった。いっぽう、サー・グレンドンの騎槍の先端は相手の胸当てのどまんなかをとらえた。すさまじい力が加わり、相手の鞍帯がぶち切れ、鞍もろとも、サー・アーグレイヴはもんどりうって落馬した。ダンクはわれ知らず、感動をおぼえた。

（これは……大口をたたくだけのことはあるぞ。槍試合の腕は本物だ）

サー・グレンドンに対する嘲笑が、あれでやんでくれるだろうか。

喇叭《ラッパ》が吹き鳴らされた。あまり大きな音なので、二日酔いの頭にひどく響く。ふたたび、紋章官が観覧席の最上段にあがり、つぎの出場者を呼びだしにかかった。

「キャスウェル家のサー・ジョフリー——ビターブリッジ城の城主、〈浅瀬〉の守護者。対しますは〈霧深き湿原の猫のサー・カイル〉。双方、位置につき、武勇を示されよ」

サー・カイルの鎧は上等のものだったが、古くて摩耗しており、へこみだらけ、傷だらけだった。

「〈慈母〉のまあ、なんと慈悲深いことか」試合場へ向かう途中、サー・カイルはダンクとエッグにいった。「やつがれの対戦相手が、わざわざ会いにきた当のキャスウェル公とはなあ」

けさの試合場で、ダンクよりも二日酔いのひどい者がいるとしたら、それはキャスウェル公だろう。昨夜の饗宴では、酔いつぶれるほど飲んでしまったのだ。

「あれほど飲んだ翌日だというのに、馬に乗っていられるだけでもたいしたものだ」ダンクはいった。

「しかしあれなら、あんたの勝ちは固いな」

「いやいや」サー・カイルは、おだやかな笑みを浮かべてみせた。「鉢に入れたクリームを嘗めたい猫というものは、いつのどを鳴らして甘えるべきか、いつ爪を見せるべきかを、ちゃんと心得ているものだよ、サー・ダンカン。キャスウェル公の槍先がわが楯をかすりでもしたら、やつがれは即座に転げ落ちる。そのあとで、敗者として馬と鎧を差しだしにいくさい、公の武勇を誉めちぎり、最初に剣を持たせたとき以来、いかに武術の腕をあげられたかを誉め讃える。そうすれば、公はやつがれのことを思いだし、この日のうちにも、ふたたびビタープリッジ城の一騎士として、キャスウェル家の家士に迎えられるという寸法さ」

名誉もなにも、あったもんじゃないな——ダンクはもうすこしでそういいそうになったが、そこはぐっとこらえた。サー・カイルはべつに、名誉よりも暖炉のそばのあたたかい場所を優先した最初の草臥しの騎士というわけではないのだ。

「なるほど」ダンクはもごもごと答えた。「武運を祈るよ。いいや、武運がないことを祈る、というべきかな」

ジョフリー・キャスウェル公は、二十歳のひょろりとした若者だった。それでも、ああして甲冑《かっちゅう》を着こんでいると、ワインだまりにつっぷして寝ていた昨夜とくらべれば、さすがに凜々しく見える。楯の表には、長弓《ロングボウ》を引き絞る、黄色い半人半馬《セントーア》の絵が描かれていた。同じ意匠は、馬にかぶせた白いシルクの馬衣にも刺繡されているし、大兜の上で輝く金細工の頭立《ずだて》にしても、やはり同じ半人半馬が象《かたど》られている。

（半人半馬の紋章を背負う人間が、あんな馬の乗り方をしていてはだめだな）サー・カイルの騎槍の腕は知らないが、あの馬のまたがりようから察するに、キャスウェル公は大きく咳をしただけでも、たちまち落馬してしまいそうだ。（〈猫〉どのとしては、勢いよく懸けちがうだけでいい）

エッグがサンダーの手綱をとっているあいだに、ダンクは片脚をふりあげ、固い鞍の上に用心深くまたがった。鞍にすわって出番を待つあいだ、おおぜいの目が自分に注がれるのを感じた。

（あの図体のでかい草臥しの騎士、どれほど強いのかと、みんな興味津々なんだろう）

ダンク自身、それは気になるところだった。まあ、もうじきわかる。

〈霧深き湿原の猫のサー・カイル〉は、いったとおりのことを実行に移した。走路を駆けていくさい、キャスウェル公の騎槍はふらつきっぱなしだったが、サー・カイルのほうもまともに狙う気はない。どちらの馬速も、速足より多少はましな程度だ。だが、ジョフリー公の槍先がたまたま肩に触れるや、〈猫〉はここぞとばかりに落馬した。草臥しの騎士が地に転がるのを見ながら、ダンクは思った。

（猫という猫は、高いところから落ちても足から鮮やかに着地するものだと思っていたが……）

キャスウェル公の槍は無傷のままだ。走路の端までたどりつき、馬首を返したとき、キャスウェル公はまるで、〈長き棘のレオ〉や〈笑う嵐〉でも落馬させたかのように、騎槍を何度も何度も高々と突きあげてみせた。〈猫〉は兜を脱ぎ、自分の馬を追いかけていくところだ。

「おれの楯を」ダンクはエッグにうながした。

少年が楯を差しだした。楯裏の革帯に左腕を通し、持ち手をぐっと握りしめる。凧形の楯は重量があるため、安心感もあったが、縦に長いので取りまわしが悪い。吊るし首にされた男の絵を見ると、あらためて不安をかきたてられた。

（やはり不吉な紋章だな）

なるべく早い機会に、楯の絵を描きなおさせよう。

（〈戦士〉が乱れなき疾走と、すみやかな勝利をお与えくださいますように）

心の中で祈ったとき、バターウェル公の紋章官が観覧席の最上段にあがり、つぎなる出場者の名を高らかに呼ばわった。

「サー・ユーサー・アンダーリーフ。対しますは、〈吊るし首の騎士〉。双方、位置につき、武勇を示されよ」

「どうかお気をつけて」ダンクに試合用の騎槍を差しだしながら、エッグがいった。先細りになった木製の槍は、長さが三メートル半あり、先端には握りこぶしの形状の、丸みを帯びた鉄の槍先が取りつけてある。「ほかの従士たちの話だと、サー・ユーサーは槍試合巧者《やりじあいごうしゃ》だそうです。それに、かなり敏捷だとも」

「敏捷？」ダンクは鼻を鳴らした。「あの楯に描いてあるのは蝸牛《カタツムリ》だぞ。どうして敏捷に動くはずがある？」

かかとの拍車をサンダーの腹に軽く押し当てる。軍馬がゆっくり前に進みだした。ダンクは騎槍をまっすぐ上に立てた。

（一勝すれば、これまでよりましな旅ができる。二勝すれば、三回戦で負けたときに払う資金が確保できて、一勝めで得た買い戻し金は手元に残る。この顔ぶれなら、二勝するのも、夢のまた夢というほどではなさそうだ）

すくなくとも、籤運《くじ》はよかった。〈老特牛《こというし》〉やサー・カービー・ピムほか、地元の英雄と対戦する可能性もあったのだから。もしかすると、貴族が一回戦めで草臥しの騎士に敗れて不面目をこうむる心配がないよう、試合管理者が籤の結果を細工し、草臥しの騎士同士が当たるようにしむけたのではないか——と、そんな気さえする。

（だが、それはどうでもいい。一度にひとりの敵のことだけを考えろ――それが老士の教えだ。いま考えるべきは、サー・ユーサーのことのみ）

双方、観覧席にそって走路を進んでいき、バターウェル公と公妃の前で馬をとめた。新郎と新婦は、城壁が落とす影の中、クッションのきいた椅子に腰かけている。そのとなりにはフレイ公もすわっていて、鼻をたらした息子を片ひざに乗せ、ゆすってあやしていた。何人もの侍女が一列にならんで、公たちを扇であおいでいるが、バターウェル公のダマスク織の上着には、腋の下に汗のしみができているし、公妃の髪も汗で頭にべっとりへばりついている。いかにも暑そうなうえに、退屈で居心地が悪そうにしていた公妃だが、ダンクに目を向けたとたん、蠱惑的に乳房をつきだしてみせた。大兜の中で、ダンクは顔を赤らめた。ともあれ、公妃に向けて騎槍の先を下げ、公にも下げてみせる。サー・ユーサーも同じようにした。バターウェル公が、両者の健闘を祈ると告げた。公妃はぺろっと舌を出してみせた。

さて、いよいよだ。ダンクは速足でサンダーを走路の南端に進めた。八十メートル離れた北端では、対戦相手も位置につこうとしている。サー・ユーサーの葦毛《あしげ》の牡馬はサンダーよりも小柄だが、齢が若く、意気も盛んだ。サー・ユーサー自身は、銀色の鎖帷子の上から、緑色の琺瑯《ほうろう》を引いた板金鎧を着こんでいた。かぶっているのは面頰《めんぽお》の尖った犬面兜《バシネット》で、やはり尖った頭頂部からは、緑色と灰色のシルクの吹き流しをうしろにたなびかせている。

（いい鎧、いい馬だ。落馬させれば、ちょっとした買い戻し金が手に入るぞ）

その瞬間、試合開始の喇叭が吹き鳴らされた。

サンダーが緩駆《ゆるが》けで走りだす。ダンクは右手に持った騎槍を左に振りむけ、槍先をすこし下げた。馬の頸の上を斜めに交差させて、彼我の走路を隔てる木柵の上に突きださせる格好だ。左半身は楯で護られている。やおら前のめりになり、両脚で馬腹をぐっと締めつけた。サンダーは緩駆けのまま、走路を進んでいく。

（おれたちはひとつ。人、馬、槍は一体、血と木と鉄でできた、ひとつのけもの）

サー・ユーサーの葦毛は、鉄蹄でもうもうたる土煙を蹴たてながら、猛然と突進してきた。彼我の距離が四十メートルに縮まったところで、ダンクはサンダーに拍車をかけ、速駆けに移るとともに、騎槍の尖端をぴたりと銀色の蝸牛にすえた。ぎらつく太陽、土ぼこり、熱波、城、バターウェル公とその花嫁、〈フィドル弾き〉とサー・メイナード、騎士たち、従士たち、馬丁たち、庶民——なにもかもが意識から消えうせた。残ったのは唯一、対戦相手のみだ。ふたたび拍車をかける。サンダーはいっそう速度をあげ、猛然と突進しだした。蝸牛がすさまじい勢いで近づいてくる。葦毛の長い脚が地を蹴りつけるたびに、ぐんぐん大きくなってくる……が、それより早く、サー・ユーサーの騎槍の先端についた鉄のこぶしがものすごい勢いで急迫してきた。

（おれの楯は丈夫だ、おれの楯は衝撃を受けきれる。意識を集中するのは蝸牛だけだ。蝸牛を突け、そうすればおれの勝ちだ）

残り十メートルになったとき、だしぬけに、サー・ユーサーが騎槍の先端を上向けた。

ガーンという金属音が響きわたった。ダンクの騎槍が敵をとらえたのだ。腕から肩にかけ、衝撃が走りぬける。だが、槍先が目標を突くところは見えなかった。つぎの瞬間、ユーサーの鉄のこぶしが眼前に迫り、人馬一体の体重と勢いをすべて乗せて、大兜の目穴と目穴のあいだを強烈に突いた——。

気がつくと、仰向けの格好で横たわり、半円筒形の天井を見あげていた。つかのま、そこがどこかわからなかった。どうやってここへきたのかもだ。頭の中では声がこだましている。いくつもの顔が目の前を通りすぎていった。サー・アーラン老、〈背が高すぎのタンセル〉、〈茶色の楯のベニス〉、〈紅後家蜘蛛《べにごけぐも》〉、〈槍砕きのベイラー〉、〈赫奕《かくやく》のプリンス〉エリオン、狂える悲しきヴェイス女公。ついで、馬上槍試合のことが一気によみがえってきた。熱波、蝸牛、ぐんぐん迫ってくる鉄のこぶし。呻き声をあげて片ひじをつき、半身を起こす。その動きで、猛烈に頭が痛んだ。頭がガンガン鳴っている。頭全体がばかでかい戦鼓《せんこ》となって激しくたたかれているかのようだ。

すくなくとも、目は両方ともちゃんと見えているようだった。頭に穴があいているふうでもない。この点でもほっとした。この場所はどうやら地下蔵らしい。ワインやエールの樽が、壁際にずらりとならんでいる。

（とにもかくにも、ここは涼しい。それに、酒がすぐそばにある）

口の中には血の味がした。それに気づいたとたん、慄然とした。もしも舌を嚙みきっていたなら、うつけなうえに、口まできけなくなってしまう。

「おはよう」とつぶやいてみた。声が出るかどうかをたしかめるためだ。

声は出せたが、出てきたのはしわがれ声だった。自分のことばが天井に反響し、こだました。手をついて上体を起こし、立ちあがろうとする。それだけで、たちまち天井がぐるぐるまわりだした。

「ゆっくり、ゆっくりとな」すぐそばから、震えぎみの声がいった。

ついで、腰の曲がった老人がベッドのそばに現われた。全身をおおうローブは、長い髪と同じく、灰色をしている。首のまわりには、多彩な金属をつづった学匠《メイスター》の学鎖をかけていた。顔は老齢によるしわだらけだ。大きな鷲鼻の両脇には深いしわがいくつも刻まれていた。

「じっとしていることじゃて。ひとまず、目を見せなさい」

老人は親指と人差し指でダンクの左目を大きく開かせ、覗きこんだ。右目にも同じことをした。

「頭が痛い」とダンクはいった。

メイスターは鼻を鳴らして、

「頭が肩の上に乗っているだけ、ありがたいと思うことじゃな。さ、これですこしは痛みが治まる。飲みなさい」

異臭のする薬液を、ダンクは一滴残さず飲み干し、吐きだすまいと努めた。ついで、手の甲で口をぬぐいながら、メイスターにたずねた。

「試合ですが……教えてください。どうなっています?」

「あの野蛮で愚かなぶちかましあいにつきものの惨事が、あいもかわらず起きておるよ。棒っきれで相手を馬から突き落としあう愚行につきものの惨事がな。スモールウッド公の甥っ子は手首を折り、サー・エデン・リスリーは片脚が折れた。馬の下敷きになったのじゃ。いまのところ、人死には出ておらん。ただし、あんたの命だけは危ないと危惧しておったぞ」

「おれは……落馬させられたんですか?」

いまなお、頭の中にウールが詰まっているような感じがしていた。そうでなければ、こんな愚問は発しなかっただろう。問いを口にした瞬間、ダンクはしまったと思った。

「いちばん高い胸壁をも揺るがす地響きを立ててな。あんたに大金を賭けていた者たちは、さぞ狼狽《ろうばい》したことじゃろうて。あんたの従士、すっかり動転しておってな。わしが追いださなんだら、いまもそこにすわってやきもきしておったはずじゃよ。しかし、子供がいても邪魔なだけゆえ、あの子には役目を思いださせてやった」

はて、その役目というのがなんだかわからない。エッグだけでなく、自分にも思いださせてもらう必要があった。

「役目？」

「あんたの馬じゃ。武器と具足もな。取りあげられる前に、ひとまず確保しておけといっておいた」

「ああ……」それでやっと、ダンクは思いだした。

あれは有能な従士だ。自分がなにを求められているのかがよくわかっている。

（しかし、回収した老士の剣も、〈鋼のペイト〉が鍛えた具足も、もうおれのものじゃない）

「友だちの〈フィドル弾き〉も、あんたを心配して訪ねてきたぞ。できるかぎりの手をつくして診《み》てやってくれ、といわれたよ。まあ、あの男も追いだしてしまったがの」

「倒れてからどのくらいです？　おれはいつから手当てしてもらっていました？」

ダンクは利き手を曲げ伸ばしした。指は五本とも、ちゃんと動く。

（だが、頭が痛い。そういえば、サー・アーランにはいつもいわれていたな――頭を使わないから、そういうことになるんだ、と）

「四時間じゃな、日時計によると」

四時間なら、そこまで悲観することはない。試合で突き落とされて四十年間眠りつづけ、ようやく目が覚めたときにはすっかり老いてしなびていた、という話も聞いたことがある。

「サー・ユーサーが二回戦に勝ったかどうか、知っていますか？」

蝸牛《カタツムリ》の騎士は優勝したかもしれない。試合で最強の相手に敗れたのだと自分に言い聞かせられれば、敗北による胸の痛みも多少はやわらぐ。

「あの男かね？　おお、勝ったとも。花嫁の従兄弟どののの、将来有望な若き騎槍使い、サー・アダム・フレイを相手に、みごと勝ってのけたよ。じゃが、サー・アダムの落馬を見て、公妃は失神してな。自室へかつぎこむ騒ぎとなった」

意を決して、ダンクは立ちあがった。くらりときたが、メイスターがすかさず支えてくれた。

「おれの服はどこに？　いかなくては。早く……いかなくては……」

「思いだせんなら、いっておくが、そんなに急いでいく必要は、もうどこにもないぞ」メイスターはいらだたしげなしぐさをした。「忠告しておく。こってりした食べものや、強い酒は控えるように。目のあいだに打撃を食らわんよう、以後は気をつけなさい……もっとも、騎士というやからが道理に耳を貸さんことは、とうのむかしに学習ずみじゃが。さ、とっとと出ていくがいい、手当てをせねばならん馬鹿どもは、ほかに何人もかかえておるでな」


屋外に出ると、一羽の鷹が大きく弧を描き、抜けるような青空を舞っているのが見えた。あの鷹がうらやましかった。東のほうには若干の雨雲が湧いて、ダンクの気分のようにどんよりとたれこめている。鉄鎚《てつつい》を鉄床《かなとこ》に打ちつけるような、強烈な陽射しに頭を殴りつけられながら、試合場へ向かった。足の下で大地が揺れ動いているようだった。それともこれは、自分がふらふらしているだけなのか。屋外に出る前、地下室から上にあがる階段を昇っていたときも、二度、倒れそうになった。

（エッグのことばに耳を貸すべきだったな）

外郭をゆっくりと横切り、見物の人垣の外をまわりこんでいく。試合場では、あのぽっちゃりしたアリン・コクショー公が、ふたりの従士に左右からからだを支えられ、片脚を引きずって歩いていた。ついいましがた、若きグレンドン・ボールと対戦して、敗れたところなのだ。三人めの従士は、兜をかかえてそのあとを歩いていた。頭立《ずだて》の誇らしげな三本の羽根飾りは折れている。

「〈フィドル弾きのサー・ジョン〉」おりしも、紋章官が呼ばわった。「対しますはフレイ家のサー・フランクリン——双子城の騎士、〈関門橋〉領主の家士。双方、位置につき、武勇を示されよ」

ダンクは見物の後方に立って眺めていることしかできなかった。

馬衣《うまぎぬ》を翻《ひるがえ》し、速足で颯爽《さっそう》と登場したのは、〈フィドル弾き〉の大柄な黒馬だった。青いシルクの馬衣には、金色の剣とフィドルが鏤《ちりば》めてある。〈フィドル弾き〉の胸当てには、馬衣と同じ色合いの青い琺瑯が引いてあった。それは膝当て、肘当て、脛《すね》当て、頸《くび》当てなども同様だった。板金鎧の下に着こんだ環帷子《リングメイル》には、金鍍金《きんとき》が施されている。いっぽう、対戦相手のサー・フランクリンは、流れるような銀色の鬣《たてがみ》を持つ連銭葦毛《れんせんあしげ》の馬にまたがっていた。具足は馬体と同じ色調で、馬衣には体毛と同じ灰色のシルクが、甲冑には鬣と同じつややかな銀色の板金鎧が採用されている。そして、楯にも、長い外衣《サーコート》にも、馬衣にも、すべてにフレイ家の双子の塔の紋章があしらってあった。

試合がはじまった。ふたりの懸け合いは何度も何度もつづいた。ダンクは立ったまま試合を眺めていたが、目にはなにも入ってこなかった。

（うつけのダンク、鈍なること城壁のごとし）そう自分を叱りつける。（サー・ユーサーはな、楯にのろい蝸牛《カタツムリ》の紋章《ランク》をつけていたんだぞ。そんな相手に、どうやったら負けられるというんだ）

そのとき、見物からいっせいに歓声があがった。はっと気がつくと、フランクリン・フレイが落馬していた。〈フィドル弾き〉は馬を降り、地面に伏す対戦相手に手を貸して立ちあがらせようとしている。

（あれで一歩、ドラゴンの卵に近づいたわけだ）とダンクは思った。（それに引き替え、おれはいま、どこにいる？）

試合場から離れて歩きだす。やがて裏門に近づいたとき、ゆうべの饗宴で座をにぎわしたこびとの一団が出発の準備をしているのに出くわした。車輪つきの木豚《もくぶた》のほか、もっとあたりまえの形をした馬車もあり、その二台を小型馬《ポニー》につなごうとしている。人数はぜんぶで六人、いずれも小柄で独特のからだつきをしていた。なかには子供も混じっているのかもしれないが、みんなひどく背が低いので、見分けがつかない。外光の下で見ると、馬革の半ズボンや粗織り《ラフスパン》のフードがついたマントを着ているせいもあり、こびとたちには道化服を着ていたときの陽気さが感じられなかった。

「やあ」礼を失しないようにと、ダンクは話しかけた。「これから出発か？　東のほうに雲が湧いているぞ。雨が降るかもしれない」

　返事はなく、いちばん醜いこびとにぎろりとにらまれた。ほかに反応を示す者はいない。

（こいつはゆうべ、おれがバターウェル公妃からひっぺがしたやつか？）

　間近にいると、そのこびとは厠《かわや》のようなにおいがした。その悪臭に辟易して、ダンクは足を速めた。

ミルクハウス内の横断には、エッグとともにドーンの砂漠を横断したときと同じほども長い時間がかかったように感じられた。移動中は壁のそばを離れないようにして、ときどき壁にもたれかかって休んだ。首を横に曲げるたびに、世界がぐらりと回転するような感じがした。

（水だ）と思った。（水を飲まなくては。でないと、倒れてしまう）

　通りかかった馬丁にたずね、いちばん手近の井戸の場所を教えてもらった。そこにいってみると、〈猫のカイル〉がいて、サー・メイナード・プラムと静かに話をしていた。サー・カイルは意気消沈したようすでうなだれていたが、ダンクが近づいていくと、顔をあげた。

「サー・ダンカンか？　死んだと聞いたぞ。あるいは、死にかけていると」

　ダンクはこめかみをさすりながら、

「死んでいたほうがましだったよ」と答えた。

「わかる、わかる」といって、サー・カイルは嘆息した。「キャスウェル公はな、やつがれのことを憶えてはおらなんだ。木で最初の剣を削りだしたのはやつがれだといったところ、狂人を見るような目で見られてな。ビターブリッジ城には、おまえみたいにふがいないふるまいをする騎士など置いておく余地はない、といわれてしまったよ」

〈猫〉は乾いた笑い声をあげ、語をついだ。

「そのうえ、武器と具足を取りあげられてしまった。乗馬もだ。はてさて、どうしたものか」

ダンクは返答に窮した。自由騎兵といえども、乗馬はいる。傭兵働きをするにも武器は欠かせない。

「あらためて馬を見つければいい」井戸の底から水の入った桶を引きあげながら、ダンクはいった。「七王国には馬がたくさんいる。武器のほうは、別の領主に仕官して下げわたしてもらえばいい」

桶の水を両手ですくい、顔を近づけてごくごくと飲む。

「別の領主か。そうだな。なあ、存じ寄りの領主はおらんかね？　やつがれは貴殿ほど若くないし、力もないし、大きくもない。大男はどこでも需要があるものだ。たとえばバターウェル公も、大柄な騎士をそろえたがる。トム・ヘドルを見てみるがいい。あの男の槍試合を見たか？　仕合《しあ》った相手はかならず突き落としてしまう。まあ、大柄ではないものの、それは〈火の玉〉の若いのもおんなじか。〈フィドル弾き〉もだな。やつがれを落馬させたのが〈フィドル弾き〉であったらなあ。あの若いの、勝っても武具や馬を取りあげようとしないんだ。ドラゴンの卵以外、なにもいらないというんだよ。卵と……倒した相手との友情以外にはな。まさに騎士道の華のような男ではないか」

メイナード・プラムが笑った。

「そこは騎士道のフィドルというべきだろうぜ。あの若いの、フィドルで感動の嵐を招くついでに、別の嵐も起こそうとしているらしい。嵐になる前に、みんなここから早々に退散したほうがいいぞ」

「武具や馬を取らない？」ダンクはいった。「それはまた、気前のいいことだな」

「気前のいいふるまいができるのは、財布が金貨でうなっているときだけさね」サー・メイナードがいった。「その含みを察する頭があるんなら、サー・ダンカン、いまのを教訓にしろ。出ていくにはまだ手遅れじゃないぜ」

「出ていくって……どこへ？」

サー・メイナードは肩をすくめた。

「どこにでも。ウィンターフェル城、夏の城館《サマーホール》、影に触れるアッシャイ。どこでもいい。ここでさえなければな。取られた馬と武具をくすねて、とっとと裏門から出ていけ。だれも気づきはしないさ。〈蝸牛《カタツムリ》〉はつぎの試合のことで頭がいっぱいだし、ほかの者たちの目は試合に釘づけになっている」

鼓動半分のあいだ、ダンクはその誘惑に駆られた。武具一式と馬があるかぎり、自分はとりあえず騎士でいられる。武具と馬がなければ、もはや物乞いと変わらない。

（図体の大きな物乞いもいたものだが、それでも物乞いだ）しかし、武具はもはやサー・ユーサーのもの。サンダーもだ。（盗っ人になるくらいなら、物乞いでいたほうがいい）

ダンクは〈蚤の溜まり場〉で生まれ、〈鼬《イタチ》〉、レイフ、〈焼き菓子《プディング》〉と悪さをしてまわっていた。そんな暮らしから救いだしてくれたのが、老士、サー・アーランだった。サー・メイナードの勧めに対し、銅貨《ペニーツリー》の樹のサー・アーランならなんと答えたかはわかっている。サー・アーランはもう、この世にはいない。だから、老士に代わって、ダンクはこう答えた。

「草臥しの騎士といえども、名誉はある」

「名誉のうちに死ぬのと汚名にまみれて生きるのと、どちらがいい？　ああ、いや、いい、みなまでいうな。おまえさんがなんというかはわかってる。いいから、あの子を連れて逃げろ、〈吊るし首の騎士〉。おまえの運命が、あの楯絵と同じ結末を迎えないうちに」

ダンクはいらだった。

「なぜあんたにおれの運命がわかる？　夢でも見たのか？　〈フィドル弾きのジョン〉のように？

エッグのなにを知っている？」

「卵《エッグ》というのは、フライパンに近よるべきじゃないことを心得てるもんなんだよ」とプラムは答えた。

「白亜城というところは、あの子がいていい場所じゃない」

「あんたの槍試合はどんな結果だった？」

「ああ、おれは試合には出なかったのさ。なにかと凶兆だらけだったんでな。なあ、ドラゴンの卵を手に入れるのはだれになると思う？」

（おれではない）とダンクは思った。

「〈七神〉のみぞ知る。おれにはわからない」

「いいから、思うところをいってみなって。おまえさんにゃふたつの目がある。そうだろう」

ダンクはしばし考えこんだ。

「〈フィドル弾き〉か？」

「よくできました。その理由を説明してみる気はあるかい？」

「おれはただ……そんな気がしただけだ」

「おれもだよ」とメイナード・プラムはいった。「悪い予感がするぜ。〈フィドル弾き〉の行く手に立ちはだかるほど賢くないやつは、騎士だろうと従士だろうと、ろくな目に遭わないぞ」

エッグは天幕の外でサンダーにブラシをかけていたが、その目はどこか遠くを見ているようだった。

（そうとう心配をかけてしまったようだな）

「そのくらいで充分だろう」ダンクはしゃがみこみ、声をかけた。「あんまりブラシをかけすぎると、おまえの頭と同じで、つるつるになってしまうぞ」

「サー・ダンカン？」エッグは向きなおった。手からブラシが落ちる。「ぼく、わかってたんだ！あんな間抜けな蝸牛なんかに殺されるはずがないって！」

いうなり、飛びついてきて、ぎゅうっと首筋に抱きついた。

ダンクは少年のへなへな帽子を取ると、自分の頭にかぶせた。

「メイスターから聞いたよ。おれの鎧を確保しておいてくれたんだってな」

エッグはむっとした顔で帽子を取りもどしながら、

「鎖帷子は砂で磨いて、脛当て、頸当て、胸当て、みんな磨いておきました。だけど大兜は、サー・ユーサーの槍先が当たったところがひび割れて、大きくへこんじゃってる。武具師のところへ持っていって、打ちなおしてもらわなきゃ」

「打ちなおしはサー・ユーサーにまかせよう。武具はもう、あの男の持ちものなんだから」

(馬もない、剣もない、鎧もない。もしかすると、あのこびとの一座が仲間に入れてくれるだろうか。さぞ滑稽な見ものだろうな——膨らました豚の膀胱を振って、六人のこびとが巨人をたたきまわすというのは)

「サンダーもあの男のものだしな。さて、いくか。あの男のところに馬と武具一式を持っていって、試合での武運を祈ると伝えよう」

「いますぐに？　サンダーの身請けは？」

「なにと引き替えに身請けするんだ、エッグ？　石ころと羊の糞か？」

「考えてたんだけど、このさい、お金を借りれば——」

ダンクは最後までいわせなかった。

「このおれにそんな大金を貸してくれるやつはいないよ、エッグ。だれが貸してくれるはずがある？　おれは図体がでかいだけのでくのぼうだ。自分では騎士を名乗っていたが、どこかの蝸牛に棒きれで頭をつつかれたへボでしかない」

「だったら」エッグは譲らず、「あなたはレインに乗っていってください。ぼくはまたメイスターに乗ります。いっしょに夏の城館《サマーホール》へいきましょう。父の家士として仕えればいい。あそこの厩には馬がたくさんいるから。軍馬と乗用馬を一頭ずつ、気にいったものを選んでもらって」

エッグの気持ちはありがたかったが、このままずごすごと夏の城館へいくわけにはいかなかった。こんなありさまではだめだ。一文なしにおちぶれて、剣の腕で役にたとうにも、その剣すらなくては話にならない。

「なあ、エッグ」とダンクはいった。「おまえの気持ちはうれしいよ。それでも、父上のテーブルのおこぼれをちょうだいしたくはない。厩のおこぼれもだ。やはり、そろそろ別れる潮時がきたのかもしれないな」

ダンクひとりであれば、いつでもラニスポートやオールドタウンの〈都市の守人《シティ・ウォッチ》〉に入れるだろう。ああいう組織では、からだの大きな人間は歓迎される。

（ラニスポートからキングズ・ランディングにかけて、ありとあらゆる旅籠の梁に頭をぶつけてきたこのおれだ。そろそろこの巨体で少々の金を儲けてもいいころだろう。こぶを儲けるのではなく）

だが、守人《もりうど》に従士はつかない。

「おれが教えられることはすべて教えた。たいして多くはなかったけどな。これからはちゃんとした武術師範について、きちんと修業をつけてもらえ。騎槍のどっち側を持てばいいかをちゃんと心得ている、老功の大物騎士にな」

「ちゃんとした武術師範なんていりません」エッグはいった。「ぼくはあなたについていきたいんだ。このさいだから、やっぱりあれを使って——」

「だめだ。それだけはだめだ。その先はいってくれるな。さあ、武具をまとめてくれ。これからサー・ユーサーのもとへ出向いて敬意を表しよう。つらいことは先延ばしにするほどつらくなる」

エッグは地面を蹴りつけた。その頭は、大きな麦わら帽子の縁と同じくらい大きくうなだれている。それでも、エッグはいった。

「はい……わかりました。いうとおりにします」

サー・ユーサーの天幕はごく簡素な外見で、灰褐色の帆布を支柱で支えて大きな箱形にし、地中に打ちこんだ杭に麻縄を結わえて固定したものだった。中央支柱の上には長い灰色の三角旗がたれて、支柱の上端には銀色の蝸牛《カタツムリ》が飾ってある。装飾といえるものはそれだけだった。

「ここで待て」

ダンクはエッグに指示した。少年はサンダーの手綱を取っている。大きな栗毛の軍馬には、買って間もない中古の楯も含め、ダンクの武具一式が積んであった。

(〈吊るし首の騎士〉か。みじめな〝謎の騎士〟もいたもんだ)

「長くはかからない」

頭を低くして腰をかがめ、天幕の垂れ布をくぐる。

天幕の中は、外見からは想像もつかない豪華さだった。床にはミア産の、色鮮やかな平織り毛氈《もうせん》が敷いてある。一画には装飾の凝った架台テーブルが置いてあり、その周囲には将几《しょうぎ》がならべてあった。羽布団の上にはやわらかなクッションが置いてあるし、鉄の火鉢では香が馨《かぐわ》しい芳香を放って燃えている。

サー・ユーサーはテーブルについていた。テーブルの端にはワインの細口瓶が、目の前には金貨と銀貨が積んである。どうやら従士と貨幣を数えているようだ。従士はダンクとほぼ同年の、不器用な感じの男だった。〈蝸牛《カタツムリ》〉は――ダンクはいつしか、この男のことをこう呼ぶようになっていた――ときどき貨幣を噛んでは、脇に取りのけていた。

「まだまだ教えることは多いようだな、ウィル」サー・ユーサーが従士にいうのが聞こえた。「この一枚は抉《えぐ》り痕があるし、こっちの一枚は削られている。では、これはどうだ？」

サー・ユーサーは手のひらの上で、一枚の金貨をくるくるとまわした。

「貨幣は受けとる前に、ようく見ることだ。さあ、これを見てどう思うかいってみろ」

ドラゴン金貨が手からはじかれ、回転しながら空中を飛んだ。ウィルは受けとろうとしたが、指に当たって跳ね、床に落ちた。その金貨を探すため、床にひざをつき、手さぐりしだす。ようやく拾いあげると、手のひらの上で二度ひっくり返し、しげしげと表面を見てから、いった。

「まっとうな金貨ですよ、ム＝ロード。片面にはドラゴンが、片面には王の横顔が浮き彫りになってますから」

ここでサー・ユーサー・アンダーリーフは、ダンクにちらと目をやって、

「〈吊るし首の騎士〉。そうか、歩けるようになったか。死んだかどうか、気になっていたところだ。すまんが、わしの従士にドラゴン金貨の性質を教えてやってくれんか？　ウィル、サー・ダンカンにその金貨をお渡ししろ」

ダンクとしては、受けとるほかなかった。

（おれを落馬させただけでは飽きたらず、あごで使う気か？）

眉をひそめながら、金貨を手のひらに載せて重さを測り、両面をたしかめ、噛んでみる。

「金貨だな。抉られても削られてもいない。重さも正常だ。おれだって、これなら受けとったと思う。なにがいけないんだ？」

「王だよ」

ダンクはあらためて、しげしげと金貨を見た。金貨に刻印された顔は若くて整っており、きちんと髭を剃っている。金貨に刻印されたエイリス王は顎鬚を生やしているし、エイゴン下劣王も同様だ。両王にはさまれたデイロン王はきれいに髭を剃っていたが、しかしこれは、デイロン王の顔ではない。といって、エイゴン下劣王より前の時代のものにしては磨耗していなかった。ダンクは眉をひそめ、顔の下の文字に目をこらした。

（四文字だ）

これまでに見たほかのドラゴン金貨でも、この文字は何度も見てきた。〝デイロン〟、とそこにはあるはずだ。だが、デイロン有徳王《うとくおう》の顔なら知っている。これはデイロン王の顔とはちがう。じっと文字を見つめるうちに、三番めの文字がどこかおかしいことに気づいた。これは……。

「デイモン」思わず、声が出た。「ここにはデイモン、とある。デイモンなどという王はいなかった。ただし――」

「――デイモン・ブラックファイアなる僭王ならいたな。謀叛《むほん》の期間中に、あの僭王は自分の金貨も造幣させていたのだよ」

「でも、金貨は金貨です」ウィルは異論を唱えた。「同じ金なら、ほかのドラゴン金貨と同じ価値があるはずでしょう、ム＝ロード」

〈蝸牛〉は従士の頭の横をごつんと殴った。

「この阿呆めが。たしかにこれは金貨だ。しかし、謀叛人の金貨だ。叛逆者の金貨だ。こんな金貨を持つこと自体、叛逆行為だし、それを使うのは倍も叛逆的だぞ。こんなものは、ただちに鋳つぶしてしまわねばならん」もういちど拳固を食らわせた。「おまえはしばらく、席をはずせ。わしはそこのご立派な騎士どのとすこし話がある」

ウィルはぐずぐずせず、そそくさと天幕を出ていった。

「すわるがいい、よかったら」サー・ユーサーは丁重にいった。「ワインでもどうだね?」

自分の天幕の中にいるアンダーリーフは、昨夜の饗宴のときとはまるっきり別人に見えた。

(そういえば、蝸牛は殻の中に身を潜めるんだったな)

「ありがたいが、遠慮しておこう」金貨をピンとはじき、サー・ユーサーに返す。

(謀叛人の金貨。ブラックファイアの金貨。エッグはいっていたな――〝この馬上槍試合に集まっているのは、元謀叛人ばかり〟だと。なのにおれは、耳を貸そうとしなかった)

これはあとで、謝っておかねばならない。

「カップ半分くらいならどうだね」アンダーリーフはなおも勧めた。「すこしくらい引っかけないとつらそうな声だぞ」

カップ二杯にワインをつぎ、片方をダンクに手わたした。甲冑を脱いだサー・ユーサーは、騎士というよりも商人に見えた。

「たぶん、馬と武具の件で訪ねてきたのだろうな」

「そのとおり」ダンクはワインをすすった。すこし飲めば頭の疼《うず》きがとまるかもしれない。

「馬を連れてきた。武具一式も積んである。受けとってくれ。おれの敬意といっしょに」

サー・ユーサーは笑みを浮かべた。

「そういう態度を見るにつけ、堂々の騎士道を歩んできたのだろうといわざるをえんよ」

この〝堂々の〟というのは、〝みじめな〟の意味の皮肉だろうか。

「お誉めにあずかって恐縮だが――」

「やれやれ、どうやら、わしのことばを勘ちがいしたらしいな。はなはだぶしつけながら、おぬしはどなたから騎士に叙任されたか、たずねてもよいか？」

「銅貨の樹《ペニーツリー》のサー・アーランだ。〈蚤の溜まり場〉で豚を追いまわしていたところを見いだされた。前の従士が〈赤草ヶ原〉の戦いで死んで、乗馬の世話と鎖帷子の手入れをする者が必要だったとかで。いっしょにきて身のまわりのことをするのなら、剣と騎槍と馬の乗り方を教えてやろうといわれて、くっついていったのがはじまりだった」

「泣かせる話だが、わしなら豚の件《くだり》は黙っておくぞ。で、そのサー・アーランはどうなった？」

「亡くなった。おれが埋葬した」

「なるほど。銅貨の樹《ペニーツリー》の村には連れていったのか？」

「どこにあるか知らないんだ」ダンクは老士の出身地、ペニーツリーを訪ねたことがない。そもそもサー・アーランは、ダンクが〈蚤の溜まり場〉のことを話したがらないのと同じく、出身地のことを話したがらなかった。「とある丘の西面に埋めてきた。夕陽が沈むのが見えるように。老士は入日を眺めるのが好きだったんだ」

将几《しょうぎ》がダンクの体重を受け、いまにもひしゃげそうなきしみをあげた。

サー・ユーサーは将几の上ですわりなおした。

「わしには自分の甲冑がある。おぬしのものより上等な馬もある。くたびれた老馬、へこんだ板金鎧、錆だらけの鎖帷子――わしがそんなものをほしがる理由がどこにある？」

「板金鎧と兜は、〈鋼のペイト〉という鍛冶が鍛えた逸品だ」すこしむっとして、ダンクは答えた。

「手入れはエッグがきちんと行なっていた。鎖帷子には錆ひとつない。鋼は上質で頑丈だ」

「頑丈だが、重い。それに、ふつうの体格の者には大きすぎて使えんよ。おぬしは並はずれた巨体の持ち主だからな、〈長身のサー・ダンカン〉。馬については、乗るには齢をとりすぎているし、食うには筋張りすぎている」

「たしかに、サンダーもむかしほど若くはない」そこはダンクも譲った。「それに、いわれたとおり、おれの鎧が大きいのも事実ではある。それなら、売ってしまえばいいだろう？　ラニスポートなり、キングズ・ランディングなりには、うなるほど鍛冶がいて、喜んで引きとってくれるはずだ」

「ただし、本来の価値の十分の一程度でな」とサー・ユーサーはいった。「結局、融かして鉄の塊にしてしまうのだ、話にならん。わしがほしいのは美しい銀貨——古びた鉄ではなく、この国の貨幣だ。そこで、だな——おぬし、武具と馬を買い戻したい気持ちはあるのか、ないのか、どっちだ？」

ダンクは眉根を寄せて、両手で持ったワインのカップをゆっくり回転させた。カップは銀無垢《ぎんむく》だ。上縁のまわりには一列、小さな金色の蝸牛が象嵌《ぞうがん》されている。ワインもまた金色で、舌に豊かな味をもたらした。

「思いだけで願いがかなうのなら……買い戻したくはある。喜んで。しかし——」

「——牡鹿銀貨二枚、角突き合わせて戦わせるだけの持ち合わせもないか」

「しばし……しばし馬と武具を貸してくれるなら、あとで買い戻し金を支払おう。金《カネ》がたまりしだい、すぐ払う」

〈蝸牛〉はおもしろがっているような顔になった。

「どこでそれだけの金を見つける気だ？」

「どこかの領主に傭われてもいいし、ほかにもいろいろと……」こんなことばを搾りだすのは慚愧《ざんき》に堪《た》えなかった。自分が物乞いになったような気分だった。「返済には何年もかかるかもしれないが、かならず支払いはする。ここに誓おう」

「なににかけて？　かけるものは、騎士としての名誉だけしかあるまい？」

ダンクは顔を赤らめた。

「一筆入れてもいい」

「紙きれ一枚に、草臥しの騎士の署名か」サー・ユーサーはあきれたように目を上に向けてみせた。「尻を拭くのには使えるか。しかし、それ以上の価値はない」

「そういうあんただって、草臥しの騎士だろう」

「こんどはわしを侮辱するか？　たしかにわしは、気の向くまま、行きたいところへ赴き、自分以外にはだれにも仕えん。だが……もう何年も草の臥所《ふしど》に横たわったことはない。旅籠のほうがはるかに快適だからだ。わしは馬上槍試合専門の騎士なのさ――それも、おぬしが出会ったなかで最高の」

「最高の？」傲慢な物言いに、ダンクはむっとした。「〈笑う嵐〉はそうはいわないだろう。〈長き棘のレオ〉もだ。〈ブラッケンの荒馬〉も。アッシュフォード牧草地では、だれも蝸牛のことなどは口にしなかった。それなのになぜ、馬上槍試合の名高い優勝者《チャンピオン》を標榜する？」

「わしがひとことでも優勝者《チャンピオン》などといったか？　優勝して得られるのは名誉だけだ。優勝するくらいなら、瘡掻《かさか》きにでもなったほうがまだいい。謹んでご遠慮申しあげよう。つぎの試合でもわしは勝つ。しかし、最終戦では落馬する。バターウェル公は、準優勝の騎士にドラゴン金貨三十枚を出すそうな。その額なら、十二分に満足がいく。かてて加えて、買い戻し金がたっぷり入るし、わしに金を賭けた者たちからの配当も入る」

　サー・ユーサーはそういって、テーブル上の銀貨と金貨の山を指し示した。

「おぬしは見るからに身体頑健、体軀も非常に大きい。阿呆どもはいつも体軀の大きさに圧倒される。馬上槍試合では、大きさは関係ないというのにだ。おかげでウィルは、賭け率を三対一にまで持っていくことができた。わしが勝てば賭け金の三倍の儲けだ。ショーニー公にいたっては賭け率五対一で賭けてくれたほどだよ。あの阿呆が」

　サー・ユーサーは銀貨の一枚を立て、長い指を使って、くるくると回転させた。

「つぎに落馬するのは〈老特牛《ことい うし》〉、そのつぎは〈猫柳の騎士〉。そうなることは、もう決まっている。もしもあの若いのがそこまで勝ち残れたらだがな。人は感傷から、あのふたりの騎士に賭けるだろう。わしの勝ちに賭ける率は圧倒的に低くなるはずだ。庶民というやつは、おらが村の英雄さまが大好きなのさ」

「サー・グレンドンは英雄の血を引いている」

「おうよ、そうであってほしいものだ。英雄の血というだけでも、賭け率が二対一になってくれる。娼婦の血では、賭け率の差が小さくなっていかん。サー・グレンドンはことあるごとに、父なる人の名を口にしていたが、母親のことはけっして口にしない。そこに気づいているか？　それには大きな理由がある。あれは非戦闘従軍者が産んだ子なんだ。母親の名はジェニーという。〈一ペンス銅貨《ペニー》のジェニー〉と呼ばれていたそうだ――〈赤草ヶ原〉の合戦まではな。合戦前夜は、あまりたくさんの男と寝たので、以後は〈赤草ヶ原のジェニー〉と呼ばれるようになったと聞いた。〈火の玉《ファイアボール》〉とても、それより前にジェニーを抱いてはいただろう。とはいえ、抱いた男はほかに百人もいた。われらが友、グレンドン・ボールどのは、少々思いこみがはげしすぎるのではないかね。そもそもあの男、赤毛ですらないではないか」

〈英雄の血だ〉とダンクは思った。

「だが、騎士を名乗っている」

「ああ、騎士なのは本当だとも。あの若いのとその妹は売春宿で育った。〈猫柳亭〉という宿でだ。〈ペニー・ジェニー〉が死んだあとは、ほかの娼婦たちがふたりの面倒を見て、あの若いのに母親がでっちあげた作り話をあれこれと吹きこんだらしい。それには、あれが〈火の玉〉の子だとする話も含まれる。戦いの訓練は、近くに住んでいた年老いた従士が、エールや揚代《あげだい》を奢られて施した。ただ、いかんせん、従士なので、小さな私生児どのを騎士にすることはできん。ところが、半年前のこと、騎士の一団がたまたまその売春宿を利用してな、サー・モーガン・ダンスタブルという男が、酔いにまかせてサー・グレンドンの妹を所望したと思え。この妹というのが、偶然、まだ乙女だったのだが、サー・モーガンには乙女の花散らし代を払うだけの持ち合わせがない。そこで、取り引きがなされた。サー・モーガンは〈猫柳亭〉にて、二十人の証人を前に、娘の兄を騎士に叙任する。そののち、娘がサー・モーガンを上階に連れていき、花を摘ませる。かくして、騎士さまの誕生とございー」

どんな騎士も、人を騎士に叙任することができる。サー・アーランの従士時代、ほかの騎士たちが、情実、脅迫、銀貨ひと袋などで騎士の地位を手に入れたという話は耳にしていたが、妹の花摘み代で騎士位を買ったという話は、さすがに聞いたことがなかった。

「それは作り話だろう」口が勝手に動いていた。「事実のはずがない」

「こいつはカービー・ピムから聞いた話だよ。本人も現場にいて、騎士叙任の証人のひとりを務めたそうだ」サー・ユーサーは肩をすくめた。「英雄の息子か、娼婦の息子か、その両方かもしらんが、いずれにしても、わしと対戦すれば、あの若いのは負ける」

「籤《くじ》でほかの相手に当たるかもしれないじゃないか」

サー・ユーサーは片眉を吊りあげた。

「試合管理者のコズグローヴはこのうえなく金《カネ》に汚い男でな。請けあおう、つぎにわしと当たるのは〈老特牛《こというし》〉、そのつぎに当たるのはあの若いのだ。ひとつ賭けてみるかね？」

「賭けるものなどなにも残っていない」

絡繰《からく》りがわかって、ダンクはひどく落ちこんだ。〈蝸牛〉が管理者を買収して、思いどおりに組みあわせを決めていたとわかったことも衝撃的だったが、もっと衝撃的なのは、この男が自分に白羽の矢を立てたということだった。それはすなわち、自分がそれだけ与《くみ》しやすい相手だと思われたことを意味する。

ダンクは立ちあがった。

「いうべきことはすべていった。馬と剣はあんたのものだ。具足もぜんぶだ」

〈蝸牛〉は両手の指先同士を触れ合わせて、とがり屋根の形にした。

「たぶん、ほかにも方法があるぞ。おぬしはなんの才能もないというわけではない。あの落馬ぶり、あれはじつにみごとだった」にやりと笑ったサー・ユーサーの唇は、ワインで濡れ濡れと光っていた。

「馬と武具は貸しだしてやってもいい……わしの仕事を受けてくれるのならな」

「仕事？」意味がわからない。「どういう仕事だ？　あんたには従士がいるだろうが。どこかの城の駐屯兵にでもさせたいのか？」

「わしが城を持っていたら、それもありかもしれんがな。正直にいうと、持つなら上宿のほうがいい。城は維持に金がかかりすぎる。そうではないさ、わしがおぬしに求める仕事というのは、もう何戦か、馬上槍試合につきあってほしいということだ。なに、二十回も対戦してくれればいい。簡単だろう？　おぬしにはわしの儲けの十分の一を渡す。それに、以後は頭ではなく、胸を突くことも約束しよう」

「いっしょに旅をして、ほうぼうで落馬してまわれというのか？」

サー・ユーサーは愉快そうに笑った。

「おぬしのような巨漢は絶好の仕込みになる。楯に蝸牛を描いた猫背の老人が大男を落馬させるとはだれも思わんからな」あごをなでた。しかし……吊るされているというのがどうもよろしくない。その〝吊るし首の男〟はなかなかに不気味だが、しかし……「ならば、おぬしには新しい武具がいるか。その〝吊るし首の男〟はなかなかに不気味だが、死んでいるだろう。それより、もっと恐ろしげなほうがいいな。熊の頭あたりはどうだ？あるいは、髑髏《どくろ》か。髑髏を三つならべれば、ますます雰囲気が出るだろう。槍に貫かれた赤子でもいいぞ。髪はもっと長く伸ばして、顎鬚も蓄えてだな、もっと荒々しく、乱髪乱鬢《らんびん》にする。小規模な馬上槍試合は、おぬしが知っている以上に、あちこちで催されているのだよ。おぬしと組んだ場合の賭け率ならば、ドラゴンの卵くらい、たちまち買えるほどの上がりが期待できよう――」

「――おれが使いものにならなくなるまでにか？　おれは武具こそ失ったが、名誉までもなくしてはいない。サンダーと武具は差しだすが、それだけだ」

「実のともなわぬ誇りは、物乞いへの早道。わしといっしょに興行せぬのなら、待っているのは茨の旅路だぞ。すくなくともわしは、馬上槍試合の要諦をひとつふたつは伝授してやれる。いまのところ、おぬしはなにひとつ知らぬありさまではないか」

「おれを阿呆呼ばわりするのか。おれを愚弄して笑う気か」

「すでに物笑いの種にはしてやったさ。ともあれ、阿呆でさえ食わねばならん」

この男の顔面にこぶしをたたきつけて、薄笑いを消してやりたかった。

「楯に蝸牛の絵など描いていて平気な理由が、よくわかった。おまえは真《まこと》の騎士ではない」

「掛け値なしに愚物のせりふだぞ、それは。おぬし、自分がどれほど危険な立場に置かれているのかわからんほど、状況が見えておらんのか？」

サー・ユーサーはカップを脇にどけ、語をついだ。

「なぜわしがわざわざ頭を突いたかわかるか？」

立ちあがり、ダンクの胸の中心を軽くつついて、

「槍先は胸にあてたほうが、落馬させるはたやすい。頭のほうが標的としては小さいし、落馬させるほどの打撃を与えるのはもっとむずかしくなるが……ただし、当て方しだいでは、致命傷を与えうる。わしはな、おぬしの頭を狙うように頼まれたのだ。金をもらってな」

「金をもらって？」ダンクは驚き、身をのけぞらせた。「どういう意味だ？」

「前金として金貨六枚。おぬしが死ねば、もう四枚の約束だった。とはいえ、騎士の一生にとっては端《はし》た金《がね》でしかない。そのことに感謝するんだな。もっと大きな額だったなら、わしは騎槍の先端を、おぬしの大兜の目穴に突き刺していたところだぞ」

ダンクはふたたび、くらくらしてきた。

（だれが金を払ってまでおれを殺そうとするんだ？　この白亜城では、おれはだれにも危害を加えていないぞ）

ダンクをそれほど憎む者がいるとしたら、エッグの兄のエリオンだけだが、〈赫奕《かくやく》のプリンス〉は〈狭い海〉の向こうへ追いやられている。

「金を払ったのはだれだ？」ダンクはたずねた。

「日の出とともに、どこかの従者が金貨を持ってきてな。試合管理者が組みあわせを張りだしてから、まもなくのことだった。顔はフードで隠していたよ。あるじの名もいわなかった」

「しかし……なぜ？」

「理由などたずねはせん」サー・ユーサーはふたたびカップを満たした。「おぬし、自分で承知しているよりもたくさんの敵をかかえているようだな、サー・ダンカン。ま、むりもなかろう。この国が窮状を迎えることになった諸悪の根源は、おぬしだという者もいるのだから」

冷たい手で、いきなり心臓をわしづかみにされたような気分だった。

「それはどういう意味だ」

〈蝸牛〉は肩をすくめて、

「わしはアッシュフォード牧草地にはいなかったが、馬上槍試合はわが生業《なりわい》。メイスターらが星々の運行を観測するように、遠くの試合にもこまめに目配りをしている。とある草臥しの騎士が原因で、アッシュフォード牧草地にて七尽くしの審判が行なわれ、その結果、〈槍砕きのベイラー〉が、弟のメイカーの手にかかって死んだことも承知しているぞ」サー・ユーサーはそういって将几にすわり、脚を伸ばした。「ベイラー太子はおおぜいから愛されていた。〈赫奕のプリンス〉には友人が何人もいる。エリオンが国を出ざるをえなくなった原因をけっして忘れない友人たちがな。わしの申し出をよく考えることだ。蝸牛は通り道に粘液の筋を残していくが、多少の粘液が人の害になることはない……それに対して、ドラゴンたちと踊る場合には、焼かれる覚悟をしておかねばなるまいぞ」

〈蝸牛〉の天幕から外に出たとき、空は以前よりも暗さを増していた。東の暗雲は前よりも大きく、黒くなり、太陽は西にぐっと傾いて、郭に長い影を落としている。外では従士のウィルがサンダーの脚を調べていた。

「エッグはどこだ?」ダンクはウィルにたずねた。

「あのツルピカの子かい?　おれが知るわけないだろ。どこかへ走っていっちまった」

（サンダーに別れを告げるのが耐えられなかったんだな）とダンクは思った。（おそらく、本がある天幕のところへもどったんだろう）

ところが、天幕にはいなかった。本はそのまま、エッグの寝袋の横にきちんと積みあげてあったが、少年の姿は影も形もない。なにかあったにちがいない。いやな予感がした。ダンクにことわりもなくどこかへいってしまうというのは、およそエッグらしくない行動だからだ。

一メートルほどとなりの、縞柄の天幕の外で、半白の兵士がふたり、エールを飲んでいた。

「……ちきしょうめ、あんな軍《いくさ》、二度とごめんだぜ」片方がつぶやいた。「朝陽が昇ったときゃあよ、草は緑だったんだ、それなのに……」

そこで、もうひとりにひじでこづかれ、その兵士はことばを切り――ようやくダンクに気づいた。

「なんだい？」

「おれの従士を見なかったか？　エッグと呼ばれているんだが」

兵士は耳の下の、半白の不精髭をぼりぼりと掻いて、

「ああ、あいつか。おれよりも髪がなくて、どうにも口のへらないガキな。ほかの小僧どもにすこしどつかれてたが、ありゃあゆうべのことだ。以来、見かけてないぜ」

「あんたが怖くて、逃げちまったんじゃねえの？」もうひとりがいった。

ダンクはその兵士をじろりとにらんでから、

「もどってきたら、ここでおれを待つようにと伝えてくれ」

「あいよ、伝えとく」

（試合を見にいっただけかもしれない）

急いで槍試合の会場に向かった。途中、厩の前を通りかかったとき、サー・グレンドン・ボールを

見かけた。みごとな栗毛の軍馬にブラシをかけている。

「エッグを見なかったか？」ダンクは声をかけた。

「ついいましがた、そこを駆けていった」サー・グレンドンはポケットから人参を取りだし、栗毛の馬に食わせた。「おれの新しい馬だ、気にいったか？　コスティン公が従士をよこして、この栗毛を買い戻すといってきたんだが、金を払う必要はないと断わった。この馬は、おれのものにして取っておく」

「コスティン公はおもしろく思わないぞ」

「コスティン公はな、おれには火の玉を楯に描く資格なんかないとぬかしやがったんだ。描くなら、猫柳の木立ちこそふさわしいと。あんなやつ、クソくらえだ」

ダンクは苦笑を浮かべた。ダンク自身、この男と同じテーブルにつき、〈赫奕のプリンス〉やサー・ステッフォン・フォソウェイの同類が提供する食事を、苦汁混じりに噛みこんでいる。それだけに、この狷介な若い騎士には親近感をおぼえた。

（もしかすると、おれの母親だって娼婦だったのかもしれないしな）

「馬は何頭、獲得した？」

サー・グレンドンは肩をすくめてみせた。

「数えきれないほどだ。モーティマー・ボッグズは、まだ自分の馬を差しだしてない。売女《ばいた》の産んだ私生児を乗せさせるくらいなら、食ってしまったほうがましだとほざきやがって。鎧は差しだしたが、金鎚でさんざんにたたいて送りつけてきた。おかげで穴だらけだ。まあ、鋳潰せば地金にはなるか」

サー・グレンドンは、怒っているというよりも、むしろ悲しそうだった。「むかし、厩があったんだ、おれが育った、その……宿屋のそばに。子供のころはそこで働いていた。馬の持ち主が忙しいときは、こっそり馬を乗りまわしていたもんだ。馬は小さいころから得意だった。去勢馬、女用の小型乗用馬、乗用馬、荷馬車馬、農耕馬、軍馬、ぜんぶ乗った。ドーンの砂漠馬にもだ。自前の騎槍の造り方は、知りあいのじいさんが教えてくれた。自分がどれだけ槍試合に長《た》けているかを見せつけたら、世間はおれが親父の息子と認めてくれる——そう思ったんだが、そんなことはなかったな。連勝したいまでさえ、あの連中、絶対におれを認めようとしない」

「なかにはそういうやからもいる。おまえがどれだけ業績をあげても、あの手合いは一顧だにしない。しかし……そういう連中ばかりとはかぎらないさ。ちゃんと認めてくれる人もいる」ダンクはすこし考えた。「槍試合がぜんぶおわったら、エッグとおれは北へ向かう。ウィンターフェル城に仕えて、スターク家のもと、鉄人《くろがねびと》との戦いに身を投じるつもりだ。よかったら、いっしょにいかないか」

〝北部は独自の世界じゃからな〟と、サー・アーランはつねづねそういっていた。北部の人間なら、〈ペニー・ジェニー〉や〈猫柳の騎士〉などの話には、興味すら持たないだろう。

(北部ではだれにも笑われない。北部の者は、剣の腕を通じてのみおまえを評価し、存在価値でのみおまえを判断する)

サー・グレンドンは疑わしげな視線を向けてきた。

「どうしておれが北にいかねばならないんだ？　逃げだす必要があると——隠れる必要があるとでもいうのか？」

「そうじゃない。おれはただ……剣が一本ではなく二本のほうが、心丈夫だと思っただけさ。街道はむかしほど安全ではないからな」

「たしかにそうではあるが」若者は、不承不承のていで認めた。「しかし父は、かつて〈王の楯《キングズガード》〉に席を用意されていた人間だ。おれはいずれ、父の夢を代わりに果たし、白いマントをまとうつもりでいる」

（おまえが白いマントをまとえる可能性は、おれがまとえるのと同じ程度しかないよ）もうすこしで、そういいそうになった。（おまえは非戦闘従軍者の子、おれは〈蚤の溜まり場〉のどぶから這いずり出てきた子だ。おまえやおれの類いに、王が名誉を与えることはない）

とはいえ、こんな真実を告げたところで、サー・グレンドンは認めたがるまい。だからかわりに、ダンクはこういった。

「では、せっせと武芸の腕を磨くことだな」

そういいおいて、ダンクは歩きだした。だが、一メートルといかないうちに、サー・グレンドンの声が追いかけてきた。

「サー・ダンカン、待ってくれ。いまみたいな……ああいうきつい言い方をするべきじゃなかった。騎士たるもの礼儀正しくなくてはならない、と母によくいわれたんだが」若者はいったん口を閉じた。ことばを探しているようだった。「前の試合のあと、ピーク公が訪ねてきてな。星嶺《せいれい》城の家士として迎えようというんだ。なんでも、もうじき、ウェスタロスがこの一世代のあいだ経験したことのない大きな嵐が吹き荒れようとしている、だから、剣とそれを振るう猛者が必要だ、命令を忠実にまもる忠義者が必要だ、と」

とても信じがたい申し出だった。ゴーモン・ピークは、草臥しの騎士を露骨に蔑視している。街道でも、屋上でもそうだった。あのときの態度を考えれば、この申し出は気前がよすぎる。

「ピークも立派な領主なんだろうが」ダンクは用心深い言い方をした。「その……信用の置ける人間ではなさそうに見える。おれの目からはな」

「たしかに」サー・グレンドンは赤面した。「じっさい、代償を求められた。家士として迎えるが、そのまえに……忠誠心を見せろと。つぎの試合では、公の友人の〈フィドル弾き〉と対戦するように手配するから、かならず負けることを誓えというんだ」

これには納得がいった。本来なら衝撃を受けてもいいところなのに、やはりそうか、という思いがあった。

「それで、なんと答えた？」

「いくらがんばっても〈フィドル弾き〉に負けることはできない、すでに、もっと優れた騎士たちを落馬させているんだ、だから、きょうのうちに、あのドラゴンの卵はおれのものになるだろう、と」

グレンドン・ボールは力なく笑った。「むろん、それは公が期待していた答えじゃない。公はおれを愚か者と呼んで、せいぜい背中に気をつけるんだな、と捨てぜりふを吐いた。〈フィドル弾き〉には味方がおおぜいいるが、おまえにはひとりもいまい、とも」

ダンクは若者の肩に手をかけ、ぐっと力をこめた。

「ひとりはいるさ、ここにな。いや、ふたりだ、エッグを見つけたら」

若者はダンクの目を見つめて、こくりとうなずいた。

「いいものだな……いまだ真《まこと》の騎士がいると知るのは」

試合見物の観衆をかきわけてエッグを探していたとき、はじめて〈黒のトム〉ことサー・トマード・ヘドルの顔をまともに見た。がっしりとして肩幅が広く、樽のような胸を持つ、バターウェル公の義理の息子は、革鎧の上から漆黒の甲冑を身につけていた。かぶっている装飾的な黒兜は、なにかの魔物の顔を模したものだろう、鱗のほかに、あぎとからたらしたよだれの浮き彫りが彫られている。乗馬はサンダーより手の幅三つぶん高く、十二キロ以上は重そうな怪物馬だった。馬体には環帷子の馬鎧を着せてある。あれだけの分量の鉄をまとっていると、さすがに速度が出せないため、ヘドルは普通駆け足で走路上に馬を駆っていたが、だからといって、サー・クラレンス・チャールトンを落馬させるのに手間どりはしなかった。チャールトンが担架に乗せられ、試合場からかつぎだされていくかたわらで、ヘドルは魔物の黒兜を脱いだ。顔は横に大きく、頭は禿げあがっており、顎鬚は黒く、角張った形に刈っている。頬と首には、毒々しいほど赤い腫れ物が点々と見えた。

あの顔は知っている。バターウェル公の寝室でドラゴンの卵を手にしたとき、唸るような声で警告してきたあの騎士だ。そして、ピーク公と深く響く声で話していたあの騎士でもある。

あのとき聞いたさまざまなことばが、断片的によみがえってきた。

〝貴公が見せたのはな、絵に描いた餅にすぎん……あの若いの、ほんとうに父親の息子なのか？……〈鋼の剣〉が……必要なのは戦士だ……血の代わりに乳が流れる軟弱な老公は、あの若いのが旗標になるものと期待をかけている……あの若いの、ほんとうに父親の息子なのか？……いっておくがな、〈血斑鴉〉は断じて、夢になど頼らぬ……あの若いの、ほんとうに父親の息子なのか？〟

ダンクは観覧席を眺めやった。エッグがうまく説得し、貴人のあいだのしかるべき席にすわってはいないかと思ったのだ。少年の姿はどこにもなかった。しかし、それはバターウェル公とフレイ公についても同様だった。新妻はいまも貴賓席にすわり、退屈で早く引きあげたそうなようすをしている。それなのに、両公の姿はない。

（妙だな）とダンクは思った。

ここはバターウェル公の城であり、これは公の結婚を祝う催しだ。フレイ公は花嫁の父親でもある。この馬上槍試合は両家の名誉をたたえるものなのに……肝心のふたりはどこへいった？

「サー・ユーサー・アンダーリーフ」紋章官が大声で呼ばわった。おりしも、太陽が雲の陰に入り、ダンクの顔は影におおわれた。「対しますはブルワー家のサー・シオモア——またの名を〈老特牛《ことい うし》〉、黒冠城の騎士。双方、位置につき、武勇を示されよ」

鮮血の色をした甲冑を一縮《いっしゅく》し、兜から黒い牡牛の角を生やした〈老特牛《こというし》〉は、見るからに恐ろしい姿をしていたが、その格好で馬にまたがるには、筋骨たくましい従士の助けを借りねばならなかった。それに、しじゅう首を左右に振っているところを見ると、サー・メイナードがいったとおり、右目が見えないのだろう。それでも、老公が走路にいかつい姿を見せると、観衆から大歓声が湧きあがった。

いっぽう、〈蝸牛《カタツムリ》〉に対しては、たいして歓声があがらなかった。これは本人のもくろみどおりだ。最初の懸け合いでは、両騎士ともに、槍先を斜めに当てただけにおわった。二度めの懸け合いでは、〈老特牛《こというし》〉が相手の楯に当てて、みごと槍を折ったのに対し、〈蝸牛〉のほうは槍を当てそこねた。三度めも同様の結果になったが、今回、サー・ユーサーは、落馬するかのように、大きくのけぞってみせた。

（あれは演技だな）とダンクは気づいた。（つぎの試合のために、自分に賭ける者がいなくなって、賭け率がいっそう有利になるよう、下準備をしているんだ）

周囲を見まわすと、従士のウィルがせっせと歩きまわって、あるじのために賭け金を集めている。それを見て、遅ればせながら、〈蝸牛〉に賭けておけばよかったことに気がついた。賭けていれば、多少とも懐を潤《うるお》せただろうに。

（うつけ《ランク》のダンク、鈍なること城壁のごとしだ）

〈老特牛《こというし》〉は五度めの懸け合いにおいて、横ざまに落馬した。〈蝸牛〉の槍先が器用に楯をすりぬけ、胸を突いたのだ。落馬のさい、片足が鐙《あぶみ》に引っかかり、〈老特牛《こというし》〉はそのまま引きずられつづけた。ブルワー家の者たちがようやく馬をとまらせたときには、四十メートルも引きずられたあとだった。

負傷者をメイスターのもとへ運んでいくため、またしても担架が持ちこまれた。おりしも降りだした雨が、運ばれていくサー・シオモア・ブルワーのサーコートをぽつぽつと濡らしはじめる。ダンクはそのようすを無表情に眺めていた。気が気でないのは、エッグの安否だ。

(正体不明のおれの敵が、エッグに魔手を伸ばしていたらどうする?) けっしてありえないことではなかった。(あの子はなにひとつ悪くないんだ。だれかがおれに含むところがあるとしても、意趣を晴らすべき相手はおれであって、あの子ではない)

ダンクが見つけたとき、〈フィドル弾きのサー・ジョン〉は、つぎの試合に備えて鎧をつけているところだった。手伝っているのは三人の従士で、鎧の締め金を締めたり馬に馬衣をつけたりしている。そのあいだ、アリン・コクショー公はずっとそばにすわり、ワインの水割りを飲んでいた。落馬して打ち身ができているせいか、いかにも不機嫌そうに見える。ダンクの姿に気がつくなり、アリン公は胸にワインがたれるのもかまわず、愕然とした声を出した。

「お、おまえ——なぜ平気で歩いていられる?〈蝸牛〉の槍で顔面に一撃を食らったのに」

「〈鋼のペイト〉の兜は、はなはだ丈夫でしてね、ム=ロード。それに、おれの頭は石のように硬い。サー・アーランによくそういわれたものです」

〈フィドル弾き〉が笑った。

「アリンのことは気にしないでくれ。〈火の玉〉の庶子に馬から突き落とされて、ふっくらした尻を地べたについてからというもの、草臥しの騎士はみんな憎むことにしたらしい」

「あの卑しいにきび面の若僧が、クェンティン・ボールの息子のはずがない」アリン・コクショーがいきまいた。「あんなやつ、試合に出してやるべきじゃなかったんだ。これがおれの結婚だったら、増上慢《ぞうじょうまん》の大口をたたいた廉《かど》で鞭打たせていたところなのに」

「おまえがどんな乙女と結婚するというんだ？」サー・ジョンが問いかけた。「それにな、ボールの大口よりも、おまえの泣きごとのほうが聞き苦しいぞ。ところで、サー・ダンカン、きみはたまたま、〈緑のガルトリー〉の友人だったりはしないか？　つぎの試合では、あの人物を馬から落とすことになるが、友人ならきみに悪いからな」

この宣言どおり、〈フィドル弾き〉の勝ちは動かないだろう、とダンクは思った。

「いや、あの人物の知り合いではありません、ム＝ロード」

「それはよかった。ワインでもどうだい？　パンとオリーブもあるぞ？」

「いえ、ひとつききたいことがあって、それを教えてくれるだけでけっこうです」

「ひとつといわず、ききたいことにはいくらでも答えるさ。わが天幕へ入ろう」〈フィドル弾き〉はダンクのために垂れ布を持ちあげてくれた。「ああ、おまえはだめだ、アリン。おまえはオリーブがなくても平気だろうが」

天幕に入ると、〈フィドル弾き〉はダンクに向きなおった。

「サー・ユーサーに殺されていないことはわかっていた。おれの夢が先を見誤ったことはないからな。蝸牛《カタツムリ》の騎士はじきにおれとも対戦することになる。あの男を落馬させたらきみの武器と鎧を返すよう、申し入れてやろう。きみの軍馬もだ。もっともきみには、もっといい乗馬がふさわしい。おれからの贈り物として、受けとってくれないか？」

「おれは……いや……それは受けとれません」もらうべき理由もないのに、こんなことをいわれると、居心地が悪くてしかたない。「人の好意を無下にするやつだ、と思われるかもしれませんが……」

「借りを作るのがいやなら、この話は忘れてくれ。しかし、受けてくれるのなら、代金はいらないぞ。

おれがほしいのはきみの友情なんだ。だいいち、乗馬がなかったら、どうやってわが騎士のひとりになれるはずがある？」

そういいながら、サー・ジョンは自在継手《つぎて》の籠手《こて》をはめ、指を曲げ伸ばしした。

「ききたいのは、わたしの従士のことです。どこにいるかわからないんです」

「女の子とどこかにしけこんでるんじゃないか？」

「エッグはまだ女の子を追いかける齢ではありません、ム＝ロード。おれにことわらずに、どこかへいくこともしない。たとえおれが死にかけていても、このからだが冷たくなるまでは、つきっきりで見まもっているような子なんです。あの子の馬もまだここにある。騾馬《ラバ》もです」

「きみさえよかったら、手の者に探しにいかせてもいいが」

（手の者……）ダンクはその響きが気にいらなかった。（謀叛《むほん》人だらけの馬上槍試合……）

「それは――草臥しの騎士のせりふではないですね」

「ああ、ちがうとも」〈フィドル弾き〉は若者らしく、屈託のない、魅力にあふれた笑みを浮かべた。

「しかしそれは、はじめからわかっていただろう？　街道で出会ったときから、おれのことをずっとム＝ロードと呼んでいたじゃないか。それはなぜだ？」

「あなたのしゃべりかたが貴公子らしかったからですよ。身なりも。ふるまいもです」

（うつけのダンク《ランク》、鈍なること城壁のごとし）

「そういえば、ゆうべ、屋上でなにかいっていましたね……」

「酒が入ると口が軽くなっていけない。しかし、あれはすべて本気だぞ。おれたちは一蓮托生なんだ、きみとおれとはな。おれの夢はうそをつかない」

「あなたの夢はうそをつかないかもしれないが……あなた自身はうそをつく。ジョンは本名ではない。

そうでしょう？」

「そのとおりだよ」〈フィドル弾き〉の目がいたずらっぽくきらめいた。

（エッグと同じ目だ）

「――そのお方の本名はすぐに明かされる。知る必要のある人間に対してはな」第三の声がいった。

ゴーモン・ピーク公が渋面を作り、天幕の中にすべりこんできたところだった。「草臥しの騎士よ、
警告しておくが――」

「おっと、やめておけ、ゴーミー」〈フィドル弾き〉がいった。「サー・ダンカンはわれらの仲間だ。

いまはそうでなくとも、いずれ仲間になる。いっただろう、彼の夢を見たと」

天幕の外で、紋章官の喇叭が鳴り響いた。〈フィドル弾き〉は入口に顔を向けた。

「出番だ。呼ばれている。すまんが、いったん失礼するぞ、サー・ダンカン。〈緑のガルトリー〉を
落馬させてきたら、また話をつづけよう」

「ご武運を」とダンクはいった。これは形ばかりの礼儀だ。彼の場合、武運などいらないのだから。

サー・ジョンが出ていったあとも、ゴーモン公は残った。

「サー・ジョンの夢は、われらみなに死をもたらしかねん」

「サー・ガルトリーの買収にはいかほど使ったんです？」気がつくと、ダンクはそうたずねていた。

「銀貨で間にあいましたか？　それとも、金貨を要求されましたか？」

「だれかが裏工作をばらしたと見えるな」ピークは将几にどっかと腰をおろした。「外には十余人を
控えさせている。ひと声かければ、すぐさま天幕になだれこんでくる手はずだ。このさい、おまえの
喉頸《のどくび》を掻き切っておくべきなのだろうが……」

「なぜそうしないんです」

「殿下がいい顔をなさらぬからだ」

殿下。わかってはいても、ダンクは腹に一発、鉄拳を食らったような衝撃をおぼえた。

(やはり、もうひとりの黒いドラゴンか。またもやブラックファイアの叛乱を起こそうというのか。じきに第二の〈赤草ヶ原〉の合戦が起きてしまう。〝朝陽が昇ったときは、草は赤くなかったのに〟――)

「なにゆえに、この結婚を機に?」

「バターウェル公は、ベッドを温める若い新妻をほしがっていたし、フレイ公は、傷物にされた娘の嫁ぎ先を求めていた。両者の婚礼の儀は、同心の諸公が一堂に会する格好の口実となる。招待された者のほとんどは、かつては黒竜の側に立って戦った者たちだ。そうではない招待客も、〈血斑鴉〉の支配を憤る理由のある者か、それぞれの理由で不平や野望を持つ者ばかり。われらの多くは、今後の忠誠を誓うあかしに、キングズ・ランディングへ息子や娘を差しださせられていたが、人質の大半は〈春の疫病大流行〉で非業の死をとげた。われらの手はもはや縛られてはおらぬ。ゆえに、いまこそ宿願を果たす好機。エイリスは腰抜けだ。本の虫で、戦士ではない。庶民はエイリスをよく知らぬし、好意をいだいてもおらぬ。王派の諸公が王にいだく不快感はその比ではない。エイリスの父王も軟弱ではあった。それはたしかだが、玉座が脅かされたとき、王を護って戦う息子らがいた。ベイラーとメイカー――鉄鎚《てっつい》と鉄床《かなとこ》だ。しかし、〈槍砕きのベイラー〉はもはやこの世にはおらず、プリンス・メイカーは夏の城館《サマーホール》に蟄居して世をすね、王と〈王の手〉に不満をかこっている」

(たしかにそうだな)とダンクは思った。(そしていま、どこかの馬鹿な草臥しの騎士が、プリンス・メイカー気にいりの息子を敵の手に渡してしまった。プリンスを夏の城館《サマーホール》の中に封じておくうえで、これ以上の妙手があるだろうか)

「まだ〈血斑鴉〉がいる。あれはけっして軟弱な人物ではない」

「いかにも」ピーク公は認めた。「しかし、妖術師を愛する人間などおりはせぬ。そして身内殺しは、神々から見ても人間から見ても、忌まわしい存在でしかない。ほんのすこしでも弱さや敗北の兆しが見えたなら、いま〈血斑鴉〉についている者たちは、夏の雪のごとくに融けて消える。そして、若が見た夢が現実のものとなるのなら、この白亜城において、一頭の生けるドラゴンが誕生し……」

ダンクは相手に代わって、その先をいいおえた。

「……〈玉座〉はあなたのものになる」

「若のだ。わしは卑しきしもべにすぎん」ゴーモン・ピーク公は立ちあがった。「この城を出ようとするなよ。出ようとすれば、われらを裏切る意志あるものと見なし、その命でもって償ってもらうぞ。われらはいまや、引き返せぬところまで踏みこんでしまったのだ」


鉛色の空から雨がしのつくなか、〈フィドル弾きのジョン〉と〈緑のサー・ガルトリー〉は走路の両端に達し、それぞれ新たな騎槍を受けとった。婚礼の儀に招かれた客の一部は、雨を避けるために頭からマントをかぶり、大広間へ避難していきつつある。

サー・ガルトリーがまたがっているのは牡の白馬だった。雨に打たれて、兜の頭立と馬の頸当ての羽根飾りはうなだれてしまっている。マントは四角い布を何枚も接《は》ぎ合わせて作ったもので、各々の布の色は緑だが、それぞれの色合いは微妙に異なっていた。脛《すね》当てと籠手《こて》には黄金が象嵌《ぞうがん》されており、きらきらと輝いている。楯の青みを帯びた緑色の紋地の上には、翡翠《ヒスイ》色の星が九つ、鏤《ちりば》めてあった。顎鬚までもが緑色に染めてあるが、あれは〈狭い海〉の向こうにある自由都市、タイロシュの住民が好む様式だ。

サー・ガルトリーと〈フィドル弾き〉とが、騎槍を相手に向けて懸けちがうこと九度、そのたびに、緑のパッチワークの騎士と〝黄金の剣とフィドル〟の若き騎士は、ともに槍を折ってきた。八度めの懸け合いがなされるころには、もはや地面がぬかるみはじめており、双方の大柄な軍馬はあちこちの水たまりを踏んで、泥を跳ね散らしながら走路を疾駆した。九度めの懸け合いで〈フィドル弾き〉は鞍から落ちかけたが、あわや落馬する寸前、どうにか体勢を立てなおした。

「みごとだ！」笑いながら、〈フィドル弾き〉は相手に向かって叫んだ。「もうすこしで落とされるところだったぞ！」

「こんどこそ落としてやる！」雨の中、緑の騎士が叫び返す。

「それはどうかな？」

いうなり、〈フィドル弾き〉は折れた騎槍を投げ捨てた。従士がすかさず新しい騎槍を渡す。

つぎの懸け合いが最後となった。サー・ガルトリーの騎槍が〈フィドル弾き〉の楯に当たりそこね、逸れたのに対して、サー・ジョンの槍先は緑の騎士の胸当てを的確にとらえ、鞍から突き落としたのである。茶色の水しぶきを盛大に跳ねあげて、緑の騎士が地に落ちた。その瞬間、東の彼方で雷光が閃くのが見えた。

観覧席からは諸公や淑女がみるみる減っていく。見物の庶民たちも、雨宿りのできる場所を求めて去りだした。

「見ろ、あのあわてふためきよう」アリン・コクショーがそばにやってきて、つぶやいた。「ほんのすこし雨粒がかかった程度で、大身《たいしん》の貴族どもが雨を避けられる場所に駆けこんでいく。本物の嵐がきた日には、どうする気だ」

（本物の嵐か）アリン公は天気の話をしているのではない。それはダンクにもわかった。（この男、なにが目的だ？　急におれとなかよくする気になったのか？）

紋章官がふたたび最上段にあがった。

「サー・トマード・ヘドル——〈黒のトム〉こと、白亜城の騎士、バターウェル公の家士」紋章官が名を呼ばわったとき、遠い雷鳴が轟いた。「対しますは、サー・ユーサー・アンダーリーフ。双方、位置につき、武勇を示されよ」

ダンクはサー・ユーサーを眺めやり、その顔の薄笑いが渋面に変わるさまをとらえた。もうすこし遅ければ、その変化を見そこねていたところだった。

（買収で指定したのと、対戦相手がちがうんだな）

試合管理者が裏切ったのか？　しかし、なぜ裏切った？

（だれかが手をまわしたにちがいない。それは試合管理者コズグローヴがユーサー・アンダーリーフよりも尊重するだれかだ）

ダンクはしばし、それが何者の差し金かを考えた。

（その何者かは、ユーサーには優勝する気などないことを知らなかった）そこまではすぐにわかった。

（だからユーサーを脅威と見なした。〈黒のトム〉こと、黒い鎧と黒い魔物兜のトマード・ヘドルにユーサーを排除させ、決勝戦で〈フィドル弾き〉と当たらないようにするために）

ヘドルがピーク公の陰謀の一味であることはわかっているから、〈フィドル弾き〉と対戦となれば、わざと負けることは目に見えている。だとしたら、排除すべき相手は、あとひとりだけ……。

だしぬけに、ピーク公がマントを背後にはためかせ、血相を変えてぬかるんだ走路を横切っていき、足早に階段を駆け昇って、紋章官が呼びだしに使う最上段にあがるなり、大声で叫んだ。

「裏切り者だ！　〈血斑鴉〉がこの中に間者をまぎれこませている！　ドラゴンの卵が盗まれた！」

まだ馬上にあった〈フィドル弾きのサー・ジョン〉が、すばやく馬首《ばしゅ》をめぐらした。

「おれの卵が？　どうしてそんなことが？　バターウェル公は昼夜を分かたず、寝室の前に見張りを立てていたはずだぞ」

「殺された」ピーク公が大声で答えた。「しかし、死ぬ前に、見張りはある男の名を口にした」

（まさか……おれの名を出す気か？）とダンクは思った。

昨夜、バターウェル公妃を公のベッドまでかかえていったあと、ダンクがドラゴンの卵を手にとるところは、十数人が目撃している。

ゴーモン公は糾弾するようにして、すっと指をつきつけた。

「その男はあそこに立っている。娼婦の息子だ。つかまえろ！」

指さされた先――試合場のはずれに立っていたのは、サー・グレンドン・ボールだった。けげんな表情で顔をあげた若者は、はじめのうち、わけがわからないという顔をしていたが、四方から兵士が殺到してくるのを見てとるや、ダンクには信じられないほどのすばやさで長剣を抜こうとした。が、なかばまで抜いたところで、最初の兵士が若者のうしろから飛びつき、喉頸《のどくび》に腕をかけた。ボールは兵士の腕をふりはらったが、そのときにはもう、別のふたりが飛びかかっていた。そのままふたりは、勢いに乗ってボールを押し倒し、ぬかるんだ地面に押さえつけた。そこへさらに、ほかの兵士たちが群がってきて、叫びながら若者を蹴りつけだした。

（ああなっていたのは、おれだったかもしれないんだ）とダンクは気づいた。

アッシュフォードのあの日、手と足を斬り落とすといわれたあの日と同じく、無力感に襲われた。

そのとき――アリン・コクショーにぐいとうしろへ引っぱられた。

「おまえの従士を見つけたければ、あいつの件には関わるな」

ダンクはアリンに向きなおった。

「どういう意味だ？」

「あの子の居場所は知っている」

「どこだ？」いまは意味ありげなやりとりを交わしている気分ではない。

試合場の反対端では、サー・グレンドンが乱暴に引ったてられていた。鎖帷子と半球形兜をつけたふたりの兵士に、左右からがっちりと腕を押さえつけられている。若者はからだじゅうが泥にまみれ、頰ににじむ血が雨で洗われていた。

（英雄の血が……）とダンクは思った。

おりしも、〈黒のトム〉が若者の前に馬を寄せ、そこで下馬し、険しい声で詰問した。

「卵はどこだ」

口から血をしたたらせて、ボールはいった。

「なぜおれが卵など盗まねばならん？　盗まなくても勝ちとれたのだぞ」

（そうだ）とダンクは思った。（つまり、ボールに勝ちとらせるわけにはいかなかったんだ）

鎖手袋をはめたこぶしで、〈黒のトム〉がボールを殴りつけた。

「そやつの鞍袋を探せ」ピーク公が命じた。「なにかでくるんだドラゴンの卵が隠してあるはずだ。賭けてもいい」

ダンクのそばで、アリン公が声を低めた。

「あれはあのとおりになる。いっしょにこい。従士を見つけたければ。あっちに注目が集まっているいまが絶好の機会だ」

それだけいうと、返事も待たず、すたすたと歩きだした。

ダンクとしては、あとを追いかけていかざるをえなかった。大股の三歩で追いつき、横にならんで歩きはじめた。

「エッグになにか危害を加えでもしたら――」

「おれに稚児《ちご》趣味はない。こっちだ。さ、とっとと歩け」

拱道《アーチ》を通りぬけ、泥だらけの階段を降り、角をまわりこむ。雨が降りしきるなか、水たまりの水を跳ねながら、ダンクはそのあとを追った。壁際からは離れず、影に身を潜めるようにして歩いていくうちに、とうとうふたりは周囲を建物の壁で囲まれた中庭に出た。敷きつめてあるのは、なめらかですべりやすい石畳だ。建物の壁と壁のあいだにはわずかな隙間しかない。上のほうには窓があったが、いずれも閉じられて、鎧戸を閉められている。中庭のまんなかには井戸があり、低い石積みの井筒《いづつ》で円形に囲われていた。

（さびしい場所だな）とダンクは思った。

あまりいい雰囲気ではない。古い本能が頭をもたげてきて、剣の柄《つか》に手を伸ばした。が、そこで、剣は〈蝸牛〉に差しだしてきたことを思いだした。そのとき、腰に短剣の刃先が突きつけられるのを感じた。本来なら剣帯があるはずの、すぐ上の部分にだ。

「ふりむいてみろ、腎臓を抉《えぐ》りだして、バターウェルの料理人たちに渡してやる。火を通して饗宴に出すようにといってな」

短剣の尖端は、ダンクの胴着《ジャーキン》の背中にぐっと押しつけられている。

「井戸まで歩け。急な動きはするな」

（もしもおまえがエッグをあの井戸の中に放りこんでいたのなら――そんなおもちゃみたいな小さい短剣で身を護れると思うなよ）

ダンクはゆっくりと前に進んだ。腹の中にだんだんと怒りが膨れあがってくる。

と、ふいに背中の刃《やいば》が消えた。

「もうふりむいて、おれの顔を見てもいいぞ、草臥しの騎士」

ダンクはふりむき、たずねた。

「これはドラゴンの卵に関わることか?」

「ちがう。ドラゴンそのものに関わることだ。おれが指を咥《くわ》えて、おまえが若を盗むのを見ていると思ったか?」アリン公の顔が歪んだ。「あんな蝸牛《カタツムリ》野郎の大口を信じたおれが馬鹿だった。あの下種《げす》ごときに、おまえを殺せるはずがない。やつに渡した金貨は取りもどしてやる——一枚残らずな」

「若を——盗む?」

(このぽっちゃりとしてゆるんだ顔の、香水をただよわせているような貴公子が、おれの正体不明の敵だったというのか?)

笑うべきか泣くべきか、判断がつきかねた。ともあれ、ダンクはいった。

「サー・ユーサーは金貨ぶんの仕事をした。おれの頭が硬かった——それだけだ」

「らしいな。うしろにさがれ」

ダンクは一歩あとずさった。

「もう一歩。まだだ。もう一歩、さがれ」

さらに一歩あとずさったとき、脚が井筒にぶつかった。積み石がひざ裏にあたっている。

「井戸に向きなおれ。少々水浴びをしてもらうが、いいな? どうせもう、ずぶ濡れなんだし」

「おれは泳げないんだ」

ダンクは片手を井筒にかけた。石は濡れている。積み石のひとつが手のひらに押され、ぐらついた。

「情けないやつめ。さあ、井戸に飛びこめ。それとも、この短剣で刺して、突き落としてやらないといけないのか？」

　ダンクは井戸の中を覗きこんだ。雨粒が波紋を作っている。水面は五、六メートルも下だ。井戸の内壁はぬるぬるする苔でおおわれていた。

「あんたに危害を加えたことはないはずだ」

「なかったし、これから先は加えたくても加えられなくなる。デイモンはおれのものだ。デイモンの〈王の楯《キングズガード》〉を率いるのはこのおれなんだ。きさまごときに白のマントを着る資格はない」

「資格があるといった憶えはないぞ」

（デイモンか……）その名はダンクの頭の中でこだました。（ジョンではなく、デイモン。父の名をとって。まさに、うつけ《ランク》のダンク、鈍なること城壁のごとしだな）

　ダンクはつづけた。

「デイモン・ブラックファイアには七人の息子がいた。うちふたりは、〈赤草ヶ原〉の合戦で死んだ。これは双子で、名前は……」

「エイモンとエイゴン。どうしようもなく馬鹿な乱暴者だったさ。おまえと同じでな。小さいころは、おれもデイモンも、よくあいつらにいじめられた。〈鋼の剣〉がデイモンを連れて国外へ逃げたとき、おれは泣いたよ。もういちど泣いたのは、ピーク公からデイモンが帰ってくると聞かされたときだ。だが、街道できさまを見たとたん、デイモンはおれの存在を忘れてしまった」アリン・コクショーは、いまにも斬りつけそうなようすで短剣を振った。「さあ、無傷のまま井戸に飛びこむか、血だらけで井戸に突き落とされるか、どっちだ？」

　ダンクはぐらつく井筒の石をぐっとつかんだ。はずれない。思ったよりしっかりくっついている。

もたもたしているうちに、アリン公が痺れを切らし、突きかかってきた。さっと右に身をひねって、刃《やいば》をかわそうとしたが、完全にはよけきれず、切先は左腕の肩付近を鋭く斬り裂いた。そこでついに、石が井筒からはずれた。

はずれた石を思いきりアリン公の口にたたきこむ。歯がへし折れた感触があった。

「そんなに井戸が好きか?」とダンクはいった。

もういちど、石でアリン公の口を殴りつける。それから、石を放りだし、短剣を持った手の手首をむずとつかんで、思いきりねじった。骨が折れる感触とともに、短剣が音を立てて石畳に落ちた。

「なら、お先へどうぞ」

脇にどき、アリン公の腕をひねりあげ、井戸の上につきだす。腰に片脚をあてがって、どんと蹴りつけた。アリン公は頭から井戸に落下していった。ボチャンという水音が響いた。

「――さすがだな」

急に背後から声をかけられ、ダンクは鋭く向きなおった。降りしきる雨ごしに、フードをかぶった男が立っているのが見えた。フードのそばには白い目のようなものも見える。男が歩みよってきた。ある程度近くまできてやっと、フードで陰になっていた顔が見知った形を持った。サー・メイナード・プラムだった。白い目のようなものは、肩でマントを留めた月長石の留め具だったことがわかった。

井戸の底では、アリン公がバチャバチャと水を跳ね、大声で助けを呼んでいる。

「人殺し！　だれか助けてくれ！」

「あの男、おれを殺そうとしたんだ」ダンクはいった。

「それでその血の説明がつくな」

「血?」自分のからだを見おろした。肩からひじにかけて、左腕が真っ赤に染まり、上着が血で肌にへばりついている。

いつ倒れたのかは憶えていない。気がつくと、石畳の上に横たわっており、雨に顔を打たれていた。井戸の底からは、いまもアリン公が助けを呼ぶ声が聞こえていたが、水を跳ねる音はだいぶ弱々しい。

「その腕、止血帯をあてないとな」サー・メイナードが、ダンクのからだの下に腕をすべりこませた。「自力で起きあがってくれ。おれの力じゃ、あんたの巨体を持ちあげられん。さ、立って」

ダンクはどうにか立ちあがった。

「アリン公は？　あのままでは溺れてしまう」

「死んだところで、だれも残念には思わんさ。とりわけ、〈フィドル弾き〉はな」

「そんな名前じゃない」あえぎながら、ダンクはいった。失血と痛みでひどく蒼ざめている。「あの男は〈フィドル弾き〉なんかじゃないんだ」

「そのとおりだよ。あの若いのは、ブラックファイア家のデイモン。デイモン二世だ。すくなくとも、〈鉄の玉座〉につくことがあれば、そう名乗るだろう。自分たちの戴く王は、勇敢で頭のからっぽなやつがいい――そう思っている貴族がいかに多いかを知ったら、あんた、驚くぜ。デイモンは若くて颯爽《さっそう》として、馬を駆る姿も凜々しいしな」

井戸からの声は、もうほとんど聞こえない程度になっていた。

「アリン公に、縄をたらしてやらなくてもいいのか？」

「いま助けたところで、どうせ処刑されるんだ。助けなくたっていいさ。あんたに飲ませようとした美酒は、自分で飲んでもらうとしよう。さあ、おれにもたれかかるといい」

プラムはダンクに肩を貸し、中庭を歩きだした。間近から見ると、サー・メイナードの容貌には、どこかしら奇妙なところがあった。じっと凝視すればするほど、その造作がぼやけてくるようなのだ。

「憶えてるよな、逃げろといったこと？　なのにあんたは、命を惜しまず、名誉を惜しんだ。名誉の死はご立派で気高いものだが、かかっている命が自分のものじゃない場合にはどうする？　やっぱり同じようにしたかい？」

「だれの命が？」

井戸の中から、最後に一度、パシャッという音がした。

「エッグか？　エッグのことなのか？」ダンクはプラムの腕をぐっとつかんだ。「どこにいる？」

「神々のもとに。なぜそんなことになったのか、あんたにはわかってるな？」

心がひときわずきりと痛み、腕の痛みを忘れさせた。呻くようにして、ダンクはいった。

「あいつ、長靴《ちょうか》を使おうとしたのか」

「そうだ。あの子は例の指輪をメイスター・ローサーに見せた。メイスターはそれをバターウェルのところへ持っていった。それを見たとたん、あの男、掛け値なしにチビったにちがいない。そして、自分はつく側をまちがえたんじゃないか、〈血斑鴉〉はこの陰謀をどこまで知っているんだろうかと、冷や汗を流しはじめた。どこまで知っているか？　答えはこうだ——〝全貌を〟」

プラムはそういって、のどの奥でくっくっと笑った。

「あんた……何者だ？」

「味方だよ」メイナード・プラムは答えた。「おまえさんのことは、ずうっと見まもっていたんだ、この毒蛇の巣窟でどうするつもりかといぶかりながらな。ともあれ——手当てをするまで、しばらく黙ってろ」

ふたりは影の中を選んで移動し、ダンクの小さな天幕にたどりついた。天幕の中に入ると、サー・メイナードは竈《かまど》で火を焚き、鉄の鉢をワインで満たしてから、火にかけた。

「すっぱりと斬れてるぶん、外傷のたちは悪くない。すくなくとも、利き腕じゃないしな」ダンクの傷口を見つめ、血に濡れそぼる上着の袖を切り裂きながら、メイナードはそういった。「傷は骨まで達してはいないようだ。しかし、煮沸したワインでしっかり消毒しといたほうがいい。へたをすると、左腕をなくすはめになるかもしれん」

「腕なんてどうなってもいい」腹の中が異様にうごめいている。いまにも吐きそうな感じがあった。

「エッグが死んでしまった以上は――」

「――まちがいなく、あんたの責任だな。あの子をこんな叛徒の巣窟に近づけちゃいけなかったのさ。しかし、待った。あの子が死んだなんて、おれはひとこともいってないぞ。神々のもとにいる――そういっただけだ。ああ、清潔なリネンはあるか？　シルクは？」

「上着ならある。ドーンで手に入れた上等の上着が。じゃあ、どういう意味なんだ？　神々のもとにいるというのは？」

「いま話す。まずは腕の手当てが優先だ」

　ワインはすぐに湯気を立てはじめた。サー・メイナードはダンクの上等なシルクの上着を探しあて、疑わしげににおいを嗅ぐと、短剣を取りだし、切り裂きはじめた。やめてくれと叫びそうになるのを、必死にこらえた。

「アンブローズ・バターウェルは、およそ〝腹をくくる〟という表現とは縁のないやつでな」切ったシルクを三枚、ワインに放りこみながら、サー・メイナードはいった。「はじめっからこの陰謀には疑念を持っていたんだ。その疑念は、あの若いのが宝剣を持っていないと知った時点で増幅された。しかも、けさになって、ドラゴンの卵が消えた。それといっしょに、なけなしの勇気の最後の一滴が消えてしまったというわけさ」

「サー・グレンドンは卵を盗んではいない。一日じゅう郭にいて、試合に出ているか、ほかの試合を見るかしていたんだから」

「にもかかわらず、ピークはあの若いのの鞍袋の中に卵を見つけるだろう」ワインが沸騰している。革手袋をはめて、プラムは警告した。「いいか、悲鳴をあげたくても、がまんするんだぞ」

ついで、沸騰するワインからシルクの布を取りだし、それで傷口をぬぐいはじめた。

ダンクは悲鳴をあげなかった。歯を食いしばり、舌を噛み、痣《あざ》が残るほど強く太腿を殴りつけたが、けっして悲鳴はあげなかった。サー・メイナードは、上等の上着の残りを使って繃帯のかわりにし、左腕に巻きつけて、ぎゅっと縛った。

「気分はどうだ？」手当てがすむと、メイナードはたずねた。

「最悪だよ」ダンクは身ぶるいした。「それで——エッグはどこだ？」

「神々のもとに。いっただろう」

ダンクは怪我をしていない利き手を伸ばし、プラムののどをぐっとつかんだ。

「もったいぶらずに、さっさといえ。ほのめかしとウインクにはうんざりだ。どこにいけばあの子が見つかるか教えろ。さもないと、そのろくでもない首をへし折ってやるぞ——たとえ味方であろうとなかろうとだ」

「聖堂《セプト》だよ。ああ、いくなら武器を帯びていくことだな」サー・メイナードはそういって、にやりと笑った。「そのくらい、あんたの頭でもわかるだろう？　ダンク？」

先に、サー・ユーサー・アンダーリーフの天幕に立ち寄った。

天幕に入ると、ウィルの姿しかない。従士は洗い桶にかがみこみ、あるじの下着を洗濯していた。

ダンクを見て、ウィルはいった。

「またあんたかい？　サー・ユーサーは宴にいっちまったぜ。なんの用？」

「おれの剣と楯をよこせ」

「買い戻し金は？」

「ない」

「だったら、なんであんたの武具を返さなきゃならないんだ？」

「必要だからだ」

「理由になってねえじゃん」

「では、おれを押しとどめてみろ。邪魔すれば殺す」

ウィルは慄然とした顔になった。

「あ、あそこにあるよ」


ダンクは城内聖堂《セプト》の外で足をとめた。

（どうか手遅れではありませんように）

剣帯はいつものように腰につけ、しっかりと締めてある。吊るし首を描いた楯は左手に縛りつけておいた。負傷した腕に重くのしかかり、一歩歩くごとに、苦痛の波が全身に広がっていく。だれかになでられただけでも悲鳴をあげてしまいそうだった。意を決して、怪我をしていない利き手を使い、両開きの扉を押しあける。

セプトの中は薄暗く、ひっそりとしていた。屋内を照らしている光源は、〈七神〉の祭壇で燃える蠟燭のみだ。いちばんたくさんの蠟燭が燃えているのは〈戦士〉の祭壇だった。まさに馬上槍試合が行なわれている当日だから、これは当然だろう。おおぜいの騎士が、試合に出場するのに先だって、力と勇気をお与えくださいと祈りを捧げにきたのである。影に包まれた〈異客《まれびと》〉の祭壇には、蠟燭が一本だけ燃えていた。〈慈母〉と〈厳父〉の祭壇には数十本ずつ、〈鍛冶〉と〈乙女〉の祭壇はもうすこしすくない。〈老嫗《ろうう》〉の祭壇で光る角灯の下では、アンブローズ・バターウェル公がひざまずき、こうべを低くたれ、叡知を求めて無言の祈りを捧げていた。

バターウェル公はひとりだけではなかった。公に向かってダンクが歩きはじめたとたん、行く手にふたりの衛兵が立ちはだかったのだ。どちらも半球形の兜をかぶり、顔に険しい表情を浮かべている。鎖帷子の上から着ているサーコートは、バターウェル家の紋章を取り入れた、緑、白、黄、三色の、太い波形の横縞で染めてあった。

「お待ちを」片方がいった。「立入はご無用に」

「――いいんだよ、だいじょうぶ。そのひとが探しにくることはいってあったでしょ」

エッグの声だった。

エッグが影の中から、〈厳父〉の祭壇のもとに歩み出てきた。剃った頭が多数の蠟燭の光を浴びて、光沢を放っている。ダンクはもうすこしで少年に駆けより、かかえあげ、喜びの声をあげてぎゅっと抱きしめるところだったが、エッグの声には、それを思いとどまらせるなにかがあった。

(怯えているというよりも、怒っているようだ。こんなにも真剣な顔をしたエッグは見たことがない。それに、バターウェル公はひざまずいて祈っている。なにかがおかしい)

そのバターウェル公が、ふいに立ちあがった。蠟燭の薄暗い光の中でも、肌からは血の気が引き、脂汗を流していることがわかった。

「通してやれ」バターウェル公が衛兵たちに命じた。ふたりが脇にどくと、公はダンクを差し招いた。

「この子にはいっさいの危害を加えておらん。お父君のことはよく知っている、わしが〈王の手〉を務めていた当時、交流があったのでな。プリンス・メイカーには、この件、わしの発案ではない旨、知っておいてもらわねばならん」

「かならず伝わるでしょう」ダンクは請けあった。

（ここでなにが起こってるんだ？）

「ピークだよ。この企みは、すべてあの男の発案によるものだった。〈七神〉に誓ってほんとうだ」バターウェル公は片手を祭壇についた。「これがうそなら、神々よ、この身を懲らしたまえ。だれを招き、だれを除外するかを指示したのもピークだ。あの若い僭王を連れてきたのもな。謀叛《むほん》になど、わしは加担したくなかった。それだけは信じてもらわねばならん。たしかに、わしを引きずりこんだ張本人は、うちの家士だ。〈黒のトム〉ことトマード・ヘドルだ。それは否定しない。あれは長女の娘婿ではあるが、うそはつくまい。あれもまた、この企みの一翼を担っているのだ」

「でも、あの男、あなたがかかえる一番の勇士《チャンピオン》でしょう」エッグがいった。「あの男が加担している以上は、あなたも責任をまぬがれません」

（いいすぎるな）ダンクは大声で釘を刺したかった。（舌鋒が鋭すぎれば、おれたちは殺されるぞ）

しかし、バターウェル公は打ちひしがれたようすで、力なく抗弁した。

「殿下、殿下はおわかりになっておられない。ヘドルはこの城の守備隊を指揮しているのです」

「あなたに忠実な兵だって、多少はいるでしょうに」とエッグ。

「セプトに連れてきている衛兵たちは忠実です」バターウェル公は答えた。「ほかにも、もうすこし。たしかにわたしは、ふがいない人間です、それは認めましょう。ですが、謀叛には加担していない。フレイもわたしも、当初からピーク公の僭王には懐疑的だったのです。それに、僭王は宝剣を携えていない！　あの男がほんとうに父親の息子であるのなら、〈鋼の剣〉は〈黒き炎《ブラックファイア》〉を持たせていたはずだ。それにあの、ドラゴンが孵《かえ》るうんぬん……あれについては、いかれている。いかれているし、愚かしい」

バターウェル公は袖で顔の汗をぬぐった。

「おまけにあの者たちは、わしの卵を盗んだ。わが祖父が忠勤に対する褒賞として王より賜わった、ドラゴンの卵をです。けさ目覚めたとき、卵はたしかに、寝室の台座の上にありました。衛兵たちも、そのとき以降、だれも寝室を出入りしてはいないと証言しています。衛兵たちがあのピーク公に買収されているのかどうか、それはわからんが、いずれにしても、卵は消えてしまった。持っているのはピーク公たちにちがいない。さもなくば……」

（……卵が孵ったということになる）とダンクは思った。

生きたドラゴンがふたたびウェスタロスに出現すれば、貴族も庶民も、だれであれ、それを御するプリンスのもとに集《つど》うだろう。

「ム＝ロード」とダンクはいった。「わたしの……わたしの、その、従士、と話をしたいのですが。許可していただけますか」

「ご随意に」

バターウェル公はふたたびひざまずき、祈りはじめた。ダンクはエッグを脇に引っぱっていって、片ひざをつき、正面から従士の顔を見すえた。

「おまえの耳に思いっきり拳固を食らわせて、その顔がずっとうしろ向きになるようにしてやりたいところだよ。おまえは一生、自分の通った道を見て過ごすことになるんだ」

「拳固をもらってもしかたないですよね」エッグには赤面するだけの慎みがあった。「ごめんなさい。

ぼくはただ、父のもとに使い鴉を送ろうと思っただけなんです……」

(おれが騎士でいられるよう、手をまわしてもらおうとしたのか。気持ちはありがたいが)

ダンクは祈るバターウェルをふりかえった。

「あの男になにをした?」

「脅しました」

「ああ、そいつは見ればわかる。あのようすだと、夜が明けるころには、両ひざに胼胝《たこ》ができているだろう」

「ほかにどうしていいかわからなかったんです。メイスターに父の印章指輪を見せたら、すぐにあのふたりのところへ連れていかれたので」

「あのふたり?」

「バターウェル公とフレイ公です。衛兵たちもいっしょにいました。なんだか大騒ぎになっていて。だれかがドラゴンの卵を盗んだとかで」

「おまえが盗んだのではないんだな?」

エッグはかぶりをふった。

「盗んでません。それで、メイスターがバターウェル公にぼくの指輪を見せたとき、こっちも騒ぎになるなと気がついて。卵を盗んだのも自分だって、よほどはったりをきかせようかと思ったんだけど、だれも信じないだろうから、それは思いとどまりました。そのとき思いだしたのが、あるとき、父がいっていたことばです。かつて〈血斑鴉〉は、〝脅されるよりも脅したほうがいい〟といったとか。そこで、バターウェル公たちにはこういってやったんです——ぼくは父のいいつけで、当地の動向を探るためにこの城へきた、父はいま、軍勢を率いてここへ急行している最中だ、ぼくを解放し、この謀叛を中止しろ、さもないと、あなたがたの首が飛ぶぞって」そこで、決まり悪そうにほほえんだ。「思ったよりも、効き目があったみたいですね」

少年の両肩をつかみ、歯がガチガチ鳴るほど揺すぶってやりたかった。

（これはゲームじゃないんだぞ）状況が状況でなければ、そう怒鳴りつけていただろう。（これはな、生きるか死ぬかの真剣な駆け引きなんだ）

「フレイ公もその話を聞いていたのか？」

「はい。聞くなりその場で、バターウェル公に〝幸せな結婚生活をな〟というと、ただちに双子城へ引き返す旨、宣言しました。バターウェル公が祈りを捧げるといってぼくらをここに連れてきたのは、その直後のことです」

（フレイは逃げることもできる）とダンクは思った。（しかし、ここの城主であるバターウェルには逃げるすべがない。だが、遠からず、なぜプリンス・メイカーの軍勢はまだ到着していないのかと、けげんに思いはじめるだろう）

「おまえがこの城にいることをピーク公に知られたら――」

まさにその瞬間、派手な音とともに、セプトの両開きの玄関扉が勢いよく内側へ開いた。ダンクが顔をふりむけると、戸口に〈黒のトム〉ことトマード・ヘドルが立っていた。鎖帷子と黒の板金鎧に身を固めている。顔に浮かべているのは悪鬼の形相だ。濡れそぼったマントからは滝のように雨水をしたたらせており、足元には早くも水たまりができていた。うしろには槍や戦斧《せんぷ》などで武装した兵士十余名をしたがえている。おりしも、背後の空にかっと稲妻がほとばしり、背景を青と白に染めあげ、セプト内部の白い敷石にくっきりとした影を刻んだ。同時に、湿った風が吹きこんできて、セプトの中の蠟燭という蠟燭の火がゆらめいた。

（七つの凄惨な地獄よ《なんということだ》）ダンクの頭に浮かんだことばは、ただそれだけだった。

それ以上、なにかを考えるひまもなく、〈黒のトム〉がいった。

「小僧はあそこだ。連れていけ」

バターウェル公が立ちあがった。

「よせ。やめろ。この少年に乱暴を働いてはならん。トマード、これはいったい、なんのまねだ？」

トマード・ヘドルの顔が侮蔑に歪んだ。

「この城の者とて、みながみな、血の代わりに乳が流れているわけではないのです。閣下、その子は渡してもらいますぞ」

「おまえにはわかっておらんのだ」バターウェルの声は裏返り、わなないていた。「わがこと破れり。フレイ公はすでに逃亡した。ほかの諸公もあとにつづこう。プリンス・メイカーが軍勢を引き連れて迫っておるのだから」

「ならばなおのこと、その子を人質にとらねばなりますまい」

「だめだ、ならん。ピーク公と僭王には加担せぬぞ。わしは戦わぬ」

〈黒のトム〉は、ひややかな目で主君を一瞥して、

「腰抜けが」と、吐き捨てるようにいった。「ならば、好きにしろ。戦わねば死ぬだけだ」

そこで、エッグにすっと指をつきつけ、配下の兵たちにいった。

「最初に血を流させた者に、銀貨一枚」

「やめろ、やめんか」バターウェルは自分がセプトに連れてきた衛兵たちに顔を向けた。「とめろ、みなの者。どうした、わしのことばが聞こえんのか。城主命令だぞ。あの者どもをとめよ」

だが、衛兵たちは困惑しはてて動こうとしない。それはヘドルが連れてきた兵士たちも同様だった。

どちらにしたがっていいか、途方に暮れているのだ。

「ちっ。おれみずから手を下さねばならんか」

いうなり、〈黒のトム〉は長剣をすらりと引き抜いた。

ダンクも長剣を抜きながら、

「おれのうしろにまわれ、エッグ」

「双方とも、剣を収めよ！」バターウェルが金切り声を発した。「セプトで流血沙汰など、もってのほかだ！　サー・トマード、この騎士はプリンスの誓約の楯を務める方、おまえごときのかなう相手ではない。殺されるぞ！」

「落馬しておれの上に落ちてくれれば、殺せもしようが」〈黒のトム〉は歯を剝きだし、凄絶な笑みを浮かべた。「槍試合のていたらくは見たぞ。きさまになにができる」

「あいにくおれは、剣のほうが得意でな」

ヘドルは鼻を鳴らしてそれに応え、いきなり斬りかかってきた。

ダンクはエッグを乱暴に後方へ押しやり、敵を迎え討つべく面と向かった。第一撃は楯で受ける。が、楯に剣身が食いこむほど強烈な斬撃を受け、繃帯を巻いた左腕全体に激痛が走りぬけた。返礼に、ヘドルの頭めがけて斬りつける。〈黒のトム〉はすばやく身をひねってかわし、第二撃を放ってきた。あやういところで楯をかかげ、かろうじて斬撃をしのいだ。松材の破片が飛び散っていく。ヘドルは笑いながら、つぎつぎに攻撃をくりだしてきた。低く、高く、また低く。ダンクはそのすべてを楯で防いだが、一撃食らうたびに激痛が走り、じりじりとうしろに押されていった。

「やっつけろ！」エッグの声援が飛んできた。「やっつけろ、やっつけろ、敵は目の前だ！」

口中に血の味が広がっていった。さらに悪いことに、左腕の傷がまた開いた。意識が朦朧《もうろう》としだす。

〈黒のトム〉の剣は長い凧形の楯から木片を飛び散らせつづけている。

(オークよ鉄よ、この身を護れ、さなくばおれは死んじまう、地獄の底までまっさかさま)

この楯がオーク材ではなく、松材でできていることに気づいたのは、そう思ってからのことだった。

そのとき、背中がどん、と勢いよく祭壇にぶつかり、ダンクは体勢を崩して床に片ひざをついた。

ここから先はもう、あとずさりようがない。

「きさまなど、騎士ではない」〈黒のトム〉がいった。「その目ににじむのは涙か、うすのろ?」

(涙だよ、激痛のな)

脚にぐっと力をこめ、勢いよくからだを押しあげて、楯を敵のからだにたたきつけた。

〈黒のトム〉が後方によろめいた。それでもまだ体勢を崩してはいない。ダンクは追い討ちをかけ、さらに楯をたたきつけた。体軀と膂力《りょりょく》にものをいわせ、何度も何度もたたきつけるうちに、とうとうヘドルをセプトの中央まで押しもどすことができた。ここで楯を横にやり、右手の長剣で斬りつけた。ヘドルが悲鳴をあげる。剣尖《けんせん》がウールごと、腿の肉をざっくり斬り裂いたのだ。向こうも長剣で斬りつけてきたが、もはやでたらめな振りになっており、まるで技巧がともなっていない。ダンクは楯でもういちど斬撃を受けとめてから、全体重をかけ、長剣を振りおろした。

〈黒のトム〉が一歩あとずさり、恐怖に目を見開いて〈異客〉の祭壇の下を凝視した。床の上には、斬り落とされたヘドルの前腕が転がっていた。

「き、きさま」あえぐように、ヘドルがつぶやいた。「きさま、きさま……」

「いっただろう」ダンクはそういって、ヘドルの喉頸《のどくび》に剣を突き刺した。「剣のほうが得意だと」

〈黒のトム〉の死体から血の海が広がっていくのを見て、戸口の兵士のうち、ふたりが雨の中へ駆けだしていった。ほかの兵士たちは武器を握りしめ、どうするべきなのか途方にくれているのだろう、不安の目をダンクに向けつつ、城主が口を開くのを待っている。

「これは……これは、まずいことになった」やっとのことで、バターウェルが絞りだすようにいった。それから、ダンクとエッグに顔を向けて、「ただちに白亜城から脱出せねばならない。あのふたりがことの顚末をゴーモン・ピークに告げないうちに。ピーク公が誼《よしみ》を通じている招待客の数はわしより多い。裏門は北の城壁にある。そこから脱け出そう……きなさい、急がねばならん」

ダンクはパチンと剣を鞘に収めた。

「エッグ、バターウェル公についていけ」それから、少年の肩に腕をまわし、小さな声で囁きかけた。「必要以上に長くあの男のそばにとどまるな。レインに乗って、早々に別れろ。バターウェルがまた変節しないうちにな。向かう先は乙女の池《メイドンプール》の町がいい。キングズ・ランディングよりも近い」

「あなたはどうするんです？」

「おれのことは気にするな」

「ぼくはあなたの従士なんですよ」

「そうだ」とダンクはいった。「だから、おれのいうことをきけ。さもないと、耳に拳固だぞ」

大広間からは、一団の人間が出ていこうとしていた。フードを引きかぶりつつ、戸口でしばし足をとめているのは、大雨の中へ飛びだしていく覚悟を固めるためだろう。そのなかには、〈老特牛《ことい うし》〉もいたし、いまも一杯機嫌の、ひょろりとしたキャスウェル公もいた。ふたりともダンクからは距離を置こうとしている。サー・モーティマー・ボッグズは興味津々の視線を向けてきたが、声はかけないほうがいいと判断したようだ。が、サー・ユーサー・アンダーリーフは、そういった配慮をいっさい見せることなく、平然と声をかけてきた。

「遅いおでましだな。いまごろきても、ろくな食いものは残ってないぞ」手袋をはめながら、サー・ユーサーはそういった。「それに、また剣を帯びているようだな」

「買い戻し金はあとで払う。あんたが気にしているのが金のことだけならな」ずたずたになった楯はセプトに残してきた。肩にマントをかけているのは、左腕の傷と血を隠すためだ。「ただし、おれが死ねば払いようがない。その場合、死体から身ぐるみ剝いでくれ」

サー・ユーサーは笑った。

「はて、この鼻をくすぐるのは、勇敢さのにおいか、愚かさのにおいか、どちらだ？　両方とも似たにおいなので、区別がつかん。しかし、わしの申し出を受けるのは、まだ手遅れではないぞ」

「とうに手遅れなんだよ、あんたが思っているよりもな」

ダンクはアンダーリーフの返事を待たず、押しのけるようにして横を通りぬけ、両開きの扉の中へ入った。大広間はエールと煙と濡れたウールのにおいが充満していた。上の桟敷では、数人の楽師が静かに演奏している。公壇のテーブルから笑い声があがり、大広間にこだました。サー・カービー・ピムとサー・ルーカス・ネイランドが飲みくらべをしているのだ。同じ公壇上の席では、ピーク公が切迫したようすでコステイン公と話をしていた。アンブローズ・バターウェルの新妻は、ひとりだけぽつんと公座に放置されている。

下座にはサー・カイルの姿があった。バターウェル公のエールで、せっせと憂さを流しこんでいる。パンをくりぬいた皿には、昨夜の残りもので作った濃厚なシチューが盛ってあった。

（ごった煮《ボウル・オ・ブラウン》か）

キングズ・ランディングのシチュー屋ではあの手の料理をそう呼んでいたものだ。サー・カイルはもう腹がいっぱいになっていたのだろう、手つかずのシチューはすっかり冷めきって、茶色い中身の上に薄い脂の膜ができていた。

ダンクはベンチに歩みより、〈猫のカイル〉のとなりにすわった。

「サー・カイル」

〈猫〉は軽く会釈した。

「サー・ダンカン。エールでもどうかね？」

「いや、いい」いまはなにより、酒は控えなくてはならない。

「どうした、体調でも悪いか？　こんなことといっては失礼だが、顔色が――」

（――ましだよ、この気分よりはな）

「グレンドン・ボールはどうなった？」

「地下室に連れていかれた」そういって、サー・カイルはかぶりをふった。「娼婦の子であろうと、なんであろうと、盗みをするような若者には見えなんだがなあ」

「盗んではいない」

サー・カイルは目を細め、ダンクを見つめた。

「その腕……いったいなにが……」

「短剣だ」ダンクは顔をしかめ、公壇を見あげた。

きょうのうちに二度、あやうく殺されかけた。たいていの人間は、それで懲りるはずだ。だが……。

（うつけ《ランク》のダンク、鈍なること城壁のごとし）

すっくと立ちあがり、公壇に呼びかけた。

「殿下」

ベンチで付近にすわっていた数人がスプーンを置き、会話をやめ、ダンクに顔を向けた。

「殿下」ダンクはもういちど、もっと大きな声でくりかえした。ついで、ミア産の絨緞を踏みながら、公壇に向かって歩きだした。「デイモン殿下」

いまや大広間の半分はしんとしている。公壇の上で、みずからを〈フィドル弾き〉と名乗る男は、ダンクに笑顔を向けた。宴用の衣装だろう、いまは紫色の上着を身につけている。

(紫か。ああいう色の服を着ていると、目の色も紺青色《こんじょう》ではなくて、紫に見える)

〈フィドル弾き〉はいった。

「サー・ダンカン。宴にきてくれてうれしい。しかし、おれになんの用だ？　なにを求める？」

「正義を」とダンクはいった。「グレンドン・ボールに対する公正な処置を」

その名は壁に反響し、鼓動半分のあいだ、大広間のすべての男、女、少年が石化したかに思えた。

そこでコステイン公が、こぶしでどん！　とテーブルを殴りつけ、叫んだ。

「あの者にふさわしい処置は死だ、公正もくそもあるものか」

十数人の口から、そうだそうだ、という声があがった。サー・ハーバート・ペイジにいたっては、こう言い放った。

「あれは妾腹《めかけばら》だぞ。妾腹というのは、みんな泥棒か、もっと悪いものだ。血は争えぬ」

つかのま、ダンクは絶望した。

(だれも味方にはならないか……)

そのとき、〈猫のサー・カイル〉がのたのたと立ちあがり、すこしふらつきながら、こういった。

「あの若いのは妾腹かもしれません。それでも、〈火の玉《ファイアボール》〉の子だ。まさにサー・ハーバートのいうとおり、血は争えぬのです」

デイモンが眉をひそめた。

「〈火の玉〉をだれよりも高く評価しているのは、このおれだ。あの紛《まが》い物の騎士が〈火の玉〉の子とは信じがたい。あの男はドラゴンの卵を盗み、そのさい、三人もの忠実な衛兵を殺したのだぞ」

「サー・グレンドンはだれも殺してはいません」ダンクはいった。「三人の衛兵が殺されたのなら、真犯人を探すべきです。わたしと同じく、殿下もごぞんじのはずでしょう。サー・グレンドンが一日じゅう郭にいて、つぎつぎに槍試合をこなしていたことは」

「それはそうだ」デイモンはうなずいた。「その点はおれも気になっていた。しかしドラゴンの卵は、たしかにあの者の荷物から見つかったのだぞ」

「ほんとうにそうでしょうか？　では、いま、どこにあります？」

ここでゴーモン・ピーク公が、冷酷かつ傲慢な眼差しをダンクにすえ、ゆらりと立ちあがった。

「安全な場所だ。厳重に保管してある。それがおまえとなんの関係がある？」

「それならば、ここに持ってきていただきたい。もういちどこの目で見てみたいのです、ム＝ロード。昨夜はほんのひと目しか拝めなかったものでね」

ピーク公は目に剣呑な光をたたえ、

「殿下」とデイモンに話しかけた。「そういえば、この草臥しの騎士め、招かれもせぬのに、サー・グレンドンとともに白亜城へやってきました。この者ども、ぐるではありますまいか」

それを無視して、ダンクはつづけた。

「殿下。ピーク公はサー・グレンドンの荷物にドラゴンの卵を見つけたというが、それは公が自分でそこに置いたものにちがいありません。持ってこられるものなら、ここに持ってきてみればよろしい。殿下ご自身が検分してみられることです。賭けてもいい、それは色を塗った石でしかないはずだ」

唐突に、大広間が混沌に陥った。百人もがいっせいにしゃべりだし、十人以上の騎士がいっせいに椅子を蹴って立ちあがった。デイモン自身は、盗っ人の汚名を着せられたときのサー・グレンドンと同じように、齢相応の反応を見せ、途方に暮れているようだ。

「酔っぱらっているのか、わが友？」

（酔っぱらっているんなら、どんなにいいことか）

「血なら多少は失いましたが」ダンクは答えた。「正気までは失っていません。サー・グレンドンは濡れ衣を着せられたのです」

「なんのために？」眉根を寄せて、デイモンはたずねた。「きみのいうように、ボールはなにひとつ悪事を働いていないとしよう。しかし、ピーク公が色を塗った石をボールの荷物に仕込み、ボールが盗んだように見せかけるのはなぜだ？　なんのためにそんなことをする？」

「あなたの優勝を確実にするためです。そのためにボールを排除しようとしたのですよ。ピーク公は、あなたが対戦したほかの相手を、金や優遇の約束で買収していました。ところがボールは、買収には応じませんでした」

〈フィドル弾き〉の顔が朱を注いだようになった。

「そんな……ばかな」

「事実です。サー・グレンドンをここに呼んで、ご自分できいてみてはどうです」

「きこうではないか。ピーク公、あの庶子をただちにこの場所へ。それから、ドラゴンの卵もここへ持ってくるように。じっくりと検分したい」

ゴーモン・ピークはダンクを見やり、取って食いそうな視線を注いできた。

「殿下、あの庶子の若僧は、ただいま訊問中です。あと二、三時間もすれば自供を引きだせましょう。

どうぞご安心を」

「訊問ということばを、ム＝ロードは〝拷問〟の意味で使っておられるようだ」とダンクはいった。

「あと二、三時間もあれば、サー・グレンドンは、殿下の父上やふたりの兄上をも殺したと自供することでしょう」

「もうたくさんだ！」ピーク公の顔はほとんど紫色に染まっていた。「あとひとことでも口をきいてみろ、その舌を引き抜いてやる」

「〝この〟、〝うそつき〟――さあ、これでふたことだ」

「そのふたことを、おまえはずっと悔いることになるぞ」ピークは手の者に命じた。「この不埒者《ふらちもの》を地下牢に連れていき、鎖につなげ」

「待て」デイモンの声は危険なほどに静かだった。「おれはことの真相を知りたい。サンダーランド、ヴィアウェル、スモールウッド。各々、手勢を連れて地下牢に赴き、サー・グレンドンを見つけだせ。見つけたら、ただちにここへ連れてこい。けっして危害を加えぬように。邪魔立てしようとする者があれば、王命である旨を告げよ」

「御意」ヴィアウェル公が答えた。

「この一件、父が裁いたであろうように裁く」と〈フィドル弾き〉はいった。「サー・グレンドンは重罪を犯した廉《かど》で告発された。騎士である以上、かの者には武術を用いてみずからの潔白を証明する権利がある。馬上槍試合にておれみずから立ち合い、有罪か無罪か、神々に判定していただこうではないか」

〈英雄の血にせよ、娼婦の血にせよ〉ヴィアウェル公の配下ふたりが、はだかのサー・グレンドンを

目の前に横たえさせたとき、ダンクは思った。（前よりずいぶん血を失ったようだな）

若者はひどい拷問を受けていた。顔は痣だらけで腫れあがり、歯は何本か折られ、何本か抜かれて、右目からは血を流している。胸のあちこちが赤くただれているのは、灼き金を当てられたあとだ。

「もうだいじょうぶだぞ」サー・カイルが低い声でいった。「ここには草臥しの騎士しかおらんでな。われわれが安全無害のともがらであることは、神々がよく知っておられる」

デイモンの計らいで、ダンクたちにはメイスターの区画があてがわれていた。サー・グレンドンが負った傷を徹底的に手当てしたうえで、馬上槍試合に出られるようにせよとの指示も出されている。顔と手の血をぬぐっているとき、左手の爪が三枚も剥がされていることにダンクは気づいた。ほかの傷もだが、なによりも心配なのはこの傷だ。

「騎槍《ランス》を持てるか？」

「騎槍？」しゃべろうとしたサー・グレンドンの口から、血と唾液がたれた。「指はぜんぶそろっているか？」

「十本ともある。ただし、爪は七枚しかない」

サー・グレンドンはうなずき、いった。

「〈黒のトム〉のやつ、おれの指を斬り落とそうとしていたんだが、そこで呼びだされて、どこかへいってしまった。おれが戦う相手は、やつか？」

「ちがう。あの男なら、おれが殺した」

それを聞いて、サー・グレンドンはにやりと笑った。

「いずれはだれかが殺さねばならなかった男だからな」

「おまえが仕合《しあ》う相手は〈フィドル弾き〉だ。しかし、あの男のほんとうの名は――」

「──デイモンだろう。わかっている。やつらから聞いた。黒のドラゴンだな」サー・グレンドンは笑った。「おれの父は黒いドラゴンのために死んだ。おれとてデイモンの下についただろう。それも、喜んで。デイモンのために戦い、デイモンのために敵を殺し、デイモンのために死んだにちがいない。しかし、いまばかりは、デイモンのために負けてやることはできん」

サー・グレンドンは横を向き、折れた歯をぺっと吐きだして、語をついだ。

「ワインを一杯、もらえるか」

「サー・カイル。ワインの革袋を」

若者は長々と革袋をかたむけて、ごくごくとワインを飲んでから、口をぬぐった。

「見てくれ、このおれを。女子《おなご》のように震えている」

「まだ馬に乗れるか？」眉をひそめて、ダンクはきいた。

「からだを拭くのを手伝ってくれ。それと、楯と騎槍と鞍を持ってきてほしい」サー・グレンドンは答えた。「そしてな、おれになにができるのかを、しっかりと見ていてくれ」

試合を行なえる程度に雨が収まるころには、おおむね夜が明けかけていた。外郭は泥の沼と化しており、百本の松明《たいまつ》が放つ光を受けて濡れ濡れと光っている。試合場の外にたちこめる灰色の濃霧は、幽鬼のような指を伸ばして白亜の壁を這い登り、城壁の胸壁をつかもうとしていた。婚儀の招待客の多くは、待ち時間のあいだに姿を消していたが、いまも残っている者たちはふたたび観覧席にあがり、芯まで雨で濡れた松の厚板に腰をすえている。そのなかで、すわっていない者たちもいた。騎士でもあるゴーモン・ピーク公と、それを囲むようにして立つ下位の貴族や主持《しゅうも》ちの騎士たちだ。

ダンクがサー・アーラン老の従士を務めていた当時から、まだ二、三年しかたっていない。従士の仕事はよく憶えている。まずサー・グレンドンに、からだにぴったりとは合っていない鎧をつけさせ、留め金を締めてから、兜の緒《ひも》を頸当てに結わえつけた。ついで、馬に乗るのを手伝い、楯を持たせた。これまでの試合で、楯の板には深い抉《えぐ》られ痕がいくすじもついていたが、燃える火の玉の意匠はまだ消えてはいない。

（こうして見ると、エッグと同い齢くらいに見えるな）とダンクは思った。（怯えた子供だ。だが、腹をくくった子供でもある）

栗毛の牝馬は馬衣《うまぎぬ》をつけておらず、乗り手と同様、ピリピリしていた。

（本来なら、自分の馬に乗って戦うべきなんだろう。たぶん、この牝馬のほうが血統もよくて、脚も速い。しかし、騎兵というものは気心の知れた馬に乗るのがいちばんいい。そして、この馬のことを、サー・グレンドンはよく知らない）

「騎槍がいる」サー・グレンドンがいった。「軍用《いくさ》の騎槍だ」

ダンクは槍架に歩み寄った。軍用の騎槍は槍試合用の騎槍よりも短く、重い。長さは二メートル半、梣《トネリコ》材でできていて、先端には鋭利な鉄の槍先がかぶせてある。ダンクは一本を選び、槍架から抜きとると、槍全体に手をすべらせ、ひび割れがないことをたしかめた。

試合場の向こう端では、デイモンの従士のひとりが、やはり軍用《いくさ》の騎槍を差しだしていた。いまのデイモンはもう、〝フィドル弾き〟ではない。打ちまたがる軍馬の馬衣には、剣とフィドルの紋章の代わりに、ブラックファイア家の紋章、赤地に黒の三頭《みつくび》ドラゴンが描かれている。頭髪を染める黒い染料を洗い落としたプリンスの髪は、いまや白銀と黄金の滝となって襟にまで流れ落ち、松明の光を受けて黄金の延べ板のようにきらきらと輝いていた。

（エッグも髪を伸ばせば、あんなふうに見えるんだろうな）とダンクは思った。

髪を伸ばしたエッグというのは、なかなか想像しにくい。とはいえ、いつの日にか、目《ま》のあたりにするときがくるだろう。それまでふたりとも、生きていられればだが。

紋章官が例によって最上段にあがり、双方を紹介した。

「庶子サー・グレンドン──窃盗および殺人の廉《かど》で告発を受け、身命を賭して身の潔白を証明すべく、ここに出場。相対するは、ブラックファイア家のデイモン、その名の二世、アンダル人・ロイン人・〈最初の人々〉の正統の王にして七王国の統治者、王土の守護者──庶子グレンドンに対する告発の正当性を証明すべく、ここに出場するものなり」

そのとき──アッシュフォード牧草地以来の年月が一瞬にして消えうせ、ダンクはふたたび現地に引きもどされていた。思いだすのは、ダンクの命を救おうとして、七人の騎士が審判に臨むまぎわ、〈槍砕きのベイラー〉がみんなにいったことばだ。ダンクは軍用の騎槍をもどし、となりの槍架から試合用の騎槍を取った。こちらの長さは三メートル半、すらりと長く、エレガントな形をしている。

「こいつを使え」とサー・グレンドンにいった。「アッシュフォードで七尽くしの審判を戦ったさい、おれたちも試合用の騎槍で臨んだ」

「〈フィドル弾き〉は軍用を選んだ。向こうはおれを殺す気だぞ」

「そのまえに、槍先が当たらねばどうしようもないだろう。おまえが狙いあやまたず目標を突けば、先方の槍先がおまえに届くことはない」

「そうかな」

「そうだ」

結局、サー・グレンドンは、ひったくるようにして騎槍を受けとると、馬首を返し、速足で走路に馬を進めながら、ダンクにいった。

「では――おれたち双方に〈七神〉のご加護がありますように」

おりしも、東の彼方で、ほんのりと東雲《しののめ》色に染まりはじめた明けの空に、稲妻が白くたばしった。その刹那、デイモンは牡馬の腹に黄金の拍車を当て、雷霆《らいてい》のように猛然と飛びだした。軍用の騎槍をまっすぐつきだし、凶悪な鉄の槍先をこちらに向けている。サー・グレンドンは左腕の楯をかかげ、デイモンに馳せ向かった。長さで勝る騎槍を横に動かし、牝馬の頸の上に交差させ、若き僭王の胸にぴたりと狙いを定める。双方の馬蹄は後方へ勢いよく泥を跳ね散らしている。周囲の松明がいっそう明るく燃えあがったかに見えたそのとき、二騎は懸けちがった。

ダンクは思わず目を閉じた。ベキッという音が響く。そして叫び声。どすんという音。

「まさか――!」ピーク公の悲鳴にも似た叫び声があがった。「こんな、こんな、まさか!」

鼓動半分のあいだ、ダンクはピーク公に同情をおぼえそうになった。目をあける。乗り手を失った漆黒の牡馬は、馬足《ばそく》をゆるめ、速足で駆けてくるところだ。ダンクは走路に飛びだしていき、手綱をつかんでその馬をとめた。走路の向こう端で、サー・グレンドン・ボールが牝馬の馬首をめぐらし、折れた騎槍を高々とかかげるのが見えた。何人もが走路に駆けていく。〈フィドル弾き〉のもとへ、泥水だまりの中で俯せになり、ぴくりとも動かないプリンスのもとへと向かっているのだ。みんなが助け起こしたとき、プリンスのからだはすっかり泥にまみれていた。

「茶色いドラゴンだ!」と、だれかが叫んだ。

郭じゅうで笑い声が湧き起こった。おりしも、朝陽が顔を出し、白亜城の壁を輝かせはじめる。

ほどなく、サー・グレンドン・ボールがこちらにもどってきたので、ダンクとサー・カイルは下馬するのに手を貸した。

それからわずか鼓動数回ぶんののち――突如として喇叭の音が高々と響きわたった。

城壁上の見張りたちが鳴らしているのは、警報の喇叭だった。

城壁の外に、立ち昇る朝靄をついて、忽然と軍勢が出現したのである。

愕然としながら、ダンクはサー・カイルにいった。

「どうやら……エッグはうそをついてはいなかった形になったな」


討伐軍の顔ぶれは多彩をきわめた。乙女の池《メイドンプール》の町からはムートン公が、〈使い鴉の木〉城館からはブラックウッド公が、ダスケンデールの町からはダークリン公が、それぞれ軍勢を仕立ててきていた。キングズ・ランディング周辺の王家直轄領からは、ヘイフォード家、ロズビー家、ストークワース家、マッシー家が派遣されてきている。王に直属の誓約の剣たちも、〈王の楯《キングズガード》〉のうちの三人の白騎士に率いられてやってきていた。さらにその支援として、〈血斑鴉〉直属の、白いウィアウッド製長弓《ロングボウ》を装備した〈鴉の歯〉が三百騎。狂えるダネル・ロスストンみずからも、鉄の手袋のようにぴったりとからだに合った漆黒の甲冑を身にまとい、長い赤毛を風になびかせて、ハレンの巨城《ホール》の取り憑かれた塔群から軍勢を引き連れてきていた。

　昇りゆく朝陽のもと、五百本の騎槍の槍先と、それに十倍する槍の穂先が輝いている。夜明け前の薄闇の中で灰色にくすんでいた各家の旌旗《せいき》は、日の出とともに、五十種類もの絢爛《けんらん》たる色彩を持って生まれ変わろうとしていた。どの軍勢を見ても、各家の旗標《はたじるし》の上に翻《ひるがえ》っているのは、王家と王族を示す二種類の竜旗だ。それぞれ、闇夜を思わせる直黒《ひたぐろ》の紋地は同じだが、そこに描かれているのは、かたやターガリエン王家・エイリス一世王の炎の如く赤い巨大な三頭ドラゴンであり、かたや純白の翼を持って真紅の炎を吐く、一頭の荒ぶる白きドラゴンだった。

（結局、メイカー本人はこなかったか）

おびただしい旗標を見て、ダンクにはそれがわかった。夏の城館《サマーホール》のプリンスの旗は、紋地を十字に分けて、各々の象限にひとつずつ、ぜんぶで四つの三頭ドラゴンを描いたものだ。それは故デイロン二世王の、四番めの子息であることを示す紋章だった。いっぽう、単一の白竜をあしらった竜旗は、現〈王の手〉、ブリンデン・リヴァーズがきていることを示している。〈血斑鴉〉みずから、白亜城へ出向いてきたのだ。

第一次ブラックファイアの叛乱は、流血と栄光のうちに、〈赤草ヶ原〉の合戦で終焉を迎えた。

第二次ブラックファイアの叛乱は、腰砕けと不完全燃焼のうちに、白亜城で終焉を迎えた。

「大軍に包囲されて怯《ひる》むわれらではない」城を取り囲む鉄の包囲陣の環を見たあと、若きデイモンは城壁に駆けあがり、城の者たちに呼びかけた。「われらの大義こそは正義、かくなるうえは包囲網を突破し、ひたすら駆けに駆けてキングズ・ランディングを急襲してくれん！　突撃喇叭を鳴らせ！」

だが、城壁の前に集められた騎士、諸公、兵士たちは、低い声でぼそぼそと囁きあうばかりだった。なかには、少数ながら、そっと城壁の前から離れていく者もいた。厩へ馬を引きだしにいく者、裏門から出て投降しようと考えている者、抜け穴を通って脱出できないかと思っている者、さまざまだ。決定的だったのは、デイモンが剣を引き抜き、頭上に高々とかかげたとき、全員がはっきりとそれを目《ま》のあたりにしたことである。その剣は、〈黒き炎《ブラックファイア》〉ではなかったのだ。

「この日、みなで出陣し、新たな〈赤草ヶ原〉の合戦をくりひろげようぞ！」僭王は呼びかけた。

「くそくらえだ、フィドル弾きの若僧！」半白の従士が叫び返した。「おれは死にたかねえ」

最終的に、第二のデイモン・ブラックファイアは単騎で城の外へ出撃していき、討伐軍の前で馬をとめ、〈血斑鴉〉公に一騎《いっき》相《あい》の勝負を挑んだ。

「いざ、われと立ち合え、〈血斑鴉〉！　あるいは腰抜けのエイリスよ！　そのほか、おまえの指名するどんな代理闘士《チャンピオン》でもかまわぬ」

勝負を受けて立つかわりに、〈血斑鴉〉公は軍兵《ぐんぴょう》にデイモンを囲ませ、馬から引きずりおろさせたうえで、黄金の足枷をはめさせた。デイモンが高々と掲げていった旗標は泥地に突きたてられ、火をかけられた。旗標は長いあいだ燃えつづけて、ねじくれた黒煙の柱を立ち昇らせつづけた。その柱は、十キロ、二十キロ先の遠方からでも見えたという。

その日、唯一、血が流されたのは、ヴィアウェル公に仕える男が、自分はむかしから〈血斑鴉〉の目のひとつだった、もうじきたっぷり報賞がもらえるぞ、とうそぶいたときのことだった。

「月がめぐるころには、おれは娼婦を抱いて、ドーンの赤ワインを飲んでるぜ」

この発言が報告された直後、男はコステイン公の騎士のひとりに喉頸《のどくび》を斬り裂かれた。

「それを飲め」男が自分の血で溺れるのを見ながら、騎士はいった。「ドーンのワインではないが、色だけは赤い」

ほかに目だったのは、悄然とした投降者たちが無言で縦列をなし、足どりも重く白亜城の大手門を通りぬけ、光る武器の山に自分の武器を放りだしては、順次縛りあげられて、〈血斑鴉〉公の処断を待つために連行されていく光景だった。ダンクもほかの者たち――〈猫のサー・カイル〉や、サー・グレンドン・ボールとともに、城の外へ出た。行動をともにしようと、出る前にサー・メイナードも探したが、プラムは夜のうちに、いずこかへ融けて消えてしまっていた。

ほかの虜たちといっしょにいるところを、〈王の楯《キングズガード》〉の騎士サー・ローランド・クレイクホールに見つけられたのは、午後も遅くなってからのことだった。

「サー・ダンカン！　いったいいままで、どこに隠れていたんだ？　リヴァーズ公が何時間も探しておられたのだぞ。よかったら、いっしょにきてくれ」

ダンクはとなりにならんで歩きだした。強風が吹くたびに、クレイクホールの長いマントが後方になびく。その白さたるや、白い月光に照らされた雪のようだ。その光景は、〈フィドル弾き〉が口にしたことばを——あの塔の屋上で口にしたことばを思いださせた。

〝その夢ではな。きみは頭から足まで白一色に身を包み、広い肩から長い純白のマントをなびかせていた。きみは白の剣、〈王の楯《キングズガード》〉の誓約の剣の一員、七王国全土で最高の騎士だった〟

ダンクは苦笑した。

(そうだな。そして、ドラゴンが孵るはずのあの卵は、石の卵だった。白騎士の夢も眉唾だ)

〈王の手〉の天幕は、白亜城から一キロ弱離れた場所の、大きく枝を広げた楡《ニレ》の樹の下に立っていた。付近では十頭ほどの牝牛が草を食んでいる。

(王は起《た》っては倒れるが)ダンクは思った。(牝牛と庶民にすれば、なべてこともなし——)

これは老士がよく口にしていたことばだ。

草の上にすわらされた投降者の一団の前を通るさい、ダンクはサー・ローランドにたずねた。

「あの者たち、どうなるんです？」

「キングズ・ランディングまで延々と歩いていかされる。審判を受けるためだ。騎士と兵士らは軽い処罰ですむと見ていい。主君の命にしたがっただけなのだから」

「では、諸公は？」

「一部の者は赦免されるだろう。知っていることを包み隠さず話し、以後の忠誠を誓うため、息子か娘をひとり、人質に差しだせばな。〈赤草ヶ原〉ののち、赦免を受けた諸公については、そうぬるい処分ではすむまい。よくて投獄か、権利を剝奪されるか。最悪、首を刎《は》ねられるだろう」

〈血斑鴉〉はすでに斬首をはじめていた。公の天幕のそばまできたとき、ダンクはそれをありありと目のあたりにした。斬り落とされたゴーモン・ピークと、〈黒のトム〉ことトマード・ヘドルの首が、槍に突き刺されて、天幕入口の両脇に立ててあったのである。刺した槍の根元には、それぞれの楯が見せしめのように置いてあった。

（暗橙色の紋地に黒の城が三つ。銅貨《ペニー》の樹《ツリー》のロジャーを殺した男）

命の火が消えてなお、ゴーモン公の目は冷たくて、燧石《ひうちいし》のようだった。ダンクは手を伸ばし、公のまぶたを閉じさせてやった。

「なんのためにそんなことをする？」見張りのひとりがたずねた。「どうせすぐに、鴉どもが目玉をほじくるんだぞ」

「それだけの借りがあるんだよ」

気の毒だが、ロジャーは合戦で死んだ。それがために、キングズ・ランディングの路地で豚を追いかけていたダンクは、老士に見いだされることになったのだ。

（とうのむかしに死んだ老王が、一本の剣をひとりの息子に渡すかわりに、別の息子にわたした――それがすべての発端だった。そしていま、おれはこうしてここに立っているというのに、ロジャーは墓で眠っている）

「〈王の手〉どのがお待ちだぞ」サー・ローランド・クレイクホールがうながした。

ダンクは白騎士の前を通り、天幕の中に入った。そこには、ブリンデン・リヴァーズ公が――王の庶子にして妖術師でもある〈王の手〉がいた。

〈王の手〉の前にはエッグが立っていた。湯浴みをすませ、いかにも王の甥らしい、立派な服を身につけている。そばにある将几《しょうぎ》には、ワインのカップを片手に、あのフレイ公がすわっていた。ひざの上では、例の跡継ぎの異常な幼児が、落ちつきなく、しきりに動いている。バターウェル公もそこにいたが……ひとり床にひざまずき、蒼白になって、がたがたと震えていた。

「叛逆者が臆病であると判明したからといって、叛逆の罪が軽くなるわけではない」リヴァーズ公がしゃべっていた。「貴公の泣きごとはもう充分に聞いたが、アンブローズ公よ、十にひとつの誠《まこと》しか感じられぬ。それゆえ、財産の十分の一だけは残すことを許そう。妻も手元に置いてよい。せいぜい楽しむことだな」

「では、白亜城は？」震える声で、バターウェルはたずねた。

「〈鉄の玉座〉が接収し、これを破壊する。石という石をひとつ残らず取り除き、更地にしたうえで、塩を撒く。二十年もすれば、あの城が存在したこと自体をだれもが忘れているだろう。老いた愚者と若い反体制分子は、いまもなお〈赤草ヶ原〉に巡礼し、デイモン・ブラックファイアが倒れた場所に花を植えていく。白亜城が黒竜の新たな記念碑となるのを見過ごすわけにはいかん」リヴァーズ公は手を横に薙いだ。「では、早々に去れ、蜚蠊《ゴキブリ》よ」

「〈王の手〉どのは寛大であらせられます……」

バターウェルはふらふらと外に出ていった。気落ちするあまり、目の前を通りすぎても、ダンクに気づきもしなかった。

「貴公も出ていかれよ、フレイ公」リヴァーズが命じた。「話の続きは、あとでまた」

「仰せのままに」フレイは息子の手を引いて、天幕を出ていった。

ここでやっと、〈王の手〉はダンクに顔を向けた。

ダンクの記憶にあるよりも老けている。しわが刻まれ、顔つきは険しい。だが、肌はあいかわらず骨のように白く、頬から首にかけては、赤ワインのしみを思わせる、醜悪な暗紅色の母斑《ぼはん》があった。

人によっては、これが鴉の形に見えるそうだ。長靴《ちょうか》は漆黒で上着は真紅。その上から鈍色《にびいろ》のマントをまとい、手の形をした鉄の留め具で留めている。肩にまでたれた長い髪は直毛で白い。片目にかかるようにたらしているのは、〈赤草ヶ原〉で〈鋼の剣〉に片目を抉《えぐ》られ、ぽっかりとあいた眼窩を隠すためだ。残っている目の虹彩は、鮮血のように赤かった。

（〈血斑鴉〉に目の数いくつ？　目の数ぜんぶで、千と一）

「プリンス・メイカーが息子を一介の草臥しの騎士に託し、従士とするからには、それなりの理由があったのだろうが」と〈血斑鴉〉はいった。「謀叛《むほん》を企む叛徒どもの巣窟へ息子を潜入させるための方便であったとは、さすがに考えにくい。毒蛇どもの巣窟にわが従弟がいた裏には、いかなる事情があったのか？　腑抜け公《バターバット》は、貴公がプリンス・メイカーの命を得て白亜城に送りこまれ、謎の騎士を装って謀叛を嗅ぎだそうとしたと説明したが。それはほんとうか？」

ダンクは片ひざをついた。

「ちがいます、ム＝ロード。いや、ぜんぶがちがうわけではないのですが、ム＝ロード。プリンス・メイカーの軍勢がくるという件は、エッグがそういっただけで。エッグが、つまりその、エイゴンが……プリンス・エイゴンが、ということですが……そこの部分は本当です。しかし、ぜんぶが、ぜんぶ、本当なわけではありません」

「ふうむ。すると、そのほうらふたり、王位を簒奪する今回の陰謀を、白亜城にきてはじめて知り、自分たちだけで企てをくじこうと決めた——と、こういうことか？」

「それもまたちがいます。わたしたちはただ……うっかり巻きこまれてしまった、というのが本当のところです」

エッグが腕組みをした。

「だけど、サー・ダンカンとぼくは、事態をほとんど収めてました。あなたの軍勢が現われる前に」

「それは助力があったからです、ム＝ロード」ダンクは付言した。

「草臥しの騎士たちか」

「そうです、ム＝ロード。〈猫のサー・カイル〉に、サー・メイナード・プラム。それから、サー・グレンドン・ボールも。〈フィドル弾き〉を……僭王を落馬させたのは、そのボールでした」

「うむ、その話、すでに五十人もの口から聞かされている。〈猫柳のご落胤《らくいん》〉だな。娼婦と叛逆者のあいだに生まれた子供の」

「英雄の血を引く者です」とエッグがいった。「虜囚のひとりとして拘束されているなら、見つけて解放してやらないと。それに、報賞も与えてやらなきゃいけません」

「〈王の手〉に指図するとは、おまえは何様のつもりだ？」

　エッグはすこしも怯まずに答えた。

「何様かは知ってるでしょう、従兄どの」

「貴公の従士の、なんたる不遜なことよ」リヴァーズ公はダンクにいった。「この者の性根、たたきなおしてやったほうがよいぞ」

「試みてはきました、ム＝ロード。しかしながら、この従士はプリンスですので」

「この者はな――」と〈血斑鴉〉はいった。「――ドラゴンなのだ。立つがよい、騎士よ」

　ダンクは立ちあがった。

「ターガリエンの血統には、きたるべき未来を夢に見る者がたびたび現われてきた。竜王の征服よりずっと前からだ」〈血斑鴉〉はつづけた。「ゆえに、ときとして、未来視の天稟《てんぴん》に恵まれたブラックファイアの者が現われても、驚くには値せぬ。デイモンは白亜城にてドラゴンが生まれる夢を見た。

それは事実、そのとおりになった。ただしあの愚か者は、ドラゴンの色を読みちがえていた」

ダンクはエッグを見つめた。

（あの指輪――父親の印章指輪。あれはいま、エッグの指にはめてある。長靴の爪先の隙間に隠してあるのではなく）

リヴァーズ公がエッグにいった。

「このさい、おまえには有無をいわさず、キングズ・ランディングに連れていくべきだろうとは思う。そして、宮廷に住まわせる。わが……賓客として」

「そんなことをしたら父が黙っていませんよ」

「わかっている。プリンス・メイカーは、なかなかに……性狷介《せいけんかい》なお人だからな。おそらくおまえの身柄は、夏の城館《サマーホール》に送り返すのがいちばんよいのだろう」

「ぼくの居場所はサー・ダンカンのそばです。だって、サー・ダンカンの従士なんだから」

「まったく、〈七神〉よ、このふたりを救いたまえ――。よい、好きにしろ。もういってよいぞ」

「そうします」とエッグは答えた。「ただ、すこし金子《きんす》を用立ててほしいんです。サー・ダンカンは蝸牛の騎士に対して、馬と武具の買い戻し金を払わないといけないので」

〈血斑鴉〉は苦笑した。

「キングズ・ランディングで会った、あのはにかみがちの子供が、変われば変わるものだな。仰せのままに、わがプリンス。主計官に申しつけておこう。好きなだけ金貨を持っていくがいい。ただし、度を越さぬ範囲にしておけよ」

「貸しにしておいてください」ダンクはいった。「あとでかならずお返しします」

「返すのはたやすかろうさ――そのほうが槍試合のしかたを学びさえすればな」

リヴァーズ公は手ぶりでもう退出せよとうながし、巻いてあった一枚の羊皮紙を広げ、羽根ペンで名前を記しはじめた。

（死なすべき者の名を書いているんだ）

ダンクはそれに気づき、〈血斑鴉〉にいった。

「ム＝ロード——天幕の外に晒《さら》し首があります。もしや……〈フィドル弾き〉の……デイモンの……首も刎《は》ねるおつもりでしょうか」

〈血斑鴉〉は羊皮紙から顔をあげた。

「それはエイリス王がお決めになることだが……デイモンには四人の弟がいる。妹たちもいる。あの美丈夫《びじょうふ》の首を刎ねるは愚かの極み。母親は嘆き、友人らはおれを身内殺しと痛罵し、〈鋼《ビタースティール》の剣〉はデイモンの弟ヘイゴンを僭王にすえんと画策するだろう。死なせてしまえばデイモンは英雄になる。逆に生かしておけば、わが異腹の兄弟《ビタースティール》の覇道にとって障害となる。ブラックファイア二世が生き恥をさらしているうちは、おいそれとは三世を立てられぬ道理だ。それに、ああいう高貴な虜囚を飼っておけば、われらが王宮を飾る花ともなり、エイリス王陛下の慈悲と寛容の生きた証拠となろう」

「ぼくもひとつ、疑問があるんですが」エッグがいった。

「おまえの父君がなぜあれほど熱心におまえを追いだしたがっていたか、やっとわかりかけてきたぞ。これ以上、なにをきくことがあるというのだ、従弟よ？」

「ドラゴンの卵を盗んだのは何者です？　寝室の扉の外には、見張りたちが立っていたのでしょう？階段のところにも、さらにもう何人かが。見とがめられずにバターウェル公の寝室に出入りすることなんて、だれにもできなかったはずです」

リヴァーズ公は薄く笑った。

「察するに、何者かが厠《かわや》の用便坑を這いあがったのではないかな。塔の下から延々と」

「用便坑なんてせますぎて、だれにも登れませんよ」

「大人にはむりだろう。しかし、子供なら登れるのではないか？」

「子供でないとしても、こびとなら――」ダンクは思わず口走ってしまった。

〈〈血斑鴉〉に目の数いくつ？　目の数ぜんぶで、千と一。

その目のひとつが、こびとの演芸一座に潜りこんでいないと、だれにいえよう？〉

終わり……ただし、始まりの

われらが草臥しの騎士と従士には、まだまだ何年もの旅と苦難が待ち受けている。南はドーンから北は〈壁〉にいたるまで、それは七王国全土をくまなく訪ねる旅だ。さらには、〈狭い海〉を越えて、東の大陸エッソスの〈戦乱の地〉や、絢爛たる各自由都市をも訪ねることになるだろう。

その過程で、ふたりはさまざまな領主、騎士、妖術師、たくさんの麗しい乙女や貴婦人と出会い、ふたりの名を忘れられぬものとして、ウェスタロスの年代記に刻んでいくことになる。

しかし、それはまたのお娯《たの》しみ、これから語られていくべき物語だ。

乞うご期待。

ジョージ・R・R・マーティン
サンタフェにて
二〇一五年五月

解　説

評論家　堺　三保

騎士道華やかなりし、とは言えないものの、それなりに穏やかな平和に彩られた時代。特定の主を持たず、諸国を遍歴して城から城へと渡り歩き、あちこちの城主に仕えて暮らす、いわゆる「草臥《くさぶ》しの騎士」ダンクは、とある小さな町で従士志願の少年、エッグと出会う。

二人は、不思議な縁から共に旅をすることとなり、行く先々でさまざまな冒険を繰り広げるようになる。その果てに、大いなる運命が待っていることも知らぬまま。

ただし、この物語の舞台は中世ヨーロッパではない。ダンクらの時代から百年の後、空位となった国王の座を巡って、諸公がお互い争う〈氷と炎の歌〉の世界、我々の住む地球とはまったく異世界にある「七王国」なのだ……。

というわけで本書は、ジョージ・R・R・マーティンの大ベストセラー異世界ファンタジイ〈氷と炎の歌〉の番外篇となる中篇三本を集めた作品集 ***A Knight of the Seven Kingdoms*** (2015) の全訳である。

山のような登場人物たちと複雑きわまるストーリー展開で、善悪の境など判然としない重厚長大な人間ドラマを描く正篇と違って、本書に収められた連作は、一人の実直な騎士の遍歴を描いたストレートな冒険譚だ。また、正篇とは時代が離れており、単独で読んでも全く問題ない。このため、〈氷と炎の歌〉のファンはもちろん、正篇各巻の鈍器のような分厚さに恐れをなして、正篇は未読だという方でも、十二分に楽しめる作りとなっている。

また、正篇と違って魔法や怪物といった超自然的な要素が全くといっていいほど登場しないため、我々の世界の「中世騎士物語」とほぼ取り替え可能なのも大きな特徴で、異世界ファンタジイが苦手だという方でも大丈夫な、まさに入門書的な作りとなっている。

逆に言うと、本書を読んでこの作品世界が気に入った皆さんには、ぜひともシリーズ正篇にも挑戦していただきたい。そこには、濃密で充実した読書体験が待っているからだ。

ではこのあたりで、収録されている各話について少し触れておこう。

○「**草臥**《くさぶ》**しの騎士**」"The Hedge Knight"

初出はロバート・シルヴァーバーグ編纂のアンソロジー、*The Legends*（1998）（『伝説は永遠《とわ》に――ファンタジイの殿堂』ハヤカワ文庫ＦＴ）。

ダンクとエッグの出会いを描いた記念すべき第一話。ダンクが、亡くなった師匠を埋葬し、彼の代わりに馬上槍試合に参加しようとするくだりは、数年後に公開されたブライアン・ヘルゲランド監督、ヒース・レジャー主演の歴史アクション映画『ＲＯＣＫ　ＹＯＵ！』（十四世紀のイングランドが舞台）の導入部そっくりで、この作品が異世界ファンタジイでありながらも限りなく現実に近いセットアップをしていることがよくわかる（というか、『ＲＯＣＫ　ＹＯＵ！』のスタッフは先に本篇を読んだのではないだろうかという疑惑が（笑））。

クライマックスの、七対七の対決に挑まざるを得なくなったダンクの下に、義を感じて騎士たちが集まるくだりは、まさに「中世騎士物語」の醍醐味に溢れた、血湧き肉躍る屈指の名場面だ。

○「**誓約の剣**」"The Sworn Sword"

初出はシルヴァーバーグ編纂のアンソロジー、*The Legends II*（2003）。

領地が隣り合う城主同士の争いに巻き込まれたダンクとエッグの姿を描く第二話。争いの直接の原因が、水の奪い合いであるところが、これまたリアルな歴史ものらしさに溢れていて興味深い。また、愚直なまでに騎士としての道を貫こうとするダンクの行動が、結果的に彼を窮地に追い込んでいってしまう点が、一作目よりさらに明確に描かれているあたりもおもしろい（続く三作目はもっとひどい）。彼は、本人が繰り返し心の中で言うように、お世辞にも賢いとは言えない。その、主人公にあるまじき愚鈍さに読者はいらいらさせられるが、一方で毎回それが最終的には彼の魅力となって見えるあたりに、人間くさい弱点の多いキャラクターを見事に作り上げる、マーティンの筆力が感じ取れる。

○「**謎**《ミステリ》**の騎士**《ナイト》」"The Mystery Knight"

初出はマーティンとガードナー・ドゾワが編纂したアンソロジー、*Warriors*（2010）。

ひょんなことから、とある城主の婚礼の祝宴に参加することとなってしまったダンクとエッグが、その裏に隠された大陰謀に巻き込まれてしまうという、本書の最後を飾るにふさわしいスケールの一篇。

一作目に続いて騎士たちが多数登場、それぞれに個性溢れる姿を見せてくれるところが楽しい。そして、そんな騎士たちの一人を救うため、侠気を見せるダンクの姿が実にすがすがしい。

その一方で、二作目のある種とぼけたエンディングと違い、少しばかり寒々とした余韻を残す結末もこれまた良し。


ちなみに、「草臥しの騎士」と「誓約の剣」はコミカライズ版が出版されており、「謎の騎士」のコミカライズも計画中だとか。こちらのほうも、日本語で読んでみたいものである。


本連作は、最後にマーティンが書いているとおり、まだまだ続くらしい。この先、ダンクとエッグの二人の前にどんな冒険が待ちかまえているのか、我々読者としてはとても楽しみではあるのだが、これまでの発表ペースを考えると、新作が読めるまで、かなりの時間がかかりそうだ。

その一方で楽しみなニュースもある。現在アメリカの大手ケーブルテレビ局HBOで放送中の「ゲーム・オブ・スローンズ」（〈氷と炎の歌〉のテレビドラマ化）が、あと二シーズンで完結することが決定している（困ったことに今や原作よりこのドラマ版が先行していて、未刊行の第六部はすでにドラマ化されてしまい、あと十四話かけて、完結篇であるとマーティンが予告している第七部を映像化するとされている）のだが、HBOはその後、前日譚の映像化を検討しているとのこと。となると、まだ確実ではないが本連作が原作となる可能性は大いにある。ダンクとエッグの姿をテレビで見ることができるかも知れないと思うと、今から実に楽しみではないか。

また、映像化と言えば、マーティンのファンにとってはもう一つ楽しみな情報がある。彼が友人の作家たちと一九八七年からずっと書き継いできたシェアードワールド小説〈ワイルド・カード〉シリーズの、テレビドラマ化が進行中なのだ。〈ワイルド・カード〉は、第二次大戦直後、異星人が地球を訪れ、恐るべきウィルスを散布したことで、超能力を持った超人たちが多数誕生、我々の世界とはまったく異なる歴史を歩むこととなった世界を舞台に、超能力者同士が善と悪とに分かれて戦う姿を描いた、改変歴史ＳＦと超能力ＳＦとをハイブリッドしたような作品で、アメリカン・コミックスのスーパーヒーローたちが、現実に存在したらどうなるかをできる限りリアルに考察しているところが特徴だ。

この作品の映像化は、八〇年代から取り沙汰されていたが、マーティン自身が〈氷と炎の歌〉で大人気作家となったことと、スーパーヒーローもののコミックスの映像化が次々にヒットしていることから、ついに企画が現実に進行し始めたらしい。原作は通巻二十三冊を数え、今も続刊中で少なくともさらに三冊の新刊が出版される予定だとか（ただし、マーティン本人が執筆した短篇が収録されるかどうかは不明）。

いや、いちばん我々が期待しているのはもちろん、マーティン本人の作による新作長篇、特に〈氷と炎の歌〉の続巻の刊行なのだが。ともあれ、正篇の続きを待ち望む読者諸兄の渇きを、本書が少しでも癒やしてくれることを願いつつ筆を擱《お》きたい。

二〇一六年十二月

■〈氷と炎の歌〉A Song of Ice and Fire シリーズ作品リスト（コミック、周辺書は除く）

〔長篇〕

1 *A Game of Thrones*（1996）『七王国の玉座〔改訂新版〕』上下巻　岡部宏之訳／ハヤカワ文庫ＳＦ

2 *A Clash of Kings*（1999）『王狼たちの戦旗〔改訂新版〕』上下巻　岡部宏之訳／ハヤカワ文庫ＳＦ

3 *A Storm of Swords*（2000）『剣嵐の大地』全三巻　岡部宏之訳／ハヤカワ文庫ＳＦ

4 *A Feast for Crows*（2005）『乱鴉《らんあ》の饗宴』上下巻　酒井昭伸訳／ハヤカワ文庫ＳＦ

5 *A Dance with Dragons*（2011）『竜との舞踏』全三巻　酒井昭伸訳／ハヤカワ文庫ＳＦ

6 *The Winds of Winter*　未刊

7 *A Dream of Spring*　未刊

〔短篇集〕

A Knight of the Seven Kingdoms（2015）『七王国の騎士』酒井昭伸訳／早川書房　※本書

訳者略歴　1956年生，1980年早稲田大学政治経済学部卒，英米文学翻訳家　訳書『竜との舞踏』ジョージ・R・R・マーティン，〈ハイペリオン四部作〉ダン・シモンズ，『ジュラシック・パーク』マイクル・クライトン（以上早川書房刊）他多数

〈氷と炎の歌〉
七王国《しちおうこく》の騎士《きし》

2016年12月20日　初版印刷
2016年12月25日　初版発行

著　者　ジョージ・R・R・マーティン
訳　者　酒《さか》井《い》昭《あき》伸《のぶ》
発行者　早川　浩

発行所　株式会社　早川書房
東京都千代田区神田多町2-2
電話　03-3252-3111（大代表）
振替　00160-3-47799
http://www.hayakawa-online.co.jp

印刷所　精文堂印刷株式会社
製本所　大口製本印刷株式会社

定価はカバーに表示してあります
ISBN978-4-15-209659-3 C0097
Printed and bound in Japan
乱丁・落丁本は小社制作部宛お送り下さい。
送料小社負担にてお取りかえいたします。